to my beautiful you

나의 아름다운
그대에게

to my
beautiful you

III

FEEL
PREMIUM EDITION

펑크로드 장편 소설

contents

9. 치얼스 (하)

꽤 많은 경험으로 더는 놀랄 일이 없다고 생각했는데 여전히 갑작스러운 상황은 나를 당황하게 했다.

루이와의 갑작스러운 만남이었다. 베어를 만나러 나간 곳에 루이가 있을 줄은 몰랐다. 그가 날 찾아오리라 예상하지 못했다기보다는 마침 여러 가지 다른 생각들을 하고 있어서 미처 오늘은 거기까지 생각하지 못했다.

그 정도로 루이는 내 안에서 존재감이 얕은 존재임에 틀림없어야 했다. 나는 그동안 루이 없이 잘 지내 왔고 앞으로도 그럴 거라고 생각했다. 하지만 막상 그와 눈이 마주치자 줄곧 옅었던 그의 존재감이 갑자기 크게 확 와닿으며 누군가 강제로 내 몸을 틀어쥐는 것 같은 기분을 느꼈다. 덕분에 곧바로 루이를 대처할 수가 없었다.

눈이 마주치자마자 순식간에 그에게 머리채를 잡혀 끌려가 잠깐 정신을 잃었다가 깨어났다. 어둠에 스며든 아름다운 얼굴은 싸늘하게 굳어 하나의 조각처럼 보였다. 하지만 눈앞의 그가 꿈 따위가 아닌 현실임을 실감하는 건 그리 오래 걸리지 않았다. 더불어 드디어 죽는구나 생각했다.

아직은 죽을 수 없다는 생각도 잠깐이었다. 잠시 빤히 바라보던 루이가 손을 뻗어 멱살을 잡았을 때 어쩌면 이편이 나을지도 모른다는 생각도 들었다. 차라리 죽으면 모든 괴로움이 멈출까 싶어서. 생각을 달리하자 루이가 한편으론 마치 아름다운 사신처럼 보이기도 했다.

하지만 루이는 결국 날 죽이지 않았다. 그저 분노 섞인 입맞춤으로 입 안을 헤집고 입술을 물어 약간 따끔한 자극을 준 것이 다였다. 이윽고 루이가 입술을 떼며 옷깃을 놓아주었을 때 왜인지 다리에 힘이 풀려 그대로 주저앉고 말았다.

한심하다는 듯 내려다보는 루이의 눈을 피할 수가 없었다. 사춘기 소녀처럼 이유도 없이 얼굴로 열이 오르며 심장이 빠르게 뛰기 시작했다. 크게 쿵쿵거리는 심장이 마치 몸 밖으로 튀어나올 듯하다. 그 고동에 몸이 들썩거리는 기분마저 들었다. 그렇게 루이에게 눈만 고정한 채 아무 말도 못 하고 굳어 있었다.

"잘 있어라."

그러다 루이의 작별 인사를 듣는 순간, 배 속에 있던 정체 모를 구체가 밑으로 쑥 꺼지는 기분에 절로 허리와 배에 힘이 들어갔다.

어째선지 갑작스레 눈앞이 깜깜해지는 느낌이었다.

루이의 입에서 다신 마주치지 말자는 말이 약간 거친 어투로 흘러나왔다. 그 말투에선 부끄러울 정도로 나를 향한 지긋지긋함이 느껴졌다.

루이가 등을 보이며 돌아섰다. 정말로 그걸로 끝이었다. 그는 뒤 한 번 돌아보지 않고 성큼 걸어가 금세 눈앞에서 사라져 버렸다. 머리로는 의외로 맥 빠지는 만남이었다 생각했다. 하지만 심장 고동의 간격은 여전히 빠르다. 그가 사라지고 한참이 지나도 도무지 차분해지질 못하고 계속해서 빠르게 뛰었다.

놀란 건가? 아니, 아닌 것 같다. 그보다는 좀 더 고통스러운 감정에 가까웠다.

아, 확실히. 괴로웠다.

드디어 이 고동이 괴로움 때문이라는 것을 인정하자 그 뒤는 참을 수 없는 고통이 전신을 지배했다. 높은 파도에 휩쓸려 버린 것 같다. 머리의 제어로는 그 힘을 막을 수가 없었다.

"……으윽!"

두 손을 심장 부근에 포개 누르며 절로 신음을 흘렸다. 몸을 움츠려 고통을 눌러 보려 해도 전혀 나아지지 않았다. 무언가 넘어오려는 듯 목 안쪽이 쓰려 오며 악문 잇새 사이로 뜨거운 숨이 날카롭게 빠져나왔다. 목구멍이 데인 건지 베인 건지 무척이나 아팠다.

"으으윽……!"

호흡이 어려워졌다. 옷자락을 쥐어뜯듯이 움켜잡았다. 왜. 어째서. 대체 무슨 이유로 나는 이렇게 괴로운지. 스스로에게 묻기가 겁이 났다. 속에서 날뛰는 감정을 필사적으로 외면하며 이 고통이 가라앉길 기다린다. 이런 감정은 똑바로 마주하면 안 된다. 이게 뭐든 인정하고 나면 견딜 수 없을 것이다. 직감과도 같은 확신이 들었다.

몸에 지나치게 힘이 들어간 탓에 머릿속이 혼미해질 것 같았다. 정신을 잃을 것만 같다. 시야가 위로 들려 돌아가려는 걸 애써 붙잡는다. 겨울임에도 땀이 멈추지 않았다. 이런 비슷한 기분을 오래전에도 한 번 느껴 본 것 같은 기시감이 들었다. 하지만 언제인지는 생각나지 않았다. 사실 생각할 겨를도 없었다.

누가, 나 좀 살려 줘.

"흐으……! 헉!"

마치 치명상이라도 입은 것처럼 자꾸만 멈추려는 숨을 이어 가 보

려고 껄떡껄떡거렸다. 그렇게 석상마냥 웅크려 앉아 누군가 발견해
주길 기다렸다. 온몸에 쥐가 나는 것처럼 혼자서는 움직일 수가 없었
다.

얼마의 시간이 흐른 후 누군가 이쪽으로 달려오는 소리가 들렸다.
어느새 앞이 보이지도 않아서 그게 누구인지는 알 수 없었지만 어쨌
든 이제 집으로 돌아갈 수 있다는 안도감이 들었다. 그 누군가가 내
몸을 붙잡는 순간 팽팽하게 붙잡고 있던 정신의 끈을 비로소 놓을 수
있었다.

"할리!"

멀어지는 의식 속에서 베어의 목소리를 들은 것 같았다.

정신을 차리자 몸에 따뜻한 공기가 느껴지고 침실의 천장이 시야에
잡혔다.

"괜찮으십니까."

고개를 돌리자 메오른이 있었다. 창 쪽으로 눈을 옮기니 반쯤 열린
커튼 밖은 아직 깜깜했다. 얼마나 누워 있었던 거지. 그때 메오른이
마음을 읽은 것처럼 말했다.

"두 시간 정도 기절해 계셨습니다."

그렇구나. 짧게 한숨을 내쉬며 몸을 일으키려 했다. 하지만 곧바로
온몸에 퍼지는 통증에 다시 머리를 떨어뜨리고 만다. 정면으로 보이
는 천장을 응시하며 잠시 멍하니 있었다. 이건 무슨 일일까. 메오른이
이번에도 용케 의문을 알아채고 답해 주었다.

"일시적인 마비 증상이 있었습니다. 근육통이 좀 있을 거라고 하더
군요."

"……."

그걸 먼저 말해 줬어야지.

기절 전의 상황이 아득하게 느껴질 정도로 정신은 어느새 차분하게

가라앉아 있었다. 상황에 대한 기억 역시 소실되는 일 없이 무척이나 깨끗했다. 하지만 굳이 떠올리지 않으려고 애썼다.

메오른의 지시로 여고용인 두 명이 다가와 이불을 걷고 따뜻한 타월로 내 손발을 감싸 꾹꾹 눌렀다. 메오른은 그들의 모습을 바라보았다가 내게 눈을 되돌렸다.

"원인은 스트레스라고 합니다. 박사는 사모님께서 평소에 조금 더 많이 주무셔야 한다고 진단했습니다."

"나는 충분히 자고 있어요."

"그렇습니까. 그럼 다른 이유 때문이겠군요. 제가 있는 한 사모님의 영양 상태는 문제가 없습니다. 고민이라도 있으신가요?"

"누구나 고민은 있어요."

"그건 그렇지요. 하지만 기절할 정도로 스트레스를 받는 경우는 그렇게 흔치 않다고 생각합니다만."

"……."

입을 다물어 버리자 메오른은 잠시 뜸을 들였다가 화제를 바꿨다.

"제인 도련님께서도 걱정하셨습니다. 깨어나시기 조금 전까지 여기에 함께 계셨습니다만 오늘은 그만 주무시고 내일 오시라 말씀드렸습니다."

"잘했어요. 신경 써 줘서 고마워요."

"별말씀을. 응당 제 할 일인 것을요."

적당히 팔다리에 온기가 돈다 싶을 때 즈음 메오른은 고용인들에게 그만 나가 보라 말했다. 그제야 그들은 타월을 거둬 내 몸에 다시 이불을 덮어 주고 방을 나갔다. 메오른과 둘만 방 안에 남았다. 그는 노인이라는 것이 믿기지 않을 정도로 꼿꼿하고 반듯하게 서서 나를 내려다보았다. 내려다보는 시선에 불손함은 느껴지지 않았다.

"산책 중에 무슨 일이 있었는지 말씀하고 싶지 않으시다면 저도 굳이 캐묻지 않겠습니다만, 대신 총사령관께는 연락을 드릴 것입니다.

베어라는 경호원과 함께였음에도 밤 산책 중에 얼굴에 상처를 입은 채 기절해서 돌아오셨다고 말이지요."

"아, 베어는⋯⋯."

"그는 지금 다른 경호원들과 문밖에 있습니다. 무슨 일이 있었냐고 물어도 대답을 하지 않더군요. 아마 상관에게 징계를 받을 겁니다."

"⋯⋯그는 잘못 없어요."

"기절한 건 그의 잘못이 아닐 수도 있습니다. 하지만 얼굴의 상처는 틀림없이 그의 탓입니다. 경호원이 해야 할 일이란 게 고용주의 몸을 지키는 일이지요. 그는 자신의 직무를 제대로 이행하지 못한 겁니다. 그 역시 입이 열 개라도 할 말이 없겠지요."

"메오른 씨."

"말씀하시지요."

"오늘 일은 없던 걸로 해 주세요."

"그건 곤란합니다. 총사령관께서 저를 다시 이 저택으로 부르신 건, 저를 믿기 때문입니다. 그분을 배신하는 짓은 할 수 없습니다."

"그동안 절 도와주셨잖아요⋯⋯ 부탁해요. 다음엔 이런 일 없을 거예요."

메오른은 잠시 입을 다물고 나를 빤히 바라보았다. 그 여유로우면서도 무심한 얼굴로 무슨 생각을 하는지는 알 길이 없었다. 다시 그의 입이 열렸다.

"사모님. 한 가지만 묻겠습니다."

"말하세요."

"사모님은 총사령관님과 어떻게 되고 싶으신 건가요? 솔직한 대답을 하시든 거짓을 말하시든 상관없지만 잘 생각해 보시고 답해 주셨으면 합니다. 만약 제가 이렇게까지 했음에도 사모님께서 거짓을 말씀하신다는 판단이 들면 저도 더는 필요 이상 배려하지 않겠습니다."

"……."

"……."

침묵이 이어졌지만 그는 조바심 내지 않고 차분하게 대답을 기다렸다. 결국 솔직하게 말하되 속을 드러내진 않았다.

"메오른 씨는 그의 사람이니까 말하고 싶지 않아요."

"신용할 수 없다는 뜻인가요?"

"그래요."

메오른은 입가를 올렸다가 이내 일자로 되돌렸다.

"사모님. 저는 반평생 이상을 이 집에서 보냈습니다. 쥬페도라 총사령관님은 열여덟 살에 이 집을 사셨고 저를 고용했습니다. 그때는 재정상 이 큰 저택에 고용인이 저 혼자뿐이었지요. 그분은 무리를 해서까지 이 집을 사셨기에 다른 고용인을 둘 형편이 아니었습니다. 그때 제 급료는 1실버였습니다. 저는 그 당시 서른두 살이었고 제게 그렇게 적은 급료를 제시하는 분은 처음이었지만 어쨌든 그 뒤로 쭉 그분을 모시고 살았습니다. 고용한 건 그분이지만 계속 남아 있기로 한 건 제 선택이었죠. 그러니 어떻게 보면 사모님 말씀대로 그분의 의지 따라 움직이는 사람이라고 말할 수도 있겠습니다."

"……."

"하지만 전 다른 고용인들과는 다르게 그분께 처음 고용될 당시에 자유 의지에 대한 조건을 걸었습니다. 지금으로선 상상도 못 할 일이지만 당시의 총사령관님은 이 집 말고는 아무것도 없었을 때라 가릴 처지가 아니셨지요. 때문에 그분은 제게 '지시는 하겠지만 이행에 대한 판단 결정은 맡기겠다.'고 대답하셨습니다. 그게 그분 밑에 있는 다른 사람들과 제가 다른 점입니다."

"……."

"속을 터놓진 않으셨지만 그래도 거짓을 말하지 않으셨으니 저도 솔직하게 말씀드리는 겁니다. 그리고 하나 더 말씀드리자면, 전 사모님께서 마지막까지 총사령관님의 곁에 남아 주시길 바랍니다."

"⋯⋯."

"두 분의 사정은 이미 잘 알고 있습니다. 사모님께서 은연중에 총사령관님을 피하는 이유 역시도요. 지금 비상금을 만들어 두시는 것 또한 다른 생각을 하시기 때문이라는 것도 말입니다. 그럼에도 눈감아 드리는 이유는 사모님이 싫지 않다는 이유도 있지만 사실 총사령관님을 위해서입니다. 언젠가는 그분을 용서하시길 바라기 때문이지요."

그의 눈을 피했다. 거부의 의사였지만 메오른은 설득을 멈추지 않았다.

"남들은 그분을 곧잘 수완가라 여기곤 하지만 제 눈에 그분은 여전히 요령이 없으십니다. 전쟁터에서 다져진 과격한 성격이 남아 있는 탓이지요. 그분은 지금도 열여덟 때와 그리 다르지 않답니다.

또한 그분의 욕심은 모두 그럴 만한 사정이 있습니다. 아시다시피 그분과 저는 군정권이 들어서기 전의 시대를 살았습니다. 황족과 귀족의 시대입니다. 지금은 온갖 미화된 말로 왕실의 복귀를 정당화하기 위한 선전을 하고 있지만 사실 그 당시 역시 그리 좋은 시대는 아니었습니다. 그분에게는 더욱 말이지요.

그분의 어머니께서는 어느 귀족에게 끌려가 자살하셨고 그분의 아버지께서는 그 귀족이 저지른 죄의 누명을 쓰고 돌아가셨습니다. 형제들 역시 모두 처형당했습니다. 그분은 그 부조리를 모두 보고 고작 열셋에 전쟁터로 내몰렸습니다.

그곳에서 그분은 지금은 처형당한 전 총통을 만나게 되고 그로부터 몇 년 후에 군 반정이 일어났습니다. 이후 대대적인 귀족 처형이 있었습니다. 현재 고개를 뻣뻣하게 들고 사는 귀족 가문들은 모두 그 당시 그야말로 모든 걸 다 내바쳐 가며 그나마 무사할 수 있었던 겁니다."

다시 메오른을 바라보았다. 메오른은 삶의 흔적이 역력한 주름진 얼굴로 미소 지었다.

"지금 이 저택은 총사령관님의 부모를 죽게 만든 귀족 가문의 저택이었습니다. 저는 이곳의 집사 중에 한 명이었지요. 저는 이 집에 군인들이 들이닥치던 그 날을 아직도 잊을 수가 없습니다. 저를 뺀 모든 고용인들이 죽고 마지막에 주인들이 끌려 나왔습니다. 당시 중위였던 총사령관님은 직접 총을 빼 들어 그들을 남김없이 쏴 죽였습니다. 그리고 저만 남게 되었을 때 그분은 제게 다가와 마주 서셨지요.

그분께서는 전쟁터에 끌려가기 전에 이 집에 와서 행패를 부린 적이 있었는데 그때 제가 그를 벌하지 않고 돌려보낸 적이 있었습니다. 단 한 번뿐인 만남이었는데도 절 기억하고 계셨던 겁니다. 그 한 번의 친절 때문에 전 살아남았습니다. 그리고 머지않아 그분께선 직접 이 집을 사들여 저를 다시 이곳에 머물 수 있게 해 주었지요."

"……."

"사모님. 그분은 분명 잔인한 짓을 많이 했을지도 모르지만 결코 그게 전부가 아닙니다. 그저 사람이기에 잘못된 선택을 하기도 하고, 살아온 환경상 많은 감정이 결여되어 누군가에게 얼마만큼의 상처를 입히는지조차 잘 모르십니다. 스스로가 얼마만큼의 상처를 받았는지도 모르시는 분이니 남들이야 말할 것도 없지요."

"……."

"저는 부디 사모님께서 그분을 보듬어 주셨으면 합니다. 제가 보기에 총사령관님은 사모님께 최선을 다하고 있습니다. 느끼기 어려우실지도 모르나 그 누구보다도 사모님을 특별하게 대하고 계십니다. 제가 그분의 속마음을 감히 가늠할 수는 없겠으나 그래도 역시 사랑이라고 생각됩니다. 사모님께서도 그분께 조금이라도 감정이 남아 계시다면 부디. 그분을 포기하지 말아 주십시오."

메오른은 안타까움이 느껴질 정도로 마음을 담아 쥐페도라를 위해 날 설득했다. 복잡하고 무거운 심정에 절로 고개를 숙여 두 손으로 이마를 받쳤다. 한참 동안 말없이 입술을 꾹 물고 있다가 한참 만에야 고개를 들고 메오른을 바라보았다.

"메오른 씨. 이 세상에 홀로 살아남아 괴롭지 않은 사람이 누가 있겠어요. 그런 식으로 죄가 정당화될 수 있다면 대체 무죄 아닌 사람이 누가 있을까요?"

메오른은 쥬페도라에 대한 억울한 마음과 스스로에게 품은 자괴감을 담아 묻는 나를 가만히 들여다보았다. 마주한 그의 눈은 마치 햇빛을 받은 돌처럼 단단하고 따뜻해 보였다.

"죄를 지었으면 응당 그 값을 받아야 한다고 사람들은 말할지도 모릅니다, 하지만 다른 이들의 생각은 제가 알 바 아닙니다. 그러니 저는 오로지 두 분을 위해 이기적인 마음으로만 말씀드리겠습니다. 지난 삶이 힘드셨겠지만 그래도 어떻게든 그 괴로움을 버텨 냈다면, 무거운 죄를 안고도 뻔뻔하게 살아남았다면. 그다음은 희망으로 살아보시는 게 어떻겠습니까. 이유가 부족하다면 제인 도련님을 생각해서라도 말입니다. 소중한 삶을 부디 슬프게 쓰지 마십시오."

메오른의 말이 결코 맞다고 생각진 않았지만, 그 순간 마음이 크게 일렁인 것도 사실이다. 그동안 누구에게도 그런 식의 말을 들어 본 적이 없었다. 그냥 어쩔 수 없으니 신경 쓰지 말라고는 제법 들었다. 하지만 그의 말처럼 딛고 살아도 괜찮다고는. 정말로? 지금껏 그래 왔듯 앞으로도 과거의 죄는 모르는 척 눈 돌리고 가슴 깊이 묻어 둔 채 살아도 괜찮은 거라고?

한편으론 알고 있다. 그저 나 듣기 좋으라고 내 기분 편하라고 하는 허울 좋은 말일 뿐이란 걸. 괴로움을 굳이 마주하지 않고 피해 갈 핑곗거리를 준 거라는 걸 말이다.

그리고 또 한편으론 내가 원하던 위로이기도 했다는 걸 인정할 수밖에 없었다. 내 마음을 속이고 현실에서 눈 돌릴 당위성이 줄곧 필요했던 거다. 쥬페도라를 용서하고 싶어 했던 것처럼.

메오른의 말을 받아들이면 나는 확실히 좀 더 편안한 심정으로 삶을 살아갈 수 있을지도 모른다. 덤으로 안정적인 생활 역시 보장받겠지. 하지만 그건 동시에 쥬페도라 역시 용서받을 구실이 된다는 뜻이었다.

그럼 내 아이는?

그렇게 없던 일이 되는 거라고?

나는 성격이 나빠서 차라리 나를 진창으로 몰아넣을지언정 쥬페도라가 죄의 무게에서 벗어나는 것을 인정할 수가 없었다.

메오른의 권유는 내 입에 달콤한 독이었다.

"잠시, 쉬고 싶군요."

그런 말에 새삼 흔들리는 모습을 보이고 싶지 않았다. 나를 설득하려는 메오른을 일단 눈앞에서 치워 버리자고 생각했다. 인생에서 치워 버린다는 게 아니라 단순히 지금 내 눈앞에서 안 보였으면 싶었다.

메오른은 허리를 굽히며 순순히 따랐다.

"자리를 비켜 드리겠습니다. 편안히 쉬십시오."

메오른마저 방을 떠나고 드디어 혼자 남을 수 있었다. 하지만 별로 휴식을 취하진 못했다. 그때부터 머릿속에 있던 온갖 것들이 날카롭게 뇌를 찌르는 것 같았기 때문이다. 나를 떠나는 루이, 날 붙잡는 쥬페도라, 날 짓누르는 사이크 등등. 어느새 감정의 진흙이 가라앉아 마음은 더없이 차분해진 데 비해 머릿속은 터져 버릴 것처럼 쿵쿵 날뛰었다.

두 손으로 머리를 감싸며 침대에 모로 눕는다. 두통이 심한 밤이었다.

그날의 대화를 끝으로 메오른은 그 화제를 더는 꺼내지 않았으나 정작 내가 그 대화를 오랫동안 잊지 못한 채 시간이 흘렀다.

메오른은 쥬페도라에게 내가 쓰러졌다는 사실을 보고했다. 하지만 얼굴의 상처에 대해선 좋게 둘러대 주었다. 정신을 잃고 넘어지면서 좀 다친 것 같다고.

그 후 전화로 내게 따로 연락을 취한 쥬페도라는 걱정스럽다는 어조로 말했다.

— 좀 허해진 건가? 잘 먹고는 있는 거야?

"잘 먹고 있어요."

— 음식이 마음에 안 든다면 요리사를 바꿔.

"괜찮아요. 주방 사람들은 일을 아주 잘하고 있어요. 괜한 데에 화풀이하지 말아요."

— 걱정돼서 말이야.

"이젠 괜찮으니 걱정하지 마세요."

— 흠……. 지금은 뭐 하고 있어?

"방에서 제인과 차 마시고 있어요."

테이블 맞은편에 앉아 간식으로 나온 치즈를 주워 먹고 있던 제인이 내 말에 눈을 슬쩍 들었다. 나는 아이에게 조금 웃어 주곤 내 몫의 접시를 제인 앞으로 밀어 줬다. 잘 먹네. 치즈를 좋아하나?

— 조만간 시간 좀 날 거 같아. 그때 남부에서 며칠 쉴 예정이야.

"그래요? 잘됐네요."

— 당신 목소리는 별로 잘된 거 같지 않은데.

"좀 피곤해서 그래요. 당신이 오는 건 기뻐요. 정말로."

— 이유 없이 피곤한 건 어딘가 좋지 않다는 거야. 박사와 상담이라도 해 봐.

"그럴게요."

얼마 후 통화를 마치고 고용인이 들고 있던 전화기 본체 위로 수화기를 내려놨다. 고용인은 길게 빼 온 전화선을 잘 갈무리해 제자리에 가져다 둔다. 나는 손짓으로 방 안에 있던 사람들을 모두 물렸다. 고용인들이 빠져나가 문이 닫히는 것을 보고 다시 제인에게 눈을 돌렸다. 그사이 제인은 언젠가 내가 만들어 준 천 주머니에 남은 치즈들을 황급히 쓸어 담고 있었다.

"……."

"……!"

뒤늦게 눈치를 살피러 시선을 든 제인과 내 눈이 딱 마주쳤다. 제인은 어깨를 움찔하며 손을 멈췄다. 나는 말없이 제인의 손에 들린 천 주머니로 눈을 내렸다.

"그거 맛있었니? 리체에게도 좀 보내 줄까?"

제인은 내 눈치를 보며 주머니를 놓고 두 손을 테이블 밑으로 내렸다.

"맛있었어요. 이런 거 그렇게 쉽게 먹을 수 있는 건 아니니까……."

우물쭈물 변명하는 제인을 바라보다가 주머니에 미처 담지 못한 치즈 조각 한 개를 접시에서 집어 들었다. 이리저리 돌려 살펴봐도 내 눈엔 특별할 것 없는 그냥 치즈일 뿐이다. 물론 약간 비싸긴 했다.

"그래. 먼 지방에서 비싸게 들여왔다는 소리를 얼핏 들은 거 같네."

"죄송해요……."

제인의 눈썹 끝이 살짝 아래로 처져 금세 불쌍한 무표정이 만들어졌다. 분명 무표정인데 눈썹의 미세한 움직임에 따라 감정이 느껴지는 게 신기했다. 하지만 그 속내를 정확히 읽는 건 좀 애매했다. 저 얼굴은 반성하는 표정인 걸까? 아니면 훔치기 전에 들켜서 시무룩해진 표정인 걸까? 일단 좋은 표정은 아닌 것 같았으므로 풀어 주자고 생각했다.

"괜찮아. 나도 어렸을 때 그런 적 있어. 집에 선물로 비싼 초콜릿 상자가 들어왔는데 거기서 몇 개 몰래 집어다가 당시 저택에서 일하던 남자아이에게 준 적이 있었지."

"왜요? 가족도 아닌데."

"나랑 같이 놀아 줬으면 했거든. 뭐 물론 그거 줬다고 그 후에 딱히 그 애가 나랑 놀아 준 것도 아니었지만. 고용인들은 할 일이 많으니까 말야."

"그 사람은 지금 뭐 하는데요?"

"몰라. 그냥 어느 날 갑자기 없어졌어. 나는 어린애였으니 사람들에게 물어봐도 제대로 알 수가 없었고. 내가 알 수 있는 건 그 애가 일을 그만뒀다는 것뿐이었지. 어쨌든 중요한 건 그게 아니고, 내가 너한테 아까부터 묻고 있잖아. 맘에 들면 리체한테도 좀 보내 줄까? 하고. 왜 얼렁뚱땅 화제를 돌리려는 거야?"

제인은 쑥스러운 듯 조금 눈을 피하며 말했다.

"리체가 치즈를 좋아할진 모르겠지만…… 보내 주시면 고마울 거 같아요."

"안 보내 주면 안 고맙고?"

"물론 리체 찾아 주신 건 정말 감사하게 생각하고 있어요. 어른이 되어도 은혜 잊지 않을게요."

곧바로 제인이 진지한 표정으로 말했다. 애라 그런 건지 아니면 성격이 그런 건지 농담 구분을 못 하는 것 같았다. 괜히 내가 더 머쓱해졌다.

"됐어. 나도 너에게 그리 인간적인 걸 시키진 않았잖아. 내가 정말 누군가의 부모라면 끔찍할 거야."

"그렇게 못할 짓을 시키진 않았는데요."

"그건 네가 어린애니까 모르는 것뿐이고. 언젠가 네가 커서 부모가 되어 보면 내가 얼마나 무신경하고 나쁜 사람이었는지를 알 거야. 사람은 어렸을 때의 경험이 커서도 영향을 꽤 미친다고 어느 똑똑한 사람이 그랬다더라. 그러니 만약 네가 커서 제대로 된 어른이 되지 못한다면 거기에 나도 일조한 셈이 되는 거겠지."

"제가 제대로 된 어른이 되면요? 그럼 그 똑똑한 사람은 틀린 게 되는 건가요?"

제인은 말간 얼굴로 내게 그렇게 물어 왔다. 나는 웃음을 터뜨리고 말았다. 그런 나를 의아하게 바라보는 제인에게 겨우 웃음을 멈추고 말했다.

"글쎄. 그렇게 되면 적어도 나는 아주 기쁘고 네가 자랑스러울 거야."

루이와의 만남 이후로 이상하게 피곤하고 갈아져서 컨디션이 나빴는데 오늘은 제인 덕분에 좀 나아지는 걸 느꼈다. 두통은 여전히 남아 있었지만 그나마 기력은 제법 도는 것 같아 이참에 리체를 만나러 가자고 권해 봤다. 치즈도 가서 직접 주라고. 제인은 놀란 듯 눈을 동그랗게 떴다가 이내 눈에 띄게 화색을 보였다.

나가기로 결정하자 더 뭉그적댈 이유도 없어서 곧바로 자리에서 일어났다. 제인에게 나갈 준비를 하고 1층으로 내려오라고 했다. 제인은 고개를 끄덕인 뒤 빠른 걸음으로 방을 나섰다. 제인이 나가고 나서야 외출복으로 갈아입고 가방에 대충 필요한 물건을 챙겨 넣었다. 준비를 마치고 방을 나서자 고용인이 곧바로 뒤를 따른다. 고용인에게 조금 전 먹었던 치즈들을 좀 싸 오라고 했다. 공손히 대답하며 지시를 수용한 고용인이 주방 쪽으로 발길을 돌렸다.

먼저 1층으로 내려가 기다리고 있길 잠시, 제인이 계단을 빠른 걸음으로 내려오는 게 보였다. 되도록 집 안에서 뛰지 말라는 메오른의 가르침을 잘 지키고 있었다. 주방에 다녀온 고용인이 치즈를 포장한 작은 가방을 들고 곁에 섰다. 나는 그것을 받아서 다가온 제인에게 곧장 넘겼다.

"네 선물이니까 네가 들고 가."

제인은 수줍은 얼굴로 말없이 그것을 받아 품에 안았다.

오늘은 미미가 아닌 카이가 모는 차를 타고 고아원으로 갔다. 이번에도 제인과 리체 둘만의 시간을 주고 나는 응접실에서 기다리기로 했다. 올 때는 제인이 옆에 있어서 괜찮았는데 응접실선 제인이 없으니 다시 기분이 바닥으로 꺼졌다.

우중충한 기분을 굳이 감추지 않은 채 연신 담배만 물고 있자 원장은 나를 어떻게 대해야 할지 잘 모르겠는 듯 불편한 표정이었다. 그녀는 일단 내 앞에 재떨이와 차를 내주곤 나와 내 뒤쪽에 서 있는 카이를 번갈아 흘긋거렸다. 별로 신경 쓰고 싶지 않았지만 굳이 괴롭히고 싶은 생각도 없었던 나는 원장에게 말했다.

"전 신경 쓰지 않아도 괜찮아요. 바쁘실 텐데 볼일 보세요. 전 제인이 돌아오면 알아서 가겠습니다."

"아…… 네. 그럼 전 나가 볼 테니 편하게 쉬고 계세요."

그제야 원장이 어색한 미소를 지으며 자리에서 일어나 밖으로 나갔다. 그렇게 카이와 둘만 남았다. 소파에 등을 기대고 멍하니 천장을 응시했다. 우울했다. 이유도 없이 그냥 우울했다. 제인은 언제 오는 걸까. 어느새 거의 다 태운 담배를 끄고 다시 담뱃갑을 열었다. 하지만 담배는 더 남아 있지 않았다. 한숨을 쉬며 손으로 갑을 우그린 뒤 탁자에 던지듯 내려놓았다. 그때 문득 어깨 위로 담뱃갑이 쑥 넘어왔다. 뒤를 돌아보자 카이가 자신의 담뱃갑을 내밀고 있었다.

"필요한 것처럼 보여서."

나는 그를 빤히 바라보며 담뱃갑을 받았다. 이내 다시 고개를 앞으로 돌린 나는 그 속에서 새 담배를 꺼내 입에 물고 라이터를 켜며 말했다.

"그러고 보니 오늘은 왜 네가 온 거야. 미미는 어쩌고."

"내가 바꿔 달라고 했어."

그간 내게 극존칭만 쓰던 카이가 왜인지 오늘따라 예전처럼 편한 말투를 썼지만 썩 기분 좋진 않았다. 절로 새 나오는 비웃음을 막지 않고 대꾸했다.

"왜? 미미 일로 나한테 따지려고?"

카이가 나지막하게 말했다.

"베어가 벌을 받지 않게 손써 준 거 고마워."

"뭐?"

살짝 어이없는 기분을 느끼며 카이를 돌아봤다. 카이는 담담한 얼굴이었다.

"사실 오늘 베어가 오고 싶어 했는데 메오른 씨에게 퇴짜 맞았어. 그래서 내가 대신."

별……

진짜 웃기지도 않아 못마땅한 심정으로 카이를 노려보다 고개를 되돌렸다.

"별로 신경 쓸 거 없다고 전해. 딱히 그 자식 생각해서 그런 게 아니니까. 어쩌다 보니 그렇게 된 거지. 그나저나 너희 셋은 정말 친하구나. 함께한 시간이 많아서 그런가."

"우리도 어쩌다 보니 그렇게 된 거야. 너를 따돌리려는 의도는 없었어."

"뭐라는 건지."

듣고 있기 답답해져서 자리에서 벌떡 일어나 창가로 갔다. 창문을 활짝 열고 밖에서 놀고 있는 아이들을 보며 말했다.

"상관없어. 애도 아니고 이제 와 그런 거에 서운하지 않아. 착각은 늘 해 오던 거고 내가 멋대로 너희에게 환상을 품은 건 너희 탓이 아니지."

"……미안. 많이 화났구나."

"아니. 내가 왜? 화 안 났어. 시행착오가 있어야 발전하는 법이잖아. 친구라는 관계가 애초부터 나랑 안 맞았던 거야."

"음……."

"……"

"그럼…… 뭐가 너랑 맞는데?"

약간의 침묵 후 카이가 물었다. 나는 몸을 돌려 창틀에 허리를 기대고 카이를 바라보았다.

"명령이 가능한 관계."

카이는 나를 잠시 마주 보다가 곧 얕은 한숨을 내쉬었다.

"네가 우리에게 원하는 관계가 그거라면 따를게."

"지금도 그러고 있잖아?"

"지금 내 말뜻을 네가 이해 못 하는 거라고 생각하진 않아. 그저 비꼬고 싶은 거지."

"그래. 알아들었어. 근데 그게 뭐. 내가 어떻게 받아들일 줄 알았는데? 네가 그렇게 나오면 내가 등신처럼 좋다고 할 줄 알았어?"

"……."

"그래, 뭐 일단 좀 묻자. 왜? 너희가 뭐가 아쉬워서. 미미 때문이야? 아니면 루이 씨 때문인가? 루이 씨가 그렇게 하라고 시키든?"

"그 사람이 그런 성격이 아니란 건 네가 더 잘 알고 있을 거라 생각하는데."

"그럼 미미 때문이네."

"아니라곤 못 하겠다. 너는 모르겠지만 나랑 미미는 사귄 지 꽤 됐거든."

"미미한테 그런 얘긴 못 들었는데."

"그야 그 녀석은 별로 그렇게 받아들이지 않는 모양이니까. 그저 섹스 파트너 정도라고 생각하는 듯해."

"그럼 너 혼자 착각하는 거잖아?"

"나는 그 녀석을 파트너라고 생각한 적 없어. 나한테는 연애 상대야."

"그래, 뭐…… 힘내라."

딱히 할 말이 없어져서 짧게 대꾸하자 카이는 곧 한 손으로 제 얼굴을 가볍게 쓸어내리며 말했다.

"아니, 요지는 그게 아니고. 적어도 나는 그렇다는 얘기야. 아무래도 베어는 그런 이유가 아니겠지."

"……."

"그 속이야 누가 알겠냐마는, 그 녀석은 나 같은 거보다 훨씬 더 복잡한 인간이야. 단지 그걸 설명하기 귀찮아서 말을 안 할 뿐이지."

"그런 거……"

"아―악―!"

그때 문득 바깥에서 들려오는 비명에 말을 멈추고 창밖으로 고개를 돌렸다. 갑자기 소란스러워진 운동장 한편엔 아이들이 몰려 있었다. 뭐야. 싸움 났나. 그러고 보니 리체를 처음 만나러 온 날도 싸움 났던 거 같은데. 드센 애들은 어디에나 있는 모양이라며 이내 흥미를 잃고 시선을 거두려 했다. 그때 몰려 있는 아이들 사이로 한 아이가 내던져지며 막혀 있던 사람 벽이 활짝 열렸고, 나는 거기서 제인을 발견했다. 뭐지……? 곧 카이가 다가와 그 역시 창밖을 보더니 약간 어이없다는 투로 말했다.

"……도련님 아냐?"

"이런 씨……!"

나는 그대로 창밖으로 넘어가 제인에게 달려갔다. 몰려 있던 애들을 거칠게 잡아끌어 헤집고 안쪽으로 들어가자, 이미 제인의 주변에 여러 명의 남자애들이 넘어져 있는 것을 볼 수 있었다. 제인은 그중 한 덩치 큰 아이를 한 발로 밟고 서 있다가 허리를 굽혀 근처에 있던 큼직한 돌을 집어 들었다. 코피를 흘리는 소년의 머리로 그걸 내리치려는 순간, 나는 제인의 뒷덜미를 잡아끌어 반대쪽으로 내던졌다. 제인은 그대로 밀려나 바닥에 나뒹굴었다.

분노가 터져 나올 것 같았지만 애써 참고 제인을 바라보았다. 제인은 바닥에서 상체를 일으키고는 소매로 얼굴을 문지르며 말없이 나를 올려다보았다. 나는 이내 시선을 돌려 제인에게 돌로 찍힐 뻔한 소년을 내려다보았다.

"괜찮니?"

"……."

소년은 겁에 질린 얼굴로 씩씩대며 아무 말도 하지 못했다. 그저 손등으로 눈물을 훔칠 뿐이다. 뒤늦게 원장이 앞치마에 손을 닦으며 나타났다. 그녀는 놀란 얼굴로 넘어진 아이들을 일으켜 주며 내게 무슨 일이냐고 물었다. 나는 일단 그녀에게 사과했다.

"미안해요. 이쪽에서 실례를 저질렀네요."

영문을 모르는 원장은 더 자세한 얘길 듣고 싶은 것 같았지만 나는 더 할 말이 없었다. 몸을 돌려 제인에게 다가가 한쪽 팔을 잡고 거칠게 일으켜 세웠다. 그대로 잡아끌어 막 원장에 의해 일으켜진 소년 앞에 세우며 말했다.

"사과해."

그것에 제인이 울컥한 얼굴로 나를 올려다보았다.

"얼른."

"싫어요."

"사과해."

"전 잘못하지 않았어요! 이 녀석들이……!"

나는 더 듣지 않고 손을 들어 제인의 볼을 후려쳤다. 힘 조절을 한다고 했는데 살갗을 치는 소리가 제법 매섭게 울려 퍼지며 제인이 약간 휘청거렸다. 흘긋 눈을 돌리자 한편에 서 있던 리체가 놀랐는지 두 손으로 제 입을 막는 게 보였다. 어쩌면 리체 때문에 일어난 싸움일지도 모른다는 생각이 들었다. 리체에게서 다시 제인에게 눈을 돌렸다.

"네가 언제부터 나한테 말대꾸까지 했니. 그간 내가 너무 편하게 해 줬나?"

"……"

어느새 뒤를 따라와 근처에 있던 카이 쪽으로 제인을 세게 밀쳤다. 카이가 제인이 넘어지지 않게 붙잡았고 나는 그들에게 등을 보이고 서며 말했다.

"차에 태워."

제인이 카이에게 이끌려 자리를 뜨는 걸 흘긋 확인하곤 아직 울먹이는 얼굴로 서 있는 소년에게 눈을 돌렸다.

"미안해. 대신 사과할게. 무서웠지?"

소년은 여전히 고집스레 입을 열지 않았지만, 얼굴에 드리워진 두려움은 누구라도 충분히 알아챌 수 있을 정도였다. 그야 그럴 것이다. 이 소년이 살아오면서 진짜배기 살의를 받아 본 적이 몇 번이나 있었겠는가. 아마도 이번이 처음 아니었을까.

단언하건대 제인은 이 소년을 죽이려 했다. 주변에서 알아차렸을 거라곤 생각하지 않지만 직접 눈앞에서 마주한 이 소년은 틀림없이 느꼈을 것이다. 물론 아직 어리니 그게 살의라는 것을 알아차리는 것까진 힘들지도 모르겠다. 하지만 정확한 설명을 못 한다 한들 그 느낌은 마주해 본 사람은 모를 수가 없는 거였다. 소년에게서 눈을 떼고 원장에게 말했다.

"다친 아이들 모두 병원에서 치료받게 해 주세요. 비용은 이쪽에서 부담하겠습니다."

"아……."

원장은 내 말에 잠시 멍한 얼굴을 했다가 이내 사색이 되어 말했다.

"아니요! 아니요. 이쪽에서도 죄송합니다. 틴! 얼른 사과드려!"

"……."

"틴!"

"괜찮아요. 신경 쓰지 마세요."

의례적인 미소를 지어 보이며 원장을 만류했다. 원장은 어쩔 줄을 몰라 하다가 애들에게 신경 써 주라는 내 말에 곧 몰린 아이들을 흩어버리고 다친 아이들을 마저 일으켜 세워 데리고 안으로 들어갔다. 그때 리체가 돌아가지 않고 나에게 주춤거리며 다가왔다. 그 손에는 뜯겨 솜이 삐져나온 토끼 인형이 들려 있었다.

"저기……."

"왜."

나도 모르게 차가운 목소리가 나와 버렸다. 리체는 어깨를 움츠렸
다가 펴더니 우물쭈물 제인을 변호했다.

"제, 제인 오빠는…… 잘못 없어요……. 제가 치즈 답례로 오빠에게
인형을 줬는데…… 이거 말고는 줄 게 없어서…… 근데 틴 애들이 시
비를 걸어와서…… 그러다 인형이 찢어져서……."

내가 손을 뻗자 리체는 내가 때리려는 줄 알았는지 이번엔 목까지
움츠리며 두 눈을 꼭 감았다. 나는 리체의 손에 들린 토끼 인형을 잡
아 들었다. 리체는 뒤늦게 슬그머니 눈을 떴고 나는 엉망이 된 인형을
살피며 말했다.

"고작 인형 때문에? 그 녀석의 인간성도 알 만하구나."

고작 인형 때문에 사람을 진심으로 죽이려 했다는 건가. 어쩌면 제
인은 내 바람과는 달리 제대로 된 어른이 되기는 틀린 걸지도 모른다.
이미 망가져 버린 걸 수도.

물론 사람마다 소중히 여기는 물건이 있을 수는 있다. 또 그것이 타
인에 의해 망가졌을 때 분노할 수 있다. 하지만 지금 이 시점에 제인
이 이래선 안 됐다. 제인은 경솔하고 위험한 짓을 했다.

돌아오는 차 안에서 제인과 나는 아무 말도 하지 않았다. 할 말이
없었던 건 아니다. 그저 잠시 제인에게 스스로 반성할 시간을 주고 싶
었다. 나도 꽤 화가 나 버린 상태여서 조금 가라앉힐 시간이 필요했
다. 그러니 쓴소리는 집에 가서 하기로 미뤘다.

제인은 집에 도착할 때까지 고개를 창 쪽으로 돌린 채 나를 쳐다보
지도 않았다. 차에서 내리자마자 나는 제인에게 방으로 따라 올라오
라 말하고 앞장섰다. 제인의 방이 아닌 내 침실로 들어간다. 제인은
순순히 따라와 내가 열어 놓고 들어온 방문을 닫고 섰다. 나는 테이
블 의자에 앉아 담배를 꺼내 물고 불을 붙였다. 몇 번 연기를 내뱉고
나서야 제인을 바라본다. 제인은 여전히 나와 거리를 두고 멀찌감치

서 있었다.

제인이 처음 이 집에 왔을 때와 비슷한 거리였다. 나 역시 그때처럼 제인에게 앉으라는 말조차 하지 않았다.

"오는 동안 생각 좀 해 봤니? 그래도 네가 뭘 잘못했는지 모르겠다면 내가 짚어 줄까?"

"……."

"그래? 정말 모르겠어?"

"……."

"제인."

"……."

"왜 대답 안 하니?"

"……."

"이쪽 보고 대답해 봐."

"……."

그때와 다른 점이 있다면 제인은 나와 눈조차 마주하고 있지 않다는 거였다. 제인은 고집스러운 표정으로 다른 곳을 보고 있었다. 나는 그 모습에 결국 참지 못하고 크게 화를 내고 말았다.

"이쪽을 봐! 지금 내가 벽하고 얘기해!? 대체 그건 어디서 배워 먹은 버릇이야! 메오른이 그렇게 가르치든?! 아니면 네 부모가 그렇게 가르쳤어?!"

나는 스스로의 성격에 대해서 잘 알고 있다. 되도록 참는 편이지만 한 번 터지고 나면 머리에 열이 꽤 오랫동안 머무는 편이라 말실수 내지는 과격한 행동을 종종 저질렀다. 그래서 집으로 오는 동안 제인뿐만 아니라 나 자신에게도 생각할 시간을 준 것이다.

결국 실패했지만.

이렇게 후회할 말을 내뱉고 말았다. 그나마 다행인 건 제인이 나와 거리를 벌리고 있었다는 점이다. 나는 의자를 박차고 일어나지 않기 위해 테이블을 한 손으로 꽉 붙들었다. 일어섰다간 다시 제인에게 손찌검을 할 것 같았다.

나는 빨아들인 연기를 속 깊이 들이마셨다가 길게 뱉어 내며 담배를 재떨이에 껐다. 그리고 잠시 눈을 감고 침묵했다. 나로선 최대한 화를 억누르기 위해 안간힘을 쓰고 있었다. 한 손으론 여전히 테이블을 붙잡고 다른 손으론 탁. 탁. 일정한 박자로 테이블을 두드리며 숫자를 센다. 다시 입을 열 수 있었던 건 그로부터 한참이 더 지나고 나서였다.

또 괜한 쓸데없는 말을 할까 봐 감은 눈을 뜨지 않고 이 이상 문 바깥으로 목소리가 새 나가지 않도록 톤을 죽여 제인에게 말했다.

"넌 오늘 굉장히 위험한 짓을 한 거야. 평범한 애들은 그런 식으로 싸우지 않아. 훈련받았다는 거 자랑하려고 했니? 동네방네 소문 퍼지라고 그런 짓 한 거야? 만약에 오늘 같이 갔던 경호원이 총사령관 측 사람이었다면 너 어쩔 거야. 또 너에게 맞은 애들이 바깥에 좋지 않은 소문이라도 퍼뜨리면 너 어쩔 거야. 곧 있으면 총사령관이 남부로 돌아와. 그때 길거리에 너에 대한 소문이 떠돌아서 그의 귀에 들어가면 너 어쩔 거냐고. 네 출신이 그에게 들키면 어떻게 될지 생각해 본 적 있니? 나랑 나뿐만 아니라 너를 데려오는 데 도움을 준 다른 사람들까지 줄줄이 다 말려 들어가. 그뿐인 줄 알아? 네가 그렇게 죽고 못 사는 리체는 어떻게 될 거 같아. 다 같이 사이좋게 손잡고 불구덩이로 떨어지자는 거니? 그랬으면 좋겠어?"

리체 얘기를 꺼내며 천천히 눈을 뜨고 제인을 보았다. 제인은 비로소 두려움 어린 눈으로 나를 바라보고 있었다. 이제야 사태 파악이 좀 되는 모양이었다.

"잘못했어요……."

제인이 울 것 같은 표정으로 입을 열었다. 나는 길게 한숨을 쉬며 제인을 마주 보다가 곧 짜증스레 눈길을 돌리고 한 손으로 그만 나가라는 손짓을 했다.

"당분간 넌 외출 금지야."

한풀 기가 꺾인 제인이 머뭇머뭇 몸을 돌려 방을 나갔다. 나는 제인이 나가고 나서야 가방을 열어 망가진 토끼 인형을 꺼냈다. 그것을 테이블 위에 올려놓고 한참을 쳐다보았다. 흙바닥에 한바탕 구른 것처럼 지저분해지기까지 한 인형은 천 자체도 많이 낡아 있었다. 힘이 그리 많이 들어가지 않아도 쉽게 찢어질 정도다. 지금껏 용케 멀쩡했던 건 분명 리체가 애지중지 아껴 왔기 때문이겠지. 그걸 제인에게 줬으니 리체도 제인에게 꽤 애정을 주고 있는 듯했다. 그러니 열받은 제인의 기분이야 모르는 것도 아니지만.

"후……."

다행히 우려와는 다르게 그 일은 그리 크게 번지지 않았다. 카이는 말할 것도 없고 원장 측에서도 쓸데없는 말이 나돌지 않게 신경을 쓴 모양인지 제인에 대한 일은 그저 가벼운 애들 싸움 정도로 마무리되었다. 물론 사건 자체는 완전히 없던 일로 할 수 없었으므로 후에 제인은 전화로 쥬페도라에게 적지 않은 쓴소리를 들어야 했다. 사실 그 정도면 아주 무난한 축에 속했다.

제인은 눈을 내리깔고 조용히 수화기를 귀에 대고 있다가 문득 나에게 눈을 돌렸다. 그리고 우물쭈물 나에게 수화기를 내밀었다. 나는 마시던 차를 내려놓고 전화를 받았다. 쥬페도라는 왜인지 즐거운 듯한 목소리로 말했다.

— 크게 화가 났었다며. 당신 고함이 밖까지 들렸을 정도라더군.

"그런 것까지 보고되는군요."

— 기분 나빴다면 미안해. 나는 그저 평소 생활이 궁금했던 거지, 감시하는 건 아냐.

"그럼요. 알아요."

퍽이나. 수화기를 귀에 댄 채 제인 쪽으로 눈을 돌렸다. 제인은 의자에 바르게 앉아 아무것에도 관심이 없다는 것처럼 가만히 창밖을 바라보고 있었다. 그 모습은 마치 이 집이 답답하다고 말하는 것 같아 마음이 좋지 않았다.

— 어쨌든 당신이 충분히 설교를 한 모양이니까 나는 약간의 주의만 줬을 뿐 별로 심한 소리는 하지 않았어. 혹시 부족했나?

"아뇨. 제가 충분히 혼냈어요. 근데 당신은 기분이 좋은 것 같네요."

— 티가 났나? 사실 요즘 일이 꽤 잘 풀리고 있거든.

"그래요? 다행이네요."

— 얼른 마무리 짓고 당신을 보러 가고 싶어.

"저도 보고 싶어요."

얼마 후 통화를 끝내고 수화기를 내려놓았다. 식어 버린 차를 더는 마시지 않고 자리에서 일어섰다. 그리고 제인을 응접실에 둔 채 먼저 등을 돌려 나왔다. 제인과 나는 여행지에서 만들어졌던 유대감이 거짓말인 양 굉장히 서먹해져 있었다. 제인은 이제 내게 호의를 보이지 않는다. 역시 내가 그날 제인에게 상처를 줬던 건지도 모른다. 하지만 나는 고집스럽게도 화해의 시도조차 하지 않았다.

처음부터 이 정도 거리가 좋았던 것을 어쩌다 보니 너무 가까워져 버렸던 거라고. 서로를 위해서도 정이 들면 안 되는 사이라고 변명하며 차라리 지금을 좋은 기회라고 생각했다.

나 역시 그만 착각에서 빠져나와야 할 때가 되었다고.

애초부터 나는 아이가 아니라 유용하게 부릴 수 있는 도구를 필요로 하지 않았던가. 그런 주제에 쓸데없이 정을 나누고 그것도 모자라 제인이 언젠가 멀쩡한 삶을 살기를 바랐다. 나는 알고 있다. 그날의 내 실수엔 이성적으로 내린 상황 판단 이상으로 결국 어쩔 수 없는 굴레를 봐 버린 실망감도 포함되어 있었다. 그 감정이 내게 쓸데없는 말을 하게 했다. 쓸데없는 정을 붙였기 때문에 쓸데없는 상처 또한 만들어 버렸다.

나는 어쩌면 제인을 통해 해소하고 싶었는지도 모른다. 멋대로 제인과 나를 동일시해 버려서 내가 원하는 방향과는 다른 모습을 보이는 제인이 그렇게도 화가 났다.

제인은 제인이다. 당연히 나와는 또 다른 개체다. 그런 당연한 사실을 망각하고 착각했다. 그 탓에 품 안이 시린 그 상실감이 그렇게 화가 날 수가 없었다.

그리고 그런 사실이 제인을 상처 입혀야 할 정당한 이유가 되진 못하기에 나는 제인에게서 삭막한 감정을 느낄 때마다 견딜 수가 없이 마음이 아파져 온다. 다른 누구도 아닌 내가 제인을 저런 슬픈 눈으로 만들었다는 죄책감이 나를 울고 싶게 했다.

설령 진짜 부모 자식 간이라도 나는 잘할 수 없었을 거란 좌절감마저 들어서. 어떻게 해도 나는 결국 똑같았을 것이라고. 슬퍼져 온다.

"안녕하세요……?"

며칠 후 제인 없이 고아원을 찾았다. 리체는 작은 목소리로 내게 인사했고 나는 그 애를 잠시 가만히 바라보다 늦게야 입을 열었다.

"그래. 안녕. 들어가도 되니?"

"아…… 네. 들어오세요."

리체는 나와 둘만 있는 것이 처음이라 그런지 꽤 긴장한 모습이었다. 안 그래도 몸이 좋지 않은 리체가 무리하는 것 같아서 얼른 나갈 생각에 낑낑 빼서 내주는 책상 의자에 앉지도 않았다. 리체는 그런 나를 동글동글한 눈으로 빤히 올려다보았다. 그 시선은 내게 왜 앉지 않느냐고 묻는 것 같았다. 최대한 목소리를 부드럽게 내려고 노력하며 말했다.

"고마워. 하지만 금방 갈 거라 앉지 않아도 돼."

"아……."

"다른 게 아니고. 이거 돌려주려고."

종이 가방에서 고친 토끼 인형을 꺼내 리체에게 내밀었다. 또 찢어질 위험을 덜어 보려고 고치는 김에 바느질 선을 따라 다른 천을 좁게 덧대어서 퀼트식으로 꿰매 두었다. 형태를 변형시키지는 않았으니 리체가 인형이 본래 자기 것이었다는 걸 못 알아볼 정도는 아니다. 리체는 인형을 받아 들고 가만히 내려다보았다가 왜인지 다시 내게 되돌려주었다. 그게 또 괜히 찔려서 인형을 되받아 든 채 허둥지둥 입을 열었다.

"아, 고친 게 맘에 안 드니? 미안. 이게 천이 낡아 어쩔 수가 없어서……."

"이거 오빠한테 준 거예요. 이제 오빠 거니까 오빠한테 가져다주세요."

"……."

"오빠랑 아직 화해 안 했어요?"

"글쎄. 화해는…… 음……. 애초부터 화해할 관계가 아니라고 해야 할지……."

절로 작아지는 목소리로 대꾸했고 리체는 그런 나를 빤히 바라보았다. 내가 지금 어린애를 앞에 두고 무슨 소리를 하는 건지. 곧 한숨을 크게 내쉬자 리체가 덩달아 작은 한숨을 폭 내쉬었다. 응? 한숨? 지금 얘가 나보고 한숨 쉰 건가?

조금 놀라 리체를 바라보았다. 리체는 내 손에 있던 토끼 인형을 다시 가져갔다. 그리고 마치 조금 전까지 날 어려워했던 것이 거짓말처럼 차분한 어조로 또박또박 말했다.

"용기가 안 나면 제가 대신 줄게요. 언제 아줌마네 집에 초대해 주세요."

"……뭐?"

"오빠는 아마 여기 오기 싫을 거예요. 그러니까 저를 아줌마네 집에 초대해 주세요. 제가 대신 전해 줄게요."

"……."

초대라니……. 난감함을 감추지 못하는 내게 리체가 곧 '싫어요? 역시 아줌마 나 싫어하죠?' 라고 물었다. 뚱한 눈매가 약간 제인을 닮은 것도 같았다. 나는 급히 두 손을 저으며 아니라고, 초대하겠다고 대답했다. 제인에게 그랬듯 또 말 한마디 잘못해서 어린애에게 상처를 주는 게 조심스러웠다. 뭔가 말린 것 같다는 기분을 지울 수가 없었지만 나는 억지로 미소를 지어 보이며 리체에게 물었다.

"근데…… 넌 괜찮았니?"

"뭐가요?"

"그때 제인하고 싸운 애들이 괴롭혀 온다던가."

"전 괜찮아요."

"그래?"

"네. 전 오빠랑은 다르게 사람들하고 잘 지내는 법을 알거든요."

"그래……?"

나보다 낫네.

중얼거리는 내 말에 리체는 작게 미소를 띠었다. 제인의 어깨 너머로만 봐서 정면으로 처음 접하는 리체는 생각보다 훨씬 더 어른스러웠다. 부모 없는 곳에서 살아남기 위해 형성된 성격이리라. 애는 애다운 게 좋다고 누군가 말했던 거 같지만 나는 리체의 처신이 똑똑했다고 생각한다. 그도 그럴 것이, 리체는 어디로 보나 어른인 나보다 나았으니 말이다.

그로부터 며칠 후에 나는 정말로 리체를 집으로 초대했다. 그동안 제인에게 그 소식을 말할 기회는 여러 번 있었지만, 선뜻 입이 떨어지지 않아 결국 말하지 않았다. 집으로 온 리체를 본 제인은 조금 놀란 듯했지만, 곧 뜻을 알 수 없는 눈빛으로 나를 바라보았다.

물론 이건 결코 좋은 일이 아니다. 이 집은 쥬페도라 측 인간들이 눈을 번뜩이고 있는 곳이므로 나는 괜히 이런 곳으로 리체를 불러들여 존재를 두드러지게 하고 싶진 않았다. 그렇기에 망설였다. 그런데도 결국 리체를 초대하고야 만 것은 요즘 들어 계속 처져 있는 제인이 내내 눈에 밟혔기 때문이다. 제인은 마치 예전의 내가 그랬듯 피폐하고 공허해 보였다. 그게 너무 불안했다.

물론 제인은 그 와중에도 제 할 일을 아주 잘해 줬다. 제인이 저택을 돌아다니며 고용인들이 하는 말들을 듣고 그것을 나에게 전해 주는 건 정말로 크게 도움이 된다. 대비를 할 수 있게 해 주기 때문이다. 하지만 그것뿐이다. 제인은 계속 기운이 없었다. 저러다 나처럼 망가져 버릴까 봐, 그 마음이 결국 리체를 이 집으로 부르게 했다.

"안녕하세요."

"그래. 어서 와."

미미의 손에 이끌려 안으로 들어온 리체는 한쪽 팔에 토끼 인형을 안고 있었다. 제인은 리체를 가만히 보다가 곧 그 인형으로 눈을 내렸다. 리체는 잡고 있던 미미의 손을 놓고 제인에게 인형을 내밀었다. 제인이 말없이 그것을 받아 들자 리체가 방긋 웃으며 말했다.

"오빠네 아줌마가 고쳐 주셨어."

"……."

"근데 나한테 가져오셨어. 오빠한테 바로 주긴 부끄러우셨나 봐."

"……."

제인은 가만히 인형을 꾹 누르며 만지작거렸다. 나는 리체가 쓸데없는 말을 한다는 생각을 했지만, 굳이 막진 않았다. 리체가 아무 말이라도 해서 제인을 저 우울의 구렁텅이에서 꺼내 준다면 내가 좀 창피한 상황으로 몰리는 것쯤이야 참을 수 있었다.

메오른에게 리체를 제인 방에서 함께 놀게 하라고 시킨 뒤 응접실쪽으로 발을 돌렸다. 곧바로 다른 고용인이 뒤를 따라온다. 미미는 그

고용인의 뒤편에서 따라왔다. 나는 고용인에게 차를 내 달라고 하며 자리를 뜨게 했고 미미가 그제야 내게 바짝 따라붙어 걸으며 말했다.

"이스릴에게서 연락이 왔어."

"그래?"

그에게선 하도 오랫동안 연락이 없어서 그냥 기부한 격이 되었나 보다 여기고 있었다. 솔직히 조금 의외라는 생각도 들었다. 정말 조사한 건가? 오히려 들키지나 않았으면 다행이다 싶지만.

"만나고 싶대."

"그럼 만나야지. 바로 연락 가능해?"

"응. 주소랑 연락처 남겼어."

미미에게 슬쩍 손을 내밀었다. 미미가 주머니에서 작게 접은 메모지를 꺼내 재빨리 내 손가락 사이에 스치듯 끼웠다. 나는 미미를 데리고 응접실이 아닌 침실로 발길을 틀었다. 방에 들어와 테이블에 앉아서 담배를 물고 쪽지를 펼쳤다.

"리에 공방. 가 본 적 없는데. 여기가 어디야."

"차로 한 30분 정도. 아마 임시 거처일 거야."

"뭐 하는 곳인데."

"도자기 인형을 만들어 팔아."

"주변 분위기는?"

"플린트 거리라고, 거긴 돈 좀 있는 사람들이 오가는 거리야. 이 집에선 고용인들이 너나 총사령관이 지시한 선물을 준비하러 갈 때 많이 가지. 악기점. 수예방. 의상실. 보석 가게. 향수 가게 같은 값비싼 취미를 위한 가게들이 많아. 리에 공방도 마찬가지야. 도자기 인형은 꽤 비싼 품목이거든."

라이터로 쪽지에 불을 붙여 빈 재떨이 안에 넣었다. 얼마 후 다 탄 재 위로 담배를 끄자 문밖에서 차를 가져왔다는 고용인의 목소리가 들렸다. 미미가 얼른 방문을 열어 준다. 양손에 각각 쟁반의 손잡이를 잡고 서 있던 고용인이 안으로 들어섰고 미미는 그대로 방을 나가 문을 닫았다. 잠시 미미와 얘기할 시간을 벌기 위해 고용인을 응접실 쪽으로 한 번 헛걸음하게 했었다. 나는 피곤해서 자리를 옮겼다며 고용인에게 변명하곤 따라 주는 차를 들었다.

"점심은 애들과 나가서 먹을 거니까 준비하지 말라고 해요."

"알겠습니다."

"두 시간쯤 후에 나갈 거니까 제인에게 미리 말해 둬요."

"예. 사모님."

차를 다 마시고 나서 고용인을 내보내고 아침에 읽지 못한 신문을 테이블 위에 펼쳤다. 에드윈 중장이 말한 것도 있고 나 역시 릭크리만 사건이 조용히 끝나지 않을 거라 생각했지만, 아직도 세상은 잠잠하다. 그 새치기 처형 사건은커녕 릭크리만에 관해 언급한 글조차 단 한 줄도 없었다. 어쩌면 이대로 묻어 버릴 모양인지도 모른다. 안 될 말이지. 조만간 손을 써야 할 듯싶다.

신문을 접어 치워 두곤 바느질 상자를 꺼냈다. 지난번 선생이 새롭게 가져온 책자 도안을 넘기며 절로 한숨을 내쉰다. 그녀는 따로 쥐페도라에게 지시를 받은 건지 어쩐 건지 내가 딴짓을 할 틈을 거의 주지 않으려는 것 같았다. 처음엔 오래되어 애매하게 남아 있던 기억으로 인해 실수하는 것들을 종종 고쳐 주다 어느 순간부터 그럴 필요조차 없어지자 그녀는 많은 자수 도안들을 가져다 내게 들이밀기 시작했다.

물론 나는 쥐페도라에게 있어선 한가하고 심심한 부인으로 보이지 않으면 곤란했기에 그녀가 필요 이상 내게 요구하는 것을 다음 수업까지 무리해서 완성시키곤 한다. 그도 그럴 것이, 딴짓하지 않고 대부분의 시간을 집 안에만 틀어박혀 있다면 할 수 있을 만큼의 양이다. 간혹 기분 전환이라도 시켜 주려는 듯이 가끔은 수예가 아닌 소품과 옷, 인형 만들기도 했지만 그래 봤자 바느질의 연속이었다. 그렇다고 나돌아 다닐 때 바느질을 할 수도 없었다. 언젠가 바깥 일정이 많아 제때 도안을 완성하지 못해 자수틀을 들고 차에 올라타는 날 본 메오른이 나에게 그 모습이 얼마나 남들 보기에 좋지 않은지 부드럽게 돌려서 말해 준 적이 있었다.

그는 시간에 쫓길 이유가 없으니 다음 수업까지 완성하지 못해도 상관없지 않겠냐며 내 손에 들려 있던 자수틀을 기분 나쁘지 않게 뺏어 가 기어이 나를 빈손으로 차에 타게 했다. 장거리 이동이었고 당장 다음 날 수업에 결국은 맞추지 못했다. 물론 선생은 나를 질책하거나 하지 않는다. 하지만 나는 제인으로 인해 알게 되었다. 그녀는 어느 고용인에게서 내가 얼마만큼 밖에서 보내는 시간이 많은지에 대해 묻고 그것을 수첩에 기록하고 있었다고 한다.

그다음 날부터 특별 경호—대체적으로 쥬페도라의 주변이 긴박하게 돌아갈 때 지시가 내려온다—라는 이름으로 나에게 평소보다 세 배 이상의 경호가 붙었다. 그들은 바깥은 물론이고 집 안에서조차 줄줄이 날 따라다녔다. 나는 이미 집 안에서 모건에 의해 납치당한 전적이 있었으므로 그게 지나치다 말할 수도 없었다. 뭘 하려 해도 도무지 그들의 눈을 피해 할 수 있는 것이 없었다.

다음 수업에선 선생이 내 준 과제들을 모두 마치자 그제야 다시 평상시로 돌아갈 수 있었다. 그건 쥬페도라가 나에게 보내는 압박 신호였다. '쓸데없는 짓 말아라.'라고 말하는 것이다. 어쨌든 그 이후로 여행을 다녀온 때를 빼고는 과제를 어떻게 해서든 끝내려 했고 수업에 맞춰 제대로 과제를 끝내고 나면 내가 아무리 돌아다녀도 따로 감시의 시선이 붙진 않았다. 딴짓을 할 여유가 없다고 여기는 것이다. 그러니 내가 할 수 있는 건 바느질 속도를 높이는 것뿐이었다. 덕분에 많이 숙련되었다고 생각한다. 이걸 대체 내가 어디다 써먹어야 할지는 모르겠지만.

어느새 두 시간은 빠르게 흘러가 외출할 시간이 다가왔다. 밖에서 고용인의 목소리가 들리고 나서야 상자를 덮어 제자리에 올려 두고 나갈 준비를 서두른다. 1층으로 내려가자 제인과 리체가 사이좋게 손을 잡고 서서 나를 기다리고 있었다. 경호는 미미와 카이가 하기로 했다. 딱히 카이까지는 필요가 없다고 했지만 메오른이 혹시 모르니 데리고 가라 말해서 별말 없이 차에 올라탔다.

플린트 거리에 들어서기 전 가까운 가게에서 점심 식사를 먼저 하고 리에 공방으로 향했다. 애들은 서로 얼굴만 쳐다보고 있어도 좋은지 말도 없이 붙어 있기만 했다.

거리의 한구석에 처박히듯 자리 잡은 리에 공방은 아주 작았다. 우리 말고는 전혀 손님도 없었으며 등도 어두웠고 물건들에 먼지가 쌓여 공기도 탁했다. 어쩐지 거의 망해 가고 있다는 느낌이었다.

"어서 오세요."

작게 기침을 하며 가게 안으로 들어선 우리를 맞은 건 가게 주인으로 보이는 노인과 이스릴이었다. 이스릴은 빙긋 웃으며 노인에게 다른 사람들을 대접하라 하곤 나는 위에서 따로 보기를 청했다. 미미가 같이 올라가려 했지만 나는 됐다 말하며 카이와 함께 애들을 잘 보고 있으라 시켰다. 미미는 어쩔 수 없다는 표정을 지었지만 그래도 혹시 모른다며 내 손에 권총을 한 정 들려 주었다.

그것을 가방에 집어넣고 이스릴을 따라 2층으로 올라갔다. 내 키가 큰 편임을 감안해도 천장이 굉장히 낮은 방이었다. 다락으로 보였다. 구부정하게 숙이고 들어가 그가 권하는 소파에 앉고 나서야 허리를 펼 수 있었다. 이스릴은 내 앞에 차도 아니고 맹물을 한 컵 놔 주곤 맞은편에 털썩 앉으며 말했다.

"바로 연락을 받을 줄은 몰랐어요. 그래도 한 이틀은 기다려야 할 줄 알았는데. 급했나 봐요?"

"알아 온 거나 말해 봐요."

먼지가 목 안을 근질거리게 해서 손수건을 입가에 가져가 작게 기침하며 대꾸했다. 이스릴은 손가락으로 제 눈썹 부근을 가볍게 긁적이곤 나에게 종이 몇 장을 내밀었다. 그것을 받아 한 장씩 넘겨 읽고 있을 때 이스릴이 말했다.

"최근 두 달간 그가 만나는 사람들과 이동 사항입니다. 특별한 건 없었어요. 대부분이 공무였고 혼자 돌아다닐 때도 있었지만 뭐 그건…… 보면 아시니 읽어 보세요."

나는 곧 한 페이지에서 손을 멈추고 고개를 들어 이스릴을 바라보았다.

"……창녀? 그가 창녀를 샀다는 건가요?"

이스릴은 어깨를 가볍게 으쓱 올렸다가 내렸다.

"그도 남자잖아요. 부인 없는 곳에서 욕정 좀 풀었다고 그렇게 뾰족한 눈을 할 건……"

"시간 낭비 했군."

나는 그의 말을 끝까지 들을 필요도 느끼지 못하며 종이들을 탁자 위에 내팽개치듯 내려놓고 자리에서 일어섰다. 하마터면 천장에 머리를 찧을 뻔했지만, 다행히 바로 머리를 낮춰 그런 불상사는 일어나지 않았다. 몸을 돌려 계단을 몇 개 내려갔을 때였다. 이스릴이 내 뒤를 쫓아오며 당황한 어조로 말했다.

"잠, 잠깐만요……! 정말이라니까요. 당신이 그에게 무슨 오해를 하고 있는진 대충 알겠는데 그렇다고 없는 사실을 지어낼 수는……"

"너 정말 죽고 싶어?"

이스릴은 이번에도 말을 끝까지 할 수 없었다. 나는 그의 턱 아래로 권총 끝을 올려 누르며 위협했다. 화가 나 절로 입가가 움찔거리는 감각이 느껴진다. 나는 씨근덕거려 오는 숨을 애써 가라앉히며 이스릴에게 말했다.

"바로 아래층에 어린애들이 있다는 사실에 감사해라. 쟤들이 없었음, 넌 오늘 죽는 날이었어. 차라리 아무것도 건지지 못했다고 했다면 실망은 했겠지만 날 이렇게 화나게 하진 않았을 거다. 창녀? 그 인간 성격은 내가 더 잘 알아. 거짓말을 해도 말이 되게 해야지. 건진 건 없고 돈은 탐나든? 아니면 뭘 숨기고 있는 건가? 어느 쪽이든 네놈과는 거래 안 해. 사람을 우습게 보는 것도 정도가 있지."

이스릴의 이마에서 식은땀이 한 방울 흘렀다. 하지만 그는 이내 파들거리듯 입술 끝을 끌어 올리며 말했다.

"그거…… 병이란 거 알고 있어요? 의부증이라고 하던데……. 그리고 당신이 이렇게 가 버리면 살 방도가 막막해져 버린 내가 이번엔 총사령관 쪽에 연결을 해 보려 할지도 모르잖아요? '당신 부인이 당신 뒷조사를 하던데 어떻게 생각하세요?'라고 한다면 그도 참 흥미롭겠네요."

나는 그의 얼굴을 가만히 바라보다 이내 소리 없이 입술을 열고 활짝 웃음 지었다. 총을 그의 턱 아래에서 거뒀다. 이스릴이 안도해 한숨을 내쉬는 순간, 손가락으로 총을 빙글 돌려 거꾸로 잡아채 총 손잡이로 그의 목을 후려쳤다. 그리고 반대 손에 들고 있던 가방을 계단 위로 떨구고는 소리도 내지 못한 채 숨을 삼키는 그의 목을 움켜잡았다. 그대로 벽으로 밀고 가 꾹 눌러 올리자 숨통이 막힌 이스릴이 부들거리며 괴로운 표정으로 나를 응시했다. 그런 이슬릴과 얼굴을 가까이 하고 눈을 똑바로 마주한 채 말했다.

"딱히 총을 쏴야 널 죽일 수 있는 건 아냐."

이스릴은 이내 두 손으로 내 손목을 붙잡고 제 목에서 힘껏 떼어 냈다. 별로 버티지 않고 놓아줬다. 손이 떨어지자 숨을 크게 들이마시는 그를 총을 든 손으로 어깨를 내려쳐 주저앉히고 힐로 복부를 세게 찍어 밟았다. 그가 붙잡고 있던 내 손목을 놓친다. 나는 허리를 굽혀 비명을 지르려는 그의 입을 막아 누르며 말했다.

"그러고 보니 두 번째였나? 이번엔 그때처럼 말려 주는 사람도 없는데 어쩔 거지? 응?"

하지만 물어봤자 입이 막혀 대답할 수 없는 이스릴은 그저 코로 숨을 훅훅 내쉬며 나를 쳐다볼 뿐이었다. 그 얼굴엔 두려움이 떠올라 있었지만 애써 나를 똑바로 응시하는 모습이다. 고집이 센 타입이다. 나는 잠시 더 그를 내려 보다가 얼마 후 놓아주며 몸을 바로 세웠다. 가방을 집어 올려 총을 집어넣으며 말했다.

"그만둘래. 그에게 말하고 싶다면 말해. 그래 봤자 부서지는 건 네 쪽일 테니까."

이딴 걸로 나는 무너지지 않는다. 오히려 지금의 잘못된 정보를 쥬페도라가 진짜라고 믿고 오해해 준다면 더 좋은 상황이 만들어질 수도 있었다.

"……"

패배한 이스릴은 입을 다물고 시선을 내렸다. 나는 들으라고 일부러 소리 내 그를 비웃으며 돌아섰다.

그대로 1층으로 내려가 가게 물건들을 구경하며 기다리고 있던 리체와 제인에게 말했다.

"뭐 맘에 드는 거 있으면 사 줄까? 리체는 쁘띠 계열의 비스크 인형 같은 게 좋을까."

그리고 가게 주인에게 비스크 인형 종류도 보여 달라고 말했을 때였다. 리체가 화들짝 놀라며 내 치맛자락을 살짝 붙잡아 당겼다. 눈을 돌리자 리체가 조금 붉어 보이는 얼굴로 고개를 붕붕 젓고 있었다.

"저, 전 괜찮아요."

"여기엔 맘에 드는 게 없어? 다른 곳으로 가 볼까?"

"그게 아니고……! 그러니까…… 그게…… 여기 인형은 다 비싸고……."

"상관없잖아. 어차피 네가 사는 것도 아니고."

"아, 안 돼……! 어쨌든 전 필요 없어요."

"그래? 정말 필요 없어?"

"네."

리체는 고개를 저으며 딱 부러지게 거절의 뜻을 보였다. 제인 역시 괜찮다며 거절했다. 결국, 아무것도 사지 않고 가게를 나왔고 나는 왜 인지 모를 서운함에 차 안에서 조금 투덜거렸다.

"뭐야. 그 정도는 사 줄 수 있다고. 귀염성 없네."

"삐졌어요?"

"삐…… 뭐? 내가? 하. 내 나이가 몇인데 애들을 상대로……."

이유도 모르게 찔려서 조금 큰 소리로 대꾸했다. 제인은 무심한 얼굴로 나와 리체를 번갈아 보았고 맹랑한 꼬마 리체는 나를 잠시 빤히 보다가 곧 할 수 없다는 듯이 말했다.

"그럼 오빠 인형 중에 하나 가져갈게요."

"아? 뭐야. 동정하는 거야?"

"아니에요. 오빠가 오빠 방에 있는 인형 중 몇 개는 아줌마가 만든 거라고 했는데 전 그게 더 마음에 들어요."

"데본 씨라 불러."

"……데본 씨?"

"아줌마라는 말이 익숙지가 않아. 아니, 익숙지 않다기보단 싫어."

"알았어요. 어쨌든 나는 아줌…… 아니, 데본 씨가 만든 인형이 더 맘에 들어요."

"뭐…… 어차피 제인 거고 제인한테 물어봐."

그제야 조금 기분이 누그러진 나는 조금 부끄러운 마음이 들어 문 쪽 팔걸이에 손을 세워 턱을 괴고 창밖으로 시선을 돌렸다. 옆에서 제인의 담담한 목소리가 들려온다.

"줄게."

"고마워."

그게 왠지 짹짹거리는 새끼 참새들 같다고 생각했다. 성가시고 귀찮고 안타깝고 귀여운 생물.

제인과 리체는 올 때와는 다르게 작은 목소리로 조곤조곤 대화를 나눴다. 나는 그 소리를 들으며 멍하니 창밖만 보고 있다가 문득 어느 샌가 아무 소리도 들리지 않음을 깨닫고 시선을 돌렸다. 어느새 리체는 의자 시트에 기대 잠들어 있었다. 제인은 부시럭거리는 소리에 리체가 깰까 걱정되는지 조금도 움직이지 않았다.

고아원에 거의 다다라서 리체를 깨우기 위해 작은 어깨를 잡고 조금 흔들었다. 하지만 리체는 왜인지 좀처럼 눈을 뜨지 못했고 그제야 제인과 나는 뭔가 이상함을 알아차렸다. 리체의 이마에 손을 가져다 대자 뜨끈한 열이 느껴졌다. 이내 당혹감을 느끼고 만다. 나는 아까 리체의 상기되었던 볼을 그저 자연스럽게 생각했다. 몸이 약한 아이라는 것을 잊고 있었던 거다.

"언제부터 이랬어?"

"모……르겠어요."

내 물음에 제인 역시 당혹스러운 얼굴로 고개를 저었다. 언제부터 안 좋았던 거지. 왜 아프면 아프다고 말하지 않는 거야. 미약한 짜증을 느끼며 혀를 찼다. 일단 운전대를 잡고 있는 카이에게 말했다.

"병원으로 가."

고아원 앞에서 곧바로 차를 돌려 병원으로 향했다. 색색 잠을 자듯 앓고 있는 리체는 전혀 정신을 차리지 못했다. 결국, 병원에 입원시키게 되었다. 제인은 리체의 손을 붙잡고 곁을 떠나지 못했다. 그 불안한 감정이 나에게까지 전해져 와 덩달아 심란해진다. 제인에게 집으로 돌아가자는 말을 하기가 불편했다. 하지만 돌아가야 했다. 여기서 곁을 지키는 것은 리체의 존재만 외부에 부각하는 것뿐 아무런 도움이 되지 못한다. 리체에게도, 나에게도 말이다.

"제인. 리체는 그냥 감기일 뿐이니 금방 나을 거야. 그러니 그만 돌아가자."

"오늘만 여기 있으면 안 될까요……?"

"리체를 간호할 사람은 따로 둘 거야. 너보단 전문 간병인이 곁을 지키는 편이 리체에게도 도움이 될 것 같은데."

"……."

제인과 힘 빠지는 실랑이를 하고 싶지 않아서 매정하게 들릴 것을 알면서도 그렇게 말했다. 제인은 어두운 표정을 하면서도 곧 별말 없이 자리에서 일어섰다. 나는 미미에게 간병인을 알아보고 고아원에도 연락을 넣어 주라는 지시를 한 뒤에 제인을 데리고 병실을 나갔다.

별로 대단찮은 감기라는 것치곤 리체는 꼬박 이틀이나 앓고 나서야 깨어났다. 하지만 상태가 좋았다 나빴다 계속 반복되어 좀처럼 퇴원을 할 수가 없었다. 덕분에 제인이 집에서 안절부절못하는 모습을 보다 못한 나는 결국 제인을 데리고 병원으로 매일 출근해야 했다. 그리고 아니나 다를까, 리체에 관해 쥬페도라에게 보고가 올라간 모양인지 괜한 오해를 한 그가 전화로 나에게 못 박듯 말했다. 아이를 더 입양할 생각은 없다고 말이다. 그것에 나는 딱히 변명을 하지 않았다. 그렇게 오해하고 있는 편이 차라리 편했다.

며칠 후 그날따라 제법 깽송깽송해진 리체는 침대에 앉아 제인이 가져다준 곰 인형을 가지고 놀다가 문득 내가 놓고 있는 자수에 관심을 보이며 물었다.

"데본 씨. 그건 뭐예요?"

"올빼미."

"좀 무서워 보여요."

"이건 원래 이렇게 생겼어."

"올빼미 주변이 깜깜해서 더 그런 거 같기도……."

"배경이 깜깜한 건 밤에 활동하는 새니까 어쩔 수 없지."

"낮이면 좋을 텐데……."

바느질에만 집중하며 무뚝뚝하게 대꾸하던 나는 그제야 손을 멈추고 고개를 들었다. 창백한 얼굴에 박혀 있는 말똥한 눈과 마주쳤다. 리체는 고개를 옆으로 갸웃 기울였고 나는 다시 자수틀에 시선을 내리며 물었다.

"심심하니?"

"왜요?"

"쓸데없는 말을 붙이길래."

"나랑 말하기 귀찮아요?"

"조금."

"……."

"농담이야. 나는 상관없어. 근데 나랑 말해도 별로 재미없지 않나?"

뚱하니 입술을 내밀고 있는 리체를 향해 약간 웃으며 대꾸하자 리체는 다시 말똥한 얼굴로 나를 바라보며 말했다.

"그리 재미있진 않지만 지금 오빠가 과자 사러 나가서 없으니까 어쩔 수 없다고 생각해요."

"나는 대타라는 거네."

역시 맹랑한 꼬마 같으니. 천 위로 바늘을 빼 실을 길게 잡아당기며 그런 생각을 하고 있을 때였다. 문득 노크 소리와 함께 미미가 얼굴을 비쳤다. 그녀는 나에게 다가와 귓속말로 작게 말했다.

"이스릴 쪽에서 사람이 왔어. 이스릴의 동료래."

"나는 그쪽이랑 할 말 없는데. 만나고 싶지 않으니 돌려보내."

"이스릴이 말하지 않은 사실을 말하겠대."

"……알았어."

나는 그제야 바늘을 천에 꽂아 선반 위에 올려 두고 자리에서 일어났다. 그리고 멀뚱멀뚱 날 바라보고 있는 리체에게 말했다.

"제인은 곧 올 거야. 나는 좀 나갔다 올 테니 정 심심하면 간병인 언니랑 놀고 있어."

"다녀오세요."

손을 가볍게 흔드는 리체를 뒤로하고 병실을 나섰다. 외투를 걸치고 복도를 걸으며 물었다.

"어디 있는데."

"주차장에."

미미와 함께 병원의 정원 주차장으로 가자 우리 차 근처에 한 남자가 서 있는 것을 볼 수 있었다. 그는 날 보고 조금 긴장한 표정을 지었고 나는 가만히 바라보다가 곧 차 뒷문을 열며 말했다.

"타세요."

그와 나는 뒷좌석에 나란히 앉았다. 그는 옷자락을 정돈하는 나에게 먼저 입을 열었다.

"전 말로라고 합니다. 이스릴과는 동료고……."

"용건만 짧게 말해 주겠어요?"

"아…… 예."

말로는 곧 품을 뒤적여 사진 한 장을 꺼내 내밀었다. 그것을 받아 눈을 내리자 말로가 말했다.

"전 이스릴의 지시로 쥬페도라 총사령관의 뒤를 밟았던 사람 중 한 명입니다. 그게 제가 찍은 거고요."

사진 안엔 쥬페도라와 꽤나 어린 여자가 찍혀 있었다. 아니, 여자……라고 해도 되나? 소녀와 여인 사이에 걸쳐진 앳된 얼굴이다. 사진 속의 여자는 꽃다발을 포장하고 있었고 쥬페도라는 그 앞에 서 있었다.

"단순하게 꽃을 사는 걸로 보이는데요."

"제가 미행하는 동안 그가 꽃을 산 건 이때뿐이었습니다. 그리고 제가 미행하는 동안 그가 차 안에서 그 꽃집의 창 너머로 그녀를 훔쳐본 건 총 세 번이었죠."

잠시 할 말을 잊었다. 여자는 나보다도 훨씬 어려 보였고 무엇보다 그가 스토킹과 비슷한 행동을 했다는 사실이 솔직히 좀 믿기지가 않았다.

"여기가 어디죠? 여자의 이름은?"

"그걸 말씀드리기 전에 한 가지만 약속해 주셨으면 합니다."

"말해 봐요. 돈이라면······"

"그녀에게 해를 가하지 않겠다고 약속해 주세요."

무슨 말을 하는 거지. 얼굴을 찌푸리며 그를 바라보았다. 말로는 맞잡은 제 손을 만지작거리며 말했다.

"이스릴이 당신에게 사실을 말하지 못한 것은 당신이 그녀에게 손을 댈까 걱정했기 때문입니다. 하지만 우리는 정말 당신의 도움이 절실하죠. 그래서 제가 당신을 설득해 보겠다고 이스릴에게 말했습니다."

"아는 사람인가 보죠?"

"제 요구에 먼저 답해 주세요. 그것만 약속을 해 주신다면 저희가 알고 있는 모든 것을 말씀드리겠습니다."

나는 잠시 생각에 잠겼지만, 고민은 그리 길게 가지 못했다. 사실 여기까지만 알아도 카이와 미미, 또는 베어를 움직여 여자의 뒷조사를 해도 괜찮을 것이다. 하지만 그 과정에서 꽤 많은 시간과 돈을 버려야 할 거다. 무엇보다 미미 애들은 일단 경호원의 명목으로 저택에 소속되어 있는 터라 그들의 기본 일정은 모두 쥬페도라의 손에 들어간다. 그러니 따로 조사할 시간을 빼는 데는 상당히 신경을 써야 했다.

할 수 없지.

"그녀에게 위해를 가하지만 않으면 되는 건가요?"

"예."

"좋아요. 약속할게요."

그제야 말로는 심호흡을 하듯 크게 숨을 들이마셨다가 내쉬곤 입을 열었다.

"그녀는 군에서 이스릴을 이끌어 준 사리아 전 대장의 외동딸입니다. 그리고 사리아 전 대장은 군에 입대하기 전 쥬페도라 총사령관과 결혼을 했던 적이 있습니다."

"……뭐요?"

"그녀는 총사령관의 딸입니다."

"……."

참으로 거지 같은 말이라 생각하면서도 마음 한편으로는 꽤 담담하게 받아들이는 내가 있었다. 그 이후의 시나리오 또한 쓸 수 있었다. 그렇게 모든 것이 순조로워졌음에도, 나는 그때 무슨 말을 내뱉어야 할지 전혀 생각나지가 않았다.

지긋지긋하고 막막하기만 했던 쥬페도라와의 관계. 드디어 어렴풋이 끝이 보이건만 나는 그것이 마냥 반갑지만은 않았다. 솔직히, 새삼 배신감이 들었다.

그러니까…… 자식이 있었다는 거네?

자식이 있었으면서도 나한테 그런 짓을 했었다는 거고……?

대체 어떻게 그럴 수 있지?

여자의 이름은 데이지라고 했다. 그리고 그녀에 대해 설명하자면 그 부모인 쥬페도라와 사리아의 이야기를 빼놓을 수가 없기에 별로 달갑진 않지만 들어야 했다. 그러니까 각각 사리아가 17세, 쥬페도라가 18세일 무렵 그들은 결혼했고 왜인지 1년 만에 파경을 맞았다고 한다.

사리아는 임신한 상태였지만 쥬페도라에게 사실을 알리지 않은 채 집을 나갔으며 그녀는 어느 시골구석에서 딸 데이지를 낳고는 몸도 추스르기 전에 어느 노부부에게 버리듯 맡기고 떠나 버렸다고 한다.

그로부터 1년 후 사리아는 군에 입대. 전술 지휘 능력이 뛰어나 빠른 출셋길을 내달렸지만 뒤늦게 딸의 존재를 알게 된 쥬페도라의 간섭에 의해 그녀의 출세는 어느 순간 갑작스레 막히게 된다.

다른 장교들은 물론이고 그녀가 군에 입대한 뒤에 만나 사귀었던 애인 릭크리만도 어느 시기를 기점으로 해 그녀에게서 돌아서 적이 되었다. 말로는 아마도 그때 릭크리만이 쥬페도라와 사리아가 예전에 결혼했던 사실을 뒤늦게 알게 되었을 거라는 추측을 했다. 하지만 어찌 되었든 그녀는 끈질기게 살아남아 대장까지 올랐다. 그리고 그제야 사리아는 예전에 버렸던 딸 데이지를 다시 찾게 된다.

하지만 당시 데이지는 이미 쥬페도라의 보살핌을 받고 있었고 그녀는 쥬페도라에 의해 딸에게 다가갈 모든 길이 차단된다. 결국, 그녀는 죽을 때까지 데이지를 만날 수 없었다고 한다.

보살폈다곤 하지만 쥬페도라가 데이지 앞에 정면으로 나서거나 한 건 아니었다. 그저 키다리 아저씨처럼 뒤에서 암암리에 도움을 주는 정도였다. 때문에 현재 데이지는 자신의 부모가 누구인지 전혀 모른 채 평범하게 꽃집을 운영하며 살아가고 있다고 한다.

쥬페도라와 사리아가 과거 한때 부부였다는 것은 그들의 최측근에 있는 자라면 본의 아니게 알게 된다고 한다. 그러니 사리아의 측근이었던 이스릴 역시 알고 있었다고. 나는 그 말에 어쩌면 쥬페도라의 측근이었던 루이도 알고 있진 않았을까 하는 의심이 들었다. 그 밖에 또 누가 알고 있었을까. 당연히 메오른도 알고 있었을 테고 릭크리만과 가까이에 있던 모건도 알고 있었을까? 알고 있었다면 어디까지 알고 있었을까.

이스릴 같은 경우는 쥬페도라와 사리아의 관계만 알고 데이지에 대해선 전혀 알 수 없었다고 한다. 두 사람이 워낙 짧은 기간에 파경을 맞았기 때문이다. 그러다 이번에 데이지를 조사하며 오래된 서류를 뒤적이고 데이지 근처의 사람들을 탐문해 본 결과 그제야 데이지가 그들의 딸이었음을 알게 되었다. 그리고 그는 죽은 사리아를 생각해 데이지를 숨기기로 했던 거라고.

아마도 이스릴은 평범한 데이지가 내게 큰 위협이 될 것처럼은 보이지 않아 그런 결정을 내렸을 것이다. 제 딴에는 내가 쥬페도라의 불륜을 의심하는 의부증 아내처럼 보였을 테니 내 신경 안정을 위해서도 그편이 낫다 판단했을지도 모르겠다.

말로는 나에게 한 번 더 기회를 달라 청했다. 이스릴이 정말로 나쁜 뜻으로 그런 것은 아니었다고.

나는 일단 생각해 보겠다고 답했다.

말로에게서 남은 정보를 얻은 뒤 돌려보내고 한참을 더 차 안에 앉아 있었다.

"미미."

생각을 정리하고 차 밖에서 기다리고 있던 미미를 불러 옆자리에 타게 했다. 말로가 앉았던 자리에 엉덩이를 붙이고 나를 쳐다보는 미미에게 사진을 건네고 말로에게서 얻은 정보를 말해 줬다. 미미는 내 얘기를 들으며 점점 얼굴을 찌푸렸다. 얼마 후 이야기를 전부 들은 미미가 내게 물었다.

"어떻게 할 거야?"

"좀 만나 보고 싶기도 하고."

"죽일 거야?"

"글쎄……."

자료상의 정보로 보아 쥬페도라는 꽤 데이지에게 신경을 쓰는 듯했다. 그가 진실로 자식을 아끼고 있다면 데이지의 죽음으로 그에게 나와 같은 고통을 안겨 줄 수는 있을 거다. 뭐 꼭 목숨처럼 아끼진 않더라도 그 가슴에 생채기 한 줄 정도는 남을 테지. 일단 쥬페도라가 외면하고 있지 않다는 점에서 데이지의 존재는 내게 더없이 좋은 제물이었다.

지금 내게 이처럼 좋은 상황이 또 있을까. 그동안 기다려 왔던 기회임이 틀림없었다.

하지만 문제는 그 뒷감당을 나 혼자만 받게 되는 게 아니라는 거다. 나 혼자야 그대로 부서져 버려도 상관없으나 미미, 카이, 베어. 그리고 제인과 리체. 티안과 베르만…… 그 외로도 손을 보태 준 여타의 사람들. 보나 마나 나보다 먼저 불똥을 맞게 될 것이 자명했다.

근데, 내가 대체 언제부터 남 생각을 하게 된 거지?

문득 새삼스러운 깨달음이 머리를 스치며 마음이 한층 더 무거워졌다. 하지만 내가 이 이상 어떻게 더 외면할 수가 있겠는가. 한 번 고꾸라졌던 내가 그들로 인해 휘청거리면서도 다시 설 수 있었다. 내 복수심에 함께 죽자고 끌고 들어가는 건 은혜를 원수로 갚는 것과 다를 바가 없다.

하지만 반대로 생각해 보면 지금까지 내가 뭘 위해 그나마 버티고 있었던 건지를 잊어선 곤란했다. 뭘 위해 루이를 배신하고 쥬페도라의 비위를 맞추며 이곳에 남아 있었는지. 그리고 뭘 위해 제인을 데려왔는지.

그래, 제인……. 그 애가 가장 문제였다.

나는 어느새 내 목적보다도 그 애가 더 마음에 걸렸다.

“하아…….”

마른세수를 하며 허리를 깊이 숙였다. 한참 후 겨우 피곤한 정신을 달래며 고개를 들었다.

“일단…… 데이지와 접촉해 봐야겠어.”

“내가 갈까?”

“아니, 너 말고. 이스릴을 보내. 이스릴은 사리아에게 은혜를 꽤 입었을 거야. 만약 쥬페도라에게 들켜도 사리아의 딸이라 신경을 썼다고 변명하면 먹히겠지.”

“이스릴이 말을 들을까?”

“그가 가지 않는다면 내가 직접 데이지를 만나러 간다고 해. 그럼 순순히 따를 거야.”

“하지만 그를 중간책으로 쓰면 네 생각도 자연히 그가 알아차릴 거야.”

"괜찮아. 어차피 이스릴은 쥬페도라에게 못 가. 그가 사리아를 죽게 했잖아. 원수에게 의탁할 정도로 얼굴이 두꺼웠다면 내게 손 뻗기 전에 이미 그렇게 했을 거야. 쥬페도라는 인재를 좋아해. 그리고 이스릴은 사리아처럼 전술 지휘 능력에 두각을 보였어. 마음만 먹었으면 진작에 쥬페도라 쪽으로 갈아탈 수도 있었을 거야. 하지만 그렇게 하지 않았지. 사실 내게도 적당히 돈만 뜯어내고 발 뺄 속셈이었을 거라고 생각해. 아마 눈먼 돈이 꽤 나올 거라 생각했던 모양이지. 비록 이렇듯 실패했지만 말야. 지금은 아마 내게서 지원받는 건 포기하고 있을 걸. 그러니 그 말로라는 동료가 날 찾아온 거지. 어쨌든 쥬페도라와 내가 다른 생각을 하고 있다는 걸 알게 되면 그때부턴 이스릴도 적극적으로 나서서 도와줄 가능성이 있어."

"이스릴이 그 정도로 사리아에게 정이 남아 있을까?"

"그렇지 않다면 데이지를 숨길 이유가 없었겠지. 쥬페도라의 자식이라는 점보다 사리아의 자식이라는 점을 더 높게 친 거잖아."

미미는 이해했다는 듯 고개를 끄덕였다. 나는 그녀에게 말했다.

"일단 이스릴을 통해 데이지의 성향과 생각, 상황을 파악해야겠어. 만약 그녀가 쥬페도라와 비슷하다 판단되면,"

"그렇다면?"

"그때는 너희가 나서야 해. 데이지를 납치해서 강제적인 방법으로 쥬페도라 눈앞에 끌어다 놓겠어."

물론 이스릴은 그런 상황을 바라지 않을 것이다. 말로와의 약속도 어기게 될 테고. 하지만 나는 쥬페도라와 같은 인간을 굳이 한 명 더 상대하며 힘 빼고 싶지 않았다. 그때는 당초 예정대로 쥬페도라 눈앞에서 죽일 것이다.

미미가 물었다.

"쥬페도라와 다르다면?"

"그렇다면 원하는 대가를 들어 보고 협력을 요청할 거야."

동시에 데이지가 모르는 그녀 자신의 배경도 알려 줄 것이다.

"끝이 점점 다가오고 있어. 너희는 최대한 너희 살길을 찾아야 할 거야. 슬슬 주변 정리를 시작해. 그리고 제인과 리체가 머물 곳도. 국 내에서 정 방법을 찾기 어렵다면 외국으로라도 보내야 해. 너희도 마 찬가지야. 또 티안 대위 쪽에도 언질을 줘서 미리 대비하게 해. 나로 인해 괜한 빌미를 잡히지 않도록."

"알았어."

"정리를 끝내면 알려 줘. 움직일 테니."

"응."

얘기를 끝내고 병실로 돌아오자 카이와 함께 간식 사러 갔던 제인 이 어느새 돌아와 있었다. 리체와 함께 바삭거리며 과자를 먹고 있는 제인을 바라보다가 별말 없이 선반 위의 자수틀을 잡아 들고 소파에 앉았다. 그때부터 손은 기계적으로 수를 놓으면서 계속 생각에 빠져 들었다. 이미 결론에 다다른 이야기를 계속해서 빙글빙글.

적당히 머릿속을 좀 비우고 쉬고 싶은데도 멈출 수가 없다. 생각의 진행은 절벽 아래로 구르는 돌과 비슷한 모양새다. 점점 더 속도를 붙 여 데굴데굴 굴러가다 기어이 산산이 부서지는 결말만이 남는다. 그 결말을 보고 났으면 그만 끝내도 되건만 이내 처음으로 되돌아가 다 시 데굴데굴 구르기 시작한다. 정신적인 소모만을 일으키는 비효율적 인 사색이었다. 그럼에도 그 생각을 벗어날 수가 없어서 점점 더 피곤 하고 괴로워졌다.

"……흐으."

이윽고 나도 모르게 신음 같은 한숨을 내쉬고 말았다. 머리가 너무 아팠다. 이젠 자수조차 놓을 수가 없다. 자수틀을 탁자에 내려놓고 고 개를 등받이 위에 꺾어 기댔다. 머릿속을 비워 내고 싶었다.

"어디 아파요?"

그런 내게 리체가 물었다. 나는 대꾸 없이 눈꺼풀을 내렸다. 하지만 이내 부스럭거리며 느껴지는 인기척에 다시 눈을 뜨고 기대 있던 고개를 바로 했다. 리체가 내 옆자리로 옮겨 앉아서 머리만 내 쪽으로 기울이고 있었다.

"뭐 하는 거야?"

"원장님이 제 머리 빗겨 줄 때 그랬어요. 제 머리를 만지면 치유되는 거 같다고. 강아지 털 만지는 거 같대요."

"그래서?"

"저는 해 줄 수 있는 게 이 정도밖에 없잖아요. 병원비 대신 내준 답례예요."

"……."

나는 가만히 리체의 정수리를 내려 보다가 손을 들어 그 위를 가볍게 덮었다. 느리게 손을 움직여 머리칼을 약하게 흩트려 본다. 부드럽고 가는 머리칼이 솜털처럼 가볍게 손가락에 감겼다.

쓱쓱 쓰다듬으며 그 작은 머리통을 내려다보길 잠시. 문득 울컥 올라오는 무언가에 리체의 머리를 꽉 쥐고 아래로 꾹 눌렀다. 리체가 새된 비명을 지르며 고개가 푹 숙여졌다. 리체가 버둥거렸지만, 손에서 힘을 풀지 않았다. 힘을 뺄 수가 없었다. 의지와는 상관없이 눈에서 물기가 새어 나와 버렸기 때문이다.

얼른 다른 손으로 눈가를 덮었다. 다행히 간병인은 조금 전 밖으로 나간 참이었고 카이도 모르는 척 몸을 돌리더니 말없이 병실을 나가 버렸다. 침대 옆 의자에 앉아 나를 빤히 보고 있던 제인은 얼마 후 나를 사이에 두고 리체의 반대쪽 자리로 이동해 앉으며 내 무릎에 손수건을 슬쩍 올려 뒀다. 그리고 다시 무심하게 과자를 와삭와삭 먹었다.

"하하……."

기분과는 상관없이 맥 빠지는 웃음이 나와 버렸다. 부끄러울 정도로 서툴고 차가운 나에게 먼저 다가와 주는 리체와 제인이 고마웠다. 그 감격스러움과 불편한 현실이 뒤엉켜 내 기분은 참으로 복잡미묘하기 짝이 없다.

이대로 살고 싶기도 하고.

이대로 죽고 싶기도 했다.

동시에 역시 나로 인해 아이들을 위험하게 할 수는 없다는 생각이 더 강하게 들었다. 이 애들은 너무 어렸다.

그동안 오로지 쥬페도라를 고통으로 몰아넣고 싶었다. 어떻게 해도 그를 벗어날 길이 보이지 않으니 하다못해 내가 있는 지옥으로 그를 끌어들이고 싶었다. 그걸 위해선 누가 희생되어도 상관없다고 생각했다. 하물며 내 목숨조차도.

아니, 오히려 이 끝에서 나는 반드시 죽기를 원했다. 내 죽음은 쥬페도라가 원하는 많은 이득을 앗아 갈 테니까.

하지만 나는 오늘 그 생각을 조금 바꾸게 되었다. 정에 져 버리고 만 것이다.

나보다는 이 애들의 보다 안전하고 희망 있는 미래를 위해서.

쥬페도라에 대한 미움을 애써 내려놓고 조금 더 온건한 방법으로 그를 벗어나기로 결정한다.

그러니까, 이혼 말이다.

이후 내 생각을 들은 미미는 왜인지 충격받은 표정을 지었다. '죽을 생각이었어?'라고 묻는 그녀는 처음부터 이혼 정도로 생각하고 있던 듯했다. 미미는 이혼 후에 내가 리체까지 거둬 셋이 함께 살면 좋겠다고 넌지시 운을 뗐다. 그 말에 덩달아 그런 미래를 생각해 보고 약간 웃긴 했지만 이내 고개를 저었다. 물론 일단 내 쪽으로 제인의 양육권을 반드시 가져오긴 할 거다. 하지만 리체 같은 경우는 어렵다. 싱글이 된 상태에서 아이를 입양하는 건 무척 복잡하니까.

어쨌든 이혼 후에 제인이 리체와 둘만 살고 싶다고 하면 그렇게 해 줄 생각이다. 자유롭게 풀어 주겠다고 제인과 약속했으니까. 나는 그저 그 뒤에서 부족하지 않게 돈이나 필요한 것들을 대 주는 역할로도 충분했다.

약간이지만 그래도 갑작스러운 계획 변동이다. 하지만 일의 진행은 한 치의 틀어짐도 없이 내가 원하는 대로 이루어졌다.

데이지와의 접촉을 성공했다. 또 머지않아 그녀가 쥬페도라와 다르다는 판단이 나왔다. 지난 행적으로 본 데이지는 꽤 진솔하고 선한 편이었고 그건 그녀와 직접 대면해 본 이스릴의 판단도 같았다. 이스릴을 통해 데이지와 몇 통의 편지를 주고받으며 내 상황을 대략적으로 전하고 도움을 요청했다. 그녀는 꽤 흔쾌히 들어주겠다 답했다. 원하는 대가가 있는지 물었으나 필요 없다고 했다. 그녀는 제 친부로 인해 아이를 잃은 나를 동정하는 듯했다.

제 배경을 알게 된 데이지는 친모인 사리아가 그저 시대에 휩쓸려 죽었다고만 알고 있었다. 이스릴이 그렇게만 설명했다고. 아무래도 친부에 의해 친모가 그렇게 됐다고 말할 수는 없었던 모양이다. 나도 그 부분을 굳이 데이지에게 알려 주지 않았다.

데이지와의 접촉 과정에서 내가 쥬페도라와의 완벽한 단절을 원한다는 걸 알게 된 이스릴은 지난날 날 속이려 했던 점에 대해 사과했다. 어차피 그 일은 충분히 분풀이를 했으므로 별로 신경 쓰지 않는다 답했다.

아이들과의 관계는 어느 때보다 좋았다. 숙맥같이 말로는 표현하지 못했지만 먼저 선뜻 거리를 좁혀 준 고마움에 애들에게 뭐라도 자꾸 해 주고 싶은 기분이 들었다. 하지만 제인과 리체는 내게서 특별하게 바라는 것이 없었다. 결국, 나만 아쉬워졌다.

리체는 아직도 퇴원을 하지 못한 채다. 괜찮은 날엔 제법 활기차게 행동해서 그때마다 제인과 함께 데리고 외출을 나갔더니 그때마다 영락없이 열이 올랐다. 면역 체계 자체가 나나 제인과는 전혀 다른 생물로 받아들이지 않으면 안 될 정도로 리체는 심각하게 약했다. 찬 바람 쐬는 것은 물론 조금만 많이 먹어도 탈이 나고 뛰어다니는 건 아예 상상도 할 수 없다. 이쯤 되니 그냥 깨어 있는 자체만으로 감사하게 여겨야 할 판이다.

리체가 아플 때마다 제인은 눈에 띄게 어두워졌다. 식사도 먹는 둥 마는 둥 앓는 리체만 쳐다보고 있다. 나는 자연스레 외출 나가자는 말조차 할 수 없게 되었다.

그리고 비로소 미미에게서 제인과 리체를 뺀 주변 정리를 다 끝냈다는 답을 받았다. 그래도 혹시 모르니 애들의 신변도 대비를 해야 하지 않겠느냐고 했더니 미미는 단호하게 고개를 저었다.

"그랬다간 네가 갑자기 확 돌아서 몸 사리지 않고 죽으러 갈 거 같아."

"안 그런다니까. 말 그대로 대비일 뿐이야."

"그러니까 최선을 다해서 살아남아. 할리."

"너한테 그런 말을 하는 게 아니었는데."

"나는 네가 속마음을 말해 줘서 좋았는데?"

"이런 엉뚱한 짓을 하니까 하는 말이야. 감정대로 일을 처리하면 안 돼. 만약이라는 게 있잖아."

"만약 네가 당장 애들을 못 돌볼 상황이 생기면 급한 대로 며칠 정도 내가 맡아 줄게."

"아, 미미……."

"왜 감동했어?"

"답답해서 부른 거야. 대체 넌 그런 정신머리로 어떻게 살아남은 거야?"

"음~ 대체로 카이가 지켜 준 거 같아."

"잘났다 정말."

미미를 맥없이 타박하며 병실로 돌아왔다. 무슨 비밀 얘길 한 건지 착 달라붙어 속닥거리던 제인과 리체가 고개를 홱 돌려 우리를 본다.

미미는 경호를 위해 문가에 섰다. 나는 테이블 앞으로 가 앉으며 애들에게 큰 의미 없이 물었다.

"무슨 재밌는 얘길 했어?"

제인과 리체는 서로의 눈치를 보더니 이내 동시에 고개를 저어 보이며 입을 딱 다물었다. 나는 가볍게 웃고 넘겼다. 물론 제인에겐 맡긴 일도 있으니 그 애 혼자만 이상한 낌새를 보였으면 당연히 신경 썼을 거다. 하지만 그 수상함에 리체가 포함되면 자연히 그 중요도가 한없이 낮아질 수밖에 없다. 리체는 약하고 평범한 아이다. 그 사실을 뻔히 아는 제인이 리체에게 중요한 얘길 흘릴 거란 생각은 들지 않았다. 그러니 이 애들 사이에 오가는 얘기야 어차피 내 기준에서 별 볼 일 없을 것이 뻔해 굳이 캐물을 필요를 느끼지 못했다. 애들이 저들끼리 재밌게 노는데 훼방을 놓고 싶지도 않았고. 그냥 즐거워하면 됐다.

똑똑.

노크 소리에 미미가 곧장 경계 태세를 갖추고 조심스럽게 문을 열었다. 문밖에서 카이의 목소리가 들려왔다.

"꼬맹이 식사."

미미가 비켜섰다. 쟁반을 들고 안으로 들어온 카이는 리체 앞에 테이블을 펼치고 쟁반을 올렸다. 제인은 리체가 편하게 식사할 수 있도록 침대를 내려와 내 맞은편 의자로 옮겨 앉았다. 리체는 이불 속에 두 손을 푹 파묻은 채 쟁반에 담긴 접시를 빤히 내려다보았다. 문득 리체가 중얼거리듯 말했다.

"……맛있는 거 먹고 싶다."

리체는 병원 식사에 처음으로 불만을 표시했다. 하지만 자기도 모르게 한 말인 듯 이내 내 눈치를 보며 덧붙였다.

"이게 싫다는 건 아니었어요……."

그리고 이불 속에서 천천히 손을 꺼내 포크를 잡더니 양배추를 찍어 입으로 가져갔다. 느리적느리적 풀때기를 씹는 표정이 매우 우중충했다.

"나도 병원 식사는 안 좋아해."

"……?"

"맛없어."

리체가 토끼처럼 앞니로 양배추 끝을 아삭아삭 깨물어 먹으며 날 바라본다. 나는 제인에게 눈을 돌렸다.

"제인 넌?"

"저도요."

제인은 리체를 흘긋 보곤 대답했다. 어떻게 운을 떼긴 했지만, 제인도 나도 나가서 먹자는 말은 선뜻 꺼내지 않는다. 그러다 또 괜히 아프면 미안해지니까. 그렇게 멀뚱멀뚱 눈치 게임만 하는 우릴 향해 결국 리체가 말을 꺼냈다.

"데본 씨. 맛있는 거 사 주면 안 돼요?"

"안 될 건 없지만 다녀오고 나서 또 아프면 골치 아픈데."

"안 아플게요."

"그게 네 뜻대로 되면 나도 걱정할 게 없지."

"우……."

리체가 시무룩한 얼굴로 어깨를 늘어뜨렸다. 나는 약간 웃고는 카이에게 담당의를 만나 외출 허락을 받아 보라고 시켰다.

머지않아 카이가 허락이 떨어졌다는 소식을 가지고 돌아왔다. 리체의 얼굴에 화색이 돌았다. 하긴 계속 병실 안에만 있었으니 꽤 답답했을 거다.

제인과 리체를 데리고 기분 전환도 시켜 줄 겸 일부러 거주지와는 꽤 거리가 있는 레스토랑으로 향했다. 리체는 움직이는 차 창밖을 구경하는 것만으로도 즐거워했다. 그런 리체를 보는 제인의 기분도 덩달아 좋아 보였다. 다행이라는 생각이 들었다. 드물게 나 역시 기분이 좋은 날이었다.

제인과 리체의 입맛과 정서를 고려해 너무 고급스러운 곳보단 적당히 소란스럽고 편안한 곳이 좋을 것 같아서 일부러 남부에서 가장 크다고 알려진 유명한 패밀리 레스토랑으로 정했다. 대중적인 장소인데다 식사 때가 겹쳐서 손님이 아주 많았다. 그래도 마침 운 좋게 창가 자리가 비어 오래 기다리지 않아도 됐다.

따라 들어온 카이와 미미에게도 함께 식사하자고 권했다. 이렇게 복작거리는 곳에서 통로를 막고 서 있는 것도 가게에 민폐인 데다 괜한 시선을 끌고 싶지 않았다. 카이와 미미는 잠시 고민하는 기색을 보였지만, 맞은편에 있던 리체와 제인을 내 쪽으로 옮겨 앉게 하자 할 수 없다는 듯 빈자리에 나란히 앉았다. 주문을 한 뒤 소란스러운 가게를 눈으로 한 번 더 둘러보았다. 정말 오랜만에 느껴 보는 편안한 분위기였다. 몸이 절로 느슨해졌다.

"먹고 나서 장난감 가게에 데려가 줄게."

요즘 제인은 조립 블록에 관심을 보이니 그걸 사 주자. 제일 좋은 거로. 리체는 제인과 함께 놀 수 있도록 소꿉놀이 세트면 될까.

하지만 그 평화로운 기분은 갑자기 들리는 총성으로 인해 순식간에 사라져 버렸다.

탕! 탕—!

두 발의 총성. 얼굴로 뜨끈한 물기가 튀고 유리창이 깨져 요란하게 쏟아져 내렸다. 눈을 돌리자 카이가 옆의 테이블을 걷어차 세우며 임시 방벽을 만드는 게 보였다. 미미가 재빨리 내게 다가와 머리를 눌러 자세를 낮추게 했다.

아무런 예고도 없이 닥친 상황에 대해 내 가슴은 새삼 놀라지 않았다. 단지 지금 보이는 게 좀 비현실처럼 느껴져 머리로 선뜻 받아들여지지가 않았다.

"……."

시선이 테이블에 엎어져 버린 제인에게 박혀 움직여지지가 않았다. 제인의 목에서 피가 흘러나와 바닥에 떨어지고 있었다. 나는 멍청하게도 그때 아무 생각도 들지 않았다.

"꺄아아!"

"아아아!"

총성으로 인해 잠시 조용했던 가게 안이 금세 혼란스러워졌다. 또한 번 총성이 울렸다. 미미가 리체와 나를 잡아끌어 바닥에 완전히 엎드리게 했다. 총소리가 계속 울렸다.

"피해야 해!"

미미가 다급하게 말했다. 나는 손을 뻗어 제인의 옷자락을 잡아채 의자에서 끌어 내렸다. 제인의 몸이 힘없이 쓰러져 품에 안겨 오며 옷위로 피가 번졌다.

"미미."

"정신 차려! 지금 당장 나가야 해!"

"미미. 미미. 미미!"

고함을 치자 미미가 그제야 입을 다물었다. 나는 제인을 끌어안은 채로 손에 묻은 피를 바라보다 옷자락에 문질러 닦았다. 당황하지 말고, 침착하게 행동해야 한다.

"안 돼. 제인이 다쳤어. 함부로 움직이면 안 돼. 빨리 의사를 불러."

미미가 미간을 찡그리며 대답을 하지 않았다. 나는 피가 나는 제인의 목을 손으로 누르며 구석으로 조금 더 물러나 앉았다.

침착하게. 진정하고. 순서대로.

그리고 어느 순간부터 내겐 아무 소리도 들리지 않았다. 얼마나 그렇게 부동자세로 앉아 의사를 기다렸을까. 문득 앞을 막고 있던 테이블이 치워지며 군인들이 다가왔다. 그리고 내게서 제인을 데려가려 했다. 뼈가 다쳤을지도 모르는데 그렇게 함부로 안으면 안 된다고 그들에게 소리쳤지만, 그들은 내게서 억지로 제인을 떼어 내 어디론가 데려갔다. 의사로 보이는 사람이 바닥에 쓰러져 있는 리체의 상태를 살핀다. 나는 의사에게 리체가 아니라 제인을 먼저 봐 달라고 소리쳤다. 미미와 카이는 한편에서 치료를 받다가 나와 눈이 마주쳤지만, 곧 시선을 피했다.

또 다른 의사가 나타나 내 팔을 잡았다. 그를 뿌리치며 나는 다치지 않았으니 제인을 봐 달라고 외쳤다. 총에 맞은 남자아이라고. 갈색 머리의 남자아이라고. 하지만 아무리 말해도 누구 하나 내 말을 알아듣는 것 같지가 않았다.

이 등신 같은 상황이 너무나 답답했다. 결국, 욕을 하며 의사의 멱살을 잡아챘다. 그러자 근처에 있던 군인들이 우르르 달려와 나와 의사를 떨어뜨린다. 의사는 숨을 헐떡거리며 내 팔에 재빨리 주사기를 찔러 넣었고 문득 눈앞이 깜깜해졌다.

다시 눈을 떴을 때는 저택의 침실이었다. 벌떡 몸을 일으키자 옆을 지키고 있던 메오른이 물을 한 컵 따라 내밀었다. 멍하니 그를 바라보다가 컵을 받아 한 번에 다 넘겨 삼키고 되돌려 줬다. 메오른은 컵을 테이블 위에 올려 두며 말했다.

"지금 총사령관께서 오시는 중입니다."

"제인은?"

"……총사령관님께서 오시는 대로 장례를 치를 예정입니다."

그 말에 숨이 턱 막히는 듯한 기분이 들어 심장 부근을 손으로 짚고 손끝에 걸리는 옷자락을 세게 쥐었다. 드디어 싸늘하게 머리가 식으며 현실을 받아들이고 있었다. 제인은 죽었다고.

담백하게 결론 내어 버리는 스스로가 싫었다. 이윽고 몸을 앞으로 깊게 숙이며 억눌린 비명을 내질렀다.

"끄으으……!"

피가 머리 위로 끓어오르는 것 같았다.

쥬페도라는 밤늦게서야 도착했다. 그가 들어오는 소리를 들었지만, 뒤를 돌아보지 않았다. 침대에 모로 누워 캄캄한 창밖을 바라보기만 했다. 쥬페도라가 내 등 뒤로 다가와 말을 걸었다. 아무 대꾸도 하지 않았다. 그는 등 뒤에서 나를 가볍게 끌어안더니 볼에 입을 맞췄다가 떼고는 조용히 방에서 나갔다.

원하던 대로 그간 머릿속에서 복잡하게 구르던 쥬페도라에 대한 상념들을 비워 낼 수 있었지만 그렇다고 나아진 것은 아무것도 없었다. 두통은 그대로다.

왜 그 레스토랑으로 갔던 걸까. 하다못해 좀 더 가까운 곳으로 갔더라면. 사람이 별로 없는 곳으로 갔더라면. 조금 불편한 것쯤은 감수하고 경호원을 더 데려갔더라면. 그냥 나가지 않았더라면.

아니, 처음부터 제인을 내 일에 끌어들이지 않았더라면.

"……흐으으."

몸을 가득 웅크려 팔 전체로 머리를 감쌌다. 이가 바드득 갈렸다.

내가 죽었으면 좋았을걸.

제인의 장례는 사건 후 일주일이 지나 치러지게 되었다. 그 전에 당연히 조사가 이루어지긴 했지만, 범인이 죽어 아무것도 밝혀진 건 없었다. 기껏해야 범인의 신상 정도다. 그의 배후에 누가 있었는지, 아니 있긴 했는지조차 알 수가 없었다. 무엇보다 나는 범인의 얼굴도 기억하지 못했다. 아예 본 기억 자체가 없다.

보낼 준비가 전혀 되어 있지 않은 상태에서 제인의 장례가 시작되었고 그곳에서 제인은 깨끗하게 씻겨 관 안에 뉘어져 있었다. 손님맞이고 뭐고 다 짜증이 나 버려서 나는 줄곧 관 옆에 앉아 제인의 얼굴만 들여다보았다.

"데본."

문득 쥬페도라가 다가와 내 어깨를 잡아 흔들었다. 시선을 들자 쥬페도라는 손으로 한쪽을 가리키며 말했다.

"당신이 맞아야 할 손님이야."

"그런 건 당신이 알아서 하라고 했······"

조금 짜증스레 말을 내뱉다가 곧 목소리를 흐렸다.

헤븐 언니.

오랜만에 봐도 전혀 변함없는 아름다움은 눈부시다 못해 슬슬 두렵기까지 했다.

"힘들게 겨우 만나게 된 자리가 이런 곳이라 마음이 아프네."

"······."

"오랜만이야. 데븐."

언니는 담담한 얼굴로 나를 바라보고 있었다. 시선을 옮겨 그녀의 옆에 의젓하게 서 있는 소년을 바라보았다. 제인보다는 조금 나이가 있어 보였다. 언니가 소년을 내게 소개해 주었다.

"여긴 내 아들이야. 올해로 열두 살. 리처드라고 해."

"처음 뵙겠습니다."

"그래······. 미안한데. 지금 내가 자기소개 할 여력이 없어. 이해해 줬으면 해."

"그래. 이해해. 나중에 마음 좀 추스르면 제대로 자리 만들어 보자."

언니는 그렇게 말한 뒤 리처드라는 소년을 데리고 다른 쪽으로 발을 옮겼다. 그 뒷모습을 바라보다가 다시 제인에게로 눈을 내렸다. 아주 오랜만에 보는 가족임에도 심연엔 어떠한 파문도 일지 않았다. 삐— 하고 일정한 음만 이어지듯 지금 내 감정엔 아무런 굴곡이 없다. 혼자만 다른 세상에 떨어진 듯한 느낌이다. 제인의 얼굴을 가만히 들여다보다가 고개를 깊이 숙였다.

제인. 나는 여기가 대체 어딘지 모르겠다. 왜 이곳에 있어야 하는지도 모르겠다. 처음엔 분명 그럴듯한 이유가 있었던 것 같은데 왜인지 이젠 알 수가 없게 되어 버렸다.

나는 이제 대체 뭘 어떻게 해야 하는 거지.

제인의 장례가 끝나고 관이 불 속에 들어가는 것을 보면서도 그저 멍하니 서 있었다. 저택에 돌아와서도 가만히 침대에 앉아 있다가 문득 자리에서 일어나 방 한편에 있는 찬장으로 가 술을 한 병 꺼냈다.

테이블에 앉아 술을 마시고 있을 때였다.

늦게 침실로 들어온 쥬페도라가 곧 내 맞은편에 앉았다. 그를 쳐다보지도 않고 말했다.

"당신 줄 건 없어요. 마시고 싶으면 따로 꺼내 마셔요."

"마셔. 나는 별로 생각 없어."

술이 반쯤 담긴 잔을 손가락으로 만지작거리다 입으로 가져갔다. 이내 빈 잔을 테이블 위에 소리 나게 내려놓고는 쥬페도라를 바라보았다. 그는 무심한 얼굴이었다. 술잔에서 뗀 손을 다리 위로 떨어뜨리곤 등을 의자에 깊게 기댔다. 그에게 물었다.

"혹시 당신이 죽였나요."

"아니."

"그럼 언니가 죽였나요."

"글쎄. 굳이 그녀가 아니라도 적은 많아."

"누가 죽였나요."

"나도 몰라."

"왜 몰라요."

"나는 신이 아냐. 모든 걸 다 알 수는 없어."

그를 가만히 바라보다 자리에서 일어났다. 그리고 찬장에서 또 다른 술을 한 병 꺼내 문을 향해 걸어갔다. 문을 열기 직전 쥬페도라가 입을 열었다.

"이걸 핑계로 또 각방을 쓸 생각인가?"

"그게 아니에요."

문고리를 잡은 채 그를 돌아보았다. 쥬페도라는 의자에 다리를 꼬고 앉아 나를 바라보고 있었다.

"그게 아니라고요."

"뭐가?"

정말 모르겠다는 그의 표정에 약간 웃었다.

"애초부터 제인 때문에 당신을 참을 수 있었던 거예요."

그 말을 끝으로 방을 나와 응접실로 향했다. 그러다 복도를 서성이는 미미를 발견하곤 그녀에게 따라오라 말했다. 응접실로 들어가서 미미에게 말했다.

"제인 방에 있는 돈 모두 수거해서 차에 실어. 그리고 이스릴을 찾아가 천오백 골드를 지난번 정보료로 줘. 그리고 3천 골드로 다른 의뢰를 맡기겠다고 해."

"알았어."

전화기 옆에 있는 종이를 한 장 찢어 메모를 했다. 그것을 접어 미미에게 건넸고 미미는 품에 종이를 집어넣었다.

"그 뒤에 나머지 돈은 다른 차를 구해서 옮겨 놓고 그 차째로 숨겨놔."

"응."

"그리고 데이지에게 내일 아침까지만 다른 곳으로 피해 줬으면 한다고 전해. 그러니까 납치처럼 꾸미는 게 좋겠어. 아침에 응접실로 전화해 달라고 해."

"응."

"제인의 금고에 그간 모은 군 비리 정보가 있어. 진보 성향의 신문사에 넘겨. 당장 내일 아침 헤드라인으로 나오게 해 준다는 조건으로."

"알았어."

"다 하면 너희 모두 이스릴 쪽으로 가 있어."

"혼자서 괜찮겠어?"

"다 터지면 정신없을 거야. 날 잡을 여력도 없을 거고. 만약 내가 24시간 내에 거기로 가지 않으면 모두 흩어져. 그때는 나 죽은 거야."

"……응."

미미가 응접실을 나갔다. 나는 응접실 찬장에서 새 잔을 꺼내 소파에 앉았다. 술을 잔에 따라 입을 축인다. 오래 지나지 않아 술병은 비었다. 술을 가득 채운 마지막 잔은 마시지 않고 탁자에 올려 두었다.

팔짱을 끼고 등받이에 몸을 기댄 채 눈을 잠시 붙였지만 잠을 자진 않았다. 벽에 붙은 시계의 초침 소리가 적막한 공간에 크게 들려왔다. 시간은 흘러 이윽고 밤에서 새벽에 이르고 기어이 아침에 다다랐다.

따르릉― 응접실의 전화기가 울렸다. 자리에서 일어나 두 번째 벨이 울리기 전에 수화기를 들어 귀에 가져갔다. 미미였다. 옆에 데이지가 있다고 한다. 데이지에게 수화기를 넘기고 자리를 뜨라고 지시했다. 곧 데이지가 전화를 받았다. '여보세요.' 하는 앳되고 맑은 목소리가 들려왔다. 그대로 끊지 말고 기다려 달라고 대꾸하곤 수화기를 내려 본체 옆에 두었다.

발을 옮겨 탁자 위의 술잔을 들고 응접실 벽에 걸린 프렌스 앞으로 걸어갔다.

나의 파트너. 나의 전우.

프렌스를 가만히 바라보다 문득 술잔을 허공에 작게 들었다가 내리곤 한 번에 입 안으로 털어 넣었다. 곧바로 빈 잔을 바닥에 내던지고 한편에 예술품이라 놓인 무거운 장식물을 들어 올려 프렌스를 가둔 유리 벽으로 집어 던졌다. 커다란 소리가 공기를 찢듯 울려 퍼졌다. 순식간에 와장창 부서져 내린 유리 벽 속으로 손을 뻗어 프렌스의 차가운 몸체를 붙잡아 밖으로 끄집어냈다.

얼마 전 몰래 채워 둔 총알이 아직 탄창에 들어 있는 것을 확인하고 잠금장치를 풀었다.

프렌스. 나는 너를 알아. 그리고 넌 나를 알고. 우린 한낱 장식품 따위가 아니잖아. 안 그래?

10. 마들로나 드 헤븐 메이 (상)

데본은 아마 모르고 있겠지만 사실 우릴 키워 주신 부모님은 친부 모님이 아니셨다. 그런데도 그분들과 내가 닮아 있는 것은 양아버지 와 친아버지가 형제였고, 양어머니와 친어머니 또한 자매였기 때문이 다. 그분들의 시대만 해도 같은 집안끼리의 겹혼이 많았다.

내 친아버지는 마지막 황제의 사촌으로 황권 계승 순위 열두 번째 의 황족이었다. 만약 아직 황실이 존재하고 있다면 그 황제의 자녀들 이 결혼을 하고 또 자녀를 낳아 아버지의 계승 순위는 계속해서 뒤로 밀려났을 것이다. 그러니 애초부터 아버지가 정상적으로 황위에 오른 다는 건 거의 가능성이 없는 얘기였다. 그럼에도 현재 그 딸인 내가 새로운 왕실의 주인 1순위가 되다니, 세상사가 참으로 우습다는 사실 을 알려 주는 듯하다.

군 반정은 내가 태어나는 해에 일어났고 그때 황족 대부분은 처형 당했다. 그나마 무사한 황족들은 지방으로 숨어 성을 바꾸거나 또는 아예 성을 버리고 살아남아 있는 경우였다. 아버지는 성을 버리고 지방의 상인으로 사셨다. 다행히 그 부분에 재능이 있으셨는지 아버지는 맨몸으로 시작해 금세 많은 돈을 벌어 가족을 부유하게 살게 해 주셨지만, 어머니와의 사이는 그리 좋지 못했다.

아버지는 왜인지 항상 어머니가 부정한 짓을 저지른다는 의심을 했고 어머니는 그런 아버지를 두려워했다. 그리고 데본이 태어났을 때 아버지는 의심에 확신을 더하며 결국 완전히 미쳐 버렸다. 아버지와 어머니 둘 다 금발에 푸른 눈이었음에도 데본이 검은 머리칼에 검은 눈을 가지고 태어났기 때문이다. 아버지는 어머니에게 더럽다고 외쳤다. 어머니는 억울하다며 울었다.

두 분의 골은 더욱 깊어져 버렸다.

데본이 태어난 지 두 달 조금 넘었을 무렵. 아버지가 집안의 고용인들을 모두 총으로 쏴 죽이는 사건이 벌어졌다. 부끄러운 사실이 밖으로 새어 나가지 않게 하기 위함이라 했다. 일단 집안의 고용인들을 모두 죽인 아버지는 다음으로 가족들을 죽이기 위해 비어 버린 탄창에 새 총알을 끼워 넣으며 데본을 안고 있는 어머니와 나를 구석으로 몰아넣었다.

어머니는 내게 강보에 싸인 데본을 안겨 주며 도망가라 했다. 늘 두려움에 떨며 소극적인 모습을 보이던 어머니는 그날 처음으로 아버지에게 달려들었다. 나는 도망쳤다. 품에 안은 데본이 떨어질까 강보를 꽉 붙들고 숨을 헐떡이며 겨우 현관 밖으로 뛰쳐나갈 수 있었다. 집 안에서 총성이 울려 퍼졌다. 얼마 안 가 정원으로 나온 아버지는 큰 소리로 외쳤다.

"헤븐! 나오렴! 걱정하지 않아도 돼. 너는 죽이지 않으마! 너는 내 자식이 틀림없으니까! 하지만 그 애는 죽여야 해! 네 어미가 부정을 저질러 낳은 더러운 생명이다!"

언뜻 다정한 어조인 듯했으나 시간이 지나도 내가 나타나지 않자

아버지의 목소리는 다시 거칠어졌다.

"헤븐! 당장 나오지 못해!"

정원 구석에 숨어 고함을 지르는 아버지를 훔쳐볼 뿐 모습을 보이지는 않았다. 무서웠다. 하지만 데본은 상황 모르고 울음을 터뜨리려 했고 두려웠던 나는 황급하게 치맛자락을 데본의 입 속에 욱여넣어 소리를 내지 못하게 했다. 데본이 괴로운지 얼굴을 가득 찌푸렸지만 어쩔 수가 없었다. 나는 죽고 싶지 않았다.

한참 동안 정원을 서성이듯 뒤지며 우릴 찾던 아버지는 결국 찾지 못하자 크게 화를 내며 저주와도 다름없는 말을 마구 쏟아 냈다.

"더러운 것들! 기어이 벌레 같은 목숨을 연명할 생각이더냐! 그래 봤자 네깟 것들 둘 다 비참하게 살게 될 것이다! 차라리 죽는 게 나을 정도로 고통스럽게 살 것이다! 모든 것을 부정당하고 떳떳치 못하게 살 것이다! 바닥을 기며 쓰레기같이 살 것이다! 악마처럼 타인에게 불행을 안겨 주고 비열하게 살 것이다! 세상으로부터 짐승만도 못한 취급을 받으며 살아 있다는 것을 끊임없이 후회할 것이다! 네깟 것들은 사람이 아냐! 죽어! 죽―어―!"

곳곳에 시체가 널브러져 있는 정원 한가운데에 서서 목소리가 갈라질 정도로 악을 담아 외친 아버지는 이윽고 허공을 향해 크게 웃어 젖히더니 들고 있던 총구를 자신의 머리에 겨눴다.

타앙!

마지막으로 쏘아진 총은 아버지의 머리를 꿰뚫고 바닥에 떨어졌다.

나는 쓰러진 아버지가 한참 동안 움직이지 않음을 확인하고 나서야 조심스레 숨어 있던 곳에서 기어 나왔다. 그제야 데본의 입에 물린 치맛자락을 빼 주었고 데본은 기다렸다는 듯이 빼액 비명을 지르는 것처럼 울음을 터뜨렸다.

그 소리를 망연히 듣고 있다가 문득 나도 덩달아 울음을 터뜨렸다.

그림책 속에서나 보았던 지옥이라는 곳에 떨어진 느낌이었다.

지금으로선 당시의 내가 잘 이해되지 않지만, 그때 나는 마치 길러지다가 버려져 집 주변을 서성이는 개처럼 밖으로 나가 도움을 청할 생각도 하지 못하고 데본과 함께 시체 틈바귀에서 지냈다. 배가 고프면 주방으로 가 손질되지 않은 채소를 씹어 먹으며 데본에겐 치즈를 조금씩 떼어서 입에 넣어 주었다. 하지만 데본은 잘 먹질 못했고 겨우 넘긴 것마저 모두 토했다.

아기 돌보는 건 어머니나 고용인들의 일이어서 전혀 아는 바가 없었다. 거기다 나는 어렸다. 어린 머리로 고작 떠올린 방법은 침으로 치즈를 녹여 데본에게 먹여 주는 것 정도였다.

그래도 데본은 계속 울기만 했고 나는 데본이 지쳐 조용해질 때까지 기다렸다가 울음을 멈추면 또 먹였다.

그 생활이 며칠이나 이어졌는지는 잘 모르겠다. 그저 집 안에 많은 벌레가 날아다니고 시체들에서 심한 악취가 났던 것만 기억하고 있다. 데본은 거의 움직임이 없어지며 더 울지도 않게 되었다.

"여기 아이가 있습니다!"

어느 날 갑자기 모르는 사람들이 집 안에 들이닥쳤다. 그들은 나와 마주치자 곧장 소리쳤고 다른 사람들에 비해 유독 고급스러운 옷차림을 한 남자가 다가와 나와 내 품에 안겨 있는 데본을 번갈아 보았다. 그는 이어 벽으로 눈을 옮겨 내가 아주 어렸을 때 아버지가 이름 있는 화가를 불러 그렸던 가족 초상화를 보았다. 그는 다시 나를 보더니 내 눈높이에 맞춰 다리를 굽히며 말했다.

"지저분해지긴 했지만 그래도 닮았구나. 네가 세르의 딸이냐."

그게 내 셋째 큰아버지이자 훗날 양아버지가 되는 분과의 첫 만남이었다.

나와 데본은 살던 집을 벗어나 병원에서 이런저런 알 수 없는 치료를 받고 수도로 가게 되었다. 친부모님과 닮은 양부모님은 친부모님과는 다르게 서로 사이가 좋았다. 당시의 나는 이상하게도 목소리가 나오지 않는 정신병에 걸려 비록 말을 할 수는 없었지만—의사들이 멋대로 신경증, 즉 트라우마에 기인한 실어증이라 진단했다—가만히 두 분을 보고 있으면 마치 사이좋은 부모님의 꿈을 꾸고 있는 것 같아서 사실 꽤 행복했다.

또 안정적인 보살핌을 받게 된 데본은 다시 잘 우는 아기가 되었지만, 가끔 날 향해서는 웃어 주어서 나는 그것만으로도 그 애가 사랑스러웠다. '내 동생. 내 동생. 넌 내가 지켜 줄게.' 나는 매번 다짐하며 그 귀여운 볼을 손가락으로 콕콕 찌르곤 했다.

그로부터 1년이 조금 지났을 무렵 나는 자연스럽게 다시 말을 할 수 있게 되었다.

나는 본래의 나이보다도 어리게 기록되어 마들로나가에 입적되었다. 입양이 아닌 친자식으로. 동시에 헤븐이란 내 이름은 마들로나의 성뿐만이 아니라 메이라는 서드 네임에 가려져 가까운 사람들 외엔 부를 수가 없는 이름이 되었다. 나는 밖에선 헤븐이 아닌 메이라 불렸다.

황족인 양아버지는 군 반정이 일어났을 때 처가인 마들로나가의 성으로 바꿔 살아남았다고 한다. 그러니까 양어머니의 자매인 내 친어머니가 마들로나가의 사람이었다. 양아버지는 틈틈이 나에게 많은 비밀 이야기를 해 주셨다. 그리고 항상 내가 어떤 근본인지 잊지 말라 하셨다. 또 비록 당신들이 나의 친부모는 아니지만 같은 피가 흐르고 있으니 가족이라 하셨다. 그리고 적당한 때가 되면 내 쪽에서 데본에게 가르쳐 주라 이르셨다. 나는 그때 대략 데본이 열일곱 정도가 되면 말해도 좋을 거라 막연히 생각했다.

하지만 데본이 다섯 살이 되었을 때 나는 집에 온 어느 손님을 계기로 그 마음이 바뀌었다.

데이카스트로데 드 아크 베이론.

그는 당시 가족을 이끌고 수도에 이사 온 지 얼마 되지 않은 지방 출신 귀족이었다. 양아버지는 교류를 위해 그를 집에 초대했다. 하지만 나는 이미 수도가 아닌, 예전에 친부모님과 살았던 지방에서 그를 본 적이 있었다.

데본이 태어나기 전의 일이다. 아버지가 일 때문에 늦던 어느 날 어머니가 외출을 한 적이 있었다. 당시 나는 자다 깨어나 방에서 나왔다가 외출하는 어머니를 발견하고 별생각 없이 따라갔고, 대문 밖에 서 있던 그를 보게 되었다. 단 한 번 봤음에도 기억하고 있었던 이유는 그의 머리칼이 밤처럼 까맸기 때문이다. '어쩜 저렇게 까만 걸까.'라고 어린 마음에 의문을 가졌었다.

그리고 아무렇지 않게 잊고 있었다. 하지만 그로부터 몇 년이 지나 그를 다시 보니 그 기억이 떠올랐다. 그제야 새삼 의문이 들었다. 왜 그날 밤 어머니는 몰래 나가 그를 만났던 걸까 하고.

"언니. 뭐 해?"

살짝 열린 문틈으로 몰래 베이론을 훔쳐보고 있는데 문득 뒤에서 데본이 말을 걸어왔다. 별생각 없이 뒤를 돌아보았다가 이내 멈칫했다. 데본의 까만 머리가 시야에 박히듯 들어왔다.

"언니?"

데본이 한 번 더 나를 불렀지만 나는 대꾸 없이 시선을 돌려 저편에서 양아버지와 대화하고 있는 베이론을 바라보았다. 그리고 또다시 데본을 바라보았다. 까만 머리카락. 까만 눈. 그러고 보니 양아버지도 처음엔 데본의 외모를 의문스러워했었다. 하지만 그때 친동생이 맞냐는 물음에 내가 고개를 끄덕여서 데본도 나와 함께 별문제 없이 받아들여졌다. 드물긴 해도 선대의 황제 중에서 검은 머리와 검은 눈을 가진 분도 몇 분 계셨기 때문이다. 가능성이 아예 없진 않다고 하셨다. 나도 그러려니 했었다.

근데 그날따라 불현듯 왜인지 그게 아닌 것 같다는 생각이 들었다.

그 이유 때문이 아닌 것 같았다. 나는 데본에게 묻지 않을 수가 없었다.

"어째서 같은 거야."

정확한 이유를 알아차리기도 전에 배신당한 기분이 먼저 들었다.

데본은 내 말을 알아듣지 못하겠다는 양 잠시 눈가를 찌푸렸지만 이내 개의치 않고 팔을 잡아 끌어당기며 인형 놀이를 하자고 졸랐다. 데본이 잡은 팔에서부터 온몸으로 소름이 끼쳐 올랐다.

더러워!

"저리 가!"

"꺄앗!"

그 순간 나는 데본의 손을 뿌리치고 가슴을 세게 밀쳤다. 다섯 살에 불과했던 데본은 이내 뒤로 털썩 주저앉으며 울음을 터뜨렸다.

"무슨 소리지. 잠시 실례하겠습니다."

"개의치 말고 다녀오십시오."

머지않아 응접실 안의 양아버지가 자리에서 일어서시는 것을 본 나는 복도에 우는 데본을 남겨 두고 그 자리에서 도망쳤다.

그날 이후, 나는 데본에게 더는 살가운 언니가 될 수 없었다. 데본은 이제 '내가 지켜 줘야 할 동생'이 아닌 '뭔지 모를 더러운 것'으로 인식되어 그 뒤로 데본이 다가오려 할 때마다 으르렁대며 매몰차게 그 애를 내쳤다. 그 애의 얼굴을 보는 것만으로도 참을 수가 없이 화가 밀려왔다.

'더러워! 더러워!'

그 생각이 머릿속을 떠나지 않았다. 하지만 양부모님께 내 생각을 말씀드리진 않았다. 어렸으므로 어떻게 설명해야 할지도 몰랐을뿐더러 그 느낌만으로도 충분히 죽고 싶은 수치심이 밀려와 그 애에 대한 어떤 말도 입에 담을 수가 없었다. 본능적으로 짙은 혐오감이 일었다.

데본은 갑작스레 변한 내가 이해되지 않는 듯했다. 그 뒤로도 악의 없이 다가오는 그 애를 몇 번 위협하듯 하자 데본은 점점 어두워지더니 나중엔 소극적으로 내 주변을 얼쩡거리기만 했다.

양부모님이 이상하게 생각할 정도로 나는 늘 화가 나 있었고 짜증이 많아졌다. 그러던 어느 겨울날 나는 데본이 양아버지의 다리에 앉아 조잘조잘 얘기하는 모습을 보고는 그 순간 화가 머리끝까지 치솟아 올랐다.

점심 식사를 끝내고 복도에서 데본을 기다리다 그 애가 식당을 나오자마자 우악스럽게 팔을 잡아채 정원으로 끌고 나갔다. 데본은 놀라 얕은 숨을 삼키긴 했지만 이내 입을 다물었다. 그리고 두려움과 의아함이 섞인 얼굴을 하곤 넘어질 듯 내게 끌려왔다.

정원 뒤편에 있는 식량 창고에 데본을 밀어 넣고 나도 그 안으로 들어가 문을 닫았다. 그리고 큰 소리로 데본에게 '아버지께 건방지게 굴지 마!'라고 다그쳤다. 데본은 놀란 얼굴을 했다. 하지만 왜냐고 묻지는 않았다. 그저 내가 무섭기만 한 모양이었다.

네가 스스럼없이 대해도 괜찮은 분이 아니라고 화를 내는 나를 그 애는 그저 망연한 얼굴로 바라보았다.

씩씩거리며 데본과 마주 보고 있길 잠시, 문득 창고 바깥쪽에서 누군가 다가오는 소리가 들렸다. 나는 손으로 데본의 입을 막고 구석으로 더욱 밀고 들어갔다. 곧 고용인 하나가 들어와 창고에 있던 작은 통을 하나 들고 밖으로 나갔다. 그제야 데본을 놔주고 구석에서 나왔다. 그리고 뒤늦게 나가기 위해 문을 밀었지만, 고용인이 바깥에서 문을 잠그고 갔는지 열리지가 않았다.

당황함에 문을 두드리다 밖에 누구 없냐고 소리쳤다. 하지만 가까이에 아무도 없는지 문을 열어 주러 오는 사람은 한 명도 없었다.

한참 동안 문고리를 잡고 덜컥거리다 지쳐 결국 바닥에 주저앉았다. 창고 한편에 나 있는 작은 창을 올려다보자 어느새 밖엔 눈이 내리고 있음을 알 수 있었다.

그렇게 얼마나 시간이 흘렀을까.

우리가 없어진 것을 아무도 모르는 것인지 바깥은 여전히 조용했다. 적막 사이로 사락사락 눈 쌓이는 소리만 작게 들려왔다. 쪼그린 다리를 끌어안고 그 소리를 듣다가 문득 데본에게 눈길을 줬다.

데본은 나와 거리를 두고 저만치 떨어져 앉아 소매로 눈물을 닦고 있었다. 그리고 한참 후 점점 기운이 없어지는 듯 끌어안은 무릎에 머리를 숙여 기댄다. 눈은 더 굵어졌고 바람이 불어와 굉장히 추웠다. 숨을 쉴 때마다 입김이 하얗게 식어 허공에 흩어졌다. 손으로 팔을 문지르다 문득 데본이 힘없이 찬 바닥에 누워 버리는 것을 보았다.

그 모습을 외면하려 고개를 다른 쪽으로 돌렸지만 저절로 다시 데본에게 눈이 갔다. 사라지면 좋겠다고 생각했는데 막상 상황이 이렇게 되자 데본이 정말로 죽을까 봐 무서웠다.

결국 자리에서 일어나 데본에게 다가가서 그 애의 어깨를 잡고 흔들었다.

"일어나, 데본. 일어나."

데본은 감은 눈가를 찡긋찡긋거리면서도 쉽게 눈을 뜨진 않았다. 고개를 두리번거리다 과일이 얼지 않도록 덮어 둔 두꺼운 천을 잡아 끌어 내렸다. 먼지가 일며 콜록콜록 기침이 나왔다. 누워 있는 데본을 일으켜 앉히고 품에 끌어안았다. 몸 위로 천을 함께 둘러 덮자 데본은 졸린 목소리로 춥다고 웅얼대며 더욱 내게 파고들었다.

그러다 문득 데본이 내게 미안하다고 했다. 대꾸하진 않았지만, 그 말에 속이 조금 찔려 버렸다. 하지만 이내 가라앉은 심정이 되어 데본을 내려다보았다.

아무것도 모르면서 뭐가 미안하다는 거야. 뭐가 잘못되어 있는 건지 전혀 모르는 주제에.

아마도 자길 미워하지 말라는 뜻을 담아 내뱉은 말이리라. 내 기분은 아랑곳없이 데본은 계속해서 내게 미안하다고 옹얼댔다. 지겨울 만큼 계속해서 '언니 미안해. 언니 미안해. 내가 잘못했어.' 라고. 가만히 그 소리를 듣고 있다가 문득 데본을 더욱 꼭 끌어안았다.

어째서인지 더는 화가 나지도, 화를 낼 수도 없었다. 가족을 잃은 참담함을 잊은 건 아니다. 하지만 나는 이제 더 질질 끌 수는 없다는 걸 느꼈다. 앞으로를 살아가려면 선택을 해야 했다. 그리고 내 선택은 데본이 되었다. 그 애가 내 동생이라는 걸 버릴 수가 없었다. 그렇게 드디어 한쪽으로 결론을 내고 나니, 줄곧 가슴을 막고 있던 복잡한 고민들은 더는 내게 문제 되지 않았다.

그날 나는 친어머니의 부정에 대한 의심을 내 가슴에 평생 묻기로 결심했다.

"잠들면 안 돼. 데본."

우리는 저녁 시간이 되어서야 창고 밖으로 나올 수 있었다. 기본적으로 방임주의인 양부모님은 식사 때가 되어도 우리가 오지 않자 그제야 고용인들을 시켜 찾게 했던 것이다. 데본과 나는 심한 감기에 걸려 며칠을 앓게 되었다. 머리에서 열이 펄펄 끓었지만, 몸의 아픔은 가슴이 개운해진 덕분에 그리 고통스럽지 않았다.

어쨌든 그 이후로 나는 다시 예전처럼 데본을 살갑게 대했고 데본은 다시 나를 잘 따르게 되었다. 그리고 양부모님은 그런 나를 보며 내가 그저 남들보다 조금 이르게 질풍노도의 시기를 겪은 거라 여기신 듯했다.

이것으로 해피 엔딩, 이었다면 얼마나 좋았을까.

나밖에 모르던 데본이 점점 자라 어느덧 슬슬 밖으로 시야를 돌릴 즈음과 거의 동시에 찾아온 그 애의 사춘기는 우리의 관계에 새로운 골을 만들어 냈다. 그 시기의 데본은 자꾸만 키가 커지자 잘 먹지 않으려 했고, 마음에 들어서 산 장신구가 자신에게 어울리지 않는다며 곧잘 시무룩해지곤 했다. 데본은 날카로운 미인상이라 약간 단조롭거나 아예 지나치다 싶을 정도로 화려한 걸 하면 어울렸다. 하지만 데본은 자기 스타일에 맞지 않는 아기자기하고 귀여운 것들을 좋아했다.

데본은 그게 스타일 문제가 아니라 자기가 못생겨서 그렇다고 생각하는 듯했다. 아니라고 고쳐 주고 싶었지만 그렇다고 내가 말을 해 봤자 안 그래도 비뚠 생각에 빠진 데본이 놀리는 거라고 받아들일까 봐 말할 수 없었다.

설상가상 데본이 처음 데뷔한 사교장에서 우리 자매를 본 또래 귀족들의 태도는 실로 저질이었고, 그런 그들의 성숙되지 않은 감정과 조심성 없는 언변들은 안 그래도 예민한 시기의 데본에게 상처만을 주었다.

이후 다른 곳에서도 사람들의 나와 데본을 향한 외양 비교는 그치지 않았고 데본은 날이 갈수록 자존감이 낮아지며 음침해졌다. 그러다 데본을 이용해 나에게 접근을 시도한 남자들이 있었다. 뒤늦게 그 사실을 알게 되어 소녀의 설레이는 감정이 순식간에 짓밟히는 경험을 한 데본은 결국 완전히 자존감이 바닥을 치고 집 안에 틀어박히게 되었다. 그 애가 사교장에 나가는 일은 거의 없어졌다.

어쩌면 데본이 나를 미워하게 되는 건 당연한 수순이었을지도 모른다. 변함없이 나를 대하려고 노력한 모양이었지만 안타깝게도 그 애는 감정을 숨기는 게 조금 서툴렀다. 그 애가 날 싫어한다는 건 금방 알 수 있었다. 마음은 아팠지만 이해하기로 했다. 어렸을 적 내가 데본을 거부했을 때 데본은 지금 나보다 더한 기분을 느꼈을 테니까. 사납게 드러냈던 나와는 달리 적어도 데본은 감추려 하고 있지 않냐고 그렇게 스스로를 달랬다. 분명 데본도 다시 괜찮아지는 날이 올 거라고 믿어 의심치 않았다. 그러니 시간에 맡기고 기다리자고.

어느 날 드물게 사교 파티에 참가했던 데본은 그때마다 늘 그랬듯 불쾌함을 얼굴에 가득 띠고 돌아왔다. 그 애는 거의 속으로 삭이는 편이라서 오자마자 짧게 다녀왔다는 인사만 하고는 제 방으로 올라가 버렸다. 데본이 잘 다녀오길 바랐기에 일부러 그 파티에 참석하지 않았건만 대체 누가 또 쓸데없이 건드린 건지. 데본을 따라갔던 고용인에게 물었다.

"누구 때문이지?"

"데이카스트로데가의 도련님께서……."

그 순간 절로 신음이 새 나갔다. 싫은 이름, 아니, 싫은 성을 들어 버린 탓이다.

"그가 무슨 짓을 했는데."

고용인은 조금 묘한 표정을 지으며 대답했다.

"그게…… 작은아가씨께 데이트 신청을 하셨습니다."

"뭐?"

그게 무슨…….

"큰아가씨?"

안 돼.

"……."

안 돼!

그대로 계단을 타고 올라가 데본의 방으로 향했다. 달리는 듯한 걸음으로 방문 앞에 섰을 때 나는 막 두드리려던 손을 멈추고 잠시 심호흡을 했다. 진정하자. 이건 아무 일도 아니야. 아직 걱정할 건 아무것도 없으니까.

불안하게 두근대는 가슴을 애써 진정시키고 나서야 문을 두드렸다. 곧 들어오라는 데본의 목소리가 들렸고 문을 열자 테이블 위에 피아노 악보를 펼치고 있는 데본을 볼 수 있었다.

"나야. 뭐 해?"

데본은 어느새 말간 얼굴이 되어 담담하게 대꾸했다.

"내일이 레슨 날이라서."

"안 치고 악보만 보는 거야?"

"치고 싶지 않아."

"그렇게 별로면 다른 악기를 배워 보는 건 어때?"

"똑같아. 음악 자체를 별로 좋아하지 않으니까."

데본은 가끔 바느질로 엄청난 걸 만들어 내곤 하면서 음악 쪽은 영 젬병이었다. 어렸을 적 음악 선생의 히스테릭한 지적에 완전히 음악에 흥미를 잃은 데본은 연주는 물론 감상하는 것도 별로 좋아하지 않았다. 테이블 위에 손가락을 올려 두고 악보를 보며 건반을 치듯 움직이는 데본을 가만히 보다가 나는 계속 신경 쓰이던 화제를 슬쩍 꺼냈다.

"데이트 신청 받았다며?"

데본은 손가락을 멈추지 않으며 흥미 없는 표정으로 대꾸했다.

"슈리에게 전해 주겠어? 자꾸 그렇게 쓸데없이 입을 싸게 놀리면 바늘로 입을 꿰매 버린다고."

"내가 물어봤어. 그 애는 고용인이잖아. 어쩔 수 없이 물음에 답한 것뿐이야."

"그럼 언니 때문에 그 애 입이 꿰매지는 거네."

"그러지 말고. 그보다 어떻게 할 거야?"

데본의 눈매가 조금 가라앉았지만, 목소리만은 여전히 담담했다.

"날 놀리려는 거야. 일일이 상대할 생각 없어."

그제야 나는 한편에 일었던 작은 불안감을 꺼뜨리며 제대로 된 미소를 지을 수 있었다. 그러니 실제 이야기도 그걸로 끝이어야 했다. 하지만 그로부터 머지않아 데본은 점점 외출하는 횟수가 많아지더니 약 1년 후, 사귀는 사람이라며 집에 데이카스트로데가의 자제인 데이카스트로데 드 밀라온 로헬을 데리고 왔다. 결국, 그 집안은 나를 궁지로 몰아넣었다.

"데본과 결혼하고 싶습니다. 저의 집엔 이미 허락을 받았습니다."

그의 말에 양부모님은 조금 놀라긴 하셨지만 그리 나쁜 눈치는 아니셨다. 나는 그 자리에서 아무 말도 할 수가 없었다. 내가 무슨 말을 할 수 있겠는가. 그저 테이블에 가려진 손을 떨며 치맛자락만 붙잡고 있었다.

사실 확실한 건 아무것도 없었다. 모든 것은 나 혼자만의 의심일 뿐이었다. 그러니 나만 외면하면 모든 게 잘 풀릴 수도 있다. 하지만 이건 남의 일이 아니라 내 동생의 일이므로 나는 그럴 수가 없었다.

의심은 틀릴 수도 있지만 그렇다 해도 두 사람은 안 된다. 내 의심이 틀리다면 그나마 낫다. 물론 두 사람의 마음은 아프겠지만 시간이 흐르다 보면 분명 괜찮아지는 날이 올 것이다. 그 감정이 세월을 이길 수는 없을 것이다. 하지만 만약이라도 내 의심이 진짜라면 그때는 정말로 돌이킬 수가 없어진다.

그렇지만 정작 내가 할 수 있는 것은 없었다. 나는 데본은 물론 다른 사람들에게 내 의심을 말할 생각이 없었다. 그게 진짜든 아니든 평생 비밀로 하겠다고 결심했다. 하지만 그래서야 두 사람을 막을 수 있는 명분이 없다. 그럼 대체 내가 어떻게 해야 하지.

"로헬 씨. 잠시 얘기 좀 할까요."

나는 그를 유혹하기로 했다. 세상 사람들은 나를 아름답다 칭송했고 어떤 이는 부인이 있음에도 내가 받아만 준다면 헤어지겠다는 사람도 있었다. 그렇기에 더 자신이 있었는지도 모르겠다.

돌아가려는 그를 붙잡아 데본 모르게 함께 산책을 하며 그에게 관심이 있다는 분위기를 은근하게 풍겼다. 하지만 로헬은 난감해하는 것 외엔 별다른 반응이 없었다. 자연히 내 어필은 날이 갈수록 점점 강도를 더해 갔다. 데본 몰래 그를 만나러 가는 일도 많았다. 결국, 로헬이 먼저 딱 부러지게 거절을 표했다.

"당신은 정말로 아름답습니다. 남자로서 한 번도 흔들리지 않았다면 거짓말이죠. 그렇지만 저는 그럴 때마다 데본에게 죄책감이 들어 견딜 수가 없습니다. 저는 그녀와 평생을 함께하고 싶어요. 더는 흔들리고 싶지 않습니다. 물론 그건 당신의 잘못이 아닙니다. 아름다움에 혹한 제 잘못이죠. 그러니 이후로는 필요 이상 당신과 교류할 생각이 없습니다."

그가 나에게 흔들리고 있다는 것은 그가 굳이 말하지 않아도 알 수 있었다. 그럼에도 그는 고집스러웠고 나는 더욱 그만둘 수가 없었다. 그러자 로헬은 내게 거의 애원하듯 부탁했다. 제발 그러지 말라고. 그가 내게 고해하듯 작은 목소리로 말했다.

"저는 정말로 데본을 사랑합니다. 이미 그녀와 밤도 함께 보낸 적이 있어 그녀를 책임지지 않으면 안 됩니다. 대체 왜 나에게……."

그 순간 나는 속이 뒤집히는 기분을 느끼며 그의 얼굴을 후려갈겼다. 로헬은 크게 놀란 얼굴이었지만 내 외침을 막을 수는 없었다.

감히. 감히. 감히……!

"무슨 짓을 한 거야!"

영문을 몰라 망연히 서 있는 그의 몸을 때리며 크게 울음을 터뜨렸다. 어떻게 그럴 수가 있냐고. 그래선 안 되는 거라고. 정말 안 되는 거였다고. 그는 내 비난에 대해 아무것도 이해할 수 없을 것이 분명한데도 작은 목소리로 그저 미안하다고 말했다.

그날 이후 더는 그를 만나지 않았다. 그리고 며칠간 계속 생각을 거듭한 결과 슬슬 마음이 기울어져 가고 있었다.

데본에게 물었다. 그를 사랑하느냐고.

데본은 그렇다고 답했다.

나는 상황과 타협하기로 했다. 이 애가 그렇게 사랑한다면 외면해 버리자고. 나만 외면하면 아무런 문제가 없으니까.

두 사람의 결혼 준비는 순조로웠다. 그리고 결혼식이 얼마 남지 않앉을 무렵, 데본과 함께 장신구를 보러 갔다가 돌아오는 길이었다. 문 득 데본이 개를 데리고 길거리를 걷는 어느 부인을 보며 말했다.

"언니 알고 있어?"

"뭘?"

"귀족들이 키우는 애완동물 대부분이 근친 교배를 통해 태어났대. 그래서 밀라온과 나는 애완동물 선물만은 받지 않기로 했어."

나는 아무 말도 하지 않았다. 데본은 얼굴에 미세한 혐오감을 띠었 다.

"내가 그 입장이라면 아마 혀를 깨물고 죽고 싶을 거야."

"……."

"참 잔인한 이야기야. 그렇지 않아?"

나는…….

"언니? 내 말 듣고 있어?"

"응? 응……. 그러네."

나는 대체…….

어떻게 해야 하는 거지.

고용인을 시켜 수면제를 구입했다. 잠을 잘 수가 없었던 탓이다. 그 러다 데본의 결혼식이 거의 코앞으로 다가왔을 때 초조함이 극에 달 해 있던 나는 결국 그걸로 일을 저질렀다.

그 날 로헬이 결혼 진행의 마무리 상의를 위해 집에 잠시 들른다며 들떠 있던 데본에게 약이 든 차를 먹었다. 데본은 금방 잠들었다. 로 헬이 도착하자 나는 잠시 할 말이 있다며 그를 내 방으로 이끌었다. 그는 들어오지 않으려고 했지만 내가 이러는 것도 마지막이라고 하자 결국 안으로 발을 들였다. 나는 그에게도 약이 든 차를 내밀고 그가 몇 모금 마시는 것을 확인하고 나서야 입을 뗐다.

"로헬. 당신 어렸을 때는 바하트라에서 살지 않았나요?"

"그랬습니다. 어떻게 아셨죠? 데본이 말해 줬나요?"

"나도 거기에서 살았어요."

"아……."

"데본도 거기서 태어났지요."

"들은 적 없는 사실이군요."

"그렇겠죠. 그 애는 자기가 여기서 태어난 줄 아니까요."

"아……."

로헬은 뭐라 대꾸해야 할지 모르겠다는 듯 느리게 음성을 끌었다. 나는 찻잔을 만지작거리며 말을 이었다.

"데본은 모르지만 지금 부모님은 우리에게 양부모님이세요. 혹시 문제가 되나요?"

"……아니요. 전혀. 하지만 지금 한 얘기는 여기서 끝내기로 하죠."

그 자신은 상관없지만 혹 제 가문에선 어떤 반응을 할지 몰라 우려하는 것 같았다. 내가 봐도 로헬은 꽤 괜찮은 남자였다. 물론 그렇다고 용납할 수 있는 건 아니지만.

"그래요, 뭐. 어쨌든 그럼…… 바하트라에서 제 친어머니와 당신 아버님이 꽤 친하셨던 것도 모르겠군요? 그것도 밤에 만나는 사이셨던 것 같아요."

"예?"

로헬은 잠시 내 말을 이해하지 못한 듯 멍하게 되물었다. 어쩌면 본능적으로 이해하고 싶지 않은 건지도 모른다. 피하려고 드는 그에게 나는 확실하게 말해 줬다.

"로헬 씨. 나는 당신과 데본이 같은 핏줄이라는 의심을 하고 있어요."

"무슨……!"

비로소 내용의 이해를 마친 로헬이 자리에서 벌떡 일어나며 충격받은 표정을 지었다. 나는 그를 보며 씁쓸한 마음을 감출 수가 없었다.

"그러게 진작 내 말을 들었으면 좋았잖아요."

"그, 그럴 리가 없습니다. 뭔가 오해가 있으신 모양인데 정말 그럴 리가……."

"그럼 당신이 확인해 보겠어요? 어떻게, 당신 아버지에게 당신이 한번 물어볼래요? 아니면 아닌 대로 다행이겠지만 만약 맞으면 어쩌시겠어요? 그리고 데본에겐 당신이 말할래요? 이미 볼 장 다 봤다면서 이제 와 뭐라고 말할 건가요? 뭐라 변명하든 결국 데본은 자살하겠군요. 근친상간이라니. 그 애가 받아들일 수 있을 리가 없어요."

"그럴 리가 없어요. 그럴 리가……."

로헬은 그렇게 중얼거리다 문득 어지럼증이 드는 듯 휘청하며 테이블을 붙잡았다. 하지만 머지않아 팔이 꺾어지며 힘없이 바닥에 쓰러지고 만다. 데본보다는 약 기운이 좀 늦게 돌았다. 나는 테이블 위의 찻잔을 보다가 절로 한숨을 내쉬며 잠든 그를 내려다보았다.

"이러나저러나 이미 늦었다는 말이야. 한심하긴."

의자에서 일어나 로헬을 힘겹게 침대로 끌어다 놓았다. 내 옷을 벗고 그의 옷을 벗기며 혐오감에 몸서리를 친다. 동생의 남자를 탐하는 언니라니 죽고 싶었다. 내가 이런 기분인데 데본이 만약 로헬과의 근친 의혹을 알게 된다면 얼마나 끔찍할까. 그러니 차라리 이 정도 괴로움으로 끝내는 게 다행일 거라고. 원망할 대상이 눈앞에 존재하니까 조금이나마 버틸 수 있을 거다.

나는 그렇게 생각했다.

당연히 로헬과 정말로 관계를 가지진 않았다. 그저 그렇게 보일 수 있는 상황을 만들었을 뿐이다. 나중에 깨어난 데본이 내 방에 들어왔다. 그 이후로는 그 애도 알고 나도 아는 상황. 그 애의 비명 소리에 때마침 깨어난 로헬은 순간적으로 그 상황을 부정하려는 듯 보였으나 문득 나와 눈이 마주치자 결국 입을 다물었다. 그는 데본을 똑바로 쳐다보지도 못했다.

데본은 로헬의 머리에 화병을 집어 던지고는 크게 울부짖었다.

"죽어 버려! 죽어 버려! 너희 같은 것들은 사람도 아냐! 죽어 버려!"

나는 지금껏 데본이 그렇게까지 크게 화를 내는 것을 본 적이 없다. 그래서 쉽게 알 수 있었다. 나와 데본은 결코 예전과 같이 돌아갈 수 없을 거라는 걸.

이해한다. 가슴은 아프지만 그게 네 선택이라면 받아들일 수밖에. 너는 나를 원망해도 된다. 나를 미워해도 되고 욕을 해도 된다. 기분이 풀린다면 나를 때려도 되고 그것도 부족하다면 나를 죽여도 된다. 그러니 제발 언젠가는 털어 내 주렴. 모든 것은 내가 지고 갈 테니.

'네깟 것들은 사람이 아냐! 죽어! 죽—어—!'

데본의 절규 끝으로 친아버지의 마지막 외침이 메아리처럼 머릿속을 울려 왔다. 그래서일 거라고 생각했다. 다 끝났다고, 이젠 괜찮다고 안도하면서도 마음 한구석 미세한 불안감을 떨칠 수가 없었던 건.

"이게 무슨⋯⋯!"

외출했다가 돌아오신 양부모님이 뒤늦게 소란스러움을 알아채고 내 방으로 올라오셨다. 그분들은 방 안의 광경에 놀람을 감추지 못하셨다. 그나마 빠르게 먼저 냉정을 되찾으신 양아버지는 고용인들에게 데본을 방으로 데려가게 하곤 나와 로헬이 옷을 제대로 갖춰 입도록 하셨다.

양어머니는 양아버지의 권유로 데본의 상태를 보기 위해 자리를 뜨셨다. 방 안엔 나와 로헬, 그리고 양아버지만 남았다. 양아버지는 로헬도 나가서 치료를 받으라고 하셨지만 로헬은 괜찮다고 하며 손수건으로 머리의 피를 닦았다. 양아버지는 더 권하지 않고 이번엔 나를 바라보았다.

"무슨 일이 있었던 거냐."

"제가 로헬 씨와 잤어요."

"왜?"

"그냥요."

그냥 그래 보고 싶었다고 대답했다. 양아버지는 잠시 눈을 감고 애써 화를 참으셨다. 다시 눈을 뜨신 양아버지는 성큼성큼 다가오더니 내 따귀를 때리셨다. 나는 휘청이다 털썩 주저앉았지만 곧 다시 일어섰다. 양아버지는 내 어깨를 부여잡고 자신을 똑바로 보라 하셨다. 시선을 들자 단단한 눈길이 나를 향하고 있었다.

"네가 아무 이유 없이 그런 짓을 할 거라 생각하지 않는다. 말해. 이유가 뭐야."

"……."

나는 아무 말도 하지 않았다. 그러자 양아버지는 다음으로 로헬에게 눈을 돌리셨다. 그리고 그에게도 이유가 뭐냐고 물었다. 그 역시 나처럼 아무 말도 하지 않았다. 그가 말할 수 있을 리가 없다. 지금 그는 정신을 차리는 것조차 버거울 터였다.

문득 그의 손수건 밖으로 피가 배어 나와 다시 얼굴을 타고 흘렀다. 양아버지는 결국 고용인을 불러 그를 치료해 주도록 했다. 치료를 마치자마자 집으로 돌아갈 것을 권했고 로헬은 순순히 그렇게 했다. 그래도 가기 전에 죄송하다고 말하는 것은 잊지 않았다. 양아버지는 그 말에 대꾸하지 않으셨다.

그를 보낸 후에도 양아버지께선 내게 이유를 물으셨다. 하지만 나는 말하지 않았다. 데본을 조금 진정시키고 내 방으로 오신 양어머니께서도 내게 이유를 물으셨다. 하지만 나는 역시 말하지 않았다. 이해를 받고자 한 일이 아니었다. 로헬에게 말한 이유는 그를 탓하고 싶었기 때문이다.

알고 있다. 그의 잘못이 아니라는 것 정도는. 하지만 나는 그가 너무나 미웠다. 그래서 그에게 책임 전가를 해 버리고 말았다. 걱정하지 않아도 이미 데본과 몸을 섞은 그는 자신을 위해서라도 내 말을 밖으로 떠벌릴 일은 없을 것이다.

양부모님은 저녁 식사를 건너뛰고 밤이 다 되도록 나를 추궁했다. 그래도 내가 끝까지 입을 열지 않자 그만두실 수밖에 없었다. 양부모님은 데본이 안정될 때까진 그 애의 신경을 거슬리게 하지 말라고 당부하셨다. 그제야 나는 그렇게 하겠다고 답했다.

부모님께서 자리에서 막 일어나셨을 때였다. 고용인 한 명이 다급하게 방 안으로 들어와 데본이 손목을 그었다고 외쳤다. 양부모님은 크게 놀라 곧바로 나가려 하셨다가 이내 날 돌아보았다. 놀란 탓에 덩달아 일어난 날 보며 따라오지 말고 여기 있으라 하셨다. 당분간 얼굴 비치지 말라고.

결국 방 안에 남겨져 문이 닫히는 것을 망연히 봐야 했다. 이윽고 두 손으로 머리를 감싸고 바닥에 주저앉아 버린다. 이를 악물고 애써 신음을 삼켜 보지만 불쑥 쏟아지기 시작한 눈물은 멈출 수가 없었다. 나 자신이 한심하고 비참하기 짝이 없었다.

"데본……!"

대체 그 무슨 바보 같은 짓을……. 그 애가 죽어 버리면 내가 한 짓은 대체 무슨 의미가 있었던 거지? 데본은 고작 남자 하나를 잃은 것뿐인데 왜 그리 쉽게 목숨을 끊으려 한 것일까.

데본을 이해할 수 없어 탓하는 것도 잠시, 화살의 방향은 금세 나 자신에게 돌아왔다.

더 유한 방법은 없었던 걸까. 이렇게까지 데본을 몰아붙이지 않아도 됐을 텐데. 나는 왜 좀 더 나은 방법을 생각하지 못한 걸까.

나는 데본의 나약함과 스스로의 요령 없음에 한탄을 감출 길이 없었다.

한참을 울다가 결국 도저히 참을 수가 없어서 얼굴을 닦고 자리에서 일어섰다. 방을 나와 복도를 걸어 데본의 방으로 향했다. 나는 결심하고 있었다. 만약이라도 데본에게 무슨 일이 생기면 나 역시 이 세상을 등지겠다고 말이다.

데본의 방 앞에 몰려 있는 고용인들을 헤치고 방문을 열어 안으로 들어갔다. 양부모님은 침대에 누워 있는 데본을 보느라 내가 들어오는 걸 모르셨는지 뒤를 돌아보지 않으셨다. 문을 닫고 바짝 붙어 서서 양부모님 너머로 데본의 상태를 훔쳐봤다. 다행히 가슴이 오르내리는 것을 보아 숨은 쉬고 있었다. 안도하면서도 데본이 깨어나 또 자살을 기도하면 어쩌나 하는 불안감이 들었다. 부모님의 뒤편에 얼쩡거리듯 선 채 나는 데본에게서 눈을 떼지 못했다.

하지만 나중에 깨어난 데본이 문 앞에 서 있는 나를 발견하고 나가라며 비명을 질러서 그곳에 더 있을 수가 없었다.

이후 내 불안과는 다르게 다행스럽게도 데본은 또다시 자살을 기도하지 않았다. 나는 데본의 눈에 띄지 않기 위해 자주 집 밖으로 돌았다. 곧 사교장엔 데본과 로헬의 파혼에 대한 소문이 돌았고 나에게 그 이유를 묻는 사람들도 있었다. 나는 별말을 하지 않았다.

당연하게도 소문만 무성할 뿐 그 진실을 아는 사람은 누구도 없었다. 물론 한편으론 나 때문일 것이라는 소문도 있었다. 로헬이 내 외모에 넘어가 데본을 배신했을 것이라고. 나는 그것에 아무런 해명도 하지 않았고 그 때문인지 그 소문이 거의 확정적이 되었다.

그 와중에도 내게 다가오는 남자들은 그치질 않았다. 그간 내 매몰찬 태도나 짓궂은 행동으로 쉽사리 다가오지 못하던 자들마저 내가 데본의 일에 정신이 팔려 그저 가벼운 무시로 일관하자 기회라고 생각했는지 끊임없이 나를 귀찮게 했다.

그러다 어느 날 처음 보는 남자가 사교장에서 내게 다가왔다. 시무스 드 파이 멜. 그는 지방 남작가의 자제라고 자신을 소개하며 수도의 사교장에 참여한 건 처음이라고 했다. 그리고 대부분 그랬듯 그 역시 내 아름다움에 대해 찬양하듯 입을 놀렸다. 하지만 그는 남들과는 목적이 좀 달랐는데 그저 나를 가까이에서 보고 싶어 말을 걸었다는 점이다. 아무리 귀족이 몰락한 시기라지만 그의 집안과 마들로나가는 격이 달랐으므로 그는 나에게 무모한 고백 따윈 하지 않았다.

그래서였을 것이다. 내가 나를 묻을 장소로 그를 선택한 것은.

그를 유혹하는 건 손쉬운 일이었다. 그는 내 손안에서 춤추는 꼭두 각시나 다름없었고 나는 그를 입맛대로 길들여 곧 양부모님께 소개했다. 양아버지는 그를 별로 좋아하지 않았다. 그의 가문도 가문이지만 데본이 아직도 그 아픔에서 헤어 나오질 못하고 있는데 일을 저질러 놓고 대책 없이 도망치려는 듯 보이는 내가 못마땅하신 이유가 가장 컸을 것이다. 양아버지는 데본 때 긍정적인 반응을 보이셨던 것과는 다르게 이번엔 그저 굳은 표정으로 신중하게 생각해 보겠다고 하셨다.

그렇게 말씀하시곤 아마 허락하지 않으실 생각이었던 모양이지만 그로부터 얼마 후 양아버지는 내 결혼을 허락하시게 된다.

로헬이 어느 날 갑자기 우리 집에 방문 요청을 넣었다. 그는 사건 이후 파혼을 고한 양아버지와 이야길 나누고 싶다고 했다. 그리고 양아버지는 그 요청을 받아들였다. 그를 용서하고자 한 것이 아니라 그저 내가 입을 다문 이유가 무엇인지 궁금하셨기 때문이리라.

나는 자연히 로헬의 방문 소식을 듣고 발등에 불이 떨어진 듯 초조하게 되었다. 그가 양아버지께 괜한 말을 하면 데본이 어떻게 될지 알수가 없었다. 나는 결국 그를 찾아가 무슨 짓을 하려는 거냐고 화를 냈다. 로헬은 내게 진정하라며 그게 아니라고 했다.

"저는 그 일에 대해 말할 생각이 없습니다. 요청의 명분은 말 그대로 명분입니다. 제가 파혼에 대해 무슨 할 말이 있다고 뻔뻔하게 그 집에 고개를 들고 들어갈 수 있겠습니까. 그저 우연히 불온한 소문을 들어서 그것을 공작님께 전해 드리려고 했을 뿐입니다."

"불온한 소문? 그럼 차라리 지금 내게 말해요. 내가 아버지께 전해 드릴······"

"죄송합니다. 공작님이 아니면 누구에게도 말할 수 없습니다."

단호한 거절에 나는 그를 의심스럽게 바라보았다.

"정말 그 일에 대해 말할 생각은 아니겠죠?"

"말하지 않을 겁니다. 말하고자 했다면 이미 제 아버지께 먼저 물어 확인을 받았겠지요. 하지만 전 아버지께도 묻지 못했습니다. 도저히 진실을 알 용기가 없었거든요. 차라리 아닐 수도 있다는 희망을 갖는 편이 저도 버틸 수 있을 것 같습니다. 그러니 그 점은 걱정하지 마세요."

로헬은 가라앉은 표정으로 그렇게 답했다. 나는 그제야 그를 놓아주고 집에 돌아올 수 있었다. 하지만 정작 로헬은 다음 날 우리 집 현관까지도 당도하지 못했다. 방 창문으로 로헬을 본 데본이 창문에서 뛰어내렸기 때문이다.

내가 고용인의 말을 듣고 밖으로 뛰어나갔을 때는 로헬이 정신을 잃은 데본의 몸을 끌어안은 채 울고 있었다. 미안하다고 몇 번이나 사과하며 그는 눈을 감은 데본을 죽을 것 같은 표정으로 바라보았다. 그는 뒤늦게 나온 양아버지를 향해 데본을 살려 달라고 떨리는 목소리로 외쳤다. 양아버지는 고용인에게 의사를 부르게 하고 데본을 안으로 옮기게 한 뒤 잠시 그를 가만히 바라보았다.

로헬은 눈물로 얼룩진 얼굴로 고용인에게 안겨 집 안으로 사라지는 데본을 망연히 바라보았다. 그는 정말로 데본을 많이 사랑했던 것 같다. 비로소 나는 나 자신이 무슨 짓을 했는지를 알았다. 누군가를 그토록 사랑해 본 적 없어서, 나는 그에게 그런 상처를 주고도 미처 그사실을 몰랐다. 그것을 깨닫자 문득 발밑이 꺼지는 느낌에 제대로 서 있을 수가 없었다. 시야가 기울어져 갔다.

"미······안합니다."

사과하고 싶은데 목소리가 잘 나오질 않았다. 어느새 내 시야는 아래로 뚝 떨어져 로헬의 구두밖에 보이지 않았다. 그래서 그의 표정이 어떤지 더는 알 수가 없었지만, 사과를 그만둘 수 없었다.

"정말…… 미안합니다……."

"아가씨! 괜찮으세요?!"

"헤븐! 정신 차려라! 얼른 안으로 데려가!"

"아, 네! 아가씨. 어서 일어서세요."

고용인에 의해 억지로 일으켜졌지만, 몸엔 힘이 들어가지 않았다. 나에게 죽으라고 외치던 친아버지와 데본의 목소리가 또다시 머릿속을 울리기 시작했다.

그 순간 나는 정말이지,

"제가…… 정말 미안합니다……. 로헬 씨……."

너무나 죽고 싶어졌다.

대체 나는 왜 그따위로밖에 못 했을까. 깊은 자괴감이 들었다.

잠시 패닉에 빠졌던 상태는 물을 마시고 잠깐 앉아 있으니 점차 괜찮아졌다. 하지만 데본은 조금 시간이 지나야 할 듯했다. 고용인이 의사에게 전해 들은 말에 따르면 다리가 부러지고 뇌진탕이 왔다고 한다. 들여다보고 싶지만, 또 불현듯 깨어나 날 향해 비명을 지를 것 같아서 용기가 나지 않았다.

집 안에서 숨을 죽이고 얌전하게 있길 며칠. 어느 날 양아버지께서 나를 부르셨다. 서재로 들어가 문을 닫자 양아버지는 소파에 앉을 것을 권하며 책상에 있던 종이 뭉치를 서류 봉투에 넣어 들고는 내 맞은편으로 옮겨 앉으셨다.

양아버지는 내게 그 서류 봉투를 건넸다. 영문을 모른 채 그것을 받자 양아버지께서 말씀하셨다.

"지금 수도에 위험한 소문이 돌고 있다. 정황은 여러 가지가 있지만 내 생각으론 숨은 황족을 찾을 모양인 것 같아. 네게 준 그건 우리가 황족이라는 증표이다. 훗날 황실 혈통이 보존되었다는 사실을 세상에 증명할 것이지. 또한 동료들의 명부도 들어가 있다. 하지만 지금으로선 폭탄이나 다름없구나. 하지만 그건 반드시 지켜야 한다. 절대 뺏기면 안 돼."

"……."

"네 결혼을 허락할 것이다. 빠른 시일 내에 식을 마치고 수도를 떠나거라. 하지만 그 가문에 너무 깊은 정을 줘선 안 된다. 만약이라도 여기에서 무슨 일이 생기면 너도 바로 그곳을 떠나야 할 테니. 잔정도 남겨 두지 말아라."

조금 멍한 상태여서 일의 심각성을 깊이 생각하지 못했다. 평소 같았다면 단번에 거절했을 텐데 며칠에 걸친 환청 증세에 나는 그때 솔직히 제정신이 아니었다. 그래서 양아버지의 말을 제대로 이해한 건 진짜 일이 터지고 나서다.

양아버지는 자신의 반지를 빼서 내 엄지에 끼워 주셨다. 마들로나가의 사람임을 증명하는 반지였다.

"그때는 아타만으로 가서 베스카론 백작을 찾아라. 그에게 반지를 보여 주고 도움을 청해. 널 보호해 줄 거다."

"……."

"헤븐!"

"아…… 네?"

"내 말 알아들은 거냐."

"네…… 아타만으로 가서 베스카론 백작에게 도움을 청하라고……."

"그래. 절대 잊어선 안 된다. 아타만의 베스카론 백작이다."

"……네. 아타만의 베스카론 백작……."

멍하니 단어를 되뇌는 날 가만히 바라보시던 양아버지는 곧 담담히 나를 부르셨다.

"헤븐."

"……네?"

"데본에게 혈통에 대해 말해 주었느냐."

"아뇨…… 아직……."

양아버지의 눈을 제대로 보지 못하고 작게 대꾸했다. 양아버지는 괜찮다는 듯 고개를 끄덕이셨다.

"……그래. 그 애도 차라리 모르는 게 나을 거다. 그러니 너도 그냥 조용히 떠나라."

"……네."

그 말의 깊이를 나는 헤아렸어야 했다. 그 말인즉 데본의 목숨을 포기한 것과 같음을. 스스로 궁지로 몰렸음을 깨달은 양아버지가 결국 살리기로 선택한 게 데본이 아닌 나였음을. 나는 알았어야 했다.

시무스가에 양해를 구하고 결혼식은 외부 하객 없이 가족끼리만 참석한 상태에서 이루어졌다. 데본은 내 결혼식에 참석하지 않았다. 상당히 조용한 결혼식이었지만 양아버지께서 보석과 선물을 부족함 없이 해 주신 터라 시무스가에서도 큰 불만이 나오진 않았다. 결혼식을 마치자마자 나는 수도를 떠났고 그것이 양부모님과의 마지막이었다.

남편인 파이는 평범한 남자였다. 본래 상인 집안이었던 시무스가는 파이로부터 위로 4대 조부 되시는 분께서 남작의 작위를 받으셨다. 먼 어느 나라에서는 작위의 계승 없이 개개인이 따로 작위를 받아야 인정을 받기도 한다지만 이아쿠안과 그 주변국들의 작위는 한 번 받으면 그 후대로 전승이 가능했다. 때문에 황실이 무너졌어도 이 나라에 귀족이 존재하는 한 파이는 남작이었다.

파이는 내 눈치를 잘 살피는 편이었다. 성격상 비굴한 면도 없지 않아 있었지만, 나로서는 다루기가 편했다. 하지만 나는 그를 도저히 좋아할 수가 없었다. 그는 나를 부인이 아닌 마치 성녀나 여신 대하듯 했다. 그는 나 같은 사람이 자신과 결혼해 주었다는 게 믿기지 않는다는 말을 매일같이 입에 달고 살았다.

아무리 나와 몸을 섞어도 그의 태도는 변하질 않았다. 내 본질이 뭔지 아무것도 모르면서 그는 오로지 내 외모만을 찬양했다. 숨이 막힐 것만 같았다. 어느 성녀나 여신이 나와 같다는 것인가. 어느 성녀가 제 동생의 인생을 그렇게 망치고도 뻔뻔하게 숨을 쉬고 살아간단 말인가. 파이와 마주할 때마다 그를 죽이고 싶거나 또는 자살하고 싶거나. 내 기분은 오로지 그 두 가지 중 하나였다.

어느 날 수도에서 한 남자가 찾아왔다. 양아버지의 정보원이라고 자신을 밝힌 그는 급한 소식이라며 내게 수도의 상황을 전했다. 마들로나 저택이 불에 탔다 했다. 아무도 살아 나온 사람 없이 모두 죽었다고 했다. 이어 곧 내 쪽으로도 들이닥칠 거라며 얼른 몸을 피하라는 말도 이어졌다.

"……그게 무슨 말이에요?"

왜 모두가 죽었다는 말을 들어야 하는지 나는 하나도 이해를 하지 못하고 있었다. 내가 정신을 빼놓고 있는 사이에 모든 것이 끝나 있었던 거다. 세상의 흐름은 결코 나를 기다려 주지 않았다.

남자는 멍하니 있는 나를 바라보다가 이윽고 내 뺨을 세게 후려갈겼다. 그리고 정신 차리라고 다그쳤다. 나는 그제야 앞뒤 생각할 겨를도 없이 집 안으로 달려 들어가 아버지가 내게 맡긴 문서들을 챙겼다. 반지는 늘 엄지에 끼우고 있었으므로 애초부터 잊을 일이 없었다.

하지만 밖으로 나가기 직전 파이가 날 막았다. 어디 가느냐고 나를 다그쳤다. 나는 미안하다고 말했다. 그 순간 파이가 내 팔을 잡고 바닥에 내동댕이치며 크게 화를 냈다. 그제야 깨달았다. 파이는 내가 외출하는 것을 아주 싫어했다는 걸. 그는 내 친아버지와 비슷했다.

흥분한 그는 날 끌고 가 침실의 침대 기둥에 두 손을 모아 묶고는 내게서 빼앗은 문서들을 없애려 했다. 하지만 그가 문서들을 벽난로에 집어 던지려는 순간 양아버지의 정보원이라고 했던 남자가 침실로 들이닥쳐 파이에게 총을 쐈다. 파이는 문서를 바닥에 떨어뜨리곤 쓰러졌다. 그리고 움직이지 않았다. 단 한 발로 그의 머리가 꿰뚫렸기 때문이다.

남자는 묶여 있는 나는 아랑곳 않고 바닥에 흩어진 문서들을 회수하기 시작했다. 그것들을 모두 챙기고 나자 이번엔 나를 향해 총을 겨눴다. 나는 그제야 그가 적이라는 사실을 인지했다. 내게서 문서를 얻으려고 거짓말을 한 거다. 묶인 손을 빼내려 팔을 비틀고 본능적으로 비명을 크게 질렀다. 그가 시끄럽다며 내 발등을 향해 총을 한 발 쏘았다. 생전 처음 느껴 보는 아픔에 몸부림을 쳤다. 그가 내게 다가와 물었다.

"인장은 어디 있지?"

"악! 아……!"

"다음은 왼쪽 발이다. 빨리 대답해. 인장은 어디 있어."

무슨 인장을 말하는 건지 나는 몰랐다. 물론 안다 해도 그에게 말할 생각은 없었다. 그저 옆으로 고개를 돌리며 눈을 질끈 감았다. 차라리 빨리 죽여 주길 바랐다. 곧 총소리가 들렸다.

"흐윽……!"

숨을 삼키며 이를 악물었다. 하지만 고통은 왼발로 이어지지 않았고 나는 시간이 조금 지나서야 천천히 눈을 떴다. 용병단이었다. 그들은 정보원이라고 나를 속인 남자를 향해 총을 겨누고 있었다. 남자는 문서들을 바닥에 떨어뜨린 채 한쪽 팔에서 피를 흘리고 있었다. 잠시 서로 총을 겨눈 채 눈치만 보던 중 남자가 먼저 움직였다.

그는 재빨리 바닥에 흩어진 문서 중 몇 장만을 구기듯 잡아 들고는 창문을 향해 뛰었다. 용병들이 총을 쐈지만 남자는 아주 재빠르게 창밖으로 뛰어내려 모습을 감췄다. 용병 중 몇 명은 남자를 뒤쫓아 방을 나갔고 나머지 사람들은 나를 풀어 주고 문서들을 모아 회수했다. 나는 그들이 건네주는 문서를 뺏듯이 가져와 품에 안았다. 용병 중 대장으로 보이는 험악한 남자가 낮은 목소리로 내게 말했다.

"제 이름은 사이크라고 합니다. 베스카론 백작님께서 당신을 데려오라고 하셨습니다. 사진을 통해 얼굴은 숙지하고 있지만 그래도 일단 확인은 해 두겠습니다. 마들로나 드 헤븐 메이 맞습니까?"

사이크란 남자의 난폭한 기세에 대꾸 없이 뒤로 조금 물러나며 고개를 끄덕였다. 사이크는 얼른 자리를 떠야 한다며 나에게 손을 내밀었다. 하지만 나는 그 손을 잡지 않았다.

"당신을 어떻게 신용할 수 있죠? 백작이 보낸 걸 증명할 수 있나요?"

"글쎄요. 근데 증명 못 하면 어쩔 겁니까?"

"따라가지 않겠어요."

"아, 그래요?"

사이크는 무심하게 대꾸하며 나에게 성큼 다가왔다. 험상궂은 인상과 커다란 덩치에 절로 움츠러들며 더 뒤로 물러났지만, 그는 빠르게 내 팔을 잡아채 제 쪽으로 끌어당겼다. 무서운 인상이 훅 가까워지며 숨이 넘어갈 것만 같았다.

"이거 놔요!"

"시간이 없어서 실례하겠습니다."

화를 내며 그를 뿌리치려는데 곧 목뒤에 충격이 오며 정신이 아찔해졌다. 희미해져 가는 정신 끝에 사이크와 다른 용병의 대화 소리가 희미하게 흩어졌다.

"정중히 모셔라. 귀한 몸이시니까. 받아."

"우왓! 조심해! 귀하신 몸이라면서 왜 던지는 거야!? 앗. 종이 또 다 떨어졌잖아. 야! 너희들! 이리 와서 문서들 좀 주워!"

정신을 차렸을 때는 이미 아타만의 백작 저택이었다. 낯선 침대에서 눈을 뜨며 몸을 벌떡 일으키자 문득 여유로운 인사가 건네져 왔다.

"잘 잤소?"

소리의 방향을 따라 고개를 돌리자 방 한편의 테이블 앞으로 문서를 읽고 있는 어느 노인을 볼 수 있었다. 그는 안경을 벗으며 문서와 함께 테이블 위에 내려 두었다. 나를 향해 시선을 준 그는 나직하게 말을 이었다.

"정말 난리도 아니었지. 한동안 전쟁터만 도느라 여자 구경도 제대로 못 한 데다 당신 같은 미인이 정신을 잃고 있었으니 다들 오면서 얼마나 애가 탔을까. 이 방으로 옮기는 것만 해도 용병들이 너도나도 자기가 옮기겠다고 나섰다오. 아. 걱정 마시오. 내 집엔 힘 좋은 여집사들이 많거든. 쓸데없는 손은 타지 않게 했소."

"……."

"아. 내 소개가 아직이었군. 나는 베스카론 드 시베루스 마일이라고 하오."

"……."

"음?"

노신사의 눈썹과 입가가 슬쩍 올라가는 것을 보고 나서야 나는 겨우 입을 열었다.

"아…… 전…… 마들로나 드 헤븐 메이라고 합니다. 백작님……."

"마일이라고 부르시오."

"네…… 마일 씨."

마일 씨는 지팡이를 짚고 의자에서 일어섰다. 꽤 나이가 있어 보이는 노인이건만 그의 허리는 조금도 굽지 않았다. 물론 태어나면서부터 귀족인 그가 허리가 굽을 만큼 험한 일을 해 봤을 거란 생각도 하지 않지만. 어쨌든 그는 젊은 사람들보다 자세가 좋았다. 천천히 다가온 마일 씨는 침대에 걸터앉아 나를 가만히 바라보았다. 그 시선을 마주 보길 잠시, 그는 문득 다시 입을 열었다.

"가족의 일은……."

"아. 그렇지. 수도의 가족들은 어떻게 되었나요? 모두 무사히 피했나요?"

다급한 마음에 곧바로 그의 말을 끊고 말았다. 양아버지의 정보원이라던 남자는 결국 적이었다. 그가 나에게 진실을 말했을 거라고는 생각하지 않았다. 분명 내게서 문서를 빼앗으려 거짓말을 한 거라고. 그러니 가족들은 모두 무사할 것이다.

하지만 마일 씨는 이상한 표정을 지었다. 미소도 아니고 찌푸린 것도 아닌 복잡한 얼굴이다. 불안해진 나는 그에게 애써 웃어 보이며 물었다.

"왜 그러시나요?"

"음…… 뭐라고 해야 할지. 나는 벌써 당신이 상황 판단을 다 하고 있을 줄 알았소. 이것 참…… 이걸 어쩌면 좋을까. 난감해지는군. 이런 역할은 별로 좋아하지 않는데. 부끄럽게도 이 나이 먹도록 빙빙 돌려 말하는 걸 잘 못 하는 터라. 그 부분은 애초부터 내가 성격적으로 글러 먹었다오."

마일 씨는 자신의 턱을 가볍게 붙잡고 허공을 응시하며 고민스러운 음색을 냈다. 얼마 후 그는 슬쩍 눈동자만 굴려 나를 보았다.

"그들은 모두 죽었소."

직선적으로 날아온 말은 그대로 비수가 되어 가슴에 박혔지만, 서서히 퍼지는 통증을 애써 무시했다. 나는 고개를 저었다.

"그럴 리가 없어요."

"그럴 리가 없는 건 없소."

"시신을 직접 보기 전까진 믿을 수 없어요!"

"상관없지만 본다 해도 알아볼 수 없을 것이오. 모두 불에 타서 고용인도 주인도 누가 누군지 알 수가 없소."

"그렇다면 살아 있을 수도……!"

"데이카스트로데가에서 연락을 받았소. 거기 자제분께서 공작 부부의 시신을 봤다고 하더이다."

손을 들어 심장 부근을 꾹 눌러 덮었다. 아프다. 하지만 아직 울 수가 없었다.

"데본은…… 제 동생의 시신도 봤다고 하던가요?"

"……음. 이걸 어떻게 말해야 좋을까."

"사실 그대로 말씀해 주세요."

난감한 표정이던 마일 씨는 내 말에 금세 여상한 낯이 되어 무덤덤한 어조로 대꾸했다.

"구할 수 없었다고 했소."

"그건 죽었다는 건가요……?"

"……."

"확실하게 말씀해 주세요! 그 애가 살아 있나요!?"

내 간절한 외침에도 그는 내 눈을 똑바로 바라보며 잔인한 말을 내뱉었다.

"죽었소."

그 순간 숨을 삼켜 호흡을 멈췄다가 이내 가슴에 퍼지는 극심한 통증을 느꼈다. 절로 움츠리듯 몸을 숙이며 비명을 내질렀다.

"아아!"

마일 씨는 그런 내 옆을 말없이 지켜 주었다. 나는 숨을 토해 내듯이 헐떡이며 눈물을 쏟아 냈다. 이럴 수는 없었다. 나는 그저 가족과 행복하고 싶었다. 내가 원하는 것은 항상 그것뿐이었다. 혼자 살아남고 싶다고 생각한 적은 결코……!

문득 고개를 번쩍 들고 마일 씨에게 외쳤다.

"왜 날 구했어요!"

비합리적이게도 원망을 표하는 내게 마일 씨는 유감을 표했다. 나는 그의 옷자락을 붙잡고 분노를 담아 소리쳤다.

"차라리 죽게 해 주지! 왜 날 구했어요! 왜! 나 같은 건 죽게 버려두면 좋았을걸!"

"……."

"혼자라니 싫어요! 제대로 된 건 아무것도 없는데, 그 속에 나 혼자 덩그러니 남아서 뭘 하란 거예요! 나는 무서워요! 대체 나보고 뭘 어쩌라고 살려 냈어요!"

마일 씨는 한숨을 내쉬며 내 손을 부드럽게 떼어 냈다. 그는 정중한 손길로 내 두 손을 가운데로 포개듯 모으면서 말했다.

"아무리 화를 내도 지난 일은 돌이킬 수가 없소. 그렇기에 과거라고 하는 것이지. 그리고 아무리 잘 산다고 살아 보아도 그걸 다시 돌이켜 보았을 때 그 과거에 후회 없는 자는 아무도 없소. 크든 작든 늘 후회를 하기 마련이지. 하지만 그럼에도 살아야 하는 이유는 과거가 아닌 미래 때문이오. 과거는 정해져 버렸지만, 미래는 어떻게 될지 알 수가 없거든."

그는 배 위로 모아진 내 손등을 가볍게 두드렸다가 손을 떼며 말을 이었다.

"다행히 신은 당신에게서 모든 걸 앗아 가지는 않았소. 의사 말로는 두 달 조금 넘었다더군. 그러니 괴롭더라도 아이를 위안 삼아 살아가시오. 이제 이 나라에 남겨진 황족의 피는 당신뿐이지만, 당신이 배 속의 아이를 무사히 낳으면 둘이 된다오. 그리고 그 후에도 당신이 무사하게 그 아이를 지켜 낸다면 그 아이로부터 계속해서 피가 이어질 테고. 그게 당신이 살아야 하는 이유라오. 그 아이의 미래를 위해. 그리고 그 아이로부터 이어질 또 다른 황가의 후대를 위해. 그 커다란 과업에 당신이 의미를 부여할 수만 있다면 그때부턴 당신의 과거나 감정 같은 건 별로 중요하지 않게 될 것이오."

"나는……! 견딜 수 없어요……!"

마일 씨는 쓴웃음을 지었다.

"당신이 견딜 수 없다면 당신의 가족들은 모두 개죽음이 되는 것이라오."

눈물이 이불 위로 떨어지는 소리는 마치 빗방울이 바닥을 때리는 소리와 비슷했다. 마일 씨는 손수건을 꺼내 내 손에 쥐여 주었다.

"하지만 당신이 견뎌 낸다면 그들은 후대에 영광스러운 이름으로 남게 될 것이오. 미래를 어떻게 쓸지는 당신 하기에 달렸소."

"아아—!"

이불을 쥐어뜯으며 울분을 터뜨렸다. 가슴이 너무 아파서 견딜 수가 없었다. 목소리가 갈라져 눈물과 함께 쏟아져 나왔다. 이대로 죽고 싶었다. 이대로 가족 곁으로 가고 싶었다. 하지만 내게 문서를 맡긴 양아버지의 뜻을 깨닫자 내 목숨은 내 것이 아니란 사실 또한 깨달았다. 그분이 그간 내게 해 준 수많은 이야기들을 나는 후대에 전해야 할 의무가 있었다.

왜 나였을까. 어째서 데본이 아닌 나를 선택하셨던 것일까.

그리고 기어이 아무것도 모른 채 사라졌을 데본을 떠올리자 발끝부터 어둠에 잠기는 기분이었다.

결국, 끝까지 사과하지 못했다. 내가 한 일들은 대체 무슨 의미가 있었던 건지 알 수가 없어졌다. 그 애가 정말로 친어머니의 부정으로 태어난 것인지도 모르겠고 정말 로헬과 피가 섞여 있던 건지도 의문이 들었다. 그냥 모든 것은 내 오해였던 것이 아닐까.

그 진실은 이후로도 끝까지 알 수가 없었다. 나는 뒤늦게 그 진실을 알아보고자 했지만 유일하게 진실한 답을 해 줄 수 있는 데이카스트 로데가의 가주, 베이론 씨가 귀족가 습격 사건 며칠 후 누군가의 총에 맞아 서재에서 발견되었다는 소식이 들려왔다.

"오랜만이군요."

"베이론 씨의 소식은 들었어요. 유감입니다."

세상이 조금 잠잠해지고 나서야 나는 로헬을 다시 만날 수 있었다.

그때 그는 이미 가주가 되어 백작의 칭호를 가지고 있었다. 많은 일을 겪은 탓인지 그는 예전과 인상이 많이 바뀌어 있었다. 그는 내 말에 파이프 담배를 입에서 빼며 작게 미소 지어 보였다. 그 미소는 건조하고 서늘한 느낌을 풍겼다. 나를 원망하는 걸까? 아니면……. 내가 그 느낌에 대해 깊게 생각하기도 전에 로헬이 미소를 거두고 파이프를 재떨이에 뒤집어 짧게 쳤다. 탁. 그는 쏟아진 재에 시선을 내리며 말했다.

"이런저런 일들이 있었지만 그래도 당신 덕분에 가문이 무너지는 건 피할 수 있었던 게 사실입니다. 감사를 전하지요."

"……."

"데본을 구해 주지 못해서 죄송합니다. 전 그때 데본이 아닌 가문을 선택했습니다. 결국, 제 각오가 거기까지였던 거지요. 입이 열 개라도 할 말이 없습니다."

"……아니요. 충분히 이해합니다."

대화는 길지 않았다. 애초부터 앞으로의 일을 상의하기 위해 만난 것뿐이었으므로 그는 용무를 마치자마자 자리에서 일어섰다. 베이론 씨는 오래전부터 양아버지와 손을 잡고 있었고 그가 죽은 지금 하던 일들은 모두 로헬이 맡게 되었다.

로헬이 방을 나서기 전에 나는 그를 불렀다. 로헬이 무심한 얼굴로 돌아보았다. 나는 조심스럽게 그에게 물었다.

"근데…… 범인은 잡혔나요? 베이론 씨를 그렇게 한……."

"아뇨."

"아……. 그렇군요. 심려가 크겠습니다."

내 말의 어디가 우스웠던 건지 로헬이 곧장 피식 웃어 보였다. 나는 그 순간 또다시 이유도 알 수 없이 등줄기에 소름이 돋았다. 로헬은 실로 무심하게 대꾸했다.

"뭐……. 그게 누구든 그럴 만한 이유가 있지 않았겠습니까."

어쩌면 나는 데본뿐만이 아니라 로헬마저 망쳐 버렸는지도 모르겠다는 불안이 들었지만, 그 불안을 파고들 엄두는 내지 못했다. 내가 저지른 결과를 확인하기가 두려웠다. 결국, 방을 나가는 그의 뒷모습에서 시선을 거두며 더 묻지도 못하고 그 불안을 가슴 한구석에 숨겨 놓듯 치워 버리고 말았다.

로헬은 그로부터 약 1년이 지나 카멜가의 영애와 결혼을 했다.

나는 마일 씨에게 많은 도움을 받았다. 임신 중의 영양 상태와 이후의 산후조리에 신경 씀은 물론 그 외로도 그는 내게 여러 가지로 도움을 주었다. 사람을 다루는 법이나 일 처리 방법 등을 가르쳐 주기도 하고, 내가 복잡한 생각이나 불안에 빠질 때면 그것이 내가 앞으로 해야 할 일들에 비해 얼마나 보잘것없고 쓸데없는 것인지를 상기시켜 주기도 했다.

로헬에 대한 생각을 그만둘 수 있었던 것도 마일 씨의 도움이 컸다. 그는 내게 적당히 눈감는 것도 필요한 법이라 했다. 마음속의 불안이나 의문은 결국 끝까지 아무것도 해결 보지 못했지만 나는 그것들이 더는 나를 휘두르게 두지 않았다. 그 이상 마음에 상처를 만드는 일 또한 없었다.

태어난 아이에게는 리처드라는 이름만을 주었다. 남편의 성도, 내성도 붙여 주지 않았고 서드 네임 또한 지어 주지 않았다. 젖을 먹일때 빼고는 안아 주거나 놀아 주는 일도 없었다. 첫 걸음을 떼었을 때도, 옹알이를 지나 처음 말을 했을 때도, 그리고 심하게 열이 나서 아팠을 때도 그 애를 돌봐 주는 것은 내가 아닌 저택의 고용인들이었다.

바쁘긴 했지만 그건 사실 핑계 아닌 핑계로 리처드를 방치해 둔 것과 같았다. 그 때문에 리처드는 다섯 살 가까이 될 무렵까지도 내가 아닌 한 고용인을 어미로 알고 지냈다는 것 같았다. 나는 그것에 별생각이 없었지만, 마일 씨는 그게 아니었던 모양이다.

그는 어린 리처드에게 그 말을 듣자마자 그 고용인을 바로 저택에서 내쳤다. 그녀는 내가 젖이 부족해 뒤늦게 고용한 유모였는데 마음이 약한 건지 어쩐 건지 리처드의 어리광을 있는 대로 다 받아 주며 다정하게 대해 준 모양이었다. 그것에 마일 씨는 그녀가 '감히 주제를 모른다.'라고 표현했다. 리처드에게 자신의 어미가 누군지 확실하게 인지시키지 못한 것은 물론이고, 범인의 좁은 시야로 멋대로 그 애를 동정하여 감히 제 자식 키우듯 평범하게 대했다는 것이다. 그건 결코 리처드에게 좋은 일이 아니라고 마일 씨는 단언했다.

마일 씨는 그 이후로 내게 직접 리처드를 돌보도록 권했다. 명령이 아닌 말 그대로 권유였기 때문에 반드시 들을 필요는 없었지만 나는 별 거부감 없이 그의 말에 따랐다. 은연중에 그가 내 선생이라 생각했기 때문인 것 같다.

마일 씨는 딱히 내게서 원하는 것조차 없어 보였다. 물론 내가 줄 수 있는 것도 없었지만 하다못해 리처드에게 베스카론의 성을 붙여 달라는 요구조차 없이 우리 모자에게 정말 최선을 다해 주었다. 그건 몇 년 후 노환으로 그가 세상을 떠나는 날까지 변함이 없었고 마일 씨는 그것도 모자라 모든 상속권을 나에게 넘겼다. 내가 별명으로 베스카론 백작 부인이라 불린 것도 그때부터다.

모든 일은 마일 씨가 기반을 다져 놓은 덕분에 내가 할 일이란 건 그걸로 결과를 만드는 일뿐이었다. 마일 씨는 진작부터 혁명군과의 연을 만들어 두었다. 아마도 이 나라에 황실이 다시 서는 것보다 새로운 자유 정권이 설 확률을 더 높이 쳤던 것 같다. 그 사실로 인해 도움을 주던 귀족들이 데이카스트로데가를 비롯해 대거 떨어져 나갔지만, 마일 씨는 그래도 자유 정권에 편승하는 쪽이 안전하다 판단 내렸다. 그건 그의 영향을 받은 나 역시 마찬가지였고 결국 귀족파를 포기하고 혁명군 쪽으로 모든 지원을 했다. 나를 구해 주었던 사이크라는 사람 역시 혁명군 쪽 사람이었다.

마일 씨가 세상을 뜨고 나서 내가 주로 만난 것도 그 사이크였는데, 그는 용병으로 전쟁에 참여하고 있어서 그때마다 전쟁터의 상황과 그곳에서 얻을 수 있는 정보들을 내게 가져다주었다. 뿐만 아니라 거대 용병단인 이나츄스를 내게 연결시켜 주기도 했다.

다행스럽게도 이나츄스의 단장인 그웬은 나와 뜻이 잘 맞았다. 후에 그웬의 소개로 알게 된 인이라는 여성은 조심성이 많고 꼼꼼해 꽤 마음에 들었고, 그녀에겐 주로 문서 관련 일을 맡기게 되었다. 덕분에 일 처리가 상당히 편했다. 그렇게 나는 혁명군들 사이에서 조금씩 입지를 넓혀 가고 있었다.

그러다 나는 우연히 '인장'이라는 것의 소재를 알게 되었다. 그건 단순한 도장이 아닌 황실에서 사용하던 금인장에 관한 것이었다. 황실에서 만든 금인장은 단 두 개였는데 하나는 황제가 정치를 하는 과정에서 일의 결정을 내릴 때 쓰는 황금 인장으로 그건 군정부로 바뀔 때 파괴되었다. 소재 파악이 된 것은 또 다른 인장인 백금 인장이었다.

백금 인장은 황후가 사용하던 인장으로 황가 즉 황족에 관한 모든 내부 문서에 이 도장이 쓰였다. 황실의 계보부터 황실 안에서 일어나는 모든 행사엔 그 인장이 효력을 발휘한다. 황실 안에 있던 대부분의 문서들은 군인들에 의해 불에 타거나 폐기되었고, 백금 인장의 행방만은 알 수 없었다고 한다.

양아버지께서 내게 남겨 준 문서 중엔 백금 인장이 찍힌 문서 또한 존재하고 있었다. 그게 증명하고 있는 한 인장의 위조는 불가능하다. 나는 그것을 찾기로 했다. 나를 증명할 것이 많으면 많을수록 모두가 안전해지니까.

사이크가 알아 온 정보에서 인장의 마지막 소지자는 마지막 황후의 자매인 카멜 드 엘리나 문으로 로헬과 결혼한 카멜가 영애의 모친 되는 사람이었다. 그러니 아마도 그 영애가 알고 있을 거라 생각되었지만 난처하지 않을 수 없었다. 귀족파와 갈라진 시기에 그녀와 접촉하는 것은 꽤 어려울 게 분명했다. 로헬이 알고 있다면 귀족파의 주축인 그가 혁명파인 내게 절대 넘겨주려 하지 않을 것은 물론이고, 그게 아니더라도 로헬의 아내인 그녀가 내게 순순하게 그것을 넘겨줄 이유 또한 없었다.

일단 나는 영애의 미들네임을 따서 인장의 내용을 암호화했다. 그때부터 인장은 '로라의 눈물'이라 칭하게 되었고 그 내용은 여러 가지 암호들과 함께 문서화되었다. 인장의 위치 파악은 사이크가 단독으로 맡게 되었다.

하지만 그로부터 약 1년 후에 안타깝게도 사이크는 임무를 끝마치지 못한 채 죽고 말았다. 그를 따르던 부하들은 물론 뒤를 받쳐 주던 이나츄스 용병단마저 괴멸당하고 말았다. 겨우 살아남은 인과 그웬의 말에 의하면 군 기관인 안보국에서 그들에게 함정을 팠다고 한다. 결국, 블러턴 지역에서 살아남은 동료는 그 둘뿐이었다. 실로 커다란 타격이 아닐 수 없었다.

그웬은 제법 빨리 마음을 추슬러 다음 일을 위해 움직였지만, 인은 꽤 오랫동안 공황 상태에서 벗어나지 못했다. 그리고 한참이 지나서야 겨우 일어선 그녀는 많이 야위긴 했지만 이전보다 더 열심히 일해 주었다. 동료들의 복수를 위한 것 같았다. 반드시 혁명에 성공하자고 나에게 다짐 아닌 다짐을 받은 그녀는 더는 현장에 나서진 않았지만 밤낮도 없이 문서 처리에 매달려 암호를 해독하고 정보를 정리했다. 그러다 과로로 쓰러지기도 했지만, 그녀는 내가 미안할 정도로 혼자서 열 사람 몫을 해냈다.

어느 날 나에게 손님이 찾아왔다. 웨스턴이라고, 세아나 지역에서 활동하는 동료였다. 세아나에서 도망쳤다고 말하는 그는 지금까지의 노력에도 불구하고 변하지 않는 세상의 흐름에 낙심한 나머지 이것도 저것도 다 포기하려다 아주 중요한 정보 때문에 결국 여기까지 왔다고 했다.

"사이크 씨의 전언이라더군요. '로라의 눈물은 첨탑 아래에.' 라고."

막 그에게 차를 대접하던 나는 의자에서 벌떡 일어나고 말았다. 한편에서 문서 정리를 하던 인 역시 동그랗게 뜬 눈으로 웨스턴을 바라봤다. 웨스턴은 그런 우리는 아랑곳하지 않고 차를 홀짝이면서 말을 이었다.

"진정해요. 나도 부탁받은 것뿐이에요. 그의 유언을 들었다며 어떤 여자가 당신에게 전해 주랬어요."

"유언을 들은 여자? 설마……! 할리라는 여자예요!?"

인은 문서를 놓치며 의자에서 벌떡 일어나 웨스턴에게 성큼성큼 다가갔다. 웨스턴은 험악해진 인의 얼굴을 의아하게 바라보다가 곧 고개를 끄덕였다.

"예. 하지만 그건 진짜 이름이 아니랬어요."

무서운 표정으로 웨스턴을 잠시 더 응시하던 인은 곧 한숨과 함께 표정을 가다듬으며 나에게 눈을 돌렸다.

"하…… 부인. 더 들을 것도 없어요. 그 여자는 안보국 인간이에요. 또 함정을 파려는 게 틀림없어요. 사이크도 그 여자가 죽인 거예요."

"사이크가 여자에게 당했다는 건가요?"

"의도적으로 접근해 연인으로 지냈어요. 그는 그 여자를 구하려다 잡혔어요."

"……."

"함정이에요."

확신한다는 듯 인이 단언했다. 그러자 웨스턴은 당황한 얼굴로 손을 저으며 말했다.

"잠깐잠깐. 아니에요. 과거야 어땠을지 모르지만, 그 여자는 이제 군의 인간이 아니었어요. 부상을 입은 상태였고 그럼에도 저를 구해 줬어요. 그리고…… 그 말을 전해 달라면서 사이크에게 용서를 빌지 않으면 안 된다고…….”

“그런 거 연기일 게 뻔하잖아요! 그 여자는 우리와 처음 만났을 때도 부상을 입은 채였어요! 임무를 위해서라면 제 몸을 어떻게 굴려도 상관없는 여자예요! 하! 용서?! 당신, 악어의 눈물이란 말 알아요? 그 여자에게 그런 감정이 있다면 사이크에게 그런 짓은 못 했을 거예요! 바보처럼 넘어가지 말아요!”

“그렇다면 내 이름을 물었겠죠! 그리고 전해 달라는 게 아니라 아예 부인과 만나게 해 달라고 했겠죠! 하지만 그렇게 안 했어요!”

인의 화난 외침에 웨스턴이 덩달아 크게 소리쳤다. 인은 얼굴을 가득 일그러뜨린 채 노려보았지만, 웨스턴은 굴하지 않고 말을 이었다.

“거기다 자기 진짜 이름까지 알려 줬어요! 마들로나 드 데본 제이라고!”

그 순간 정신이 멍해지는 기분이 들었다. 지금 뭐라고……

“그거야 지어내면 그뿐……!”

“내가 먼저 물어봤다고요! 이름이 뭐냐고 내가 물어봤어요! 그녀는 말하지 않으려고 했지만 내 물음에 답해 준 거예요! 나는 그녀에게 거짓 같은 건 느끼지 못했어요!”

“그녀는 거짓이 전문인 여자라고요!”

“잠깐!”

이윽고 크게 외친 내 목소리에 두 사람의 입이 다물렸다.

“둘 다 조용히 해 봐요!”

나는 조금 지끈거려 오는 머리를 짚으며 웨스턴에게 물었다.

“다시 말해 봐요. 그 여자 이름.”

“……마들로나 드 데본 제이. 아는 사람인가요?”

다리에 힘이 풀려 의자에 털썩 앉았다. 두 사람은 의문스러운 얼굴로 날 바라보았고 나는 그들에게 말했다.

“동생이에요.”

"……네?"

이번엔 인이 멍한 얼굴로 되물었다.

"동생 이름이라고요. 죽은 줄 알았는데……."

방 안엔 잠시 침묵이 돌았다. 얼마 안 가 인이 떨리는 목소리로 입을 열었다.

"하, 함정이에요. 함정이 틀림없어요. 부인을 잡으려고 군에서 함정을 놓은 거예요!"

"그럴지도 모르죠. 하지만 아닐 수도 있어요. 군이 제 정보에 대해 얼마나 알고 있을까요? 지금으로선 별로 알고 있는 게 없을 것 같은데……."

"거짓말이에요! 그 여자는 그럴 자격이……!"

"이성적으로 굴어요. 인. 이름의 자격은 태어나면서부터 부여되는 거예요. 마음은 알지만 그렇다고 당신의 시야로만 모든 걸 판단하려 들지 말아요."

인은 여전히 납득할 수 없는 표정이었지만 그래도 순순히 입은 다물었다. 꾹 다물린 입술에선 꺾이지 않을 고집이 느껴졌다. 나는 일단 오늘은 그녀를 더 자극하고 싶지 않았다.

"이 일은 일단 보류하죠. 확실해질 때까지."

아무것도 확인할 수 없는 상황이니 좀 더 지켜보자 결정했고 사이크 유언의 확인 작업도 덩달아 미뤄졌다.

시간이 지나자 결국 웨스턴의 말이 진실이라는 것을 자연히 알게 되었다.

나중에 손을 잡게 된 군의 대장인 쥬페도라가 데본의 생존과 안보국에서 근무했던 사실을 증명해 주었기 때문이다. 인은 그 사실을 받아들이는 데에 아주 힘들어했다.

그 와중에 일은 착실하게 진행되어 결국 군정부가 무너졌다. 실로 큰 성과였으나 이후 잠시나마 손을 잡았던 쥬페도라와는 대립하게 되었다. 그는 나와 접촉할 당시 이미 데본을 제 호적에 집어넣어 남편이 된 상태였고 나는 그를 몇 번 보지 않았음에도 야욕과 수완이 상당한 남자라는 걸 알아챌 수 있었다. 보나 마나 왕실에 데본을 올리고 제 손으로 쥐락펴락하고 싶겠지. 애초부터 나와 대립하게 될 것이 자명한 자였다.

귀족파는 반으로 갈리어 나와 쥬페도라 양쪽으로 분산되었다. 데본의 존재 때문이다. 자유 정부에 의해 격하되어 상징적으로 세워질 왕실에 누가 주인이 될 것이냐 하는 싸움이 일어난 것이다.

쥬페도라 측과 사사건건 부딪치자 동료들의 분위기는 점점 더 험악해졌다. 인은 데본을 없애야 한다는 측에 편승했다. 나는 그것에 찬성할 수 없었다. 그렇다고 데본이 황실의 핏줄이 아닐지도 모른다는 말 또한 할 수 없었다. 그건 확실하지 않을뿐더러 내 의심이 정말이라 해도 데본을 그런 식으로 비하하고 싶진 않았다. 결국 나는 그 목소리들을 잠재우기 위해 또 다른 결단을 내릴 수밖에 없었다.

며칠 후 밤, 나는 웨스턴 덕분에 손안에 들어온 백금 인장을 꺼내 불에 달구었다. 한편에 있는 침대엔 고용인들에게 붙잡힌 리처드가 엎어져 비명을 질렀다.

"어머니! 어머니! 살려 주세요!"

"벗겨요."

두꺼운 천으로 달궈진 인장을 감싸 들고는 리처드에게 다가갔다. 상의가 벗겨져 등을 보인 리처드는 겁에 질려 울음을 터뜨렸다. 나는 리처드의 왼쪽 등을 한 손으로 가볍게 쓰다듬으며 말했다.

"사실 이 인장은 18대 황제 때 새로 만들어진 거란다. 17대에 큰 정변이 일어나 인장을 뺏길 위기였던 황후가 황태자의 등에 불에 달군 인장을 찍어 황실에서 도망치게 했다. 그리고 인장을 파괴했지. 후에 그 황태자는 무사히 살아남아 등에 찍힌 문신으로 자신을 증명해 18대 황제가 되었다. 이건 그때 만들어진 거야."

"살려 주세요⋯⋯!"

"미안하구나. 하지만 이렇게 해야 피바람이 불지 않는단다. 사죄라고 하기엔 부족할지도 모르지만, 반드시 널 왕으로 만들어 줄 테니까 용서하렴."

"아아악!"

달군 인장이 리처드의 여린 살을 태우며 연기가 피어올랐다. 리처드는 비명을 지르다 혼절해 버렸고 곧 인장을 뗀 나는 그것을 준비한 돌 위에 올려놓으며 고용인에게 이 자리에서 파괴하도록 했다.

내가 한 짓은 곧 혁명파의 동료들 사이에 퍼져 데본을 죽이자는 목소리가 한풀 꺾이게 되었다. 나는 이미 공적과 증명의 우위를 점했다. 쥬페도라 쪽에서 미친 짓을 하지 않는 한 데본은 내 상대가 될 수 없다. 또한, 리처드의 등에 새기고 인장을 파괴했으니 훔쳐 가는 것조차 할 수 없다. 언젠가는 쥬페도라도 이 사실을 알게 될 테고 날 흔들 수 없다는 걸 깨닫게 될 터다. 그러니 나는 그저 데본이 풍파에 휘둘리는 일 없이 안정적인 결혼 생활을 하길 바랐다.

하지만 내 바람은 조금도 그 애에게 닿질 못했던 듯하다. 사실 그 이전부터 종종 닿는 데본의 소식은 하나같이 좋다곤 말할 수 없는 종류였다. 납치, 유산, 도주, 감금. 듣는 것만으로도 그 애의 삶은 처참했다.

리처드의 상처가 다 아물 즈음엔 결국 데본이 입양한 아이의 부고가 닿았다. 그동안 만남을 피하다가 기어이 장례식에서 만나게 된 데본의 모습은 피폐하기 짝이 없었다. 줄곧 가지고 있던 두려움이 무색하게도 얘기다운 얘기는 아무것도 하지 못한 채 돌아서게 됐다.

"이모님은⋯⋯."

"응?"

"어머니와 별로 닮지 않은 거 같아요."

장례식에 들렀다 돌아오는 차 안에서 문득 리처드가 꺼낸 말에 나는 가볍게 웃었다.

"네가 상상했던 것과 많이 달랐나 보구나. 실망했니?"

웃어 보이고 있음에도 왜인지 리처드는 내 눈치를 보며 말을 고르듯 느리게 단어를 떼었다.

"……뭐랄지. 좀…….

"좀?"

"……무서웠어요. 키도 크시고."

"그러고 보니 마지막으로 봤을 때보다 키가 더 큰 거 같긴 했네. 그래 보여도 꽤 연약한 성격이었어. 행동도 나보다 훨씬 여성스러웠고. 그간 못 본 사이 변했을지도 모르지만, 예전엔 그랬지."

"아…… 의외네요."

그 말에 나는 절로 코웃음을 쳤다. 리처드는 금세 또 긴장한 표정을 지었다.

"사람들은 참 이상해. 겉모습만 보고 뭘 그리 잘 안다는 듯이 말하는 건지."

"죄…… 죄송해요."

"죄송할 것까진 없지만 조심하는 편이 좋겠구나."

"예."

집에 돌아와 리처드를 방으로 보내고 인이 있는 서재로 발을 옮겼다. 혹여 일하는 데 방해가 될까 봐 조용히 문을 열었다. 전화 통화를 하는 인의 등이 보였는데, 수화기를 든 그녀는 왜인지 화가 나 있었다. 인이 속삭이듯 소리 낮춰 외쳤다.

"……총사령관 부인을 죽이라고 했잖아……! 누가 애를 죽이랬어……!"

10과 1/2. 쥬페도라

그는 오랜만에 꿈을 꿨다.

꿈속의 그는 푸른 초원 위에 홀로 서 있었다. 주변에선 따뜻한 봄바람이 살랑살랑 불어왔다. 몸을 스치고 지나는 부드러운 바람은 절로 예민함을 죽이고 나른한 기분이 들게 했다. 그는 점점 마음을 풀며 숨을 크게 들이마셨다. 그때 문득 낭랑한 목소리가 바람을 타고 귓가에 닿는다.

"아빠!"

뒤를 돌아보자 어린 데이지가 저를 향해 웃으며 달려오고 있다. 그는 그 미소에 덩달아 입가를 올렸다. 데이지는 짧은 다리로 금세 제 앞까지 달려와 멈춰 섰다. 뛰느라 발갛게 달아오른 복숭앗빛 뺨과 땀이 나서 이마에 붙은 머리카락, 그늘 한 점 없는 미소. 그는 아이에게 크나큰 애정을 느꼈다.

인생에 단 한 번. 아무런 계산 없이 순수하게 사랑에 빠진 적이 있었다. 머리를 후려치는 강렬한 충격이나 번쩍번쩍 튀는 전율 같은 건 아니었으나, 절절하게 끊어지는 듯한 아픔과 애틋함에 자신을 잃고 제정신을 차릴 수 없었던 상대는 예나 지금이나 한 명뿐이다.

그게 얼마나 두렵고 무모한 감정인지 그는 예전 자신을 말갛게 올려다보던 아이를 보며 느꼈다. 사랑마저도 늘 상대의 감정을 빼앗고만 싶던 자신이 설마 모든 걸 주고 싶다고 생각할 상대가 생길 줄은 데이지를 알기 전까진 상상도 하지 못했다.

혈육. 단순히 피를 나눈 가족이 아닌, 자신으로 인해 생명을 얻은 존재.

'내 아이. 내 자식. 내 딸.'

"데이지."

근데 데이지가 왜 여기에 있는 거지. 그는 기쁘면서도 의아함을 느꼈다.

그도 그럴 것이, 그는 오랫동안 데이지 앞에 나설 수가 없었다. 다른 사람들처럼 제 애정을 애정으로 받아들이지 못하고 자신을 미워하게 될까 봐. 저로 인해 망가질까 봐. 더럽혀질까 봐.

사리아로 인해 이미 관계적 실패를 맛본 그는 데이지 앞에 아버지로서 서는 것을 포기했다. 그리고 그는 그런 자신의 선택이 괜찮았다고 생각한다. 그야 사리아 이후 만나게 된 그녀와의 관계도 별다르지 않았으니까. 여자가 모두 꽃 같은 것인지, 그저 자신이 고른 그녀들이 꽃 같은 것인지 제 그늘 아래에선 다들 시들어 갔다. 나름 잘해 보려고 했는데도. 그는 이 이상 뭘 더 어떻게 해야 좋을지 알 수가 없었다.

그는 늘 그녀들에게 좋은 선택을 하려고 노력했다. 늘 가정을 지키려고 했지만 왜인지 이해받지 못했다.

사리아는 결국 임신도 숨기고 집을 나가 어느 시골구석에서 낳은 애를 아무렇게나 내팽개친 채 군으로 들어와 제 안위만 챙기기 급급

했다. 그는 그 사실을 용서할 수 없었으므로 사리아를 끌어내렸다. 그는 사리아가 죽을 때 동정도 들지 않았다.

그리고 데본……. 그녀는 레이프로 생긴 애를 유산한 일에서 도통 벗어나질 못했다. 언젠가는 나아지겠지 생각하며 기다려 봤지만 결국 나아지지 않았다. 입양을 하며 나아지는 듯 보였던 것도 사고로 아이가 죽자 다시 원상태가 되었다. 사실 왕실 건을 생각하면 그렇게 정신 팔고 있을 때가 아닌데도 그녀는 지닌 마음가짐과 앞을 보는 시야가 너무 좁았다. 그는 진실로 답답했다.

어쩌면 가정을 이루는 것 자체가 자신에겐 과분했던 건지도 모르지.

그는 연이은 실패로 관계에 대한 자신감을 완전히 상실했다. 그러니 데이지를 자유롭게 풀어 두는 게 데이지를 위한 일이라는 걸 더욱 확신할 수밖에 없었다.

그저 행복하길 바랐다. 어디서든 든든한 뿌리처럼 지탱해 줄 것이니 하고 싶은 것 가지고 싶은 것을 마음껏…….

그는 제 손을 마주 잡아 오는 데이지를 내려다보다가 문득 풀을 밟는 소리에 고개를 들었다. 갑자기 나타난 그녀가 그들, 정확히는 데이지를 향해 총을 겨누고 있었다. 쥬페도라는 놀라 입을 열었지만, 갑자기 입 밖으로 목소리가 나오지 않았다.

잠깐 기다려. 데본. 이건 설명할 수 있어. 잠시만―

타앙―!

의자에 앉은 채로 잠시 눈을 붙였던 쥬페도라는 집 안에 울려 퍼지는 커다란 총성과 함께 눈을 번쩍 떴다. 머지않아 고용인이 밖에서 외치는 목소리가 이어졌다.

"총사령관님! 잠시 나와 보셔야겠습니다!"

쥬페도라는 방금의 총성이 꿈인지 현실인지 파악하는 데 잠시 애를 먹었다. 멍하던 정신이 곧 제대로 돌아오자 뒤늦게 현실임을 파악하며 손가락으로 눈가를 꾹 눌렀다가 뗐다.

"후……."

안 그래도 불면증이 심한 편이라 억지로 깨워진 잠이 불쾌하기 짝이 없었다. 불면증은 본래부터 그런 건 아니고, 그녀가 유산을 하고 사이가 틀어지면서부터 전조도 없이 찾아왔다.

그러다 가끔 그녀와 함께 자면 거짓말처럼 괜찮아졌다가 그녀가 없으면 또 그를 찾아와 괴롭히길 반복했고 그건 이번에도 마찬가지였다.

거기다 이번엔 밤새 이런저런 생각들로 정신력을 소모한 채라 더욱 피곤했던 그는 절로 심기가 삐딱해지는 것을 느꼈다. 쥬페도라는 자리에서 일어나 침실을 나섰고 초조한 안색으로 복도에서 기다리고 있던 고용인 앞에 섰다.

"무슨 일이지? 총소리는 또 뭐고."

"사모님께서……."

"그 사람이 왜."

"죄송합니다. 설명보다는 직접 가 보심이 좋을 것 같습니다."

그저 상황을 말로 설명하는 단순한 일조차 못 한다는 건가. 고용인을 못마땅하게 쳐다본 쥬페도라는 애써 짜증을 내리눌렀다. 짜증의 지분은 고용인의 무능함보다는 수면 부족으로 인한 것이 더 크다는 걸 자신도 알고 있기 때문이다.

"어디에 있나."

"응접실에 계십니다."

빠른 걸음으로 복도를 걸어 응접실에 다다르자 문밖 복도에 고용인들이 몰려 있는 것을 볼 수 있었다. 다른 이들과 함께 초조한 표정으로 서 있던 메오른이 쥬페도라를 발견하고 성큼 다가왔다.

"총사령관님과 단둘이서만 이야기를 하고 싶다고 하십니다."

"하……."

"총을 들고 계십니다."

"들었다. 왜 뺏지 않았지? 이 많은 경호원들은 폼으로 고용했나?"

"그게……."

가벼운 질책을 하자 메오른은 곧 그에게 조금 더 바짝 다가와 목소리를 작게 죽여 대답했다.

"사모님께서 자신에게 손끝 하나라도 대면 데이지 아가씨가 죽을 거라고……."

"뭐?"

쥬페도라는 절로 얼굴을 일그러뜨렸다. 그녀가 데이지에 대해 알 리가 없다. 알아서도 안 되고. 물론 언젠가 때가 되면 알릴 생각이었지만 아직은 아니다. 한데 대체 어떻게? 말없이 의문을 띄우는 그에게 메오른은 그저 면목 없다는 듯 고개를 숙여 보였다.

쥬페도라는 잠시 망설였지만 결국 손잡이를 돌려 문을 열었다. 총을 안고 소파에 앉아 있는 그녀를 정면으로 볼 수 있었다. 그녀는 쥬페도라를 쳐다보지도 않고 시선을 탁자 위에 고정한 채 말했다.

"왔으면 들어와 앉아요."

쥬페도라는 발을 안으로 들이고는 문을 닫았다. 그녀의 맞은편 소파에 앉으며 주변을 둘러보자 문 옆의 벽에 총탄 자국이 난 것을 볼 수 있었다. 그녀는 피곤함이 서린 눈을 들어 그를 보았다. 쥬페도라는 총이 걸려 있던 깨진 유리 벽을 잠시 바라보다 그녀에게 눈을 돌렸다.

"뭐 하는 거지? 밤새 여기 있었던 건가?"

"네. 여기에 있었어요. 밤새 각오를 다지고 있었거든요."

"무슨 각오?"

"당신을 죽이고 나도 죽을 각오."

쥬페도라는 입을 다물고 그녀를 가만히 바라보았다. 그녀는 그 눈을 피하지 않았다. 침묵이 짧게 이어졌다가 쥬페도라가 먼저 입을 열었다.

"날 죽이고 싶어?"

"네."

"왜?"

"미워서요."

"……"

"원망스럽고."

"……"

"끔찍해서요."

"……"

"그래도 아직 미운 정은 조금 남아 있네요."

그녀는 그렇게 말하면서도 표정을 감추고 오로지 병사의 눈으로 쥬페도라를 바라보았다. 열어 놓은 창문 밖에서 들어온 싸늘한 바람이 방 안을 휘감는다. 그녀가 문득 한편에 있는 전화기로 시선을 돌렸다.

"지금 전화가 연결되어 있어요. 듣고 있다가 만약 심상찮은 낌새가 느껴지거나 통화가 끊어지면 망설이지 말고 죽여 버리라고 했어요."

"……"

"데이지."

"……"

"미안하군요. 납치해 버렸어요. 당신 딸."

메오른에게 먼저 듣긴 했지만 역시 그녀의 입에서 직접 데이지의 이름을 듣는 순간 쥬페도라는 숨이 막히는 듯한 기분이 들었다. 쥬페도라는 한숨을 삼키며 입을 열었다.

"데본. 일단 진정하고……."

"닥쳐요."

그녀가 나직하게 쥬페도라의 말을 끊었다.

"당신에게 듣고 싶은 건 이제 없어요. 당신에게서 알고 싶은 건 이미 다 알았고 내가 해야 할 일도 이미 결정했죠."

"……."

"당신이 지금 해야 할 건 선택이에요. 나는 어느 쪽이든 상관없어요. 잘 듣고 생각해 봐요."

"……."

"첫 번째, 나를 여기서 놓아주는 거예요. 물론 이건 물리적인 뜻만이 아니에요. 당신이 내게 아무런 법적 영향력을 행사할 수 없는 완벽한 이혼을 말하는 거죠. 당신을 위해선 이편을 추천해요. 그게 편할 거예요. 여러모로."

"……."

"두 번째, 고집부리다가 이혼 없이 나를 여기서 놓치는 거예요. 나는 탈출하다 죽을 수도 있고 죽지 않을 수도 있겠죠. 하지만 데이지는 죽을 거예요. 나는 당신을 죽이진 않겠지만 앉은뱅이로는 만들어 줄 의향이 있어요."

그녀가 총구를 쥬페도라의 복부로 겨눴다. 척추가 통하는 부근이었다.

"두 번째 선택으로 내가 살아서 나가게 되면 나는 반드시 언니와 전쟁을 일으킬 거예요. 그럼 나와 연관된 당신도 결코 무사치는 못하겠죠."

"이렇게까지 해야겠어?"

그 순간 그녀가 발로 탁자 위를 내리쳤다. 쾅! 소리와 함께 테이블 위에 있던 빈 술병이 쓰러져 바닥으로 굴러떨어진다. 쥬페도라는 얼굴을 찡그리며 입을 다물었고 순간적으로 살의를 비치던 그녀는 곧 흥분을 가라앉히고 다시 무표정으로 돌아가 나직한 목소리를 냈다. 하지만 더는 그에게 경어를 쓰지 않았다.

"이 정도만도 고마운 줄 알아."

"데본."

"데이지 말야. 원래는 머리채 잡고 끌어와서 당신 눈앞에서 죽여 주려 했어. 당신이 날 창문에서 밀어 내 아이를 죽인 것처럼 말이지. 그래야 공평하잖아."

"……."

"그래도 그렇게까지 하지 않은 건 제인 때문이야. 역시 눈앞에서 자식이 죽는 경험은 너무 잔인했으니까."

"……."

"당신은 이해 못 하겠지? 아직 데이지가 살아 있으니. 궁금하면 당신도 그 기분 느끼게 해 줄까?"

"……."

"빨리 결정해. 회선 불안정으로 통화가 끊기면 그때는 어떻게 할 수도 없으니까. 아. 혹시 시간 끌어 볼 생각인가? 말해 두지만 회선 추적해 봤자 손해는 당신이야. 당신 부하들이 들이닥치는 게 빠를까. 아니면 총 한 발 쏘는 게 더 빠를까? 적당히 버티고 얼른 해결 보자고. 어차피 나는 이제 아무것도 없으니 죽어도 그만이지만 당신은 아니잖아?"

"데이지가 아직 살아 있다는 증거를 보여 줘."

"싫어."

"그럼 협상이 안 돼."

그녀가 시니컬하게 웃었다.

"무슨 소리야. 나는 그저 서류 한 장일 뿐이지만 당신은 자식의 목숨이 달렸어. 누가 더 아쉬운지 아직도 모르겠어?"

"……."

지금까지 쌓아 놓은 게 얼만데 이렇게 쉬이 포기하라니 쥬페도라로선 선뜻 말이 나오진 않는 게 어쩌면 당연했다. 곧 그녀가 질린다는 듯이 소파에서 일어났다.

"있잖아. 머리 좀 그만 굴려. 한순간이라도 좀 순수할 수는 없어? 그저 자식 걱정만 할 수는 없냐고."

그가 따라 일어나려 하자 그녀는 다시 총구를 겨누며 움직이지 말라는 뜻을 비쳤다. 결국, 그는 자리에 못 박힌 듯 앉아 눈으로만 동선을 따라갔고 그녀는 수화기를 잡아 들며 짜증스럽게 말했다.

"내가 당신더러 자살하라고 했어? 아니면 전 재산을 달라고 했어? 단지 지금 1초라도 빨리 당신과 이 집에서 벗어나고 싶다는 거잖아. 제발, 수 쓰지 마. 나는 지금 살아서 나가든 죽어서 나가든 상관없단 말이야. 어떻게 할까? 어? 끊을까?"

쥬페도라가 기다리라는 듯 손을 가볍게 올렸다가 내렸다. 망설임은 있었지만 사실 선택지란 애초에 하나였다.

"……알았어. 알았으니까 그만해."

그녀는 전화기가 올려져 있는 선반에 허리를 기대며 말했다.

"그럼 이혼 서류 준비해. 말해 두지만 허튼짓하면 전화 끊어 버릴 테니까."

쥬페도라는 곧 밖에 있는 메오른을 불러 이혼에 필요한 서류들을 준비해 오라 시켰다. 머지않아 서류들이 준비되어 탁자 앞에 놓였고 쥬페도라는 펜을 들어 공백란을 채우고 이윽고 사인을 마쳤다. 그가 펜을 내려놓으며 고용인을 향해 눈짓하자 고용인은 서류와 펜을 들고 그녀에게 다가갔다. 그녀 역시 자기 이름 옆으로 사인을 하곤 펜을 고용인에게 되돌려주며 말했다.

"최대한 빨리 처리해요. 증명 서류 반드시 받아 오고."

고용인은 허락을 구하듯 쥬페도라를 바라보았다. 그는 그렇게 하라 말했고 그제야 고용인은 고개를 끄덕이곤 응접실을 나갔다. 다시 방 안엔 둘만 남았다.

"이제 그만 풀어 줘."

"당신과 내가 정말 남남이라는 증명 서류가 도착하기 전엔 안 돼."

"그래. 위자료는 요구하지 않는 건가?"

"그럴 시간 없어."

나갔던 고용인은 두 시간이 지나서야 돌아왔다. 정상적인 이혼이라면 상당한 기간을 두고 검토될 테지만 이번엔 그의 이름을 대고 특급으로 처리되었다. 처음 그가 결혼 신고를 했을 때와 마찬가지다. 그녀는 증명 서류를 확인하고 그것을 주머니에 접어 넣고는 들고 있던 수화기를 귀에 가져가 입을 열었다.

"안녕. 데이지. 도와줘서 고마워요. 이제 말해 줄게요. 당신의 모친은 그가 죽였습니다."

그 말은 마치 데이지에게 '당신의 부친을 용서하지 말라'고 하는 것 같았다. '나로서는 그를 상처 입힐 수 없었으니 부디 당신이 그를 상처 주길 원한다'고 말이다. 그녀는 쥬페도라가 가장 사랑하는 이에게 미움받기를 원하고 있었다. 그로 인해 절망을 느끼고 괴로워하길 바랐다. 쥬페도라는 순간적으로 머리가 아찔해지는 것 같았다.

"무슨······!"

순간적으로 쥬페도라가 크게 외치며 자리에서 벌떡 일어섰다. 이윽고 그녀는 수화기를 본체 위에 내려 통화를 끊었다. 통화가 끊기면 데이지가 죽는다고 했던 말을 기억한 그가 눈을 크게 떴다. 그녀는 나직하게 말했다.

"꽃집으로 가. 거기로 돌아올 테니."

"뭐?"

"애초부터 납치 같은 건 하지 않았어. 그녀에게 사정을 전하고 도움을 청했을 뿐이지. 혼란스러웠을 텐데 선뜻 도와주다니. 정말 착하더라. 당신과는 다르게."

"······."

"꽃집으로 가. 적어도 당신 자식에겐 용서를 빌어. 아무리 뻔뻔해도 그 정도는 해야 인간이야. ······내가 할 말은 아닐지도 모르지만."

잠깐 놀랐던 쥬페도라는 금세 이성을 찾았다.

"어디로 갈 생각이야. 뭘 할 생각이지?"

"어디로 가든 뭘 하든 이제 당신과는 상관없는 일이야."

"……."

"혹시 알게 되어도 참견하지 마. 당신과 연결되는 건 이젠 정말로 지겨워."

"데본."

"부르지 마. 더는 잡혀 줄 생각 없어. 나는 당신을 정말로 사랑했지만, 지금은 아니야."

그녀는 그 말을 끝으로 열린 창으로 몸을 던졌다. 검은 머리칼이 검은 새의 깃털처럼 바람에 크게 휘날렸다.

그리고 그로부터 약 한 시간 후, 군 비리가 대서특필된 신문이 세상에 흩뿌려지며 쥬페도라는 그녀에게 더 신경 쓸 수조차 없이 바빠졌다. 쥬페도라는 일을 수습하는 사이 그녀의 행적을 완전히 놓쳐 버리기에 이른다.

11. 마들로나 드 헤븐 메이 (하)

내가 들은 게 농담이길 바랐다. 하지만 그동안 마일 씨의 도움으로 다져진 내 단단한 이성이 피하지 말고 주어진 현실을 똑바로 보라고 충고한다. 내가 내 눈앞에서 눈을 돌리면 아무것도 할 수 없으므로.

내 동료인 인이, 내 동생 데본의 아이를 죽였다.

이 현실은 간단한 문장으로서 명확하게 내 눈앞으로 내밀어졌다.

나는 크게 화가 나고 또 몹시도 슬펐다.

"무슨 짓을 한 거예요. 인……."

안으로 들어서며 목소리를 내자 인은 낭패한 표정으로 돌아서며 재빨리 전화를 끊었다. 잠시 말없이 날 바라보던 인은 이미 늦었다는 생각이 든 모양인지 당황스러운 표정을 점점 침착하고 음울하게 내려앉혔다. 인이 양손의 주먹을 꽉 쥐는 게 보였다.

"죄송합니다, 부인. 전 도저히……"

"무슨 짓을 한 거예요!"

그녀의 말을 끝까지 듣지 않고 달려가 그 연약한 팔을 붙잡아 흔들며 외쳤다. 인은 내 눈을 피해 시선을 아래로 내리며 입술을 깨물었다.

이런 어처구니없는 일이 일어나다니. 대체 그녀는 무슨 짓을 한 것이란 말인가. 이 사실이 알려지면 리처드의 등에 인장을 찍은 의미가 없어지고 만다. 인장을 찍을 때 괴로워하며 울부짖던 리처드를 떠올린 나는 더욱 분노했다. 그렇게나 울었는데……! 나보고 살려 달라고 그렇게 울었는데……! 그걸……!

"다 망친 거예요! 알아요?! 전부 다 망친 거라고요!"

"정말 죄송합니다……."

"죄송하다는 말로 끝날 일이라고 생각하는 거예요?! 이건 데본이 내 동생이라서 하는 말이 아니에요! 지금 쥬페도라 쪽과 부딪히면 안 된다고요! 겨우 안정된 참이었는데! 여기서 다시 정국이 분립하면 이 나라에 어떤 영향을 미칠지 생각해 보긴 한 건가요!? 어째서 대의를 잊은 거예요!"

인은 힘없이 죄송하다는 말만 반복했다. 나는 머지않아 허탈하게 그녀의 팔을 놓아주고 두 손으로 지끈거려 오는 머리를 감쌌다. 아까부터 이성이 계속해서 묻고 있었다. 이제 어떻게 할 것인가.

나는 이제 대체 어떻게 해야…….

애써 마음을 가라앉히고 생각에 잠겼다가 한참 후에야 침착하게 입을 열었다.

"증인은 있나요?"

"실행한 자는 그 자리에서 사살당했지만, 의뢰를 맡긴 자가 한 명 아직……."

"방금 통화한 사람?"

"예……."

"죽이세요."

"네?"

멍하니 되묻는 인을 향해 나는 단호하게 대꾸했다.

"죽이세요. 그 밖에도 증거가 남아 있다면 당신이 책임지고 다 지워 버리세요. 알았어요?"

"……네."

인은 마지못해 대답했다. 그것이 당연하다. 감당하지 못할 일을 저질렀을 때는 버려질 각오 역시 하고 있었을 터였다. 물론 인은 그동안 내 아래에서 동고동락하며 많은 일을 해 줬으므로 나도 심정적으로는 그렇게까지 매정하게 내치고 싶지는 않다. 다행히도 죽은 것은 데본이 아닌 입양아이니 어떻게든 무마할 수 있을지도 모른다.

데본은 그렇게 보이지 않았지만 적어도 실권을 잡고 있는 쥬페도라는 입양아에게 그렇게 애착이 있어 보이진 않았다.

그렇게 나는 데본의 상태보다도 쥬페도라의 움직임을 더 주시했고, 그것이 얼마만큼이나 큰 실수였는지는 나중에서야 깨닫게 된다.

다음 날, 마침 신문에서 군 비리를 폭로하는 기사가 터졌다. 쥬페도라가 이 일을 수습하려면 꽤나 골치가 아플 터였다. 적어도 한동안은 입양아에 대한 일은 손 놓게 될 수밖에 없을 것이다. 그사이에 이쪽에선 증거를 다 지우면 된다.

나는 시기적절하게 일이 터졌다고 생각하면서도 그 내막을 들여다볼 생각을 하지 못하고 뒷수습에만 집중했다. 애써 침착한 체하고 있었으나 나 역시 인 못지않게 굉장히 당황스럽고 두려웠던 거다. 상황적으론 쥬페도라에게 그리고 감정적으론 데본에게. 나는 이 사실을 들키고 싶지 않았다. 들켜선 안 됐다.

얼마 후 군 비리 폭로에 대한 수습이 점차 마무리되었다. 하지만 아직 이쪽은 완전한 수습이 이루어지지 않았다. 인이 의뢰를 맡겼던 자가 잠적을 해 버린 것이다.

쥬페도라 쪽의 움직임은 딱히 없었다. 불안할 정도로 굉장히 조용했다. 포기한 건가? 입양아라서 더 신경 쓰기 귀찮은 걸까? 아니면 비밀리에 움직이고 있는 건가? 대체 무슨 생각을 하는 거지. 그는.

신경 쓰인 나머지 쥬페도라를 만나 한번 떠볼까 하는 생각을 할 정도였다. 데본의 소식 역시도 전혀라고 해도 좋을 정도로 들어오는 것이 없다. 줄곧 집 안에만 틀어박혀 있는 걸까. 데본이 입양아와 정이 들었었다면 그럴 수도 있다고 이해하면서도 가슴을 긁는 듯한 불안감은 도통 사라지질 않았다.

어느 날 목이 말라서 잠에서 깨었다가 방 안에 있던 주전자가 비어 있어서 물을 뜨러 나갔다. 고용인을 불러도 되지만 다들 자고 있을 시간이라 굳이 깨울 생각이 들지 않았다. 등이 밝게 켜진 복도를 걷다가 문득 카펫 위에 점점이 떨어진 핏자국을 발견했다. 이정표 같은 그것을 따라가자 핏자국이 끊긴 곳은 인의 방문 앞이었다. 어느새 갈증도 잊고 문고리를 잡아 조심스럽게 돌려 열었다.

"인?"

방 안에서 혼자 팔에 붕대를 감고 있던 인은 노크도 없이 들어온 날 보곤 깜짝 놀라 입에 물어 당기던 붕대 끈을 놓치고 말았다. 나는 주전자를 바닥에 떨어뜨리고 안으로 들어가 인의 팔을 붙잡았다. 인이 통증을 느꼈는지 작게 신음했다.

"웃……!"

"왜 그래요. 어쩌다 이랬어요?"

"별거 아니에요."

"좀 보여 줘 봐요."

"괜찮아요."

인은 팔을 빼려고 했지만 나는 그 팔을 다시 고쳐 잡으며 상처를 살폈다. 묶다가 만 붕대가 가볍게 풀어져 날카롭게 베어진 상처가 드러

131

났다. 나는 인에게 상의를 벗게 하고 약상자에서 소독약을 꺼내 부었다. 그리고 약을 바르고 거즈를 붙였다. 그다음에 붕대를 꼼꼼하게 둘러 묶어 주자 인은 그제야 한숨을 작게 내쉬었다. 그녀는 약상자를 정리하고 있는 내게 작게 말했다.

"죄송합니다."

"뭐가요?"

"……절대로 부인께 누를 끼치지 않도록 할게요……."

의아하게 그녀를 바라보았다가 곧 떠오르는 생각에 인에게 물었다.

"혹시 의뢰했었다는 남자를 죽이고 온 건가요?"

"그러려고 했는데……."

"놓친 건가요?"

"네, 죄송합니다. 하지만 반드시……."

"혼자서 갔었어요?"

인은 면목 없다는 얼굴로 고개를 작게 끄덕였다. 절로 한숨이 나왔다.

"왜 혼자서 갔어요. 하다못해 그웬에게라도 부탁을 했어야죠. 당신이 그런 쪽에 재주가 없는 건 나도 알고 당신 자신도 알고 있어요. 왜 그런 무모한 짓을 한 거예요. 자살하고 싶었어요?"

"다른 동료들에게 폐를 끼치고 싶지 않았어요……. 하지만 결국, 이꼴이네요. 죄송해요."

"인……."

"죄송해요, 부인. 하지만 전 도저히 참을 수가 없었어요. 만에 하나라도 그 여자가 왕실의 주인이 된다고 생각하면……."

"그럴 일은 없을 거라고 했잖아요."

인은 다치지 않은 한 손으로 내 팔을 붙잡으며 물었다.

"저는 그 여자가 부인의 하나밖에 없는 동생인 걸 알면서도 그랬어요. 그런데 왜 아직도 절 보호해 주시는 건가요."

"동지잖아요. 당신은 오랜 시간 나와 함께 혁명을 이룬 동지잖아요. 그렇게 쉽게 싫어하게 되진 않아요. 물론 동생이 무사하다는 이유도 있어요. 정말로 데본이 죽었다면 아무래도 당신을 내치지 않을 자신이 없었을지도 몰라요."

"……."

인은 쓸쓸한 표정으로 시선을 내리며 내 팔을 놓았다. 나는 떨어지는 그녀의 손을 붙잡았다.

"인. 당신이 많이 힘들어했다는 거 알아요. 그렇게 열심히 일해 준 것도 복수심 때문이란 거 알아요. 하지만 서로 총을 겨누고 싸우던 시대는 이제 그만 끝내야 해요. 우리는 대의를 위해서 뭉친 혁명군이지 복수를 하자고 모인 테러리스트가 아니에요."

"……."

"그러니 잘 생각해 봐요, 인. 그래도 데본을 죽여야만 한다는 생각이 사라지지 않는다면 나는 다른 동지들을 지키기 위해서 당신을 포기해야 해요."

최대한 그녀를 설득하고 싶었지만 인은 결국 확실한 대답을 하지 않았다. 그녀의 마음이 풀리길 기다리겠다는 뜻을 담아 잡은 손을 놓고 그 손등을 작게 토닥였다.

"일단 그 남자를 찾아보죠. 그가 쥬페도라 측으로 향하면 곤란해져요."

"예……."

수화기를 들어 그웬에게 연락을 넣었다. 그 날 마침 그가 근처 마을에서 머물고 있다는 소식을 받은 참이었다.

그는 내게 자초지종을 듣고는 인을 바꿔 달라 말했고 인은 내게서 수화기를 넘겨받아 그웬에게 남자의 인상착의와 그를 놓친 장소가 어디였는지, 그리고 어디에 총상을 입었는지 등등을 알려 주었다. 얼마

간의 시간이 흐른 뒤 수화기는 다시 나에게 넘어왔다.

— 다행히 근처입니다. 동료들도 있으니 수소문하면 금방 찾을 수 있을 것 같습니다.

"필요하다면 다른 동료들에게도 연락을 넣도록 해요. 놓치면 안 돼요."

— 알겠습니다.

전화를 끊고 인에게 일단 휴식을 취할 것을 권했다. 하지만 그녀는 아직 서류 작업이 남아 있다며 자리에 누우려 하질 않았다. 고집스럽게 책상 앞에 앉은 그녀는 애써 의연하게 펜을 사각거리며 종이들을 넘겼다. 나는 그녀를 말리지 않기로 했다. 걱정은 되지만 어차피 억지로 뉘어 봤자 제대로 쉬지 않을 것 같았다.

인을 잠시 바라보다 책꽂이에서 책 한 권을 꺼내 들었다. 나 역시 이런 상황에선 잠이 오질 않았다. 당연히 그웬이 잘할 거라 생각하지만서도 불안감은 완전히 사라지질 않았다. 그를 못 잡으면 어떻게 해야 하는지, 눈은 책장을 향해 있으면서도 온통 그 생각뿐이었다.

불행하게도 그 불안은 결국 사실이 되었다. 이른 아침 연락을 해 온 그웬은 그를 거의 잡을 뻔했으나 어떤 무리가 남자를 데리고 그 자리를 벗어났다고 했다. 다시 지끈거려 오는 머리를 짚으며 전화를 끊었다. 보나 마나 쥬페도라 측일 테지.

그때부터 온갖 변명거리들을 머릿속으로 떠올리며 쥬페도라의 연락을 기다렸다. 하지만 어떻게 된 건지 쥬페도라 쪽은 여전히 조용했다. 아무런 조짐도 연락도 없다. 그제야 뭔가 잘못되었다는 생각이 들기 시작했다.

하지만 뭐가 잘못되어 있는지 알지 못했으므로 무엇을 대비해야 할지도 몰랐다. 그저 불안한 고요함만 지속될 뿐. 석연찮지만 계속해서 긴장을 하고 있기엔 미묘한 울렁임이 이어졌다.

아마도 기다리고 있는 것이리라. 완전히 이쪽의 경계가 풀리기를.

쉽게 당해 줄 생각은 없었으므로 줄곧 신경을 소모하며 쥬페도라를 주시하고 있었다. 그로부터 또 한 달 후.

돌풍은 쥬페도라가 아닌 전혀 다른 방향에서 불어닥쳤다.

12. 데본

"후우……."

루이를 버리고 쥬페도라 곁으로 돌아갔던 걸 후회한 적은 없다. 그 때 돌아가지 않았다면 나는 여전히 쥬페도라의 영향력에서 벗어나지 못했을 테니까. 한 번 돌아갔었으므로 지금 이렇게 완전히 벗어날 수 있는 것이다. 그 과정에서 곁에 있던 루이의 머리를 밟아 그의 소화액 속으로 완전히 밀어 넣었다. 아이러니하게도 죽으라고 밟은 루이가 오히려 쥬페도라의 배 속에서 먼저 벗어났지만.

사실, 전혀 생각해 보지 않은 건 아니다. 쥬페도라와 계속해서 어 영부영 결혼 생활을 이어 간다면 어떨까 하고. 어차피 나란 인간은 환경에 순응하기 쉬운 성격에다 이런저런 자기 핑계도 많은 편이니 결국 나만 참으면 무리 없이 그 생활이 돌아가리란 것을 알고 있었 다.

이스릴을 이용해 쥬페도라의 정보들을 언니 쪽에 흘리면 당연히 쥬페도라는 싸움에서 질 것이다. 그럼 내가 아닌 언니가 왕실로 들어가게 될 테고 결국 쥬페도라도 어쩔 수 없어지는 것이 아닐까. 그의 핏줄인 데이지야 신경 끄면 그만일 테고.

그럼 그 뒤의 내 삶은 제인이 어른이 되는 모습을 보면서 늙어 가는 것 정도일 것이다. 그 정도면 만사형통까지는 아니더라도 그럭저럭 풀리는 격이 아닐까 하고 생각 정도는 해 봤다. 그래서 망설였던 것도 사실이다.

하지만 그것도 제인이 살아 있을 때의 이야기일 뿐. 제인이 죽자 나는 대체 내가 왜 그렇게까지 쥬페도라에게 져 줘야 하는지 이유를 모르게 되어 버렸다. 아니, 반동으로 그동안 참아 온 시간마저 화가 나기 시작하며 더는 견딜 수가 없어져 버렸다. 제인이 죽고 나자 정말 내가 쥬페도라를 사랑하긴 했던 건지조차 모호해져 버렸다. 기억이 변한 건지 감정이 변한 건지 이전의 애절했던 감정이 손바닥 뒤집듯 상반되게 살로 변해 나는 온갖 잔인한 상상으로 그를 절망에 빠뜨릴 방법을 생각했다.

데이지를 끌어다 쥬페도라의 눈앞에서 죽여 버릴 생각을 한 건 진심이었다. 하지만 결국 그렇게 하지 않고 미미를 통해 데이지를 납치 대신 회유한 것은 그녀를 건드리지 말아 달라는 이스릴 쪽의 부탁 때문이 있기도 했지만, 불현듯 제인의 얼굴이 떠오른 이유가 컸다. 물론 데이지가 뜻대로 회유되지 않는다면 그때는 진짜로 납치를 하려고 했지만 어쨌든 죽일 생각은 접고 있었다. 그러니 쥬페도라는 제인에게 감사해야 마땅하다.

쥬페도라는 다행히 나를 흥분시키지 않고 적당히 포기해 줬다. 이렇게 간단한 일을 그간 그렇게 피 말렸던 건가 하는 생각이 잠시 들었지만, 결국 데이지의 존재가 그만큼 쥬페도라에게 있어서 중요하다는 뜻이다. ……나쁜 자식.

저택을 빠져나와서 카이가 운전대를 잡은 차 조수석에 올라탔다.

그제야 뒤늦게 짜증이 조금 올라왔다. 혹여 쥬페도라가 앞으로 날 방해하는 일이 생기면 그때는 앞뒤 상관없이 데이지를 먼저 쏴 죽이겠다는 결심도 했다.

"조용한 걸 보니 잘 끝났나 보네. 어디로 갈까."

"바람 좀 쐬고 싶어. 일단."

카이는 별말 없이 차를 출발시켰다. 남부 외곽을 타고 돌아 한참 드라이브를 하던 카이는 문득 느리게 말을 꺼냈다.

"저…… 꼬맹이 말야."

"제인 얘기라면 지금 별로 듣고 싶지 않아."

담배와 라이터를 꺼내며 대꾸했다. 카이는 잠시 침묵했다가 다시 입을 열었다.

"아니, 제인 말고 그 동생 쪽 말이야."

"……."

담배를 물고 불을 붙이려던 손을 멈추자 카이는 더욱 조심스럽게 말을 이었다.

"도련님 그렇게 되고 다들 정신이 없어서…… 지금 그 꼬맹이한테 신경 써 주는 사람이 없어."

"……고아원 있잖아. 원장."

잠시 뜸을 들였다가 대꾸했다. 불을 붙이고 창문을 조금 열자 옆에서 작은 한숨 소리가 들려왔다.

"그게, 선뜻 맡으려 하질 않아. 아무래도 도련님이나 꼬맹이나 뒷수작으로 데려온 애들이라 뒤늦게 조사당하거나 불똥이 튈 거라는 생각을 하는 건지. 이번엔 돈을 쥐여 주려 해도 소용이 없었어."

"……."

"일단 총사령관 눈을 피하려고 급한 대로 아는 야매 의사한테 데려다 놓긴 했는데……. 그 꼬맹이가 그 뭐라더라. 정신적 쇼크? 트라우마라던가? 암튼 그다지 좋지 않은 상태라고……."

"그래서."

"어?"

카이의 말을 끊고 짧게 되물으며 창밖으로 재를 털었다. 카이는 멀뚱하게 목소리 끝을 올렸고 나는 한 손으로 두통이 오는 이마를 짚어 누르며 말했다.

"그래서 나보고 어쩌라고. 그 꼬맹이 뒤치다꺼리라도 하라고? 내가 왜. 걔가 나한테 뭔데."

"……으음. 뭐. 네가 그렇게 말하면 내가 할 말이 없네."

카이는 더 말할 생각이 없는 듯 입을 다물었다. 나는 필터를 얕게 씹으며 창밖으로 시선을 돌렸다. 막 쥬페도라에게서 벗어난 참인데도 그다지 자유롭다는 느낌은 들지 않았다. 후련하지도 않았고 여전히 답답했다.

"미미랑 베어는?"

"이스릴 쪽에 있어."

"드라이브는 그만 됐으니 거기로 가 줘."

이스릴의 거주지는 수도에서 조금 벗어나 있는 곳으로 지리적으로는 중부에 해당했다. 가는 동안 카이에게 들은 바에 따르면 이스릴은 사리아 대장이 죽고 오갈 곳 없어진 부하들을 거둬 먹이고 있다고 한다. 그중에는 훈련섬에서 데려와 전투 기술 빼곤 세상 물정 모르는 녀석들도 여럿 있다는 듯하다. 쥬페도라 곁에 있는 녀석들처럼 닳고 닳은 공작원들이 아니라 정말 훈련섬에서 막 데려온 햇병아리들 말이다. 그들은 모두 어느 공방에 소속되어 거기서 공방 일을 돕고 있었는데 어느 날 갑자기 거기 공방 주인에게 문제가 생겨서 이스릴이 그리 급하게 돈을 구하러 다녔다고.

"슬슬 다시 만료가 다가오는데 이번에 네가 대금으로 지급한 천오백 골드로 어떻게 또 급한 불만 끈 모양이야."

"그런 상황이면 3천짜리 의뢰는 당연히 받을 수밖에 없겠네."

"그렇지. 이미 벌써 조사 착수했어. 미미와 베어도 같이 하고 있으니까 어떻게든 결과가 나오겠지."

"너희한테는 미안하네. 직장을 잃게 만들고 말아서."

"됐어. 슬슬 그 생활도 접고 싶던 참이라서. 우리는 네 일 완수하고 나면 알아서 먹고살 길 찾을 테니까 신경 쓸 거 없어."

"그래……. 고맙다."

"근데 너무 급하게 이혼한 거 아냐? 조금 더 이용해도 됐을 텐데. 적어도 도련님 사건 조사까지는 말야. 거긴 아무래도 전문 공작원들이 많잖아. 이스릴이나 우리보다야 총사령관 쪽 심복들이 더 쓸모 있을 텐데."

나는 픽 웃으며 고개를 젓고는 새 담배를 물었다. 그걸로 텅 비어 버린 담뱃갑을 밖에 내던지며 말했다.

"그는 제대로 된 조사를 할 생각이 없을 거야."

카이는 의아한 표정을 지었다.

"그는 그간 대다수의 사건들을 백작 부인 쪽으로 돌려서 조작하려고 했어. 제인이 죽기 전까지 물어다 준 정보들이 그랬거든. 그는 이미 여러 가지를 실행했지. 물론 백작 부인 쪽이 잘 막고 있어서 효과를 낸 것은 아직 없었지만. 어쩌면 이번 제인이 죽은 것도 거기에 뒤집어씌우려 할지 모르지. 사실에 관계없이 말이야. 그러니 내가 그의 곁에서 어물쩍거릴수록 일만 커질 뿐이야."

"……그렇군."

언니 쪽에서 제인을 죽였을 수도 있고 아닐 수도 있다. 그리고 어느 쪽이든 쥬페도라의 정보는 이미 내게 신빙성이 없다. 오염된 정보나 다름없었다. 연기와 함께 한숨을 내뱉으며 창문을 완전히 열어 밖을 내다보았다. 그러다 문득 손가락에 끼워져 있는 결혼반지에 시선이 머문다. 쥬페도라에게 청혼을 받았을 때가 떠올랐다.

'가족을 건드린다는 건 말야, 그 세력을 완전히 밟아 죽일 자신이 있거나 같이 죽자고 할 때뿐이야. 그러니 정 죽어야 할 때는 나랑 같이 죽자고.'

곧 반지에서 시선을 거둬 차창 밖의 하늘을 올려다보았다.

"결국 그에게 있어 제인은 가족이 아니었다는 뜻이지."

"어?"

"그에겐 제인은 그냥 그 정도뿐인 거야. 내가 뭘 기대하겠어."

카이는 잠시 뜸을 들이다가 나직하게 말했다.

"도련님 일은 정말 내가 면목이 없다. 그때 내가 제대로만 했어도……."

"괜찮아. 넌 그 일에 대해 아무 생각 하지 않아도 돼. 어쩔 수 없는 거였다고 변명하고 잊어버려."

"……."

"이 빡빡한 세상에서 타인의 슬픔마저 지려고 하면 버틸 수가 없어. 제인은 내 가족이니까 나만 기억하고 있으면 돼. 다른 사람들 다 잊어 버려도 나만 잊지 않으면 괜찮아."

"……."

새삼스러운 슬픔에 다시 울컥 아려 오는 목을 작은 기침으로 가다 듬으며 나는 그렇게 자신에게 최면을 걸었다.

"괜찮아. 제인에겐 내가 있어. 괜찮아. 괜찮다고. 괜찮아."

이스릴이 있는 곳에 도착했을 때는 꽤 늦은 시간이었다. 저택에선 물론이고 오는 길 중간에서도 요기조차 없이 곧바로 이쪽으로 직행한 탓에 하루 종일 굶은 배 속에선 공복감이 느껴졌다. 하지만 그에 비해 식욕은 들지 않았다.

"뭐 안 먹어도 돼?"

"나는 됐어. 넌 가서 먹고 와."

"그래. 알았어. 쉬어라."

"응."

현관에 들어서던 카이가 다시 나가고 나서야 공방 직원을 따라 계단을 올랐다. 공방 직원은 몇 개의 방을 지나쳐 어느 문 앞에 멈추더니 나를 돌아보았다.

"이스릴 씨는 여기에 있습니다. 들어가 보세요."

"고마워요."

직원에게 대꾸하곤 문을 밀어 안으로 들어갔다. 이스릴은 편한 차림으로 테이블에 앉아 무언가를 깨작거리고 있었다. 곧 그는 한쪽 눈에 끼우고 있던 작은 돋보기를 빼며 고개를 들었다.

"어서 오세요. 총사령관 부인."

"제이라고 불러요. 이젠 총사령관 부인이 아니에요."

"그래요? 좋은 돈줄이라고 생각했는데."

"걱정 마요. 의뢰금을 지급할 능력은 됩니다."

"그럼 다행이고요. 사실 계약금으로 일단 반은 받았으니 불만은 없어요. 앉으세요."

이스릴이 맞은편으로 권하는 의자에 앉으며 그가 들여다보고 있던 물건에 대해 물었다.

"그건 뭐 하는 건가요?"

"아. 공부 중이에요. 제대로 해 보고 싶거든요."

"공방 일이요?"

"네. 근데 가지고 있는 건 뭔가요?"

그는 담요로 둘둘 말려 있는 내 프렌스를 향해 물었다. 나는 가볍게 입가에 힘을 줬다가 풀며 그것을 테이블 위에 올렸다.

"제 전용 무기예요."

"총인가요?"

"네."

"봐도 될까요?"

"담배 한 대 주신다면."

이스릴은 주머니에서 담뱃갑을 꺼내 통째로 내게 건넸다. 그중에 한 개비를 빼 물며 그에게 총을 봐도 좋다고 턱짓을 해 보였다. 라이터로 불을 붙이고 연기를 내뱉었을 때 이스릴에게서 탄성이 흘러나왔다.

"와…… 멋지군요. 이건 진짜 장인의 솜씨예요."

그는 내 총을 이리저리 살펴보며 연신 감탄을 내뱉었다.

"이쪽에 안목이 있을 줄은 몰랐군요."

"아직 수습이지만 그래도 공방 직원이거든요. 분해해 봐도 됩니까?"

"그건 조립식이 아니에요."

"조립식인데요?"

"아니라니까요."

"아뇨. 조립식이 맞아요. 당신이 허락해 준다면 당장 분해해서 보여 줄 수 있어요."

곧장 이스릴에게서 프렌스를 빼앗았다. 이스릴은 앗 하며 아쉬운 눈길로 날 바라보았다. 나는 프렌스를 담요 위에 올려 두며 말했다.

"안 돼요. 이게 망가지면 나는 당신을 죽일 거예요."

"안 망가뜨리면 되잖아요. 만에 하나라도 망가지면 고쳐 줄게요."

"당신은 아직 수습이지 장인이 아니에요. 무엇보다 무기에 대해 배우는 것도 아닌 것 같군요. 당신 앞에 있는 건 원석이잖아요. 그러니 맡길 수 없어요. 지금 이게 망가지면 고칠 수가 없어요. 만든 장인을 찾을 방법이 없거든요."

내게 프렌스를 전해 준 루이라면 아마도 알 테지만 나는 루이에게 그 방법을 듣지 못했다. 다행히 같은 규격의 일반 총알을 쓸 수 있기에 망정이지 총알마저 전용으로 써야 했다면 나는 이 총을 정말 장식으로만 둬야 했을 것이다.

분해하고 싶어 하는 이스릴의 눈빛으로부터 프렌스를 지키기 위해 담요로 다시 싸매려고 할 때였다. 문득 문이 열리며 작은 체구의 남자가 들어섰다.

"손님이 오셨다던데."

"아. 선생님. 총사령관 부…… 아니 제이 씨, 이분은 공방 주인이자 제 스승님입니다. 선생님, 이쪽은 말씀드린 손님, 제이 씨입니다."

"반갑습니다. 준, 이라고 합니다."

"당분간 신세를 좀 지겠습니다. 제이라고 부르세요."

먼저 내밀어 오는 준의 손을 가볍게 잡았다가 놓았다. 준은 내 옆 의자에 앉으며 이스릴에게 눈을 돌렸다.

"다 했냐."

"아뇨. 아직. 자정까진 해 놓겠습니다."

"쓸데없이 오래 걸리는군. 그래서 어디 3년 안에 공방 일 하겠냐."

"으……. 죄송합니다."

준의 점잖은 책망에 이스릴이 머리를 긁적이며 시무룩한 표정을 지었다. 준은 이스릴에게 계속하라 말하곤 이번엔 내 쪽으로 눈을 돌렸다. 정확히는 싸매다 만 프렌스의 총구에.

"그건 제이 씨의 물건입니까."

"아, 네."

잠시 넋 놓고 있다가 준의 말에 대구하며 그제야 마저 총을 싸매려 했다. 하지만 준이 먼저 담요 속에서 프렌스를 잡아 밖으로 빼낸다.

"실례."

"앗……."

처음 보는 사이에 너무 스스럼이 없어 당황했지만 준은 아랑곳 않고 프렌스를 이리저리 살펴보다 나직하게 말했다.

"호오. 로암의 프렌스 작……이군요. 프렌스가 만든 물건은 그리 많지 않지요. 그 사람 물건은 하나같이 취향을 타거든요. 그보다, 제이씨는 보기보다 터프하신 분인가 봅니다. 제법 험하게 쓰셨네요. 아시는지 모르겠는데 총으로 사람을 때리면 안 됩니다. 균형이 미세하게 틀어지거든요. 아…… 역시 조금 틀어졌군요. 이런 건 아주 섬세한 물건인데……. 쯧쯧."

"……."

"맞춰 드릴까요?"

"네?"

준이 무심한 눈길로 묻는 말에 나는 바보처럼 되물었다. 준이 다시 한 번 차분하게 말했다.

"총이 좀 틀어졌는데 제가 맞춰 드릴까요?"

"아…… 저, 이건 그러니까……."

"걱정 말아요. 나는 무기 장인도 하고 있으니까. 이 정도는 할 수 있어요."

"어?! 선생님 무기도 만들었습니까?!"

준의 말에 이번엔 이스릴이 놀란 음색을 내며 고개를 번쩍 들었다. 준은 이스릴을 흘긋 보았다가 다시 총으로 시선을 돌리며 말했다.

"무기도……라기보단 실은 그쪽이 전문이다. 보석은 겸사겸사 취미로 시작했지."

"왜 그동안 말씀 안 하셨어요?"

"물어보기나 했냐. 넌 그만 떠들고 숙제나 해. 그래서 자정까지 하겠냐."

"윽……."

이스릴은 다시 황급하게 원석으로 눈을 내렸다. 준은 어쩔 거냐는 눈으로 나를 보았고 나는 그제야 대답할 수 있었다.

"그럼 망가지지 않게 부탁드리겠습니다."

"걱정 마세요."

준은 내 허락이 떨어지자마자 몇 군데를 손으로 탁탁 치더니 프렌스의 총구를 몸통으로부터 분리시켜 뽑았다. 깜짝 놀라 말을 내뱉으려는 찰나 준이 먼저 입을 열었다.

"모르는 사람들이 많지만 로암의 물건은 모두 분해가 가능합니다."

"……아."

"그리고 조각의 일부에 작은 물건을 숨길 만한 공간이 있다는 게 특징이죠."

그는 빠르게 프렌스를 분해해 테이블 위에 하나씩 내려놓았다. 그리고 마지막 조각에서 뚜껑이 달린 원통을 빼냈고 준은 그것을 흔들어 보았다. 아무 소리도 나지 않았지만, 그는 이내 뚜껑을 열어 안을 들여다보곤 어느새 다시 작업을 멈추고 그 모습을 바라보던 이스릴에게 말했다.

"핀셋 줘 봐."

이스릴이 얼른 제 앞에 있는 핀셋을 집어 내밀었다. 준은 그것을 받아 통 안에 핀셋을 넣고 무언가를 잡아 빼려고 했다. 단단히 끼워져 있는지 몇 번 그가 끙 소리를 내며 빼낸 것은 뭉쳐진 손수건이었다. 준이 물었다.

"이건 제이 씨가 넣어 놨습니까?"

"……아니요. 전 분해할 수 있다는 것도 몰랐어요."

워낙에 틈 없이 견고해 보이던 물건이라. 내 말에 준이 뭉쳐진 손수건을 주섬주섬 펼쳤다. 그 안엔 심플하면서도 잘 세공된 다이아 목걸이가 들어 있었다. 잠시 그것을 빤히 바라보던 준이 내게 눈을 돌렸다.

"그럼 누군가가 당신에게 주는 선물이겠군요."

준은 손수건째로 목걸이를 내 손 위에 올려 주었다. 꼬깃꼬깃하고 때가 탄 낡은 손수건 위에서 다이아가 전등의 빛을 받아 깨끗한 빛을 냈다. 줄을 잡고 목걸이를 들어 올리자 준이 분해한 총을 손질하며 느린 어조로 말했다.

"당신의 반지에 끼워진 것이 훨씬 더 좋은 거지만 그것도 꽤 상등품이에요. 그런 물건은 보통 결혼 예물로 쓰곤 하죠. 뭐…… 당신이야 그런 것보다 훨씬 더 좋은 것들을 썼겠지만, 보통 사람들에겐 허리가 휠 정도로 비싼 물건입니다."

"……"

"누군가 당신에게 청혼하려 했는지도 모르겠군요."

"……"

갑자기 속이 답답해지기 시작했다.

이제 와 무슨 말을 할 수 있을까.

'할리.'

'너 나랑, 같이 가지 않을래.'

'물론 네가 모건을 처리하고 난 다음에. 그다음에 말이야. 네가 괜찮다면.'

'……싫어?'

이스릴이 문득 의자에서 일어나더니 선반 쪽으로 갔다가 다시 자리로 돌아왔다. 그는 테이블에 티슈 상자를 내려놓고 내 쪽으로 죽 밀었다. 곧바로 거기서 티슈 한 장을 꺼내 구기며 눈가 위를 덮고 고개를 숙였다. 입술 사이로 긴 한숨이 흘러나왔다.

대체 이게 뭐라고.

"하……. 망할……."

스스로가 어이없어질 정도로.

'잘 있어라.'

이 순간에 와서야 나는 그를 따라가지 않은 것을 후회하고 말았다.

"망할……."

이건 인과응보다. 기어이 내 무덤을 파 버린 선택이 내 발목을 잡아 그 무덤 속으로 끌고 들어간다. 나는 이제 그 안에 누워 죽는 것밖에 남지 않았는데…… 왜 그는 또다시 내 가슴을 후비고 들어오는 건지 원망스러운 마음이 들었다.

루이…….

가슴이, 머리가 감각을 잃을 것만 같다. 대체 나는 인생을 왜 이따 위로밖에 살지 못했을까. 오물통이 엎어진 길 위에서 나름 머리를 굴 리며 조금이라도 나은 길을 골라 보려고 애썼는데. 나는 늘 틀린 길을 선택했고 그 결과가 모여 지금의 벼랑 끝으로 스스로를 몰았다.

루이.

어쩌면 그가 내 인생의 마지막 봄이었을지도 모르겠다. 사실 그는 봄이라기엔 좀 차가운 사람이지만, 그래도 그를 선택했다면 내 마음 은 그와 함께함으로써 조금은 위로를 받았을지도 모르지. 나는 사실 어쩌면 이미…… 아니다.

이번에도 루이에 대한 내 감정을 명확히 드러내지 않고 흐지부지 끝맺음을 냈다. 그야 이걸 똑바로 봐서 뭘 어쩌겠는가. 결국은 이렇게 우습기 짝이 없는 희극이 되어 버렸는데.

이젠 정말 아무것도 없다. 아무것도. 실로 허무한 인생이라 자조했 다.

"……빌어먹게 예쁜 목걸이네요."

……루이.

이스릴과 준의 앞이기 때문에 슬픔에 빠져 있던 시간은 그리 길지 않았지만 대신 나는 아주 우울해져 버렸다. 피곤하다 말하고 안내받 은 숙소 침대에 누워서 손에 든 목걸이를 가만히 응시했다. 그러다 문 득 몸을 일으켜 목에 건 루비 목걸이를 풀고 다이아 목걸이를 걸었다. 탁자 위에 놓인 작은 거울을 들어 목을 비추며 줄 끝에 달린 다이아를 만지작거렸다.

예쁘다.

"예쁘다."

예쁘다.

거울 속의 나는 입술을 안으로 말았다가 풀며 우울한 표정을 애써 가다듬는다. 이제 그만 마음을 가라앉히자. 짧게 숨을 내뱉었다. 이건 가져도 되겠지? 내가 아무리 죽일 년이지만 그래도 이건 가져도 괜찮겠지? 어차피 내 총 안에 있던 거고. 루이가 남긴 마지막 물건이니까…… 괜찮겠지? 내 거…… 맞겠지?

자격을 따지듯 망설이는 스스로를 납득시키려 근거도 없는 변명을 이어 갔다. 곧 거울을 내려놓고 손가락의 반지도 뺐다. 저택에서 나올 때 아무것도 들고 나오지 않아 작은 물건들을 보관하기가 난감하다. 나중에 손가방이라도 사야겠다는 생각을 하며 한편에 있던 메모지로 루비 목걸이와 다이아 반지를 곱게 싸서 주머니에 넣었다.

피곤하다곤 했지만 그렇다고 잠은 오지 않았다. 다시 침대에 누워 멍하니 천장을 응시하며 넋을 놓고 있을 뿐이다. 아무 생각도 하지 않았다. 생각하는 것조차 지쳐 있었다. 그러다 자정이 조금 넘을 무렵 노크 소리가 들렸고 들어오라고 입을 열자 미미와 베어가 문을 열고 모습을 보였다. 그제야 몸을 일으켰다.

"아. 들어와. 내 일인데 너희들이 고생했네. 고마워. 미안하고. 내일부턴 나도 같이 할게. 이제 한가하거든."

미미와 베어는 별말 없이 테이블 의자를 끌어와 침대 앞에 앉았다. 침대 아래로 발을 내려디디고 앉아 두 사람을 바라보았다. 미미가 들고 온 담요 뭉치를 나에게 넘겼다. 묵직한 무게가 팔 안에 느껴지고 이내 그것이 준에게 맡겼던 프렌스임을 알아차렸다.

"준 씨가 너 주라더라. 손 다 봤다고."

"내가 가지러 가야 했는데. 고마워."

프렌스를 담았던 가방을 잃어버려서 부득이하게 담요로 싼 채다. 프렌스를 옆에 곱게 놓아두곤 다시 두 사람을 향해 시선을 옮겼다. 그 제야 베어가 입을 열었다.

"죽은 범인에 대해서 일단 말할게."

"어. 그래."

"그의 기본적인 신원은 이미 들었을 테니 건너뛰고. 그는 일단 혼자 살고 있었어. 이웃과의 교류도 없었고. 듣자 하니 밖에 나가서 며칠씩 돌아오지 않은 적도 많았다더군. 그 밖엔 깨끗해. 집에도 별다르게 특별한 점이 없었어. 평범했지."

"그래?"

"근데, 동네 꼬마 몇 명이 놀다가 봤다더군. 도련님 사건으로부터 며칠 전에 그가 골목에서 누군가를 만났대. 어린애들의 거짓말일 수도 있지만 일단 특이 사항은 알아 왔어. 처음 보는 얼굴이어서 동네 사람이 아닌 걸 알았대. 모자를 쓰고 있었고 왼손의 엄지가 없는 남자 였대."

베어가 말을 마치자 이번엔 미미가 입을 열었다.

"그런 특이점은 찾기가 쉽지. 거기다 여기 직원들도 수소문하고 있으니 금방 알아낼 수 있을 거야. 꼬마들의 말이 사실이라면 죽은 남자가 살인 청부업자고, 엄지 없는 남자는 중개업자나 의뢰인이겠지. 정황상 중개자일 확률이 높아."

이해했다는 뜻으로 고개를 끄덕여 보였다. 꼬마들의 말이 거짓말이라도 일단 단서는 그것밖에 없으니 조사해야 했다.

하지만 그로부터 열흘이 지나도록 엄지 없는 남자에 대한 정보는 조금도 알아낼 수가 없었고 베어가 조사해 온 꼬마들의 말이 거의 거짓말이라 생각하게 될 즈음, 준의 지인에게서 엄지 없는 남자가 수도에서 활동하는 중개업자이며 혁명군 쪽과 연이 많다는 이야기를 듣게 되었다.

아는 사람들 사이에선 마틴이라 불린다고. 준의 지인도 마틴을 통해 살인 청부는 아니지만 골치 아픈 일을 해결 본 적이 있다고 했다. 마틴은 살인 청부 외로도 장물 거래, 정보상, 마약 등 뒷세계의 업자들과 양지의 의뢰인들을 연결해 주는 일을 한다고 했다.

그때부터 일은 일사천리로 진행되었다. 나는 미미, 카이, 베어를 비롯해 이스릴에게서 훈련섬 출신의 공방 직원 몇 명을 지원받아 수도로 향했다. 준의 지인에게 도움을 받아 마틴과 접촉을 할 수 있었고, 아무래도 청부 대상이었던 만큼 내 얼굴을 알아볼 것 같아 직접 만나는 자리엔 베어가 나갔다. 의심을 사지 않기 위해 일단 일을 맡길 명분으로 접촉을 했고 베어에겐 내 루비 목걸이와 다이아 반지를 넘겨 마틴에게 그것들의 처분을 맡겼다.

그때부터 미미와 카이가 그를 쫓아다니며 미행을 시작했고 머지않아 그의 거처를 알아내 공방 직원 두 명에게 감시를 붙였다. 나는 그가 거처를 비울 때 베어와 함께 집 안을 조사했다. 하지만 유감스럽게도 거기서 나온 건 없었다. 미행을 계속해야 할지 이대로 잡아 버려야 할지 고민했다. 생각은 그리 길지 않았다.

마틴은 늦은 밤 집에 돌아와 낡은 전등을 켜다가 문 앞에서 지키고 있던 베어의 손에 목을 후려 맞고 발로 걷어차였다. 그는 비명도 지르지 못하고 바닥에 나동그라졌다. 베어는 손수건을 꺼내 마틴의 입 안에 집어넣고는 두 팔을 뒤로 꺾은 뒤, 의자에 앉아 있던 내 앞으로 끌어와 무릎을 꿇어앉혔다. 나는 그제야 팔짱을 풀고 하루 종일 피우지 못한 담배를 꺼내 불을 붙였다.

"안녕. 마틴 씨. 나는 마들로나 드 데본 제이라고 해."

마틴은 손수건 때문에 대답을 하진 못했다. 그의 눈꺼풀이 크게 열리고 눈동자가 흔들리는 것을 잠시 바라본다. 저 표정에 깃든 감정은 과연 뭘까. 단순히 이 상황에 대한 당황일 수도 있고 어쩌면 내게 찔리는 게 있는지도 모른다. 둘 다일지도 모르고. 오랫동안 한 자세로 기다리느라 뻐근해진 목을 돌리며 한숨을 내쉬었다.

"먼저 사과할게. 허락 없이 집에 들어와서 미안해. 내가 성질이 좀 급해서 당장 확인하지 않고는 견딜 수가 없었거든. 근데 나오는 게 있어야지. 의뢰자의 정보 같은 건 원래 남겨 두는 편이 아닌가 봐?"

그의 입에서 손수건을 빼 줬다. 마틴은 다행히 큰 소리를 내거나 하진 않았다. 생각보다 침착해 보이는 것이 이런 상황에 처한 게 오늘이 처음은 아니었을지도 모르겠다. 닳고 닳은 인간은 골치 아픈데 말이지.

"일단 혹시 모르니 확인은 해 볼 건데. 마틴 씨 당신이 죽은 지미라는 남자를 고용해 내 아이를 죽게 했어? 아. 제인이라는 남자아이야."

"……."

"3초 줄게. 하나."

역시나 마틴은 내가 3초를 다 세고도 대답을 하지 않았다. 나는 그의 입에 손수건을 다시 물리고 테이블 위에 있던 펜을 집어 마틴의 허벅지에 내리꽂았다. 그의 비명이 흐리게 손수건 밖으로 새 나온다. 허리를 펴고 그의 허벅지에 꽂혀 있는 펜 끝에 다리를 뻗어 구두 바닥을 가져다 댔다. 그의 눈동자가 크게 흔들리고 나는 느긋하게 발에 힘을 주며 그의 상처를 헤집기 시작했다.

"왜 하나같이 몸 성할 때는 입을 다무는지 몰라. 내가 그리 착해 보이는 인상은 아닐 텐데. 아무래도 다들 내 말이 좆같이 들리나 봐."

"흐으으……!"

"걱정 마. 이걸로는 안 죽어. 사람 몸은 의외로 튼튼하거든."

"흡으……!"

"마틴 씨가 의뢰한 거 맞지? 고개만 끄덕여도 좋아."

하지만 마틴은 인상을 찌푸리고 식은땀을 흘리면서도 고개를 끄덕이지 않았다. 펜 끝에서 발을 살짝 들었다가 이번엔 세게 콱 밟았고 펜은 그대로 그의 허벅지 속으로 파고 들어가며 보이지 않게 되었다.

나는 연기를 내뱉으며 재를 바닥에 털었다.

"당신 여기서 다른 데로 옮겨 가면 그때는 나도 생사를 책임 못 져. 거꾸로 매달아서 당신 몸에 얼마나 많은 펜이 들어갈 수 있는지 실험할 거야. 그러다 질리면 남은 손가락들도 자를 거고, 그 뒤엔 발가락도 자르겠지. 나중엔 머리에 불붙여서 캠프파이어에 쓰이는 장작의 기분도 느끼게 해 줄 거거든."

그래도 마틴은 계속해서 고집을 부렸다. 얼마 안 가 미미와 카이, 그리고 공방 직원들이 집 안으로 들어와 마틴의 머리에 천을 뒤집어씌우고 끌고 나갔다. 가는 길에 적당히 놓아주고 누구를 만나는지 따라가 보라고 했으니 굳이 내가 함께 가지 않아도 알아서 잘할 것이다. 베어는 그가 끌려 나간 문을 잠시 바라보다 나에게 눈을 돌렸다.

"할리."

"어."

"너 어떻게 할 생각이야?"

"뭘?"

"말 그대로. 의뢰자를 찾아서 어떻게 할 생각이냐고."

"죽일 건데."

"그다음엔?"

"글쎄. 그다음은 별로 생각 안 해 봤어."

"……."

"귀찮아. 죽이면 끝이야. 그 뒤엔 어떻게 되든 상관없어."

"할리."

"너희와 이스릴에게 도움받는 건 의뢰자를 알아내는 것까지야. 그 뒤는 나 혼자 해. 그러니 너는 신경 쓸 거 없어."

베어는 작게 한숨을 내쉬었다.

"네가 공방에 도착하기 전에 데이카스트로데 백작을 만났어. 한밤중에 몰래 그가 직접 공방엘 왔었지. 어떻게 알았는지는, 음……. 예전부터 가끔 이스릴 쪽과 교류했던 모양이야. 아마도 이스릴은 그가 우리와 같은 편이라고 여긴 것 같아. 그런 표정 하지 마. 이스릴에겐 내가 주의 줬어. 다신 함부로 우리의 정보를 흘리지 않겠다고 약속받았으니까 너까지 더 뭐라 할 필요는 없어. 아무튼 그 백작 말인데, 그는 지금 어느 파벌에도 속하지 않은 상태지만 네게 의지가 있다면 도움이 되고 싶다고 했어."

"무슨 의지."

"무슨 뜻인지 알잖아."

나는 약간 웃었다.

"그딴 거 관심 없어."

"그럼 만약 도련님 일이 네 혈육이라는 베스카론 백작 부인 짓이면 어쩔 건데."

담뱃불을 손으로 비벼 끄고 꽁초를 주머니에 넣었다. 그리고 방을 나서며 베어의 어깨를 가볍게 두드려 줬다.

"그럼 혈통이 끊기겠지. 그뿐이야."

나와 베어는 그길로 돌아가 소식을 기다리기로 했다. 그리고 며칠 후 아침, 마틴은 다시 내 앞으로 끌려왔다. 총상을 입은 마틴을 가만히 바라보다 미미에게 눈을 돌렸다.

"또 잡아 오라는 말은 하지 않았는데."

"어쩔 수 없었어. 누군가 그를 죽이려고 했어."

"누가."

"몰라. 마틴은 야매 의사를 만나 치료를 받고 공중전화에서 어딘가에 연락을 넣었어. 그리고 오늘 한 여자를 만났고, 여자는 그를 죽이려 했지. 다행히 용케 도망쳐서 다시 의사를 찾아갔지만, 거리에서 남자들 몇 명이 그를 뒤쫓더니 또 공격하려 했어. 그냥 두면 죽을 거 같아서 미행을 접고 수거해 왔어."

다시 마틴을 향해 시선을 주었다. 마틴은 지친 표정으로 눈을 아래로 내리깔고 있었다. 총상은 오는 길에 일단 응급 처치 정도만 해 두었다고 한다.

"그쪽은 마틴 씨를 처리할 생각이었던 모양인데. 마틴 씨는 계속 거기 신변을 감춰 줄 의리가 남아 있어? 공격했던 여자가 의뢰인 맞지?"

"……."

"의리가 아니면 프라이드인가? 고집부리는 건 당신 마음이지만 말했다시피 내 성격이 좀 급해. 당신 기분까지 맞춰 줄 여유가 없단 말이야."

마틴은 입술을 깨물었다. 그를 바라보다 곧 한숨을 내쉬며 담배를 꺼내 한 개비를 건넸다. 마틴은 날 흘긋 보더니 얼마 후 조심스럽게 담배를 받아 입에 물었다. 나는 그가 문 담배 끝에 불을 붙여 주곤 의자에 앉을 것을 권했다.

"앉아. 그래도 한 대 피울 시간 정도는 줄 수 있으니까."

마틴이 주춤거리며 의자에 앉았다. 그의 맞은편 의자에 앉아 담뱃갑과 라이터를 테이블 위에 올려놓고 팔짱을 꼈다. 잠시 묵묵히 담배를 피우던 그가 겨우 입을 열었다.

"당신을 죽이라는 의뢰를 받았어요. 애를…… 죽일 생각은 전혀 없었습니다."

내 눈치를 살피는 마틴을 향해 담담하게 대꾸했다.

"계속해."

"보통 키에 마른 여자였습니다. 꽤 큰 금액을 모두 선불로 지급했고 그녀는 이름을 밝히지 않은 채 당신 사진을 내밀었습니다. 마들로나드 데본 제이. 총사령관 부인을 죽이라고."

"……."

"연락은 모두 그녀 쪽에서 일방적으로 했습니다. 하지만 전 아는 교환원이 있어서 의뢰인의 수신 번호를 전달받을 수 있습니다. 그래서 이미 연락처를 알고 있었습니다."

"그래. 그래서 당신이 이번에 그쪽에 만남을 요청했다는 거네."

마틴은 고개를 끄덕였다.

"도움을 요청하고 당신이 날 찾아왔었다는 얘길 전해 주려고⋯⋯ 하지만 얘기도 꺼내기 전에 만나자마자 그녀는 제게 총을 쏘았습니다."

절로 긴 한숨이 빠져나왔다.

"그래서 어쨌든 이름은 모른다? 환장하겠군."

"아니요. 신상은 의뢰를 받고 얼마 지나지 않아 파악해 뒀습니다."

"⋯⋯?"

"그 여자는 예전 군정부 시절 수배된 전적이 있더군요. 이름을 알게 되니 현재 어디에 있는지는 꽤 쉽게 파악할 수 있었습니다."

"그럼 얘기를 이렇게 길게 끌 필요가 있었던가?"

"제 입장 전달을 위해 서술이 좀 길었습니다. 목숨 구걸이라고 생각해도 좋습니다."

"⋯⋯."

"어떻게 하겠습니까?"

"⋯⋯당신은 내가 지금 좋게 말하고 있다고 이성적으로 보여?"

"⋯⋯."

"간덩이가 크네. 애 잃은 부모 앞에서 거래를 시도한다⋯⋯."

물론 나는 제인의 부모 역할도 뭣도 해 준 게 없다. 입양했다곤 하나 부모라고 말할 수 있는 자격이 없었다. '애 잃은 부모'라는 말은 단지 마틴의 정신을 공격하기 위해 쓴 단어였다. 마틴은 자연히 눈을 내리깔았고 나는 그것을 용납하지 않았다.

"고개 들어. 내 눈 피하지 마. 처맞기 싫으면."

마틴은 다시 내 눈을 바라봤다. 나는 그의 앞으로 재떨이를 내밀었다. 마틴은 재떨이에 담배를 눌러 껐고 나는 재떨이를 옆으로 치워 놓았다. 마틴은 긴장을 하면서도 제가 내뱉은 말을 철회하지는 않았고 나는 잠시 더 시간을 끌다가 답했다.

"좋아. 살려 줄게. 말해 봐."

"······의뢰자의 이름은 인. 예전에 혁명군으로서 활동하다 수배가 되며 자취를 감췄습니다. 그러다 정부가 바뀌며 가끔 모습을 드러내게 됐는데 현재 베스카론 백작 부인의 심복으로 백작저에서 총집사로 지내고 있습니다."

"······."

인, 이라는 이름을 듣는 순간부터 나는 사이크의 그림자가 날 잡아 먹고 있음을 느낄 수 있었다. 막을 수 없는 신음이 목 안에서부터 작게 울린다.

마틴은 계속해서 말했다.

"그녀는 저택 밖으로는 거의 나오지 않습니다. 나온다 해도 경호를 받고 있고요. 백작저에서 꽤 중요 인물로 대우받고 있습니다. 비밀리에 혼자 절 만나러 왔던 게 이례적인 일이었던 거죠."

"백작 부인이 널 죽이려는 걸까?"

마틴의 등 뒤에 서 있던 카이가 말했다. 하지만 곧장 베어가 반박했다.

"그럼 그 여자가 경호도 없이 혼자 직접 찾아가 의뢰를 넣을 리가 없었겠지. 중요 인물로 대우받고 있다잖아. 중요 인력을 그런 위험한 일에 끼워 넣을 리가 없어. 이건 백작 부인의 의지가 아니야."

"그럼 혁명파 내부에서 의견이 갈리고 있는 건가? 근데 너무 급하게 일을 처리하려 했어. 너무 허술해."

미미가 중얼거리듯 말했다. 그때 언제 들어왔는지 맨 뒤편에 있던 이스릴이 말했다.

"혹시 파벌 싸움이 아니라 개인 원한일 수도 있지 않을까요? 그럼 어느 정도 상황 설명이 될 것도 같은데."

털썩. 그때 마틴이 의자에서 기울어져 바닥으로 쓰러졌다. 줄곧 식은땀을 흘린다 했더니 슬슬 한계인 모양이다. 이스릴에게 의사를 불러 달라 말하곤 마틴을 내 침대에 눕히게 했다. 베어가 그를 부축해 내 침대로 옮기는 것을 보다가 말했다.

"어찌 됐든, 밖으로 나오질 않는다니 내가 직접 만나러 가는 수밖에 없다는 거네."

"지금 당장?"

"아니. 당연히 준비 먼저 해야지. 이스릴 씨. 준 씨는 어디 있나요?"

"작업장에 계세요."

프렌스를 챙겨 들고 이스릴과 함께 방을 나서려다 막 떠오른 생각에 고개를 돌렸다.

"베어."

"어."

"나 며칠 방에 안 돌아올 거야. 그가 깨어나면 처분 맡긴 내 보석들 네가 직접 돌려받아서 준 씨에게 감정 받아 봐. 만약 흠집 하나라도 났으면 마틴한테서 다섯 배로 보상받아. 그 뒤에 목숨만은 살려 줄 테니 내가 변덕 부리기 전에 알아서 꺼지라고 해. 이후로도 눈에 띄지 않게 숨죽이고 살라고. 이왕이면 내가 돌아오기 전에 사라지는 게 좋을 거라고 전해 줘. 홧김에 죽여 버릴지도 모르니까."

"알았어."

베어의 대답을 듣고 방을 나가 준의 작업장으로 향했다. 그곳에서 준은 세공을 하고 있었고 나는 집중하고 있는 그를 보다가 멀찌감치 떨어져 앉았다. 함께 온 이스릴에겐 볼일 보러 가도 된다고 작게 속삭여 내보냈다. 이스릴이 나가자마자 준이 보석에서 눈을 떼지 않으며 입을 열었다.

"무슨 일인가요."

"집중하고 계시다 생각했는데요."

"집중하고 있어요. 그래도 귀는 열려 있습니다."

"준 씨에게 사람을 한 명 소개받고 싶어요."

"어떤 분야요?"

"도자기 예술품."

준이 손을 멈추며 고개를 들었다. 그는 나를 빤히 쳐다보며 말했다.

"그쪽에 아는 사람이 몇 명 있긴 하지만 당신에게 소개해 주기는 망설여지는군요. 그들의 작품은 모두 예술입니다. 깨뜨릴 용도로 쓰고 싶은 거라면 삼류 장인을 찾아보세요."

"삼류 장식품으로는 들어갈 수 없는 곳이에요."

그는 피곤하다는 듯 손가락으로 눈가를 누르며 한숨을 내쉬었다.

"후……. 저를 곤란하게 만드는군요. 정말 돈만 아니면 이런 일에 끼어들지도 않았을 텐데."

"미안하군요."

"후회해 봤자 어차피 제가 뿌린 씨앗이죠. 그래, 장식품의 정확한 용도가 뭡니까."

"그 속에 제 총을 넣을 거예요."

준은 눈썹을 가볍게 긁적이며 말했다.

"알겠습니다. 하지만 당신과 장인을 직접 연결했다간 분명 싸움이 날 테니 제가 구해다 드리겠습니다. 내부 공간을 총에 맞춰야 하니까 그동안 당신 총은 제게 맡겨 주세요."

"부탁드려요."

자리에서 일어나 준이 앉은 테이블로 다가갔다. 담요에 싸인 프렌스를 그 위에 놓아둔다. 사실 사이즈만 재도 될 것 같다는 생각을 하면서도 군말을 덧붙이진 않았다. 그로서도 어려운 일을 해 주는 것이니 이 정도 담보는 해 줘야 할 것이다. 준은 여전히 내키지 않는다는 표정이었지만 체념했다는 투로 말했다.

"만들어 준다는 사람을 찾으려면 시간이 좀 걸릴 겁니다. 할 게 없으면 그동안 여행이라도 다녀오시면 어떤가요."

"그럼 잠시 바람 좀 쐬고 오겠습니다."

준의 작업실을 나와선 카이를 찾아 차 키를 달라고 했다. 그는 주머니에서 키를 꺼내 주며 물었다.

"어디 가는데?"

"바람 쐬러. 따로 차 필요하면 공방에서 빌려 써."

"그건 걱정할 거 없는데…… 혼자?"

"어. 미미는?"

"1층에 있어."

"그래. 그럼 다녀올게."

"위험하지 않겠어?"

"괜찮아."

"잠깐."

카이가 내 어깨를 잡아채며 다시 멈춰 세웠다. 그리고 허리춤에서 권총을 꺼내 건넸다. 그것을 내려다보다 손바닥으로 가볍게 그의 손을 밀었다.

"됐어."

"위험할 일이 있을지도 모르잖아."

"괜찮대도."

그냥 바람만 쐴 뿐이라고 말하며 슬쩍 웃자 카이는 마지못해 총을 거뒀다. 그의 팔을 가볍게 두드리곤 1층으로 내려가자 뭔가를 먹고 있는 미미를 볼 수 있었다. 작게 손짓하자 미미는 입을 우물거리며 내게 다가왔다.

"돈 어디에 뒀어?"

"아. 응."

미미와 함께 공방을 나와선 바로 돈이 있는 곳으로 향했다. 인적 없는 곳에 버려지듯 세워져 있는 차를 한 대 발견할 수 있었다. 천막을 걷어 내자 갈색의 차체가 드러났다. 거기서 지갑에 당장 쓸 현금을 조금 채우기 위해 열쇠로 트렁크를 열고 가방들 위에 덮인 천을 치웠다. 벽돌처럼 차곡차곡하게 쌓여 있는 사각의 가방들이 모습을 보였다. 그중 하나를 열다가 문득 손을 멈추고 트렁크 안쪽으로 손을 뻗었다. 가방들 틈바귀에 희끄무레한 것이 보였다. 머지않아 손끝에 폭신한 무언가가 잡혔고 그대로 밖으로 끄집어내었다.

"……."

토끼 인형이었다. 리체가 제인에게 선물로 줬던. 그리고 중간에 망가져서 내가 수선을 했던.

주변을 대충 정리하고 가져온 차를 가까이 댄 미미가 운전석에서 내리며 내 손에 들린 인형을 보았다. 미미는 멋쩍은 표정으로 말했다.

"아, 그거……. 그래도 그건 그냥 버리고 오면 안 될 것 같아서. 도련님이 제일 애지중지했던 거잖아."

"……."

"아…… 내가 괜한 짓 했나? 미안……."

별 대꾸 없이 가만히 인형만 내려다보고 있자 미미가 곧 의기소침한 목소리로 말했다. 인형을 가볍게 만지작거리다가 얼마 후 눈을 들어 미미를 보았다.

"신경 써 줘서 고마워."

애써 아무렇지 않은 척 인형을 다시 차 구석에 끼워 놓고 돈 가방으로 신경을 돌렸다. 미미와 함께 타고 온 차에 가방을 옮겨 싣고 여기저기 지급해야 할 돈을 따졌다. 준의 공방에 남은 천오백 골드. 그리고 도자기 대금. 얼마나 들어갈진 모르겠지만 아무리 비싸도 천 골드 정도면 넉넉할 것 같다. 그 이상의 가치가 있는 예술품은 아마 준 쪽에서 거절할 테니. 또 손발 걷고 도와주는 미미와 카이, 베어에게도 성의는 보여야 할 것이다. 그 외의 기타 등등 잡비. 전부 합해서 넉넉

잡고 6천 정도면 될 것 같았다.

그럼 그 뒤에 남은 돈을 어떻게 해야 할까 고민하다가 문득 트렁크 구석에 끼워 놓은 토끼 인형에 시선이 갔다. 곧 메모지에 리스트를 휘갈겨 써서 미미에게 건넸다.

"여기 쓴 대로 대금 지급하고 남는 건 일단 은행에 넣어 줘. 그리고…… 리체를 맡아 줄 만한 곳 좀 알아봐 줄래."

미미는 고개를 끄덕이며 메모지를 훑다가 곧 놀란 표정을 지었다.

"어? 우리한테도 주게?"

"당연하지. 부족하면 더 낼 용의도 있어."

"아냐. 아냐. 됐어. 충분해. 그리고 아…… 음. 저기…… 이거 걔가 있는 곳 주소인데……."

손을 젓던 미미가 조금 머뭇거리다 주머니에서 메모 한 장을 꺼내 내게 내밀었다.

"혹시 가 볼 생각 있으면……."

"그래. 생각해 볼게."

카이가 물었을 때와는 달리 이번엔 짜증 없이 메모를 지갑에 넣었다. 미미는 조금 안도하는 눈치였다. 가방을 하나만 빼고 모두 옮기고 나서 미미에게 나머지 일 처리를 부탁하곤 여기에 줄곧 세워 뒀던 갈색 차에 올라타 시동을 걸었다. 미미는 잘 다녀오라며 작게 손을 흔들었다.

말은 바람을 쐰다고 했지만 당연히 바람만 쐬러 나온 건 아니었다. 드라이브 겸 그길로 향한 곳은 티안이 있는 이스트홀이었다. 그는 통역군인이라서 바리케이드 앞에서 미리 약속을 잡지 않아도 되었다. 늦게 퇴근한 티안은 집 앞에서 기다리고 있던 날 보고 조금 놀란 표정이었지만 언짢은 기색은 보이지 않았다.

"갑자기 찾아와서 놀랐다. 커피? 주스?"

"주스로 주세요."

날 집 안으로 들인 티안은 앉으라는 턱짓을 하며 테이블에 마실 것을 내놓았다. 그가 내준 토마토주스를 한 모금 마시고 근황을 물었다.

"요즘 어떻게 지내시나요?"

"나야 항상 똑같이 전투와 보고를 반복하고 있어. 요즘은 그래도 전투 횟수가 많이 줄었지. 아. 자네 소식은 들었어. 마침 그때 전장에 나가 있던 터라 장례에 참석하지 못했어. 미안하군."

"괜찮아요. 그리고 저 이혼했습니다."

"아…… 아. 그건 또 갑작스럽군. 순순히 놔주실 분이 아니라 생각했는데."

"어쩌다 보니 그렇게 잘 되었네요."

"그래. 기회가 잘 맞아떨어지면 어려웠던 일들도 순식간에 풀리기 마련이지. 후련한가?"

"아직 모르겠어요."

"이혼을 축하한다 말하는 건 통념적으로 좀 그럴지도 모르겠지만 나는 잘되었다 생각해. 이제 와 하는 말이지만 두 사람은 사실 어울리지가 않았거든. 여러모로."

"하하……."

짧게 웃어 보이곤 다시 주스를 마셨다. 티안은 커피를 마시며 말했다.

"예의 차리는 건 여기까지 하고, 그만 본론을 들어 볼까. 그냥 안부만 묻자고 여기까지 찾아오진 않았을 거 아냐."

"에드윈 중장님의 이동 일정을 알고 싶어요."

그는 입가로 가져가던 커피 잔을 멈추며 나를 흘긋 보았다. 그리고 더 마시지 않고 잔을 탁자 위로 내려 두고 약간 낮게 되물었다.

"왜."

"……."

"거긴 이스트란이야. 여긴 이스트홀이고. 거기다 나는 그의 측근도 아니거니와 안다 해도 그런 얘길 함부로 발설할 수 있을 리 없잖아. 설마 자네가 그런 걸 모른다고 말하는 건 아니겠지."

"알아요."

"근데 왜. 왜 나야."

나도 모르게 입 밖으로 나오려는 한숨을 겨우 삼켰다.

"요즘 이스트란에 잦게 불려 가신다는 말을 들었습니다. 중장님과 자주 식사를 같이 하신다고."

"내 조사를 한 건가?"

"네."

"날 못 믿어서?"

"믿고 싶었다고 하면 변명이 될까요?"

"더불어 혹시 모를 때를 대비해 내 약점도 잡을 수 있으면 좋겠다 싶었고 말이지?"

"……."

티안은 길게 한숨을 내쉬며 주머니에서 담뱃갑을 꺼내 들었다. 심란한 기색으로 담배를 문 그는 미간이 조금 찡그려져 있었다. 얼마 후 그가 연기를 내뱉으며 싸늘하게 말했다.

"불쾌하군."

"죄송합니다."

시선을 내리며 고조 없이 대답했다. 그는 한참 동안 말없이 담배만 피우다가 거의 다 태워 갈 때쯤 재떨이에 불을 끄며 말했다.

"어떤 일정이 알고 싶은데."

"그가 멀리 이동할 예정이 없는지 알고 싶어요."

"얼마나 멀리."

"적어도 수도까지 하루 이상 걸리는 곳으로."

"중장님은 백작 부인 때문에 이동이 거의 없어. 여차할 때 방패가 되어야 하니까. 나로선 그가 수도까지 하루 이상 걸리는 곳에 갈 예정은 아직 없는 걸로 알고 있어."

"없으면 만들어 주세요."

"뭐?"

"사건을 만들라는 게 아닙니다. 그가 이동할 구실만 만들어 주세요. 그런 거야 얼마든지 핑계가 있지 않나요?"

"중장을 움직이게 만드는 일이 보통 일인 줄 알아? 핑계? 그 후엔 어쩌라는 거지? 자네 하나 때문에 얼마나 많은 병사가 피해를 입을지는 생각하지 않는 건가?"

"죽진 않잖아요."

"자네……!"

티안은 나를 노려보며 고함을 치려다 곧 목소리를 죽였다. 나는 절로 찌푸려지는 미간을 손으로 눌러 폈다. 속이 거북했다.

"알아요. 제가 얼마나 이기적인 부탁을 하는지는. 하지만 에드윈 중장님은 너그러운 분이시니 한 번 정도는 헛걸음하셔도 그리 화를 내시진 않을 겁니다."

"그걸 말이라고 하는 건가?"

"죄송합니다. 하지만 주변에 끼칠 피해를 신경 쓰다 보면 전 아무것도 하질 못할 거예요. 그럴 여유도 없고요. 부탁드려요."

"내가 거절한다면 어쩔 셈이지? 내 약점이라도 잡았나?"

그가 공격적인 어투로 묻는 말에 나는 고개를 저었다.

"저로선 아쉽게도 대위님의 생활이 깔끔한 탓에 굳이 약점 잡을 만한 것이 없네요. 그러니 이건 말 그대로 부탁이에요. 거절하셔도 되죠. 단지 그때는 애먼 사람들이 죽을 겁니다. 어차피 제 결정은 바뀌지 않을 테고 결국 수단만 바뀔 뿐이니까요."

"……."

"제 나름대로 피해를 최소화하는 방법을 찾아낸 게 이거라서요."

남은 주스엔 더 손대지 않았다. 대위도 마찬가지였다.

"이달 말 27일. 대위님이 북부로 가실 일이 있다는 거 알아요. 거기에 중장님과 동행해 주세요. 만약 혼자선 힘에 부치신다 싶으면 데이카스트로데 백작 쪽에 연락을 넣어 도움을 받으세요. 그는 나와 연을 만들고 싶어 하니 마들로나 드 데본 제이가 청하는 도움이라고 하면 거절하지는 않을 겁니다. 마침 그는 용병단을 몇 군데 후원하고 있어서 국경의 전투 지원 관련으로 동행에 대한 핑계를 대기도 편할 거예요. 거기다 백작은 현재 중립에 위치해 있으니 중장님으로선 백작 부인 쪽으로 끌어당기기 위해서라도 동행할 확률이 높겠지요. 어디까지나 확률이지만요."

그는 한참이 지나서야 침묵을 깨고 입을 열었다.

"후…… 알았다."

표정은 정말로 싫은 티가 났지만 아마 애먼 사람들이 죽을 수도 있다는 말에 허락한 듯 보였다. 나는 벗어 두었던 외투를 잡아 들고 몸을 일으켰다. 그리고 감사를 담아 그에게 작별 인사를 고했다.

"대위님과는 이걸로 마지막 만남이겠네요. 이제 더는 귀찮게 하지 않을 겁니다. 그동안 정말로 감사했습니다. 부디 건강하시길."

몸을 돌리고 현관을 나설 때까지 티안의 목소리는 들리지 않았다. 또각거리는 내 구두 소리만 빈 복도에 크게 울렸다. 적막했다.

"후……."

차에 올라타 긴 한숨을 쉬며 시동을 걸었다. 하지만 당장 오늘 머물 곳도 정해 두지 않아 갈 곳이 없었다. 공방으로 돌아갈까도 했지만 중개업자 마틴이 아직 거기 있을지도 몰라 그만두었다. 다시 마주치면 마음이 바뀌어 살려 주겠다고 했던 말을 번복할지도 모른다. 딱히 그와 신의를 지킬 필요는 없다고 생각하지만, 그 일로 현재 내게 직접적인 도움을 주는 이스릴 쪽과 미미 애들이 날 불신하게 되면 곤란했다.

정처 없이 차를 몰다가 문득 미미가 줬던 메모지를 꺼냈다. 잠시 고민하다 속도를 높였다. 새벽녘이 되어서야 차를 세워 도착한 곳은 수도의 어느 뒷골목이었다.

낡은 집의 문을 몇 번 두드리자 한 여자가 문틈으로 눈만 보이며 물었다.

"어떻게 오셨어요?"

"리체라는 여자애를 데리고 있다고 들었어요."

"누구시죠?"

"미미와 카이의 소개로 왔어요. 마들로나 드 데본 제이라고 합니다."

"잠시만 기다리세요."

여자는 문을 닫았다. 곧 안쪽에서 체인이 풀리는 소리가 들리더니 잠시 후에 다시 문이 열렸다. 그녀는 사진 한 장을 들고 있었는데 내 얼굴과 사진을 번갈아 보더니 안으로 들어오라는 눈짓을 했다.

안으로 발을 들이자 여자는 문을 닫고 나를 삐딱하게 쳐다봤다.

"대체 보호자가 언제 얼굴 비치나 했더니 이제야 왔네요. 그것도 이렇게 늦은 시간에요."

"미안합니다. 당신이 의산가요?"

"네. 위층에 있으니 올라가 보세요. 아마 애는 잘 거예요."

일부러 발소리를 죽이고 계단을 밟았지만, 계단 자체가 낡아 걸음을 옮길 때마다 절로 삐걱거리는 소리가 났다. 방문을 열자 어두운 방 안에 누운 리체가 있었다. 천천히 안으로 들어가 침대 가에 서서 리체를 가만히 내려다보았다. 이윽고 허리를 숙여 조금 더 자세히 얼굴을 들여다본다. 보슬보슬해 보이는 머리카락으로 절로 손이 갔지만 닿기 전에 거둔다. 그 대신 차에서 챙겨 온 제인의 토끼 인형을 리체의 품에 안겨 주었다. 인형은 그렇게 결국 원주인에게 돌아왔다.

혹여 추울까 싶어 이불을 고쳐 덮어 주고 있자니 문득 리체의 눈가에서 눈물이 흘러내린다. 리체는 자는 척을 하고 있었다. 울음소리를 내지 않으려 입술에 힘을 주고 있는 리체를 나는 모른 척했다. 그저 속으로만 걱정을 했다. 몸도 약한 애가 아직도 안 자고 있었으니.

리체는 멈춤 없이 꾸역꾸역 눈물을 흘리며 베갯잇을 적셨다. 나는 그 모습을 바라보다 결국 침대에 걸터앉아 손바닥으로 리체를 덮은 이불 위를 작게 토닥거렸다. 신음과도 닮은 한숨이 절로 새 나온다. 문득 리체의 감긴 눈가가 움직이려는 것을 보곤 나는 손으로 리체의 눈가를 덮었다.

"그냥 눈 뜨지 마. 지금은 볼 낯이 없다."

파르르 떨리는 속눈썹이 느껴지고 손바닥 안으로 눈물이 번졌다.

리체는 뭔가 말하고 싶은 듯 입술을 작게 오물거렸지만 내 말에 겁을 먹은 건지 곧 그것도 그만두었다. 머지않아 눈 위에서 손을 거두어도 리체는 여전히 얌전하게 자는 척을 했다. 나는 허공으로 눈길을 돌리며 이불 위를 토닥이다가 문득 열린 문 밖으로 여의사가 서 있는 것을 보았다. 그제야 토닥거리던 손을 멈추고 침대에서 일어나 방을 나갔다. 그녀는 내가 나오자 방문을 닫아 주곤 작은 목소리로 말했다.

"아래에서 얘기 좀 하죠."

여의사를 따라 1층으로 내려가자 그녀는 내게 테이블 의자에 앉을 것을 권하며 물었다.

"뭐 마실 것 좀 드릴까요?"

"아뇨. 괜찮아요."

그녀도 별로 뭔가를 마시고 싶진 않은지 내가 거절하자 맞은편 의자에 털썩 앉았다. 그녀는 어깨에 두른 숄을 당겨 팔짱을 끼며 말했다.

"나는 로미라고 해요."

"제이라고 부르세요."

"그래요. 제이 씨. 저 애, 언제 데려갈 생각인가요?"

"맡아 줄 곳을 알아보고 있어요. 힘드시겠지만 조금만 참아 주세요."

로미라는 여자는 내 대답에 짧은 한숨을 내쉬며 고개를 절레절레 저었다. 마치 내가 한심하다는 듯한 표정이었다. 원하는 대답이 아니었던 모양이다. 뭔가 핑계를 대려고 입술을 떼었지만 로미가 더 빨랐다.

"지금 내 불편함을 따지자는 게 아니에요. 필요 이상 조용한 애라 그리 불편하지도 않고요. 단지 나는 여기 환경이 저 애에게 좋지 않다고 말하는 거라고요."

"……."

"아무래도 내 직업상 여긴 험한 놈들이 험한 상처를 달고 들락거려요. 거기다 욕지거리. 음담패설. 내가 여자라 그런지 그놈들은 죽을 상처를 달고 와서도 닥치질 못하고 하는 말들이 죄다 저질이에요. 그때마다 저 애는 겁에 질려 있어요. 환자들이 돌아가도 한동안 방 밖으로 못 나올 정도로요. 나는 정신과 의사가 아녜요. 간단한 진단은 내려 줄 수 있지만 그뿐이죠. 거친 환자들만 봐 와서 어린애 비위 맞추는 건 어렵단 말입니다. 나로선 그냥 방치하는 것밖에 할 수 있는 게 없어요. 그건 즉 저 애의 상태가 악화만 되고 있다는 뜻이에요. 알겠어요?"

"……."

"몸이 약한 사람은 대체적으로 남들보다 예민하고 섬세해요. 거기다 자기를 지켜 줄 어른이 없는 애들은 주변 눈치만 보느라 상처가 있어도 그냥 속으로 끙끙 앓죠. 리체는 둘 다에 해당해요. 저 애는 지금 내가 자길 보호해 주고 있다는 걸 알고 있어요. 일차적으로 내 비위를 거스르려 하지 않기 때문에 속 얘기를 터놓지도 않아요. 물어봐도 그냥 괜찮다, 또는 잘 기억나지 않는다는 말뿐. 리체는 지금 그저 말 잘 듣는 착한 애예요. 어른들이 다루기 쉬운 착하고 조용한 아이."

"……."

"당신이 리체에 대해서 그냥 그걸로 만족한다고 한다면 내 말은 그냥 참견이 되겠지만 그래도 할 말은 해야겠네요. 몸이든 마음이든 상처가 났으면 치료해야 해요. 큰 상처는 치료해도 흉터가 남지만 적어도 고통은 덜어지죠. 물론 작은 상처라면 그냥 뒤도 알아서 치유가 되기도 해요. 리체도, 리체를 데려온 사람들도 아무 말 하지 않아서 나는 그게 어떤 상처인지는 모르겠지만 적어도 자가 치유력에 기댈 만한 상처가 아니라는 생각이 들더군요. 리체는 제대로 잠도 못 자요. 선잠을 자거나 애써 잠이 들어도 경기를 하며 깨기 일쑤죠. 평소엔 고통을 내보이지 않고 웅크려 숨기려고 해요. 그건 리체가 자신의 상처를 창피하다고 여기거나 아니면, 상처받을 자격이 없다고 여긴다는 뜻이에요. 그럴수록 상처는 낫지 않고 곪아 가죠. 그럼 어떻게 되는지 알아요?"

"……."

"썩어요."

로미는 내 눈을 가만히 들여다보며 단언했다. 그녀의 시선은 무언가 내 밑바닥의 추잡한 걸 파헤치는 기분이라 썩 유쾌하지 않았다. 하지만 마주 본 시선을 피하진 않았다. 로미는 말간 표정으로 말을 이었다.

"마음이니까 보이지 않는다고 안심하지 말아요. 지금 당장은 별문제 없어 보이겠지만 언젠가는 반드시 탈이 나게 되어 있어요. 신체를 망칠 수도 있고 성격 형성에 문제가 생기거나 이상 행동을 하기도 하죠. 마음에 상처 한두 개 없는 사람이 어디 있겠냐고 말할 수도 있고, 당신 역시 나로선 상상도 못 하는 상처를 지니고 있을지도 모르겠지만, 그걸 타인에게까지 투영시키는 건 아니라고 생각해요. 더군다나 당신과 리체는 어른과 어린애잖아요. 어린애를 어른처럼 대하지 말아요. 존중하지 말라는 뜻이 아니라 어른답게 감싸 주라는 거예요. 나도 견뎌 냈으니 너도 견뎌 내라. 적어도 그건 어른이 어린애에게 할 생각이 아니죠. 내가 틀렸나요? 근데 당신 태도가 그래요. 당신 자신과 리체를 동급으로 취급하고 있는 거 같아요."

그동안 줄곧 벼르고 있었는지 그녀는 나를 호되게 질책했다. 버티려고 했지만 결국 나는 조용히 자리에서 일어섰다. 그제야 로미는 말을 멈추고 날 올려다보았다. 나는 마치 그녀의 질책을 듣지 못한 것처럼 아까의 말을 되풀이했다.

"조만간 맡아 줄 곳을 찾을 수 있을 겁니다. 조금만 참아 주세요."

그러자 그녀는 돌아서는 내 등 뒤에 대고 말했다.

"당신은 정말 어린애 같군요. 차라리 리체가 더 어른이에요."

나는 그녀를 돌아보았다가 곧 시선을 위로 들었다. 언제부터 있었는지 2층의 계단 위에서 리체가 날 보고 있었다. 리체는 나와 눈이 마주치자 움찔하더니 이내 후다닥 물러나 몸을 숨겼다. 작게 한숨을 쉬며 결국 아무 말도 하지 못하고 고개를 되돌린다.

로미의 집을 나서자 차가운 이슬이 피부에 닿으며 추위가 느껴졌다. 더러운 골목길을 걸어 차로 되돌아가며 움츠러든 몸에 외투를 더욱 단단히 여몄다. 차에 올라타고 머지않아 실비가 내리기 시작했다.

비가 차 유리를 적시고 문득 춥다는 생각이 들었다. 손도 발도 아닌 몸 전체가 시체처럼 식어 가는 기분이다. 미세하게 손끝이 떨리며 시동을 거는 것도 어려워졌다. 결국 시동 거는 걸 포기하고 핸들에 팔을 올려 머리를 기댔다. 몸을 진정시키고자 시간을 두고 그렇게 있자니 차 지붕을 때리는 빗소리가 점점 더 크게 들려왔다.

"……제인……."

이름만 내뱉었을 뿐인데도 가슴이 죄어드는 것만 같았다. 물론 조금 시간이 지나고 나면 괜찮아질 것을 안다. 그래서 잠자코 이 감각이 가라앉길 기다렸다. 나는 완전한 아침이 될 때까지 움직이질 못했다.

비는 날이 밝아도 멈추질 않았다. 근처에서 간단한 식사를 한 뒤 식료품들을 가득 차에 싣고 언니가 사는 저택으로 향했다.

리체가 있는 골목과 언니가 사는 구역은 같은 수도라도 거의 끝에서 끝이어서 주변 환경이 확연하게 달랐다. 저택에서 너무 가깝지도 멀지도 않은 거리에 차를 세워 시동을 껐다. 와이퍼가 더는 움직이지 않으며 앞 유리로 내다보이던 시야가 금세 빗물에 뭉그러진다. 차 안에서 한동안 저택을 응시하다 피로함을 느끼곤 눈을 감았다. 하지만 잠이 들진 않았다. 머릿속으론 오로지 제인 생각뿐이었다. 너그럽지 못했던 스스로를 향한 힐난을 멈출 수가 없어서.

내게 매섭게 쏘아붙이던 로미의 말이 어느 것 하나도 틀리지 않다는 걸 인정했다.

그 언젠가 제인의 뺨을 후려갈겼던 손을 꽉 쥐며 신음했다. 나는 왜 제인에게 좀 더 너그럽지 못했을까. 왜 그때 감싸 주지 않았을까. 때려서 미안하다고 사과는커녕 아프지 않으냐고 묻지도 않았었다. 그 당시 눈을 내리깔고 입을 다물었던 제인의 표정이 머릿속에서 사라지질 않았다.

후회. 나는 또 이렇게 후회한다. 차근차근 풀고 싶었는데 어느새 너무 엉켜 버려서 이젠 푸는 것도 포기해 버린 삶이 지겨웠다. 이젠 살아 있는 게 고통스럽다는 생각뿐이다.

가슴을 내리누르는 우울감을 애써 추슬러 안고 다시 눈을 떴다.

그래, 끝내자.

공방으로 돌아간 건 티안이 북부로 가기 5일 전이었다. 그동안 예전에 살았던 저택 터를 비롯해 잠시라도 내 삶이 있었던 곳이라면 멀리서나마 한 번씩 돌아보았다. 한 곳을 지날 때마다 마음이 차분해지고 혼란스럽던 생각이 단순해졌다. 뭔가 하나씩 털어 내 정리가 되는 기분이 들었다.

공방엔 내가 자리를 비운 사이에 이미 도자기가 도착해 있었다. 준은 그게 누구 작품이라고 말하지 않았다. 물어보긴 했지만, 알아봤자 어차피 깨뜨릴 것 아니냐고 심통을 부리며 끝까지 알려 주지 않았다.

"총은 내가 이미 넣어 놨습니다. 구멍 밑바닥은 점토와 접착제로 붙였고요."

"수고하셨습니다."

"하…… 정말 내키지 않는 일을 했어요."

"고마워요."

며칠 만에 돌아오자 그간의 정보들이 밀려왔다. 혹 있을지 모르는 이변을 대비해 이스릴의 부하들이 흩어져 중요 인물들을 감시하고 있었다. 쥬페도라 쪽은 군 비리 폭로 기사 수습 후 잠잠한 모양이고 티안은 데이카스트로데 측과 접촉했다고 한다. 그리고 에드윈은 바로 전날 언니의 저택에 들렀었다고. 나는 이스릴에게 계속 감시를 부탁하곤 미미와 카이, 베어에게 눈을 돌렸다. 그들은 할 말이라도 있냐는 듯 의아한 표정을 짓고 있었다.

"너희는 시행일까지 내 상대 좀 해 줘."

"뭐? 나는 싫어!"

미미가 팔을 엑스 자로 만들며 대뜸 외쳤다.

"그 무식한 주먹으로 날 후려 패겠다고?! 싫~어!"

"기습 허용할게."

"싫~어!"

"무기 안 쓸게."

"싫다니까~!"

"다른 건 잘 들어줬으면서 왜 갑자기 싫다는 거야."

그녀의 태도를 이해할 수가 없어 물었지만 미미는 완강했다.

"너랑 나랑 키 차이가 얼마나 나는지는 알고 있어?! 손 크기도 봐! 내가 한 마디는 작잖아!"

미미가 제 손바닥을 척 내밀어 보이며 외쳤다. 카이는 그런 미미를 바라보다가 곧 그녀의 손바닥에 제 손바닥을 겹치더니 그대로 깍지를 끼곤 헤실 웃었다.

"귀엽다."

"뭐라는 거야. 이 새끼가."

민망해진 주변 공기의 영향을 받은 듯 미미가 심기 불편한 표정으로 대꾸했다. 나와 베어는 그저 입을 다물고 눈을 돌렸다.

"……."

"……."

투닥거리는 두 사람을 뒤로하고 베어에게 소리 낮춰 물었다.

"넌 저 틈에서 어떻게 지냈니."

"그래서 총사령관 밑에 있을 때는 되도록 수도 쪽 근무로 지원했지. 저 녀석들하고 조금이라도 떨어져 있으려고."

베어는 무덤덤하게 대꾸하며 휙 손을 뻗었다. 반사적으로 고개를 옆으로 기울이며 눈을 돌리자 내 귀 옆으로 베어의 손가락들이 우득거리고 있었다.

"목뼈라도 부술 생각이었어?"

"기습 허용된다며."

"미미 한정이야."

"차별하지 마."

"너랑 나랑 체급 차이가 얼마나 나는지는 알고……."

애석하게도 말을 끝까지 할 수 없었다. 베어가 나이프 두 개를 빼 들더니 하나를 내 쪽으로 날리며 발로 배를 걷어찼다. 등이 벽에 부딪히며 방금 날린 나이프가 내 오른쪽 귀 옆에 박힌다. 곧 내 왼쪽 귓가에도 나이프가 퍽 박히며 도망칠 퇴로를 막은 베어가 내게 가까이 얼굴을 대며 속삭이듯 말했다.

"너 약해졌구나. 이미 한 번 죽었네?"

"……."

약간 울컥했다. 그대로 베어의 다리 사이로 미끄러지듯 빠져 가며 발로 그의 한쪽 뒷무릎을 걷어찼다. 베어의 오른쪽 무릎이 바닥에 닿으며 머리 위치가 낮아진다. 나는 그의 등 뒤에 서서 한쪽 팔로 그의 목을 감고 벽에 박힌 나이프 하나를 뽑아 날을 그의 양 눈 위에 가져다 댔다. 베어가 특유의 무덤덤한 어조로 투덜댔다.

"무기 안 쓴다고 했잖아."

"너한텐 해당 없는 얘기라니까."

베어와 카이는 번갈아 가며 내 상대를 해 줬다. 5일 후인 27일이 되자 완전히는 아니지만 웬만한 감각을 되찾은 상태가 되었다. 그간 상대를 완강히 거부하던 미미가 그날 아침 식사 때에 처음이자 마지막으로 기습을 하려 했고 나는 미미의 머리를 테이블에 누르고 그 눈앞으로 포크를 내리찍으며 모든 연습이 끝났다. 미미가 포크를 뽑으며 툴툴거렸다.

"무기 안 쓴다고 했잖아! 반칙이야!"

"포크는 식기지 무기가 아니잖아."

"사기꾼!"

작게 웃으며 마저 식사를 마쳤다. 이후 방에서 미미에게 머리를 맡겼는데 등 뒤에서 가만히 보고 있던 베어가 문득 물었다.

"정말 혼자 들어갈 생각이야?"

"응. 그러니 바깥은 맡길게."

"하아……."

베어가 한숨을 쉬었다. 미미가 핀을 입술에 가볍게 문 채 빗으로 내 머리칼을 올려 주며 우물거리듯 말했다.

"근데 문 열어 줄까?"

"열어 줄 거야."

"그걸 어떻게 알아."

씁쓸한 기분이 들었지만 아무렇지 않은 척했다.

"동생이잖아."

"흐응……."

"거기다 맨몸이고."

"뭐…… 하긴……."

머리 손질을 다 마쳤을 때 카이가 주문했던 옷가지들을 들고 방으로 들어왔다. 베어와 카이를 내보내고 미미의 도움을 받아 옷을 갈아입었다. 장신구와 구두, 가방까지 모두 갖춰지자 거울 속의 나는 귀부인이 되어 있었다. 전날 베어에게 얻어맞은 이마에 멍이 좀 들었지만, 화장과 머리칼로 대충 가려져서 그리 눈에 띄진 않았다. 단지 눈가랑 좀 가까워서 약간 거슬렸다. 모든 준비를 마치고 1층으로 내려가자 이스릴에게서 마지막 정보를 들을 수 있었다.

"조금 전 에드윈 중장이 북부로 출발했다고 연락 왔어요."

고개를 끄덕이며 그제야 모두에게 감사를 전했다.

"그동안 고마웠어요."

공방 사람들에게 작별을 고하고 차에 올라탔다. 운전대는 카이가 잡았고 미미가 조수석에, 베어가 나와 함께 뒷좌석에 앉아 도자기 장식이 깨지지 않도록 팔로 안았다.

"크게 도움받아 버렸네."

"그만큼 지불했으니까 말이지."

무덤덤히 대꾸하는 베어의 목소리에 약간 웃었다.

"그래도 좋은 사람들이었어. 아무리 돈 때문이라지만 많이 신경 써줬지. 물론 너희 도움이 가장 컸고."

"그런가?"

"응. 감사하고 있어."

베어는 이상한 표정을 지었다. 그게 쑥스러워하는 얼굴이란 걸 알게 된 것은 불과 얼마 되지 않는다. 그간 주변을 보지 않고 지냈던 나는 한때 몸을 부대끼며 지낸 동기의 표정 하나 간파하지 못하고 있었다. 한심할 따름이다.

　모든 것이 끝에 다다른 지금에서야 나는 도움을 준 모든 사람들에게 순수하게 감사하는 마음을 지닐 수 있게 되었다. 이리저리 잴 필요가 더는 없어진 탓에 좀 더 가벼운 마음가짐이 가능했다. 괴로웠지만 그래도 나는 꽤 운이 좋았다고. 그것을 조금 더 일찍 깨달았다면 좋았을 텐데 조금 아쉽기도 했다.

　혼돈이 가득했던 마음은 다행히 결전을 앞두고 차분하게 정리가 되어 남은 이들의 호의를 있는 그대로 받아들일 수도 있게 했다.

　핸드백을 열었다. 마틴에게서 돌려받은 다이아 반지와 루비 목걸이 중 목걸이를 미미에게 건넸다. 미미가 그것을 받아 들며 의아한 표정을 지었다. 나는 입가를 힘주어 올렸다.

　"그건 결혼 예물로 받은 게 아냐. 내가 직접 산 거였어. 루비는 어느 나라 왕녀가 쓰던 왕관에서 뺀 거라고 하더라. 너 가져."

　"아?"

　"팔아서 돈으로 바꿔도 상관없고. 네 마음대로 해. 줄게."

　"어…… 왜?"

　"너도 언젠가 결혼할지도 모르잖아. 미리 결혼 선물 받는다고 생각해."

　운전석에 앉은 카이의 뒤통수를 흘긋 보며 대꾸했다. 미미는 카이에게 눈길도 주지 않으며 목걸이를 만지작거렸다. 곧 미미는 작게 '고마워.'라고 말했다.

　"나야말로 받아 줘서 고마워."

　"미미한테만 주는 거야?"

　"미미에게는 너희가 합류하기 이전부터 도움을 받았으니까 이 정도 보너스는 당연한 거지. 더 주고 싶은데 이젠 더 가지고 있는 게 없어."

　거기다 미미한테는 따로 부탁한 것도 있었다. 만약 내가 살아서 나오지 못할 경우 은행에 넣어 둔 돈들을 모두 리체 명의로 바꿔 달라고

177

했다. 그리고 간간이 잘 사는지 들여다봐 달라고. 다른 사람은 몰라도 미미라면 부탁할 수 있다. 지금까지 내게 보여진 미미라면 리체의 돈을 중간에 가로채거나 할 일은 없을 거라고 생각했다.

목걸이는 미약하나마 신뢰의 표시였다.

나름 화기애애하던 차 안 분위기는 수도에 들어서면서 슬슬 굳어졌다. 저택 앞에 도착하자 베어가 마른침을 삼키며 차에서 내렸다. 나는 카이가 문을 열어 주고 나서야 뒤늦게 내렸다. 제일 먼저 내린 미미는 경호원에게 방문 요청을 넣고 있었다.

"방문 허가를 받으셨습니까."

"아뇨."

"그럼 곤란합니다."

"미리 연락을 넣지 않은 건 죄송합니다. 그래도 한 번만 안에 기별을 넣어 봐 주세요. 마들로나 드 데본 제이 님께서 백작 부인과의 만남을 청하고 계시다고. 이쪽도 어렵게 발걸음을 한 것이니 부디 이해해 주세요."

미미를 상대하던 경호원은 차 옆에 서 있는 날 흘긋 보곤 잠시 기다리라 말했다. 차 안에서 기다리면 꽤 시간이 지체될지도 몰라서 일부러 차에서 내려 기다린 것이 정답인 모양이다. 그는 안으로 들어갔다가 곧 다른 고용인과 함께 나오더니 대문을 열도록 했다. 경호원과 함께 나온 남자는 자신을 총집사라고 소개했다.

마틴은 분명 인이 실질적인 총집사라고 했으니 이 남자는 페이크일 것이다. 총집사는 나 이외의 다른 사람들은 들어올 수 없다고 말했다. 그건 처음부터 예상한 바였다. 나는 고개를 끄덕이곤 베어에게 눈짓했다. 베어는 팔에 안고 있던 도자기 장식을 저택 경호원에게 건넸다. 총집사가 물었다.

"이게 무엇입니까?"

"장식품이에요. 빈손으로 오기 그래서 선물을 하나 가져왔습니다."

총집사는 천을 조금 들춰 장식품을 확인한 뒤에 내게 따라오라 말했다. 그를 따라 안으로 들어서자 등 뒤로 커다란 대문이 닫히는 소리가 들렸다. 집사는 나를 응접실로 안내했고 함께 뒤따라온 이곳의 경호원이 장식품을 탁자 위에 조심스럽게 올려 뒀다.

언니는 꽤 한참 동안 얼굴을 보이지 않았다. 경계 없이 편안한 인상을 주려고 내준 차는 다 마셨다. 빈 찻잔을 두고 가만히 창밖을 바라보고 있길 한참 후, 드디어 문이 열리며 겨우 언니를 만날 수 있었다.

"데본……."

언니는 조금 당황스러운 기색으로 응접실 안에 들어섰다. 아무래도 내가 여기까지 오는 건 언니에게 있어 전혀 생각지도 못한 상황인 듯했다. 나는 소파에서 일어서지 않고 언니를 향해 담담히 입을 열었다.

"오랜만이야, 언니. 장례식 때 내가 정신이 없어서 제대로 얘기도 못 한 거 같아 와 봤어. 미리 연락도 없이 이렇게 갑작스레 찾아와서 미안해."

"아니야. 놀란 건 사실이지만 정말 잘 왔어."

"고마워."

맞은편에 앉는 언니를 향해 작게 미소 지어 보였다. 언니는 내 의중을 파악하고 싶은 눈빛이었다. 무슨 의도로 혼자서 여기까지 왔는가. 스스로 켕기는 것이 있다면 불안할 것이고 떳떳하다면 그저 궁금할 것이다. 과연 언니가 인에게 협력했을까?

"음…… 이거 장식품인데 마음에 들지 모르겠네."

아직 조금 어색한 양 뜸을 들이다 장식을 감싸고 있는 천을 끌어 내렸다. 물동이를 기울여 물을 쏟고 있는 청춘의 여신이 모습을 드러내었다. 물동이에서 쏟아지는 물줄기 선 하나하나가 섬세하게 표현되어 동적인 느낌을 주는 여신상은 실로 아름다운 예술품이었다. 언니는 감탄하며 여신상을 바라보았다.

"세상에. 너무 아름다워."

"마음에 든다니 다행이네. 나는 여기 응접실에 두면 좋을 것 같은데 언니 생각은 어때?"

"아…… 응. 그래. 그렇게 할게. 정말 고마워. 데본."

우린 마치 과거에 아무 일도 없었던 것처럼 가식과 가식으로 서로를 대했다. 이제 와 고통의 편린을 일부러 건드리는 짓은 하지 않았다. 좋게 말하면 어른의 사교법이고 나쁘게 말하면 위선이다. 물론 인을 끌어내리려면 언제까지고 이렇게 대할 수는 없겠지만 최소한 이 순간만은 가식이 필요했다.

언니는 은근한 내 요구대로 곁에 있던 고용인에게 여신상을 이 응접실 한편에 놓도록 지시했다. 나는 여신상이 테라스 근처에 놓이는 것을 가만히 보다가 언니에게 눈을 돌렸다.

"근데 언니 아들은 어디 갔어? 리처드라고 했었나?"

"아. 리처드는 지금 공부방에서 수업을 받고 있어."

"아…… 오래 걸려?"

"왜?"

언니의 물음에 약간 쑥스럽다는 듯 웃으며 말했다.

"실은 언니보다는 언니 아들인 리처드를 보고 싶어서 왔어."

"리처드를?"

"제인이 그렇게 되고 조금 적적해서……."

손으로 한쪽 볼을 가볍게 감싸며 슬픈 표정을 만들어 냈다. 물론 그렇게 안 해도 현재 내 마음은 무척이나 괴로웠지만 어울리지도 않는 연약한 척을 하려면 이런 가식적인 몸짓 또한 필요했다. 언니가 나를 동정하도록.

언니는 기꺼이 고용인에게 리처드를 데려오라고 했다. 아마도 내가 맨몸인 것에 안심을 한 것 같다. 고용인이 리처드를 데리러 나가자 언니가 물었다.

"근데…… 총사령관에게는 말하고 온 거니?"

"아니. 말 안 했어."

"왜?"

"그냥. 별로 말하고 싶지 않아서. 괜히 걱정만 할 테고."

"그는 요즘 어때?"

"몰라. 워낙 바쁜 사람이라…… 거기다 나는 그 사람 일에 관한 건 전혀 모르니까."

쥬페도라와는 이미 이혼했지만, 그 사실을 굳이 지금 말할 필요는 없을 것이다. 하지만 언니가 이미 알고 있을지도 몰라서 확실한 대답은 피하고 어느 경우에도 가능한 중의적인 대답을 골랐다. 그저 적당히 회피하는 느낌을 주는 걸로 충분했다. 다행히 언니는 더는 그에 관해 묻지 않고 마침 리처드가 와서 그 화제는 그렇게 끝이 났다. 지난번엔 잠깐 봤을 뿐이고 이번에서야 제대로 얼굴을 보게 된 리처드는 조금 소극적인 인상이 들었다.

"안녕?"

"안녕하세요."

리처드는 내게 인사를 하면서도 언니의 눈치를 슬쩍 보았다. 가정교육이 엄한 건지 성격적인 건지는 모르겠지만 겁이 많을 것 같다는 느낌에 벌써부터 조금 미안해진다. 트라우마가 남지 않으면 좋겠지만…….

"아, 내가 오는 길에 길거리에서 장난감 하나를 샀는데 말이야."

가방을 손으로 잡자 고용인들이 조금 긴장한 눈치를 보이며 내게 가까이 다가왔다. 그에 손을 잠시 멈췄다가 곧 픽 웃으며 가방 안에서 작은 원통을 꺼냈다. 그것을 리처드에게 건네려 하자 경호원 중 하나가 리처드의 앞을 막는다.

"죄송합니다. 확인해 봐도 되겠습니까?"

경호원을 빤히 바라보다 언니에게 눈을 돌렸지만, 언니는 아무 말도 없었다. 씁쓸한 듯 웃으며 경호원에게 원통을 내밀었다.

"그러세요."

경호원이 통을 받아 뚜껑을 열고 손을 가볍게 저어 냄새를 맡아 본다. 곧 희미한 장미 향이 내 코끝에도 닿았다. 그는 뚜껑 아래에 달린 막대로 눈을 돌렸고 나는 미소 지으며 언니에게 말했다.

"비눗방울이야. 근데 이게 색깔 풍선 같은 비눗방울이라 특이해서 한번 사 와 봤어."

언니는 경호원에게 눈을 돌렸다. 그는 막대 끝에 달린 고리에 입바람을 불어 비눗방울을 한 번 만들어 보고는 바로 뚜껑을 닫으며 '맞습니다.'라고 확인을 해 주었다. 언니는 그제야 작게 한숨을 쉬며 내게 사과했다.

"미안해. 요즘 좀 예민해져서."

"아냐. 이해해. 나라도 그랬을 거야."

경호원이 돌려주는 통을 받아 든 나는 리처드에게 비어 있는 반대 손을 내밀었다. 리처드는 멍하니 허공에서 팍 터지는 붉은 비눗방울을 보다가 천천히 나와 손을 맞잡았다.

"테라스에서 한번 불어 볼래? 아주 멋질 거야."

리처드를 데리고 테라스로 나가 난간 앞에 섰다. 응접실 안의 모든 시선이 나에게 따라붙었다.

"비눗방울 불어 본 적 있니?"

"······아니요."

리처드는 말간 얼굴로 고개를 저으며 대답했다. 그리고 내가 건네주는 통 뚜껑을 열고 막대에 입바람을 분다. 붉은 비눗방울들이 포포 퐁 생겨나며 허공에 떠올랐다. 리처드의 표정이 조금 밝아졌다. 비록 이 비눗방울이 특이하다곤 하나 보통 이 나이대의 남자아이라면 유치하다고 생각할 것이다. 하지만 귀족으로 크는 아이들은 대체적으로 이런 감성적 경험이 적다.

음악이나 문학, 연극류의 문화적 감성을 말하는 것이 아니다. 그런

부분은 일반 서민들보다 월등히 높은 게 당연하다. 내가 말하고자 하는 것은 눈 오는 날 눈사람을 만드는 것이나, 더운 여름에 물장구를 치며 친구들과 웃는 것, 또 아무 이유 없이 봄의 들판을 뛰어다니며 즐거워하거나, 그리고 이렇게 비눗방울을 부는 유년기적 감성이다.

언니도 나도 그랬듯 리처드에게는 그게 부족할 거라 여긴 건 역시나 내 예상대로였다. 나는 리처드의 귓가에 대고 작게 속삭였다.

"불다가 질리면 그냥 뚜껑만 열어 두렴. 재밌는 현상을 볼 수 있을 거야."

호의적인 표정으로 작게 고개를 끄덕이는 리처드의 어깨를 가볍게 짚었다가 내리며 다시 소파로 돌아왔다. 혹시 내가 리처드를 창밖으로 떠밀진 않을까 걱정이라도 한 듯 긴장된 표정이던 언니는 내가 소파로 돌아오자 비로소 스르르 굳은 기색을 풀었다. 언니가 미소 띤 얼굴로 내게 물었다.

"무슨 얘길 한 거야?"

"비밀."

경호원들이 다시 물러섰다. 손가락으로 다리를 작게 두드리며 숫자를 세다가 벽시계를 보았다. 통 안의 액체가 기화되기까지 대략 5분. 언니와 함께 리처드를 바라보다 문득 손가락을 멈추며 자리에서 일어섰다.

"차를 너무 마셨나 봐. 화장실이 어디야?"

"안내해 드리겠습니다."

여고용인이 앞으로 나서며 공손히 머리를 숙였다. 고개를 끄덕이고 그 뒤를 따르다 문 앞에 다다랐을 때, 뒤에서 그녀의 목을 빠르게 후려쳤다. 고용인이 쓰러지는 모습은 굳이 확인하지 않았다. 손안에 느껴지는 타격의 강도만으로도 그녀가 그대로 기절할 것이란 걸 알고 있었다. 모든 행동은 신속하고 정확하게. 고용인을 후려치자마자 몸을 돌려 가장 가까이에 있는 경호원을 향해 다리를 휘둘러 머리를 걷어찼다.

치마가 펄럭이며 시야를 가렸지만 이미 동선은 머릿속에 있어 그리 방해되지 않았다. 휘청이는 경호원의 허리에서 권총을 뽑아 또 다른 경호원을 향해 쏘았다.

탕!

한발 늦게 총을 뽑은 경호원이 어깨를 맞고 막 꺼낸 총을 떨어뜨렸다. 두 번째 탄알로 다리를 쏘아 주저앉히고 총구의 방향을 첫 번째 경호원을 향해 돌렸다. 그의 다리 역시 쏘고 힐로 명치를 세게 걷어차 쓰러뜨렸다.

바깥에 대기하고 있던 경호원들이 들어오려는지 응접실의 문이 거칠게 열렸지만 문을 향해 총을 연속으로 발사해 바로 물러나게 만들고는 테라스를 향해 뛰었다. 언니는 그때까지도 지금 무슨 일이 일어나는 상황인지 제대로 인식이 되지 않는 듯 멍한 표정이었다.

선물로 가져온 도자기를 구둣발로 깨부수고 그 속에 감춰 둔 프렌스를 잡아 들었다. 경호원에게서 빼앗은 권총은 테라스 바깥으로 버리고 리처드의 뒷덜미를 잡아 안쪽으로 거칠게 끌려당겼다. 리처드는 이제 막 붉은색의 연기가 구름처럼 피어오르는 비눗물 통을 떨어뜨리며 내게 맥없이 끌려왔다.

콰앙!

붉은 연기의 신호에 저택의 어딘가에서 폭발이 일어났다. 동기들의 마지막 선물이다. 이 어수선함은 경호원들의 방향을 반으로 가를 것이다. 리처드를 응접실 구석에 던지듯 밀어 놓고 프렌스의 총구를 아이 가슴 중앙에 대고 꾹 눌렀다. 그제야 정신을 차린 언니가 놀란 표정으로 자리에서 벌떡 일어났다.

"데본!"

"움직이지 마."

움찔한 언니가 선 자리에서 굳은 채로 날 바라보았다. 이윽고 다시 응접실 문이 열리며 경호원들이 들이닥쳤고 나는 언니에게 말했다.

"모두 내보내."

"이러지 마. 데본."

"모두 내보내!"

황망한 표정을 짓던 언니는 내 외침에 그제야 경호원들을 향해 모두 나가도록 지시했다. 그들은 그럴 수 없다고 말했지만 나는 리처드의 가슴을 총구로 더욱 세게 누르며 그들을 비웃었다.

"도련님 죽는 꼴 보려면 맘대로 하던지. 셋 센다. 하나."

"전부 나가요!"

언니가 히스테릭한 목소리로 경호원들에게 소리쳤다. 곧 응접실 안엔 언니와 나, 그리고 리처드만이 남아 있게 되었다. 다친 경호원들과 기절한 고용인은 언니의 지시로 들어왔던 이들이 끌고 나갔다. 나는 언니에게 앉으라 말했고, 언니는 시키는 대로 다시 소파에 앉았지만 나를 설득하려는 노력은 그만두지 않았다.

"데본, 이건 정말로 위험한 짓이야. 이 뒤에 무사히 도망칠 수 있으리라 생각한다면……"

"누가 도망간대?"

"데본…… 총사령관에게도 이건 치명적이야."

"그 인간은 나랑 상관없어. 벌써 이혼했으니까."

"뭐……?"

주저앉아 벽에 기댄 리처드는 나와 마주한 눈을 피하지도 못하고 덜덜 떨었다. 나는 리처드를 내려다보며 언니에게 말했다.

"나는 시시껄렁한 자리싸움을 하러 온 게 아냐. 내 아이를 죽인 범인을 잡으러 온 거지."

"범인은 죽었다고 들었어."

"여기에도 있어. 언니도 알고 있잖아. 인. 여기 총집사라며. 아, 혹시 인에게 언니가 시킨 건가?"

"아냐! 무슨 오해를 하고 있는지는 모르겠지만 나는 전혀 모르는 일이야."

하핫.

상황에 맞지 않게도 웃음이 나왔다.

"그래? 그럼 인만 데려와."

"데본…… 이러지 마."

"시간 끌어 봤자 소용없어. 언니가 이 일에 끼어 있든 안 끼어 있든 내 인내심이 다할 때까지 인을 여기로 끌어다 놓지 못하면 이 자리에 있는 셋 다 죽는 거야. 그럼 결국 왕권 계승은 못 하겠네."

"데본……."

언니는 미간을 좁히며 목소리를 흐리다 결국 입술을 다물어 버렸다. 나는 언니와 리처드를 번갈아 보며 웃었다.

"그렇게 아무것도 안 하고 버틸 거야? 나 손가락에 힘 들어가려고 하는데. 일단 한 발 쏠까? 리처드, 어디를 쏴야 덜 아플지 말해 보렴. 네가 원하는 대로 해 줄게."

"으흑……. 살려…… 살려 주세요……."

리처드가 눈물이 가득 찬 눈을 하고 겨우 목소리를 냈다. 나는 여전히 싱긋 웃어 보이며 귀족적인 어투로 리처드에게 빈정거렸다.

"나도 그러고 싶단다, 리처드. 하지만 네 어머니께서 내 아들을 죽인 범인을 숨겨 주고 계시니 나도 어쩔 수가 없구나. 나는 지금 너무 화가 나고 슬퍼서 견딜 수가 없거든. 이대로 결국 범인이 나서질 않으면 내 아들 목숨을 네가 대신해도 상관없다고 생각할 만큼이나 말이지."

"흐윽……."

리처드는 이윽고 훌쩍훌쩍 울기 시작했지만 내 마음은 그 모습에 어떠한 동정도 느끼지 않았다. 아이가 안쓰럽지 않으니 흔들리지도 않는다. 그야 제인이라면 아마도 울지 않았을 테니까. 제인과 비교하니 리처드가 더욱 소심하고 나약한 아이라는 생각이 들었다. 이런 애가 언니의 후계자라. 차라리 황족과 피 한 방울 섞이지 않은 제인이 더 후계자에 어울릴 것 같다.

……하긴 제인이 특별한 경우긴 하지. 너무 어린 나이에 진창에 굴러야 했던 제인을 떠올리니 절로 쓴웃음이 나왔다. 나는 무척 이기적이고 나쁜 사람이라 제인만이 이렇게나 불쌍하고 안타깝다. 만약 리처드의 미래를 빼앗아 제인에게 줄 수만 있다면 아마 나는 망설이지 않고 죄 없는 리처드에게 이 방아쇠를 당겨 버렸을지도 모른다.

나는 리처드에게 최대한 다정한 목소리로 권해 봤다.

"리처드. 그럼 네가 어머니께 부탁해 보겠니? 인을 불러 달라고 해 봐. 인과 네 목숨을 맞바꾸자고 해 보렴. 아무리 그래도 핏줄이고 후계잔데 한낱 고용인보다야 네 목숨이 더 무겁지 않겠어?"

리처드는 슬쩍 눈을 돌려 언니를 보았다. 리처드를 따라 눈을 돌리니 언니는 찌푸린 얼굴로 눈을 감고 있었다.

"역시 언니가 시킨 거야?"

"아니야. 그런 적 없어."

"그럼 왜 인을 안 내보냈어? 알면서도 품었다는 건 결국 한통속이란 거 아닌가? 아, 몰랐다는 변명은 안 하길 바라. 웃기지도 않거든."

"나는 네가 도대체 무슨 말을 하는지…… 인은……"

타앙!

권총과는 확연하게 다른 묵직한 총성이 방 안을 울렸다. 그제야 언니가 눈을 번쩍 뜨며 리처드를 보았고 나는 옆으로 비켜 쏜 총구를 다시 리처드의 가슴으로 옮기며 탄피를 빼냈다.

"웃기지도 않는다고 했잖아. 언니, 내가 뭐로 보여? 내가 아무것도 모르는 등신 천치로 보여? 그래, 뭐 저질렀을 때는 몰랐을 수도 있어. 하지만 그 뒤에 중개인을 처리하려고 사람들을 보낸 건 인이 아니라 언니야. 줄곧 혼자서 일을 수습하려고 애쓰는 게 보였던 인이 갑자기 사람들을 보냈다? 어딜 봐도 이상하잖아."

"억측이야. 데본."

"그래 그렇게 계속 우겨 보던지. 언니 새끼만 죽는 거지 뭐. 나는 별로 아쉽지 않아."

"데본!"

총알을 느리게 장전하고 언니를 쳐다봤다.

"두 번째는 진짜야. 그러니까 잘 생각해. 뻔뻔하게 나오면 내 성질만 건드릴 뿐이지. 어차피 나는 죄책감도 없으니까 내 인정에 기댈 생각은 하지 마. 인을 품었으면 당연히 언니에게도 책임이 있는 게 당연하잖아. 안 그래? 인을 내주기 싫다면 마음대로 해. 나는 이대로 언니 자식을 죽여서 내 자식을 위로하겠어."

눈을 돌리자 리처드는 거의 기절할 것 같은 표정으로 바지를 적시고 있었다. 그때 바깥이 조금 소란스러워지더니 곧 문이 벌컥 열리며 한 여자가 다급하게 들어섰다. 인이었다. 참으로 오랜만에 보는 그녀는 꽤 야위어 있었다. 인은 일그러진 표정으로 내게 외쳤다.

"그만해! 내가 그랬어! 내가 청부했다고! 나 혼자 한 짓이야!"

"인!"

언니가 낭패한 표정으로 인을 향해 소리쳤지만, 인은 언니를 쳐다보지도 않고 내게 소리쳤다.

"내가 혼자 한 거야! 아무도 관련되지 않았어! 도련님은 그만 놔줘!"

"문 잠가."

인은 내 말에 잠시 멈칫했지만, 곧 냉정한 음색으로 말했다.

"두 분은 내보내 줘."

"어림없는 소리 하네."

"내가 혼자 한 거라고 말하잖아!"

"알아. 개인적 의뢰라는 것 정도는. 그러니 그렇게 어설펐지. 문 잠가."

"두 사람을……."

"문 잠그라고 하잖아. 이 쌍년아."

언젠가 인이 나에게 했던 욕을 비슷하게 되돌려주며 얼굴을 찌푸려 보였다. 인은 그제야 응접실 문을 걸어 잠그고 다시 나를 보고 섰다. 곧바로 리처드에게서 총구를 거두고 인에게 달려들어 그녀의 몸을 걷어차 바닥에 쓰러뜨렸다. 그 위에 올라타 한 손으로 그녀의 얼굴을 사정없이 후려갈기곤 멱살을 잡아 외쳤다.

"어린애였어! 이제 겨우 열한 살짜리 어린애였다고!"

주먹 한 대에 곧바로 입술이 터진 인은 작게 신음하다 곧 나를 노려보며 비소했다.

"네가 날 탓할 자격이 있다는 거야? 넌 내 동료 백이 넘는 숫자를 죽게 했어. 혈채(血債)로 따지면 네가 더 뻔뻔해."

"그건 싸움이었어. 그 시기의 전쟁이었어! 그 애는 그런 것과 아무 상관이 없어!"

"왜 상관이 없어. 그 애는 너 때문에 죽은 거야. 너 대신 죽은 거지."

그 말에 숨을 삼키며 이를 악물었다. 그러다 곧 멱살을 놓고 총구를 그녀 머리에 겨눴다. 인은 담담한 표정이었다.

"네가 날 탓해? 하하. 개가 웃겠어."

알고 있다. 알고 있었다. 언젠가는 벌을 받게 될 거라 각오하고 있었다. 그때가 되면 담담히 견뎌 내겠다 생각도 했었다. 사이크에게 사죄하기 위해서라도 그렇게 하겠다고 결심했었다.

그럼에도. 그랬음에도.

"애를 죽일 생각은 없었지만 그렇다고 너한테 미안하진 않아. 죄책감이 있길 바라? 내가 왜? 이건 네 탓이야. 네 업보라고. 너 때문에 그 애가 죽은 거야."

나는 분노에 눈이 멀어 버렸다. 인 역시 나와 같이 분노에 눈이 먼 상대에 불과했다. 사이크를 생각하면 그녀는 내게 있어 연민해야 할 상대임에도 멈출 수가 없었다. 나는 그녀가 너무 증오스러워 견딜 수가 없었다.

"데본! 그만해! 부탁이야!"

정신이 딱딱 끊어지는 느낌이 들었다. 고개를 돌리자 숨넘어갈 듯이 질려 있는 리처드가 보였다. 그리고 그런 리처드를 품에 안고 내게 소리치는 언니가 보였다. 다시 눈을 내리자 체념한 표정의 인이 보였다.

안다. 나는 인을 죽일 자격이 없었다. 다시금 사이크가 떠오르자 복수하고 싶다는 생각만큼이나 이 상황을 거부하고 싶은 모순에 사로잡히고 말았다. 사이크……! 나는 그에게 빚이 있었다.

하지만 용서할 수 없어. 죽일 거야! 죽일 거라고! 하지만 사이크가……! 답이 나오지 않는 딜레마는 죽고 싶은 충동에 휩싸이게 했다.

누가……!

누가 날 좀 죽여 줘! 제발 누구라도 좋으니 날 죽여 줘! 이 이상 사이크에게 죄를 짓지 않게 해 줘!

더는 싫어! 싫어!

머릿속에 가득 차 빠져나갈 곳 없는 열기가 미친 듯이 비명을 지르다 갑자기 한순간에 고요해졌다.

아, 그래. 인을 죽이고 나도 죽으면 되지.

명쾌한 해답에 절로 웃음이 나왔다.

"하하……!"

그때 잠긴 문이 부서지며 왜인지 여기 없어야 할 에드윈이 다급한 표정으로 들어섰다. 그는 바로 총을 빼 들어 나에게 겨눴다. 동시에 방아쇠에 건 내 손가락에도 힘이 들어갔다.

탕! 타앙!

어깨에 통증이 퍼지며 몸이 크게 흔들려 엉뚱한 곳으로 총알이 박혔다. 그제야 밖에 있던 경호원들이 우르르 몰려들어 오며 날 인에게서 떨어뜨렸다. 인은 부축을 받아 일어나다가 언니를 향해 눈을 돌렸다. 알 수 없는 눈빛이 오갔다. 인은 곧 자신을 부축해 주는 경호원의 총을 빼 들어 제 머리에 겨눴다. 정신없는 분위기 속에서 또 한 번의 총성이 울려 퍼졌다.

탕!

방 안은 순식간에 찬물을 끼얹은 듯 조용해졌다. 몸부림치던 나 역시 멈췄다. 시간이 멈춘 듯한 와중에 인이 쓰러졌고 곧 내 몸에서도 힘이 빠졌다.

카펫을 적시며 퍼져 나가는 핏물을 보며 문득 그런 생각을 했다.

이제 내 차례야.

시선을 내려 날 붙잡은 경호원의 허리춤을 보았다. 다들 어안이 벙벙한 이 상황이라면 순간이나마 구속에서 벗어나 총을 뺏는 게 그리 어려울 것 같지 않았다.

그 순간 에드윈이 외쳤다.

"제대로 잡아!"

하지만 나는 이미 멀쩡한 쪽의 팔로 뿌리치고 경호원의 총을 향해 손을 뻗고 있었다. 막 총집에서 총을 끄집어냈을 때였다. 다시금 총성이 울리며 총을 잡은 팔에서 통증이 일었다.

"흐윽……!"

조금 전보다 더 단단히 몸이 구속됐다. 이번엔 바닥에 엎어져 등을 꽉 눌린 채였다. 총을 쏜 에드윈은 내가 떨어뜨린 총을 발로 걷어치우고 누군가에게 말했다.

"옮겨서 치료해. 치료할 때 약을 맞춰서라도 일단 좀 재워 놔. 깨어 있으면 골치 아플 테니까."

"……예."

에드윈의 부관인 테오의 목소리였다. 머리까지 바닥에 짓눌려 있는 상태라 그를 보진 못했지만, 목소리만은 알아들을 수 있었다. 곧 몸이 일으켜지고 그제야 테오와 에드윈의 얼굴을 제대로 확인할 수 있었다.

응접실 바깥으로 끌려 나가 빈방으로 옮겨졌다. 의자에 묶여 있다가 얼마 후 테오가 의사와 함께 들어왔고 그는 에드윈의 명령을 의사에게 전했다. 의사는 큰 저항 없이 내게 약을 투여했다. 그 뒤부턴 자연스럽게 암흑을 보게 되었다.

"깼어?"

다시 깨어났을 때는 저택이 아니었다. 내 옆을 지키고 있던 에드윈이 의자에 앉은 채로 느리게 기지개를 켰다.

"물 줄까?"

그의 말에 비로소 갈증을 느끼며 마른침을 삼켰지만, 대꾸는 하지 않았다. 대답하지 않았음에도 에드윈은 자리에서 일어나더니 물을 한 잔 가져와 내밀었다. 하지만 이내 내가 양팔을 다 못 쓰는 상황이라 받을 수가 없다는 걸 눈치챘는지 머쓱하게 얼굴 근육을 움직이며 내 입술에 컵을 가져다 댔다.

나는 그 배려를 거부하지 않고 순순히, 아니, 오히려 좀 급하게 마셨다. 차갑지 않고 적당히 시원한 온도의 물은 금세 갈증을 해소해 줬다. 에드윈은 빈 컵을 거두고 소매로 내 입가를 쓱쓱 닦아 줬다. 급하게 마시느라 약간 흘린 탓이다.

에드윈은 컵을 옆에 있는 협탁에 내려놓고 다시 의자에 앉았다. 그는 내 눈을 똑바로 들여다보며 말했다.

"마들로나 드 데본 제이는 거기서 죽은 걸로 되었다."

"……."

"자네가 백작 부인과 다시 만날 일은 없을 거야. 그 정돈 각오하고 저질렀겠지."

"……."

"그 외에 뭐 궁금한 건?"

당연히 무슨 의도로 날 살려 두는 건가다. 하지만 입 밖으로 내뱉어 묻는 건 그만두었다. 나는 아무 말도 하고 싶지 않았다. 스스로 느끼는 현재의 기묘한 감정이 불쾌했다. 에드윈은 한숨을 쉬곤 제 얼굴을 손바닥으로 쓸었다.

"여긴 내 집이야. 수도에 왔을 때 그냥 잠만 자려고 구한 곳이라 별로 있는 건 없지만 일단 자네가 갈아입을 옷은 가져다 놨어. 수발들 사람은 문 바깥에 있고. 그러니 어깨 나을 때까진 여기서 지내."

"……."

"나는 먹을 것 좀 사러 다녀올 테니까. 쉬고 있어."

에드윈은 그렇게 말하곤 자리에서 일어섰다. 걸려 있던 외투를 들고 현관을 나가는 그의 뒷모습이 문 너머로 금세 사라졌다. 에드윈이 나가자 바깥에서 대기하고 있던 여자가 한 명 들어와 내게 필요한 것을 물었다.

그 뒤로 에드윈의 집에서 몸이 나을 때까지 지냈다. 인이 죽을 당시 들었던 충동적인 자살 욕구는 마음이 좀 가라앉자 모습을 감췄다. 나는 얌전히 그리고 약간은 좀 멍하게 시간을 흘려보냈다. 신문은커녕 달력과 시계마저 없는 방 안에선 날짜 감각마저 앗아 갔다. 내 편의를 돕던 여자는 내 어깨가 낫자 더는 나타나지 않았다.

내가 이 좁은 원룸을 차지하고 있는 동안 집주인인 에드윈이 어디에서 머무르는지는 알 수 없었다. 솔직히 거기까진 신경 쓰이지가 않았다. 그는 아침저녁으로 얼굴을 비쳤고 말 없는 내 옆에 가만히 앉아 있다가 나가곤 했다. 그 외로 들르는 사람은 없었다. 내 옆에 있는 동안 에드윈은 아무것도 말하지 않았다. 묻는 것도 없고 답을 요구하는 것도 없었다.

있는 듯 없는 듯 한 그의 태도 덕분에 나는 온전히 내 생각에만 빠져 지냈다.

나는 여기서 뭘 하는 걸까. 내가 해야 할 일이 대체 뭐였지. 인이 제 머리에 총을 겨누던 모습이 떠올랐다. 복수. 그래 복수였지. 근데 하질 못했다. 그녀는 멋대로 알아서 죽어 버렸다. 그럼 나는 왜 살아 있는 거지.

문득 힘이 빠져 고개와 함께 상체를 앞으로 푹 숙였다.

왜일까.

자극도 스트레스도 없는 무료한 생활은 머지않아 내게 안정을 되찾게 해 주었다. 멍한 정신이 어느 정도 맑아졌을 때 나는 비로소 에드윈에게 말을 걸었다.

"나는 왜 여기 있는 건가요."

간편한 셔츠 차림으로 식빵을 팬에 굽던 에드윈이 담배를 문 채 나를 돌아보았다. 그는 곧 가스를 끄고 접시에 빵을 옮기며 입을 열었다.

"백작 부인이 자네를 감옥에 보내는 걸 원하지 않았으니까."

주스가 담긴 컵과 빵 접시를 쟁반에 담아 가져온 그는 내 다리를 덮고 있는 이불 위에 쟁반을 내려놓았다.

"그게 범죄자 핏줄을 받아들이지 않는 귀족적 마인드인지, 아니면 진짜로 자네를 생각하는 가족애인지는 모르겠지만 어쨌든 그녀는 그렇게 결정했어. 나는 그 결정에 따른 것뿐이지."

"그렇다고 중장님께서 직접 날 돌볼 필요는 없지 않나요."

"그렇지. 나는 그냥 그 핑계 대고 노는 중이야. 덕분에 오래간만에 느긋하게 지내고 있어. 물론 내 부하들이 그만큼 배로 발바닥에 땀이 나게 뛰어야 하겠지만, 뭐 어쩌겠어. 이런 상관을 만난 그 녀석들 복인 것을."

에드윈은 담담하게 웃으며 꽁초를 재떨이에 비벼 껐다. 나는 시선을 돌려 창밖을 바라보았다.

"인은 왜 자살한 걸까요."

"글쎄. 자기가 백작 부인에게 폐를 끼친다는 생각을 했던 게 아닐까. 어쩌면 자기 때문에 부인이 총사령관과 전면전을 해야 할지도 모른다는 생각에 제 선에서 마무리 지으려 했는지도 모르고. 자네가 이혼한 건 아무도 몰랐으니까. 나도 나중에서야 알았어. 인도 몰랐겠지.

그러니 내전이 두려웠을지도 몰라. 뭐…… 그 진짜 마음이야 죽은 본인만이 알겠지만."

그는 별다른 감상 없이 대꾸하며 옷장에서 서류 봉투를 하나 꺼냈다. 그것을 건넨 그는 봉투를 열어 보는 내게 말했다.

"자네가 입을 열었다는 건 슬슬 앞으로의 이야기를 진행해도 좋다는 뜻이겠지?"

봉투에서 나온 건 내 새로운 신분증명서였다. 성과 서드 네임이 빠진 '데본'이라는 이름 하나. 나는 더는 귀족이 아니라는 뜻이기도 했다. 결국, 다 잃고 남은 건 이것뿐이라는 생각에 절로 조소했다. 하나부터 열까지 엉망진창. 내 뜻대로 되었던 게 대체 몇 가지나 있었지.

"자네의 거처는 이미 마련해 뒀어. 일단 생활비 정도는 백작 부인 측에서 지원해도 좋다고 허락했으니 거기서 앞으로 뭘 할지는 스스로 생각하도록 해."

거처 마련과 생활비 지원. 빛 좋은 개살구. 이건 감시인가. 그렇게 내 행동이 걱정되면 그 자리에서 죽여 버렸으면 좋았을 것을. 참으로 번거로운 방법을 취한다고 생각했다. 에드윈은 나를 잠시 바라보다 의자에 앉았다.

"부인한테 어떤 의도가 있든 자네에겐 나쁘지 않은 일이야. 이쪽은 자네를 끌어다 감옥에 가둬 놓고 대대적인 조사를 벌일 수도 있었어. 자네를 도운 녀석들 전부 연행 대상이지. 그렇게 되는 걸 바라지 않는다면 권유에 순순히 따르는 편이 좋아. 사실 이미 몇 명은 잡아 둔 상태고. 자네 결정에 따라 놓아주든 교도소로 이송하든 할 생각이야."

하. 소리 없이 웃으며 마른 입술을 손끝으로 매만졌다.

"그리고 그중에 한 명을 잡다 알게 된 건데 자네 명의의 돈이 웬 어린애 계좌로 옮겨 가고 있더군. 세탁 작업 하다 딱 걸렸지 뭐야. 그 애역시 지금 찾는 중이니 곧 연락이 오겠지. 인질이 된다면 개의치 않고 쓸 생각이야."

"못 본 사이에 꽤 치사해지셨군요."

"어디 자네만 하겠어."

"……그날,"

텁텁한 입으로 침을 삼키곤 말을 마저 내뱉었다.

"어떻게 오신 건가요."

"출발하고 얼마 안 있어서 티안 대위가 알려 줬거든."

"……."

"고민이 많았던 모양이야. 일을 크게 만들고 싶지 않다고 부탁하는 통에 나는 무모하게도 테오만 태워서 직접 차를 몰고 수도로 내달려야 했지. 얼마 전 새로 뚫린 빠른 도로로 왔어도 아슬아슬했어."

에드윈은 날 잠시 바라보다가 곧 돌아가려는 듯 의자에서 일어섰다.

"그럼 이쪽 권유에 대해선 잘 생각해 봐."

그로부터 며칠이 더 지나 에드윈은 결국 리체를 찾아 데리고 내 앞에 나타났다. 에드윈을 따라온 리체는 토끼 인형을 안은 채 집 안으로 들어섰고 이내 우물쭈물 나에게 다가왔다. 에드윈은 리체의 것으로 보이는 가방을 한편에 놓아두며 말했다.

"나는 딱히 데려올 생각이 없었는데…… 데본 씨를 만나게 해 달라고 다리에 매달려 떨어지질 않아서 어쩔 수 없었어."

리체와 나는 잠시 서로를 바라보았다. 그러다 내가 에드윈을 향해 눈을 돌리자 그는 멋쩍게 머리를 긁적이곤 볼일이 있다며 알아서 자리를 피해 줬다. 곧 현관문 여닫히는 소리가 들리고 방 안엔 리체와 나 둘만이 남았다. 다시 리체에게 눈을 돌렸다.

"앉아."

리체는 순순히 의자에 앉았다. 나는 입술을 침으로 조금 적셨다.

"날 보고 싶었다고?"

“네……."

“왜?"

“그게……."

리체는 조금 망설이듯 입술을 우물거렸다. 그러다 문득 가지고 있던 토끼 인형을 내게 내민다. 그것을 받아 들자 리체가 조심스럽게 말했다.

“제인 오빠가…… 토끼 배 속에 종이를 넣었어요……. 그거 데본 씨한테 중요한 거라고…… 나중에 돌려줘야 한다고…… 나만 알고 있으라고 했어요……."

“……."

대꾸 없이 가만히 바라보자 리체는 슬그머니 시선을 아래로 내리며 내 눈을 피했다.

“죄송해요……. 저번에…… 일부러 말 안 한 건 아닌데…… 나는 데본 씨가 또 올지도 모른다고 생각해서……."

이윽고 리체의 작은 손이 미세하게 떨려 왔다. 안 그래도 혈색이 좋지 않은 얼굴이 더욱 창백하게 질려 가고 있었다.

“죄송해요…… 데본 씨……. 내가 그때 맛있는 거 사 달라고 그래서…… 내가 안 그랬으면…… 안 그랬으면……."

“……."

“죄송해요……."

“……."

“잘못했어요……."

점점 작아지며 울먹이는 목소리를 듣다가 나는 흐린 숨을 길게 내뱉었다. 두 손에 쥔 토끼 인형을 들어 올려 부드럽고 푹신한 배에 얼굴을 묻었다.

“……네 잘못이 아냐."

이내 숨이 작게 헐떡여졌다. 어깨가 떨려 오고 목구멍이 마치 끊어질 것처럼 아파 왔다. 눈에서 흐른 물은 금세 얼굴을 묻고 있는 인형을 적셨다. 도저히 고개를 들 수가 없었다. 하지만 그래도 말해야 했다.

"미안……."

리체를 쳐다보지도 못하고 기어들어 가는 목소리를 내뱉는다.

"미안해……."

손에 힘을 주어 인형을 더욱 꼭 붙든 채 나는 터져 나오려는 울음소리를 삼키며 사과했다.

"윽……! 미안해…… 리체……. 미안해……."

네 가족을 지켜 주지 못해 미안하다고. 널 모른 척해서 미안하다고.

어른답지 못하게 굴어서. 나 혼자만의 상처인 양 굴어서. 나로 인해 네 가족을 잃게 만들어서.

기어이 네 입에서 미안하단 말이 나오게 만든 나는 정말 최저의 인간이라고.

"미안해……."

너 역시 아팠을 것이 분명한데.

"미안……."

나는 왜 항상 늦게서야 알게 되는 걸까. 내뱉는 목소리가 제멋대로 떨려 왔다.

"나는…… 제대로 된 인간이 아니야. 누군가의 부모가 되기엔…… 너무 망가져 있어……. 하지만…… 그래도 네가 괜찮다면…… 부모 자식이 아닌…… 그냥 가족으로…… 함께 노력해 보지 않을래……?"

아무것도 없는 나에게 제인이 남겨 준 마지막 하나. 내가 살아야 하는 이유가 여기 있었다. 한참이 지나 겨우 고개를 들고 리체를 바라봤다.

"……같이 살자, 리체."

리체는 말없이 고개를 끄덕였고 이내 소매로 눈가를 누르며 울음을 터뜨렸다.

에필로그

　며칠 후 나는 에드윈의 권유를 받아들이기로 했다. 사실 애초부터 선택권이 있었다고 생각하진 않지만 어찌 됐든 표면상으론 스스로 결정한 격이다. 그리고 결정하자마자 바로 거처를 옮기기 위해 나와 리체는 아침부터 부산스레 움직였다. 며칠 같은 침대를 쓴 것뿐인데 더는 나를 어려워하지 않게 된 리체는 내가 신경 쓰지 않도록 제가 알아서 잘 씻고 옷도 잘 갈아입었다. 상당히 독립적인 아이다.

　준비를 마치고 밖으로 나가자 에드윈이 부하와 함께 차 앞에서 기다리고 있었다. 그는 나와 리체가 차 뒷좌석에 타자 열린 차 창문을 향해 허리를 숙여 눈을 맞춰 왔다.

　"내가 지금 사정상 수도를 떠날 수가 없어. 배웅은 여기서 할게. 다음에 한번 들를 테니까."

　"그러세요."

"받아."

그는 내게 봉투를 하나 내밀었다.

"이게 뭡니까?"

"가면서 봐. 백작 부인의 전언."

나는 짧게 숨을 내쉬곤 주머니에서 작게 돌돌 말린 종이 뭉치를 꺼내 에드윈에게 내밀었다. 전날 토끼 인형을 뜯고 빼낸 기밀 서류다. 그가 그것을 받으며 물었다.

"이게 뭔데?"

쥬페도라가 그렇게 탐냈던 혈통의 증명 서류.

내게서 대답이 없자 뭐가 이렇게 돌돌 말렸느냐며 투덜대던 그는 그것을 펼쳐 보고는 곧장 눈을 동그랗게 떴다. 나는 그가 뭐라 말하려는 것을 듣지 않고 창문을 올렸다. 이윽고 차가 출발했고 슬쩍 뒷유리를 통해 본 에드윈은 멍한 얼굴로 이쪽을 바라보고 있었다.

리체는 조금 설레는 눈으로 창밖을 보다가 내게 물었다.

"우리 어디로 가는 거예요?"

"글쎄. 나도 몰라."

"우리 정말 같이 살아요?"

"응."

리체는 내가 같이 살자는 말을 했음에도 이렇게 가끔 확인하듯이 물어 왔다. 그 마음을 이해 못 하는 건 아니기에 나도 그때마다 순순히 대답해 주고 있다.

문득 입이 심심해서 운전대를 잡은 에드윈의 부하에게 담배를 한 개비 얻어 물었다. 불을 붙이며 창문을 열었을 때였다. 갑자기 콜록콜록하는 기침 소리가 들려왔다. 고개를 돌리자 리체가 괴로운 얼굴로 기침을 하고 있었다. 그것에 나는 입맛을 다시며 손으로 불붙은 담배 끝을 비벼 끄고 만다.

아무래도 끊어야 할 듯했다.

금세 무료해진 나는 에드윈에게서 받은 봉투를 꺼내 그 안에 든 편지를 펼쳤다. 실로 오랜만에 보는 언니의 필체가 눈에 들어왔다.

그리 길지 않은 글이었기에 금방 읽어 내렸다. 다 읽은 뒤 나는 잠시 허공을 보며 편지를 든 손등에 턱을 받쳤다가 곧 편하게 허리를 시트에 기대며 눈을 감았다. 리체가 물었다.

"자는 거예요?"

"아니."

문득 눈을 감은 채로 리체를 불렀다.

"리체."

"네?"

"새로운 집에 가면 뭐 먹고 싶어?"

왜인지 이젠 아무래도 좋은 기분이 들었다. 곧 나는 창문을 열고 언니에게서 받은 편지를 날려 보냈다.

「데본.

인생은 늘 후회로 가득 차 있어.

그리고 그 후회를 얼마만큼 떨쳐 내고 앞으로 나아가느냐에 따라 그 인생의 성패가 달렸지.

슬픔에 지지 마.

아무리 괴롭고 눈물이 마르지 않더라도.

그 슬픔에 보상은커녕 작은 위로조차 받지 못하더라도.

그리고 그럼에도 불구하고 앞으로 걷는 것을 포기하지 않았다면,

그것만으로도 그 인생은 성공했다 말할 수 있지 않을까?

나는 그렇게 생각해.

그러니까 슬플 때는 참지 말고 마음껏 울어. 세상을 원망하고 시대를 미워해도 좋아.

하지만 그렇게 슬퍼한 다음엔 반드시,

떨쳐 내는 거야.」

- 3부 -

1. 유배

리체와 함께 살 새로운 집은 어느 한적한 소도시에 있다고 했다. 우리를 데려다주는 운전자의 말에 따르면 서북부에 위치해 있지만 북쪽으로 더 치우쳐 있고 높은 산들이 막고 있는 형태라 도로가 이리저리 빙빙 돌아가는 복잡한 모양이 되어 있다고. 때문에 이스트란이나 이스트홀과는 제법 거리가 있다고 했다.

들떠 있던 리체는 오는 동안 지쳐 잠들었고 나는 무릎에 뉘인 작은 머리를 쓰다듬으며 창밖을 구경했다.

문득 리체가 잠을 제대로 못 잔다던 로미의 말이 떠올랐다. 속에 담아 두었던 말을 꺼낸 덕분인지, 아니면 혼자 남겨지지 않았다는 안도감 덕분인지 모르겠으나 함께한 이후로는 선잠을 자거나 경기를 일으키지 않고 나름 잘 자는 편이었다. 야매라고는 해도 로미가 의사로서 케어를 잘 해 준 덕분에 이제는 건강도 어느 정도 회복되어 있었다.

차가 방금 '노우디'라고 쓰인 팻말을 스쳐 지났다.

한 시간 정도를 더 안으로 들어가고 나서야 차는 나름 중심가로 보이는 거리의 한 2층 건물 앞에서 멈췄다. 1층은 정면이 상점 유리 막으로 되어 있었고 텅 비어 있었다. 동행한 에드윈의 부하는 리체와 내 물건이 든 가방을 들고 앞장서서 건물의 왼편에 있는 계단 문을 따더니 성큼성큼 올라갔다. 그 뒤를 따라 올라가자 현관문 하나가 더 있었다. 그 문을 열자 비로소 집 안의 모습이 드러났다. 그는 거실에 짐을 내려놓고 집 안을 한번 눈으로 둘러보며 어색한 표정으로 날 쳐다보았다.

"아…… 그러니까…… 준위님……?"

"데본이라 불러요."

이젠 군인도 뭣도 아니다. 동행인은 여전히 어색하게 고개를 끄덕였다.

"아…… 네. 데본 씨. 그러니까 이 건물 하나가 통째로 데본 씨의 명의로 되어 있습니다. 나름 불편함이 없는 곳으로는 찾았습니다만……."

그는 왜인지 나를 어려워하는 듯했다.

"그런 것 같네요. 신경 써 줘서 고마워요."

"예……. 일단 중심가긴 한데 작은 도시라 그래도 많이 불편하실 거라 생각합니다. 특별히 필요하신 게 있으시면 개의치 말고 여기로 연락 주십시오."

그는 전화번호가 적힌 메모지를 지갑에서 빼내더니 탁자에 올려 두었다.

"고마워요."

"예…… 그럼 전 이만. 아, 열쇠는 여기 있습니다."

약간 불편한 미소를 지은 그는 두툼한 서류 봉투와 집 열쇠를 내게 건네곤 곧바로 도망치듯 빠져나갔다. 나는 그가 나가고 나서야 열쇠와 서류 봉투를 탁자에 내려놓고 창가로 갔다. 닫힌 커튼을 양옆으로 걷어 열자 햇빛이 확 들어와 눈이 시렸다. 그래도 덕분에 집 안이 밝아졌다. 어두웠던 공간들이 빛에 드러나자 집 안이 더욱 넓어 보였다. 필요한 살림살이들은 이미 전부 다 제 공간에 정돈되어 있는 데다 벽지나 카펫도 깨끗한 것이 새것처럼 보인다. 누가 살았던 흔적은 없었다. 아마 우리가 오기 전에 에드윈이 미리 준비해 둔 것 같다.

조금 전까지 졸음기가 가득했던 리체는 어느새 종종거리며 집 안 이곳저곳을 둘러보다 문득 높은 목소리로 외쳤다.

"데본! 여기가 내 방인가 봐요!"

나는 냉장고 문을 열었다가 그 소리에 고개를 돌렸다. 열려 있는 방문 안쪽에서 리체가 상기된 표정으로 달려 나와 말했다.

"와! 옷장에 옷도 많아요! 저거 다 내 거일까요?"

"그렇겠지. 좋겠구나."

리체는 기분 좋은 비명을 꺄아꺄아 내지르며 다시 방 안으로 쏙 들어가 버렸다. 나는 그제야 냉장고 문을 닫고 웃음이 담긴 한숨을 작게 내쉬었다. 탁자로 가서 동행인이 주고 간 봉투를 열어 종이들을 꺼내 보니 자잘한 증명 서류부터 근방의 상가나 시설 약도 같은 것들이었다. 봉투 안에는 현금도 약간 들어 있었다. 하나부터 열까지 다 채워져 있고 정리가 되어 있어서 대체 내가 여기서 뭘 더 손대야 할지 알 수가 없어진다. 나는 테이블 가운데에 놓인 꽃병을 바라보다 꽃병에 꽂힌 장미꽃을 손가락으로 툭 때렸다. 왜인지 조금 답답했다.

"리체—"

"네?"

"오늘은 외식할까. 주변도 좀 둘러보고."

"새 옷 입고 가도 돼요?"

"그러렴."

다행히 리체는 나와는 달리 기분이 좋아 보였다. 노란 원피스로 갈아입고 나온 리체는 현관 옆 신발장을 열고 역시나 새 구두를 꺼내 갈아 신었다. 저런 물건들로 순수하게 즐거워할 수 있는 리체가 조금 부럽기도 했다. 나는 리체가 입을 얇은 외투를 챙겨 들었다.

"계단 조심해."

"네─"

현관문을 잠그며 먼저 계단을 뛰어 내려가고 있는 리체를 향해 말했다. 리체는 어느새 계단 문을 열고 밖으로 나가 빨리 오라고 재촉했다. 그래도 나는 꿋꿋하게 느긋한 발걸음으로 내려가 계단 문까지 단단하게 잠근 후에야 챙겨 온 겉옷을 리체에게 내밀었다.

"외투 입어."

리체가 고개를 저었다.

"안 추워요."

"불안하니까 그냥 입지?"

"데본도 안 입었잖아요."

핫. 코웃음을 쳤다.

"비교할 걸 해야지. 너랑 나는 타고난 기력부터가 달라. 차별이 싫으면 튼튼해지던가."

"……치……."

리체는 입술을 내밀며 결국 외투를 받아 걸쳤다. 기껏 갈아입은 화사한 원피스를 뽐내지 못해서 토라진 모양이었다. 약간 웃으며 리체에게 손을 내밀었다. 리체는 약간 삐죽대면서도 내 손을 거절치는 않았다. 손바닥으로 작은 손의 온기가 느껴졌다.

수도에선 나 때문에 덩달아 리체도 밖엘 나가지 못했다. 그 탓에 리체는 바깥 공기가 그리웠던 모양인지 그냥 거리를 걸으며 주변을 구경하는 것만으로도 아주 좋아했다. 나는 솔직히 반나절이 넘게 차 안에 앉아서 멍하니 깨어 있었기 때문에 좀 피곤했다. 반대로 오는 내내 차 안에서 잤던 리체는 여전히 팔팔했다.

물론 리체의 이 팔팔함은 저질 체력으로 인해 머지않아 사라질 거란 걸 나는 충분히 예측할 수 있었다.

　아니나 다를까 얼마 후 리체는 비척거리기 시작했다. 결국, 예정을 앞당겨 적당한 가게로 골라 들어가 조금 늦은 점심 식사를 했다. 리체는 눈이 반쯤 풀려 입맛 없이 먹는 둥 마는 둥 했지만 일단 접시에 나온 건 억지로 다 먹도록 했다. 안 그래도 약하니까 잘 먹여야 한다고 생각했다. 하지만 그게 얹힌 모양인지 리체는 돌아올 때 더욱 비실거리다가 집에 도착하자마자 현관에서 토했다. 먹은 걸 시원하게 전부 쏟아 낸 리체는 뒤늦게 어깨를 움츠리며 창백한 얼굴로 내 눈치를 보았다. 그리고 너무 놀라서 굳어 버린 나를 보곤 더욱 어쩔 줄을 몰라 했다.

　"자…… 잘못했어요……."

　머릿속이 정지한 느낌이었다. 나는 이런 상황에서 어떻게 해야 하는지 아는 바가 없었다. 토하는 사람을 처음 본 것은 아니다. 고문이나 전투 훈련 중에 종종 일어나는 일이다. 희미하지만 내게도 경험은 있다. 그때 내가 뭘 했더라. 적을 고문할 때는 신경 쓰지 않았다. 훈련 중에 동료에게 그런 일이 있어났을 때도 마찬가지였다. 정신 놓고 쓰러지지 않는 한은 토하든 말든 진행된다. 물론 심하면 군의관에게 보여야 하지만……

　"아."

　"앗……!"

　그래, 의사. 그제야 나는 리체를 번쩍 들어 안고 계단을 뛰듯이 내려갔다. 집 앞에서 택시를 잡아타 병원으로 가 달라고 요청했다. 병원은 고작 몇 블록 떨어진 곳에 있었기에 금방 도착했다. 차에서 내리자마자 쳐들어가듯이 병원 문을 열고 의사를 찾았다. 작은 병원의 의사는 내 소란에 눈을 둥글게 뜨고 나와 봤다가 곧 손짓하며 우리를 진찰실로 들여보내 줬다. 급한 환자인 줄 알고 나와 봤던 의사는 애가 토했다는 내 말에 잠시 리체를 살펴보았다. 의사는 진찰한 뒤 청진기를 귀에서 빼며 말했다.

"체했나 보군요. 몸을 따뜻하게 해 주시고 하루 정도는 부드러운 걸 먹이세요. 수프 같은 거."

"그게 다인가요?"

"예. 온 김에 주사 한 대 맞게 하시죠. 그럼 더 빨리 나으니까."

의사의 눈치를 보니 다행히 그리 큰일은 아니었던 모양이다. 그제야 안도하며 고개를 끄덕였다. 리체는 주사 맞을 때 눈을 꼭 감긴 했지만 피하진 않았다. 병원에 자주 들락거리다 보니 익숙한 것 같았다.

집에 돌아갈 때는 택시를 타지 않았다. 나도 놀란 가슴 진정시킬 겸 리체를 업고 천천히 걸어서 집으로 향했다. 문득 리체는 또 한 번 잘못했다고 말했다. 나는 한숨을 쉬며 대꾸했다.

"네 잘못이 아냐. 내 잘못이지."

내가 잘 몰라서 그렇다. 어쩌면 육아 서적이라도 사 둬야 할지도 모르겠다고 생각하며 리체에게 물었다.

"배고프진 않아?"

"모르겠어요."

"그럼 오늘은 참아 보자. 또 탈 날지도 모르니까."

"네."

집에 도착해선 리체를 방 안 침대에 눕혀 놓고 더러워진 현관 바닥을 치웠다. 정신없이 나가서 문 잠그는 것도 잊었었는데 다행히 그사이 도둑이 들진 않았던 모양이다. 들어왔다가 토사물을 보고 나갔을 수도 있고. 어쨌든 누군가 들이닥친 흔적은 없었다.

다 치운 다음엔 냉장고와 찬장을 뒤져 내일 리체에게 먹일 만한 걸 찾다가 한참 만에 간편 조리용 수프 가루를 발견했다. 그냥 물 붓고 끓이면 되는 건가?

깨끗한 종이봉투에 담긴 수프 가루를 들고 고민하다 일단 한번 만들어 보기로 했다. 새벽에 리체가 배고플지도 모르니까 일단 한 그릇만.

그리고 약 한 시간 후. 싱크대엔 냄비가 크기별로 쌓여 있었고 완성한 수프는 열 사람이 다섯 그릇씩 먹어도 될 만큼 커다란 냄비에 가득 끓여져 있었다. 비율을 맞추기 위해 가루와 물을 번갈아 붓고 붓다가 점점 큰 냄비로 옮겨 간 것이다. 이제 더 큰 냄비도 없었다. 나는 국자로 수프를 조금 떠먹어 보았다.

"······."

그리고 정말 큰일 났다는 걸 깨달았다. 겨우 비율을 맞췄다고 생각했건만 전혀 맛이 없었다. 비율만 맞으면 수프 맛이 나는 게 아니었나? 냄새는 수프인데? 어째서 맛은 느끼한 크림 맛일까?

나는 어떻게든 요리를 수습하기 위해 냉장고를 열고 채소들을 꺼내 다지기 시작했다. 그러다 문득 바로 길 건너편에 정육점이 있었던 걸 떠올리곤 문 닫기 전에 고기를 사야겠다는 생각이 들었다. 냉장고 안엔 어지간한 것들이 다 있었음에도 왜인지 고기만 없었다. 채소도 넣고 고기도 넣으면 분명 맛이 좋아질 거라고 확신하며 나는 지갑을 챙겨 집을 나섰다.

밖으로 나가자 상점들이 하나둘 문을 닫고 있는 것이 보였다. 해가 들어가 어두워졌다고는 하나 아직 6시밖에 안 되었는데. 나는 마음이 급해져 뛰듯이 도로를 가로질렀다. 그리고 아직 불이 꺼지지 않은 정육점 문을 열고 들어서며 목소리를 냈다.

"실례합니다. 다진 고기 좀······."

하지만 이내 둘러보던 시선을 멈추며 말을 흐렸다. 정리 중이었는지 칼을 갈고 있는 남자가 고개를 들었다. 조금 짧아지긴 했지만, 여전히 어깨를 넘는 검은 머리칼이 하나로 묶여 있었다. 피할 새도 없이 눈이 마주쳐 버렸고 그는 그제야 칼을 갈던 손을 멈췄다. 얼마나 그렇게 마주 보고 있었을까. 그의 눈가가 슬쩍 움직인다고 생각한 순간 흐린 바람 소리가 들려오며 무언가 귀 옆을 바짝 스쳐 지나갔다.

그제야 굳어 있던 고개를 겨우 움직여 뒤를 보았다. 등 뒤의 벽에 커다란 식칼이 박혀 있는 걸 볼 수 있었다.

마른침을 삼키며 고개를 바로 했다. 무심한 표정의 그는 막 다른 식칼을 꺼내 든 참이었다.

"루이 씨……."

반사적으로 그의 이름을 불렀지만,

"꺼져."

돌아오는 건 냉담한 축객령이었다.

나는 뭐라 더 말하고 싶었지만 당장은 할 말이 생각나지 않았다. 루이. 그냥 루이가 이곳에 있다는 것만을 인식했다. 그리고 그다음엔 그가 살아 있어서 다행이라고 생각했다.

죽으라고 내몬 내가 이 무슨 뻔뻔함인지 우스울 일이다. 그래도 그가 잘 지내는 듯해 다행이라고 생각했다. 도망자처럼 숨어 지내거나 하지 않고 멀쩡한 삶을 사는 듯한 모습이 기쁘다고.

하지만 내가 느끼는 반가움을 루이에게까지 기대할 수는 없었다. 그는 말없이 서 있는 나를 마주 바라보다 곧 식칼을 도마에 탕 소리 나게 내려치듯 놓더니 성큼 다가왔다. 그의 손이 내 멱살을 잡아 쥐고 뒤로 밀기 시작했다. 미는 대로 뒷걸음질 치다 문에 등이 닿았고 그가 반대 손으로 문을 열고는 그대로 날 밖으로 밀쳐 쫓아냈다. 루이는 화가 난 표정으로 외쳤다.

"꺼져!"

부서질까 걱정될 정도로 세게 닫히는 가게 문을 보며 한동안 얼떨떨하게 서 있었다. 뒤늦게 겨우 정신 차리고 돌아섰지만 심란한 마음에 발이 잘 떨어지지 않았다. 몇 번이나 뒤를 돌아보며 느리게 발을 옮겼다.

집에 돌아오자 리체가 거실에서 서성이고 있었다. 정신없이 왔다

갔다거리던 리체는 내가 들어오자마자 눈을 동그랗게 뜨고 도도도 달려왔다.

"왜 일어나 있어."

리체는 말없이 내 다리를 끌어안았다.

"아직 아파?"

걱정이 되어 묻자 리체는 내 바지에 얼굴을 비비듯 고개를 저었다.

"그럼 왜?"

리체는 계속 아무 말도 하지 않았다. 나로선 이해되지 않는 행동이었다. 하지만 리체는 대답할 생각이 없어 보이니 더 물어봤자 소용없을 것이다. 그저 작은 머리통을 슥슥 쓰다듬어 주었다.

"배 안 고파? 수프 만들었는데."

물 탄 크림 같긴 하지만 어쨌든 노력은 했다. 그리고 역시나 고개를 저어 보이는 리체를 보며 걱정을 감출 수가 없었다. 루이 덕분에 심란한 마음이 리체의 모습으로 인해 더욱 어지럽혀진다. 리체를 안아 들어 얼굴을 좀 보려고 했지만 리체는 이번엔 내 목을 끌어안으며 얼굴을 보여 주려 하지 않았다. 잠투정인가? 어정쩡하게 안아 든 상태로 어설프게 토닥거리듯 등을 쓸어 주었다. 그날은 리체의 방에서 함께 잤다.

다음 날 나는 결국 수프를 살리는 것을 실패하고 모조리 싱크대에 부어 버렸다. 물기를 빼낸 찌꺼기를 따로 담아 집 밖의 음식 쓰레기통에 버리며 길게 한숨을 내쉰다. 아침 일찍 문을 여는 가게가 있으려나 모르겠다. 일단 쌓여 있는 냄비 설거지를 마치고 전화기를 들었다. 필요한 것이 있을 때 연락하라고 했으니 괜찮겠지. 뚜르르거리던 연결음이 갑자기 뚝 끊기는 듯하다가 다시 뚜르르 이어진다. 교환원을 거쳤다는 뜻이다. 이젠 그들과 대화하지 않고도 전화가 연결된다. 세상 참 간편해졌다.

— 여보세요.

수화기를 통해 들려온 익숙한 목소리에 나는 깨물고 있던 손끝을 내리고 전화번호를 한 번 더 확인했다.

"⋯⋯?"

— 여보세요? 누구시죠?

다시 들어도 익숙했다. 어제 번호를 준 동행인의 목소리는 아니다. 사실 이미 알아차렸음에도 나는 한 번 더 확실하게 확인 작업을 거쳤다.

"에드윈 중장님?"

— 누구⋯⋯ 아. 레이시 준위?

"데본입니다. 번호가 민간 회선인데⋯⋯."

번호가 적힌 메모지에서 눈을 떼지 않고 말을 흘렸다. 에드윈은 나직한 어조로 답했다.

— 집이거든. 그래, 아침부터 무슨 일이야?

"아⋯⋯."

솔직히 좀 황당했다. 에드윈에게 직접 연결이 될 줄은 정말 상상도 못 했다.

"불편한 게 생기면 연락하라고 해서요⋯⋯."

— 그래, 그랬지. 뭔가 불편한 거라도?

"⋯⋯아침 일찍 문 여는 식당을 알고 싶었거든요."

— 아⋯⋯ 그 근처엔 없는 거로 알고 있는데. 식당은 빨리 열어야 10시경이라고 하더군. 그래서 냉장고에 식재료를 준비해 뒀을 텐데?

"아⋯⋯ 네. 근데⋯⋯ 저기⋯⋯ 그게⋯⋯."

지금 냉장고엔 과일밖에 남아 있지 않다는 말이 차마 떨어지지 않았다. 내가 말을 제대로 하지 못하자 이내 수화기 속의 중장이 물었다.

— 요리 실패했어?

"……네."

차분한 웃음소리가 짧게 들려왔다. 생경한 느낌이다. 그러고 보니 그의 목소리를 이렇게 가까이 들어 본 적이 있었던가. 요리 실패에 대한 부끄러움에 얼굴로 피가 몰리는 것이 느껴져 손으로 얼굴을 가볍게 문질렀다. 나는 애써 아무렇지 않은 목소리를 내려 노력했다.

"근처에 사는 사람과 연결될 줄 알았더니……. 역시 중장님이라면 해결 방도가 없군요. 이만 끊겠습니다."

— 아. 잠깐만.

"……? 네."

— 아니다. 일단 끊고 기다리고 있어 봐. 그럼.

에드윈은 그렇게 말하곤 먼저 전화를 끊었다. 그는 일단 내게 기다려 보라고 했지만 나는 딱히 그가 이 상황을 해결해 줄 수 있을 거란 생각이 들지 않았다. 수도에서 여기까지 직접 음식 배달을 해 줄 것도 아닐 텐데. 기대감 없이 발길을 돌려 냉장고로 향했다.

사과를 하나 꺼내 물에 씻고 있을 때 리체가 방에서 나왔다. 싱크대 물소리에 깬 듯했다. 주방과 거실이 하나로 되어 있어서 소음을 막아 줄 벽과 문이 없는 건 아쉬운 점이었다.

"깼어? 세수하고 와."

"네—"

잠긴 목소리로 대답한 리체는 졸린 눈을 비비며 욕실로 향했다. 다행히 전날의 우울했던 모습은 보이지 않았다. 말끔하게 세수를 하고 나온 리체는 정신이 들었는지 말똥말똥한 얼굴로 테이블 의자에 앉았다. 나는 사과를 반으로 갈라 작은 그릇 위에 강판을 놓고 박박 갈았다. 얼마 후 간 사과가 담긴 그릇에 스푼을 하나 담아 리체 앞에 놓아 줬다. 나는 나머지 사과 반쪽을 입으로 깨물어 먹으며 말했다.

"미안. 이따가 나가서 제대로 된 거 먹자."

"나 사과 좋아해요."

신경 쓰지 않아도 괜찮다고 말하는 리체를 향해 짧게 웃으며 맞은 편 의자에 앉았다. 갈린 사과를 스푼으로 떠먹는 리체를 구경하고 있는데 문득 초인종 소리가 들렸다.

"……? 아침부터 누구지."

"글쎄요……?"

내 중얼거림에 리체가 굳이 대꾸를 해 주며 고개를 갸웃거렸다. 먹던 사과를 테이블에 놓고 현관을 지나 계단을 내려갔다. 계단 문에 달린 렌즈를 통해 밖을 내다본다.

"……!"

나는 순간 손으로 입을 막으며 숨을 삼켰다. 문밖에 루이가 서 있었다.

왜지? 왜 루이가? 이번에야말로 날 죽이러 왔나? 어쩔 줄을 모르고 우왕좌왕하고 있는데 다시 초인종이 울렸다. 이번엔 문을 똑똑 두드리기까지 했다. 그냥 없는 척할까? 하지만 그때 리체가 스푼을 물고 현관까지 나와 고개를 빼꼼 내밀더니 목소리를 냈다.

"왜 그래요?"

뒤늦게 쉿! 하고 손가락을 입에 가져갔지만 이미 리체의 목소리가 들린 듯 노크 소리가 멈췄다. 문밖의 루이가 여상한 어조로 말했다.

"에드윈 중장의 연락을 받고 왔습니다. 걱정하지 말고 열어 주세요."

에드윈! 이런 망할……!

머리를 감싸며 쓸데없는 짓을 한 에드윈을 소리 없이 욕했다. 일부러 날 여기로 보낸 게 틀림없다. 대체 왜. 나한테 무슨 억하심정이 있어서.

어제 느낀 잠깐의 반가움은 착각이었던 것처럼 문밖에 서 있는 루이가 두려워지기 시작했다. 이번엔 목이라도 졸리는 게 아닐까 하는 생각에 선뜻 문을 열 수가 없었다. 나는 재빨리 계단을 타고 올라가 리체를 집 안으로 들이곤 현관문을 닫았다. 다시 루이의 목소리가 들려왔다.

"……듣고 계십니까?"

나는 고민하다가 결국 계단 아래로 내려가 문 앞에 섰다. 느린 손길로 잠금쇠를 풀고 문을 약간 열자 손에 그릇을 들고 있던 루이와 곧바로 눈이 마주쳤다. 그는 내 얼굴을 보자마자 순식간에 인상을 찡그렸다.

그 시선이 따가워 나도 모르게 눈을 피했다. 으득. 이 가는 소리가 작게 들려왔다.

"내가 어제 꿈을 꾼 게 아닌가 했는데."

"……안녕하세요."

"그 눈깔엔 내가 지금 안녕해 보이냐?"

"……."

루이의 목소리는 의외로 차분했지만 역시 조금 숨소리가 거칠었다. 하지만 곧 침착함을 되찾으려는 듯 입술 사이로 길게 숨을 내쉬고 호흡을 가다듬은 그가 한 톤 더 낮아진 목소리로 물었다.

"네가 왜 여기 있어."

"이사……"

"아?!"

갑작스러운 고함에 움찔하며 나도 모르게 두 팔을 들어 가드 하고 한 발짝 뒤로 물러났다. 공격받을지도 모른다고 생각했다. 하지만 루이는 내게 손대지 않았다. 잠시 후 머뭇머뭇 팔을 내렸다. 순간적으로 큰 소리를 냈던 그는 더욱 얼굴을 찌푸리고 있었다. 그의 심기 불편함이 나에게 고스란히 전해져 왔다.

"총사령관은. 위에 있어?"

"아뇨……. 저만……"

"애 목소리를 들은 거 같은데."

루이가 내 말을 끊었다. 나는 딱히 불쾌하지 않았다. 그럴 주제도 안 된다고 생각했다.

"그건 동거인……"

그리고 그의 신경질적인 목소리로 또 한 번 말이 끊겼다.

"동거인? 너 또 바람피우냐? 이번엔 애 딸린 남자라는 거야?"

가지가지 한다. 루이의 눈빛이 더욱 힐난을 담았다. 나는 억울했지만 입을 꾹 다물었다. 억울할 주제도 안 되지……. 루이는 침묵하는 날 싸늘한 눈길로 노려보다가 곧 체념하듯 눈을 돌렸다.

"네가 중장과 어떤 연으로 여기까지 왔는지는 모르겠지만 내가 상관할 바는 아니지."

그가 들고 있던 그릇을 내게 건네곤 홱 돌아섰다. 그게 왜 그리 가슴 아팠는지는 나도 모르겠다. 나는 길가에 서서 도로의 좌우를 확인하는 루이를 불렀다.

"저기, 루이 씨……!"

그가 슬쩍 고개를 돌려 나를 보았다. 나는 두 손에 들린 그릇을 만지작거리다 고개를 꾸벅 숙였다가 들었다.

"고마워요. 잘 먹을게요……."

그가 가는 모습을 마저 보기 위해 문을 닫지 않고 문가에 가만히 서 있었다. 하지만 루이는 가지 않고 이번에는 날 향해 몸까지 돌려세웠다. 빤히 바라봐 오는 그의 시선을 나는 피하지 않았다. 그저 입가에 힘을 주며 우울한 빛을 보이지 않으려고 애썼다.

문득 루이가 내 앞으로 성큼성큼 되돌아왔다. 나는 그의 의도를 알 수 없었지만, 그저 묵묵히 서 있었다. 이내 내 앞으로 바짝 다가온 루이가 무표정하게 손을 뻗었다. 내 얼굴로 오는 듯하던 그의 손이 갑자기 아래쪽으로 떨어졌다.

"……? 읏……."

목에서 따끔한 느낌이 들었다. 한 손으로 목 옆을 짚으며 루이를 보자 어느새 루이는 줄이 끊어진 목걸이를 들고 그것을 물끄러미 바라보고 있었다. 그제야 나는 목걸이를 잡아 뜯기며 목에 약간 상처가 났음을 알 수 있었다.

"하……."

찰나에 헛웃음을 짓던 루이는 이내 무감정한 눈길로 나를 바라보았다. 그가 싸늘한 어조로 짓씹듯이 말했다.

"이건 너한테 준 게 아니야. 멍청아."

"돌려주세요……."

나는 루이 손에 들린 목걸이를 향해 손을 뻗었다. 루이가 그 손을 잡아채자 나는 이번엔 다른 손을 뻗었다. 그 바람에 그릇을 더 붙잡고 있지 못하고 바닥에 떨어뜨렸다. 루이는 그대로 뿌리치듯이 날 밀쳤다. 그 힘에 절로 두어 발짝 뒷걸음질 쳤다. 루이가 짜증 가득한 목소리로 말했다.

"못 들었어? 네 거 아니라고."

"내 거예요!"

그 외침에 루이가 더욱 날 죽일 듯이 노려보았다. 하지만 이건 물러나 줄 수가 없었다. 나를 힐난하던 눈길과 말보다 목걸이를 뺏긴 게 더 참을 수 없이 억울하고 서러웠다. 눈가가 뜨거워지며 불쑥 눈물이 치솟았다.

"내 거예요! 내 거란 말예요!"

"네 거 아니라고 하잖아! 그래, 설령 네 거라고 한들! 그러면 더 안되는 거 아니냐? 어?"

손으로 눈가를 쓸어 닦으며 다시 손을 뻗었지만, 이번에도 루이는 날 밀치며 돌려주지 않았다.

"나야 뭐 차였으니 그렇다 치고. 너 아직 남편 있잖아. 네 남편한테도 너무 뻔뻔한 거 아니냐고."

"……이혼했어요."

"뭐?"

"이혼했어요…….."

"……."

"다른 애인이 있어 같이 사는 것도 아니에요. 동거인은 그냥 어린애고…….."

사실 굳이 변명하지 않으려고 했다. 구차해 보이고 싶지 않았으니까. 그에게 그렇게 보이고 싶지 않았다. 하지만 나는 목걸이를 돌려받기 위해 결국 털어놓았다. 루이는 내 말이 이어질수록 얼굴이 하얗게 질리다 문득 숨을 크게 들이켰다.

"이런 씨발!"

그는 곧 몸을 돌리더니 고함을 지르며 목걸이를 저 멀리 집어 던져 버렸다. 빛을 받아 반짝이는 목걸이가 날아가는 게 보였다.

"아!"

기겁하고 문밖으로 달려 나가려 했지만, 그 순간 루이에게 멱살이 잡혀 그의 눈앞으로 바짝 끌어당겨졌다. 그의 눈이 마치 미친 사람처럼 쉼 없이 내 얼굴을 훑어 내렸다. 얼마 후 루이의 입술이 움직이며 속삭이는 듯한 목소리가 새 나왔다.

"그래서."

"네……?"

"그래서 뭐! 어쩌라고!"

"이것 좀…… 놔 봐요……!"

나는 일단 목걸이를 찾고 싶었다. 멱살을 잡은 그의 손을 풀려고 했지만 역시 온건한 대응으로는 그를 쉬이 떨어뜨릴 수가 없었다. 그렇다고 루이를 공격하고 싶지도 않았다.

문득 루이가 입가를 올렸다. 썩 기분 좋아 보이는 미소는 아니었다.

"너 여기 대체 왜 왔어?"

"이것 좀……!"

내가 제대로 듣고 있지 않다고 생각했는지 루이는 한차례 날 세게 흔들었다. 빈정대는 듯한 미소도 순식간에 사라졌다.

"너 여기 뭐 하러 왔냐고! 내 속 뒤집으러 왔어?! 어?! 네가 이혼하면 뭐! 이제 와서 내가 어떻게 나오길 기대했는데! 나한테 뭘 어떻게 해 달라고! 끌어안고 입이라도 맞춰 줘? 씨발! 넌 대체 내가 얼마나 우습게 보이는 거냐!"

"아니에요! 일단, 이것 좀 놔요! 목걸이를……!"

"목걸이 타령 좀 그만해! 네 거 아니라고 몇 번을 말해!"

결국, 루이의 팔을 가격해 떨어뜨렸다. 하지만 그래도 나는 문밖으로 벗어나지 못하고 그에게 밀쳐져 이번엔 계단으로 넘어졌다. 무릎을 모서리에 찧으며 통증이 일었다.

"윽……!"

나는 고개를 들어 루이를 노려보았다. 루이도 거친 호흡을 하며 날 노려보고 있었다. 나는 그에게 외쳤다.

"내 거 아니었어도 이젠 내 거예요!"

"뭐?"

"내가 주웠어요! 내 총에 들어 있었고! 주인은 나타나지 않았으니 이젠 내 거예요!"

"하!"

루이가 기가 찬다는 듯 헛웃음을 내뱉었다.

"주인 모르는 물건을 주우면 네 거라는 발상은 대체 어떻게 나오는 거지? 너 진짜 뻔뻔하구나. 그건 네 게 아니라 장물이지. 네가 이렇게 아무렇게나 하고 다니면 안 되는 거잖아."

참지 못하고 다시 눈물이 떨어졌다. 루이가 화난 얼굴로 다가와 내 팔을 잡아 억지로 일으켰다. 나는 울먹이며 그에게 다시금 외쳤다.

"내 거라고요! 정말 내 거란 말이에요!"

그 목걸이는 정말 내 건데 왜 자꾸 내 게 아니라고 하는지 슬펐고 억울했다. 너무 억울했던 나머지 숨을 헐떡이며 울음을 터뜨리고 만다. 루이는 아연한 표정이었다.

"너 진짜……"

그때였다. 리체가 언제 현관문을 열었는지 계단을 마구 달려 내려왔다. 쿵쾅대는 소리에 뒤를 돌아봤다가 놀란 나는 리체에게 내려오지 말라고 소리쳤다. 하지만 리체는 아랑곳없이 우리를 향해 뛰어들어 루이의 다리에 달랑 매달렸다.

이를 갈면서 내게 뭐라고 더 다그치려 했던 루이가 멈칫했다. 이윽고 그는 눈동자를 슥 내렸고 나 역시 그 눈을 따라 내렸다. 눈을 질끈 감은 채 루이의 다리를 깨물고 있는 리체를 볼 수 있었다.

루이가 중얼거렸다.

"뭐야 이건."

"리체!"

"이익—!"

나는 재빨리 잡힌 팔을 뿌리치곤 리체를 루이의 다리에서 떨어뜨렸다. 리체는 내게 들려 떨어지면서도 씩씩대며 팔다리를 마구 버둥댔다. 루이는 내 등 뒤로 숨기는 리체를 응시하다 곧 나에게 눈을 돌렸다.

"그럼 쟨 뭐야. 네가 키우던 녀석이 아닌데."

"……그만 돌아가 주세요."

루이의 희번득한 눈빛에 어느새 목걸이를 주우러 가야겠다는 생각이 흐려지고 등 뒤의 리체에게 신경이 쏠렸다. 목걸이도 중요했지만 그래도 우선순위는 리체였다.

리체가 루이의 시선에 노출되자 나는 문득 머리가 어질거려 오며 식은땀이 나기 시작했다. 왜인지 리체를 빼앗길지도 모른다는 이상한 생각을 하고 있었다. 실로 비정상적인 생각이었다. 아마도 이건 트라우마다. 아무래도 내가 미쳐 가는 모양이었다.

날 가만히 바라보던 루이가 다시 인상을 쓰며 내 팔을 잡아챘다. 그는 마치 정신 차리라는 듯이 내 팔을 두어 번 강하게 흔들며 소리쳤다.

"이 등신이! 원래 있던 녀석은 어디다 내팽개치고 저건 또 어디서 주운 거야! 개 한 마리 키울 줄도 모르는 게 무슨 짓을 하고 다니는 거냐고! 인생 망치는 건 너 혼자로 해 둬! 말해! 또 뭘 꾸미고 있어!"

"상관없잖아요!"

비명처럼 내지르는 내 말에 루이가 숨을 멈추듯 입을 다물었다. 나는 잡힌 팔을 뿌리치고 그를 문밖으로 완전히 밀어 냈다. 갑자기 충격이라도 받은 것처럼 생각 외로 맥없이 밀린 루이였다.

"상관없다면서요! 그만 돌아가요!"

그렇게 그를 완전히 내보내고 나는 큰 소리가 나도록 문을 닫았다. 떨리는 손으로 세 개의 잠금쇠를 모조리 걸어 잠그고 리체를 안아 도망치듯 계단을 타고 올라가 집 안으로 들어갔다. 이어 현관문까지 꼭꼭 다 걸어 잠근 후에야 나는 안도하며 쪼그려 앉아 숨을 몰아쉬었다. 이마에서 식은땀이 흘렀다.

"데본……."

리체가 내 목 부근을 손으로 짚었다. 살짝 쓰라린 걸 보니 역시 상처가 난 듯하다. 나는 상처를 손끝으로 만지작거리다 곧 리체를 품에 끌어안으며 중얼거리듯 말했다.

"미안해……. 놀라진 않았어? 위험하게 왜 내려온 거야……."

리체는 마치 나를 달래듯이 마주 안은 손으로 내 몸을 작게 두드렸다. 나와 달리 리체는 별로 놀란 거 같지 않았다. 내 심장만 떨어졌다 붙은 모양이었다.

"오늘 같은 짓은 정말 위험하니까 다신 절대로 하면 안 돼. 알았어?"

"하지만……."

"안 돼."

"……알았어요."

"약속해."

"약속할게요."

"약속 꼭 지켜."

"네……."

그 뒤로 내가 진정되기까진 제법 시간이 걸렸다. 창가 앞 소파에 앉아 멍하니 허공을 보고 있다 리체의 배 속에서 꼬르륵하는 소리가 들리고 나서야 정신을 차린다. 벽에 걸린 시계는 11시를 가리키고, 어느새 잠옷에서 평상복으로 갈아입은 리체는 내 옆에 앉아 동화책을 보고 있었다.

"글씨 읽을 줄 알아?"

내 물음에 눈을 든 리체가 고개를 약하게 저었다.

"그림만 보고 있어요. 그래도 재밌어요."

나는 리체의 머리를 한번 쓰다듬고는 웅크려 끌어안고 있던 다리를 펴 바닥에 디뎠다.

"미안. 배고프지. 나가서 뭐 좀 먹자."

"어제 수프 만들었다고 하지 않았어요?"

"응. 근데 실패했어."

리체는 책을 덮으며 나를 따라 소파에서 일어났다. 창문으로 들어오는 햇볕은 따뜻했지만 리체에게 얇은 겉옷을 꼼꼼히 입히고 나서야 집을 나섰다. 바깥은 아주 포근한 날씨였다. 이젠 봄이라는 사실이 몸으로 느껴질 정도로 날은 화창했다.

전날과는 다른 식당에서 간단하게 끼니를 때우고 상점에서 리체의 머리띠와 머리끈 같은 걸 골랐다. 리체는 뽀얗고 작아 뭘 해도 인형처럼 귀여웠다. 아침의 소란을 다 잊은 것처럼 리체는 금방 웃었다.

나도 그럴 수 있다면 얼마나 좋을까. 리체를 따라 억지로 입가를 올려 보지만 사실 내가 제대로 웃고 있는지는 알 수 없었다. 입가를 일그러뜨린 기괴한 모습이진 않을까. 리체가 별다른 기색을 내보이지 않아 괜찮은가 싶으면서도 어쩌면 모른 척하고 있을 뿐인 건가 생각이 들기도 했다.

짧은 산책 겸 쇼핑을 마치고 돌아오던 길, 리체와 나는 어느 건물 앞을 지나다 자연스레 발을 멈췄다. 학교였다. 그리 크지 않은 운동장 한편엔 어린 학생들을 위한 놀이터도 있었다.

나는 학교에 다녀 본 적이 없다. 내가 받은 모든 교육은 가정교사들을 통해 이루어졌고 대부분의 귀족이 그런 생활을 했다. 학교라는 곳은 보통 중산층과 서민이 다니는 곳이었다. 하지만 새 정권이 들어서면서 귀족 자녀들도 종종 학교에 입학하곤 한다는 말을 들은 것 같긴 하다.

물론 그것에 강제성은 없었기 때문에 나는 제인의 교육에 학교가 아닌 가정교사를 고용했었다. 하지만 이젠 그럴 만한 환경이 아니다. 나는 운동장에서 놀고 있는 몇몇 애들을 바라보다 즉흥적으로 발걸음을 옮겼다.

"여기가 교무실이에요."

"고마워."

운동장에서 만나 교무실까지 안내해 준 남자아이는 복도를 달려 다시 밖으로 나갔다. 노크를 하고 안으로 들어가자 몇 명의 교사들이 고개를 돌려 우리를 보았다.

"어떻게 오셨나요?"

나는 리체의 입학 수속을 밟고 싶다고 했다. 부모냐고 묻는 말에 그냥 보호자라고 답했다. 간단한 서류를 작성하고 리체는 나이에 따라 학교에 달린 유치부에 다니기로 했다. 유치부 담당이라는 여교사가 인상 좋아 보이는 미소를 띠며 리체와 인사를 나눴다. 리체가 낯가림

없이 싹싹하게 대답하는 거로 봐서는 성격적으로 그리 문제 될 건 없어 보였다. 상담 후 교사가 내게 메모지를 건넸다.

"필요한 증명 서류 목록이에요. 다음에 오실 때 가져와 주세요."

다음 주부터 다니기로 결정한 뒤 집으로 돌아오는 길에 리체는 기분이 아주 좋아 보였다. 나 역시 리체가 좋아하는 모습은 기쁘다. 하지만 머릿속이 가라앉고 나서도 아침의 일이 계속 마음에 걸려서 그다지 자연스럽게 웃음이 나오진 않았다. 아무리 노력해도 계속 차가운 흙탕물에 발을 담그고 있는 듯한 느낌이었다.

그날 밤, 나는 리체를 재우고 나서야 바깥으로 나와 집 근처를 어슬렁거렸다. 뒤늦게 목걸이를 찾기 위해서였다. 이미 밤이고 당연히 벌써 누가 주워 갔을 거라고 생각하면서도 미련이 남아 꽤 오래 헤맸다.

목걸이는 결국 찾지 못했다.

그날 이후 한동안 루이를 볼 일은 없었다. 그의 가게로 추정되는 정육점이 바로 길 건너 건물이었지만 일단 내가 피하기도 했고 루이도 굳이 날 찾아올 이유가 없었을 터라 마주치는 일은 없었다. 고기가 필요하면 조금 멀리까지 나가서 사 왔다. 사실 지나가다 우연히 눈에 걸릴 법한데도 용케 잘도 피해졌다. 루이를 보지 않은 채 하루를 넘길 때마다 안도와 아쉬움을 동시에 느꼈다. 우울함은 지속되었다.

"좋은 아침…… 데본……."

"잘 잤어?"

"네…… 뭐 해요?"

"스테이크."

아침 식사로 팬에 고기를 굽고 있을 때였다. 눈을 비비며 방에서 나온 리체가 비척비척 다가와 내 다리에 매달렸다가 고개를 위로 빼고 팬 안에서 구워지는 고기를 기웃기웃 쳐다봤다. 나는 리체의 머리에 한 손을 올려 앞머리까지 뒤로 크게 넘겨 쓰다듬었다.

"오늘은 안 태웠어."

"아무 말 안 했어요."

"유심히도 보길래. 세수하고 와."

"네에."

리체가 욕실로 들어가는 걸 확인하고 다시 팬 속의 고기로 눈을 돌렸다. 보기엔 다 익은 거 같긴 하지만 그래도 혹시 몰라 집게로 몇 번 더 뒤집어 익힌 뒤 접시에 옮겨 담았다. 고기 옆으로 채소를 조금 찢어 놓고 테이블에 가져다 놓는다. 접시 옆엔 식기를 간단하게 세팅하고 컵에 따뜻한 물을 따라 놓았다.

요리를 제대로 할 줄 모르니 되도록 외식을 하는 편이지만 아침엔 여는 가게가 없어서 내가 해야 했다. 사실 딱히 요리랄 것도 없이 그저 굽고 찌는 등의 간단 조리 정도였고 그마저도 실패가 잦았다.

나야 굶어도 상관없지만 리체는 굶길 수 없었으니까. 리체는 여전히 몸이 약하고 작았다.

세수를 하고 나온 리체가 수분기 가득한 얼굴을 하고 테이블 앞에 앉았다. 열굴 옆 잔머리가 젖어 피부에 붙어 있는 걸 손등으로 쓸어 떼 주고 맞은편 자리에 앉았다. 리체는 유아용의 작은 식기로 열심히 썰려고 노력했지만 고기는 잘 썰리지 않았다. 물론 리체가 어려 손에 힘이 좀 없는 것도 있겠지만 고기 자체도 어쩐지 되게 딱딱하고 질겨 보였다.

오늘도 역시 실패의 기운이 엿보인다. 내 몫의 고기를 썰어 보았다. 역시나 힘을 줘서 끊듯이 썰어야 고기가 조각이 났다. 입에 넣어 보니 고기 향이 나는 기름 발린 고무를 씹는 듯한 느낌이었다. 나는 고기를 한참 동안 씹어 목구멍으로 넘기고 어느새 고기 써는 걸 포기하고 채소만 포크로 콕콕 찍어 입에 가져가는 리체를 바라보았다.

"내가 썰어 줄게."

리체의 접시를 가져와 나이프로 리체의 고기를 면처럼 얇게 그리고 짧게 잘라서 돌려주었다. 리체는 그제야 얇은 고기를 한 조각씩 입에 넣기 시작했지만, 썩 맛있어 보이는 표정은 아니었다. 소스라도 있었으면 좋을 텐데 며칠 전 시도해 봤다가 쓰고 짜고 단 이상한 물질을 만들어 낸 뒤로 양념은 그냥 포기했다.

결국, 오늘 아침도 우리는 고기를 반이 넘게 남기고 곁들인 채소만 우적우적 양처럼 씹었다. 남긴 만큼 부족했을 거 같아 리체에겐 과일을 꺼내 줬다. 나는 별로 입맛이 없어서 더 먹지 않았다.

이윽고 주가 넘어가 리체가 학교를 다니게 되었다. 그날 역시 나는 의미 없는 스트레스에 우울해했다. 좀처럼 익숙해지지 않는 가사일에 자괴감을 느끼고, 우리 집 바로 근거리에 존재하는 루이는 그가 아무것도 하지 않아도 계속해서 신경을 건드린다. 나 정말 여기서 제대로 살아갈 수 있을까?

오후, 리체를 학교에서 데리고 오는데 집 앞에 지프가 한 대 서 있었다. 거기서 내린 건 에드윈이었다. 그는 운전자가 내려 열어 주기도 전에 벌컥 차 문을 열고 나와 우리를 향해 시원하게 웃어 보였다.

"오랜만이야. 잘 지냈어?"

나는 그를 잠시 바라보다가 계단 문을 열고 안으로 들어가며 말했다.

"들어오세요."

에드윈은 동행인을 붙이지 않고 혼자만 따라 들어왔다. 나는 리체를 방에 들여보내고 에드윈은 테이블로 안내했다. 에드윈은 집 안을 한번 휙 둘러보곤 테이블 의자에 털썩 앉았다.

"나름 괜찮지 않아?"

그는 차에서부터 들고 내린 종이 백을 테이블에 올렸다. 선물이라고 했다. 열어 보니 둥근 형태의 큼직한 철제 쿠키 통과 책 한 권이 들어 있었다. 쿠키는 시중에서 파는 평범한 거였고 책은 '간단 홈정식 레시피'라고 적혀 있었다. 책을 테이블 한쪽에 치워 놓고 쿠키는 접시에 담아 에드윈 앞으로 내줬다. 이어 종이 백을 접어 치우고 레인지에 물을 끓였다. 얼마 후 뜨거운 물을 찻잔에 따라 쿠키 접시 옆에 내려놓고 비로소 에드윈의 맞은편에 앉았다. 에드윈은 쿠키를 집어 먹으며 말했다.

"내가 먼저 와 보고 위치에 신경 좀 썼는데."

"그것참 쓸데없는 배려에 감사드립니다."

"하하. 가시가 박혀 있군."

에드윈은 김이 펄펄 나는 찻잔 표면을 손끝으로 슬쩍 만져 봤다가 금방 떼곤 웃으며 담배를 빼 들었다. 그리고 나를 보는 눈빛이 뭘 요구하는지는 잘 알았지만 나는 그것을 들어주지 않았다.

"재떨이 없습니다. 담배 끊었거든요."

"심술궂네. 그래도 보아하니 루이 군과 치고받고 싸운 거 같진 않은데 너무 그렇게 야박하게 대하지 마. 나는 오늘 힘들게 시간 내서 온 거란 말이야."

치고받고까진 아니지만 그래도 꽤 험악한 분위기였다. 이래서 책상 앞에서 올라오는 보고만 받는 자는 현장을 잘 모른다는 말이 나오는 거다. 사실 에드윈이 그런 타입이 아니란 걸 알면서도 나는 괜히 꼬아서 생각했다.

"중장님께서 무슨 생각으로 저를 여기로 보낸 건지 모르겠네요."

"딱히 의도 같은 건 없어. 굳이 있다고 친다면 요주의 인물들이 흩어져 있는 것보단 한곳에 몰려 있어야 감시하기가 편하니까."

에드윈은 끝까지 내가 재떨이를 내주지 않자 결국 담배를 꺾어 내려놓고 한숨을 쉬었다.

"이봐. 레이시 준위."

"그렇게 부르는 건 이제 그만하시죠. 제 이름을 모르시는 것도 아닐 텐데. 근데 전 언제까지 여기 있어야 하는 건가요."

"다른 곳으로 가고 싶어? 그럴 필요가 있나? 만약 루이 군이 자네를 죽이려 했다면 나는 군말 없이 자네를 다른 곳으로 이동시켰을 거야. 하지만 멀쩡하잖아. 굳이 다른 곳으로 갈 필요가 없어. 과민 반응이야."

"불편하다는 겁니다. 이해 안 되세요?"

"그거야 뿌린 대로 거두는 거고. 내가 굳이 자네 사정을 봐줘야 하는 이유가 뭐야? 나는 다른 일들로도 충분히 바빠."

"하……."

짜증 섞인 한숨을 내쉬며 손으로 이마를 짚었다. 열이 나는 것처럼 머리가 아팠다. 에드윈은 쿠키를 하나 더 집어 먹으며 다른 한 손에 턱을 괴었다.

"웬만하면 별 탈 없이 정착했으면 좋겠어. 뭐든 맘에 들 수는 없는 노릇이야. 환경에 맞춰 살라고."

"이 시골구석에서 나보고 뭘 하란 거예요."

"그거야 지금부터 자네가 생각할 일이지."

혀를 차며 창 쪽으로 눈을 돌렸다. 잠시 웃음을 흘린 에드윈이 곧 자리에서 일어섰다. 의자가 끌리는 청각 반응에 맞춰 시선을 주자 에드윈은 손목시계를 보고 있었다.

"저쪽과도 대화를 좀 나눠 줘야 하니 오늘은 이쯤 해 둘게. 그리고 자꾸 그렇게 도망갈 생각만 하는 건 좋지 않아, 준위. 본인이 저질러 놓은 건 본인이 해결하도록. 그럼 다음에 또 올 테니까. 그때까지 잘 적응해 봐."

에드윈은 이제 적당히 식은 찻잔을 들어 물을 한 번에 다 넘겨 마시곤 돌아섰다. 그가 집을 나가고 얼마 지나지 않아 방에 있던 리체가 슬그머니 문을 열었다. 환기를 위해 거실 창문을 열다가 뒤를 돌아보자 방문 밖으로 고개만 빼꼼 내민 리체가 눈을 깜박거리며 내게 물었다.

"나가도 돼요?"

"응. 미안해. 자리 피해 있게 해서."

거실로 나온 리체는 테이블에 앉아 에드윈이 사 온 쿠키를 집어 먹으며 대꾸했다.

"괜찮아요. 그 아저씨 좀 무서워 보였거든요."

에드윈은 무서운 타입이 아닌데. 하긴 리체 입장에서 낯선 사람이니 그럴 수도 있었다. 에드윈과 리체는 이곳으로 오기 전에 몇 번 얼굴을 맞댄 적이 있긴 하지만 딱히 친하게 지내지는 않았다. 서글서글한 타입인 에드윈은 왜인지 리체를 슬슬 피했고, 리체도 그를 슬슬 피했다. 리체가 날 만나게 해 달라고 에드윈의 다리에 매달렸다던 말이 믿기지 않을 만큼 두 사람은 거리감이 있었다.

나는 리체 앞으로 우유를 한 잔 따라 놓아 주었고 리체는 한 모금 마신 뒤 말했다.

"선생님이요. 토요일에 스케치북이랑 크레파스 가져오라고 했어요. 그림 그릴 거래요."

"내일 사러 가자."

"네."

리체는 쿠키를 바삭바삭 먹다가 문득 테이블 한편에 있는 책을 보았다.

"이게 뭐예요?"

"요리책."

에드윈이 선물로 놓고 간 것이었다. 놀리려는 의도가 빤히 보이는 홈정식 레시피. 하지만 쓸모가 있을지도 모르기에 그것을 거실 구석에 꽂아 놓았다.

어느 정도 공기가 순환되자 창을 닫기 위해 걸음을 옮겼다. 문을 닫기 전, 창밖으로 루이의 가게 앞에 서 있는 에드윈의 부하들을 보곤 절로 한숨을 쉰다. 저렇게 한다고 그와 나의 사이가 좋아질 거란 생각은 들지 않는다. 오히려 더 나빠지기만 하는 건 아닐지 모르겠다. 일단 거슬리지 않도록 최대한 눈에 띄지 않게 다니는데 이렇게 가까이 살아서야 언제 마주쳐도 이상하지 않다.

하필 골라도 맞은편이라니. 정말 악취미.

속으로 에드윈을 욕하며 창문을 닫았다.

다음 날 아침, 리체를 학교에 데려다주려고 나왔을 때 왜인지 루이가 우리 집 앞에 차를 대 놓고 서 있는 걸 볼 수 있었다.

그는 내가 나오자 피우고 있던 담배를 바닥에 버리고 입으로 연기를 내뱉으며 말했다.

"타. 데려다줄게."

지난번에 비해 차분한 음색이었다. 전날 에드윈이 그에게 뭐라고 했는진 모르겠지만 어쨌든 놀라운 일이 아닐 수 없었다. 덕분에 나는 얼떨떨해져서 대답했다.

"아뇨. 택시가 있으니까……"

"넌 그게 글러 먹었어. 쓸데없이 손만 커져선. 그렇게 펑펑 쓰다간 금방 생활비 바닥 드러낸다. 타. 할 말도 있으니까."

루이가 뒷좌석 문을 열어 줬다. 할 수 없이 발을 옮겨 차에 타려 했지만, 문득 리체가 제자리에 우뚝 서서 힘껏 버티기 시작했다. 의외의 행동에 놀라 눈을 내리자 리체가 부루퉁한 얼굴로 입술을 잔뜩 내밀고 있었다. 루이가 귀찮다는 듯 눈동자를 위로 올렸다가 내리며 짧게 한숨을 내쉬었다. 난감함을 느끼며 리체를 달래 보았다.

"리체. 학교에 데려다주신대. 타자."

"싫~어~!"

"리체……."

"나 저 아저씨 싫어요!"

나는 절로 루이의 눈치를 보았다. 그의 눈가가 슬쩍 움직이는 것이 보였다. 그는 곧 한 손으로 차 지붕을 약하게 때리곤 차체에 기댔던 몸을 뗐다. 우리에게 다가온 그가 갑자기 리체를 번쩍 안아 들었다. 루이는 곧바로 발버둥을 치는 리체를 억지로 차 안에 집어넣고는 나에게도 타라는 눈짓을 했다. 루이는 내가 타고 나서야 뒷문을 소리 나게 닫고는 운전석에 올라탔다. 좁은 차 안에서 리체가 괴로울 정도로 빽빽 소리 높여 외쳤다.

"나빠~! 아저씨 나~빠~! 싫어~! 내릴 거야~!"

막 시동을 건 루이가 우리 쪽으로 고개를 홱 돌렸다. 그는 파들거리듯 입꼬리를 올리며 리체를 향해 낮게 말했다.

"야. 망할 꼬맹이. 계속 시끄럽게 굴면 너만 길에다 버려두고 갈 거야. 엉? 너 '혼자만' 내려놓고 갈 거라고. 아? 알았어?"

그 살벌한 표정과 말투에 리체가 내 배에 얼굴을 파묻고 흐에엥— 거리며 우는 소리를 냈다. 나는 리체의 등을 손으로 쓸며 한숨 쉬듯 루이에게 말했다.

"좀 더 유순한 방법은 없었나요."

"애 비위 맞출 생각 없어."

"비위 맞추라고는 안 했어요. 그냥 좀…… 아니, 됐네요."

평범하게 대해도 되는데 굳이 겁을 줄 필요가 있느냐고 말하려 했지만 그만두기로 했다. 루이의 성격을 내가 모르는 것도 아니고. 그로선 이 정도만도 충분히 양보한 축에 속할 것이다.

리체는 얼마 후 울음을 그치긴 했지만, 완전히 기가 죽어선 학교에 도착할 때까지 내 옷자락을 붙잡고 바짝 붙어 시무룩한 얼굴을 했다.

2. 기류

"이따가 데리러 올게."

말없이 고개를 끄덕이는 리체를 학교 정문 안으로 들여보내고 완전히 건물 안으로 들어갈 때까지 지켜보았다. 나는 리체가 보이지 않게 되어서야 몸을 돌렸다. 나를 보고 있었는지 곧바로 루이와 눈이 마주친다. 놀라 살짝 멈칫했다가 이내 담담한 태도를 취하며 입을 열었다.

"그래서, 할 말이 뭔가요?"

"일단 타."

무슨 얘길 하려고 이렇게 미적거리는 걸까. 수상함이 느껴지는 그의 행동이 마음에 걸렸지만, 다시 열어 주는 차 문 안으로 별말 없이 몸을 숙여 들어갔다. 이번엔 뒷좌석이 아닌 조수석이었다.

루이는 나를 데리고 식당과 찻집을 겸하고 있는 한적한 가게로 들어갔다. 맛은 없었어도 나름 아침을 먹은 뒤였으므로 차도 음식도 별

234

로 내키지 않았지만, 예의상 그린티 한 잔을 주문했다. 루이는 한참
동안 가게 유리창 너머 바깥을 바라보다 문득 자기 앞에 나온 커피를
한 모금 마시곤 그제야 날 향해 시선을 주었다.

"너 내일부터 내 가게에서 일해."

"네?"

그건 또 무슨 뜬금없는 소리냐고 표정으로 의아함을 표했다. 그는
특별한 감정 표현 없이 나직한 어조로 말했다.

"언제까지고 빈둥거리며 놀 생각은 아닐 거 아냐."

"그렇긴 하지만……."

"마땅히 생각하고 있는 일거리라도 있는 거냐?"

"루이 씨가 신경 쓸 일은 아니라고 생각하는데요."

그의 기분을 나쁘게 할 생각은 없지만, 사실이 그래서 무뚝뚝하게
대꾸했다. 루이는 등을 소파에 길게 기대며 한숨을 작게 쉬었다.

"에드윈 중장에게는 빚이 있어."

"그……래서요?"

그게 나랑 무슨 상관이라도?

루이는 설명이 귀찮은지 눈가를 찌푸렸다가 펴며 짧게 답했다.

"그가 나에게 널 부탁했어."

"감시를요?"

"관리를."

"……"

뭐가 다르지. 하지만 이내 그 차이를 알게 됐다.

"네 손에 바로 생활비를 쥐어 주면 안 될 것 같다고 판단했나 보지."

호록. 루이는 한 모금 더 커피를 마시며 눈을 내리깔았다.

"너랑 나랑 뭣 같은 사이라도 서로 신경 거슬리지 않게 나름 노력하
다 보면 적어도 치고받고 싸울 일은 없겠지."

"왜 하필 루이 씨가 그런 역할을 해야 하나요?"

루이가 눈가를 찌푸린 채로 입가를 올렸다.

"마음에 안 들어?"

"그런 뜻이 아니에요. 제 말은…… 그러니까……."

의미 모를 표정으로 응시하는 그의 눈치를 보며 말을 골랐다. 마땅한 단어가 잘 생각나질 않았다. 루이가 조용하게 재촉했다.

"그러니까?"

"그러니까…… 그게……."

"있는 그대로 말하면 되잖아. 뭘 그렇게 머뭇거려. 네가 언제부터 나한테 그렇게 신경을 썼다고."

뭔가를 체념하듯 씁쓰레하게 말하는 루이다. 나는 마시지 않은 찻잔을 손끝으로 만지작거리며 입을 열었다.

"저 때문에 루이 씨가 그런 스트레스를 받을 필요는 없지 않나…… 하고……."

루이가 잠시 나를 가만히 응시했다. 나는 그를 흘긋 보았다가 다시 눈을 내리깔고 테이블 아래로 두 손을 내려 맞잡았다. 루이의 건조한 목소리가 들려왔다.

"그거야말로 네가 신경 쓸 일이 아니군."

"……."

"어차피 나는 중장에게 적당한 의리를 지켜야 하는 입장이니 내 기분 나쁜 거야 어느 정도 감수할 수 있어. 그러니 너도 그렇게 하라는 말이야."

"……."

"하지만 그 전에."

루이는 잠시 말을 끊고 한번 호흡을 골랐다. 눈을 들자 루이는 내게서 시선을 피하지 않으며 침착하고 담담한 어조로 말했다.

"사과해."

애꿎은 손톱 끝을 긁다가 그 말에 딱 멈췄다. 루이는 계속해서 말을 이었다.

"이대로는 너랑 지낼 수 없어. 매듭을 제대로 짓지 않은 채로는 언젠가 탈이 날 게 뻔하니까. 너도 알다시피 이 지랄 같은 성격으로 널 들들 볶아 댈 거다. 그럴 의도가 아니더라도 말이지. 그러니까 서로 매듭을 짓자는 거야. 나는 너에게 사과를 받아야겠어. 진심으로. 그 정도는 해야 나도 어느 정도 과거를 묻고 평범하게 대할 수 있을 것 같거든. 뿐만 아니라 사심 없이 객관적인 시선으로 판단해 중장에게 보고할 거고, 네게 전달되어야 하는 물건이나 자금으로 장난질을 치지도 않을 거다. 이 정도면 나도 많이 양보하는 편 아닌가 싶은데."

손끝이 살짝 떨려 왔다. 나는 다문 입술을 조금 움직거리다가 살짝 벙긋거렸다. 하지만 다시 다물어 버리자 루이가 물었다.

"내가 무리한 요구를 하는 건가?"

"······아뇨······."

절대 무리한 요구라고 생각지 않는다. 그걸로 루이가 나에 대한 증오를 거둔다면 한 번 아니라 백 번이라도 말해야 마땅하다. 하지만 입이 쉽게 떨어지지가 않았다. 그간의 잘못과 후회를 스스로도 잘 알고 있었음에도 도통 목구멍 바깥으로 넘어오질 않는다. 루이는 그저 기다리고 있었다. 나는 한참이 더 지나고 나서야 두 손을 테이블 위에 올리고 고개를 깊게 숙일 수 있었다.

"······죄······송합니다."

겨우 그 말을 내뱉고 고개를 들자 줄곧 가만히 있던 루이가 문득 테이블에 팔꿈치를 대고 몸을 기댔다. 가볍게 말아 쥔 주먹으로 제 이마를 받치고 입술 새로 긴 한숨을 내뱉는다. 나는 다시 고개를 숙였다. 루이는 한동안 그렇게 뭔가를 참듯이 한숨을 내쉬다가 문득 입을 열었다.

"고개 들어."

다시 고개를 들자마자 그의 손바닥이 내 얼굴을 찰싹 때렸다. 하지만 힘이 전혀 들어가지 않아서 아프지도 않았고 그저 가볍게 두드리는 정도의 느낌이었다. 그는 잔뜩 찌푸린 얼굴을 하고 있었다. 그 모습에 나도 모르게 다시 한 번 힘없이 목소리를 내었다.

"죄송합니다……."

"망할 년……."

루이가 중얼거리듯 욕을 하고는 다시 손으로 이마를 받쳐 고개를 숙였다. 더는 루이의 표정이 보이지 않았지만 대신 마른침을 삼키며 한 번 크게 움직이는 그의 목울대가 보였다. 그러다 문득 루이가 자리에서 벌떡 일어나 가게를 나가 버렸다. 나는 루이의 뒷모습을 따라 절로 시선을 옮겼지만 결국 그 뒤를 따라 나가지는 못했다.

마음 같아선 쫓아가 매달리거나 무릎이라도 꿇고 싶었다. 하지만 그게 오히려 루이에게 있어 용서를 강요하게 되는 거라면 안 되는 일일 것이다.

나는 지금껏 누군가를 단 한 번도 용서해 본 적이 없다. 사과 몇 마디로 쿨하게 지난 일을 잊자고 말할 수 있을 만큼의 아량이 내겐 없다. 사과해 온다 해도 듣고 싶지 않다. 그건 지금도 마찬가지였고 그래서 내게 사과할 기회가 올 거라곤 생각도 해 본 적이 없었다. 물론 사과한다고 용서받을 수 있으리란 생각도 하지 않았다.

그래도…… 내게 사과할 기회를 줘서 고마웠다.

"30쿠퍼입니다."

루이가 나가고 나서도 한참을 더 자리에 앉아 있다가 계산을 하고 가게 문을 나섰다. 이미 돌아갔을 거라 생각한 루이가 밖에서 기다리고 있었다. 뭐라 입을 뗄까 고민하다가 결국 말을 걸지 않았다. 루이는 얼마 후 피우던 담배를 버리곤 발로 불씨를 비벼 껐다.

"가자."

그는 아까완 달리 말간 얼굴이 되어 말했다. 그새 마음 정리는 모두 끝난 모양이었다. 루이의 뒤를 따라 주차해 둔 차로 향하며 마음이 더욱 무거워진다. 나로 인해 그가 억지로 털어 내려고 노력하는 것처럼 보였다. 나는 그에게 사과했다고 딱히 마음이 가벼워지진 않았다. 애써 그에게 맞춰 기분을 끌어 올리려 했지만 이미 바닥을 친 것은 무겁게 늘어져 스스로의 힘으로 일으키기엔 역부족임을 깨닫고 그만두었다.

루이는 나를 집까지 데려다주곤 내일부터 나오라고 짧게 일러두었다. 알았다고 대답하며 고개를 끄덕였다.

"리체. 나 내일부터 일하게 되었어."

"어디서요?"

"아까 그 아저씨네 가게에서."

오후에 리체를 데리고 산책 삼아 걸어오는 길에 그 소식을 전하자 리체는 바로 부루퉁한 표정을 지었다. 작고 고운 미간이 찡그려져 있는 걸 보니 절로 난처한 기분이 들었다. 리체가 발로 맨땅을 차며 투덜거렸다.

"나 그 아저씨 싫어요."

"그렇게 나쁜 사람은 아냐."

"꼭 거기서 일해야 해요?"

"딱히 할 데가 없는걸. 그래도 돈이 있어야 살아가니까. 너 학교도 다니고."

"데본 인형도 잘 만들고 옷도 잘 만드니까 그런 거 만드는 일 하면 안 돼요?"

"글쎄……. 그걸 직업으로 삼을 생각은 해 본 적 없는데."

물론 정육점 일도 생각해 본 적 없는 건 마찬가지지만.

"그럼 일단 조금만 해 보고 결정할게."

리체는 여전히 불만스러운 표정이었지만 신중히 생각해 보겠다는 내 말에 고개를 끄덕였다. 뭔가 가족회의 같아서 뿌듯한 느낌이 들어 비로소 조금 웃었다. 비뚤어지지 않고 이대로만 자라면 리체는 싹싹하고 똑똑한 아이가 될 거라는 생각이 들어서 기분이 좋았다. 빙긋 웃음 짓자 리체가 날 올려다보면서 묻는다.

"그럼 이제 나 데리러 못 오는 거예요?"

"응? 아니. 데려다주고 데려오는 거 다 할 거야. 넌 아직 어리니까."

리체가 고개를 끄덕끄덕 움직였다.

"그래도 같이 있는 시간이 적어지는 거니까 네가 외로울지도 모르겠네. 친구는 많이 사귀었어?"

"교실에 있는 애들 모두 친구예요."

"다행이다. 잘 적응하는 거 같아서."

적응하고 있지 못하는 쪽은 오히려 내 쪽인 것 같았다. 믿음직하지 못한 보호자다. 리체를 본받아 나도 조금 더 사교적이 되지 않으면 안 될 듯싶었다. 작은 지역은 인정으로 움직이는 경우가 대다수라고 들었다. 리체를 위해서라도 내가 잘하지 않으면…….

다음 날부터 부득이하게 평소보다 일찍 학교에 데려다주게 되었지만 리체는 이해해 주었다. 일찍 가서 좋은 장난감을 먼저 가지고 놀 수 있다며 미안해하는 나를 위로해 줬다. 준비를 마치고 내려가자 역시나 루이가 기다리고 있었다. 굳이 이렇게까지 해 줄 필요 없다는 생각이 들긴 하지만 그런 말 했다가 괜히 또 사이가 나빠질까 봐 말로 꺼내지는 못했다. 주는 호의는 그냥 받는 편이 나을지도 모른다. 리체는 루이를 조금 째려보긴 했지만, 이번엔 별말 없이 순순히 차에 올랐고 순조롭게 출발할 수 있었다.

"일단 청소부터 해."

"네."

루이의 가게는 크지도 작지도 않은 규모지만 냉동고가 많은 자리를 차지하고 있어서 드러나 있는 공간은 적었다. 그는 될 수 있으면 그날 그날 새벽에 고기를 가져왔고 안 팔리는 때는 훈제로 만들어서 싼 가격에 팔기도 했다. 며칠 겪어 본 결과 장사는 그럭저럭 되고 있었다. 루이가 서비스업과는 맞지 않는 성격임에도 제법 멀쩡하게 생긴 터라 여자 손님들이 단골로 많이 찾아왔다.

"이사 왔어요?"

"네. 얼마 전에요."

"어쩐지 못 본 얼굴이더라. 주인하고는 아는 사이였나 봐요?"

"아…… 네."

그녀들은 하나같이 나에게 많은 관심을 보였는데 루이와 내가 무슨 사이인지 제일 신경 쓰는 것 같았다. 루이의 무뚝뚝한 태도와 그리 웃지 않는 표정 덕에 그에게 대놓고 묻진 못하고 결국 방향이 나를 향한 것이다. 그러다 내가 난감해하는 걸 발견한 루이는 적당히 나를 뒤로 물러나게 하곤 손님에게 주문받은 고기를 건네며 예전 일하던 곳에서 후배였다고 담담히 대꾸했다.

손에 익지 않은 일이니 좀 서툴긴 했지만 일 자체는 별로 힘들지 않았다. 적당히 눈치껏 필요한 걸 내주고 가게를 깨끗하게만 유지하면 그는 별말이 없었다. 고기를 해체하고 쓰는 것도 그럭저럭 따라갈 수 있었다. 하지만 손님이 없을 때 찾아오는 불편한 적막은 어쩔 줄을 모르게 만들어 자꾸만 그와 한 공간에 있는 걸 피하게 했다. 손님 없이 가게에 둘만 남겨질 때면 나는 괜히 밖을 들락거리며 바람 쐬는 척을 했다. 물론 그렇다고 전부 피할 수 있는 것은 아니었다.

그는 첫날 점심을 같이 하자고 청했고 어쩌면 예의상 한 말일지도 모를 그 권유를 나는 거절치 못했다. 이후로도 그게 계속 이어졌다. 그 때문에 루이를 피할 수 없는 점심때는 음식이 어디로 넘어가는지도 느낄 수가 없어서 힘들었다.

점심 식사는 가게 위층에 있는 루이의 집에서 했다. 요리는 늘 루이가 했다. 엄청 맛있는 건 아니었지만 그래도 나에 비하면 훨씬 먹을 만한 걸 만들어 냈다. 그리고 날이 갈수록 그의 요리 실력은 점점 더 좋아지는 것 같았다.

"맛은 어때."

"맛있어요."

"좀 짠 거 같은데."

"전 괜찮아요."

"그래……."

"물 더 드릴까요?"

"아니 됐어. 내가 알아서 따라 마실 테니 신경 쓰지 마."

"아, 네……."

루이는 내게 요리를 시키지 않았다. 처음 식사를 같이 하던 날, 돕는답시고 프라이팬을 태워 버린 뒤로 루이는 내게 절대 조리에 손대지 못하게 했다. 소스가 까맣게 타 눌어붙은 팬을 보여 줬을 때 나는 루이가 화를 낼 거라 생각했는데 의외로 그는 조용히 넘어갔다. 그뿐만 아니라 루이는 나와의 형식적인 매듭을 풀고 난 뒤론 내가 서툴러 실수를 저질러도 단 한 번도 화를 낸 적이 없다. 어쩌면 내가 뭘 하든 무관심해진 건지도 모른다.

어쨌든 나는 그 뒤로 점심시간엔 그릇을 나르고 식기를 세팅하는 간단한 일만 했다. 또 설거지도.

식사를 마친 뒤 거품을 낸 수세미로 접시를 닦고 있는데 문득 타인의 기척과 담배 연기가 가까이에서 느껴져 고개를 돌렸다. 주전자를 든 루이가 내 옆에 서 있었다. 그는 무심한 태도로 수도를 열어 주전자에 물을 조금 채우고 금방 떨어졌다. 주전자를 가스레인지에 올리고 불 앞에 선 루이는 문득 내게 고개를 돌렸다. 나도 모르게 그를 쳐다보고 있다가 눈이 마주치고 나서야 고개를 되돌리고 다시 설거지에 집중했다.

채소를 데쳤던 작은 냄비를 마지막으로 건조대에 엎어 놓고 설거지를 끝냈다. 젖은 손을 수건으로 닦고 돌아서자 루이가 테이블에 컵 두 개를 꺼내 놓고 뜨거운 물을 따라 찻잎을 띄우고 있었다. 주전자를 레인지에 되돌려 놓고 내게 눈길을 준 그는 잠시 멈칫했다. 그의 시선은 내 배 부근에 머물러 있었다. 그를 따라 배를 내려다보자 설거지하는 동안 물이 튀어 배 부근이 흥건하게 젖어 있었다. 나는 멋쩍은 기분에 두 손으로 젖은 옷을 쓱쓱 문질러 봤지만 그런다고 달라지는 건 없었다.

그렇게 서 있길 잠시, 루이가 테이블 앞에 앉으며 말했다.

"차 마셔."

"네."

루이의 맞은편에 앉아 내 몫으로 나온 컵 손잡이를 잡았다. 생각 없이 들어 입에 가져갔다가 혀가 익는 듯한 뜨거움을 느끼곤 곧바로 내려놓았다. 방금 뜨거운 물을 부은 것을 봤으면서도 멍청한 짓이었다. 확실히 내가 지금 제정신이 아니긴 한가 보다. 혀끝을 약간 빼물고 뜨거움을 식히다 고개를 들어 루이와 눈이 마주치곤 혀를 도로 집어넣었다. 루이는 조금 더 날 바라보다 별말 없이 다른 곳으로 눈을 돌렸다.

한참 후 적당히 식은 차를 마셨지만 역시 소화에 별로 도움 되는 것 같진 않았다. 속은 계속 거북하고 불편했다. 나는 이렇게나 불편한데 루이는 그렇지 않은 걸까. 그는 여전히 아무렇지 않은 태도를 취하고 있었고 마치 나만 신경을 쓰는 모양새였다.

나보다 늦게 컵을 비운 루이가 천천히 자리에서 일어났고 나도 그를 따라 몸을 일으켰다.

"그만 내려가자."

"네."

그 뒤론 또 평소와 같은 일상이 이어졌지만 내 기분은 좀처럼 현실에 적응을 하지 못했다. 기껏 그가 참고 청해 준 일에 내가 먼저 나가 떨어지면 안 된다는 생각을 하면서도 머릿속은 늘 우왕좌왕 정신이 없었다. 나는 지금의 상황을 해소하고 싶은 욕구를 느꼈다.

그러니 그건 사실 핑계나 다름없었을 것이다.

"그 아가씨…… 아니 아가씨가 맞긴 한 거야? 애도 하나 있는 것 같던데. 과부인가?"

"미혼모일지도 모르죠. 도시에서 도망쳐 온 걸지도."

"가게 주인에게 꼬리 치는 거 같지? 도시 여자들은 하나같이 정숙하질 못하다던데 걱정이야. 괜히 마을 분위기 흐리는 거 아닌지."

"그러게요. 흑심이 있어 보이긴 하죠? 가게 주인도 반쯤 넘어간 것 같던데. 남자들이란……."

루이의 가게에서 한 달 정도 일했을 즈음이다. 쓰레기를 버리러 나갔다가 가게에 들렀다 가는 손님들의 대화를 듣게 되었다. 딱히 그녀들이 심한 말을 나눈 건 아니었다. 하지만 그리 호의적이지 않은 말투는 꽤 씁쓸하게 만들었다. 그렇다고 일을 그만둘 정도는 아니지만, 그간의 불편함이 다시 상기되며 은연중에 합리화를 해 버렸다. 그만둬도 괜찮지 않을까. 괜히 루이에게도 폐를 끼치는 모양이고…….

문득 그들은 골목에 쓰레기봉투를 들고 서 있는 나를 발견하곤 움찔했다. 그리고 이내 민망한 표정으로 후다닥 자리를 떴다. 나는 그 자리에서 꽤 오래 멈춰 서 있다가 겨우 골목을 빠져나왔다.

"왜 이렇게 늦어."

뒤늦게 가게로 돌아가자 루이가 물었다. 나는 그저 죄송하다고 했고 루이는 그런 날 빤히 바라보다가 물었다.

"나 담배 피우러 나갈 건데. 너는?"

"전 됐어요. 끊었거든요."

"아아……. 어쩐지 그간 피우는 걸 못 봤네. 알았다."

"저…… 루이 씨."

"……?"

막 문을 열고 나가려던 루이가 날 돌아보았다. 나는 얼마 전 일할 때 입으라며 루이가 사다 준 앞치마를 조금 만지작거리다 겨우 말을 꺼냈다.

"저…… 다른 일 해 볼 생각이에요."

"……."

반쯤 밀어 열었던 문을 다시 닫으며 루이가 완전히 내 쪽으로 돌아섰다.

"어떤 거."

"그게…… 수예 공방을……."

"언제부터 생각하고 있던 거야?"

"얼마 안 되었어요."

"……그래."

루이가 알 수 없는 표정을 지으며 가게 한편에 있는 의자로 걸어가 앉았다. 그는 입을 다물고 있다가 한참 후에야 말했다.

"그럼, 중장에게 말해 놓을 테니까. 일단 오늘은 그만 들어가도 좋아."

"아니요. 쉬지 않아도 괜찮아요. 오늘 일은 마치고……."

"내가 정리할 게 있어서 그래. 너 공방 내는 데 필요한 절차라든가, 재료 구할 곳이라든가…… 여러 가지 생각해 봐야 하고."

루이는 계속해서 내 보모 노릇을 할 요량인 듯했다. 적당히 알아서 하라며 날 버리고 편해져도 괜찮을 텐데, 아무리 에드윈과의 의리 때문이라지만 이렇게까지 해 줄 필요가 있을까. 정작 루이가 진짜로 그렇게 해 버리면 혼자선 아무것도 할 줄 모르는 주제에 잘도 그렇게 생각했다. 물론 굳이 그 생각을 입 밖으로 꺼내진 않았다. 그간 루이는 내게 꽤 유한 태도를 보여 왔지만 그렇다고 그의 예전 모습을 잊는 일은 없었고, 당연히 긴장을 놓는 짓도 하지 않았다. 혹시라도 기분을 상하게 할지도 몰라 평소에 말 자체를 많이 하지도 않았으며 그건 그

날도 마찬가지였다. 나는 순순히 고개를 끄덕였다.

"알겠어요."

앞치마를 벗어 걸어 두고 그만 돌아가 보겠다고 인사하자 루이가 작게 손을 들었다가 내렸다. 하지만 막 나가려는 때에 루이가 다시 날 불렀다.

"데본."

"네?"

내 이름임에도 낯설게 느껴지는 어감이다. 그간 야, 너, 어이 정도로만 불린 탓인가? 아니면…….

루이가 의자에서 일어나 자기도 앞치마를 벗으며 말했다.

"저녁 같이 먹자. 꼬맹이도 불러서."

"아……."

"지금 문 닫을 테니까, 데리고 위층으로 올라와."

"아…… 네."

어리둥절한 기분을 지우지 못한 채로 가게를 나서 리체를 데리러 집으로 향했다. 그러다 잠긴 계단 문을 막 땄을 때 손을 멈추며 비로소 왜 그의 부름이 낯설었는지를 깨달았다.

그는 이제 날 할리라고 부르지 않았다.

왠지 모르게 조금 몸에서 힘이 빠지는 느낌이 들었다. 잠깐 멈춰 있다가 겨우 문을 열었지만 몇 발짝 오르지도 못하고 계단에 털썩 주저 앉았다.

"하아……."

스스로도 의미를 알 수 없는 한숨이 빠져나오며 가슴이 꽉 막히는 답답함을 느낀다. 무의식적으로 입고 있는 옷 위를 더듬다다 곧 담배를 가지고 있지 않음을 상기하곤 움직임을 멈췄다. 맞다, 담배 끊었었지.

두 손으로 얼굴을 느리게 쓸어 문지르다 문득 눈가가 젖어 옴을 느끼고 멈췄다. 왜 눈물이 나는지 모르겠다. 그보단 이대로는 리체도 루이도 마주할 수 있을 리가 없다. 손바닥으로 눈가를 누르며 얼른 멎기를 재촉했다. 하지만 그럴수록 왜 몰라주냐고 항의하듯 눈물이 더욱 왈칵 쏟아져 내렸다. 숨소리 끝에 훌쩍임이 들릴까 봐 호흡조차 제대로 할 수가 없었다.

루이는 기다리는 거 싫어하는데. 하긴 누군들 기다림이 좋을까 싶지만 어쨌든, 얼른 리체를 데리고 가지 않으면 화를 낼지도 모른다. 지금 가도 굼뜨다는 소리를 들을 텐데 이미 힘이 빠진 다리는 일어설 줄을 모르고 축 늘어졌다. 한편으로는 어차피 지금 가도 좋은 소리 듣지 못할 거 조금만 더 뭉그적거려도 되지 않을까 하는 생각을 한다.

결국, 그렇게 조금 더 조금 더 하는 사이 두 시간이 훌쩍 지나가 버렸다.

계단 문 밖으로 보이는 좁은 하늘을 멍하니 응시하며 머리를 벽에 기댔다. 눈물은 말랐지만, 루이는 이제 더 기다리지 않겠지 싶다. 내일 미안하다고 사과하자. 리체가 아팠다고 핑계 대면 용서해 줄지도…….

울고 나니 피곤해졌다. 눈을 감고 뻑뻑한 안구를 잠시 쉬고 있는데 문득 루이의 목소리가 들려왔다.

"뭐 하는 거냐, 너."

눈을 번쩍 뜨자 문밖에 서서 한심한 눈초리로 흘겨보는 그를 발견할 수 있었다. 그제야 벽에 기댔던 머리를 떼며 당황함에 입을 벙긋댔다.

"아…… 저기, 죄송해요……. 그게…… 머리가 아파서……."

"괜찮냐?"

"네?"

말갛게 묻는 그를 향해 바보처럼 되물었다. 종이로 포장된 접시 두

개를 포개 들고 선 루이는 짜증 내지 않고 담담하게 다시 물었다.

"지금은 괜찮냐고."

"아…… 네. 이제 괜찮아졌어요."

루이는 옅은 한숨을 내쉬며 문안으로 들어오더니 곧 내 옆으로 앉았다. 이걸로 끝? 뭔가 좀 더 싫은 소리를 들을 거라 생각했다. 루이는 그런 내 마음을 읽기라도 한 듯이 이내 무심하게 말했다.

"그런 얼굴 할 거 없어. 바람맞는 건 익숙하고."

그건 정말 할 말이 없다. 슬그머니 고개를 돌려 표정을 감추자 약간은 차갑고 약간은 체념기가 섞인 짧은 웃음소리가 들렸다. 잠시 뒤 웃음을 그친 그가 말했다.

"너무 그렇게 의식하지 마."

"네……?"

다시 루이를 쳐다봤다. 루이는 내게 접시들을 넘겼고 나는 그것을 받았다. 루이는 담배를 꺼내 물고 불을 붙였다. 연기를 내뱉은 그가 조용한 어조로 말했다.

"더는 원망 안 해. 그러기로 했으니까. 근데 그렇다고 너랑 뭘 더 할 생각도 없어. 키스도 안 할 거고 섹스도 안 해."

"……."

손가락에 담배를 끼워 들고 다시 나를 본 그는 무표정했다.

"가끔 흔들리긴 했지만 이미 그렇게 결정 내렸어."

"……."

나는 그 말에 충격받지 않았다. 별로 새삼스럽지도 않았고 애초에 기대한 적도 없다. 나는 이미 끝난 연을 다시 붙일 수 없다는 걸 잘 알고 있었다. 단지.

단지 좀, 아니 좀 상당히.

슬프긴 했다.

이미 예전에 선고받은 우리의 끝을 다시금 선고받으며 붙잡을 것

없는 허공에 내팽개쳐진 기분이 들었다. 눈앞이 아득하고 발밑이 아찔한 절망감을 느꼈다.

얼마나 그런 기분으로 눈을 마주치고 있었는지. 루이는 문득 한쪽 입가를 씁쓰레하게 끌어 올렸고 한 손을 들더니 내 눈 밑을 가볍게 쓸었다.

"아쉬워?"

아쉬운 게 아니다. 하지만 딱히 다른 말로 대꾸할 수도 없었다. 그는 물기가 묻어난 손끝을 거두곤 다른 손에 있던 담배를 껐다. 꽁초를 주머니에 넣은 그는 무릎에 두 팔을 걸치고 바닥을 향해 눈을 내렸다.

"그럴 거면 좀 더 **빨리** 찾아왔어야지."

"……."

"정리할 시간을 주지 말았어야지."

"……."

"매달렸어야지. 그렇게 간단하게 포기해 버리고 이제 와 아쉬워하는 건 안 되는 거 아니냐."

루이는 대답을 기다리지 않고 곧장 다리를 세워 자리에서 일어났다. 그는 움직임을 따라 아래로 흘러내린 머리카락에 그늘진 얼굴로 나를 내려다보았다. 나는 그 시선을 피하지 못하고 꼼짝없이 붙잡혀 있었다.

"그럼 내가 너무 불쌍하잖아."

나는 천천히 눈을 내려 루이에게 **뺏겼던** 시야를 되돌렸다. 손끝에 닿는 종이를 괜히 바스락바스락 긁으며 입술을 꾹 말아 물었다.

루이는 조금 더 자리를 지키고 있다가 문 쪽으로 발을 **옮겼다**. 나는 그가 한 발 한 발 멀어지는 소리가 들릴 때마다 손안의 접시를 더욱 힘주어 잡았다. 혹시라도 그를 붙잡지 않기 위해 정신을 붙잡았다. 아니, 붙잡았다고 생각했다.

찰나의 아득함이 지난 뒤 루이의 발소리가 더 들리지 않는다는 걸 느꼈다. 가 버린 건가. 심장이 철렁 내려앉으려는 찰나, 다시금 그의 목소리가 들려왔다.

"넌……"

놀라 곧바로 고개를 들었다. 루이는 아직 넘어가지 않은 문의 경계를 내려다보며 말했다.

"왜 매번 이렇게 끊는 게 쉽냐?"

그는 침잠된 어조였다.

"왜 안 잡아."

사실 그 순간 내가 그의 말을 제대로 이해했다고 생각진 않는다. 하지만 나는 그 말을 신호로 홀린 듯이 자리에서 일어났고, 바닥에 나뒹구는 접시를 모른 체하며 달려가 그의 옷자락을 두 손으로 세게 붙잡았다.

루이가 내게 고개를 돌렸다. 찌푸린 표정으로 날 노려보던 루이가 곧바로 털듯이 내 손을 뿌리쳤다. 그 힘에 내 손은 단번에 떨쳐지고 균형이 어긋나 순간적으로 휘청거리는 몸이 곧장 그의 두 손에 붙들려 벽으로 밀쳐졌다.

얼굴이 가까워지다 입술이 맞물렸다.

루이는 눈을 감지 않았다.

벽에 닿아 물러날 곳 없어진 몸이 그의 몸에 짓눌렸다. 어깨를 잡았던 그의 두 손은 미끄러지듯 내려가 내 손목을 아플 정도로 각각 움켜잡았다.

입 안으로 밀려 들어온 루이의 혀가 내 혀를 감아 비비다 입 안 곳곳을 건드리며 휘저었다. 그러다 문득 혀를 거둔 그는 이를 세워 내 입술을 깨물었다.

"읏……!"

약간의 아픔에 소리를 냈지만 루이는 아랑곳없이 내 입술을 뜯어먹어 버릴 듯 깨물다가 다시금 혀를 집어넣었다. 아팠던 손목은 피가 통하지도 않는 모양인지 금방 감각이 없어졌다.

그의 거친 행동에도 이상하게 저항할 의지가 생기지 않았다.

"하…… 읍……!"

입술이 떨어진다 싶다가 다시 달라붙었다. 루이의 한쪽 다리가 내 다리 사이를 억지로 비집고 들어왔다. 그의 허벅지가 곧바로 아래쪽을 압박해 올렸다. 그 행동의 의미를 모를 수가 없었다. 그의 눈을 피하지 못한 채 순간적으로 숨을 멈췄다.

루이가 비로소 입술을 떼고 거친 숨을 내쉬며 내게 물었다.

"어떤 기분이었지?"

무엇을 묻는지 알 수가 없어 대답하지 못했다. 그가 얼굴의 거리를 좁히며 다시 한 번 물었다.

"응? 넌 어떤 기분이었어. 말해 봐."

대체 무엇을 묻는 걸까. 근래 들어 가장 가까이에 자리한 그의 얼굴에서 눈을 떼지 못한 채 손가락만 움찔거렸다. 그러자 루이는 허튼짓 말라는 것처럼 내 손목을 더욱 세게 쥐어 올리더니 벽에 붙였다.

"내가 떠나서, 넌 후련했어?"

말해 보라고.

루이가 나와 이마를 맞대며 금방이라도 다시 입술을 붙일 것처럼 낮게 속삭였다. 나는 한참이 지나서야 그에게 겨우 답해 줬다.

"……죽고 싶었어요……."

그 말에 루이는 사나운 표정을 그대로 둔 채 어이없다는 듯 웃음을 흘렸다.

"잘도 거짓말을 하는군."

"정말이에요."

"그래, 그럼 지금은 어떤데. 지금도 내가 가면 죽고 싶을 거 같아?"

"……모르겠어요."

루이가 키득대며 고개를 숙이더니 이마를 내 어깨로 옮겨 기댔다.

"널 죽이고 싶어."

"……."

"하지만 죽일 수 없어."

금방 웃음기가 없어진 목소리는 비통한 것 같기도 했다.

"네가 싫어."

"……."

"너와 있으면 내가 너무 비참해지고."

괴로워져.

루이가 고개를 들어 다시 날 바라보았다. 그는 벽에 올려붙인 우리 각각의 손 중 오른쪽으로 눈을 옮겼다. 그가 천천히 손에서 힘을 뺐고 나는 자극하지 않기 위해 섣불리 움직이지 않았다. 그는 약간 오므려진 내 손바닥을 손끝으로 더듬어 펴곤 손가락 사이사이로 미끄러지듯 파고들어 깍지를 끼워 오므렸다. 왼쪽 손도 마찬가지였다. 그의 눈이 다시 나를 향했다.

"매달려 봐."

"……."

"이젠 네가, 나한테 매달려 봐."

루이는 천천히 몸을 떨어뜨리며 내 양손을 놓아주었다. 나는 그가 기다릴 새도 없이 곧바로 그의 소매를 붙잡아 당겼다.

"내가 그러길 바라요?"

루이가 찡그리듯 웃었다.

"그래."

나는 그의 한 손을 두 손으로 붙잡고 내게 끌어와 입을 맞췄다.

"날 여기서 놓지 말아요."

"……."

"놓을 거면, 이대로 날 죽이고 가 줘요."

그의 손을 내 목에 가져다 대며 눌렀다. 루이의 목울대가 크게 움직였다.

"제발."

루이는 그대로 내 팔을 붙잡아 밖으로 끌고 나갔다. 나는 불현듯 2층에 있는 리체를 떠올렸다.

"아……. 계단 문을 잠가야…… 리체가 위에 있어요."

주머니에서 주섬주섬 열쇠를 꺼내자 루이는 내게서 열쇠를 빼앗아 계단 문을 닫아 잠그곤 급하게 길을 건넜다. 저항도 없이 끌려가며 멍하니 고개를 들자 어느새 검은 카펫같이 변한 하늘에 별이 하나둘 나타나고 있었다.

내 집과는 달리 건물 바깥으로 빠진 계단을 타고 루이의 집으로 올라갔다. 현관이 열리자마자 바로 그의 침실로 끌려 들어갔다. 날 침대에 눕히고 올라탄 그는 느리게 입을 맞추고 셔츠 속으로 손을 넣어 브라 위로 가슴을 덮었다.

그대로 몇 번 세게 움켜쥐었다가 풀기를 반복한 루이는 문득 내 몸을 뒤집어 앉히더니 목뒤에 입을 맞추며 탄식하듯 말했다.

"이젠 정말 너와는 끝이라고 생각했어……."

나도 그랬다. 그래서 지금 이 순간에도 현실감이 없었다.

뒤에서 바짝 붙은 그가 내 다리를 쓰다듬으며 스커트를 끌어 올렸다. 나는 상체를 숙이고 목뒤를 빠는 그의 입술을 피했다. 하지만 그는 곧바로 내 가슴을 세게 움켜잡으며 품에서 벗어나게 두질 않았다.

"읏……!"

스커트 속에 들어온 손이 속옷 안까지 침범하자 나는 완전히 엎어져 머리를 시트에 기댔다. 루이는 내 등에 몸을 바짝 밀착한 채 뒷머리와 볼에 입을 맞추다가 떨어졌다. 음핵을 문지르던 치마 속의 손도 빠져나갔다. 그제야 숨을 고르며 몸에서 힘을 뺐지만 그 순간 속옷이 무릎까지 끌려 내려가며 성기가 곧장 질 안으로 밀고 들어왔다.

"아윽……!"

고개를 꺾으며 미처 삼키지 못한 신음을 내뱉는다. 루이는 내 허리를 붙잡고 거의 끝까지 빠져나갔다가 다시 한 번 크게 짓쳐 올렸다. 배 속이 흔들리는 것 같았다.

"아……!"

"헉……!"

루이는 크게 몇 번 안을 찌르다 점점 속도를 내기 시작했다. 그는 움직이는 대로 숨소리를 크게 내뱉으며 헐떡이는 음색으로 물었다.

"너…… 언제 마지막으로 한 거야?"

대답할 수 없었다. 기억도 나지 않았다. 루이는 더 묻지 않았지만 약간 웃음을 흘렸다. 약간 부끄럽긴 했지만 그가 만족스러워한다면 그걸로 됐다고 생각했다. 루이는 문득 성기를 빼고 나를 바로 누이며 정면으로 마주 보게 했다. 내 양다리를 접어 올리며 그가 다시 안으로 들어왔다. 숨소리와 간헐적인 신음으로 채워진 방 안에 차츰 젖은 마찰 소리가 끼어들었다.

"아……! 읏……!"

"헉……! 헉!"

그는 한참 몸을 움직이다 문득 다리를 놓더니 상체를 숙이고 내 셔츠 단추를 풀기 시작했다. 그 뒤 브라를 위로 올리고 가슴을 입술로 문 그는 혀와 이로 유두를 물어 자극했다. 두 손으론 내 둔부를 받쳐 약간 뜨게 했다. 그가 성기를 깊숙이 넣은 채 허리를 돌렸다. 그 움직임에 성기와 달라붙은 안쪽의 살이 딸려 움직이는 게 느껴졌다.

"흐읏……!"

허리에 힘을 주며 비틀었다. 루이가 신음을 터뜨리며 다시금 피스톤질을 시작했다. 그가 움직일 때마다 덩달아 몸이 흔들렸다. 나는 그의 팔을 붙잡고 손톱을 세웠다. 한참 후 루이는 심장 소리가 들릴 정도로 몸을 밀착시키며 내 귀를 이로 물었다가 놓았다.

"안에, 으……! 해도 되겠어?"

상관없다고 고개를 연신 끄덕였다. 루이는 내게 입을 맞추며 허리짓의 속도를 더욱 빨리했다.

"아……!"

그가 허공을 응시하며 눈가를 찌푸렸다. 배 속에 뜨거운 것이 들어와 퍼졌다.

"하아……."

루이가 숨을 길게 빼내며 다시 허리를 움직이기 시작했다. 문득 나는 내 눈에 비친 그가 새삼 참 아름답다고 생각했다.

이 감정은 사랑일까? 나도 잘 모르겠다.

하지만 이게 만약 사랑이라면 나는 이제 막 사랑에 빠진 게 아닐 것이다. 나는 이미 그가 줄곧 그리웠다. 쥬페도라와의 접촉이 부담스러웠던 그때. 어느새 그와의 관계가 만족이 아닌 참아 내야 하는 행위가 되어 버렸을 때 이미 내 사랑은 루이에게 옮겨 가 버렸을지도 모른다.

"루이 씨……."

그가 내 부름에 눈을 마주쳐 왔다.

"아직 나를 사랑해요?"

"……글쎄."

"……."

"너는 어떤데?"

"아마도…… 사랑하는 거 같은데."

확실하지 않은 그에게 확실하지 않은 대답을 했다. 나는 이제 그를 외면할 방법을 모르겠다. 이 순간 주체할 수 없이 샘솟아 버린 감정을 달래 보려 나는 그를 끌어당겨 품에 끌어안으려 했다. 하지만 그 순간 루이가 표정을 바꾸고 벌떡 상체를 세우더니 내 두 손목을 재빠르게 잡아챘다.

우리는 동시에 굳었다.

"……."

"……."

순식간에 찬물이 끼얹어진 듯 분위기가 싹 식으며 적막감이 돌았다. 그의 표정만 봐도 알 수 있었다. 무척이나 놀랐던 모양이다. 이해할 수 있었다. 배신의 순간에 나는 지금처럼 루이를 품에 안으려고 했으니까.

내가 먼저 몸에서 힘을 뺐다. 그러자 루이가 뒤늦게 머뭇거리듯 손목을 놓아줬다. 나는 그의 몸을 천천히 밀었고 루이는 나를 응시한 채 순순히 물러났다. 성기가 아래에서 빠지고 이내 체액이 흐르는 느낌이 났다. 몸을 일으켜 침대에 걸터앉았다. 협탁에 있던 화장지로 아래를 닦아 내고 그대로 그에게 등을 보인 채 옷을 추스르기 시작했다. 몸을 세우고 치마 속으로 속옷을 입으며 말했다.

"시간이 너무 늦었네요. 리체가 배고플 거 같아요."

"……."

당황한 게 드러나지 않아야 할 텐데. 다행히 목소리가 떨리거나 하진 않았다. 조금 헝클어진 머리를 고쳐 묶고 방을 나서려 했다. 그때 루이가 침대에서 내려와 내 팔을 붙잡았다. 돌아보자 그는 무슨 감정인지 모를 얼굴로 날 불렀다.

"……데본."

"네."

또 데본.

아무래도 나는 이제 더는 그의 할리가 아닌 모양이었다.

이것만은 도저히 회복할 수 없는 유리 파편처럼 날카롭게 조각나 나를 사정없이 찔러 상처를 냈다. 가슴 아픈 쓸쓸함을 느꼈지만 그건 내 자업자득이니 입 밖으로 말할 생각은 없었다. 그는 할 말이 있는 것처럼 날 가만히 바라보았지만 곧 내 팔을 놓고 먼저 방을 나섰다.

"음식, 만들어 놓은 거 남았으니까. 가져가."

"아…… 고마워요. 잘 먹을게요."

분명 그는 방금 이 말을 하려던 게 아니었을 것이다. 하지만 그가 삼킨 말을 굳이 묻고 싶진 않았다. 지금은 어떤 말로도 서로의 상처가 회복될 수 없을 테니까. 주방으로 가 싱크대에서 손을 씻은 그가 잠시 음식을 그릇에 옮겨 담느라 덜그럭거리는 소리를 냈다. 루이는 곧 음식을 옮겨 담은 접시 두 개를 깨끗한 종이로 씌운 뒤 위로 포개서 건넸다. 얼른 받아 들며 감사를 전하자 루이가 그늘진 미소를 지었다.

우리는 그대로 현관으로 갔고 나는 문을 열어 주는 루이를 보며 말했다.

"나오지 않아도 돼요. 바로 앞이고."

루이는 날 잠시 바라보다가 이내 한 발짝 나왔던 발을 다시 안으로 들이며 대답했다.

"그래. 그럼 잘 가라."

"네."

계단을 중간쯤 내려왔을 때 위에서 문이 닫히는 소리가 들렸다. 나는 그제야 발을 멈추고 하늘을 올려다보았다. 까만 밤하늘의 별빛 아래에서 잠시 멈춰 선 나는, 그날 깊은 외로움을 느꼈다.

3. 당신에게 가는 길

아까 계단에 떨어뜨렸던 접시들까지 주워 집으로 돌아가자 리체가 왜 이렇게 늦었냐고 뾰로통한 얼굴로 물었다. 할 말이 있을 리가 없어 어색하게 웃으며 사과하곤 종이로 감싸여 층층이 쌓인 접시를 살짝 들어 보였다.

"배고프지? 이거 루이 씨가 만들어 줬어."

"……그게 뭔데요?"

반쯤 돌아서서 입술을 빼물고 있던 리체가 접시 쪽으로 흘긋 눈길을 한 번 줬다. 다행히 토라진 기색은 금방 풀렸다.

한 달 정도 마주치며 지내자 리체는 루이와 티격태격하면서도 이젠 그가 싫다는 말을 하지 않게 되었다. 가끔 이렇게 먹을 걸 만들어 주면 반가운 기색을 보이기도 한다. 아무래도 내가 만든 것보다는 훨씬 먹을 만할 테니. 나로선 미안한 일이다.

"주스 좀 꺼내 올래."

"네—"

리체가 주스를 꺼내 테이블에 놓고 의자에 앉았다. 나는 테이블에 컵 두 개를 가져다 놓고 덮고 있는 종이를 접시에서 벗겨 냈다. 채소가 든 베이컨말이가 드러났다. 식었을 테니⋯⋯ 데워야 할까. 잠시 고민하다가 눈을 돌리자 리체가 안절부절못하는 표정으로 나를 바라보고 있었다. 리체는 내 고민을 알아챈 것처럼 말했다.

"안 덥혀도 먹을 수 있어요."

"음⋯⋯ 그래."

리체가 그러길 원한다니 그냥 먹기로 했다. 주스를 두 개의 컵에 따르고 나도 의자에 앉았다.

"잘 먹겠습니다."

리체가 학교에서 배웠다는 식전 감사 인사를 하곤 포크를 들었다. 음식을 먹은 리체가 만족스러운 표정으로 말했다.

"맛있어요."

"그래? 내일 루이 씨한테 고맙다고 해."

"네—"

식사 후 뒷정리를 한 뒤 목욕을 마치고 방에 들어갔다. 왜인지 리체가 베개를 안고 내 침대에 앉아 있었다. 처음에 며칠 리체 방에서 함께 자다가 혼자 자게 했더니 이렇게 가끔 내 방으로 건너오고는 한다. 요즘은 며칠 혼자 잘 잔다 싶더니 또 어리광이 생긴 모양이다.

"왜 또 여기로 온 거야."

"같이 자면 안 돼요?"

"왜?"

"⋯⋯무서워요."

"뭐가."

리체는 시무룩한 얼굴로 입술을 우물거렸다. 말하기 싫을 때 나오는 버릇이다. 그럴 때는 캐물어 봤자 어차피 거짓말을 할 게 뻔해서 나는 짧게 한숨을 내쉬었다.

"안 돼. 네 방으로 돌아가."

리체가 울먹울먹하며 침대에서 내려왔다. 그리고 슬리퍼를 직직 끌며 느리게 발을 옮긴다. 리체는 문을 넘어가기 전 한 번 더 내 눈치를 보았다. 나는 머리를 긁적이며 다가가 리체를 번쩍 안아 들었다. 리체의 볼에다 입을 맞춰 주고 아이 방으로 향하며 말했다.

"대신 잠들 때까지 책 읽어 줄게."

오늘따라 쉽게 잠들지 않고 말똥말똥하게 눈을 뜨고 있던 리체는 책을 다섯 권 정도 읽어 주고 나서야 겨우 잠이 들었다. 가슴을 작게 토닥여 주다가 조심스럽게 일어나 방을 나선다. 창문과 현관을 다시 한 번 점검하고 내 방으로 돌아와 몸을 누이자 피곤함이 몰려왔다. 잠은 금방 들었다.

다음 날부턴 공방을 열 준비를 했다. 전날을 기점으로 루이와의 관계가 약간 변했다곤 하나 역시 계속 거기서 일할 생각은 들지 않았다. 사실 리체가 처음 말을 꺼냈을 때부터 조금씩 생각하고 있던 일이었으니까.

루이는 에드윈에게 보고했다고 내게 알린 뒤 재료 판매처 목록을 작성해 주었다. 그때쯤 슬슬 자동차의 필요성을 느꼈다. 어차피 리체의 통학에도 필요하고. 지금까진 대부분 루이가 도와주고 그가 시간이 없을 때는 택시를 이용해 왔었다.

며칠 후 적당한 자동차를 한 대 구입했다. 그리고 시민 청사에서 공방 등록 서류를 작성했다. 루이가 뽑아 준 목록에 있는 재료 판매처를 하나하나 방문하기도 했다. 다행히 그리 멀지 않은 지역에서 다양하고 좋은 재료들을 만날 수 있었다.

"근데 물건을 어디다 팔죠. 여기서 팔리는 건 한계가 있을 텐데……."

아무리 그래도 이 도시는 너무 작다 말하니 루이가 의견을 냈다.

"샘플 몇 가지 만들어 봐. 예술성이 높으면 수도의 귀족이나 관리들에게 비싸게 팔 수도 있으니까. 어차피 공장처럼 한 번에 많이 만들 수 있는 건 아닐 거 아냐."

"아…… 네. 그럴게요."

나는 예전 이스릴과 준이 있던 공방을 떠올리곤 고개를 끄덕였다.

루이에게 샘플을 만들어 보여 주자 그는 고급 손님을 많이 알고 있는 중개자를 소개해 줬다. 그리고 내가 세상 물정을 모른다며 천이나 실 등을 보러 다니는 데 몇 번 동행하더니 어느 날은 싼값에 좋은 수예 용품을 구할 수 있도록 도와주기도 했다.

그 밖의 자잘한 일들 역시 모두 루이의 손을 거쳐 갔다. 덕분에 나는 큰 스트레스 없이 상품 제작에만 집중할 수 있었다.

천 장신구나 손수건에 자수를 놓거나 레이스를 만들기도 했다. 인형도 만들어 보고 옷도 만들어 보며 내가 잘할 수 있는 걸 찾으려 했다.

에드윈이 선물로 재봉틀을 보내 줘서 빠른 시간 안에 여러 가지를 시도할 수 있었다. 그래도 역시 가장 긍정적인 평가를 받은 건 자수였다. 이것만으로도 장식용 예술품을 만들 수 있고, 천을 다루는 디자이너들에게도 호응이 좋을 거라고 루이가 말했다.

나름 일이 순조롭게 진행되어 현재 살고 있는 집의 아래층, 그러니까 이 건물의 1층에 내 수예 공방을 열게 되었다. 에드윈이 사람 몇을 보내 힘쓰는 일에 쓸 수 있게 해 줘서 창유리 앞에 진열대를 제작해 세우고, 조명을 달았으며, 진열대 뒤에 올리고 내릴 수 있는 막도 쉽게 설치할 수 있었다. 아마 나 혼자였다면 어떻게 해야 할지 몰라 그냥 사람만 잔뜩 샀을 것이다. 루이에게도 에드윈에게도 많은 도움을 받았다.

공방은 그럭저럭 운영할 수 있었다. 사실 내가 신경 쓸 만한 게 별로 없었다. 공방은 직접 판매도 겸하고 있었지만, 꽤 고가이다 보니 여기서 직접 팔리는 건 레이스나 손수건 정도였다. 역시 중개자를 통해 팔리는 것이 컸고 그편이 나에게도 좋았다. 나는 장사엔 소질이 없으니 이런 장인 생활이 오히려 몸에 맞았다.

그렇게 어느 정도 삶과 피폐했던 정서가 안정되어 간다고 생각하고 있을 즈음이었다. 그제야 한동안 공방에 정신 팔려 제대로 신경 쓰지 못한 리체의 일이나 아직은 미묘한 루이와의 사이도 제대로 점검해야 한다는 생각이 들었다.

그 날 늦게까지 일하고 공방 문을 잠갔을 때, 비가 내리기 시작했다.

집에 올라가 잠든 리체를 확인하고 나서야 씻고 누웠지만 왜인지 피곤함에도 잠이 잘 오지 않았다. 시간이 갈수록 거세어지는 빗소리에 한참을 뒤척이다 결국 새벽에 자리에서 일어나고 말았다. 침대에 걸터앉아 고개를 숙이고 불면의 괴로움에 빠져 있길 한참, 결국 옷을 챙겨 입고 조용히 집을 나섰다.

우산도 없이 맞은편 건물로 뛰어가 똑똑똑 계속해서 문을 두드리자 한참 만에 현관이 열리며 막 잠에서 깬 듯한 루이가 나타났다. 그는 홀딱 젖어 서 있는 날 보며 조금 어이없는 얼굴을 했다.

"너…… 지금이 몇 시인 줄이나 알고……"

나는 듣지도 않고 그의 품으로 뛰어들었다. 루이는 젖은 몸으로 부딪쳐 오는 나를 막지 않고 팔만 엉거주춤 들어 제 몸이 밀리지 않도록 버텼다. 나는 굳이 그를 안지 않았다. 루이는 내 손이 자신의 등 뒤로 향할 때마다 굉장히 날카롭게 반응했고 그런 식으로 분위기가 식을 때마다 굉장한 자괴감을 느끼는 것 같았다. 나 역시 그가 필요 이상 예민해지는 건 바라지 않아 알아서 조심했다.

그의 몸에 기대어 있길 얼마 후 루이가 팔을 내리지 않은 채 말했다.

"……너 옷 다 젖었어. 지금 내 옷도 젖어 가고 있고……."

"……."

"……데본."

"……당신과 섹스하러 왔어요."

잠시 말이 없던 그에게서 이윽고 한숨 소리가 들려왔다.

"너 인마…… 매너가 없잖아. 그걸 꼭 지금 이 시간에 자는 걸 깨워서 해야 하는 거냐?"

몸을 떼고 루이를 올려다보았다. 그는 피곤해 보였다. 나는 졸음에서 완전히 깨지 못한 그를 끌고 방으로 향했다. 루이를 침대에 앉히고 그 앞에 무릎 꿇고 앉아 다리 사이로 파고든다. 루이는 두 손으로 제 얼굴을 가볍게 문질렀다가 툭 떨구듯 팔을 내리며 말했다.

"저기. 꼭 지금 해야 하는 거냐? 지금 엄청 피곤해. 아마 안 설걸."

신경 쓰지 않고 그의 페니스를 꺼내 붙잡았다. 손으로 몇 번 문지르다 위쪽으로 잡아 올리고 혀를 내밀어 기둥 아래부터 핥아 올렸다. 그리고 선단 끝을 혀끝으로 돌려 자극하다 입 안으로 머금어 빨아 당겼다. 얼마 지나지 않아 그건 묵직하게 반응이 왔다. 그제야 입술을 거두며 그를 올려다보았다.

"하기 싫어요?"

이건 아닌 거 같은데. 손에 쥔 페니스를 조금 세게 압박하며 말했다. 루이는 난감하다는 듯 흐리게 미소 지으며 한숨을 쉬었다.

"망할…… 자는 건 글렀군."

젖은 옷가지들을 벗어 던지고 그의 품에 안겨 침대 위로 쓰러졌다. 나는 무의식적으로 그의 목 뒤로 손이 가지 않도록 시트를 붙잡았다. 목에 얕은 키스를 한 그가 얼굴을 옮겨 내 입술을 물었다가 놓았다.

"오늘 대체 무슨 바람이 분 거야."

"그냥…… 그동안 많이 못 했잖아요."

"그래도 가볍게 좀 하지 않았나?"

"그걸로 만족스러웠어요?"

"……."

루이는 대답을 피하듯 입을 맞추며 밀어 넣은 혀끝으로 입천장을 긁어내렸다.

"으응……."

이곳에 온 뒤 했던 첫 섹스 이후, 우리는 둘만 있을 때 눈이 마주치면 키스는 곧잘 했었다. 좀 더 분위기가 되면 벽에 기대거나 의자에 앉은 채로 삽입해 루이가 한 번 정도 빼내기도 했다. 하지만 그건 아주 가끔이고 모처럼 삽입해도 내가 실수로 루이의 목을 감아 안으려다 분위기가 식어 그대로 그만두는 경우가 더 많았다.

우리는 지금 자극을 찾을 게 아니라 좀 더 느긋하게 서로를 살피며 할 필요가 있었다.

그의 두 손이 내 얼굴에서 목 그리고 어깨를 차분히 쓸어내렸다. 옷이 젖으며 덩달아 식어 버린 차가운 피부가 따뜻한 손길에 적응 못 하고 약간 소름이 올랐다. 루이가 입술을 떼고 나를 가까이서 내려다보았다.

"차가워."

"저도 추워요. 그러니까 빨리 안아 줘요."

루이는 내 위로 몸을 겹치며 시트와 내 등 사이로 손을 집어넣었다. 그의 손이 내 등을 받치자 몸이 살짝 뜨며 그대로 세게 끌어안긴다. 내 어깨에 턱을 기댄 루이가 귓가에 대고 약간 투덜댔다.

"나까지 추워지는 거 같아."

나는 고개를 돌려 그의 귀를 살짝 깨물었다가 놓았다.

"심술궂게 말하지 말아요."

루이는 내 목선을 혀로 느긋하게 핥아 올리다 몸을 떨어뜨렸다. 그는 한 손으로 제 페니스를 붙잡더니 그 끝으로 음핵을 문지르다 미끄러뜨리듯 질 입구로 향했다. 충분히 젖은 아래로 성기가 부드럽게 들어와 안을 채웠다.

"으읏……."

"후으……."

루이가 신음을 삼키며 숨을 짙게 내쉬었다. 나는 혀를 내밀어 그에게 키스를 구했고 루이는 다시 몸을 겹치며 입을 맞춰 왔다. 서로의 혀가 맞닿아 눌리며 입술이 포개졌다. 차가웠던 몸에 천천히 열감이 돌았다. 동상이 풀리는 것처럼 루이의 손이 쓰다듬는 피부마다 간지러움을 느꼈다.

"아웃……!"

부드럽게 허리를 움직이던 루이가 문득 입술을 떼며 강하게 안을 쳐올렸다. 절로 목소리를 올렸다. 점점 더 세게 쳐 오는 몸짓에 점점 정신이 아득해지기 시작해졌다. 나는 또다시 실수를 저지르기 전에 시트를 놓고 두 손을 그의 눈앞으로 들어 보여 주었다. 루이가 갑자기 움직임을 멈췄다. 나는 숨을 고르며 그를 바라보았고, 루이는 잠시 후 내 손을 각각 잡아 깍지 끼며 시트 위로 눌렀다. 그가 내게 입을 맞추며 다시 안을 치기 시작했다.

나는 몸이 흔들리는 만큼, 그리고 정신이 날아갈 때마다 그의 손을 꽉 쥐었다. 날 내려다보는 루이와 눈을 맞추고 그의 몸짓에 맞춰 허리를 움직였다. 루이의 머리카락이 피부를 덮고 몸이 흔들릴 때마다 표면을 간지럽혔다.

"윽……! 읏! 아……!"

"훗……! 헉! 헉!"

우리는 이제야 비로소 서로를 원하는 만큼 안을 수 있을 것 같았다.

"아……!"

"훗!"

한참 후 루이가 내 안에 성기를 깊이 넣은 채 사정했다. 우리는 서로의 손을 더욱 세게 쥐었다. 사정하는 동안 약간 경직되어 있던 루이가 손을 놓고 허리를 뒤로 뺐다. 그는 약간 힘이 빠진 성기를 손으로 잡고 몇 번 쓸어 다시 세웠다.

나는 이번엔 팔과 무릎으로 몸을 지탱해 엎드린 채 루이를 돌아보았다. 루이는 약간 웃으며 내 뒤로 자리 잡아 무릎으로 섰다. 거기까지만 보고 고개를 바로 했다. 등허리 가운데로 루이의 손이 내려앉았다. 그 손은 그대로 힘을 주고 날 눌렀다. 나는 버티지 않고 몸을 납작 엎드렸다. 앞이 시트에 닿도록 완전히 엎어지자 루이는 두 손으로 각각 내 발목을 잡아 올리며 말했다.

"잡아."

나는 두 손을 뒤로 해 그가 미는 내 발목을 각각 잡았다. 루이는 이번엔 내 무릎을 잡고 양쪽으로 활짝 벌리더니 미끄러뜨리듯 손을 옮겨 허벅지를 받쳐 올렸다. 하체가 완전히 허공에 떴고 그 상태로 루이 쪽으로 죽 끌려갔다. 곧바로 성기가 콱 들어박히며 서로의 살갗이 부딪혀 만났다.

"으홋……! 웃!"

"홋! 아……!"

몇 번 짧게 움직인 루이가 손을 옮겨 내 팔목을 잡았다. 그제야 조금 더 안정적인 움직임이 가능해졌다. 사실 이렇게 손목과 발목을 하나로 뒤로 모은 채 무릎만 벌린 자세는 내가 붙잡고 있는 것보단 끈 같은 거로 묶는 편이 훨씬 더 편할 것이다. 이건 플레이라고 불리는 약간의 가학이 가미된 성교에 맞는 체위였다. 하지만 루이는 날 묶지 않았다.

"아웃……! 루이 씨……! 아!"

"다리, 오므리지 마. 움직이기, 어려워."

루이가 한 번 움직일 때마다 호흡을 끊으며 말했다. 퍽 냉정한 말투다. 마치 내가 어디까지 되는지 시험해 보는 것 같기도 했다. 거절하지 않을 걸 알고 짓궂게 나오는 건지 그저 내가 힘들어하는 걸 보고 싶은 건지 알 수 없었다. 그 와중에 기분은 좋았다만 그래도 약간은 그가 얄밉기도 했다.

크게 쳐 대던 성기가 문득 안에서 빠져나가지 않고 내부를 멋대로 흔들기 시작했다. 나는 그 순간 눈앞이 아찔해지며 시트를 이로 세게 물었다. 그렇게 하지 않으면 온 동네에 내 목소리가 들릴 만큼 소리를 질러 버릴 것 같았다.

"흐으웃……! 으읍……!"

강한 절정감을 느끼며 새 나온 눈물이 안 그래도 빛이 없어서 어두운 시야를 완전히 뭉개 버렸다. 한 가지 감각이 차단되니 하체의 감각이 더욱 선명해진다. 해일처럼 밀려오는 무언가에 온몸이 집어삼켜지는 것 같았다. 아득한 쾌감에 힘이 잔뜩 들어갔다.

루이가 그 틈을 놓치지 않고 빠른 피스톤질을 했다. 덕분에 금방 사라질 것만 같던 절정감을 꽤 오랫동안 붙들고 있을 수 있었다. 루이가 멈춘 것은 두 번째 사정을 하고 나서였다.

"……! 흐읍……!"

"크읏……!"

심장이 터질 것만 같던 감각이 차츰 가라앉고 몸에서 힘을 풀자 루이가 성기를 빼고 날 시트에 곱게 내려놓았다. 그제야 나도 발목을 놓고 늘어졌다. 루이는 내 등 위로 몸을 쓰러뜨리며 내 뒷머리와 목에 연신 입술을 붙였다가 뗐다. 그가 어깨를 쓰다듬으며 물었다.

"갔어?"

"……헉…… 헉……."

루이의 손 하나가 내 엉덩이를 더듬다가 곧 아래를 길게 한번 쓰다듬고 거뒀다.

"물이 엄청났어."

"당신 것도 섞여 있어요."

부끄러운 말을 하는 루이에게 핀잔하곤 몸을 움직여 그를 옆자리로 떨궜다. 루이는 순순히 물러났다.

노곤함이 밀려왔다. 사실 이대로 꼼짝 않고 잠들고 싶었다. 하지만 그럴 수가 없었다. 루이는 이제 나와 한 침대에서 잘 수 없을 것이다. 집에 혼자 자고 있을 리체도 걱정되고.

돌아가기 위해 무겁게 축축 늘어지는 몸을 억지로 일으키고 침대를 내려왔다. 옷을 주워 입고 셔츠 단추를 잠그며 루이를 돌아보자 왜인지 날 노려보고 있었다.

"왜요?"

루이는 몸을 일으켜 협탁에 있던 담배를 물고 불을 붙였다. 곧 연기를 내뱉은 그는 약간 짜증스럽게 말했다.

"야. 너 내 몸이 목적이냐? 여운 남길 틈도 없이 끝나자마자 돌아가게? 너 나랑 바람피워? 내가 불륜 상대냐고."

"하하…… 죄송해요…… 집에 리체가 혼자 있어서……."

어차피 날 옆에 두고는 당신도 못 잘 거 아니냐고 받아칠 수는 없었다. 안 그래도 자신의 트라우마를 직면할 때마다 자괴감에 빠지는 그를 더 우울하게 하고 싶지 않았다.

면목 없다는 의미로 쓰게 웃어 보이며 루이에게 이해를 구했지만 이미 구겨진 그의 표정은 풀리질 않았다. 그가 한숨과 함께 푸욱 내뱉은 연기가 공기 중에 옅게 퍼진다.

"새벽에 애 혼자 두고 나한테 달려왔다는 시점에서 넌 이미 변명할 여지가 없어. 시계를 봐라. 지금이 몇 시인지. 겨우 두 시간 집에서 자면 외박이 아닌 거 같냐?"

"하하……."

"웃어?"

침대를 내려와 내 앞에 선 루이는 검지로 내 이마를 톡 튕기듯 때리며 못마땅하게 쳐다봤지만 이내 봐준다는 듯 피식 웃었다. 아프진 않았지만 멋쩍은 기분에 나는 이마를 가볍게 쓰다듬었다.

"그만 가 볼게요."

"그래."

밖으로 나오자 아까보단 덜하지만, 여전히 멈추지 않고 내리는 비가 눈 안에 들어왔다. 하늘에서부터 하얀 실과 같이 이어져 내린 그것은 바닥에 닿자마자 사방으로 깨져 흩어진다. 처마 아래서 잠시 그 모습을 바라보다 곧 루이에게 빌린 우산을 펼쳐 들고 집으로 향했다.

그날 이후로도 제법 평화로운 나날이 이어졌다. 가끔 주변과 부딪히는 건 있었지만 그건 적응해 가는 과정에서 얼마든지 일어날 수 있는 일이었고 딱히 심하게 머리 싸매고 고민할 정도까지는 아니었다. 에드윈은 종종 시간을 쪼개 들러서 세상이 흘러가는 상황에 대해서 알려 주기도 했다. 듣자 하니 그는 근시일 내에 대장으로 진급될 것 같다. 쥬페도라의 얘기는 딱히 없었다.

에드윈의 이야기를 듣다 보면 그런 건 이제 나와는 완전히 동떨어진 세상의 이야기가 되어 있다는 것을 느낀다. 누가 정권을 잡고 누가 끌어내려지는지 같은, 내 피부로 직접 체감되지 않는 소식은 더는 내 평화를 위협하지 않는다.

하루가 지날수록 과거는 조금씩 나에게서 멀어진다. 그리고 그때마다 감사하고도 아련하며 울고 싶을 정도로 슬프다. 그래도 내가 아직 살아갈 수 있는 건 제인의 그림자를 안고 나를 붙잡아 주는 리체와 내게 죄책감 섞인 애정을 느끼게 하는 루이가 있기 때문일 것이다.

하지만 여전히 가끔은 불안하다. 평화는 언제나 내 의도와 상관없이 갑작스레 깨져 주변을 사정없이 찢어발기곤 했으니까. 이제 더는 나를 위협할 것이 없다는 것을 알면서도 익숙하지 않은 고요함은 가끔 안정 속에서도 뒤척이게 만든다. 그리고 그때마다 나는 루이에게 매달려 나를 원해 달라 조른다.

어린 리체에게는 내 불안정한 모습을 보일 수 없었으므로 그 절실함은 모두 루이에게 향해 그를 피곤하게 했다. 이러다간 머지않아 그에게 지겹다며 버려질 것 같아서 무섭기도 했다. 자제하려고 해도 그 막연한 불안은 늘 갑작스레 찾아와서 손쓸 방도가 없었다.

예고도 없이 닥쳐와 머리 위부터 두꺼운 천을 뒤집어쓰듯 주변이 까맣게 물드는 그 심연은 금방이라도 나를 죽일 것만 같다. 그때마다 나는 도망치듯 자리를 벗어나 루이에게 달려간다. 그리고 몇 번이나. 몇 번이나 그를 붙들고,

삶을 붙잡는 기분으로 그와 몸을 섞었다.

"아!"

"읏……!"

배 속에 퍼지는 뜨거운 감각을 느끼며 등 뒤에 있는 루이에게 머리를 기댔다. 루이는 내 허리를 두 팔로 끌어안으며 이로 어깨의 피부를 약하게 깨물었다. 그러다 입술로 압을 주고 세게 빨아 당겼다. 그가 입술을 떼고도 한동안 아릿한 통증이 남았다.

"키스 마크?"

내가 물었지만, 루이는 대답하지 않았다. 대단찮은 질문이라 넘기려는 건지 아니면 부끄럼이라도 타는 건지. 루이는 손을 내려 아직 서로의 것을 맞물고 있는 아래쪽을 더듬다가 음핵을 찾아 손끝으로 문질렀다.

"아읏……."

루이의 다른 손은 내 배를 타고 올라와 한쪽 가슴을 감싸 쥐었다. 그러다 유두를 손가락으로 잡아 비틀고 당긴다. 그의 손장난에 약한 신음을 흘리며 천천히 둔부를 움직였다. 루이가 숨을 삼키며 내 목덜미를 물었다.

두 손으로 루이의 다리를 짚은 채 위에서 아래로 점점 세게 찍으니 곧 루이도 그 리듬에 맞춰 하체를 움직여 왔다.

고개를 돌리자 루이가 입을 맞춰 왔다. 곧 입술을 떨어뜨리고 그에게 물었다.

"내가, 질리진 않아요?"

루이가 이상한 말이라도 들은 양 눈썹을 약간 일그러뜨렸다.

"그렇다면 지금 너랑 이 짓을 하고 있을 리가 없지."

"내가 여기 오기 전에 애인은 없었어요?"

그때 루이가 내 무릎 아래로 양손을 넣어 받치며 자리에서 벌떡 일어났다. 배 속이 들썩여 절로 높은 목소리가 빠져나갔다. 루이는 그대로 테이블로 가 날 엎어 놓고 성기를 세게 밀어 쳐올린 채 멈췄다. 그는 내 허리를 단단히 붙잡고 물었다.

"왜. 그새 나한테 질려?"

"꼬아 듣지 말아요…… 앗……!"

루이가 성기를 거의 끝까지 뺐다가 다시 살갗을 때려 붙이듯 밀어쳤다.

"아니면 나 모르는 새 다른 놈이 널 유혹했어?"

"루이 씨……."

"그래서 이제 나랑 이런 짓 그만하고 싶은 거냐고."

"아니에요……."

"그럼 왜 그런 걸 물어. 새 애인 생긴 것도 아니면서."

내가 불안해서 그렇다. 한 번 완전히 날 털어 낸 적이 있으니 그는 사실 내가 없어도 되는 건 아닐까 싶어서. 그저 옛 추억에 몇 번 어울려 줬을 뿐이라고 하면. 그 과거의 감정마저 바래지면 그 뒤엔? 이렇게 매일 색만 밝히는 여자 따위 천박하고 질린다면서 어느 날 갑자기 날 내팽개쳐 버릴까 봐. 그럼 나는 그 뒤에 어떻게 해야 할지 생각만으로도 막막해져서.

하지만 이런 말을 하는 것 또한 그를 질리게 만들 수 있다는 생각에 꺼내 놓을 수가 없었다.

"나는 아무 문제 없어요. 그냥 당신에게 문제가 있진 않은지 궁금해서 그렇죠."

"문제가 있으면 어쩔 건데?"

루이가 허리 짓을 멈추지 않으며 코웃음을 쳤다.

"나한테 지금 다른 여자가 있으면 네가 지금 뭘 어쩔 거냐고."

"……."

"날 떠날 거냐?"

답할 수가 없었다. 막연히 생각만 해도 눈앞이 까맣게 물드는 것 같은데 그의 입으로 직접 그 가정을 듣자 갑자기 숨이 턱 막혀 오며 목소리가 나오지 않았다.

언젠가 그가 저택 앞까지 찾아와 내게 끝을 선고하던 때와 똑같은 감각이 순식간에 나를 덮쳤다.

호흡이 제어를 떠났다. 온몸에 힘이 들어갔다. 심장이 터질 것만 같이 뛰고 손끝이 떨려 왔다.

"……헉……헉……!"

"내가 물었잖아. 왜 대답이 없어."

"……끄으……."

"……데본?"

루이가 이상함을 느꼈는지 움직임을 멈추고 내 이름을 불렀다. 이윽고 나는 손끝으로 테이블을 긁었고 루이가 재빨리 성기를 빼고 내 몸을 일으켰다. 그의 눈이 나와 똑바로 마주쳐 왔다. 그의 두 손이 내 얼굴을 감쌌다.

"정신 차려!"

몸에서 힘이 빠져 다리가 꺾어졌다. 루이는 얼른 손을 옮겨 날 받쳐 안고 침대로 옮겨 눕혔다. 그가 얼굴을 두드리는 느낌이 났다. 그는 곧 고개를 숙여 입술을 붙이고 내게 숨을 불어 넣었다. 그가 다시 날 다그쳐 불렀다.

"데본. 데본!"

잠시 아득해지던 시야가 다시 확 밝아지며 루이의 얼굴이 시야에 가득 찼다. 그 순간 나는 갑자기 울음이 터졌다.

벌떡 일어나 루이를 끌어당겨 품에 안으려 했다. 루이는 당연한 수순으로 내 두 손을 붙잡았고 제 행동에 스스로 놀라 굳은 그를 살필 겨를도 없이 나는 그대로 몸을 무너뜨리듯 엎드려 빌었다.

"용서해 줘요……!"

"……."

"제발……! 날 받아 줘요……!"

루이와 함께하면서도 내 마음이 이토록 외로운 이유란 사실 간단한 거였다. 그에게 내가 더는 예전의 그 애틋한 사랑이 될 자신이 없었으므로.

4. 당신의 가치

나는 많이 울었지만, 루이는 거기에 어떠한 말이나 행동 없이 그저 나를 내버려 뒀다. 시간이 지나 울음이 차츰 멎었다. 더불어 흐려졌던 이성도 돌아왔다. 나는 고개를 들고 루이를 바라보다가 아직 붙잡혀 있던 팔을 내려뜨렸다. 루이는 떨어지는 내 손을 가만히 바라보았다.

"미안해요. 갑자기 이상한 짓 해서."

"……."

"……오늘은 이만 가 볼게요."

침대에서 벗어나려는 그때 루이가 내 팔을 잡아챘다. 다시 그를 바라보자 루이가 입술을 작게 달싹이며 낮은 목소리를 내뱉었다.

"내가 너한테, 상처를 줬어?"

나는 그 대답을 해 줄 수가 없었다. 아니라고 하면 거짓말이 될 것이고 그렇다고 하는 것도 별로 나은 대답 같진 않았다. 무엇보다 루이

274

가 정말 몰라서 묻는 게 아니라고 생각했다. 단지 그가 확인을 하고 싶은 건지, 새삼스러운 충격을 받은 건지 나로선 분간할 수 없었다. 그래서 그에게 선택할 수 있게 했다.

"어느 쪽이 좋은데요?"

"……."

하지만 루이도 선뜻 어느 쪽의 답을 내놓지 못했다. 나는 잡힌 팔을 빼내고 그의 손을 가볍게 토닥였다가 자리에서 일어났다.

그날을 기점으로 우리의 밀회는 잠시 멈췄다.

밤 나들이는 물론 일상 속에서 이루어졌던 모든 성애적 접촉이 멈췄다. 누가 먼저 그만두자 말하진 않았다. 단지 내가 다가가지 않으니 자연히 그렇게 됐다. 그제야 그간 내가 일방적으로 그를 붙잡고 있었다는 걸 깨달았다.

서로를 피하거나 하진 않았다. 우리는 얼굴을 마주치면 평소와 다름없이 인사를 했고 자연스럽게 대화를 나눴다. 가끔은 함께 식사도 했다. 그저 조금 친하게 지내는 이웃처럼. 그걸로 나는 우리가 키스나 섹스가 없어도 되는 관계라고 확인받은 것 같았다.

이렇게 굳이 서로의 상처를 후벼 파지 않고 흐지부지 관계를 유지하다 보면 우리도 결국엔 평범한 이웃 정도로 남을 수 있는 걸까.

루이를 놓는 상상이 암담한 건 여전하다. 확실하게 정립되지 않은 애매한 관계라는 거치곤 나는 그에게 의존도가 지나치게 높았다. 확실히, 정상적인 거 같진 않았다. 나는 이제 내가 원하는 방향이 아닌 그가 원하는 방향으로 움직여 줄 필요를 느꼈다. 그가 나로 인해 고통스럽다면 그만둬야 옳을 것이다. 그러다 시간이 더 지나서 언니 쪽의 경계가 풀리면 그때는 완전히 그의 앞에서 사라져 주는 편이 나을지도 모르겠다고.

그 과정은 괴롭겠지만, 분명 괴로울 테지만 그래도 결국엔 괜찮아질 것이다. 내게는 아직 리체가 있으니까. 그러니까 루이가 없어도 견딜 수 있을 거라고.

나는 루이에게 오랜만에 점심 식사나 같이 하자고 권하기 위해 그의 가게에 들렀다가 예상치 못한 사람과 만나게 되었다. 의자에 앉아 물을 마시고 있던 상대도 예상치 못한 일인 듯 무심코 안으로 들어서는 날 보았다가 그대로 입 안에 있던 물을 밖으로 내뿜었다. 하지만 행동은 빨랐다. 그는 바로 총을 빼 들고 나를 겨눴다. 사레 걸린 그의 목소리가 살짝 애처롭다고 생각했다.

"콜록……! 손…… 콜록……! 손 들어!"

"……."

나는 조용히 두 손을 들어 보였다. 그는 소매로 물이 흐른 입가를 문질러 닦고는 내게 다가와 머리에 총구를 세게 눌렀다. 총구에 밀린 고개가 자연스레 옆으로 기울어졌다.

"저기……"

"입 다물어!"

그래. 원한다면…….

비무장 상태에서 총 든 상대를 자극하는 건 옳지 않지. 나는 잠자코 입을 다물었다. 꽤 흥분했는지 씩씩대는 콧김이 크게 들려왔다.

원래부터 이랬던가. 예전엔 좀 더 건조하고 뻔뻔한 느낌이었던 거 같은데. 조금 변했다고 느꼈다. 약간 판단력이 흐려진 듯한 그의 눈을 보며 시간이 흐르긴 했구나 싶었다. 여러모로 혼란스러운 표정을 짓던 그가 한참 후에야 겨우 물었다.

"왜 당신이 여기 있지?"

"……."

"대답해!"

"……입 다물라며."

말꼬리 잡지 말라는 듯이 그는 총을 쥐지 않은 손으로 내 멱살을 잡아채더니 거칠게 벽으로 몰아붙였다. 등이 세게 부딪혀 아팠다. 천장으로 눈알을 굴리며 한숨을 삼켰다.

"분명 죽었다고 들었어."

"유령인가 보지."

노려보는 눈길이 살벌했다. 물론 나는 그의 그런 반응을 이해했다. 이 상황 역시 내가 뿌린 씨앗이니까.

"……당신은 여기 있을 자격이 없어. 여기가 어디라고 발을 들여."

"여기 정육점 아닌가? 나는 고기 사러 왔을 뿐인데."

물론 당장의 용건은 식사 권유였지만 저녁때 리체에게 식사로 해줄 고기도 사려고 했다. 그는 내 멱살을 놓고는 한 발짝 떨어지더니 총구로 문을 홱 가리켰다가 다시 겨누며 말했다.

"당신한테 팔 거 없어. 당장 나가."

"주인 아니잖아."

"이 이상 더 뻔뻔하게 굴지 마. 당장 꺼져. 쏴 버리기 전에."

더 말을 해 봤자 통할 것 같지도 않아 포기하고 몸을 돌리기 직전이었다. 마침 가게 안쪽 문이 열리며 루이와 에드윈이 나왔고 둘 다 우리를 보며 눈을 크게 떴다.

"채드."

루이가 그를 불렀다.

"총 내려."

"루이 씨. 왜 이 여자가 여길 들락거리는 겁니까. 여긴……"

"지랄 말고 내려, 새끼야. 여기가 무슨 성지라도 돼? 여긴 민간 구역이야. 네 상관이 아무 데서나 총 뽑으라고 그러든? 말해 두는데 내 가게에 총알 한 개라도 박혔다간 식칼로 근수대로 썰어 버릴 줄 알아. 치워."

조금 짜증스런 루이의 말투에 그제야 채드가 주춤거리며 총을 내렸다. 루이 옆에 서 있던 에드윈이 그제야 슬쩍 웃으며 입을 연다.

"루이 군. 지금 은근슬쩍 내 욕 한 건가?"

"그럴 리가요."

"흠……. 어쨌든 채드 상사. 방금 그건 부적절했어. 사과하도록."

"명령입니까."

"아니. 명령까진 아니지만."

"명령이 아니라면 거절하겠습니다."

채드는 총을 총집에 넣으며 냉랭하게 대꾸했다. 에드윈이 난처한 표정을 지으며 날 바라보았고 나는 조용히 몸을 돌렸다. 나가려고 문을 붙잡았을 때 뒤쪽에서 루이가 내게 물었다.

"넌 어디 가. 볼일 있어 온 거 아니었어?"

"나중에 올게요."

지금은 상황이 적절치 않은 것 같으니 다음을 기약하곤 가게를 나와 문을 닫았다. 그제야 허공에 숨을 크게 내뱉었다. 속이 탔다. 나는 앞으로 이런 상황을 몇 번이나 더 맞닥뜨리게 될까.

저조한 기분은 식욕마저 날아가게 했다. 평일이라 리체는 학교에 가 있고 혼자서 먹을 생각도 들지 않아서 결국 점심 식사는 굶었다.

그대로 공방에 틀어박혀 자수에 집중하고 있다가 문득 고개를 들었다. 유리 벽 바깥으로 보이는 색이 꽤 어두워져 있었다. 어쩐지 실이 잘 안 보이더라니. 반쯤은 눈이 아닌 감각으로 하다 보니 알아채는 것이 늦었다.

그제야 부랴부랴 손에 들고 있던 걸 내려놓고 리체를 데리러 가기 위해 일어섰다. 기분이 상해 있어서 시간 가는 것도 신경 쓰지 못하고 있었다. 운동장 놀이터에 앉아 하염없이 날 기다리고 있을 리체를 생각하니 자신에게 짜증이 밀려온다. 어떻게 리체를 잊을 수가 있는 거지. 돈 거 아냐? 지나친 마이너스적 감정은 혐오감마저 불러일으켰다.

차 키를 집어 들고 나와 다급한 손길로 공방 문을 잠근다. 오늘따라 열쇠 구멍에 키 끼워 맞추는 것도 제대로 하지 못했다. 혀를 차며 겨우 문을 잠그고 돌아섰을 때였다. 맞은편 루이의 가게 문이 열리며 리체가 뛰어나왔다. 낭랑한 목소리가 거리에 크게 울려 퍼졌다.

"데본—!"

"……?!"

차로 향하던 발을 멈추고 놀라 리체를 바라보았다. 곧 리체가 길을 건너 달려와 내 앞에 섰다.

"다 끝났어요?"

"으……응……. 언제 왔어?"

내 물음에 리체는 눈가를 조금 찌푸렸다.

"아까 왔잖아요. 다녀왔습니다— 하고 인사도 했는데."

"거짓말하지 마. 들은 기억 없어."

마주 얼굴을 찌푸리며 대꾸하자 리체가 입을 삐죽 내밀었다.

"했어요."

"안 했다니까."

리체는 금세 울상을 지었다. 왜 고집을 부리는 걸까 싶어서 가만히 바라보다 눈을 들어 루이가 길을 건너 다가오는 것을 보았다.

"여기서 뭐 해."

"루이 씨가 데려와 준 건가요?"

"바쁜 거 같길래."

"고마워요. 말이라도 해 주고 가시지. 깜짝 놀랐어요."

루이는 멀뚱멀뚱한 얼굴로 날 바라보다 곧 리체를 내려다보았다.

"너 다녀왔다고 인사 안 했냐."

"했어요."

리체는 정말로 억울한 표정이었다. 나는 그제야 다시 곰곰이 기억을 되짚어 봤다. 그러고 보니 확실하진 않고 뭔가 흐릿하게 인사를 받은 기억이 있는 것도 같았다. 하지만 마치 어제나 그저께의 기억처럼 멀게 느껴졌다. 나는 리체 앞에 무릎을 잡고 쪼그려 앉아 물었다.

"정말 인사했어?"

"했다니까요. 데본이 '응.' 이라고 대답도 했단 말예요."

이런. 한 번만 더 물으면 완전히 울어 버릴 기세다. 나는 그제야 난처한 기분으로 웃으며 리체의 머리를 쓰다듬었다.

"미안. 내가 딴생각하고 있었나 보다."

"우잉……."

리체는 눈물을 한 방울 찔끔 매달았지만 씩씩하게도 금방 괜찮아졌다. 옆에서 멍하니 허공을 보며 담배를 피우고 있던 루이가 내게 시선을 주며 말했다.

"에드윈 씨가 드디어 대장이 됐다더라."

"아……."

"주말에 다시 올 테니 축하 파티 해 달라던데."

"제가요?"

"너랑 나 둘한테 하는 말이겠지."

"아……."

조금 애매한 기분으로 목소리를 내며 눈을 굴렸다. 내가 그 사람 파티해 줄 정도의 사이는 아닌 거 같은데.

하지만 내 생각이 어떻든 상관없이 에드윈은 정말로 주말에 휴가를 내고 다시 찾아왔다. 구겨진 표정의 채드를 데리고 말이다.

나는 일단 축하는 해 줬다.

"진급 축하드려요."

"아, 고마워."

대장이 되고 첫 휴가로 이곳에 온 에드윈은 한자리에 앉아 심기 불편한 채드와 우울한 나는 아랑곳없이 너털웃음을 지었다. 아무래도 채드와 나를 화해시키고 싶은 모양인데 그게 될 리가. 늘 생각하는 거지만 에드윈은 너무 낙관적인 것 같다.

나로선 부담스럽기 짝이 없는 자리였다. 어찌 됐든 내가 먼저 사과하지 않으면 안 되는 상황이었다. 하지만 뭐라 말머리를 떼야 좋을지 모르겠다. 앞뒤 없이 다짜고짜 그때 일을 들먹이며 미안하다 사과하는 게 옳은 것인가. 하지만 상대가 들을 의지가 없다면 해 봤자 무슨 소용인가. 오히려 화를 더 돋우는 게 아닐까. 거기다 내 맘 편해지자고 하는 사과가 과연 가치 있는 건가.

생각만 많아져 결국 아무 말도 할 수 없었다.

리체에게 미리 늦게 온다 말을 해 두고 루이의 집으로 왔지만, 여러모로 가시방석 같은 자리에 앉아 있는 건 참으로 괴로웠다. 대놓고 찬바람 풀풀 날리는 채드도 그렇지만 자기랑은 전혀 상관없다는 듯한 루이의 태도도 힘들었다.

잔에 담긴 술을 한 모금도 넘길 수가 없었다. 나는 결국 핑계를 대고 도망치듯 자리를 떴다. 집으로 들어갈까 했지만 리체에게 늦겠다 말하고 두 시간도 안 되어 들어가 굳이 사교성 없는 티를 내고 싶지가 않았다. 그래서 적당한 시간이 될 때까지 공방에 앉아 일을 하기로 했는데, 리체 핑계를 대고 나왔기 때문에 혹시라도 루이의 집에서 보일까 싶어 유리 벽에 암막 커튼을 치고 나서야 내부 등을 켰다.

한참 앉아 일을 하는 도중에 문이 열리며 에드윈이 모습을 비쳤다. 그는 멀뚱한 얼굴로 공방 안을 한번 둘러보다가 이내 나를 향해 빙긋 웃으며 한쪽 팔에 안은 샴페인 한 병과 위스키 두 병을 보여 주었다.

"준위. 술 상대 좀 해 줘."

"루이 씨랑 채드 상사는 어쩌고요."

"선후배 사이에 할 말이 있는 거 같아서 자리 피해 줬지. 들어가도 되나?"

"들어오세요."

바늘을 천에 꽂아 치우며 대답하자 에드윈은 안으로 들어와 일거리를 치운 테이블 위로 술을 내려놓았다. 나는 안쪽 찬장에서 컵 두 개를 꺼내 그와 내 앞으로 하나씩 놓았다.

"꼬마 아가씨는?"

"조금 있으면 잘 시간이네요."

시계를 보며 대답하자 에드윈은 술병 뚜껑을 따며 물었다.

"안 가 봐도 괜찮은 거야?"

"오늘은 허락받았으니까요."

"호오. 나로선 외롭게 마시지 않게 되어서 다행이군."

능청은. 일부러 내 상대를 하기 위해 온 것을 뻔히 알았지만, 굳이 그걸 꼬집어 말할 정도로 눈치가 없진 않았다. 그는 곧 컵 두 개에 술을 채우고는 자기 컵을 들어 보였다.

"건배."

나는 입가를 올리며 그의 컵에 내 컵을 약하게 부딪쳤다.

에드윈은 한 번에 컵을 비우고 새로 술을 채우며 말했다.

"지난 건 다들 적당히 잊고 사이좋게 지냈으면 좋겠는데 말이야."

대꾸 없이 조용히 입가만 올린 채 눈을 내리깔았다. 반쯤 마시고 남은 컵 안의 술을 바라보다가 마저 비우자 그는 다시 내 컵을 채워 주었다.

"그렇게 시무룩해하지 마."

"시무룩하지 않아요."

"그치만 시무룩해 보였거든."

"그래요?"

"그렇다니까."

하하……. 약간 소리 내 웃어 보였지만 역시 그리 기분이 나지는 않아서 목소리가 절로 침잠해져 버렸다. 에드윈은 날 가만히 쳐다보다가 문득 한숨처럼 웃으며 고개를 저었다. 무슨 우스운 생각이라도 들었던 모양이다. 별로 궁금하진 않아 왜 웃냐고 묻지 않았다.

우리는 그 뒤로 별말 없이 술만 조금 마시고 자리를 파했다. 샴페인 한 병만 비우고 나머지 두 병은 공방의 찬장 안으로 들어갔다. 에드윈이 나중에 와서 마실 테니 보관해 두라고 했다.

에드윈이 공방을 나가고 내가 다시 바늘을 잡은 지 얼마 지나지 않아 루이가 찾아왔다. 그는 에드윈이 앉았던 자리로 다가와 앉으며 물었다.

"안 올라가?"

"이거까지만 하고요."

"내일 하지그래."

"별로 잠도 안 올 거 같아서요."

"……."

그 뒤로 별달리 할 말이 있어 보이지 않음에도 루이는 계속 자리를 지켰다. 얼굴에 닿는 시선을 모르는 척 바느질을 하다가 결국 그를 한번 흘긋 보았다. 그러나 루이는 재촉하는 기색 없이 나를 내려다보기만 할 뿐이었다. 나는 다시 눈을 내려 천에 바늘을 꽂고 실을 당겼다.

"채드는 어쩌고 왔어요?"

"방금 에드윈 중…… 아니, 대장과 교대하고 오는 참이다. 그게 아니라도 딱히 그놈과 할 말이 있던 건 아냐."

"무슨 얘기 했는데요?"

"뭐가 궁금한데?"

약간 예민한 목소리였다. 지금까지의 대화 중 그럴 만한 게 있었나? 글쎄. 모르겠다. 사실 나는 루이와 채드가 무슨 얘기를 나눴는지 별로 궁금하지 않았다. 굳이 물었던 건 단지 대화를 이어 나가기 위한 노력이었다. 나는 수틀을 내려놓고 루이를 똑바로 바라보았다.

그렇게 잠시 그의 눈을 피하지 않고 마주 보자 루이가 이내 누그러진 기색을 보이며 말했다.

"거슬리게 할 거면 앞으로 오지 말라고 했을 뿐이야."

"방금 짜증 냈던 이유요?"

"계속 본체만체하니까."

"일하는 중이었잖아요."

"진작에 퇴근했을 시간이잖아."

나는 픽 웃으며 다시 수틀에 손을 올렸다. 하지만 곧바로 루이가 그 것을 뺏어 가 멀찌감치 치워 놓았다. 오늘따라 왜 이럴까? 의아하게 그를 보자 루이는 테이블에 한쪽 팔을 접어 세우고 머리를 받치며 날 물끄러미 쳐다보았다.

"왜요?"

"아직도 나한테 화가 나 있어?"

"화? 제가요?"

"그래. 네가."

"제가…… 루이 씨한테 화를 냈었던가요? 언제요?"

"……화를 낸 게 아니면, 곤란한데."

루이는 깊은 한숨을 쉬며 두 손으로 얼굴을 길게 쓸어내렸다. 그리 고 테이블에 상체를 풀썩 엎드렸다가 다시 일으켜 세우며 날 빤히 쳐 다보았다. 그렇게 쳐다본다고 내가 뭘 알 거란 착각은 안 했으면 좋겠 는데.

"무슨 말씀을 하시는 건지 전혀 모르겠네요. 혹시 취했어요? 횡설 수설하는 중?"

루이는 약간 어이없다는 듯 웃었다.

"내가 취한 것처럼 보여?"

나는 그에게 코를 조금 가까이 대고 냄새를 맡아 봤다. 나 역시 조 금 전까지 에드윈과 술을 마셔서 어느 정도 무뎌졌을 후각에 약간 독 하다 싶은 술 냄새가 맡아졌다. 나는 머리를 도로 물리고 대답했다.

"약간요."

"그럼 썩 보기 좋은 모습은 아니겠군."

"별로 그렇지도 않아요."

물이라도 가져다줘야겠다고 생각해 의자에서 일어났다. 곧바로 루

이가 내 손을 잡아챘다. 그를 내려다보자 루이는 시선을 아래로 둔 채
말했다.

"이젠 내가 그러거나 말거나 신경 쓰이지도 않는다는 거냐?"

그는 마치 관심 못 받아 토라진 애인처럼 굴었다. 그게 진심인지 단
순한 술주정인지 알 수가 없어 나로선 이렇다 할 반응을 보일 수 없었
다. 또다시 나 혼자 꼴사나워질까 봐.

루이는 긴 한숨을 쉬며 다른 손으로 내 남은 손을 잡아 자기 쪽으로
끌었다. 그는 내 두 손을 가만히 내려다보다가 문득 손바닥 위로 제
얼굴을 묻었다. 루이의 따뜻한 피부와 호흡이 맞닿은 피부로 전해졌
다. 루이가 그 상태로 웅얼거리듯 말했다.

"나는 진짜…… 지조고 지랄이고 없는 여자는 질색이야……."

나를 두고 하는 말일까? 아마도 그렇겠지.

내가 지나온 삶은 어차피 루이도 거의 알고 있다. 남자관계 역시.
루이는 그 당사자가 되기도 했으니 이제 와 변명해 봤자다. 나는 루
이에게 두 손을 내준 채 잠자코 있었다. 루이는 깊은 탄식을 하며 느
리게 말했다.

"그런데도 대체 왜 나는, 네가 아니면 안 되는 건지…… 스스로도
한심하기 짝이 없어."

"……."

"왜 다시 내 앞에 나타난 거야."

"……."

"보이지나 않으면 결국엔 나도 지쳐서 잊을 수 있었을 텐데."

루이는 차츰 흐느끼는 듯한 어조로 나를 원망했다. 그의 얼굴을 감
싼 내 손바닥이 젖어 들기 시작했다.

나는 그를 위로할 수 없었다.

"네가 계속 불안해했으면 했어."

"……."

"그래서 계속 내게 매달리길 바랐어."

"……"

"네가 나로 인해 슬퍼하고 괴로워하면 나 역시 괴로웠지만…… 동시에 좋았어."

"……"

"너한테 나란 놈의 존재가 무겁게 느껴지는 것 같아서."

"……"

"그럼 이번엔 쉽게 못 버리겠지 싶어서."

"……"

"하지만 넌 또 이렇게 쉽게 나와 거리를 벌리고 털어 낼 준비를 하지."

하……. 루이가 한숨처럼 짧은 웃음을 뱉어 냈지만, 여전히 목소리에 물기가 가득했다.

"……열받아. 이렇게 매번 내가 질 수밖에 없는 상황이 끔찍해."

"……"

"날 비참하게 하고 두렵게 하는 네가 싫고 미워."

"……"

"나는 이제 스스로는 널 놓을 수가 없는데."

그의 괴로움이 눈물의 형태로 내 두 손 안에 흥건히 고였다. 나는 손가락 사이로 넘치는 열띤 물을 가만히 흘려보내다 문득 그에게 물었다.

"내가 당신 눈앞에서 안 보이게 되면 괜찮아질까요?"

"……"

"그럼 언젠가는 아물게 될까요?"

"……"

"내가, 그리고 당신이 더는 당신을 괴롭게 하지 않을까요?"

루이가 내 손에서 얼굴을 떼더니 천천히 고개를 들었다. 잔뜩 젖어

든 그의 얼굴은 일그러짐 하나 없이 무표정했다. 나는 이미 눈물로 잔뜩 젖은 손으로 그의 얼굴을 닦아 줬다.

루이는 이내 내 양 손목을 각각 잡아 멈추게 했다. 나는 순순히 손을 멈추고 그에게 말했다.

"당신이 스스로 놓을 수 없다면 내가 놓을게요."

"……."

"그걸로 당신이 결국 언젠가는 괜찮아질 수 있다면, 그게 맞는 걸 거예요."

"……."

"미안해요. 내 욕심에 당신을 붙잡아 버려서."

그때 그의 옷을 붙잡는 게 아니었는데. 이런 관계를 다시 만들어선 안 됐는데. 그의 나약함을 비집고 들어가 결국 내 욕심을 채워 버렸다. 스스로는 어찌할 수 없는 괴로움에 몸부림치는 그를 멋대로 나를 원한다고 착각해서는 더욱 상처 입히고 있었다.

내 몸 하나 던져 주는 것으로 그를 위로할 수 있으리라 생각했던 걸까. 이 얼마나 오만한지.

"미안해요. 루이 씨."

"하……."

루이가 한 번 더 짧은 헛웃음을 내뱉으며 고개를 저었다. 그는 부여잡고 있던 내 양 손목을 천천히 벌리며 나를 제게로 끌어당겼다. 나는 그에게 한 발 한 발 다가가 섰고 그는 내 배에 머리를 기댔다. 그는 피가 통하기 어려울 정도로 내 손목을 세게 쥔 채 그대로 제 목뒤로 이끌었다. 손끝이 그의 머리카락과 함께 목덜미에 닿았다.

내 배에 머리를 기댄 채 루이가 말했다.

"너무 늦었어. 이젠 안 돼."

"루이 씨…… 알잖아요. 계속 이렇게는……."

"이딴 머저리 같은 트라우마 때문에 널 다시 놓칠 수는 없어."

"……"

"그렇게 되면 나는 차라리 자살해 버릴 거야."

"……"

"가려면 그냥 이대로 날 죽이고 가."

루이는 내 손목을 더욱 꽉 쥐었다가 곧 머뭇거리듯 놓아주었다. 나는 그의 목덜미에 닿은 손을 떼지도 그대로 쓰다듬지도 못한 채 한참을 망설이고 서 있었다. 루이의 두 팔이 내 허리를 감았다.

"안아 줘."

나지막한 명령에 비로소 그의 머리에서 등으로 손을 천천히 쓸어내렸다. 가볍게 묶인 긴 머리칼이 손가락에 부드럽게 스쳤다. 내 허리를 안은 루이의 팔에 힘이 더 들어갔다. 그의 목덜미에 식은땀이 맺히기 시작했다. 루이는 호흡을 거의 죽인 채 한참을 그렇게 내 손에 자신의 등을 맡겼다.

"후회하지 않겠어요? 루이 씨는 기회가 있었어요."

나는 정말로 그를 놓아주려고 했다. 하지만 루이가 놓지 않았고 나는 다시 이 애매한 관계를 이어 나가야 한다. 그가 과연 앞으로 이 순간을 후회하지 않을까?

"……몰라."

내 물음에 루이가 자긴 겁쟁이가 아니라며 작게 투덜댔다.

"하지만 지금을 넘기지 못하면 반드시 후회할 거란 건 알아."

루이의 어깨를 잡고 내게서 떨어뜨렸다. 루이가 순순히 내 허리를 놓으며 떨어진다. 그의 다리 위에 마주 보고 앉아 그의 목에 두 팔을 감았다. 루이는 온몸을 긴장시키긴 했지만 날 내치진 않는다. 굳어 있는 그를 잠시 바라보다가 얼굴을 약간 기울여 그와 입을 맞췄다.

혀로 그의 입술을 벌리고 안으로 들어가 미끈한 살덩이를 건드렸다. 그건 곧바로 움직여 내 혀를 감았다.

한참 입을 비비다 떨어뜨리고 물었다.

"눈은 안 감아요?"

루이는 약간 눈가를 찌푸렸다.

"당장 너무 많은 걸 바라지 마. 나는 지금도 애쓰고 있어."

"알아요."

루이의 손이 내 치마를 걷어 올렸다. 하지만 나는 그의 손을 잡아 멈추며 다리에서 일어났다. 루이가 불만스럽게 날 쳐다봤지만 어쩔 수 없었다. 나는 어제부터 월경 중이었다. 예전에 유산했던 이후로 날짜가 늘 불규칙해서 루이는 그렇게 많이 나와 몸을 섞고도 내 주기를 몰랐다. 방금까지 침잠했던 분위기에 뜬금없이 말하기도 민망하고.

"늦었어요. 리체 들여다봐야 해요."

"보고 다시 내려와."

"루이 씨는 집에 가서 손님 접대해야죠. 집주인이 집을 비우면 어떡해요."

"이 상황에 새삼?"

루이가 이해할 수 없다는 듯 노려봤으나 나는 기어이 그를 자리에서 일으켜 공방에서 내보냈다.

루이와의 일로 마무리하고자 했던 자수를 결국 다 하지 못하고 공방을 나섰다. 집으로 올라가 현관문을 열자 거실 소파 부근의 무드 등이 어둠 속에서 은은한 빛을 내는 걸 볼 수 있었다.

발소리를 죽이고 리체의 방 앞으로 가 문을 조심스럽게 열어 보았다. 침대 위 작게 오르락내리락하는 이불 더미가 보인다. 침대 가로 가까이 다가가 내려다보자 리체가 낡은 토끼 인형을 안고 잠들어 있었다. 유독 애지중지하는 인형인 만큼 리체가 최대한 깨끗하게 유지하고는 있었지만 그래도 매일같이 이렇게 비비적거리고 있으니 조만간 한번 빨아야 할 것 같다.

손등을 리체의 이마에 대 혹시나 있을지 모를 열을 재 보고 이내 문제없다는 판단을 내리며 거뒀다. 리체는 이불도 꼼꼼하게 잘 덮고 자서 다시 다듬어 줄 필요도 없었다. 자주 아픈 것만 **빼면** 정말로 손이 덜 가는 아이다. 혹 악몽을 꾸고 있진 않은가 잠시 의자에 앉아 잠든 리체를 바라보다 한참이 지나서야 방을 나왔다.

다음 날 아침에 공방 앞 청소를 위해 빗자루와 쓰레받기를 들고 밖에 나왔다. 루이의 가게 앞 길가에 주차되어 있던 차는 보이지 않았다. 이제 막 어슴푸레하게 날이 밝은 참인데 에드윈과 채드는 벌써 돌아간 모양이었다. 술이 깨자마자 바로 떠난 건가.

휴가라고 했으니 조금 더 느긋하게 움직여도 됐을 텐데 루이의 집이 불편하기라도 했던가. 하긴 손님방으로 만들어진 공간을 창고로 쓰는 루이의 집에선 침실 말고는 제대로 몸을 눕힐 곳이 없었다. 기껏해야 거실의 소파 정도. 루이가 특별한 이유도 없이 그들에게 침실을 양보할 리도 없으니 두 사람은 소파와 바닥에 구겨져 잤을 것이다. 썩 편하진 않았겠지.

그런데 루이는 손님을 들이고 제대로 자기는 했을까. 침실 공간이 나뉘어 있고 문도 잠글 수 있으니 괜찮았을지도 모르겠지만 아주 약간 걱정이 되긴 했다.

돌바닥 위 흙먼지를 쓸어 내고 어디서 굴러왔는지 모를 돌멩이와 풀, 나뭇조각, 그리고 누군가가 버린 쓰레기 등을 쓰레받기에 쓸어 담아 건물 옆에 놓인 양철 쓰레기통에 넣었다. 빗자루와 쓰레받기를 부딪쳐서 먼지를 탈탈 털고 있는데 맞은편 건물에서 루이가 계단을 타고 내려오는 게 보였다. 일단 겉으로는 별로 피곤해 보이진 않았다.

그는 곧바로 날 발견했고 나는 고갯짓으로만 아침 인사를 건넸다. 루이는 길을 건너와 내 앞에 섰다. 그는 주머니에서 담배를 꺼내 물고 불을 붙인 뒤 연기를 빠끔 내뱉더니 그때까지도 가만히 서 있던 내게 말했다.

"오늘 저녁에 시간 되면 식사 같이하자. 꼬맹이도. 혹시 다른 일정 있어?"

"딱히 없어요."

"그럼 6시 반에 내 집으로 와."

"알았어요. 리체가 좋아하겠네요."

"걔가? 걘 나 별로 안 좋아할 텐데."

"루이 씨의 음식은 좋아해요."

"대체 평소에 뭘 먹이는 거야."

최대한 조리에 손이 덜 가는 걸 준다. 과일은 그대로 주고 채소와 곡류는 반은 그대로 반은 익혀서 준다. 고기는 구웠다가 신발 밑창을 씹는 듯한 질김을 느낀 후론 되도록 물에 삶거나 쪄서 주고 있다. 또 맛을 낸답시고 괜한 모험을 하는 짓도 이젠 포기해서 소스가 필요할 때는 소금이나 조금 곁들이는 정도였다.

하지만 이 모든 걸 구구절절 설명하지는 않았다. 나는 아무렇지 않은 체하며 대꾸했다.

"자연 건강식이요."

루이는 픽 웃으며 연기를 내뱉었다.

"꼬맹이는 특히 뭐 좋아하는데?"

"글쎄요……?"

막상 물으니 선뜻 생각나는 게 없었다. 리체는 전부 그럭저럭 잘 먹었다. 외식을 하거나 루이가 음식을 만들어 주면 조금 더 얼굴에 화색이 돌기는 했지만 그래도 특별히 뭔가를 더 좋아한다거나 먹고 싶다는 말을 들어 본 적이 없었다. 맛이 어떠냐고 물으면 늘 맛있다고 했다.

리체가 맛없다고 불만을 내비쳤던 적은 예전에 한 번, 병원식이 처음이자 마지막이었다. ……그리고 그때 맛있는 걸 사 준답시고 데리고 나간 외식 자리에서 제인이 죽었고.

아, 혹시 그래서인가.

갑작스러운 깨달음에 절로 탄식이 흘러나왔다. 그때 내 표정이 그리 좋아 보이진 않았던지 루이가 의아하게 물었다.

"왜 그래?"

"아니에요. 아무것도."

갑자기 떠오른 제인의 죽음도 그랬지만 무엇보다 리체가 여전히 그 일에서 빠져나오지 못하고 있을지도 모른다는 생각이 들자 급격하게 속이 불편해지기 시작했다.

그동안 리체와 내가 잘 지내고 있다고 생각했는데 그저 내가 무신경했을 뿐이라는 걸 알게 되니 가벼운 충격과 함께 당혹스러워진 것이다.

잠시 할 말을 잊고 있던 나는 이내 착잡한 기분으로 루이에게 말했다.

"아직까지 가리는 건 없었어요."

"그래? 그럼 내가 알아서 한다."

"네. 그럼 저 먼저 들어가 볼게요."

"그래."

조금 있으면 리체가 일어날 시간이라 아침 챙겨 주고 학교에 데려다주려면 슬슬 들어가 봐야 했다. 청소 도구를 한 손에 모아 들고 계단 문으로 향하는데 갑자기 루이가 불러 세웠다.

"잠깐."

"네?"

루이를 돌아보자 그는 주머니에서 휴대용 재떨이를 꺼내 담배를 끄고 다시 집어넣었다. 본 적 없는 거였다.

"그거 샀어요?"

"어제 주민 센터에 잠깐 들렀었는데 깨끗한 지역 운동 어쩌고 하면서 나눠 주더라. 길바닥에 버리지 말라고."

"아……."

깨끗한 지역 만들기는 최근 주민 자치 센터(주민 센터의 정식 명칭, 시민 청사의 하위 기관으로 보통 마을 2~3곳 정도를 관리한다)에서 내건 슬로건으로 길에 쓰레기 버리지 않기, 아침마다 자기 가게나 집 앞을 청소하기 등등 여러 가지 항목을 써서 집마다 나눠 줬다. 강제는 아니지만, 취지가 나쁘지 않아 나는 되도록 지키려고 하는 편이다. 최근 이렇게 아침마다 가게 앞을 청소하는 이유기도 했다.

나는 이해했다며 고개를 끄덕이곤 물었다.

"근데 왜 불렀어요?"

루이는 누가 있나 살피듯 주변을 두리번거리더니 곧 바짝 다가와 두 손으로 내 얼굴을 붙잡고 입을 맞췄다. 밖이라서 그런지 그리 길지는 않았다.

임무를 벗어난 루이는 보기보다 보수적인 면이 좀 있었던 터라 남들 앞이나 트인 곳에서 이런 애정 표현으로 여겨질 법한 행동을 잘 하지 않는 편이다. 그래서 방금의 키스엔 약간 놀랐다.

"밖에서 이런 거 잘 안 하잖아요."

"지금은 아무도 없으니까."

절로 맥없는 웃음이 빠져나왔다. 루이는 날 돌려세우고 어깨를 잡아 계단 문 앞까지 밀어 주며 말했다.

"들어가. 이따 보자."

"네. 이따 봐요."

나는 장난삼아 등으로 그의 몸을 툭 치곤 문을 열고 안으로 들어왔다. 계단을 타고 집으로 올라와 청소 도구를 현관에 정리해 둔다. 리체는 아직 자고 있는지 집 안은 조용했다.

싱크대에서 손을 씻고 도마와 칼을 꺼내 놓았다. 냉장고에서 과일과 잎채소를 꺼내 먹기 좋은 크기로 썰고 손으로 찢어서 그릇 두 개에 채워 놓는다. 간단히 준비된 샐러드를 식탁으로 옮기는데 마침 방문이 열리며 리체가 눈을 비비며 나왔다.

"좋은 아침, 데본."

"좋은 아침, 리체."

리체는 곧장 욕실로 향했다. 나는 그동안 전날 사 온 식빵을 잘라 팬에 구웠다. 리체가 세수를 하고 나왔을 때 나는 구운 식빵 조각들을 접시에 담아 식탁 가운데에 놓고 빵과 함께 사 왔던 딸기잼을 작고 오목한 접시 두 개에 덜어 샐러드 옆에 각각 놓았다.

"잘 먹겠습니다."

리체가 식전 인사를 하곤 식빵으로 손을 뻗었다. 나는 포크로 샐러드 속 양배추를 찍어 입에 가져가 씹으며 리체가 먹는 모습을 바라보았다.

리체는 식빵을 찢어 딸기잼에 콕콕 찍어 먹고 있었다. 한입에 한 번씩. 버터나이프를 옆에 놓아 줬지만 쓰지 않는다. 발라 먹는 것보다 찍어 먹는 편을 더 선호하는 건가.

나는 느리게 씹던 양상추를 삼키곤 리체를 불렀다.

"리체."

리체가 입을 오물거리며 나를 쳐다보았다.

"저녁때 루이 씨가 같이 식사하재. 괜찮지?"

리체는 고개를 크게 끄덕거리며 입 안의 빵을 꿀꺽 삼켰다. 입가가 움찔거리는 게 아마도 루이의 음식이 기대되는 모양이었다.

"특별히 먹고 싶은 거 있어? 루이 씨가 해 주겠대."

"전 다 좋아요."

리체는 평소와 다름없이 답했고 나는 그 말을 평소와 다르게 받아들였다. 나는 잠시 망설이다가 물었다.

"좋아하는 음식이 뭐야?"

"……?"

리체는 빵 한 조각을 다 먹고 샐러드를 포크로 찍어 먹다가 고개를 갸웃거렸다. 의아해하는 듯하면서도 리체는 순순히 대답했다.

"다 좋아해요."

그래, 편식 안 하면 좋은 거지. 긍정적으로 생각하자 여기면서도 한편으론 떨떠름함을 지울 수가 없었다. 내가 정말 잘하고 있는 건지 자신이 없었다.

리체를 학교에 데려다주고 나서야 공방 문을 열었다. 문 아래에 던져진 신문을 들고 안으로 들어와 유리 벽에 쳐진 커튼을 열어 묶고 진열대 상단의 등을 켠다. 진열대 뒤로는 막이 있어 내부가 보이지 않는다. 일에 집중하기 좋았다. 다른 벽에 나 있는 작은 창문들 앞의 커튼도 모두 열자 빛이 쏟아져 들어온다. 그제야 탁자에 앉아 그 앞에 놔뒀던 신문을 펼쳐 보았다.

신문을 구독하기 시작한 지는 며칠 되지 않았다. 과거가 지긋지긋했던 탓에 사실 이젠 세상사에 전부 관심 끊고 살고 싶었지만, 어디 산속이나 오지에 들어가 완전한 단절 상태로 살지 않는 한은 어느 정도 돌아가는 흐름은 알아 둬야 했다. 그래야 만약의 사태가 왔을 때 대비할 수 있을 테니까. 무엇보다 나는 이제 혼자가 아니다. 내 무지에 직접적으로 피해를 보는 것은 내 보호 아래에 있는 리체가 될 테니 내키는 대로 지낼 수만은 없었다.

신문의 헤드라인은 언니에 관한 얘기였다. 봉사 취지의 한 행사에 참여한 사진이 함께 올라와 있었다. 언니는 그림 같은 미소를 지은 채 전쟁으로 인해 고아가 된 어린아이를 안아 주고 있었고 나는 거기에 별다른 감상을 느끼지 못했다. 좋지도 않고 싫지도 않다.

내가 여기서 적응하는 동안 언니는 어느새 여왕이 됐다. 과거에 무너졌던 황성을 본떠 지어진 왕궁에 들어갔고 거의 매일 봉사 활동이나 행사에 참여해 지친 국민을 위로하는 모습을 보였다.

쥬페도라에 대한 얘기는 보이지 않았다. 이제 군 비리 건은 완전히 수습한 모양이다. 나는 신문을 전부 읽고 나서 반듯하게 접어 한편에 치워 두고 어제 하다 말았던 자수를 마무리하기 위해 멀리 놓여 있는 수틀을 앞으로 끌어왔다.

이미 거의 다 했던 거라 자수는 금방 끝났다. 이제 뭘 할까 잠시 고민하다가 이내 레이스를 뜨기로 하고 실뭉치를 꺼내 왔다. 그렇게 또 한참 쉬지 않고 일을 하고 있는데 문득 문에 달린 종소리가 울려 고개를 들었다. 루이였다. 눈이 마주친 그는 내 옆에 있는 의자로 다가와 앉더니 나를 향해 몸을 틀며 물었다.

"점심은?"

그제야 벽시계를 보았다. 어느새 점심때가 다 되어 있었다. 배가 고프지 않아 시간이 이렇게 된 줄도 몰랐다. 나는 손을 쉬지 않으며 대답했다.

"배가 안 고파서요."

"그럼 나랑 장이나 보러 가자."

"오늘 저녁거리 사게요?"

"어. 이따가 가게 문 좀 일찍 닫고 갈까 했는데 지금 시간 나는 김에 다녀올까 해서."

나는 일감을 내려놓고 내놨던 실들을 바구니에 정리하며 말했다.

"그럼 사 올 거 알려 주고 루이 씨는 가서 식사하세요. 장은 제가 가서 봐 올게요."

"식료품 볼 줄은 알아?"

"그냥 싱싱한 거 사면 되지 않나요?"

"그러니까 뭐가 싱싱하고 안 싱싱한 건지 아느냐고."

"그냥 딱 봐서 좋아 보이는 거……."

"같이 가, 그냥."

루이는 내가 못 미덥다고 했다. 특히 먹을 거 관련해선 더욱.

"배고프실 거 아녜요."

"별로 안 고파. 한 끼 굶는다고 죽는 것도 아니고."

"그래도……."

"일어나. 나가자."

루이가 내 손을 잡아 자리에서 일으키며 품으로 끌어당겼다. 저항 없이 순순히 이끌려 안기자 루이의 손이 내 등을 쓸어내리는 게 느껴진다. 그는 내 머리와 볼에 입을 맞추곤 잠시 나를 바라보다 얼굴을 들이밀며 내 입술을 물었다.

아랫입술이 그의 입술 사이로 빨려 들어갔다가 풀리고 비벼진다. 이윽고 가볍게 혀를 감았다가 떨어진 루이는 나를 데리고 공방을 나섰다.

그의 차 조수석에 앉아 안전띠를 맸다. 루이는 운전석에 앉아 시동을 걸며 말했다.

"오늘은 시내 광장에서 장이 서는 날이야."

"아……."

"잊고 있었지?"

"네."

"저번에 알려 줬잖아. 5일마다 큰 장이 선다고."

"이제 기억났어요."

노우디는 수도와 달리 항시 장이 서는 게 아니라 5일에 한 번씩 장이 선다고 루이의 가게에서 일하던 때에 들은 적이 있었다. 하지만 사람 붐비는 걸 별로 안 좋아하는 데다 일부러 날짜 맞춰 움직이기 번거로워서 일부러 가 본 적은 없었다. 필요한 게 있으면 그냥 상점을 이용하거나 차도 있으니 조금 멀리 나가서 사 와도 됐다.

"너만 그렇게 생활력이 떨어지는 거냐? 아니면 귀족이란 다 그런 거냐?"

"저 생활력 괜찮은데요."

"하, 잘도."

루이는 내가 마치 세상 물정 모르고 나와선 호구 취급당하는 귀족

인 양 무시했다. 내가 세상사에 약간 무관심하긴 하지만 그 정도는 아
닌데. 코웃음 치는 그를 약간 흘겨보다가 별말 없이 앞쪽으로 고개를
돌렸다. 루이는 내게 토라졌냐고 물었고 나는 대답하지 않았다. 루이
는 한 손을 뻗어 내 팔을 말없이 쓸어내리다 손등을 덮어 쥐었다.

광장 부근에 선 장은 외부에서 온 이동 상인들과 지역 주민들로 가
득했다. 점심시간이라 좌판 앞에서 도시락을 먹는 상인들이 종종 보
인다. 볼이 부풀 정도로 음식을 입 안 가득 우물거리며 손님의 계산을
돕는 상인도 있었다.

나는 문득 오래된 기억 속, 시장에서 장신구를 팔던 모건의 밝은 얼
굴을 떠올렸다. 나와 그의 첫 만남은 이곳과 분위기가 비슷한 소란스
러운 시장 안이었다. 그는 꽤 자연스럽게 평범한 이들의 틈에 녹아들
어 있었고 나는 전혀 눈치채지 못했다. 어색한 점이 있었다 해도 당시
의 나는 남을 살필 여유가 없었다. 여유가 없는 건 그 이후로도 마찬
가지였지만 어쨌든 그 당시의 나는 확실히 순진한 아가씨였다. 한숨
이 나올 만큼 우울한 청춘이었다.

그러고 보니 내가 그때 그에게서 뭘 샀었더라.

생각에 잠겨 무심코 늘어진 머리카락에 손가락을 감았다가 불현듯
걸음을 멈췄다.

"아."

머리 장식이었던가.

그때 앞서가던 루이가 되돌아와 내 팔을 잡고 얼굴을 빤히 들여다
보았다.

"데본."

"네?"

"무슨 생각을 그렇게 해? 무슨 문제 있어?"

"아니요."

"……."

루이가 나를 가만히 응시했고 나는 이내 즉흥적인 변명을 지어냈다.

"제가…… 계단 문을 잠갔는지 잘 기억이 안 나서요."

루이는 약간 얼굴을 찌푸렸다가 폈다.

"이제 와서 고민해 봤자야. 안 잠갔다 해도 여기서 뭘 어쩔 수 있는 것도 아니니 괜히 스트레스받지 마."

"하긴. 그렇네요."

다시 루이를 따라 멈췄던 발을 뗐다.

루이는 웬만하면 장이 설 때 이용하는 편이 이득이라며 날 데리고 괜찮은 상인들을 소개해 줬다. 생선, 잡화, 채소, 과일, 간식류 등 각각의 품목을 파는 다양한 상인들을 지나치자 장바구니가 금세 묵직해진다. 가격은 확실히 싼 편이었다.

루이는 방금 만들어진 조그만 막대 사탕을 사서 내 입에 물려 주고 자기도 하나 입에 가져가며 물었다.

"나는 다 샀는데, 넌 뭐 필요한 거 없어?"

"저도 다 샀어요."

상인들의 현란한 화술에 넘어가 충동적으로 물건을 사서 채운 천 가방을 들어 보이며 대답했다. 루이는 그럼 그만 돌아가자며 돌아섰다. 어느새 슬슬 점심시간도 끝날 참이라 순순히 그 뒤를 따랐다.

그는 내 앞에서 사람들 틈을 헤치고 길을 만들며 걷다가 문득 한 좌판 앞에서 발을 멈췄다. 그를 따라 발을 멈추고 눈을 돌리자 그의 시선 끝엔 팔찌며 목걸이 같은 장신구들이 늘어진 좌판이 있었다. 좌판 앞에 앉아 구슬을 꿰던 십 대 후반의 소녀가 시선을 느꼈는지 고개를 든다. 소녀는 좌판을 응시하는 루이를 끔벅끔벅 바라보다가 조심스럽게 물었다.

"찾는 게 있으세요?"

루이는 그제야 좌판에서 눈을 거두더니 소녀를 흘긋 보곤 대답 없이 그 앞을 떠났다. 루이의 뒷모습을 보는 소녀의 표정이 금세 시무룩해진다. 보아하니 오늘 별로 물건을 팔지 못한 듯했다. 나는 성큼 멀어지는 그의 등을 바라보다 한숨을 쉬며 소녀의 좌판 앞에 쪼그려 앉았다. 소녀는 축 처졌던 눈매를 다시 끌어 올렸다.

"어서 오세요."

소녀의 인사를 눈짓으로만 받아 주며 좌판을 내려다보았다. 장신구들은 꽤 이국적인 색감을 지니고 있었다.

이스트란은 대체로 반짝거림이 강하며 속이 좀 투명하다 싶은 보석이 잘 팔린다. 그 외로는 금, 은, 진주 정도. 값어치 적은 구슬이라도 대체로 비슷한 형태를 따랐다. 하지만 이 좌판에 있는 장신구들은 그런 게 전혀 없었다. 보석……이라고 말해도 좋을지는 모르겠지만 어쨌든 이 구슬들은 화사함보다는 좀 어둡게 느껴지는 색감이 많았고 투명함도 보이지 않았다. 진주와 비슷한 듯하면서도 달랐다.

눈에 익숙지 않으니 언뜻 조잡해 보이기도 했다. 그저 돌을 깎아 놓은 것 같았기 때문이다. 하지만 자세히 보면 또 나름의 매력이 있었다.

나는 이 구슬의 정체가 네트란에서 대중적으로 쓰이는 옥이라는 걸 알았다.

군 생활 당시 네트란 포로를 잡았을 때 포로 중 몇 명이 옥으로 이루어진 펜던트를 끈으로 꿰서 목에 걸고 있거나 구슬의 형태로 알알이 꿰서 팔찌로 차고 있던 것을 본 적이 있었다. 당시엔 그 이름을 몰라서 궁금함에 그게 뭐냐고 물은 적이 있는데 그들은 그게 옥이라고 답했었다.

건강과 행운을 가져다준다고. 그때 나는 정말로 그게 행운을 가져다준다면 그들이 포로로 잡힐 일이 없을 거라고 생각했다.

나는 좌판에서 유백색의 구슬 팔찌 하나와 검은색과 노란색이 기묘하게 섞인 구슬 팔찌—소녀 상인은 그게 호안석이라고 했다—하나, 그리고 연녹빛의 브로치 하나를 골라 들고 물었다.

"얼마예요?"

"1골드 10실버인데 1골드만 주세요."

"여기요. 많이 파세요."

"감사합니다."

사실 시장에서 산 것치고 싼 편은 아니지만 큰 부담 없이 돈을 꺼내 줬다. 소녀가 화색을 띠며 돈을 받아 챙겼다. 나는 자리에서 일어나 저 앞에서 멈춰 선 채 날 쳐다보고 있는 루이에게 다가갔다. 그리고 검은색과 노란색이 섞인 구슬 팔찌를 내밀었고 루이는 내 손에 들린 팔찌를 내려다보며 눈썹을 휙 올렸다.

"뭔데?"

"선물이요."

루이는 선뜻 그것을 받지 않았다. 그는 뭐 하러 이런 걸 샀냐는 듯 한 표정이었다.

"별로 가지고 싶어서 쳐다봤던 건 아닌데."

"알아요. 그냥 신기해서 쳐다본 거죠?"

"알면서 뭐 하러……."

"이 보석은 건강해진다는 미신이 있더라고요."

"내가 비실거린다는 뜻?"

"그럴 리가요. 그저 앞으로도 건강하라고요."

나는 천 가방을 어깨에 걸치고 루이의 한쪽 팔을 잡아 끌어와 그 손 목에 팔찌를 채웠다. 손을 놔주자 루이는 팔찌가 어색한 듯 손목을 약 간 흔들었다. 자잘한 구슬들이 그 움직임에 따라 자그락자그락 소리 를 냈다.

"보석이긴 하냐? 이거."

"아마도요."

"그건?"

루이는 유백색 구슬 팔찌와 연녹색 브로치를 보며 물었다. 나는 손수건을 꺼내 그것들을 곱게 싸서 주머니에 집어넣었다.

"이건 리체 거예요."

리체는 연약하니까 두 개다. 두 배로 더 건강해지라고.

"넌?"

"전 필요 없어요. 그만 가죠."

차를 타고 돌아오는 길에 루이는 손가락으로 핸들을 몇 번 두드리다 물었다.

"그 꼬맹이는 어떻게 거두게 된 거야?"

"리체요?"

"그래."

"저에 대해선 에드윈 대장님께 다 들은 거 아니었나요?"

"별로 들은 거 없는데. 네가 사고 치고 죽은 사람이 됐다는 거 정도?"

정확히는 다른 사람으로 세탁된 거지만 굳이 정정진 않았다.

"그리고요?"

"없어. 그게 다야. 그 외로 내가 아는 건 신문이나 네 입을 통해서 알게 된 거고. 그마저도 별거 없지만."

"그럼 제가 이사 온 초반에 에드윈 대장이 루이 씨를 뭐라고 설득했는데요?"

뭔가 그럴듯하게 설득했으니 갑자기 태도를 바꿨던 것 아니냐고 물었다. 루이는 짜증스럽게 혀를 찼다.

"왜 말을 돌려. 내가 먼저 물어봤잖아."

"서로서로 물어볼 수 있는 거죠 뭐. 심문하는 것도 아니고."

"네가 먼저 대답해."

"싫어요. 루이 씨가 먼저 말해 봐요."

"너 이렇게 치사하게 나올 거야?"

"제가 치사한 게 하루 이틀인가요."

루이가 날 째려보았다. 나는 그 시선을 아무렇지 않게 받아넘겼고 루이는 작게 씩씩대다가 마지못해 대답했다.

"그 사람은 내가 정 싫다 하면 널 곧바로 데려간다고 했어. 그러니까 당장 대답을 하라고 하더군. 자긴 지금 여기서 낭비할 시간이 없다면서 말이지."

"그리고요?"

"그리고는 뭘 그리고야. 네가 여기 있는 걸 보면 모르겠어?"

다시 울뚝 성질을 내려는 그를 보고 나는 얼른 말을 꺼냈다.

"아니, 그걸 몰라서가 아니라요. 에드윈 씨가 한 말이 그게 다냐고요."

루이는 그 외로 무슨 말이 더 있겠냐면서 날 더 이상하게 쳐다봤지만, 순순히 답했다.

"그게 단데."

"……."

"왜."

"아니에요."

솔직히 말하자면 나는 에드윈도 루이도 이해할 수가 없었다. 에드윈은 어째서 제대로 된 설명도 없이 루이에게 날 맡겨 버린 건지, 그리고 루이는 아무것도 모르는 채로 어떻게 곁에 내 존재를 허락할 수 있는 건지. 결과적으로 나로선 평안을 얻었으니 굳이 따지고 들 필요까진 느끼지 않았지만, 타인의 불가해한 사고 영역을 대면하는 것은 절로 떨떠름함을 느끼게 했다.

"그래서 넌. 왜 그 꼬맹이랑 사는 건데."

약간 한숨을 쉬었다.

"이혼 전에, 아이를 입양했던 적이 있어요."

"알아."

"그 아이가 죽었다는 건요?"

"……최근에서야 알게 됐어."

루이도 나처럼 과거가 지긋지긋해서 그간 세상과 동떨어져 살다시피 했다고 한다. 그러다 최근 들어서야 지난 신문들을 훑어보기 시작했고 거기서 나와 입양아가 테러를 당했다는 기사를 읽었다고 했다.

"신문엔 뭐라고 적혀 있었어요?"

"긴 내용은 아니었어. 군정권 잔당으로 추정되는 테러리스트의 습격을 받은 뒤 네가 부상을 입고 입양아는 그 자리에서 즉사했다고."

"정확하진 않았네요."

범인은 군정권의 잔당이 아니었고 나 역시 거기서 부상을 입지 않았다. 루이는 시선을 앞에 둔 채 단조로운 어투로 말했다.

"기사가 뜬 것도 단 하루뿐이었어. 그 뒤론 막혔는지 어쨌는지 더 얘기가 없었고. 근데 그게 꼬맹이랑 무슨 관련이라도 있어?"

"리체는 그 입양아의 친동생이에요."

거기다 그때 그 사건 자리에도 있었다고 덧붙였다. 루이는 미간을 찡긋거리며 물었다.

"죽은 애 대신이라는 거냐?"

"아니요. 그보단 속죄에 가까워요."

"후원하는 방식도 있었을 텐데."

"그 애랑 나도 여러 가지 사정이 있었던 거죠."

당장 구구절절 모든 것을 설명하기엔 내 정신적 기력이 받쳐 주지 않을 것 같아 두리뭉실하게 넘겼다. 루이는 그 사정에 대해 더 듣고 싶은 눈치였으나 모른 척했다. 루이는 일단 리체에 관해서는 더 묻지 않았다. 대신 쥬페도라에 대한 화제를 꺼냈다.

"그럼…… 이혼한 건 그때 그 사건 때문이냐? 애가 없어져서 그 인간과는 더 노력할 수 없어졌던 거야?"

"반 정도는요."

"다른 반은?"

약간 머리가 아파지는 것 같아 손끝으로 관자놀이를 눌렀다. 루이를 보지 않은 채 꾹꾹 눌러 마사지를 하며 한숨을 쉬었다.

"으음……. 굳이 들어야 할 필요가 있어요? 어차피 이미 끝난 일인데."

"그 인간이 널 이렇게 순순히 놔준 게 납득이 안 돼서 그래."

머리를 누르던 손을 내리고 루이의 옆얼굴을 쳐다봤다. 이렇다 할 표정은 없었지만, 그에게 쥬페도라가 곱게 생각되진 않을 거란 건 충분히 예상할 수 있었다. 그런 루이에게 굳이 데이지에 대해 말할 필요는 없다고 생각했다. 나는 데이지가 쥬페도라로 인해 애먼 피해를 보길 바라지 않았다. 그래서 진실을 말하는 대신 가볍게 웃으며 농담으로 무마하려고 했다.

"왜, 불안해요?"

루이는 날 흘끗 보았다가 다시 앞쪽으로 눈을 돌렸다.

"그래."

"그럴 필요 없어요. 제가 다시 그에게 갈 일은 없을 테니까."

"……."

내 말에 루이가 침묵했다. 그제야 뒤늦게 아차 한다. 내 말은 이미 그에게 신용이 없단 걸 잠시 잊고 있었다. 순간 처지도 잊고 뻔뻔한 소리를 해 버렸네. 창피함에 절로 마른세수를 했다. 그때부터 집 앞에 도착할 때까지 우리 사이엔 아무런 대화도 오가지 않았다.

"이따가 봐."

"네."

집 앞에 도착해 차에서 내리기 전 우리는 그제야 아까의 대화는 없었던 양 아무렇지 않게 말을 주고받은 뒤 헤어졌다. 나는 맞은편 건물 뒤로 향하는 차 뒤꽁무니를 잠시 바라보다 몸을 돌렸다.

집에 올라와 사 온 것들을 정리한 뒤 리체의 방으로 들어갔다. 주머니에 넣어 뒀던 팔찌와 브로치를 꺼내 리체의 책상 위에 가지런히 올려 두고 금방 다시 나온다. 그 뒤엔 공방으로 내려와 일을 하다가 4시 반쯤 리체를 데리러 집을 나섰다. 차를 몰고 학교 앞으로 가자 리체는 막 건물을 빠져나오고 있었다. 리체는 내 차를 발견하자마자 곧바로 운동장을 가로질러 달려왔다. 나름대로 열심히 발을 놀리는 것 같았지만 그리 빠르진 않다. 아무리 봐도 리체는 운동 신경이 거의 없는 듯 보였다.

차에서 내려 기다리고 있다가 헥헥대며 도착한 리체를 조수석에 태우고 운전석으로 돌아와 앉았다. 방금 뛰어서 그런지 빨갛게 달아오른 얼굴로 뜨끈한 호흡을 쉭쉭 내뱉는 리체의 얼굴을 손으로 한번 쓸어 주고 몸에 안전띠를 매 주며 물었다.

"오늘도 재밌었어?"

"오늘은 별로 재미없었어요."

"왜?"

"아침부터 애들이 소리치고 싸워서 하루 종일 머리가 징징 울렸어요."

리체가 어휴 하고 한숨을 쉬더니 두 손으로 제 머리를 붙잡고 관자놀이를 꾹꾹 눌렀다. 애늙은이…….

"넌 안 싸웠어?"

"안 싸웠어요."

"혹시 누가 괴롭히면 숨기지 말고 꼭 말해."

"네—"

리체는 야무지게 대답을 하면서도 머리에 붙인 두 손은 내리지 않았다.

"머리 많이 아파?"

"조금요."

오늘은 정말 너무 시끄러운 하루였다고 말하는 리체의 표정이 불만스럽게 찌푸려졌다.

"눈 감고 천천히 심호흡해 봐. 좀 진정될 거야."

리체는 시키는 대로 눈을 감고 천천히 숨을 고르다가 머리에서 손을 뗐다. 등받이에 몸을 푹 기대고 힘을 빼는 리체를 바라보다 조심스럽게 차를 출발시켰다.

집에 도착해서 리체는 방으로 들어갔다가 이내 다시 나왔다. 리체의 두 손엔 팔찌와 브로치가 들려 있었다.

"데본!"

"어?"

"이거 제 거예요?"

"응."

선물이라고 말하자 리체는 꺅꺅대며 거실을 뛰어다녔다. 좋아해 줘서 다행이다. 곧 내 앞으로 다가온 리체의 앞에 쪼그려 앉아 팔찌를 가져가 손목에 채워 줬다. 팔찌는 그대로 하기엔 리체에게 커서 한 번 꼬아 두 줄로 채웠다. 그제야 대충 맞는다. 팔찌는 내일쯤 수선해 줘야겠다고 생각하며 이번엔 브로치를 리체의 옷에 달아 줬다. 리체는 오늘 루이의 식사 초대에 이것들을 하고 가겠다고 말했다.

"데본한테 받았다고 자랑할 거예요. 약 올려야지."

"약 올려?"

"루이 씨는 데본을 엄청엄청 좋아하는걸요."

"그렇게 보여?"

"네."

쪼그려 앉은 채 한 손에 턱을 괴고 리체가 하는 양을 웃으며 바라봤다. 리체는 두 주먹을 불끈 쥔 채 결연하게 말했다.

"하지만 나는 받아들일 수 없어요!"

"루이 씨랑 나름 친하게 지내는 줄 알았더니?"

"루이 씨를 싫어하진 않아요."

"근데?"

"하지만 그건 그거고 이건 이거예요! 가족이 되는 건 달라요!"

"오⋯⋯."

그런 생각을 하고 있었군. 리체는 아마도 루이와 내가 어느 날 갑자기 결혼이라도 한다고 할까 봐 걱정했던 모양이다. 얘 눈에 루이와 내가 제법 그럴듯하게 보였을 정도면 다른 사람들 눈엔 얼마나 가까워 보였을까. 싫은 건 아니지만 약간 걱정은 됐다. 우리가 정말 이대로 괜찮은 건지.

나는 리체의 양 볼을 가볍게 꼬집었다가 놔주며 다리를 세웠다.

"근데 루이 씨는 아마 부러워하지 않을걸."

"분명 부러워할걸요?"

"아닐걸. 왜냐하면 루이 씨한테도 너랑 같은 선물을 해 줬거든."

그 말에 리체가 입을 딱 벌리더니 이윽고 시들시들하게 어깨를 축 내리며 우울하게 중얼거렸다.

"그럴 수가⋯⋯."

누가 보면 내가 리체를 배신이라도 한 줄 알겠다. 장난처럼 나는 대화에 그렇게까지 좌절할 일인가 싶으면서도 얘는 얘 나름대로 중요한 일이겠거니 싶어 덧붙였다.

"그래도 네가 한 개 더 많으니까 기운 내. 루이 씨한테는 팔찌만 줬어."

"치⋯⋯."

그래도 리체의 기분은 회복되지 않았다. 리체는 날 약간 흘겨보며 입을 삐죽댔다. 나는 리체가 왜 삐진 건지 이해가 되지 않았다.

오늘은 참 여러모로 타인을 이해하기 힘든 날이었다. 리체도 루이도 에드윈도 전부.

리체는 저녁 시간까지 공방에서 시간을 보냈다. 오늘따라 피곤해 보여서 30분 정도만 재우려고 했는데 리체는 잠이 안 온다며 굳이 날 따라 공방으로 내려왔다.

내 옆자리에 앉은 리체는 테이블에 반쯤 엎드려 스케치북에 그림을 그렸다. 얼마 후 스케치에 색을 칠하던 리체가 문득 손을 멈추고 물었다.

"데본."

"응?"

"데본은 생일이 언제예요?"

"생일? 갑자기 그건 왜?"

리체는 약간 뜸을 들이다 다시 입을 열었다.

"오늘요. 같은 반 남자애가요. 엄마 생일이라고 카드를 만들었어요."

"아아…… 그래?"

"오늘 저녁에 생일 파티를 한대요."

"생일 파티 하고 싶어?"

"……."

리체는 대답을 하진 않았지만 나는 그걸 긍정이라고 받아들였다. 그제야 손에서 일감을 놓고 리체를 쳐다보았다. 리체는 스케치북을 내려다보고 있었다.

그러고 보니 리체 생일이 언제였더라. 주민 신고를 할 때 동거인 서류를 작성하며 봤을 텐데 기억이 나질 않았다.

"네 생일은 언제지?"

"……7월 7일이요."

리체가 내 눈치를 보며 대답했다.

"그럼 그때 네 생일 파티 하자."

"그게 아니에요!"

리체가 빽 소리를 질렀다. 나는 갑작스러운 리체의 높은 목소리에 놀라 조금 얼떨떨하게 물었다.

"그게 아니야?"

"데본은, 데본은 진짜 바보야!"

"……."

리체는 의자에서 폴짝 뛰어내리더니 그대로 공방을 뛰쳐나갔다. 곧 계단 문이 큰 소리를 내며 여닫히는 소리가 들리고, 계단을 타고 쿵쾅대며 오르는 발소리가 들린다. 다행히 다른 데로 빠지지 않고 집으로 들어간 것 같지만 내 기분은 꽤 심란해졌다.

이제 겨우 유치부에 다니고 있는데 설마 벌써 사춘기가 온 건 아닐 테고…….

대체 내가 뭘 잘못한 건지 알 수가 없었다.

리체를 따라 올라가 볼까 하다가 이내 혼자 두는 편이 나을지도 모른다는 생각이 들어 반쯤 일어났던 엉덩이를 다시 의자에 붙였다. 리체가 색을 칠하다 만 스케치북을 끌어와 들여다봤다.

그 안엔 아마도 나라고 추정되는 성인 여자와 제인이라고 생각되는 소년 하나, 그리고 리체로 보이는 소녀가 나란히 손을 잡고 서 있었다. 그리고 리체를 빼고 나와 제인은 이목구비가 그려져 있지 않았다.

아직 그리지 못한 건지, 애초에 그리지 않은 건지 모르겠지만 좀…… 복잡한 기분이 들긴 했다. 그리고 다시금 같은 의문을 가진다. 내가 정말 잘하고 있는 걸까? 나도 모르는 사이 또 실패를 향해 가고 있는 것은 아닌지 우울한 불안감에 사로잡힌다.

일렁거리는 속을 애써 내리누르며 한동안 그것을 보고 있다가 스케치북을 덮고 테이블에 굴러다니던 크레파스를 정리했다. 그것들을 쌓아 들고 일어나 시계를 보니 슬슬 약속 시각이 다가오고 있다. 리체가 아직 조금 더 혼자만의 시간이 필요할까 싶어 망설이다가 결국 공방을 나섰다. 문단속을 하고 집으로 올라가 닫혀 있는 리체의 방 문을 바라본다. 그 앞으로 다가가 조심스럽게 문을 두드렸다.

똑똑.

"리체. 들어가도 될까?"

안에서 대답은 들려오지 않았다. 마른 입술을 침으로 적시고 다시 목소리를 냈다.

"들어갈게."

문고리를 잡고 돌려 안쪽으로 민다. 열린 문 틈으로 침대 위에 동그랗게 올라온 이불이 보였다.

"리체."

안으로 들어가 책상에 스케치북과 크레파스를 올려놓고 의자를 침대 앞으로 끌어다 앉았다. 손을 뻗어 이불을 슬쩍 거두자 웅크린 리체가 두 손을 모아 이마를 대고 엎드려 있었다. 조그만 뒤통수를 바라보며 한숨을 삼켰다.

"리체. 왜 화났어?"

"……"

"나는 잘 모르겠어. 그러니까 알려 줄래?"

"……"

"네가 말하지 않으면 나는 계속 모를 거야."

리체가 손등에서 이마를 떼며 고개를 들었다. 그대로 몸을 일으켜 무릎을 꿇고 앉은 리체는 굉장히 우울한 표정이다. 그래도 아까보단 훨씬 진정되어 보이는 리체가 침울한 어조로 말했다.

"나는, 데본의 생일을 알고 싶었어요. 그리고 데본의 생일 파티를 하고 싶었던 거예요. 나는 내 생일 파티 같은 건 하고 싶지 않아요. 전혀. 조금도."

"그렇구나……"

"……"

"리체."

침대맡을 보고 있던 리체가 그제야 내게 시선을 주었다. 나는 어떻게 말해야 할지 잠시 고민하다가 느리게 말을 꺼냈다.

"나도 너랑 마찬가지야. 나는 내 생일을 별로 특별히 여기고 싶지 않아. 굳이 기념하며 파티하고 싶지도 않고."

"나랑…… 같아요?"

"그래……."

"……."

리체가 고개를 숙이며 입술을 우물거렸다. 나는 리체의 손을 잡고 말했다.

"리체, 우리 그냥…… 그런 거 신경 쓰지 않고 살면 어때?"

리체가 왜 자기 생일을 좋아하지 않는 기색을 보이는지는 금방 이해할 수 있었다. 아마 나처럼 가족의 죽음에 책임감을 느끼기 때문일 것이다. 죽은 가족을 뒤로하고 제 생일을 기념하며 웃고 싶지 않은 거겠지.

내가 만약 좋은 어른이었다면 오히려 그날을 더 행복하게 해 줘야 한다고 생각했을지도 모른다. 파티를 하고 생일 케이크를 자르며 네 생일을 축하한다고 말해 주는 게 맞는 걸지도. 그리고 계속 알려 줘야 할지도 모른다. 그 사건은 정말로 네 잘못이 아니라고. 그렇게 계속 기억의 변화를 시도해야 하는 게 올바른 걸지도 모른다.

하지만 나는 역시 참된 어른이 아니라서, 그렇게 할 수가 없었다.

그도 그럴 것이, 나는 리체에게 보다 깊은 동질감을 느낄 수 있었다. 따라서 내가 만약 리체라면 정말 싫을 것 같다고 생각한다. 하지만 싫다 싫다 해도 자신을 책임져 주는 보호자 또는 소중한 사람이 생일을 축하해 주겠다거나 파티를 해 주겠다 고집을 부리면 끝까지 거부할 수는 없을 것이다. 억지로 하는 행사가 기분 좋지도 않을 테고 고마움을 느끼는 동시에 자괴감에 빠질 것 같다.

해마다 계속하다 보면 나아질지도 모르지만, 정말 나아질지 확실하지도 않을뿐더러 설령 나아진다 해도 그건 그냥 굳은살 같은 거라고 생각한다. 아픔을 반복적으로 계속 줘서 더는 아프지 않도록 살갗이 두꺼워지는 상태와 그리 다르지 않다고. 근데 굳이 그럴 필요가 있을까?

물론 나는 리체가 그 사건에 책임을 느끼지 않아도 된다고 진심으로 생각한다. 그래서 에드윈의 집에서 다시 만난 날에 리체에게 한 번 진심으로 말해 주기도 했다.

하지만 그걸 계속 반복적으로 얘기하는 건 다른 문제다. 리체는 책임이 없어도 나는 책임이 있으며 내 입으로 계속 그 사건을 언급하는 건 꽤 힘든 일이었다.

나에게도 너무 아프고 괴로운 기억이라.

리체는 천천히 고개를 끄덕이곤 나를 본다.

"그래도 데본 생일은 알려 줘요. 다른 애들은 가족 생일 다 알고 있는데 나만 모르는 거 바보 같아요."

"12월 20일이야."

리체는 고개를 한 번 더 끄덕끄덕하더니 침대에서 내려와 큼직한 메모 공책에 내 생일을 적어 놓았다. 이내 리체가 공책을 덮고 날 돌아본다. 리체를 향해 약간 입가를 올려 보였다.

"이제 화 풀렸어?"

"죄송해요……."

시무룩하게 사과하는 리체의 머리를 쓰다듬어 주고 의자에서 일어났다.

"이제 저녁 먹으러 가자. 루이 씨 기다리고 있을 거야."

"네."

리체의 손을 잡고 루이의 집으로 가 문을 두드리자 금방 열렸다. 루이는 깐깐한 표정으로 말했다.

"5분 늦었어."

"미안해요."

"미안요."

리체는 별로 미안하지 않은 목소리로 나를 따라 루이에게 사과했다. 루이는 리체를 약간 흘겨보다가 우리가 들어갈 수 있게 옆으로 비켜섰다.

식사는 이미 다 차려져 있었다. 식탁 가운데엔 통째로 구워진 커다란 닭이 놓여 있고 각각의 자리엔 채소로 가장자리가 장식된 접시가 있었다. 루이는 가운데 의자를 빼서 리체를 들어 앉힌 뒤 칼로 닭 다리를 잘라 리체의 접시에 옮겨 주고 소스를 뿌렸다.

루이는 막 자리에 앉은 나를 흘끗 보곤 다시 칼을 들었다. 그대로 반대쪽 다리를 자르려는 루이에게 얼른 말했다.

"전 가슴살로 부탁해요."

요즘엔 기름기 없는 부위를 더 선호한다 말하니 루이는 선선히 고개를 끄덕이며 가슴살을 발라 내 접시에 옮겨 줬다. 내 접시에도 소스를 뿌려 준 루이는 남은 다리를 자기 접시로 가져가 소스를 뿌리고 칼을 내려놓았다. 그는 리체에겐 주스를 내주고 나와 자신 앞엔 반쯤 따른 와인을 놓은 뒤에야 자리에 앉았다. 루이는 와인을 한 모금 마시고 식기를 들었다.

"먹자."

"잘 먹을게요."

"잘 먹겠습니다."

리체는 배고팠던지 식전 인사를 하자마자 두툼한 다리살 아래 종이로 싸인 부분을 냉큼 손으로 잡아 입으로 가져갔다. 자그만 이가 물어뜯는 대로 살이 부드럽게 떨어지는 게 보였다. 보는 것만으로도 고기가 속까지 굉장히 잘 익었다는 걸 알 수 있었다.

리체를 쳐다보다가 뒤늦게야 포크와 나이프를 들어 고기를 잘라 입에 넣었다. 식감은 방금 생각한 대로였다.

"맛있네요."

"꼬맹이 넌?"

루이의 물음에 리체는 입 안에 있던 걸 꼭꼭 씹어 삼키고서야 대답했다.

"맛있어요."

"다행이네."

약간 미소를 지은 루이는 와인 잔을 들어 입에 가져갔다. 그 뒤론 누구 하나 특별히 대화를 주도하지 않아 조용한 가운데 식사만이 이어졌다. 하지만 어색한 침묵은 아니었다.

식사를 마치고 설거지는 내가 했다. 루이는 남은 음식을 정리해 빈 접시를 내게 넘겼다. 설거지를 마치고 수건에 젖은 손을 닦으며 돌아서자 리체와 루이가 나란히 앉아 디저트를 준비하는 걸 볼 수 있었다. 루이가 꼭지를 잘라 놓는 딸기를 리체가 접시로 차곡차곡 옮긴다. 딸기 손질을 마친 루이는 칼과 쟁반을 치우고 시럽을 가져와 딸기 위로 뿌렸다. 리체는 딸기 위를 덮는 투명하고 걸쭉한 시럽을 신기하게 쳐다봤다.

루이가 그런 리체에게 포크를 내밀었다. 포크를 받아 조심스럽게 딸기를 하나 찍어 먹은 리체는 이내 눈을 동그랗게 뜨더니 금세 몸을 들썩거리며 좋아했다. 내가 주는 음식에는 절대 보이지 않는 반응이었다. 어쩐지 미안해졌다.

루이는 그런 리체를 보고 픽 웃더니 이내 내게도 포크를 내밀었다. 나는 고개를 저으며 거절했다.

"배가 불러서요."

루이는 굳이 더 권하지 않고 포크를 내려놓았다. 루이도 별로 후식까진 먹고 싶지 않은지 딸기에 손대지 않는다. 덕분에 접시에 담긴 딸기는 모두 리체의 차지가 되었다. 리체는 굉장히 행복해했지만 배가 불러 다 먹진 못했다.

"그거 데본이 준 거예요?"

리체가 루이의 손목에 끼워진 팔찌를 보며 물었다. 남겨진 딸기를 통에 담던 루이가 아이를 흘긋 보았다가 이내 눈을 내리고 마저 옮겨 담으며 대답했다.

"그래."

"나도 이거랑, 이거랑 받았어요."

리체가 제 손목을 내밀어 보여 줬다가 이어서 브로치를 손가락으로 가리켰다. 루이는 본체만체했다.

"내 것이 더 나아."

"아닌데!"

"맞는데."

"아닌데! 내게 더 예쁜데!"

눈을 크게 뜨며 목소리를 높이는 리체에게 루이는 코웃음을 쳤다. 리체는 불만스러운 듯 입술을 내밀었다. 그때 루이가 재빨리 리체의 입술을 두 손가락으로 잡아 앞으로 쭉 잡아당겼다. 리체가 뭉그러진 비명을 질렀다.

"우잇!"

"입 내미는 거 습관이다. 완전히 정착되기 전에 고쳐 줘야지."

루이가 심술궂게 웃으며 잡아당긴 리체의 입술을 가볍게 흔들었다. 리체가 인상을 쓰며 두 주먹을 휘둘렀고 루이는 낄낄대며 그 앙증맞은 주먹을 피해 손을 거뒀다. 리체가 씩씩대며 루이를 노려보았다.

한 손에 턱을 괴고 두 사람을 바라보다 나도 모르게 약간 웃어 버렸다. 새삼 별거 아닌 이 일상이 나쁘지 않다고 느꼈다.

그때 마침 루이와 눈이 마주친다. 마주침은 짧았고 루이는 이내 통의 뚜껑을 덮었다. 그리고 딸기가 담긴 그 통을 리체에게 내밀었다. 리체가 얼떨결에 그것을 끌어안듯이 받았다.

"나중에 깨끗이 씻어서 돌려줘."

"나 다 주는 거예요?"

"그래."

"루이 씨는 딸기 싫어해요?"

"좋아하지도 싫어하지도 않아."

리체는 통을 물끄러미 내려다보았다. 나는 리체에게 말했다.

"고맙습니다라고 해야지."

"고맙습니다……."

"그래."

루이는 재떨이를 가져와 담배를 물었다. 그리고 성냥으로 불을 붙이고 연기를 내뱉은 지 얼마 되지 않아 리체가 기침을 하기 시작했다.

"콜록……! 콜록콜록."

통을 끌어안고 애처롭게 기침을 하는 리체를 보고 루이가 잠시 멈칫한다.

"……."

"……."

나는 딱히 눈치를 주지 않았지만, 루이는 알아서 조용히 재떨이를 들고 일어나 베란다로 향했다.

루이가 담배를 다 피우고 들어와서야 나는 리체를 데리고 의자에서 일어났다.

"오늘 초대해 줘서 고마워요. 정말로 맛있게 잘 먹었어요."

"잘 먹었습니다ー"

딸기 그릇을 든 리체도 루이에게 공손하게 인사했다. 식전, 식후 인사만큼은 확실한 리체였다.

루이는 주머니에 손을 넣고 선 채 우리를 물끄러미 바라보다가 문득 등을 돌리고 먼저 성큼 현관으로 향했다. 그는 곧 현관문을 열며 말했다.

"아래층까지 배웅할게."

"괜찮아요. 그냥 집에서 쉬세요. 음식 준비하느라 힘드셨을 텐데."

"바람 좀 쐴 겸 해서 나가는 거니까 신경 쓸 거 없어."

방금까지 베란다에서 담배 피우며 바람 쐬었으면서.

혹시 외로움이라도 타는 건가 싶어 그를 유심히 바라보았지만, 겉으로 봐서는 알 수가 없었다.

루이는 아래층까지 내려와 우리를 배웅했다. 리체와 나는 루이에게 손을 흔들고 길을 건너 집으로 돌아왔다.

"씻고 나와."

"네."

리체를 욕실로 들여보내고 나는 간단히 청소를 했다. 하루 동안 생활하면서 나온 물건들을 도로 제자리에 넣어 두고 물걸레로 먼지를 닦아 낸다. 리체가 다 씻고 나온 뒤엔 머리를 말려 주고 비로소 나도 씻기 위해 욕실에 들어갔다. 얼마 후 다 씻고 나오니 리체가 동화책을 안고 소파에서 날 기다리고 있었다.

"오늘은 데본 방에서 같이 자면 안 돼요?"

"안 돼. 대신 잠들 때까지 옆에 있어 줄게. 그거 읽어 줄까?"

"네에……."

리체는 서운한 기색을 보였지만 마지못해 고개를 끄덕였다. 리체를 데리고 아이방으로 들어가 침대에 함께 누웠다. 리체는 내가 동화책한 권을 다 읽어 주기도 전에 스르르 잠이 들었다. 한동안 일한다고 잠자리에 같이 있어 주지 못했기에 리체가 평소보다 일찍 잠든 건지 원래 이렇게 빨리 잠드는 건지 가늠할 수가 없었다. 어쨌든 수면을 취함에 어려움이 없다면 좋은 일이었다.

리체가 깨지 않도록 조심스럽게 곁을 벗어나 이불을 제대로 정돈해 주고 방을 나왔다.

며칠 후, 아침부터 비가 내렸다. 창문을 때리는 약한 빗소리에 잠에서 깨 창문을 열어 보자 어두컴컴한 구름을 꽉 채운 하늘이 보였다.

비로 씻겨 내린 공기는 약간 으슬으슬했다. 오늘은 리체의 옷차림에 단단히 신경을 써야겠다 생각하며 방을 나섰다.

일단 리체가 등교할 때 입을 우비와 레인 부츠, 그리고 한 겹 더 비를 막아 줄 우산을 현관 앞에 꺼내 놓고 아침 식사 준비를 했다. 평소라면 식사 준비를 하는 동안 일어나 방에서 나왔을 리체가 오늘따라 늦었다. 식사를 테이블에 세팅할 때까지도 나오지 않아서 결국 직접 리체의 방 문을 두드렸다.

"리체. 아직 자?"

안에선 대답이 들리지 않았다. 문을 열어 보니 아직 침대에 누워 있는 리체가 있었다. 안으로 발을 들이며 리체를 한 번 더 불렀다.

"리체. 어디 아파?"

침대 위의 리체는 빨갛게 달아오른 얼굴로 숨을 거칠게 내쉬고 있었다. 허리를 숙여 리체의 이마를 짚어 본다. 보이는 것과 다를 바 없이 열이 나고 있었다. 나는 곧바로 담요를 가져와 땀으로 푹 젖은 이불을 걷고 리체의 몸을 둘둘 감쌌다. 그대로 리체를 안아 들어 차 키와 지갑만 챙겨 집을 나섰다.

일단 가장 가까운 개인 병원을 찾았다. 아직 닫혀 있는 병원 문을 마구 두드려 억지로 문을 열게 하고 의사에게 리체를 보였다. 머리가 새집인 의사는 리체가 감기에 걸렸다고 진단했다. 주사를 맞혔고 약을 처방받았으며 집에서 푹 재우라는 조언을 들었다.

나는 공방 문을 열지 않고 리체를 간호하는 데에 모든 신경을 쏟았다. 하지만 약을 먹이고 물수건을 갈아 주며 열을 떨어뜨리려 노력해 봐도 리체는 조금도 나아지는 기미가 보이지 않았다.

리체가 앓아누운 지 이틀째, 공방 문이 열리지 않는 걸 이상하게 여긴 루이가 집으로 찾아왔다. 나는 루이를 안에 들이지 않고 계단 문 앞에서 사정을 전했다.

"리체가 아파요."

"병원은 다녀왔고?"

"네. 근데 나아지질 않아요. 좀 더 큰 병원에 보여야 할 것 같아요."

가령 수도에 있는.

내 말에 루이는 손으로 머리카락을 쓸어 넘기며 약간 심란한 기색을 보였다.

"수도는 좀……."

"혹시 제가 이동하는 데에 제약이 걸려 있나요?"

"그건 아니야."

"그럼 다녀와야겠어요. 며칠 자리 비울지도 몰라요."

루이에게 일정을 통보하고 돌아섰다. 루이는 곧바로 내 팔을 잡아챘다.

"저, 데본."

"네?"

"일단 수도는 너무 멀잖아. 좀 더 가까운 곳으로 가자. 여기서 차로 한 시간 정도 걸리는 곳인데 설비가 나름 괜찮아. 내가 길 아니까 운전해 줄게."

"주소 알려 주면 제가 알아서 갈게요."

그의 생업에 지장을 주고 싶지 않아 그렇게 말했지만, 루이는 고개를 저었다.

"내가 같이 가고 싶어서 그래."

"하지만……."

"같이 가."

루이는 조금 초조한 기색이었다. 나도 지금 리체 때문에 돌아 버릴 것 같은 기분이었지만 그렇다고 당장 눈앞의 그를 모른 척할 수도 없어서 애써 속을 진정하며 손을 뻗었다. 루이는 내 손이 다가오자 반사적으로 붙잡았지만, 곧 호흡을 고르며 그 상태로 제 볼에 갖다 댔다. 루이의 얼굴은 약간 차가웠다.

"뭐가 그렇게 불안해요?"

루이가 눈을 내리깔며 내 손바닥에 입술을 붙였다가 다시 볼로 비볐다.

"네가 가서 돌아오지 않을까 봐."

"루이 씨……."

"또 혼자 남을 자신이 없어."

"……."

"단 며칠이라도 마찬가지야."

"……."

"널 기다리는 동안 하루하루 죽고 싶어질 거 같아."

잠시 망설였지만 결국 알았다고 고개를 끄덕였다. 루이는 바로 출발하자며 리체를 데리고 내려오라고 했다.

그가 발을 돌려 차를 가지러 간 사이, 나는 집으로 올라가 리체를 새 담요에 감싸 안고 내려와 문을 잠갔다. 길가에 루이의 차가 선다. 루이는 운전석에서 내려 뒷좌석 문을 열어 줬다. 나는 리체를 안고 문 안으로 몸을 숙여 들어갔다. 루이는 문을 닫아 주고 곧바로 운전석으로 돌아와 차를 출발했다.

그가 말한 병원까진 한 시간이 조금 넘게 걸렸다. 루이의 말대로 나름 괜찮은 거 같긴 했지만 그래도 역시 큰 도시만큼은 아닌 것 같았다. 이왕 여기까지 왔으니 의사에게 리체를 보였다. 의사는 입원을 권유했고 나는 그 말에 따랐다. 주사약 종류를 추가하자 그제야 리체의 열이 서서히 내려가기 시작했다. 그간 자지도 깨지도 못한 채 앓았던 리체는 비로소 편안한 얼굴로 잠들었다. 하지만 오래 지속되지는 않았다. 밤이 되자 리체의 열이 다시 올랐다. 그렇게 오르락내리락하는 상태가 또 3일이 이어졌다.

나는 결국 그 답답한 상황을 참지 못하고 리체를 침대에서 들어 안고 병원을 뛰쳐나오고 말았다. 진작에 수도로 갔었어야 했다.

"데본!"

빠른 걸음으로 병원을 나선 지 얼마 되지 않아 뒤따라 나온 루이가 내 앞을 막아섰다. 나는 리체를 한번 추슬러 안으며 그에게 말했다.

"수도로 갈 건데. 데려다줄 거예요?"

"마음은 알지만 조금만 더 기다려 봐. 나아질 수도 있어."

내 마음을 안다고? 정말 내 마음을 안다면 그렇게 말할 수 없을 것이다. 내 참담한 속을 모르는 루이는 달래는 듯한 어조로 날 설득하려 애썼다.

"수도로 간다고 뭐가 더 나아지리란 확신은 할 수 없어. 오히려 걔 몸에 부담만 될 수도 있다고."

"적어도 후회는 없겠죠. 데려다줄 거 아니면 비켜요. 나는 지금 루이 씨와 실랑이할 시간이 없어요."

"데본."

그를 돌아 지나치려는데 루이가 재빨리 내 어깨를 잡아챘다.

"그럼, 그럼 수도 말고 여기서 좀 더 가까운……"

"루이 씨."

답답한 나머지 나는 약간 화를 내듯 그를 불렀다.

"미안하지만, 나는 지금 당신의 심리적 불안까지 신경 써 줄 여력이 없어요. 나는 당장 수도로 가야겠고 당신이 아무리 반대한들 그 생각이 바뀌진 않아요."

"……."

"나는 리체가 가장 중요해요."

내 문제는 항상 이거다. 정신적으로 몰리는 순간이 오면 내가 판단한 길로만 직진하며 내 뜻에 반한다 싶은 사람들을 가차 없이 밀어낸다는 거.

나는 루이를 그렇게 대하면 안 됐다.

하다못해 조금만 더 부드러운 말투였다면 좋았을걸. 그 순간의 나는 지나치게 냉정했고, 루이는 아마도 노우디에 내려온 이후로 보였던 내 모습보단 지난 과거의 내 모습이 더 떠올랐을 것이다.

그리고 본의는 아니었지만, 그 순간 나는 두 사람 중 리체를 선택한 것이나 다름없었다. 물론 상황적으로 그럴 수밖에 없었던 건 루이도 나도 잘 알고 있는 사실이다. 그래도 역시 마음은 꽤 좋지 않았을 것이다. 어떻게 해도 내 1순위가 될 수 없다는 사실을 알아 버렸으니. 나역시 이런 식으로 솔직하고 싶진 않았는데.

루이가 말없이 내 어깨에서 손을 내렸다. 나는 그를 바라보다 고개를 돌리고 길가로 달려 나갔다.

"택시!"

천천히 병원 근처를 배회하던 택시 중 하나가 내 앞에 섰다.

나는 그길로 수도에서 가장 큰 병원으로 가 리체를 입원시켰다. 마음 같아선 1인실에 입원시키고 싶었지만, 돈이 그렇게 많지 않아 다인실을 써야 했다. 병원 생활이 얼마나 길어질지 알 수 없는 상황에서 1인실을 쓴다고 큰돈을 뭉텅이로 쓸 수는 없었다. 선금으로 병원비를 지불하면서 돈으로 인한 서글픔을 제법 오랜만에 느껴 본 것 같다.

하긴 이마저도 쓸 수 없는 사람들에 비하면 참으로 사치스럽다 할 수 있겠지만 말이다. 고충이라는 건 본래 자기 상황에 맞춰 느끼는 거니까. 나는 그나마 살 만한 괴로움을 느끼고 있었다.

의사는 리체가 면역력이 낮고 약이 잘 듣지 않는 체질이라 치료에 섬세함이 필요하다며 이전 병원들과는 주사약과 복용약의 처방을 달리했다. 리체는 당장 나아지진 않았지만, 서서히 열이 떨어지고 회복되는 게 눈에 보이기 시작했다. 비로소 가슴을 쓸어내릴 수 있었다.

입원 일주일째, 의사는 리체의 상태가 드디어 안정세로 돌아섰다고 확언을 했다.

"한 이틀 더 지켜보다가 별문제가 보이지 않으면 퇴원해도 될 것 같습니다."

"고맙습니다."

나는 의사의 손을 붙잡고 몇 번이나 감사를 전했다. 의사는 의례적인 미소를 띠며 내게도 그동안 고생했다 격려했다. 의사가 병실을 나가고 몸을 돌리니 리체가 두 손에 바나나를 하나 들고 앞으로 야금야금 긁어 먹고 있는 걸 볼 수 있었다. 바나나는 같은 병실의 환자에게서 받은 거였다. 리체는 예쁘고 싹싹한 애라 정신을 차린 뒤엔 병실에서 금방 귀여움을 받게 됐다. 리체가 바나나를 문 채로 나를 물끄러미 올려다보았다. 나는 의자에 앉아 리체와 눈을 마주 보았다.

"맛있어?"

"……네."

"솔직히 말해도 돼."

"으음…… 사실 무슨 맛인지 잘 모르겠어요."

바나나 맛인 건 알겠으나 예전만큼 맛있게 느껴지진 않는다고 했다. 오래 앓았던 탓에 미각이 좀 떨어진 것 같았다. 안쓰러운 기분으로 리체를 바라보고 있는데 문득 옆자리의 노부인이 말했다.

"앓느라 너무 애써서 그래요. 뼈 고기 사다가 푹 삶아서 그 육수 좀 먹이면 금방 좋아져요."

"정말요?"

그녀를 돌아보며 묻자 노부인은 고개를 끄덕이며 말했다.

"내 고향에선 기력 빠지면 그렇게들 했어요."

"어떤 고기로 육수 내는 게 좋을까요?"

"소 아니면 말, 그도 아니면 닭…… 사실 어떤 고기라도 상관은 없어요. 대신 뼈가 꼭 있어야 해요."

나는 협탁에 있던 메모지와 펜을 들고 방금 들은 내용을 적고 그녀의 침대 쪽으로 의자를 가깝게 끌어다 앉았다. 노부인은 내가 바짝 다가오자 약간 놀란 듯하다 이내 차분하게 표정을 되돌렸다. 나는 그녀에게 궁금한 것들을 물었다.

"육수만 내서 먹이면 되나요?"

"그대로 먹기 힘들다 하면 소금이랑 후추 좀 치면 돼요. 식욕이 좀 더 돌면 거기에 이것저것 덩어리 좀 넣어서 스튜를 만들어 줘도 되고요."

"뼈 고기는 아니었지만 비슷하게 해 준 적이 있긴 해요. 근데 리체는 소화를 잘 못 시키는지 좀 거북해하더라고요."

노부인은 '그럴 리가 없는데?' 하는 표정을 지었다가 이내 뭔가 알 것 같다는 듯 내게 물었다.

"기름기는 걷어 냈어요?"

"네······?"

기름기? 신경 써 본 적 없는데. 그걸 걷어 내야 하는 거였나? 생각에 잠기며 절로 목소리를 흐리자 노부인은 부족한 보호자를 둔 리체를 약간 안쓰럽게 봤다가 내게 다시 눈을 돌렸다.

"아마 기름기가 있어서 그럴 거예요. 기름기는 다 걷어 내고 순수 육수만 써야 해요."

"아······!"

"거품도 안 걷어 냈던 건 아니죠?"

"······."

"맙소사."

그렇지만 에드윈이 사다 준 레시피 책에는 그런 게 안 쓰여 있었다. 그냥 육수를 쓰라고만 쓰여 있었지. 다른 설명들도 비슷했다. 굉장히 간결한 내용으로 되어 있어서 나는 거의 추리를 하는 기분으로 요리를 시도하곤, 도중에 결국 던져 버리길 반복했다. 설마 누구나 다 아는 당연한 거라서 자세한 설명이 없던 거였나? 엄청난 바보가 된 기분으로 메모지를 내려다봤다. 물론 나는 요리 바보가 맞긴 하지만······.

"책에는 그런 거 안 쓰여 있어서······."

우물우물 변명을 해 봤지만 이미 스스로도 한심했던 터라 그리 힘

있는 목소리는 낼 수 없었다. 노부인은 약간 망설이다 내게 조심스럽게 물었다.

"혹시 일찍 가족과 떨어져 혼자 자랐어요?"

"네?"

"아니면 주방 일에 손댈 일 없을 정도로 부유하게 자랐거나."

"아…… 음. 비슷해요."

"어쩐지. 뭔가 아이 간호하는 것도 그렇고 말하는 것도 그렇고 평범한 일에 익숙지 않은 것처럼 보이긴 했어요."

"제가, 많이 서툴러 보였나요?"

"네."

노부인은 슬쩍 미소 지으며 단호하게 대꾸했다. 같은 병실의 다른 부인들도 고개를 끄덕거리며 약간 웃었다. 부인 중 한 명이 말했다.

"우리는 그래서 당신이 부자였다가 가세가 갑자기 기울어 힘들어진 사람이라고 생각했어요. 남편 사업이 망했거나, 남편이 도망갔거나, 남편을 못 견디고 도망쳤거나."

"……."

가정이 왜 다 남편이 문제인진 모르겠지만 완전히 틀린 말도 아니라서 그저 어설피 웃었다. 내 그 반응을 어떻게 받아들였는지 갈색의 단발머리 부인이 이내 아차 하는 얼굴로 말했다.

"어머, 미안해요. 우리가 여기서 낙이라곤 수다 떠는 거밖에 없어서. 그래도 밖에 막 소문 만들거나 그리고 다니진 않았어요."

자기들끼리만 얘기하고 끝냈다 말하며 한 번 더 사과하는 부인에게 나는 괜찮다고 말했다. 어차피 여기에 정착하고 사는 것도 아니니 설령 병원 안에서 내 소문이 어떻게 나든 크게 신경 쓸 일은 아니었다.

나는 노부인에게 메모지를 들어 보이며 알려 줘서 고맙다고 말하고 의자를 다시 리체의 침대 가로 끌어다 옮겼다. 리체는 여전히 바나나를 깨작깨작 갈아 먹고 있었다. 이제 겨우 반 정도 줄어든 바나나를 보며 리체에게 물었다.

"먹기 싫어?"

"……나중에 먹으면 안 돼요?"

"식사도 제대로 안 했잖아."

"그럼 이것만 다 먹을게요."

"그래."

리체가 다시 맛없게 바나나를 깎아 먹는다. 아이의 부드럽고 부스스한 머리칼을 가볍게 쓰다듬고 의자에서 일어났다.

"잠깐 요 앞에 나갔다 올게."

리체는 고개를 끄덕이며 잘 다녀오라는 듯 손을 흔들었다. 작게 웃어 주곤 돌아섰다. 하지만 병실을 나서자마자 절로 웃음기는 거둬지고 이곳에 온 내내 마음 한구석에 치워 놓았던 불편한 기분이 존재감을 드러냈다. 완전히 기운 차린 건 아니지만 그래도 리체가 일단 고비는 넘겼다 싶어지자 비로소 다른 생각들이 머릿속을 채우기 시작한 것이다. 그중 가장 큰 부분을 차지한 건 당연하게도 루이에 관한 거였다.

상처받았을까. 아니면 화났을까. 그도 아니면 체념했을까.

병원 밖에 있는 공중전화 부스로 향하며 루이에게 어떤 말을 해야 할지 머릿속에 떠올려 본다. 하지만 뭐라 말을 꺼내든 전부 다 개소리 같아서 부스에 들어가 수화기를 들고 한참을 멍하니 서 있기만 했다.

전화해도 될까. 이젠 내 목소리도 듣기 싫어졌다면 어쩌나.

사과해도 될까. 아니 그 전에 사과한다고 되는 문제일까. 앞으로 이와 같은 일은 얼마든지 일어날 수 있는 일인데. 그렇게 어영부영 넘기면서 상황이 반복되면 결국 더 큰 문제가 생기는 건 아닐까.

머릿속으로 온갖 생각을 하다 보면 늘 종착지는 하나였다.

내가 계속 그와 함께 있어도 되는 걸까.

갈피를 잡을 수 없는 마음에 계속 수화기를 들었다 놓았다 하며 망설였다. 그러다 문득 전화를 사용하려는 듯 부스 바깥으로 다가오는 인영에 일단 밖으로 나갔다. 전화 부스 옆의 벤치에 앉아 사람들이 드문드문 전화를 쓰고 빠져나가는 걸 바라보았다. 벌써 10번째 사람이 공중전화를 쓰고 부스를 빠져나갔다. 주변은 슬슬 어둑어둑해졌고 나는 무겁게 느껴지는 다리를 질질 끌며 다시 빈 부스 안으로 들어갔다.

손목시계를 보니 슬슬 루이가 가게를 정리할 시간이었다. 집으로 걸지 가게로 걸지 고민하다 침착하게 동전을 여러 개 집어넣고 가게 전화번호를 눌렀다. 수화음은 여섯 번 정도 울렸다.

— 네. 루이입니다.

가게의 간판 대신 자신의 이름을 대는 그의 나지막한 목소리가 수화기를 통해 들려왔다. 왠지 속이 꽉 막히는 것 같아 선뜻 목소리가 나오질 않았다.

— 여보세요.

루이가 한 번 더 목소리를 냈다. 나는 큼— 하고 목을 한번 울렸다.

"저예요. 루이 씨."

— ······.

루이는 잠깐 말이 없었다. 그리고 이어지는 한숨 소리.

마른침을 삼키는 소리, 칼을 내려놓는 소리, 의자가 살짝 끌리는 소리, 그리고 삐걱— 앉는 소리가 차례로 이어졌다.

— 그래. 꼬맹이는 괜찮냐.

"네. 괜찮아졌어요."

— ······다행이네.

"저, 지난번엔······"

— 미안하단 얘기면 됐어.

"······."

— 나도 잘한 건 없잖아. 애가 당장 아픈데도 어른스럽지 못했지.

"······."

― 그때 내 주제를 잘 알겠더라.

담배를 물었는지 성냥을 긋는 소리와 연기를 몇 번 뻐끔이는 소리도 들렸다. 후― 숨을 가볍게 내쉰 루이가 자조적으로 말했다.

― 사실, 그동안 소꿉놀이하는 것처럼 좀 간질간질했거든. 어쩌면 나도 가족을 만들 수 있지 않을까 하고 기대했어.

짐작은 했었다. 루이가 가끔 리체를 보는 눈빛이, 가족을 가지고 싶은 걸까 하고.

약간 낮았던 루이의 목소리가 곧 아무렇지 않다는 듯 조금 찌뿌둥한 목소리로 변했다.

― 나도 남들처럼 부모 역할을 나름 잘할 수 있을지도 모른다고―

하하…… 헛웃음 소리.

― 착각했지.

하지만 그게 정말 괜찮다는 뜻이 아님을 잘 알고 있었다.

― 근데 그게 아니더라고.

"……."

― 물론 그 순간의 널 이해는 했어. 당연하다고 말이야. 그야 상대는 어린애잖아. 거기다 상황적으로도 급했지. 그래, 머리로는 알고 있어. 사실 넌 잘못한 게 없어. 오히려 내가 말도 안 되는 고집을 부렸다는 걸 나도 잘 알아.

"……."

― 근데, 그렇게 알면서도.

"……."

― 그래, 알면서도. 그때부터 지금까지 계속 한 가지 생각만 맴돌아.

그가 잠시 말을 멈췄다가 문득 건조하게 내 이름을 불렀다.

― 데본.

"……네."

— 계속 생각해 봤지만 나는 도저히 모르겠거든. 그러니까 네가 대답해 봐.

그는 내가 없는 내내 혼자 끌어안고 있었다던 속마음을 툭 꺼내 던졌다.

— 나는 너한테 대체 뭐냐?

5. 당신의 선택

사랑하는 사람.

너무나 당연하다는 듯 답은 즉각적으로 나왔으나 나는 차마 그 말을 입 밖으로 내뱉을 수 없었다.

이런 말로 그를 곁에 묶어 두는 게 과연 맞는 걸까.

루이와 노우디에서 재회한 뒤 처음 몸을 섞던 날 그에게 사랑하는 것 같다고 고백한 적이 있다. 그때 루이는 딱히 별말을 하진 않았지만 어쩌면 그 말로 인해 다시 내게 묶여 버린 것은 아닌지 시간이 지날수록 후회 아닌 후회가 들기 시작했다.

내가 정말로 그를 생각한다면…….

— 데본.

"……."

— 데본…….

"……."

하지만 발밑이 아득하다.

절망감마저 느껴지는 루이의 목소리가 나를 끌어안고 어둠에 잠기는 듯했다.

우리는 지금 함께 늪 속에 침잠하고 있는 것은 아닐까. 바보 같은 미련에 둘 다 눈을 감고 있는 것뿐일지도 모른다.

그렇게 계속, 계속. 아래로 떨어지고만 있는 것은 아닐까.

나는 괜찮다. 그렇게 돼도.

하지만 루이는…….

이제 그만 앞을 봐, 데본.

우리는 서로를 치유할 수 없어.

덜컥. 동전이 넘어가는 소리가 들렸다.

— 듣고 있는 거야?

내 말이 네게 닿고 있긴 해?

데본.

데본…… 제발.

내 이름을 부르며 지쳐 가는 루이의 목소리를 가만히 듣고 있기만 했다.

덜컥. 시간이 지나 동전이 또 한 번 넘어갔다.

나는 넣은 동전이 모두 다 떨어질 때까지 그렇게 아무 말도 없이 수화기만 붙들고 있었다. 결국, 그와의 연결이 끊겼다. 뚜— 뚜— 길게 이어지는 단조로운 기계음을 들으며 부스 밖 하늘을 올려다봤다. 별 하나 보이지 않는 칠흑 같은 밤이 되었다.

힘이 빠져 꺾어질 것 같은 다리를 이끌고 병실로 돌아왔다. 소등이 얼마 남지 않은 시간, 낮 동안 접어 올렸던 침대를 원래대로 돌리고 잘 준비를 하던 부인들이 내가 들어오자마자 누웠던 몸을 발딱 세웠다.

"어머. 왜 여기로 와요?"

"네……?"

무슨 말인지 이해가 안 돼서 절로 목소리 끝을 올린다. 하지만 그녀들이 더 의아한 표정이었다. 그러고 보니 리체가 보이지 않는다. 새로운 환자를 대기하는 것처럼 깔끔하게 정돈된 침대가 이상했다.

"저, 리체는……"

내 물음이 끝나기도 전에 빨간 머리의 부인이 답했다.

"아까 리체 병실 옮겼잖아요."

"네?"

왜? 리체의 보호자는 나다. 보호자의 동의 없이 왜 멋대로 병실을 옮겼다는 건지 전혀 이해가 되지 않았다. 내 반응에 부인들은 비로소 이 일이 내 의지와는 전혀 상관없이 일어났다는 걸 눈치챘는지 심각한 표정을 했다.

"아까, 간호사들이 그렇게 말하고 데려갔는데……"

나는 그대로 발을 돌려 병실을 뛰쳐나왔다. 나는 복도 끝에 있는 안내대 앞으로 달려가 한창 문서 정돈을 하고 있던 간호사들에게 다급히 말을 걸었다.

"106호 리체 보호자예요."

"아, 네. 데본 씨. 알고 있어요. 무슨 일이시죠?"

"나갔다 온 사이에 리체가 없어졌어요. 같은 방 환자들 말에 의하면 간호사들이 병실을 옮긴다면서 데려갔다고 했어요. 근데 전 동의한 적 없는 일이에요."

"네?"

간호사들이 눈을 크게 뜨며 놀란 표정을 했다. 곧 좀 더 나이가 있어 보이는 간호사가 쌓여 있는 파일첩 더미에서 하나를 빼 들고 종이들을 펄럭펄럭 넘기기 시작했다.

"잠시만요. 저희가 방금 교대했거든요. 지금 확인해 볼게요. 분명 뭔가 착오가 있었을 거예요."

나도 차라리 착오였길 바란다. 하지만 유괴범들이 작정하고 간호사로 위장한 채 리체를 데리고 간 거라면 어떻게 해야 하지?

안내대에 올린 두 손을 꽉 쥐며 자꾸만 커지려는 불안함을 진정하려 애썼다. 그 옆에 있던 짧은 머리 간호사가 그런 나를 바라보다 물을 한 잔 떠 와 앞으로 내밀었다.

"진정하시고 물 좀 마셔요."

금방 상황이 바로잡힐 거라면서 짧은 머리 간호사는 나를 위로했지만 그건 아무짝에도 소용없는 일이었다. 내 눈으로 직접 리체를 확인하지 않는 한 내 마음이 가라앉는 일은 없을 거다. 하지만 만약의 사태를 대비해 이성만은 유지해야 한다. 일단 간호사가 떠 온 물을 마셨다. 한 번에 컵을 비우고 아직도 파일철을 뒤지는 간호사를 바라보았다. 얼마 후 간호사는 파일철을 덮고 아직 처리하지 않은 문서들을 뒤지기 시작했다.

찾는 게 길어질수록 점점 불안해지던 간호사의 표정이 문득 한 종이를 보며 안도하듯 활짝 펴졌다.

"아―! 찾았어요."

"정말요?"

간호사는 종이를 든 채 고개를 끄덕이며 내게 미안한 표정을 지어 보였다.

"네. 안심하세요. 그리고 정말로 죄송해요. 뭔가 일 처리가 꼬였었나 봐요. 어…… 1인실로 옮겨졌네요."

보호자 동의도 없이 환자를 옮기다니 대체 누가 처리한 일이냐며 간호사가 약간 눈가를 찌푸린 채 문서를 훑었다. 하지만 그런 거야 지금은 아무래도 좋았다. 중요한 건 현재 리체의 위치다. 나는 쓸데없는 것을 확인하려는 간호사를 재촉했다.

"호수는요?"

"아! 네. 죄송해요. 호수가……."

문득 뒤편에서 군화 소리가 가까워지는 게 들렸다. 다른 누군가의 보호자려니 별생각 없이 넘기려다 갑자기 싸한 기분이 들어 반사적인 행동이 튀어 나갔다. 나는 뒤쪽으로 팔을 크게 휘둘렀고 내 주먹이 곧바로 누군가의 손목을 강하게 후려쳤다. 내 어깨를 잡으려고 했던 손이 그대로 거칠게 내쳐지며 상대가 멈칫한다. 갑작스러운 내 행동에 간호사들이 놀랐는지 그대로 움찔 굳으며 날 바라보았다.

내게 다가왔던 이는 얻어맞은 손목이 얼얼했던지 허공에 가볍게 손을 털었다가 이내 팔을 반듯하게 늘어뜨렸다. 일자로 다물린 입이 열리고 딱딱한 어조의 목소리가 빠져나왔다.

"안녕하십니까. 오랜만입니다."

군화 소리로 예상했던 대로 상대는 군인이었다. 거기다 많은 말을 나누진 않았지만, 얼굴만은 꽤 눈에 익은 사람이었다. 나는 곧바로 그와 연관된 존재를 떠올릴 수 있었다.

"당신……."

군인은 간호사들에게 눈을 돌리며 말했다.

"일 처리는 잘못되지 않았습니다. 이분은 제가 안내할 테니 다른 일 보십시오."

얼떨떨해하는 간호사들을 두고 그가 다시 나를 바라보았다.

"제가 안내하겠습니다, 부인."

그의 호칭에 절로 인상이 찡그려졌다. 그가 날 누구의 부인이라 여기는지는 뻔했다. 이자는 쥬페도라의 운전병이었다. 그제야 어리둥절하고 불안했던 이 상황의 아귀가 딱 들어맞는다. 나는 인질을 잡힌 것이다.

앞장서는 운전병을 따라가며 앞으로 내게 닥칠 만한 상황을 예상해 보았다. 쥬페도라가 리체를 인질로 날 협박한다. 또는 리체의 건강 상태를 빌미로 날 협박한다. 어느 쪽이든 거지 같았다. 그가 날 그냥 내버려 둘 확률은? 그럴 거면 애초에 리체를 인질로 잡지 않았을 테지. 하지만 호락호락 당해 주진 않을 것이다. 예전과 달리 나는 그의 약점이 뭔지 알고 있다. 만약에 리체를 이용해 날 어떻게 해 보려 한다면, 나는 이번에야말로 거리낌 없이 데이지를 죽여 버릴 거니까.

물론 쥬페도라를 이유로 데이지에게 손대는 건 내가 원하는 바가 아니다. 하지만 그렇다고 뻔한 상황에서 마냥 손 놓고 당해 줄 정도로 내가 인격적으로 된 사람도 아니다. 나는 언제고 무슨 짓이든 할 수 있는 사람이었다. 설령 그 끝에 깊은 후회가 남더라도 말이다.

1인실이 몰려 있는 3층 복도에는 아무도 없었다. 복도를 걷는 두 사람의 발소리가 빈 복도에 유독 크게 울린다. 얼마 뒤 운전병이 한 병실 앞에서 멈추더니 옆으로 비켜섰다. 나 혼자 들어가라는 것 같았다. 병실 호수는 305호. 잠시 자리에 서서 마음을 단단히 가다듬은 뒤에야 문고리에 손을 올렸다.

문을 열자 넓은 병실이 시야에 들어오고 눈길은 가장 먼저 비어 있는 침대에서 잠시 머물다 소파 쪽으로 자연스레 옮겨졌다. 안으로 완전히 발을 들이며 문을 닫았다. 쥬페도라는 긴 소파에 다리를 꼰 채 앉아 있다가 나와 눈이 마주치자 제 맞은편 자리로 눈짓했다.

"앉지?"

말없이 그의 맞은편에 앉았다. 쥬페도라는 아주 옅게 입가를 올렸다가 내렸다. 그리고 아무렇지 않게 안부를 물었다.

"잘 지냈어?"

대꾸하지 않았다. 쥬페도라는 별로 신경 쓰지 않는 것 같았다.

"일단······."

"······."

"살아 있는 걸 보니 기쁘군."

"······."

"아이에 대해 묻지는 않는 건가? 갑자기 사라져서 꽤 놀랐을 텐데."

336

"나는 당신을 유괴 혐의로 신고할 수도 있어요."

"그래. 그렇겠지. 그래서 제대로 된 서류를 남겨 둔 거야. 이동에 문제가 없었다는 객관적인 증명만 되면 증언이야 어떻게든 바꿀 수 있는 거니까. 그럼 나야말로 무고죄로 당신을 고소할 수 있겠지."

"그렇게 말하는 걸 보니, 내가 아이에 대해 묻는다고 순순히 대답해 줄 것 같진 않군요."

"여전히 날 너무 비뚤게 보는 것 같군."

"그런 짓을 했잖아요? 예전에도. 지금도 역시."

"오해 풀어. 딱히 이제 와 당신한테 나쁜 짓을 할 생각은 없어."

"당신은 이미 나한테 나쁜 짓을 했어요."

유괴를 대수롭지 않게 여기는 그를 되짚어 주었다. 쥬페도라는 픽 웃으며 고개를 가볍게 끄덕였다.

"그래, 그런가. 하긴 내 방식은 항상 당신에게 좋지 않았던 거 같군."

"누군들 좋을까요. 내가 이상한 건 아닌 거 같네요."

"하지만 이런 방식이 아니었다면 당신은 지금 이렇게 내 앞에 얌전히 앉아 있지도 않았겠지?"

"그건 그렇군요."

"그럼 방법이 없잖아. 내가 어쩔 수 없었다는 걸 알면서 굳이 따지는 걸 보면 당신도 참 어지간해."

"내가 당신 사정을 봐줘야 할 이유가 없으니까요."

"그래. 맞아."

쥬페도라는 옆에 벗어 놓은 겉옷을 들쳐 그 밑에 있던 서류 봉투를 탁자에 툭 던져 놓았다.

"하지만 아이 사정은 다르지 않아?"

"……."

서류 봉투를 내려다봤다가 다시 쥬페도라와 눈을 마주했다. 내가 그것을 건드리지 않자 쥬페도라는 눈썹을 살짝 올리며 물었다.

"보지 않는 건가?"

"좋은 것 같진 않아서요."

"허……."

쥬페도라는 날 빤히 바라보며 나직한 헛웃음을 흘렸다.

그는 입가를 올린 채 시선을 내리고 약간 긴 숨을 내쉬었다.

"정말이지. 씁쓸하기 짝이 없군."

그는 곧 손을 뻗어 서류 봉투를 집어 들더니 그 안에서 두툼한 종이 묶음을 꺼냈다. 그리고 잘 보라는 듯 종이 묶음을 내 쪽으로 곱게 밀어 준다. 눈만 내려 흘긋 보니 언뜻 재산 양도에 관한 내용으로 보였다. 하지만 여전히 그것에 손대진 않았다. 그의 앞에서 좋든 싫든 조금이라도 감정을 보이면 그게 바로 내 약점이 될지 몰랐다. 조심해야 했다.

쥬페도라는 담배를 꺼내며 물었다.

"피우겠어?"

"아니요."

"그래, 그럼."

그는 문 담배에 불을 붙이고 연기를 뱉어 냈다. 피어오르는 연기 사이로 그의 시선이 내게 직선으로 닿았다. 피하지 않고 마주 보길 잠시, 그는 손가락에 담배를 끼워 들고 꼬았던 다리를 풀었다. 그 여유로운 일련의 몸짓이 귀족 아닌 그가 제법 귀족처럼 보이기도 했다. 말투마저도.

"사실, 당신의 생사를 알게 된 건 좀 됐어."

"……."

"에드윈 대장을 파다 보니 자연스럽게 나오더군."

"……."

"위치 역시 파악해 두긴 했지만 영 시간이 나지 않기도 하고 어차피

가 봤자 별로 좋은 대접 받을 것 같지도 않아서 굳이 만나러 가진 않았지."

"그 대신 사람을 붙여 놨군요."

단지 타이밍 좋게 이 만남이 이루어진 거라곤 생각할 수 없었다. 쥬페도라는 순순히 수긍했다.

"졸졸 쫓아다니면서 일거수일투족을 전부 살피라고 한 건 아니야."

"……"

"당신도 알다시피 이 나라 사람이라면 신분을 등록하게 되어 있고 그 신분으로 양지의 삶을 살아가게 되면 어떻게든 흔적을 남길 수밖에 없잖아. 가령, 관공서나 병원 기록 같은 거. 그걸 좀 들춰 봤을 뿐이야. 당신의 새로운 신분만 파악되면 그리 어려울 것도 없는 일이지."

"……"

"물론 당신에게 뜬금없이 애가 생겨서 좀 황당하긴 했어. 혹 당신이 오래전에 낳고 버렸던 애를 다시 찾은 건 아닌가 하는 의심도 했지."

"데이지처럼요?"

하. 비소를 하며 빈정댔다. 쥬페도라는 잠시 입을 다물었다가 이내 어깨에서 힘을 빼며 입가를 올렸다.

"그래. 데이지처럼."

"그래서요? 리체를 연민하기라도 했나요? 아니면 지난 나와의 결혼 생활에 새삼 배신감이라도 들었다는 건가요?"

"내 감정이 당신과 상관이 있나?"

"아니요."

"그럼 그 답은 하지 않도록 하지. 결국 그게 사실도 아니었잖아."

쥬페도라는 리체를 조사하면서 그 애가 제인이 죽던 자리에 함께 있었다는 걸 알게 됐고, 제인이 죽기 전까지 함께 종종 어울렸으며 같은 고아원에서 지냈다는 기록까지 손에 넣었다고 했다. 그래서 그는 내가 리체를 제인 대신으로 여기며 돌보고 있다고 생각하는 것 같았다.

멋대로 내 심중을 가늠하는 쥬페도라를 약간 웃으며 노려보았다. 보아하니 그 이상은 흥미가 떨어져 조사하지 않은 모양이지. 조금만 더 노력했으면 제인과 리체의 고아원 기록이 거짓이라는 것과 제인이 훈련섬 출신이라는 것, 그리고 제인과 리체가 친남매였다는 것까지 알 수 있었을지도 모른다. 물론 지금이라고 그 사실을 굳이 내 입으로 말해 줄 생각은 없었다.

"듣자 하니 애가 많이 약하다고 하던데."

"대체 환자 기록을 뭐라고 생각하는 건지."

유출하는 자도 문제지만 그걸 요구하는 자 역시 불쾌하긴 마찬가지다. 쥬페도라는 낮게 웃으며 마지막으로 필터를 빨아들이곤 담배를 껐다.

"너무 예민하게 받아들이지 마."

"가볍게 받아들일 수도 없는 일이죠."

그럴 거면 법이 왜 있는가. 과거 나 역시 법망 밖에서 살아왔었음에도 꼬인 마음에 스스럼없이 쥬페도라를 탓했다.

"지금 중요한 건 그게 아니야."

"당신 기준에선 그렇겠죠."

그는 눈가를 살짝 찡그렸다가 펴며 새 담배를 꺼내 들었다.

"그래. 알았어. 내가 잘못했어. 사과할 테니 이다음 대화를 이어 가도 되겠어?"

"어차피 마음대로 시작했잖아요?"

"하……. 데본. 나는 지금 당신과 싸우러 온 게 아니야."

"그러면 애초에 시비를 걸지 말았어야죠."

리체에게 손대지 말았어야지.

쥬페도라는 피곤하다는 듯 한 손으로 마른세수를 하곤 담배에 불을 붙였다. 그리고 결국 자기 마음대로 하기로 했는지 아무렇지 않게 화제를 넘겼다.

"그 서류들은 당신의 위자료 처리에 관한 거야. 그때는 당신이 시간이 없다는 이유로 너무 급하게 끝냈잖아. 당신은 그걸로 됐다고 생각하는지 모르겠지만 나로선 당신이 이렇게 살아 있는 걸 알고도 계속 모른 척할 수만은 없거든."

"퍽이나 날 생각해 주는군요."

"그리 넉넉하게 살고 있지는 않은 거로 알고 있어."

"그리 부족하게 살고 있지도 않아요."

"아니, 당신은 부족하게 살고 있어. 간단한 예로, 당신은 1인실에 아이를 입원시키고 싶었잖아? 하지만 돈 때문에 하지 못했지. 스스로 필요하다 느끼는 만큼 충분히 쓰지 못한다면 그건 부족한 거야."

"내 생각을 멋대로 가늠하는군요. 그렇게 날 잘 안다고 자신해요?"

"불쾌해? 하지만 내 말이 맞을 텐데."

"아니요. 전혀. 왜 그렇게 단정하는지 모르겠네요."

"그야 1인실 입원 비용을 접수처에 물어봤었잖아?"

잠시 기가 막혀 할 말을 잊었다. 쥬페도라에게서 눈을 떼지 않은 채 입 속의 혀를 굴려 송곳니를 쓰다듬는다. 약간의 침묵 끝에 나는 다시 입을 열었다.

"아까 내 일거수일투족을 전부 조사한 건 아니라고 하지 않았었나요? 설마하니 그런 내용까지 서류를 들춰서 나온 거라고 변명하진 않길 바랄게요."

"나는 딱히 움직이지 않았어. 당신이 먼저 수도에 발을 들였으니까 내 눈길도 그만큼 더 가까이 있었던 거뿐이지."

쥬페도라는 능청스럽게 대꾸하며 미소 지었다. 내가 먼저 수도에 발을 들인 게 잘못이다? 잘도 내 탓을 하는군. 어이가 없었다.

"병원은 치료에 목적이 있었지 1인실 같은 건 중요한 문제가 아니에요."

"하지만 일단 원했으니 물어본 거겠지."

"그래서요? 내가 불쌍해 보여서 적선을 하겠다는 건가요?"

"그렇게까지 말할 필요는 없지 않아? 나는 좋은 의도였는데 당신은 늘 나를 그렇게 나쁜 사람처럼 매도하지."

"당신이 내게 받는 대우는 다 당신이 만들어 낸 결과예요. 아니, 사실 이마저도 상당히 순한 반응이죠. 그저 내 품위를 위해 당신을 참는 중인 거예요."

"호⋯⋯. 그러니까 이젠 당신이 품위를 잃을 만큼의 가치가 내겐 없다는 뜻이라는 거군. 그래서 아이가 없어졌는데도 이렇게 침착한 건가? 아이 역시 당신에겐 그럴 가치가 없어?"

"이 자리에서 결국 리체 문제가 해결되지 않으면 당신은 여기서 나한테 죽어요."

"⋯⋯."

"대체 무슨 자신감으로 이 자리에 경호원을 함께 두지 않은 거죠? 당신이 날 무력으로 제압할 수 있어요? 내가 지금 이렇게 살고 있다 해도 내 신체는 어디 하나 망가진 곳이 없어요. 아니면 내가 잘 물지 않도록 훈련된 개처럼 보였나요? 설령 그렇다 해도 당신은 내 주인이 아닌데 말이에요."

쥬페도라는 약간 놀란 듯하다가 이내 소리 내 웃었다. 크지 않은 웃음이 여유롭게 흘러나와 공간을 채웠다.

"내 말이 재밌나 보네요."

그는 한 손으로 웃고 있던 입가를 쓸었다가 뗐다.

"아. 미안해. 당신을 무시한 건 아니야. 그저⋯⋯ 그래. 당신 말대로 좀 재밌는 기분이 들어서."

"⋯⋯."

"그러고 보니 당신은 늘 나한테 예의를 지켰거든. 그 어떤 상황에서도 내게 물리적인 공격을 가한 적이 없지. 웰까? 당신에겐 생각보다 기회가 많았는데."

대답하지 않았다. 하지만 쥬페도라는 굳이 내가 말하지 않아도 이미 답을 알았다.

"처음엔 사랑해서. 그다음엔 기회를 주고 싶어서. 그리고 마지막엔 미움이라는 감정조차도 주고 싶지 않아서. 맞아?"

"……."

"지금도 역시 마찬가지지만, 아이가 걸려 있으니 움직일 마음이 든 건가?"

"굳이 내가 대답할 필요가 있나요?"

"아니. 새삼 과거 당신의 감정 흐름을 되짚어 본 게 재밌어서 말해 본 거야. 재밌어. 그리고 동시에 슬픈 마음도 조금 드는군."

"……."

"아, 그래도 한 가지는 듣고 싶어. 내가 언제 당신을 완전히 놓쳐 버린 거지?"

역시, 유산했을 때인가?

여전히 그때 그 애가 자기 자식이라는 가능성마저 두고 있지 않은 모양인지 쥬페도라는 아무렇지 않게 물어 왔다. 나는 물밑에서 떠오르는 깊은 슬픔을 다시 누르며 답했다.

"당신 앞에서 더는 울지 않았을 때."

쥬페도라는 입가를 올린 채 아……! 하고 탄성을 내뱉었다. 그리고 나 역시 스스로 잊고 있던 그 순간의 심정을 떠올릴 수 있었다.

당신은 기회가 있었다고. 용서받진 못하더라도 그래도 옆에 날 둘 수는 있었다고. 조금만 나를 위로해 줬다면. 단 한 번만 내게 진심으로 사과해 줬다면.

그래, 사과.

머리로는 사과조차 받고 싶지 않다고 하면서도 사실 감정적으로는 줄곧 나 역시 누군가, 아니 많은 이들에게 해야만 하는 일을 쥬페도라에게 바랐던 것이다.

쥬페도라는 고개를 꺾어 천장을 올려다보다가 한참 만에 다시 날 바라보았다.

"그렇군."

그걸로 그 얘기는 끝이었다. 쥬페도라는 무감한 얼굴로 여상히 화제를 되돌렸다.

"어쨌든, 우리는 이미 이혼을 깔끔하게 한 탓에 새삼 위자료 문제로 정식적인 절차를 밟으려면 좀 번거로워져. 그래서 선물 형식으로 줄까 하는데."

"그런 거 받으려고 생각한 적 없어요."

"생각은 언제든 바뀔 수 있잖아? 여기선 싫다 해 놓고 나중에 갑자기 위자료 달라면서 당신이 법원에 이의 제기라도 하면 내 입장도 곤란해. 그러니 이 자리에서 완전히 해결하자는 거야."

"불가능하단 거 알잖아요. 당신과 결혼한 이름은 이미 죽은 사람이에요. 지금 내 신분은 당신과 아무런 관련이 없어요."

"글쎄. 앞으로의 일은 모르는 거니까. 잊었어? 나와 결혼할 때도 당신의 본래 신분은 이미 죽은 사람이었어. 그걸 내가 살렸지. 그러니 앞으로 그런 일이 또 없을 거라는 장담은 못 하는 거야."

"……."

"내 말 이해했으면 이제 그것 좀 제대로 읽어 보지?"

여전히 내키진 않았지만 리체도 걱정되고 빨리 끝내 버리자 생각해 서류 묶음을 집어 한 장씩 넘겨 보았다. 부동산과 건물, 보석, 돈 등 쥬페도라의 현 재산 일부를 내게 선물한다는 내용의 양도 서류였다. 쥬페도라의 사인은 모두 끝난 상태였으며 내가 써야 할 자리만 비어 있었다. 쥬페도라는 만년필을 꺼내 탁자에 놓고는 내 쪽으로 죽 밀었다.

"혹시 변호사가 필요한가?"

"당신은요?"

"나는 이미 변호사와 함께 그것들을 준비했어. 양도에 문제가 없는지도 충분히 확인을 거쳤고. 그러니 이 자리에서까지 필요하다 생각하지 않아. 그래서 당신은?"

"나는 굳이 달라고 하지 않았어요. 당신이 멋대로 내게 떠넘기려는 거잖아요. 나보다는 당신이 더 조심해야 할 것 같군요. 나도 됐어요."

"믿어 주니 고맙군."

"내가 당신을 믿어요? 그럴 리가요. 내 눈으로 충분히 내용을 읽을 수 있으니까 됐다고 하는 거예요. 애초에 내가 변호사를 부른들 그자에게 당신의 입김이 닿지 않았으리란 확신도 할 수 없고요. 내가 직접 보고 판단하는 게 마음 편해요."

일단 보기에 서류는 딱히 문제가 없는 듯 보였다. 양도를 빌미로 말도 안 되는 조건을 붙인 것도 없다. 내용을 끝까지 살펴본 후 서류를 탁자에 내려놓고 쥬페도라의 만년필을 들었다. 나는 상체를 굽히고 빈칸마다 사인하며 말했다.

"당신을 도무지 이해할 수가 없군요."

"뭐가?"

한 장 한 장 넘어가는 종이 위로 내 이름을 휘갈기며 대꾸했다.

"남들은 기를 쓰고 안 주려는 위자료를 군이 준비해 왔다는 점이요. 혹시 나중에 문제가 될 수 있는 땅이나 물건을 나를 통해 해결하려는 속셈인가요?"

"전부 문제없는 것들이야. 서류에 다 쓰여 있잖아. 땅과 건물은 세금을 빠짐없이 냈고 보석 역시 제대로 된 감정서가 있어. 돈은 세탁된 적 없이 양지에서 저축한 자산이고. 도대체가 말이지……. 나에 대한 신뢰가 그 정도야?"

"당신과 나 사이에 신뢰 같은 건 없어요. 그럼 대체 뭘까요. 이 만남의 의미는."

비로소 사인을 마치고 펜을 서류 위에 올려놓으며 허리를 폈다. 쥬페도라는 펜을 상의 안주머니에 집어넣고 서류를 나누더니 일부를 봉투에 넣어 내게 주고 나머지만 가지런히 정리해 챙겼다.

"당신이 보고 싶었거든. 이런 핑계로나마 자릴 만들어 본 거지."

"리체는 그만 돌려줘요."

"음……. 오해하지 말아 줬으면 좋겠는데. 나는 그 애를 납치한 적이 없어. 말 그대로 단순히 병실을 바꿔 줬을 뿐이야. 따로 자릴 만든 건 당신과 단둘이 얘길 나누고 싶었던 것도 있지만, 박사가 그 애 상태를 진단하는 데 방해를 주고 싶지 않아서 그런 거지."

"박사?"

설마 싶으면서도 물을 수밖에 없었다.

"설마하니 테일러 박사를 말하는 건 아니겠죠."

"왜 아니겠어."

"당신, 진짜 죽고 싶어?"

천천히 몸을 일으켰다. 쥬페도라는 그런 나를 바라보며 여전히 긴장감 없이 말했다.

"충고하는데 거기서 내 쪽으로 더 다가오지 않는 편이 좋아."

그제야 쥬페도라가 등지고 있는 창 쪽으로 시선을 옮겼다. 어둡게 물든 밖은 아무것도 보이지 않았지만, 저 어둠 속에 저격수가 숨어 있을 거란 예상은 충분히 할 수 있었다.

"눈치챘어? 당신의 위험성을 알면서도 왜 경호원을 곁에 두지 않았는지에 대한 답이지. 나는 당신을 무시하지 않았어. 그야 당연하지. 당신이 내 집에서 그리고 내 손에서 어떻게 빠져나갔는지 잊을 수 있을 리가 없으니."

"……."

"그렇다고 그렇게 날 선 눈빛을 할 필요는 없어. 말했잖아. 나는 당신에게 나쁜 짓을 하러 온 게 아니라고. 그저 도움을 주려는 것뿐이야. 당신도 알다시피 테일러 박사는 신체 강화에 관한 연구를 평생 해 왔어. 당신 역시 그의 산물이나 마찬가지고. 분명 그 애에게 도움이 될 거야. 신체는 보다 튼튼해지고 잔병치레도 없어지겠지."

"그 부작용은? 누가 책임지지? 이렇다 저렇다 책임에 대해 주절거려도 결국 가장 큰 피해는 스스로 떠안을 수밖에 없어. 말해 두는데 리체에게 조금이라도 문제가 생기면 나는 그길로 당신 딸을 찾아가 고문할 거야."

"후……. 진정해. 당장 무슨 짓을 했다는 게 아니야. 그저 상태 확인만을 부탁했을 뿐이라고. 그 이후는 박사의 말을 듣고 당신이 직접 선택하면 돼. 싫으면 거절하면 그뿐이야."

대꾸 없이 가만히 노려보고 있노라니 쥬페도라가 애석하다는 듯 말했다.

"당신이 애 때문에 고생이 많은 것 같아 내 나름 신경을 쓴 건데, 왜 이런 상황이 되는 건지 알 수가 없군."

쓸데없는 짓이라고 쏘아붙일까 하다가 그만뒀다. 잠시 후 노크 소리가 울렸다. 문밖에서 오랜만에 접하는 테일러 박사의 목소리가 들려왔다.

"총사령관님. 테일러입니다."

"들어오시죠."

문이 열리고 테일러와 쥬페도라의 운전병이 함께 안으로 들어왔다. 테일러와 시선이 마주친다. 절로 눈가가 떨리는 듯한 느낌이 들었다. 쥬페도라는 테일러를 굳이 소파에 앉게 하지 않았다. 아마도 내가 어떻게 나올지 믿을 수 없기 때문일 터다. 쥬페도라가 테일러에게 물었다.

"그래, 박사가 보기엔 어땠습니까?"

테일러는 곧장 내게서 눈을 피하며 쥬페도라에게 답했다.

"타고난 신체가 꽤 약한 듯합니다만 약물치료로 호전될 수 있을 것 같습니다."

"약물 부작용은?"

"거의 없을 겁니다. 효과가 입증된 지는 꽤 됐고 현재는 성분 안정에 더 신경 쓰고 있습니다."

쥬페도라는 이번엔 내게 물었다.

"당신은 어떻게 생각해?"

"……."

"그래. 당신도 기분이 복잡할 테니 지금 당장 결정하라고는 하지 않을게."

쥬페도라는 자리에서 일어나더니 명함을 꺼냈다. 그리고 허리를 숙여 탁자 위의 서류 봉투를 들더니 명함과 함께 건네주었다.

"도움이 필요하면 연락해."

"……."

"아이는 바로 오른쪽 병실에 있어."

방 안의 이들을 한 번씩 노려보다가 병실을 나섰다. 복도로 나와 등 뒤로 문을 닫으며 분에 찬 숨을 소리 없이 흘려보낸다. 기분이 무척이나 더러웠다.

사실, 이렇게 순순히 나올 생각은 없었다. 적어도 몇 대 정도는 주먹을 날려 주고 싶었다. 밖에 저격수가 있다 한들 방 안의 등을 꺼 버리고 공격하면 무용지물이나 마찬가지니까. 저격수는 시야가 가장 중요하다. 그러니 운전병의 총을 빼앗아 등을 깨 버리거나 나가는 척하다가 스위치를 끄고 달려들면 못 할 것도 없다.

하지만 만약의 일이라는 것이 내 발목을 붙잡았다. 언젠가 정말로 그들의 도움이 필요해지는 일이 생길지도 모른다는 생각을 떨칠 수가 없어서.

굴욕적이었지만 그래도 내 기분보다는 리체가 더 중요했으니까.

쥬페도라가 알려 준 대로 바로 오른쪽 병실 앞으로 갔다. 그 앞에서 한동안 호흡을 고르다가 조심스럽게 문을 열고 안으로 들어갔다. 리체는 침대에 앉아 허공을 멀뚱멀뚱 보고 있었다. 그러다 이내 내 쪽으로 눈을 돌리며 활짝 웃는다. 리체는 곧바로 침대를 내려와 팔을 퍼덕거리며 달려왔다. 치마에 푹 파묻혔다가 이내 고개를 든 리체가 조잘거리기 시작했다.

"왜 이렇게 늦게 왔어요? 저 혼자 무서웠어요."

"미안해. 볼일 좀 보느라 늦었어. 많이 무서웠어?"

"으음. 그래도 조금 전까지 의사 선생님이 같이 있어 줘서 괜찮았어요. 근데 모르는 선생님이라 좀 어색했어요."

아마 테일러 박사일 테지.

"의사 선생님이랑 뭐 했는데?"

"피 쪼끔 뽑고 그냥 얘기했어요. 근데 선생님은 내 얼굴 안 보고 종이만 보면서 얘기했어요. 재미없었어요."

"그래?"

하긴 테일러 박사는 꽤 무뚝뚝한 성격이니 리체가 재밌었을 리가 없다. 리체는 불만스럽게 입을 삐쭉거리다 말했다.

"선생님이 절 건강하게 해 줄 수 있대요."

"음……."

"근데 왜 갑자기 방을 바꿨어요? 아줌마들이랑 같이 있기 싫었어요?"

"아니. 그냥 어쩌다 보니 그렇게 됐어."

"금방 집에 갈 건데?"

리체는 고개를 갸웃거리며 이해할 수 없다는 표정을 지었다.

"나 혹시 여기서 오래 있어야 해요?"

"아니. 내일모레까지도 안 아프면 집에 갈 거야."

"이제 안 아플 거예요!"

리체가 결심한 얼굴로 말했지만 나는 약간 웃으며 리체를 다리에서 떨어뜨렸다.

"그게 네 맘대로 되면 좋겠다만. 자, 이제 침대로 가자. 슬슬 자야 지."

"안 졸려요."

"누우면 금방 졸릴 거야."

리체를 침대에 누이고 의자에 앉아 이불을 가슴까지 덮어 주었다. 리체는 정말로 잠이 오지 않는지 맑은 눈빛으로 날 바라보았다.

"빨리 집에 가고 싶다."

"그래⋯⋯. 병원 불편하지?"

"불편하진 않은데― 재미없어요. 책도 없고 스케치북도 없고 인형 도 없고."

얼마 전까지 정신도 못 차리던 애가 이젠 재미도 찾고, 정말 상태가 괜찮아지긴 했나 보다 생각이 들어 안도했다.

"그러게."

"책이 없으니 데본한테 읽어 달라고도 못 하고."

"그러네."

"재밌는 얘기 해 주세요."

"재밌는 얘기 하면 더 못 잘 텐데. 재미없는 얘길 해 줘야 지루해져 서 얼른 자지."

"지금 안 졸리단 말예요."

"그래그래. 알았어."

그 전에 수면을 위한 주변 정돈을 좀 해야 했다. 일단 협탁의 작은 조명을 켜고 병실 등을 껐다. 협탁 조명은 1인실에만 비치된 것으로 11시에 병실의 전체 소등이 되면 환자가 화장실에 가거나 짧은 독서를 할 때 쓰기 좋았다.

내가 다시 의자에 앉자 리체는 목까지 이불을 끌어 올리며 나를 빤히 바라보았다. 눈에 기대감이 가득했다.

"어떤 얘기 해 줄 거예요? 무서운 얘기?"

"재밌는 얘기 해 달라며."

"무섭고 재밌는 얘기도 있잖아요."

리체를 밉지 않게 흘겨보다가 곧 입가를 올렸다. 겁도 많으면서 무서운 얘기를 찾는 심리는 대체 뭔지 모르겠지만 그렇게 원한다면 못 해 줄 것도 없었다.

"좋아."

그리고 무서운 얘기를 시작한 지 10분 후, 리체는 울면서 이불을 머리 위로 뒤집어썼다.

원하는 대로 무서운 얘길 해 준 게 잘못이었는지 리체는 제대로 잠을 못 이루고 뒤척거리며 낑낑댔다. 결국, 품에 안고 한참 토닥여 주고 나서야 비로소 숨을 고르게 내쉬며 잠든다. 리체를 안은 채 침대에 누워 조명에 검노랗게 번진 어둠을 응시했다. 오늘 루이와의 통화 때문인지, 아니면 쥬페도라와의 만남 때문인지 잠이 오지 않았다. 머릿속이 복잡했다.

눈을 감다 뜨다를 반복하다 아침을 맞았다. 품에서 리체를 떼어 내 제대로 누이고 조심스럽게 침대를 벗어났다. 욕실에서 간단히 세수와 양치질을 하고 머리를 다시 묶었다. 정신은 다행히 맑은 편이었다.

욕실을 나오니 협탁 조명 아래로 대충 던져 놓은 서류 봉투가 눈에 들어왔다. 봉투 위엔 쥬페도라의 명함도 함께 올려져 있다. 침대 가로 다가가 명함을 집어 들고 그 위에 쓰인 글씨를 잠시 내려다보았다. 명함엔 쥬페도라의 이름과 전화번호만이 간결하게 쓰여 있었다. 아마도 가까운 이들에게 주기 위해 소량으로 제작된 것으로 보였다. 그럼 이 전화번호는 그의 침실이나 서재에 연결된 개인 번호라는 뜻이다. 물론 그는 바쁜 사람이니 직접 그 전화를 받는 일이 몇 번이나 있을지는 모르겠지만 적어도 가장 빠르게 그와 접촉 가능한 번호임엔 틀림이 없었다.

알고 있다. 내가 쥬페도라에게 다시 연락하는 순간 내 인생은 다시 평온 따위완 멀어질 것이란 걸. 그 방향은 알 수 없으나 쥬페도라가 아직 내게 관심이 있고 나와 다시 관계를 만들어 가고 싶어 한다는 것은 확실했다. 그 바탕엔 순수한 호의가 있을 수도 있다. 새삼 지난 일에 후회와 슬픔을 느껴서 다시 한 번 노력해 보고 싶은 거라고 우긴다면, 거의 가능성은 없다고 여기긴 하지만, 그래, 그도 인간이니 그럴 수도 있다고. 하지만 그보다 훨씬 높은 확률로 위험한 함정이다. 그 이후엔 어떤 식으로든 이용당할 것이 자명하니 나로선 이게 지옥으로 가는 티켓처럼 보였다.

이걸 쓰면 루이와의 관계 역시 끝나 버리겠지. 흐지부지 흩어지는 게 아닌 소리치고 싸우는 최악의 방식으로. 어쩌면 루이는 이번에야 말로 날 죽이려 들지 않을까. 아니면 이번에야말로 쥬페도라가 루이를 죽이려 들지도 모르겠다.

어떻게 생각해도 이 명함은 내게 위험하기만 할 뿐 하등 쓸모없는 거였다. 하지만 나 혼자만이 아니라 리체를 함께 생각하면 상황이 달라진다.

리체가 언뜻 평범한 일상을 영위하는 듯 보이지만 그건 리체의 성격 때문에 그렇게 보이는 착시에 가까웠다. 리체와 그 또래의 보통 아이들을 함께 놓고 보면 그 차이를 잘 느낄 수 있다. 리체는 보통보다 식사량이 훨씬 적었고 활동량도 훨씬 적었다. 자주 두통이 있고 자주 열이 오른다. 다치면 상처도 잘 아물지 않았다. 좋든 나쁘든 일단 감정적으로 크게 흥분하면 먹은 것마저 게워 내기도 했다. 그리고 이번처럼 한번 제대로 아프면 몇 날 며칠 정신도 못 차리며 생사를 오간다.

리체의 경우는 억지로 운동을 시킨다고 해결되는 약함이 아니었다.

내가 보기에도 리체는 보조제를 병행하며 체질 자체를 바꾸는 수밖에 없어 보였다.

테일러의 약이 보조제 이상으로 탁월하게 효과가 좋은 건 나도 알고 있다. 무엇보다 지금의 나를 있게 한 것이니까. 잔병이 통하지 않게 되고, 뼈대가 강해지며, 부상을 입었을 시 회복 속도가 빨라질 것이다. 그리고 그런 신체가 만들어지기까지 그리 오랜 시간이 걸리지 않을 것이다. 애초에 그런 목적으로 개발된 것이니만큼 복용자의 신체적 잠재치를 최고의 상태로 끌어올려 줄 것이다.

아마 미미가 리체와 비슷했을 거라고 나는 예상하고 있다. 미미는 테일러의 약을 먹고도 키가 별로 자라지 않았고 같이 훈련한 동기들 중에선 최약체에 가까웠다. 타고난 잠재치가 거의 바닥을 쳤다는 소리다. 그래도 미미는 일반인들 틈에서 놓고 보면 충분히 강인하다 말할 수 있었다. 리체도 그렇게 될 수 있다.

하지만 그 대가로 어떤 부작용이 있을지는 알 수가 없었다. 어쩌면 나중에 리체도 나처럼 불임이 될지 모른다. 물론 리체가 이대로 큰다고 해도 정상적으로 임신과 출산을 할 수 있을 거란 생각은 들지 않는다. 애초에 어른이 될 수 있을지 없을지조차 불확실한 아이다. 그러니 내가 걱정하는 건 사실 부작용이 아니었다.

테일러가 약에다 어떤 장난질을 칠지 알 수가 없으니까. 즉 신뢰의 문제였다. 그래서 그동안 테일러에게서 약을 얻어 낼 어떠한 시도도 하지 않았다.

이번에 쥬페도라가 테일러를 직접 데려오지 않았다면 앞으로도 내 생각은 변함이 없었을 것이다. 나 혼자 그를 대면한 게 아니라 쥬페도라가 보증했기 때문에 망설이는 거다. 쥬페도라를 믿어서가 아니다. 단지 나는 그가 목적을 위해서라면 얼마만큼 노력할 수 있는지를 알았다. 그는 현재 리체밖에 빌미가 없었고 나와 다시 관계를 이어 나가고자 한다면 리체에게 어떠한 해도 끼칠 수 없다. 어떻게 보면 리체가 인질이 되는 셈이기도 했지만, 반대로 쥬페도라는 데이지의 목숨이 걸려 있다. 분명 최선을 다할 것이다. 그리고 테일러는 쥬페도라의 손아귀에선 약에 어떠한 수상쩍은 짓도 못 할 테니까.

하지만 쥬페도라와 내가 다시 연결 고리가 생기면…….

언니가 그때도 날 살려 두려고 할까?

나 하나 죽는 거야 상관없지만 내가 죽은 이후에 리체는 어떻게 될까. 예전처럼 맡아 줄 곳을 찾아 짐짝처럼 옮겨 다니다 결국 아무도 찾지 못하면 길거리로 내쳐져 어떠한 보살핌도 받지 못한 채 죽어 버릴지도 몰랐다.

결국, 나는 리체를 위해서라도 언니를 피해 도망자의 삶을 살아야 할 가능성마저 떠안아야 했다. 동시에 루이도 끊어지고, 에드윈도 끊어지며, 오롯하게 리체 하나만을 끌어안고 쥬페도라의 입 안으로 들어가야 하겠지.

'망할 놈의 자식…….'

현재를 받아들이며 나름 잘 살고 있던 내게 또 한 번 번민을 안겨 주는 쥬페도라가 너무나 원망스러웠다.

어쩔 수 없다고 현실을 받아들이며 살다가 리체가 잘못된다면 죽을 만큼 슬프긴 하겠지만 그래도 결국엔 살아갈 수 있을 것이다. 하지만 쥬페도라는 만약의 가능성이라는 것을 내 눈앞에 흔들어 보였다. 나는 그 하나를 시도해 보지도 못하고 리체를 떠나보내게 됐을 때 과연 버틸 수 있을까.

나는 리체에게, 제인에게 빚이 있다.

나는 명함을 뚫어 버릴 듯 바라보다 결국 그것을 구겨 버리지 못하고 서류 봉투 안에 집어넣었다. 서류 봉투는 얼마 전 병원 근처에서 산 커다란 가방 속에 쑤셔 넣었다. 가방에 들어찬 빨랫거리들로 서류 봉투가 보이지 않도록 덮어 버리고 지퍼를 닫는다.

조금만, 조금만 더 시간을 두고 생각해 보자. 일단 리체는 고비를 넘겼으니 지금으로선 급할 것이 없다면서 나는 마음이 너무 심란했던 나머지 더 생각하길 그만둬 버렸다.

얼마 후 리체가 깨어나 아침 인사를 건넸다. 나는 리체를 안아 들고 욕실로 가서 물을 틀어 놓고 한 손을 적셔 리체의 얼굴을 문질러 닦아 줬다. 리체는 얼굴을 찡그리긴 했지만 내 손길을 피하진 않았다. 귓가와 목까지 싹싹 문질러 닦아 준 후에야 수건으로 얼굴 전체를 푹 덮어 물기를 닦아 줬다. 리체는 금세 어푸어푸 숨을 몰아쉬며 수건 밖으로 얼굴을 끄집어냈다.

이윽고 식사 시간이 되어 리체의 아침 식사가 배달됐다. 리체는 이번에도 반만 겨우 먹고 남겼다. 집에선 그래도 다 먹으려고 노력이나마 했는데 병원에서 그마저도 없다. 아직 먹을 기력이 안 도는 건지 그저 맛이 없는 것인지 리체는 가타부타 말이 없었다. 맛없냐고 물어보면 그냥 배부르다고만 했다. 마음 같아선 다 먹으라고 하고 싶었지만 금방 또 체하거나 토할까 봐 그럴 수 없었다. 그냥 조금 이따가 나가서 틈틈이 먹일 과일이나 사러 가야겠다고 생각했다. 조금씩 자주 먹이면 그래도 좀 낫겠지.

리체의 식사가 끝나고 조금 놀아 주다가 다시 재웠다. 밤에 늦게 잠들었던 탓에 리체는 금방 잠들었고 나는 그제야 식사를 위해 병실을 빠져나왔다. 그길로 완전히 병원 부지 밖으로 나서서 근처의 과일 가게로 가 바나나와 딸기를 조금 샀다. 그리고 돌아오는 길에 이동식 가판대가 보여 거기서 샌드위치와 음료수를 한 컵 사서 병원 정원의 벤치에 앉았다.

과일 봉투와 음료가 담긴 종이컵을 옆에 두고 샌드위치의 종이 포장을 벗겼다. 사실 먹고 싶지 않았다. 요 며칠 뭘 먹어도 입 안이 텁텁하게 마르는 것 같기만 하고 제대로 맛이 느껴지지 않았던 탓이다. 하지만 이러다 기력이 빠지면 곤란하니 의무적으로라도 먹어야 했다. 내키지 않는 기분으로 샌드위치를 한 입 베어 물었다. 입 안에서 구르는 음식물은 여전히 무슨 맛인지 알 수가 없었다.

하늘을 올려다보니 햇볕이 사방으로 갈라져 내리쬐고 있다. 그래도 아직은 오전이라 찬기가 좀 있으니 이따가 점심 즈음에 리체를 데리고 잠깐 산책을 하면 좋을 것 같다. 그동안 병실에만 있었으니 답답하기도 할 테고. 담당의에게 물어보고 괜찮다고 하면 데리고 나와야겠다. 별일 없으면 내일 퇴원해도 좋다고 할 정도니 아마 산책 정도는 괜찮다고 할 것이다.

정원엔 식사를 마치고 산책을 하는 환자와 보호자들이 종종 보였다. 한 입 먹은 샌드위치를 손에 든 채 그들을 가만히 바라보았다. 그러다 문득 기척이 나서 옆으로 고개를 돌렸다. 내가 앉은 벤치 끝자락에 루이가 털썩 앉았다.

"……?"

"후……."

루이는 풀어진 머리칼을 뒤로 넘겨 끈으로 대충 묶고는 내게 눈을 돌렸다. 약간 찡그린 표정이었지만 그 일그러짐은 곧 사라진다. 나는 그에게 물었다.

"언제 왔어요?"

"지금."

"여긴지 어떻게 알고요?"

"큰 병원 찾아서 몇 군데 돌았지. 병원은 특수한 경우가 아니면 환자를 감추지 않으니까. 접수처에 꼬맹이 이름하고 네 이름 대면 있는지 없는지 확인하는 건 간단하잖아."

여기도 확인차 들어오는 길에 마침 내가 보였노라 말하는 루이는 꽤 담담해 보였다. 며칠 전 마주했던 불안한 기색도 어제 전화 속의 우울한 기색도 전혀 보이지 않았다. 이젠 내게 감정을 보여 봤자 소용없다고 생각했는지도 모르겠다.

눈을 돌려 손에 든 샌드위치를 내려다보았다. 샌드위치 밑을 반쯤 감싸고 있는 종이를 손끝으로 잠시 부스럭거리다 루이에게 내밀었다.

"먹을래요?"

"넌."

"입맛이 없어서요."

루이는 순순히 샌드위치를 받아 들었다. 내가 조그맣게 한 입 베어 먹은 자리 위로 루이가 크게 한 입 물었다. 우물우물 입을 움직이는 그를 바라보다 음료수도 내밀었다. 루이는 그것도 받아 마셨다.

"언제 출발했어요?"

"어제."

"잠은요?"

밤엔 응급실 말고는 문을 닫으니 접수처에서 확인도 할 수 없었을 것이다. 루이는 아무렇지 않게 말했다.

"차에서."

"식사도 안 하고 돌아다닌 거예요?"

"입맛이 없어서."

그런 거치곤 잘 먹는다. 말없이 바라보고 있는데 루이는 빨대로 음료를 마시고 샌드위치에서 종이를 마저 벗겨 내며 말했다.

"너 보니까 이제 입맛이 좀 도네."

그리고 마지막 남은 조각을 한입에 다 집어넣었다.

"루이 씨?"

루이와 함께 병실로 들어가자 언제 깨어났는지 침대에서 이리저리 뒹굴거리고 있던 리체가 눈을 땡그랗게 뜨며 우리를 바라보았다. 루이는 발딱 몸을 세워 앉는 리체를 보며 입가를 올렸다가 내렸다.

"이젠 안 아프냐?"

"우잉?"

"뭐야. 그 표정은."

"혹시…… 나 보러 온 거예요?"

리체가 고개를 갸웃거리며 물었다. '왜? 왜?' 하고 의문스러워하는 게 표정에 가득했다. 루이는 짧게 대꾸했다.

"그래, 병문안 왔다."

"아~ 데본 보러 왔구나."

하지만 리체는 이내 스스로 결론을 내며 루이의 대답을 무시했다. 루이는 리체를 약간 흘겨보았다.

"앉으세요."

나는 소파를 손끝으로 가리켰다가 내리며 권했다. 루이는 순순히 소파에 앉았다가 이내 피곤한 듯 쿠션을 베고 완전히 드러누워 버렸고, 리체가 곧바로 침대 난간을 붙잡고 물었다.

"루이 씨, 자게요? 왜 자요?"

"피곤하다."

"낮인데 왜 자요?"

"졸려……."

"낮에는 깨어 있는 거예요. 잠은 밤에 자는 거라고요."

실로 옳은 말이지만 루이는 이제 대꾸도 귀찮다는 듯 눈을 감은 채 얼굴을 찌푸렸다. 나는 담요를 꺼내 와 루이의 몸 위로 덮어 주었다. 그리고 쨍알쨍알거리는 리체에게 쉿 하고 조용히 하자는 손짓을 했다.

"조금 주무시게 두자. 리체."

"심심한데……."

리체의 불만스러운 표정은 저렇게 잘 거면 뭐 하러 왔냐고 말하는 듯했다. 정말 어지간히 심심한가 보다.

"잠을 못 자서 피곤하시대. 얼굴 보러 일부러 여기까지 오셨으니 조금은 배려해 드리자."

"네에……."

리체는 늘어지게 대답하며 이불 위로 폭 엎어졌다. 나는 시무룩해진 리체를 위해 담당의를 찾아가 산책을 해도 된다는 허락을 받았고, 루이가 자는 동안 함께 밖에 나가 햇볕을 조금 쐬었다. 옷과 모자, 마스크로 온몸을 무장하고 밖으로 나온 리체는 금방 기분이 좋아졌다. 혹시 또 열이 오르거나 하진 않을까 걱정되어 산책 시간은 길게 잡지 않았다. 리체는 다시 병실로 돌아오는 걸 굉장히 아쉬워했으나 내일 퇴원하니까 조금만 참으라고 달래자 버티지 않고 안으로 들어왔다.

루이는 다음 날까지 우리와 함께 있다가 내가 퇴원 수속을 밟는 동안 짐을 옮겨 줬다. 나는 병원을 나서기 전 리체와 함께 병실을 썼던 부인들을 찾아가 인사를 나눴다. 리체를 예뻐하던 부인들은 나아서 다행이라며 리체에게 사탕을 한 통 쥐여 주었다. 그리고 내겐 자신들의 연락처를 주며 수도에 또 오게 되면 연락하라고 했다. 그리고 요리법 같은 도움이 필요한 일에도 개의치 말고 전화를 달라고 했다. 그 마음이 고마웠다.

노우디로 돌아가서도 리체는 며칠 더 쉬다가 다시 학교에 나가기 시작했고 그렇게 다시 내 일상이 돌아오는 듯했다.

병원에서 돌아온 지 일주일 정도 지난 어느 날 밤, 에드윈이 공방에 찾아왔다. 리체를 재우고 다시 내려와 자수를 놓던 중이었다. 내 불면은 리체가 퇴원한 뒤에도 계속 이어져 밤마다 의도치 않게 철야를 하곤 했던 것이다. 일부러 늦은 시간에 찾아온 것을 보면 아마 루이나 다른 정보원에게 내 최근 활동 시간이 전해진 모양이었다. 에드윈은 능청스럽게 웃으며 지난번 남겨 두었던 술을 마시러 왔다는 핑계를 댔다. 물론 바쁜 그가 그런 이유로 일부러 날 찾아올 리가 없다는 건 잘 알고 있었지만 모르는 척 찬장에서 술을 꺼내 왔다.

에드윈과 마주 앉아 그의 앞에 둔 종이컵에 술을 따라 주고 내 컵에도 따랐다. 에드윈은 이내 소소한 화제들을 꺼내며 대화를 주도했다. 나는 적당히 짧게 대답하거나 고개를 끄덕이는 정도로 상대했다. 지

루하거나 했던 건 아니지만 별로 할 말이 없었다. 에드윈도 딱히 내성의 없는 반응에 대해 책을 잡지 않았다.

에드윈은 한참이 지나서야 홀짝거리던 컵을 내려놓고 본론을 꺼냈다.

"총사령관이 찾아왔었다며?"

나도 마시던 컵을 조용히 내려놓았다.

"어떻게 아셨나요."

"본인에게 직접 들었어. 왜 말 안 했어?"

쥬페도라가 왜 그런 걸 에드윈에게 말했는지 의아했지만 가늠해 봤자 그 머릿속을 어떻게 알까 싶어 금세 포기했다. 나야 에드윈에게 털어놓을 수 있게 되니 마음 편한 일이라며 긍정적으로 여겼다.

"말할 만한 일이 생기진 않았어요."

"루이 군은 알고 있는 건가?"

약간 웃으며 고개를 저었다. 루이에게 대체 어떻게 말하란 건가. 에드윈은 자신의 빈 컵에 술을 따르며 말했다.

"괜한 오해 생기기 전에 말하는 게 어때. 둘이 사귀고 있지?"

"글쎄요. 그러자고 서로 의견을 맞춘 기억은 없는데요."

에드윈은 의외라는 표정을 지었다.

"이미 결혼 약속도 잡았을 줄 알았는데."

"왜 그렇게 생각하세요?"

"그야……."

"중…… 아니, 대장님은 그게 간단히 되나요?"

"응?"

무슨 소리냐고 의아함을 비치는 그에게 슬쩍 웃어 줬다. 나는 곧 남은 술을 마시고 다시 컵에 술을 채우며 자조적으로 말했다.

"이미 한 번 뒤통수친 상대에게 다시 마음이 가는 건 역시 이상하지 않나요?"

"준위는 어때? 준위에게도 그런 상대가 있었잖아? 나보단 겪어 본 자네가 더 잘 알지 않겠어?"

"……모르겠어요."

에드윈은 나를 바라보다 다시 고민하는 음색을 흘렸다.

"나는 관계에 대해 좀 더 단순하고 긍정적인 입장이거든. 직접 겪어 보지 않아서 확신까진 못하겠지만 그래도 그리 복잡하게 생각하지는 않을 거 같아."

"……."

"사실 루이 군도 자네가 정말로 싫었으면 어떻게 해서라도 엮이지 않으려 했겠지. 나에 대한 의리 같은 건 사실 핑계라고 생각하는데."

"내가 그를 망치고 있는 것 같아요."

"직접 물어보면?"

"……."

"하긴. 나도 남의 일이라고 너무 가볍게 말했군."

에드윈은 작게 웃고는 화제를 돌렸다.

"근데 총사령관은 뭐래?"

"별말 안 했어요. 위자료를 준비해 왔더군요. 그리고……. 테일러 박사를 리체에게 연결해 줄 수 있다고 제안을 했어요."

"아하……. 이러려고 나한테서 박사를 빼 간 거군."

그러고 보니 테일러는 에드윈 휘하의 이스트란 사령부에 소속되어 있었다.

"테일러 박사가 다른 곳으로 이동한 건가요?"

"그래. 중앙사령부로 갔어. 겉으로 보기엔 더 좋은 자리로 간 것처럼 보이겠지. 하지만 테일러 박사쯤 되는 업적을 쌓으면 거기나 이스트란이나 대우엔 별 차이가 없을 거야."

"그렇군요……."

"근데 애가 그렇게나 위태로워?"

"사실 모르겠어요. 좋은 듯싶다가도 갑작스럽게 나빠지곤 해서. 아파도 잘 표현을 안 하다가 그렇게 되는 건지, 아니면 정말로 갑자기 아픈 건지. 가늠이 잘 안 돼요."

그리고 리체의 상태가 갑자기 나빠질 때마다 나는 심장이 떨어질 것만 같다.

"물어봐도 대답을 잘 안 해?"

"말 자체가 없는 애는 아닌데 속 얘기는 잘 안 해요. 중요한 질문은 그냥 다 괜찮다고만 하고."

"허······. 아직 어린애 아냐? 벌써부터 그런 요령이 있다고?"

"그러게요."

"그래서, 총사령관에겐 뭐라고 대답했는데? 그렇게 하겠다고 했어?"

나는 에드윈을 바라보았다. 에드윈은 여전히 멀뚱멀뚱한 얼굴로 날 바라보고 있었다.

"제가 그렇게 해도 괜찮았을까요?"

에드윈은 한숨을 쉬며 컵을 내려다보았다.

"선택이야 준위 맘이지."

"그래요. 그 결과도 제가 책임지는 거죠."

약간 웃음을 흘리며 대꾸하자 에드윈은 제 머리를 벅벅 긁더니 컵 안의 술을 벌컥벌컥 마시고 다시 가득 따랐다.

"사실 내 조언이야 이미 알지 않아? 별로 추천은 안 해."

"저도 내키지 않아요."

"그럼 다행이고."

그걸로 쥬페도라에 대한 얘기는 끝이었다. 에드윈은 이 일을 별로 심각하게 생각하지 않는 듯했다. 그저 또 다른 화젯거리를 찾는 듯 어느새 취기가 올라 보이는 얼굴로 생각에 빠진다. 그리고 보니 나도 슬슬 취기가 오르는 듯했다. 두 손으로 가볍게 얼굴을 쓸다가 실수로 반쯤 남은 술병을 쓰러뜨렸다. 에드윈이 굴러떨어지려는 술병을 재빨리 잡아챘지만 대신 자기 컵을 치고 말았다. 종이컵이 힘없이 쓰러지며 술은 테이블에서 그의 바지 위로 흘러 뚝뚝 떨어져 내렸다.

"이런."

낭패한 표정으로 술병을 다시 제대로 테이블에 세워 둔 그는 손끝으로 옷을 톡톡 털었다. 나는 얼른 자리에서 일어나 한편에 있던 판매용 손수건 몇 장을 집어 들었다. 그에게 두 장을 건네고 나머지론 테이블을 닦았다. 그는 손수건으로 바지를 닦으며 물었다.

"파는 거 아냐?"

"괜찮아요."

"계산할게."

"괜찮아요. 또 만들면 돼요."

"그래도 미안한데."

"선물로 드린 셈 칠게요. 가지세요."

"고마워. 그러고 보니 나 손수건 한 장도 안 가지고 다녔네. 정말 가져도 돼?"

"여성용이지만요."

그는 물기를 어느 정도 닦아 내고 나자 술에 젖은 손수건을 펼쳐 눈앞에 들어 올렸다. 그리고 손수건에 놓인 자수를 바라보며 말했다.

"전부터 생각한 건데 준위는 정말 손재주가 좋네."

"의외세요?"

웃으며 대꾸하자 그 역시 웃으며 말했다.

"가정적인 거 같아. 아니, 요리는 못 하니까 그건 아닌가. 그냥 여성스럽다고 해 두지."

"놀리지 마세요."

테이블을 닦은 손수건들을 한쪽으로 치워 두며 말을 이었다.

"그리고 준위라고 부르는 건 이제 그만하세요."

"아아…… 그렇지. 이젠 제대로 불러 줘야지 하는데도 입에 잘 안 붙어서 말야. 데본이란 이름은 왠지 낯설어."

"조금 지나면 금방 익숙해져요."

"그러고 보니 루이 군도 자네를 다른 이름으로 불렀잖아? 뭐였지? 너무 옛날 이름이라 기억이 잘 안 나네."

"할리요. 하지만 루이 씨도 요즘엔 제대로 데본이라고 불러 주니까요."

조금 씁쓸한 기분이었지만 티 내지 않으려 노력했다. 다행히 에드윈은 눈치채지 못하고 아무렇지 않게 대화를 이어 갔다.

"그래그래, 그거. 그게 루이 군의 첫사랑 이름이라지? 훈련생 시절 때의."

"……네?"

순간 가볍게 머리를 맞은 기분에 조금 얼빠지게 되물었다. 그는 펼쳐 들고 있던 손수건을 접어 주머니에 넣다가 그제야 내 얼굴을 보곤 아차 하는 표정을 지었다.

"아. 농……담이야."

"……."

갑작스럽게도 어색한 분위기가 만들어졌다. 나는 뒤늦게 억지로 입가를 끌어 올렸지만 이미 얼어붙은 공기는 풀어질 기미가 없다. 에드윈은 식은땀을 흘리기 시작했다.

"어…… 음. 저기. 농담이야."

"괜찮아요."

겨우 대답을 하긴 했지만, 기분은 계속 아래로 하강했다. 그러다 결국 눈가에 열이 오르기 시작했고 그 열감 이후에 흐를 눈물을 막을 수 없을 거란 직감이 들었다. 나는 추해지는 꼴을 가리고자 에드윈에게서 몸을 슬쩍 돌려 앉았다. 안절부절못하는 그의 목소리가 들려왔다.

"어…… 준위. 괜찮아?"

"……네."

밖으로 나온 목소리가 떨렸다. 제어가 되지 않는 감정과 눈물샘에 스스로도 당황스러운 상태가 되었다. 나는 정말로 이런 모습이 되고 싶지 않았다.

변명을 하자면 술에 취한 탓이다. 평소라면 이러지 않을 게 분명했다. 그야 나는 어린애가 아니니까. 그러니 취하지 않은 맑은 정신이었다면 에드윈의 말을 담담하게 받아들이고 어쩌면 그의 말처럼 조크로 여기며 가볍게 웃어 버렸을지도 모를 일이었다.

나이가 몇인데 루이에게 첫사랑 하나가 없었겠는가. 그리고 그 첫사랑 이름을 내게 붙였을 당시에 그가 내게 무슨 감정이 있었겠는가. 별생각 없이 그저 툭 내뱉어 붙여 줬겠지.

들어가라. 들어가. 최대한 소리를 죽이고 심호흡을 하며 넘치기 직전의 눈물을 도로 집어넣으려고 노력했다. 취했다고 눈물부터 앞서는 바보가 되지 마, 데본. 에드윈과 함께 있어서 더욱 창피했다.

하지만 슬퍼.

결국, 눈물을 막는 걸 실패했다. 나는 볼에 툭 스치고 떨어진 눈물의 감촉에 재빨리 소매로 눈가를 눌렀다. 동시에 에드윈이 내 어깨를 잡고 자기 쪽으로 다시 돌려 앉혔다. 그는 정말로 당황스러운 듯했다.

"울어? 진짜?"

"아니요. 이건 취해서 그래요. 잠시만……."

에드윈이 내 두 손목을 잡고 눈가에서 억지로 떼어 냈다. 나는 잠시 버티다가 약간 원망스러운 기분으로 쳐다보았다. 에드윈은 눈을 크게 연 채 바보처럼 끔벅거리고 있었다. 내 마음에 돌을 던져 놓고 아무것도 모르는 양 순진한 표정을 짓는 그가 미웠다. 그 감정은 그대로 눈물로써 표출되었다. 에드윈은 어딘지 아연한 표정을 지었다.

"준위……."

"이것 좀……."

놓으라고 말하려고 했다. 에드윈이 먼저 손을 놓아주더니 대뜸 내 머리를 제 가슴에 끌어안았다. 놀라 몸이 굳었다. 거의 동시에 에드윈도 멈칫했다.

"헉……?"

왜 이런 짓을 한 건지 스스로도 놀란 듯한 에드윈의 숨 삼키는 소리에 나는 비로소 정신을 차렸다. 동시에 언젠가 했던 루이의 말이 내 머리를 스쳤다.

'지조고 지랄이고 없는 여자는 질색이야.'

안 돼. 온몸에 소름이 끼치며 곧바로 에드윈을 밀치고 자리에서 벌떡 일어났다. 에드윈은 밀쳐진 그대로 나를 멍하니 바라보았다. 우리는 당장 할 말을 잊고 벙찐 채 서로를 한참 동안 응시했다. 이 침묵이 이어져선 안 됐다.

침묵이 오기 전에 에드윈은 그저 위로를 위한 사심 없는 포옹이었다고 웃으며 내게 말했어야 했다. 하다못해 나라도. 나라도 그를 밀어내고 곧장 대수롭지 않은 양 뭐 하는 짓이냐고 가벼운 면박을 주며 웃음을 보였어야 했다.

하지만 그 찰나의 기회를 놓친 우리는 굉장히 어색한 상황에 놓여 있었다. 이건 어떻게 해석해도 술김에 사고를 치기 직전이었던 것이다.

"……아."

겨우 목소리를 낸 에드윈의 표정이 점점 난처하게 변해 갔다.

"아…… 미안. 정말 그럴 뜻은 없었는데……. 이게 그러니까……."

최악이다. 여기서 사과라니. 에드윈은 방금 우리가 진짜로 그런 상황이었단 걸 빼도 박도 못하게 인정해 버렸다. 대체 이걸 어떻게 수습해야 하지?

"후……."

에드윈은 두 손에 얼굴을 묻고 마른세수를 하며 자괴감에 빠졌다. 좋아. 그도 후회하고 나도 원치 않는 적절한 상황이다. 나는 나를 위해 에드윈을 구제해 주기로 했다.

"많이 취하신 거 같아요."

대수롭지 않은 실수였다고 판결을 내려 준다. 에드윈이 멈칫하며 고개를 들었다. 그는 잠시 나를 가만히 바라보다가 다리에 두 손을 떨어뜨리며 마른 입술을 혀로 쓸어 축였다. 무표정했던 그는 이내 한숨처럼 웃음을 내뱉으며 시선을 아래로 내렸다.

"아아…… 그래. 그런 거 같다."

에드윈은 천천히 의자에서 일어섰다.

"그만 돌아가야겠어."

"조심히 가세요."

"그래. 갈게."

공기 중에 떠도는 어색함을 무시하고 서로 인사를 주고받는다. 에드윈은 약간 빠른 걸음으로 공방을 나갔다. 나는 한참을 더 서 있다가 입술을 안으로 말아 물며 어느새 긴장 상태였던 몸에서 천천히 힘을 뺐다. 그리고 조금 허둥지둥거리는 손길로 술병과 종이컵을 치우다가 문득 허리를 세우고 유리 벽 쪽으로 다가가 암막 커튼을 조금 열어 보았다.

에드윈은 공방 앞에 등을 보이고 서서 담배를 피우며 심란하게 머리를 긁적이고 있었다. 그러다 그가 문득 뒤를 돌아보려 했고 나는 빠르게 커튼을 다시 닫으며 숨을 삼켰다. 한동안은 그대로 굳은 듯 움직일 수가 없었다.

얼마 후 조용히 커튼 앞에 쪼그려 앉아 긴 한숨을 내쉬었다. 술김에 사고 치지 않아서 다행이다. 그 순간 루이가 떠오르지 않았다면 저질렀을지도 모른다. 아마도. 거의 확실히.

다리를 끌어안고 엉덩이를 완전히 바닥에 붙였다. 슬슬 당황스러움이 가시자 스스로에 대한 짜증이 밀려왔다.

나는 왜 이렇게 가벼울까.

무릎에 이마를 기대고 소리 죽여 눈물을 터뜨렸다. 루이를 향한 서운함, 나에 대한 혐오감, 에드윈을 향한 원망. 그 모든 게 합쳐져 설움이 밀려들었다.

딸랑.

가게 종이 울리는 소리에 고개를 들었다. 문 안쪽으로 고개를 내민 루이가 공방 안을 훑어보다 곧 내게서 눈길을 멈춘다. 그의 얼굴을 보자 심장이 쪼그라드는 기분이 들었다. 루이는 문안으로 완전히 들어와 내 앞으로 다가왔다. 그는 자세를 낮추고 나와 마주 보며 인상을 썼다.

"왜 그래?"

대답 대신 다시 무릎에 이마를 대고 얼굴을 감췄다.

그로부터 한참 후 눈물이 다 마른 뒤에도 우울감에 빠져 있다가 고개를 들었다. 루이가 맞은편 바닥에 앉아 나를 바라보고 있었다. 그는 내가 고개를 들자 그제야 다시 말을 붙였다.

"가게 앞에 차가 대 있길래 손님이 온 것 같아서, 방해하지 않으려고 일부러 차가 없어진 후에 온 건데……. 혹시 내가 너무 늦게 온 건가?"

고개를 저었다. 그가 자신을 탓할 이유는 아무것도 없었다.

"그럼 대체 왜 울었는데."

"아무……."

"네가 아무것도 아니라고 하면, 내가 믿어 줘야 해?"

"……."

"말해 봐."

"싫어요……."

"왜? 내가 상처받을까 봐?"

루이가 한숨을 쉬며 내 팔을 잡아당겼다. 순순히 이끌려 그의 한쪽 다리 위에 앉혀진다. 루이는 한 팔로 내 등을 받치며 다른 손으로 그의 허벅지에 가지런히 걸린 내 다리를 툭툭 두드렸다.

"네가 말을 아낄 때는 대체로 나 때문이지."

"……."

"근데, 그것도 참 웃겨. 네가 언제부터 날 그렇게 배려해 줬다고."

입술을 꾹 말아 물었다. 루이는 손으로 내 턱을 받쳐 들며 눈을 마주쳤다.

"누가 왔었어?"

"……에드윈 대장님이요."

"무슨 얘길 했는데?"

슬그머니 눈을 피하자 루이는 얼굴을 더욱 가까이 들이밀며 기어코 다시 나와 시선을 맞췄다. 그 상태로 시간이 흐르며 주변은 벽시계의 초침 소리만 들려온다. 새삼 내가 그의 얼굴을 보며 긴장하고 그러는 건 아니지만 적지 않은 압박감을 느끼는 건 사실이었다.

버티고 버티던 나는 결국 그에게 속마음을 미주알고주알 털어놓기 시작했다. 취한 김에, 그리고 이렇게 아이처럼 안긴 김에 어리광을 부리고 싶은 마음도 있었던 것 같다.

병원에 있을 때 쥬페도라가 찾아왔던 일, 테일러에 관한 일, 리체에 관한 일. 쥬페도라와 만나서 얼마나 내 기분이 상했는지, 테일러의 얼굴을 마주하고 내가 얼마나 속이 들끓었는지, 그런 기분에도 아무것도 하지 못했던 나 자신의 심정을 그에게 전했다. 리체에 대한 내 부채감이 얼마나 깊은지도. 아마 당신의 존재를 리체의 위에 올리는 일은 평생 없을 거라고. 그래서 미안하다고.

또 에드윈이 날 위로 삼아 안아 줬던 것도. 그때의 이상한 분위기는 자세히 설명하지 않았지만, 그때 나도 모르게 혹해 버렸었다고는 실토했다. 사고는 치지 않았지만 어쨌든 흔들린 사실엔 미안하다고 사과했다. 루이는 쥬페도라의 얘기는 잠자코 듣고 있었으면서 에드윈의 얘기엔 약간 발끈했다.

"뭐, 방금 전? 너 진짜 너무한 거 아니냐?"

"미안해요……."

"앞으로 딴 놈이랑 술 안 마신다고 약속하면 용서할지 말지 고민해 보겠어."

"그렇지만……."

"뭐. 그렇지만 뭐. 네가 술김에 딴 놈과 사고 칠 가능성을 알고도 나보고 참으라고? 내가 등신이야? 누구라도 넘어가기만 해 봐. 다 죽여 버릴 거야. 너도 죽고 그 새끼도 죽고 나도 죽는 거라고. 알았어?"

진짜 너란 여자는─부터 시작해서 악녀도 이런 악녀가 없을 거라는 둥 투덜투덜 하는 말을 듣고 있자니 문득 속에서 억울함이 밀려왔다. 나는 다시금 눈물을 터뜨렸다. 루이는 손으로 내 눈가를 닦아 주면서도 냉정하게 말했다.

"울지 마. 운다고 봐줄 줄 알아? 이게 진짜. 수 쓰지 마라. 나한테 눈물 같은 거 안 통한다는 거 이젠 알지 않아?"

"그치만, 루이 씨도 잘한 건 없잖아요……!"

"뭐? 지금 적반하장으로 나오는 거야?"

"나한테, 첫사랑 이름 붙였다면서요!"

그 순간 루이가 얼굴을 닦아 주던 손을 멈추며 놀란 표정을 지었다.

"그걸 어떻게……."

취한 나는 주먹으로 그의 명치를 세게 가격했다. 루이는 바로 신음을 흘리며 내 어깨 위로 머리를 떨어뜨렸다. 나는 두어 번 더 그의 배와 가슴에 주먹을 힘껏 먹여 주었다. 루이가 내 몸을 꼭 끌어안은 채 귓가에 중얼거렸다.

"와……. 오지게 아프네, 진짜."

"……흐윽……."

픽! 한 대 더 때렸다. 루이가 죽을 듯이 앓는 소리를 냈다.

"어떤 놈들은 애인이 때리면서 투정 부리면 귀엽다더만⋯⋯."

그거 전부 다 뻥이었을 거라고 루이가 약간 웃음기 섞인 목소리로 말했다.

웃음이 나오는 걸 보면 아직 괜찮은 모양이라 나는 한 번 더 주먹을 들었다. 하지만 이번엔 루이가 재빠르게 손바닥으로 내 주먹을 받아 쥐듯이 감싸며 멈추게 했다.

"그만. 아퍼."

"나는 아직 분이 풀리지 않았어요."

"넌 한 번 기분 상하면 오래가잖아. 그거 풀릴 때까지 맞으라고? 설마 날 때려죽이고 싶은 건 아니지?"

그건 아니지만 죽을 만큼 아프게 해 주고는 싶었다. 취해서 이성적이지 못한 정신은 루이에게 자비 없이 유죄를 내리고 내 상한 감정만큼의 벌을 주고 싶어 했다. 머리 한구석에선 이 분풀이가 적절치 못하다는 걸 알면서도 정작 신체는 마음대로 하기를 거리끼지 않았다. 나는 그를 밀치기 시작했다.

루이가 품에서 벗어나려는 나를 더욱 힘주어 안았지만, 곧 여의치 않았는지 그대로 날 바닥에 눕히고 몸무게로 깔아뭉갰다. 그는 진정하라는 듯 내 머리를 팔로 안고 얼굴과 머리카락을 연신 쓰다듬었다. 그의 입술이 가깝게 다가왔지만, 고개를 비틀어 피했다. 루이가 피해 버린 입술 대신 볼과 귓가에 얕게 키스하며 나를 불렀다.

"데본. 데본."

"윽⋯⋯! 하아⋯⋯!"

"미안해. 화 풀어."

그를 더 패 주기 위해 한참 숨을 헐떡대며 푸닥댔지만 제압된 신체는 도무지 풀리지가 않았다. 결국, 포기하고 몸에서 힘을 빼자 그제야 루이가 안도한 기색을 내비친다. 그의 이마에 땀이 약간 맺혀 있었다.

나는 씩씩대며 말했다.

"당신 정말 최악……."

"변명처럼 들리겠지만, 일단 들어 줘."

"최악……."

최악이야.

"야……. 그런 눈으로 좀 보지 마."

루이는 약간 상처받은 듯한 표정을 지었지만, 오히려 상처를 받은 건 나였다. 생각하면 생각할수록 루이가 괘씸하기 짝이 없었다.

"나……."

"뭐?"

"날 보면서, 나랑 섹스하면서 대체 무슨 생각을 했어요……!"

다시 왈칵 눈물이 터져 나왔다. 루이는 황당한 표정을 지었다가 이내 미간을 좁히며 두 손으로 내 얼굴을 단단히 붙잡았다.

"너만 생각했어."

"거짓말."

"진짜야. 너 말고 다른 생각 한 적 없어."

"거짓말쟁이!"

속이 타긴 하는지 마른침을 삼키는 루이의 목울대가 크게 움직였다.

"사실 처음에야 조금 그런 기분이 없잖아 있었지만, 그때는 너나 나나 서로에 대해 별다른 감정이 없었을 때야. 그것도 죄로 치는 거냐?"

"……."

"지금은 그 녀석 얼굴도 기억 안 나. 별로 특별한 관계가 있었던 것도 아니고. 그냥 훈련생 때 혼자서만 좋아했던 게 다야. 십 대 때 풋사랑에 불과하다고. 네가 그 녀석과 비슷하다고 생각한 적도 없어. 그저 그 당시 마땅한 이름이 생각 안 났을 뿐이지. 너한테 마음 생긴 뒤론 할리라고 부르면서도 다른 생각 절대 안 했어."

"그럼 왜 이제 와서 데본이라 불러요? 환상이 깨져서 그런 거 아녜요."

루이는 엄지로 내 눈가를 닦아 주며 약간 웃음을 흘렸다.

"별 뜻 없었는데. 그냥 제대로 불러야겠다고 생각했을 뿐. 뭐하면 다시 할리라고 불러 줘?"

"이젠 싫어요."

쌀쌀맞게 대답했지만, 루이는 늘린 입술을 풀지 않았다. 나는 이왕 부끄러워지고 좀스러워진 김에 그동안 궁금했던 걸 물었다.

"루이 씨랑 전 대체 무슨 사이예요?"

"글쎄……. 아직은 딱히 정의 내리기 뭐하지 않나?"

"날 어떻게 하고 싶은데요?"

"흠……."

아무 생각 없다고 하면 이번에야말로 포기할 테다. 술김에 자신도 없는 다짐을 하며 루이를 응시했다. 루이는 생각에 잠겨 있다가 얼마 후 나직하게 대답했다.

"내 앞에서 이리저리 허우적거리는 게 멍청하긴 한데 그래도 나름, 귀엽다고 생각해."

"……욕인가요?"

"긍정적으로 생각하고 있어."

안도인지 허무인지 모를 한숨을 길게 내쉬며 몸에서 힘을 완전히 빼 버렸다. 그제야 루이가 내 위에서 비켜나 옆에 앉았다. 그는 날 내려다보며 말했다.

"아무래도 좋다고 생각했다면 네가 화났다고 이렇게 맞아 주진 않았을걸."

"……."

루이가 한숨을 쉬며 품에서 담배를 꺼내 물었다. 이윽고 담배 향이 코끝에 닿는다. 누였던 몸을 일으키자 루이가 날 의미 모를 시선으로 은근하게 바라보았다.

"······조심스러운 건 사실이지. 확실한 보장이 없잖아. 넌 누가 조금만 잘해 주면 금방 침대로 폴 인 섹스고. 믿을 수가 없어."

"안 그래요. 대체 누구를 말하는 거예요?"

"너. 조금 아까 에드윈 대장한테 흔들렸다던 너 말이야."

"······그건 루이 씨 때문이에요."

"야. 그건 그거고 이건 이거지. 네 말은 애인이 바람피웠다고 맞바람 피운다는 논리잖아. 그건 상황 해결에 아무런 도움이 안 돼. 아니 사실 이건 바람도 뭣도 아니지만. 어쨌든 조금만 외로워도 참지 못하고 바로 몸을 맞대 풀려는 가벼운 정신머리도 마음에 안 들어."

"그것참 미안하네요. 밝혀서."

속이 상해 빈정거리자 루이가 휴대용 재떨이에 담배를 끄고 나를 똑바로 바라보았다.

"나도 너와 섹스하는 건 좋아해. 내가 걱정하는 건 그 상대가 정말 나뿐이냐는 거야. 내가 아니면 안 될 정도로 넌 정말 나를 원하냐는 거라고. 너는 확신할 수 있어?"

"······."

루이는 내 턱을 잡아 제 쪽으로 당겼다. 이내 가볍게 입술을 포갰다가 혀를 넣고 반대 손으론 내 가슴을 붙잡는다. 얼마 후 입술을 뗀 그가 말했다.

"나는 너와 입을 맞추면 자연스레 그다음이 하고 싶어. 섹스를 하고 나면 네가 아침까지 내 옆에서 잠들기를 바라지. 함께 살았으면 좋겠고 같이 미래를 맞이하면 좋겠다고 생각해. 하지만 도저히 너에게 날 전부 내던질 수가 없어. 일어나고 나면 또 죄다 거짓말이 되어 버릴 것 같아서 두려워. 움츠러드는 스스로가 싫어도 어쩔 수가 없어."

"그건······ 미안해요······."

결국, 그 모든 것의 시작이 다시 나에게로 돌아온다. 순식간에 죄인이 되어 기어들어 가는 목소리를 내뱉자 루이가 쓰게 웃었다.

"미안하다는 말은 그만 됐어. 이건 내가 극복해야 할 문제야. 단지 나는 네가 그때까지 기다리지 못할 거 같다는 생각에 초조해져."

"……."

"하지만 이제 와서 나 아닌 누군가가 네 시야를 흐리는 것도 견딜 수 없어. 나 역시 이러지도 저러지도 못하는 아주 짜증 나는 상황이야."

그가 내 가슴에서 손을 거두고 잠시 침묵했다. 한참이 지난 후 루이는 진지한 얼굴로 내게 말했다.

"그래서 말인데."

"……?"

"나 한동안 마음 정리 좀 하고 올게."

"네?"

갑작스러운 루이의 결론에 나는 잠시 어버버했다. 이내 손에 땀이 차기 시작하고 심장의 두근거림이 빨라진다. 취한 게 실수였나. 투정 부린 게 실수였나.

아무래도 나 지금 루이에게 버려지는 중인 것 같다. 방금까지 내게 질투심을 보이고 내 투정을 받아 줬으면서 이렇게 갑자기.

"지금…… 나한테 맞아서 기분 상한 거예요?"

"그런 생각 했으면 애초에 맞아 주질 않았지. 대체 넌 날 뭐로 보는 거냐?"

"아니면 에드윈 대장한테 흔들렸다는 말에 실망해서?"

"열은 받았지만 새삼스럽게 여기진 않았어. 언제든 일어날 수 있는 일이라고 은연중에 늘 생각해 왔었거든."

"그래서 이젠 내가 지긋지긋하다는……."

"아니라고. 그냥 주변 정리 좀 할 겸, 머릿속도 정리해야 할 것 같다는 필요성을 느꼈다는 거야."

아…….

루이도 이제 나를 떨쳐 낼 준비를 하는 건가 보다. 그가 내게 얽매이는 게 줄곧 걱정스러웠으면서 막상 이런 상황이 닥치자 아무 생각도 할 수가 없었다. 나는 아직 그와 떨어질 준비가 되지 않았던 모양이다. 정신이 혼미해지는 것만 같다.

"데본."

멍하니 있는 나를 루이가 와락 끌어안았다. 강하게 부딪혀 맞닿는 가슴으로 서로의 고동이 얽혔다.

"너 때문이 아니야."

"하지만……."

나 때문이 아닐 리가 없다. 루이는 머리칼이 흘러내려 아무렇게나 휘감긴 내 목에 입을 맞추고 그대로 위쪽으로 부드럽게 타고 올라와 턱과 입가에도 입을 맞췄다. 그의 손가락이 머리카락 속으로 파고 들어와 내 뒤통수를 감싸고 제 어깨로 눌렀다. 루즈 칠한 입술이 그의 셔츠에 문질러졌다.

루이가 내 귓가에 속삭였다.

"나야말로……."

"……."

"그동안 비겁하게 외면하기만 했어."

"……."

"네가 고통스러운 인생을 보낸 데엔 분명 내 지분도 만만치 않게 있겠지. 그걸 알고 있어서 더 말할 수 없었어."

"……."

"내가 네게 저질렀던 잘못을 인정하고 나면 그 이후엔 도저히 네 앞에 설 면이 없어서. 우리 둘 다 서로에게 사과하고 빚을 털어 내고 나면 나는 정말로 너에게 아무런 의미가 없어져 버릴 것 같아서."

루이의 호흡이, 목소리가 점점 거칠어졌다.

"그래서 계속 피해자로 있고 싶었어."

"……."

"그렇게라도 널 계속 내게 묶어 두고 싶었어."

"……."

"하지만 아무래도 역시 그건 정상적인 감정이 아니지."

"……."

"미안해."

루이의 손에 더욱 힘이 들어가 나를 눌렀다. 그는 깊은 감정을 담아낸 침중한 목소리로 내게 사과했다.

"정말, 정말로 미안해."

"……."

"미안해, 데본."

루이의 손이 천천히 떨어졌다가 이번에 가볍게 내 뒤통수를 쓰다듬는 것이 느껴졌다.

"데본. 나는 너와 헤어지고 싶지 않아. 하지만 우리가 과거를 전부 떨쳐 내고 앞으로를 살기 위해선 정리하는 시간이 반드시 필요할 것 같아."

루이의 등을 두 손으로 천천히 감쌌다. 사과 따윈 아무래도 좋았다. 그저 나는 내 손을 벗어나려는 그를 붙잡고 싶었다. 나를 두고 가지 말라고 말하고 싶었다. 하지만 말할 수가 없었다. 루이의 뜻이 그렇다면야 내가 어떻게 거부할 수 있나. 단지 그의 옷자락을 꽉 붙잡고 몸을 움츠렸다.

그저 이 순간을 견뎌 내야 했다.

한참이 지나서야 우리는 몸을 떨어뜨렸다. 루이와 나는 서로의 손을 마주 잡고 눈을 마주쳤다. 그가 한눈에도 어색함이 보일 만큼 입가를 올렸다. 나는 비로소 숨을 탁 내쉬며 약간 웃었다.

"마지막일지도 모르니까 우리, 같이 잘까요?"

"네가 괜찮다면, 나야 당연히."

그대로 루이에게 이끌려 그의 집으로 향했다. 침실로 들어가 옷을 벗자마자 루이가 내 어깨를 붙잡아 밀며 침대 위로 눕혔다. 발목이 침대 바깥으로 빠져나간 채 머리가 시트에 닿았다. 제대로 누울 테니까 잠시 기다려 보라고 손을 들어 보였지만 내 위로 올라탄 루이는 그 손을 잡아채 손바닥에 입을 맞추고 머리 근처로 밀어 치웠다. 다급한 이처럼 루이가 몸을 숙이며 따뜻한 살가죽끼리 맞닿았다. 피부 위로 루이의 온기가 퍼져 나갔다. 닿아 오려는 입술을 슬쩍 피하며 말했다.

"술 냄새 날 텐데."

"상관없어."

"제가 신경 쓰여요."

루이는 한 손으로 내 가슴을 주물럭거리다가 침대 바깥쪽으로 다른 팔을 뻗었다. 그러다 이내 몸을 바깥쪽으로 완전히 쭉 내밀고 침대 아래를 뒤적거린다. 이윽고 루이는 손에 마시다 만 술을 한 병 들고 몸을 바로 했다. 왜 침대 아래에 술병이 있던 건지는 알 수 없었다.

루이는 내 다리 위에 무게를 싣지 않고 가볍게 앉은 채로 마개를 땄다. 그대로 술병을 입에 대고 몇 모금 넘긴다. 곧 한 번에 내게 닿을 만큼 독한 술 향이 담긴 숨을 길게 내쉰 루이는 날 불만스럽게 바라보며 입가를 올렸다.

"이제 나도 술 냄새 나니까 됐지?"

같이 취하자는 게 아니라 간단히라도 샤워를 하고 싶었던 건데……. 물론 같이 들어가 씻어도 상관없었고. 하지만 이미 술을 마셔 버린 그에게 더 말하진 않았다. 루이는 내게 술병을 내밀며 물었다.

"너도 더 마실래?"

더 취해도 되는 건가. 사실 지금도 꽤 몽롱한 상태다. 하지만 더 취하고 싶긴 한 기분이다. 하긴, 섹스할 힘만 있으면 되지. 천천히 술병을 받으며 몸을 일으켰다. 술병 입구에 코를 대고 냄새를 한번 맡아 본 뒤 조심스럽게 입에 가져간다. 딱 한 모금 마시는 순간, 루이가 곧 바로 술병을 뺏어 가 협탁으로 치워 놓았다. 쩨쩨하다는 말을 굳이 하 진 않았지만 불만스레 바라보는 내 눈길을 읽은 루이는 내 머리를 두 손으로 붙잡고 얼굴을 가까이 들이밀며 말했다.

"독한 술이야."

그제야 입에 머금고 있던 술을 안쪽으로 넘겼다. 순식간에 눈앞이 아찔할 만큼 뜨거운 기운이 온몸에 퍼졌다.

"음······. 그런 거 같네요."

"눈이 완전히 풀렸네."

"정신은 멀쩡해요."

"글쎄······."

"정말이라니까요."

그저 목이 좀 홧홧할 뿐이다 대구하니 루이가 픽 웃으며 내게 입을 맞춰 왔다. 키스 중 미는 힘에 점점 몸을 젖히다 다시 시트에 완전히 누워 버렸다. 루이의 손이 내 어깨와 팔을 쓰다듬다가 문득 안쪽으로 옮겨 허리선을 따라 엉덩이와 다리를 쓸어내렸다. 손길의 방향과 함 께 그의 입술도 점점 아래로 향했다.

목과 쇄골을 지나 가슴의 정점을 혀로 몇 번 건드리더니 이내 가슴 골에서 명치를 따라 핥아 내려갔다. 슬슬 몸을 물리던 루이가 두 손으 로 다리를 각각 붙잡아 양옆으로 밀어 벌리며 음부에 얼굴을 묻었다. 그의 입술이 음순을 부드럽게 물며 키스했다.

"읏······."

몸을 절로 움찔거리자 허벅지 안쪽을 붙들어 바깥쪽으로 미는 루이 의 손에도 힘이 들어갔다. 입술로만 물어 마찰하던 그가 혀를 내밀었 다. 음핵을 비롯해 질 입구 주변을 건드리는 말랑한 살덩어리에 금세 호흡이 거칠어졌다.

"헉……. 아……!"

그의 타액인지 내 애액인지 모를 젖은 소리가 조용하게 호흡에 섞여 들었다. 루이는 시간을 들여 오랫동안 내 아래를 적셔 풀더니 문득 고개를 들어 손가락으로 입가를 닦았다. 그는 나와 눈을 똑바로 마주한 채로 질에 손가락을 집어넣었다. 깊숙이 들어오는 손가락들이 교차하듯 유영하며 내벽을 건드렸다.

"헉……! 헉!"

나는 숨을 몰아쉬며 고개를 젖혔다가 다시 그를 바라보았다.

"이제 그만……."

이제 그만 당신 걸 넣어도 될 것 같은데……. 하지만 루이는 계속해서 손가락들로 장난을 치며 내 위로 몸을 숙여 왔다. 그가 나와 얼굴을 바짝 마주한 채 물었다.

"손으로만 가 본 적 있어?"

"아으응……."

그런 거 기억 안 난다. 떠올릴 여유가 없었다. 루이가 눈가를 휘며 내게 입을 맞췄다. 그의 손가락 운동이 더욱 빨라졌다. 물기에 얽혀 질을 헤집는 난잡한 소리가 크게 울렸다. 루이가 고개를 드는 순간 키스 중 먹혔던 교성이 비로소 높게 빠져나왔다.

"아웃! 아! 아!"

발끝에 힘이 들어갔다. 루이는 내 가슴을 물고 이로 당기며 질을 채운 손가락을 위아래 그리고 좌우로 마구 흔들었다. 정말로 손으로만 보낼 심산인 모양이다. 더는 견딜 수 없어져 버렸을 때, 가슴을 문 루이의 머리를 두 팔로 와락 껴안았다. 순간적으로 가슴살에 코를 푹 파묻혔던 루이는 이내 고개를 비틀어 공간을 만들고 날 올려다보았다. 그는 내가 절정에 가 버리는 얼굴을 끝까지 지켜보았다.

"아— 아!"

허리가 들린 채 온몸이 굳는 듯한 순간이 이어졌다. 머릿속이 멈추는 듯 길게 느껴졌던 그 순간이 지나자 갑자기 힘이 쭉 빠져나가 온몸을 시트에 늘어뜨렸다.

"헉…… . 헉…… ."

"……넣고 싶어 죽는 줄 알았네."

루이는 날 잠시 바라보다 이내 허리를 안고 침대를 굴렀다. 자세가 바뀌어 이젠 그가 내 아래에 자리했다. 루이는 약간 기대감 어린 표정으로 말했다.

"나도 해 줘."

고개를 끄덕이고 그의 하체가 얼굴에 오도록 몸을 뒤로 물렸다. 그의 것은 이미 단단하게 서 있었지만, 어차피 그가 해 달라는 것은 세워 달라는 게 아니라 방금 내게 해 줬던 것처럼 한 번 완전히 가게 해 달라는 거였다.

손으로 성기를 잡아 위아래로 세게 문지르다 입 안으로 머금어 빨아 당겼다. 입 안의 점막에 성기의 표면이 촘촘히 달라붙자 루이가 숨을 삼키며 반사적으로 허리를 들썩거렸다. 성기가 단숨에 목구멍까지 푹 밀고 들어왔다. 참을성 없긴. 눈만 올려 루이를 한 번 째려보곤 그대로 목구멍을 움직여 첨단을 목젖 너머로 삼켰다. 몇 번 더 그렇게 목 안쪽을 움직여 성기를 끝까지 꾸역꾸역 삼키자 그의 음모가 입술에 닿는 게 느껴졌다. 루이가 들뜬 표정을 하며 숨을 몰아쉬었다.

"흐윽……! 헉! 윽!"

"하흡…… ."

다시금 힘이 바짝 들어가는 그의 허리선을 지그시 누르며 움직이지 말라는 신호를 줬다. 슬쩍 눈을 들자 루이는 두 손으로 시트를 꽉 쥐며 날 내려다보고 있었다.

천천히 머리를 움직이다 점점 속도를 빨리했다. 문득 그의 허리를 잡고 있던 내 손 위로 그의 손이 다가와 덮으며 꽉 쥐었다. 반쯤 몸을 일으킨 그가 숨을 헐떡이며 허리를 옅게 흔들었다. 내가 움직이는 속도와 살짝 엇나갔다. 참으로 맞춰 주기 번거로운 남자다.

"웁! 웁……! 웁—!"

"훗! 읏! 아! 아!"

그래도 어떻게든 그의 허리 짓에 맞춰 머리를 움직이자 약간 갈라진 듯한 저음이 격정적으로 터져 나왔다. 그가 손톱을 세워 내 손등을 파고들듯이 긁었다. 사정감을 보이는 듯했다. 그의 체액 정도야 마셔 줘도 상관없지만, 이번엔 그러지 않았다.

"큿!"

루이가 몸을 굳히는 타이밍에 재빨리 성기를 입에서 뱉어 내고 손으로 강하게 문질렀다. 첨단에서 그의 체액이 뿜어져 나와 내 얼굴로 가득 튀었다. 눈을 감았다. 뜨거웠던 온기는 금세 식으며 아래로 흐르는 게 느껴졌다.

"하아. 하아……."

얼마 뒤 부스럭거리는 소리가 들리더니 티슈가 얼굴을 닦는 감촉이 느껴졌다. 눈가가 완전히 닦아지고서야 슬며시 눈을 뜬다. 닦았던 티슈를 침대 바깥으로 버리고 다시 급하게 새 티슈를 뽑아 내 얼굴로 들이미는 루이를 볼 수 있었다. 그는 여러 번 꼼꼼하게 얼굴을 닦아 주곤 물었다.

"눈에 들어가진 않았어?"

"아니요."

"깜짝 놀랐네."

"마킹한 거 같아 안심되진 않아요?"

루이는 헛웃음 치며 대꾸했다.

"별로. 인간은 다른 동물들만큼 후각이 좋지 않으니까."

마킹해 봤자 어차피 모를 거 아니냐며 루이는 시니컬하게 말했다. 하긴 그도 그렇네. 그의 말을 인정하고 고개를 끄덕였다. 루이는 이내 입가를 올리며 내 다리를 잡아 제 쪽으로 끌어당겼다. 다리가 그의 허리를 사이로 갈라지고 그의 성기가 곧장 질에 닿았다. 상체가 약간 뒤로 쏠려 두 손을 뒤로 해 시트를 받쳤다. 루이는 금방 힘이 돌아온 성기를 한 손으로 잡아 내게 넣으며 다른 손으론 허리를 받쳐 약간 띄웠다. 성기가 내벽을 쓸면서 안으로 들어왔다.

"하으……."

루이는 내 둔부를 잡고 자기 다리 위에 제대로 앉혔다. 나는 루이의 목에 팔을 감고 그의 움직임에 맞춰 허리를 움직였다. 입술을 입술로 부드럽게 무는 루이가 천천히 눈을 감는다. 나도 눈을 감았다. 아무 맛도 나지 않는 그의 입술이 왜인지 약간 달게 느껴지고 허리와 등을 받치고 있는 그의 손이 조금 더 단단하게 느껴졌다. 서로를 몰아붙이는 일 없이, 그저 서로에게 맞춰 탐닉하는 이 순간의 섹스가 짙은 회색빛의 내 세상에 아주 약간 분홍색을 좀 풀어 놓는 것도 같았다.

눈을 뜨고 루이의 얼굴을 두 손으로 감쌌다. 루이의 눈꺼풀도 스르르 올라가 짙은 색의 동공을 비췄다. 냉정하고 독한 말만 내뱉던 그의 입과는 달리 그의 눈이 말하는 바는 늘 이리 다정했던 걸 조금 더 일찌감치 알아차렸다면 좋았을 것. 내가 그를 이용하고자 하기 전에, 쥬페도라를 만나기 전에, 모건에게 휘둘리기 전에.

"역시…… 당신 때문이에요."

이마를 툭 맞대며 조용히 그를 탓했다. 루이는 아무 말도 없이 고개를 움직여 나와 볼을 대고 비볐다. 나는 그의 머리칼을 손가락 사이로 쓸어내리며 속삭였다.

"조금만 더 일찍, 사랑한다고 해 주지."

사이크를 잃고 고통과 외로움에 허덕거리던 당시의 나를, 모건보다 빨리 안아 주지. 그랬다면 나는 조금 더 온전한 형태로 그의 곁에 머물렀을 텐데. 그리고 시간이 걸리더라도 결국엔 반드시 그를 사랑했을 텐데. 이후에도 다른 이가 끼어들 틈 없이 그만을 사랑했을 텐데.

루이의 얼굴을 쓰다듬었다. 그 손 위로 루이의 손이 다가와 겹쳐진다. 그가 내 손을 움켜쥐어 입가로 가져가 손바닥에 깊이 키스를 하고 흐트러지는 숨과 정념에 젖은 얼굴로 내게 고백했다.

"사랑해."

대답 없이 입가만 올렸다. 루이는 나를 눕히고 허리 짓을 하며 다시 한 번 말했다.

"널 사랑해."

그렇게 말하는 당신은 이제 날 떠날 준비를 하지. 바보 같은 일이다. 자조적인 생각을 하며 그를 품에 바짝 끌어안고 귓가를 살짝 물었다가 놓아주었다.

"나도요."

손을 마주 잡아 깍지를 끼고 애틋하게 살갗을 비비며 절정을 향해 가면서도 여전히 아쉬움은 마음 언저리를 건드렸다.

역시, 조금만 일찍 서로를 알아봤다면 좋았을걸.

그랬다면 우리의 삶이야 계속 시궁창이더라도, 그래도 마음만은 서로를 향하며 사랑으로 충만했을 텐데.

"아!"

이윽고 배 속이 뜨거워짐을 느끼며 우리는 허겁지겁 서로를 붙잡아 입을 맞췄다.

입술을 뗀 뒤 루이를 밀어 눕혔다. 그의 몸에 엎드려 머리를 대고 숨을 고르다 문득 둔부를 움직여 아직 안에 들어 있는 성기를 다시금 마찰했다. 사출 후 부드럽게 풀어져 있던 성기가 다시 힘을 받고 부풀어 오르는 게 느껴졌다. 루이의 손이 내 등을 안고 쓰다듬었다.

"으응…… 아."

"으웃……."

루이의 가슴에 볼과 이마를 비비며 신음하다 무심코 고개를 비틀었다. 커튼이 약간 열린 창문이 시야에 잡혔다. 이미 너무 늦은 시간에 시작했던지라 어느새 날이 밝아 오는 색감이 뚜렷했다.

그의 몸에 두 손을 짚고 엎드렸던 상체를 일으켰다. 하체의 움직임을 멈추지 않으며 협탁의 시계를 확인했다. 조금 서둘러야 할 것 같았다. 섹스를 한 뒤 조금이나마 함께 눈을 붙이는 게 목적이었지만 그것까진 못할 것 같았다.

숨소리가 거친 루이를 내려다보았다. 루이는 내 손을 잡아 깍지를 끼며 좀 더 움직이기 편하도록 힘을 받쳐 주었다. 내 움직임에 맞춰 함께 들썩이는 그의 성기가 질 안으로 깊게 틀어박힌다.

"아아⋯⋯."

"헉. 헉."

"아윽, 웃⋯⋯."

어느새 거의 술김이 옅어져 좀 더 명확한 자극이 느껴졌다. 기분이 좋았고 그도 그런지 궁금했다.

"기분 좋아요?"

"좋아."

루이가 정염에 미간을 좁힌 채 답했다. 나는 손깍지를 풀고 그의 손목을 잡아 내 가슴에 가져다 댔다.

"나도 기분 좋게 해 줘요."

"이미 좋아하고 있잖아."

루이는 내 가슴을 세게 주무르며 타박했다. 타박이라고 해도 어차피 진짜로 귀찮아하는 게 아니란 걸 안다. 고개를 꺾어 천장을 올려다보며 감각에만 집중했다. 배 속으로 치대 오는 타인의 일부가 내 전부를 흔들어 젖히는 감각이란 늘 이해 불가능한 영역이었다. 하긴 단지 기분 좋으면 그뿐일지도 모르겠지만.

"앗. 앗. 아."

"아. 아."

연결된 아래가 거의 빠졌다가 다시 깊게 맞물릴 때마다 우리는 단정치 못한 목소리를 흘리며 이 순간을 탐닉했다.

이윽고 다시 한 번 속도가 붙었다. 루이가 내 팔을 붙잡아 제게로 끌어당겼고 나는 거스름 없이 그의 몸 위로 무너졌다. 그의 두 팔이 내 몸을 감아 세게 끌어안았다. 그대로 꼼짝 못 하고 아래에서 미친 듯이 쳐올리는 감각에 흐느끼는 듯한 목소리를 내질렀다.

문득 루이가 성기를 내 안에 깊이 올려 박은 채 허리를 굳혔다.

"흐으웃!"

"크웃!"

잠시 뒤 루이의 허리가 힘을 빼고 시트에 늘어지며 그 몸 위에 붙어 있던 나도 약간 흔들리듯 내려앉았다. 루이가 내 머리카락을 대충 쓸어 올려 한쪽 어깨로 몰아 치운 뒤 볼과 턱에 입을 맞췄다. 그가 나른한 목소리로 중얼거렸다.

"이대로 자고 싶어."

"조금 자요."

"너는."

"나는 이제 가 봐야죠."

날이 밝았다 답하니 루이는 내 어깨에 얼굴을 비비며 놓아주기 싫다는 듯 신음했다. 나는 뭉그적대지 않고 루이를 밀어 몸에서 내려왔다. 질에서 성기가 빠지며 순간적으로 아래가 허전해짐을 느꼈지만 그리 신경 쓰지는 않았다.

침대에서 내려가려는데 루이가 내 팔을 붙잡았다. 왜 그러냐고 돌아보자 루이가 몸을 약간 일으키며 말했다.

"오늘만. 조금 더 같이 있어 줘."

어린애 같은 요구가 싫지는 않았지만 역시 곤란하기는 했던지라 나는 그를 잠시 바라보다 잡히지 않은 손으로 그의 얼굴을 한 번 쓰다듬었다가 떨어뜨렸다.

"안 돼요."

루이는 다시 시트에 몸을 털썩 누이며 허탈하다는 듯 말했다.

"역시 꼬맹이는 이길 수가 없네."

이런 상황에 와서도 말이지. 나는 등 뒤로 이어지는 루이의 말을 못 들은 체하며 몸을 일으켰다. 그리고 침실 밖으로 향하며 말했다.

"욕실 좀 쓸게요."

간단히 샤워를 하고 침실로 돌아오자 루이는 담배를 피우고 있었다. 나를 기다린 건지 아니면 여전히 안전이 확보되지 않은 상황에선 잠들 수 없는 건지는 모르겠지만 약간 걱정이 되긴 했다. 피곤할 텐데.

나는 바닥에 널브러져 있던 옷을 주워 입었고 루이는 그사이 재떨이에 담배를 끄고 침대에 걸터앉았다.

"꼬맹이 학교 데려다주고 나면 한 9시쯤엔 시간 나지?"

"9시 반 정도에는요."

"그럼 그때 공방으로 갈 테니까 쥬페도라가 가져왔다는 것들 좀 보여 줘."

"……? 알았어요."

나는 배웅하려는 그를 됐다고 만류하곤 혼자 방을 나섰다. 밖으로 나오자 하늘이 거의 푸른 기를 보이고 있었다. 집으로 향하는 걸음을 서둘렀다.

계단에서 발소리를 죽이고 올라와 조심스럽게 현관문을 열었다. 어두운 거실이 보였다. 일단 방으로 들어가 옷을 갈아입고 나왔다. 내가 밤을 다른 곳에서 새우고 아침에 들어왔다는 걸 리체가 모르길 바랐다.

커튼과 창문을 열고 일상의 아침을 시작했다. 한참 후 방을 나온 리체는 다행히 내가 외박했다는 사실은 눈치채지 못한 것 같지만 나한테서 술 냄새가 난다며 제 코를 잡고 인상을 찡그렸다. 샤워했는데 술 냄새만큼은 완전히 지워지지 않았던 모양이다.

피곤하기도 하고 술 냄새도 나는 김에 오늘 아침은 택시로 리체를 데려다줬다. 그 후엔 루이가 오기까지 시간이 좀 남아 집 청소를 간단히 하고 쥬페도라가 줬던 서류들을 챙겨 공방으로 내려갔다.

공방은 어제 에드윈과 술을 마셨던 흔적이 남아 있었다. 술병과 쓰레기를 치우고 젖은 손수건들은 빨기 위해 천 주머니에 담아 한쪽에 치워 놓았다. 창문을 열고 환기를 시키는 중에 루이가 공방 안으로 들어왔다. 나는 먼지떨이를 내려놓고 루이에게 물었다.

"잠은 좀 잤어요?"

"잤어. 너는?"

"전 아직이요."

"피곤하겠네."

"별로 그렇지도 않아요."

루이는 의자에 앉아 내가 탁자에 둔 서류 봉투를 가져가 내용물을 꺼내 보았다. 나는 그가 그것들을 확인하는 동안 마저 청소를 했다. 청소를 마치고 그린티를 좀 우려서 내왔을 때 루이는 쥬페도라의 명함을 보고 있었다. 찻잔을 그의 앞에 놓아 주자 그제야 시선이 내게로 향했다.

"마셔요."

"응. 고마워."

루이는 명함을 내려놓고 차를 몇 모금 마셨다.

"일단 서류에 문제는 없어 보여. 양도 확인 연락은 받았어?"

"네. 우편이랑, 전화로도 왔었어요. 이젠 완전히 제 거라더군요."

"그럼 더 신경 쓸 일은 없으니 이것들을 어떻게 처리하든 네 맘이지. 근데 이건 계속 가지고 있을 거야?"

루이가 손가락으로 쥬페도라의 명함을 톡톡 두드렸다.

"혹시 몰라서요."

"테일러 박사 때문에?"

"네."

어제 자 신문에 테일러 박사가 임상 시험을 마친 소아 영양제를 발표했다고 기사가 났다. 아직 가격도 책정 전이고 곧바로 시중에 풀릴지 아니면 큰 병원을 통해서만 납품될지는 알 수 없는 상태다. 어쨌든 실험 결과 자료는 꽤 안정적이라는 평이었다. 나는 그 영양제가 리체에게 필요하다고 생각했다. 그리고 내가 그렇게 생각하길 바라므로 쥬페도라가 그 정보를 신문에 풀었다고 생각하는 중이다. 너무 노골적인 상황에 오히려 주춤해 진짜로 연락하진 않았지만 일단 나중을 생각해 연락처 보관 정도는 해 두고 있었다.

루이도 그걸 봤는지는 모르겠지만 일단 테일러 자체를 부정적으로 여기지는 않았다.

"그럼 에드윈 대장에게 말해서 테일러 박사와의 중간자 역할을 해 달라고 할 테니까 이건 버려. 너한테 전혀 도움 되지 않는 거야."

"그게 될까요?"

"안 될 건 뭐야. 그는 어차피 연구원이야. 자기보다 높은 사람이 까라면 까야 하지."

"쥬페도라가 버티고 있는 한 박사가 에드윈 대장님의 요구를 거절할 명분은 얼마든지 있을 거예요."

"그러니까 너무 급하게는 생각하지 말고."

루이는 잠시 망설이는 듯하다가 다시 입을 열었다.

"박사야 어차피 승자를 따라 흘러갈 수밖에 없는 처지니까. 입장이야 얼마든 바뀔 수 있어. 그러니까 시간이 좀 걸리더라도 쥬페도라가 아닌 에드윈 대장을 통해서만 그와 거래를 하도록 해. 넌 성격이 꽤 급한 편이니까 네 기준에서 다섯 배는 느린 진행이 정상적이라는 걸 인지해 둬."

"시간이야 그렇다 치고, 무엇보다 에드윈 대장님은 제게 그럴 이유가 없는데요."

아무리 사람 좋은 에드윈이라곤 하나 그가 누구에게나 막 퍼 주는 호구는 또 아니다. 그 역시 이해득실을 어느 정도 따져 가며 대장까지 오른 사람이니만큼 함부로 부탁 같은 걸 들어줄 리가 없었다. 하지만 루이는 걱정 말라는 듯 담담하게 말했다.

"내가 잘 말해 볼게."

"어지간히 자신 있나 보네요. 그동안 그와 깊은 우정이라도 쌓았어요?"

"뭐 그렇다고 치지. 여왕과 우호적인 에드원 대장이 반드시 믿을 만한 인간이냐 따진다면 딱히 할 말이 없긴 한데, 그래도 쥬페도라보다야 백배는 나으니까."

흐음. 약간 의심스럽게 루이를 바라보았다. 무슨 생각일까? 루이는 내 시선에 약간 쓰게 웃으며 그렇게 보지 말라고 했다.

"앞으로 정세가 달라질지도 몰라. 쥬페도라는 널 여왕의 공격을 받을 방패로 쓸 셈이라고. 그 흐름에 잘못 휩쓸리면 넌 이번에야말로 죽을 수도 있어."

아아……. 쥬페도라는 그럴 속셈이었군. 가벼운 깨달음에 고개를 끄덕였다. 하긴, 그 인간이 순수하게 나한테 접촉해 올 리가 없었다.

루이 역시 나와 함께 이곳에 처박혀 있기는 매한가지지만 그래도 세상 흐름에 있어 뭔가 예측되는 바가 있는 모양이었다. 혹시 그 역시 흐름에 발을 들이기라도 한 건 아닌지 갑자기 걱정이 되었다.

"당신은요?"

"나 뭐?"

"내가 가만히 있으면 당신의 안위도 무사한가요?"

루이는 나를 의아하게 바라보다가 이내 무슨 생각이 든 건지 픽 웃었다.

"그래."

나는 그 대답에 안심했다.

"알았어요. 그럼 가만히 있을게요."

루이는 잘 생각했다며 쥬페도라의 명함을 구겨 제 주머니에 넣더니 자리에서 일어났다. 그는 날 내려다보며 말했다.

"조만간 내 가게는 정리될 거야."

역시 잠시간의 여행 같은 게 아니구나. 정말로 나와 끊어질 각오를 한 거다. 탄식에 한숨 쉬지 않으려 노력하며 애써 의연히 대답했다.

"……그래요."

나는 그에게 돌아오란 말은 하지 않았다. 루이도 내게 기다리란 말을 하지 않았다. 그게 우리의 작별 인사였고 루이는 그날 밤 곧바로 자취를 감췄다.

루이가 사라지고 하루.

채드가 작업자들을 데려와 그의 가게와 집을 정리하기 시작했다. 나는 공방 진열대 너머로 그 모습을 가만히 지켜보다가 결국 손에 들고만 있던 자수틀을 내려놓았다.

공방을 나서서 길을 건넌다. 작업자들에게 지시를 내리는 채드의 등 뒤로 다가가 그의 어깨를 손가락으로 가볍게 두어 번 두드렸다가 뗐다. 작업자인 줄 알았는지 무심코 돌아보았던 채드는 나와 마주치자 굉장히 놀라며 곧바로 몇 발짝 멀어졌다.

"뭐지?"

채드는 인상을 찌푸리며 날 선 목소리를 냈다.

"할 말이 있어."

"무슨 할 말."

오가는 작업자들을 가볍게 훑어보다 다시 채드를 바라보았다.

"여기서 듣고 싶어?"

좀 더 조용한 곳이 나을 것 같긴 하지만……. 하긴 당사자 마음이 가장 중요한 법이니 여기서 얘기하자 해도 못 할 것은 없었다. 마음대로 하라며 대답을 기다렸다.

채드도 나를 따라 주변을 한 번 훑더니 여전히 불만스러운 기색으로 나를 한번 노려보았다.

"따라와."

앞장서는 채드를 따라 발을 옮겼다. 채드는 루이의 건물 뒤편으로 향했다. 다른 사람이 없는 것을 확인한 채드가 나를 돌아보며 차갑게 물었다.

"그래. 용건은?"

"당신에게 사과하려고 해."

"뭐?"

그의 눈매가 높게 올라갔다. 나는 두 손을 모아 늘어뜨리고 채드에게 허리를 숙였다.

"미안합니다."

잠시 후 다시 허리를 펴고 채드를 마주 보았다. 너무 갑작스러운가도 싶지만 사실 오늘이 아니면 또 언제 볼지 모르니 나로선 기회가 왔을 때 말할 수밖에 없었다. 한참 아무 말 없이 날 노려보던 채드가 이를 악물며 물었다.

"혼자 마음 편해지자는 건가?"

"내가 당신에게 사과한다고 마음이 편해질 일 같은 건 없어. 그저 당신은 나처럼 사과를 받지 못한 탓에 과거의 상흔이 오랫동안 진행형으로 남지 않길 바라. 당신이 언젠가는 과거를 떨쳐 낼 수 있길 바라. 그것을 위한 사과야."

"그렇게 뻔뻔한 얼굴로⋯⋯."

채드는 기도 차지 않는다는 듯 씩씩대며 말을 흐렸다.

"미안해. 사실 어떤 얼굴로 사과해야 할지 잘 모르겠어. 그렇다고 울면서 내 감정에 취한 채 사과하는 것도 당신이 받아들일 수 없을 거 같아서 최대한 감정을 갈무리하고 말하는 중이야."

울며 사과하는 건 이미 리체 앞에서 해 버리긴 했지만, 사실 그렇다. 내가 뭘 잘했다고 피해자 앞에서 울 수 있겠나. 지금 생각해 보니 눈물조차 변명이었던 것 같다.

"지금이라고 제대로 받아들여지는 것도 아닌데."

"강요하지 않아. 내 사과를 어떻게 여기든 그건 당신 마음이야."

사과 한 마디로 절대 지난 일을 상쇄할 수 없다는 건 나 자신이 잘 알고 있다. 단지 채드가 과거에서 자유롭길 바랐다.

나는 쥬페도라를 다시금 대면했을 때 알았다. 그가 내게 제대로 사과하지 않는 한 나는 앞으로도 상처에서 완전히 자유로울 수 없다는 것을. 정말 미치도록 떨쳐 내고 싶지만, 마음 없는 사과 한마디조차 듣지 못한 것이 한으로 남아 질척이는 어둠이 내 발목에 매달려 있는 듯했다. 결국, 체념하는 것밖에 방법이 없음을 깨닫고 슬퍼지기도 했다. 도대체 그 인간이 뭔데 나를 이리 망치나 하고.

그러니 채드는 나처럼 이차적인 상처를 받지 않길 바란다. 물론 채드에게 내가 그만큼의 가치가 있을 거라곤 생각하지 않지만, 가해자로서 최소한의 성의는 보이는 게 맞는 것 같았다. 어쩌면 이것조차 틀렸을지도 모르지만. 나는 언제나 틀리니까 말이다.

채드는 나를 말없이 바라보다 몸을 획 돌렸다. 나와 같이 있기 싫다는 듯 빠른 걸음으로 자리를 뜨던 그가 문득 발을 멈추고 날 돌아보았다.

"당신, 루이 씨에겐 사과했어?"

"……그래."

미안하게도 당시 루이는 내게 거의 엎드려 절 받는 식이었지만, 어쨌든 하긴 했었다. 채드는 고개를 되돌리고 다시 발을 떼며 말했다.

"그나마 다행이네."

채드의 목소리에서 약간 날카로움이 사라진 것도 같았지만 이내 그런 생각은 지워 버렸다. 상대의 감정을 함부로 재단하다가 자기도 모르는 사이 합리화를 할 수도 있었다. 그렇게 되고 싶지 않았다.

루이의 건물은 많은 작업자가 붙었던 탓에 하루 만에 전부 정리되었다. 학교에 다녀온 리체는 눈을 휘둥그렇게 뜨며 길을 건너 달려가더니 비어 버린 루이의 가게를 멍하니 바라보다가 2층의 창문을 올려다보았다. 리체를 따라가 그 뒤에 섰다. 리체는 나를 돌아보며 물었다.

"루이 씨 이제 없어요?"

"응."

리체의 눈이 곧 울망울망해졌다. 하지만 결국 울지 않고 어깨만 축 늘어뜨렸다. 왜 없냐거나 어디로 갔냐거나 으레 물을 법한 질문조차 하지 않았다. 물어선 안 된다고 생각하는 걸까. 딱히 그건 아닌데. 하지만 묻지 않은 말을 굳이 내 입으로 얘기하고 싶지도 않았다.

"그만 가자."

"네에……."

리체가 우울하게 대답하며 발을 느리게 끌었다. 루이를 그렇게 좋아하는 것 같지도 않더니 그간 알게 모르게 정이라도 들었던 모양이다. 나는 리체의 손을 잡고 다시 길을 건너 집으로 향했다.

루이가 떠난 지 3개월.

에드윈이 사람을 통해 테일러 박사가 발표한 소아 영양제에 관한 논문과 실험 자료를 보내 왔다. 기존 군에 납품되던 강화약의 성분을 하향시켜 부작용을 최소화한 약물로서 대신 장기 복용을 해야 효과가 있을 것 같다는 내용이었다. 책정된 가격은 꽤 높았고 시중 판매는 아직이었다. 연구실이 설비된 큰 병원에서 우선 납품을 받게 되었고 그런 병원을 통해서 꽤 부유한 가정으로나 조금씩 풀리는 모양이었다.

내 손에 들어오기까진 아직은 먼 일인 것 같다.

루이가 떠난 지 반년.

그사이 환절기를 맞아 리체는 또 한 번 심한 감기에 걸렸다. 폐렴으로까지 번져 이번에도 수도의 병원에 입원해야 했다. 병원의 치료 약 덕분에 이번에도 어떻게든 고비를 넘길 수 있었다. 알고 보니 효과가 좋은 병원의 신약은 모두 테일러 박사가 풀어 놓은 연구를 기반으로 만들어지고 있었다. 내 개인적인 감정을 따지기 이전에 테일러 박사는 확실히 사회에 큰 공헌을 하고 있었다. 나는 그가 사회에 필요한 인재라는 것을 더욱 인정할 수밖에 없었다.

리체가 퇴원하고 집에 돌아온 지 얼마 되지 않아 쥬페도라의 연락을 받았다. 내가 연락을 하지 않으니 슬슬 속이 타는 모양이지. 아직도 자신이 필요하지 않으냐는 쥬페도라의 물음에 잠시 망설이긴 했지만 결국 필요 없다 답하고 전화를 끊었다. 나는 쥬페도라가 필요한 게 아니라 테일러 박사의 약이 필요하다.

루이가 떠난 지 8개월.

봄이 왔다. 언 땅을 녹이는 햇빛의 에너지 때문인지 마음이 싱숭생숭해지기 시작했다. 루이를 떠올리는 시간이 잦아졌다. 일이 손에 잡히지 않았다.

에드윈이 사람을 보내 테일러 박사의 소아 영양제와 함께 신변 안전에 대한 충고를 전해 왔다. 자세한 이야긴 듣지 못했지만, 그들만의 정쟁이 꽤 심한 모양이다. 가끔 대수롭지 않다는 듯 구석에 실려 있는 기사를 읽으며 권력의 추가 기울어지는 방향을 추측할 수 있게 되었다. 누가 여왕이 힘없는 허수아비라 했던가. 에드윈을 앞세워 권력을 쥐어 가는 언니의 수완에 약간 감탄했다.

나는 쥬페도라가 줬던 땅과 건물들을 모조리 팔아 최대한 안전한 피난처를 마련했다. 하지만 은연중 루이가 돌아올지도 모른다는 생각이 들어 떠나지는 않았다.

리체에게 약을 복용시키기 시작했다.

　루이가 떠난 지 1년.

　누군가 리체의 납치를 시도하려 했다. 인수는 다섯. 특수 훈련의 흔적이 짙어 적당히 상대하기엔 여유롭지 않은 자들이었다. 그 자리에서 범인들을 모두 죽여 버리고 에드윈에게 연락했다. 리체는 바닥에 산재한 피를 보며 창백하게 질리긴 했지만 울지 않았다. 생각해 보니 리체가 우는 건 거의 본 적이 없는 것 같았다. 신체적으로 연약한 아이치고 눈물이 많지 않았다. 정신력은 꽤 되는 것 같다고 생각했다.

　에드윈은 한밤중에 직접 내가 있는 곳으로 왔다. 이상한 분위기가 있었던 밤 이후로 직접 대면한 건 처음이었다. 에드윈은 피가 묻은 주방용품들을 보며 휘파람을 불었다가 담요에 감싸여 내 품에 안긴 리체를 보곤 머쓱하게 입술을 말아 물었다.

　그는 애한테 못 볼 꼴을 보여 줬다며 정말 괜찮은 거냐고 내게 물어 왔다. 그러자 이내 리체가 자길 우습게 보지 말라며 내 품을 벗어나 달려가더니 에드윈의 다리에 매달려 허벅지를 깨물었다. 나는 재빨리 리체를 떼어 냈다. 리체는 잔뜩 흥분해 팔다리를 버둥대며 에드윈에게 자긴 아무 데도 안 갈 거라고 소리쳤다. 아마 어린애의 정서를 이유로 에드윈이 나와 자길 떨어뜨릴지도 모른다고 생각했던 모양이다. 에드윈은 두 손을 번쩍 들어 보이며 안 떨어뜨리겠다고 몇 번이나 맹세했다. 그제야 리체의 으르렁거림이 풀렸다.

　리체가 언제부터 이렇게 성깔이 생겼지. 의아해졌다. 그러고 보니 언젠가 한 번 비슷한 일이 있었다. 노우디에 와서 루이와 처음 대면했을 때, 그때도 이와 같은 모습을 보였더랬다. 어쩌면 어떤 형태로든 혼자 남겨지는 것에 대한 두려움을 가진 때문인지도 모르겠다.

다시금 나로 인해 새겨진 리체의 상처를 마주한 기분이 들어 마음이 불편해졌다.

에드윈이 물린 자리를 손바닥으로 문지르며 헛웃음을 지었다.

"와……. 진짜 무서운 꼬마라니까."

"죄송해요."

"아니, 뭐 괜찮아. 사실 꼬마는 날 처음부터 싫어했거든. 오늘 일은 언제고 일어날 수 있는 일이었지."

"……?"

어째서? 나로선 잘 이해가 되지 않았다. 에드윈이 곧 설명을 덧붙였다.

"아마도 꼬마는 내가 두 사람을 떼어 놓을 수 있는 힘을 가지고 있다고 생각한 게 아닐까? 정확히 말하자면 두 사람의 관계에 관여할 수 있는 실질적인 힘을 가진 사람?"

"……."

"그러니 아무래도 고깝겠지. 저 애 입장에선 내가 어떠한 자격도 없는 완벽한 타인일 테니까. '대체 네가 뭔데'라고 생각하지 않았겠어?"

나는 품 안의 리체를 내려다봤다. 리체는 한쪽 볼살이 뭉개질 정도로 내 가슴에 찰싹 달라붙어 여전히 숨을 씩씩대고 있었다. 다시 에드윈을 바라보자 그는 약간 쓸쓸하게 리체를 바라보고 있었다.

"뭐, 완전히 틀린 말도 아니니까 허울 좋은 말로 변명하며 기만하느니 내가 알아서 조심하고 있었지. 참 슬퍼. 내가 원래 꼬마들한테 인기가 좋은데 말이야. 저렇게 예쁜 애한테 미움받아야 한다니."

에드윈에겐 뭐라 해 줄 말이 없었다. 잠시 침묵이 돌자 그는 이내 아무렇지 않게 표정을 바꾸며 내게 필요한 것들을 챙기라고 했다.

그날 우리는 에드윈의 도움을 받아 야반도주하듯 노우디를 떠났다. 나는 그곳을 벗어나고서야 비로소 루이를 향한 기다림을 끝낼 수 있었다.

그리고 현재.

"후……."

주머니에 두 손을 찔러 넣고 서서 찬 바람에 흩어지는 하얀 입김을 바라보았다. 겨울이다. 하늘이 어두운 것이 어쩌면 오늘 첫눈이 내릴지도 모른다는 생각이 들었다.

문득 창문 여는 소리가 들려 눈을 돌렸다. 리체가 2층 창문을 통해 고개를 빼꼼 내밀었다.

"데본."

"빨리 창문 닫아. 감기 걸려."

"데본도 춥잖아요."

"나는 옷 챙겨 입었어. 얼른 창문 닫아."

"그냥 들어와요. 오늘은 아줌마도 추워서 안 나오셨나 봐요."

"알았으니까 빨리 들어가."

"데본도 빨리 들어와요?"

"그래."

리체가 그제야 창문을 닫았지만 나는 대답을 하고도 집으로 들어가지 않았다. 10분만 더 기다려 보고 안 오면 그때 들어가야겠다고 결심한다. 하지만 결국 10분이 지나도 들어가지 않고 미련에 뭉그적댔다. 그러다 문득 멀리서부터 딸랑딸랑하는 종소리를 들을 수 있었다.

나는 빠른 걸음으로 종소리가 들리는 방향으로 향했다. 작은 수레를 끄는 여인이 보였다. 그녀는 곧 나를 발견하고 방긋 웃었다.

"어머, 안녕하세요."

"안녕하세요. 우유 한 병 주세요."

부인은 수레를 멈추고 막을 들췄다. 물에 반쯤 잠긴 우유병들이 나타났다. 수레 아래쪽엔 은근히 타올라 물을 데우는 화덕이 달려 있었다. 부인은 우유를 한 병 꺼내 주며 말했다.

"어차피 집 앞 지날 텐데 여기까지 나오셨어요."

가벼운 웃음으로 대답을 대신하고 돈을 내밀었다. 부인은 돈을 받으며 오늘도 고맙다고 말했다. 우유병을 가슴에 품고 집으로 달려왔다. 그 짧은 사이 배달원이 다녀간 건지 신문이 문고리에 꽂혀 있었다. 나는 신문도 함께 챙겨서 집 안으로 들어왔다.

"왜 이렇게 늦게 들어와요?"

리체가 다가와 부루퉁하게 물었다. 나는 리체에게 우유병을 내밀었다.

"여기 우유."

"아······."

"식기 전에 얼른 마셔."

리체는 내 재촉에 그 자리에서 마개를 열고 우유병을 입에 가져갔다. 나는 식탁으로 가서 목도리를 풀고 의자에 앉아 신문을 펼쳐 보았다. 그리고 생각지도 못한 기사를 대면한다. 나는 놀란 나머지 순간적으로 내가 지금 꿈을 꾸고 있는지를 의심했다. 조금 전의 차가운 겨울 공기도 따뜻한 우유도 전부 꿈이고, 사실은 내가 아직 잠을 자는 중이라고 말이다.

[쥬페도라 총사령관, 네트란 전투에서 전사.]

"······하?"

도무지 현실감이 들지 않았다.

5의 막간. 루이

쥬페도라.

이제는 관계없다 애써 잊고 있던 그 악몽 같던 이름을 그녀의 입에서 다시금 듣게 되었을 때, 루이는 머릿속에 확신과도 같은 생각 하나가 스쳐 지나갔다.

그 인간은 살아 있는 한, 그녀를 절대 놓아주지 않겠구나.

정리 1일 차.

밤새 함께 있었던 데본이 돌아간 뒤, 루이는 찬물로 샤워를 했다. 몸에 미처 가시지 않은 열기를 씻어 내며 그는 전날 반쯤 즉흥적으로 결심했던 일을 조금 더 구체화했다. 젖은 머리카락 위로 수건을 덮은 채 욕실을 나온 루이는 제일 먼저 에드윈에게 연락했다.

─네……. 에드윈입니다.

잠을 제대로 못 잔 듯 찌뿌드드한 에드윈의 목소리에 아랑곳없이 루이는 첫마디를 내뱉었다.

"여왕을 만나게 해 주십시오."

— 하?

밑도 끝도 없는 요구에 에드윈은 황당한 기색을 보였지만, 잠시 뒤 여왕에게 언질은 해 보겠다고 답했다. 에드윈과 통화를 마치고 그다음에 전화한 곳은 채드에게다. 루이는 채드에게 자신의 짐을 정리해 달라고 부탁했다. 원래 이런 걸 타인에게 맡기는 편은 아니지만 지금만큼은 자잘한 일에 신경과 시간을 소비할 여력이 없었다. 루이는 최대한 빨리 일을 끝내고 다시 데본에게 돌아오고 싶었다. 하지만 데본에게 기다리라는 말은 하지 않았다. 죽을 수도 있었으므로.

루이는 그 날 저녁, 간단한 짐만 챙겨 노우디를 떠났다.

정리 2일 차.

루이는 수도에 도착하자마자 다시 에드윈에게 연락했다. 이번엔 집이 아닌 집무실이었다. 에드윈은 루이의 목소리를 듣자마자 왜 전화를 받지 않았느냐고 투덜거렸다. 자신이 떠난 뒤 집으로 연락을 했던 모양이었다.

"지금 수도입니다."

— 뭐?

"그녀에게서 답은 받았습니까?"

— 이것 참……. 갑자기 무슨 일인지 모르겠군. 그래. 받았어. 만나겠다는군. 대신 나와 한자리에서 만나야 할 거야. 물론 경호원들도.

"상관없습니다. 그럼 언제 만날 수 있습니까?"

— 그렇게 급해? 언제든 상관없긴 해. 근데 지금은 내가 일이…….

"오늘 밤으로 하죠, 그럼. 일 끝내고 오십시오."

— 오늘 당장?

"무슨 문제라도?"

— 아…….

아마도 피곤함 때문에 망설이는 것이라 생각했지만, 루이는 굳이 배려하지 않았다. 데본이 에드윈에게 흔들렸다는 사실은 그의 잘못이 아니지만, 사람 마음이 그렇다고 아무렇지 않을 수도 없어서 약간의 심술을 부렸다.

에드윈은 망설임 끝에 결국 알았다고 대답했다. 루이는 자신이 머무는 여관을 알려 주고 데리러 오라고 했다.

그날 밤, 루이는 여왕을 처음으로 직접 대면하게 되었다. 그녀는 루이가 수첩에 대충 휘갈겨서 뜯어낸 쥬페도라 암살 계획서를 한참 읽어 보더니 걸치고 있던 안경을 벗었다. 여왕은 그것을 에드윈에게도 읽어 보라며 넘겨주고는 건조한 눈길로 루이를 바라보았다.

"상당한 위험 부담이 있는 내용이군요."

"몸을 사리는 것만이 답은 아닙니다."

특히나 쥬페도라를 상대로는. 지금도 꽤 아슬아슬한 관계가 아니냐고 루이는 현 상황을 짚어 주었다. 그때 마침 계획서를 다 읽어 본 에드윈이 둘 사이에 끼어들었다.

"잠깐만. 이건 너무 성급하고 무모해."

"그럼 언제까지 힘겨루기만 하다가 세월 보낼 겁니까? 그자가 늙어 죽을 때까지?"

지금의 이 생산성 없는 싸움에 쓸 기력을 다른 부분에 쏟았다면 나라 상황은 훨씬 더 순조롭게 굴러갔을 거라고 루이는 차갑게 말했다.

"하지만……!"

반박하려는 에드윈의 말을 여왕이 손을 들어 막았다. 그녀는 루이를 가만히 바라보다 문득 입가를 엷게 올렸다.

"당신이 이러는 건 데본 때문인가요?"

루이는 여왕을 똑바로 마주 보며 답했다.

"예."

쥬페도라가 없어짐으로써 그들이 얻는 이득이야 단지 여왕을 설득하려면 그럴듯한 이유가 필요했으므로 가져다 붙인 변명일 뿐, 사실 나라 상황이고 뭐고 루이는 아무 관심도 없었다.

그자가 데본을 또다시 깔짝깔짝 건드려 온다. 거슬리는 건 둘째 치고 그대로 내버려 두면 데본은 물론이고 자신까지 결국 막다른 상황에 몰릴 게 분명하다. 자신의 목숨은 아깝지 않았다. 단지 다시 쥬페도라의 손아귀에 쥐어져 고통스러워질 그녀가 걱정되었다. 그 생각을 루이는 굳이 숨기지 않았고 에드윈은 답답한 얼굴을 했다.

"이게 그런 개인적인 감정으로 저지를 문제야?"

"계기가 뭐든 그게 무슨 상관입니까? 서로 결론만 맞으면 되지."

"루이. 상황을 좁게 보면 안 돼. 쥬페도라의 밑에 있어 봤으니 잘 알잖아. 그렇게 호락호락하지 않을 거야."

"호락호락한 상대였다면 제가 나설 일도 없이 당신들 선에서 알아서 처리되었겠지요."

당신들이 그녀를 지켜 주지 않으니 자신이 나설 수밖에 더 있는가. 과거야 어쨌든 지금 자신은 민간인 신분이다. 민간인이 나서게 했으니 부끄러운 줄 알라며 루이가 에드윈에게 쏘아붙였다. 에드윈은 잠시 당황해 얼떨떨한 표정을 지었다.

"저, 루이 군. 혹시 나한테 무슨 감정이라도 있어?"

에드윈이 화제를 잠시 내려놓고 조심스럽게 물었다. 루이는 코웃음을 치며 팔짱을 끼고 소파에 등을 기댔다. 가만히 듣고 있던 여왕이 그제야 목소리를 냈다.

"그래요. 당신까지 손을 보태면 완전히 불가능한 일도 아니죠."

"여왕님."

에드윈이 여왕을 불렀고 여왕은 에드윈에게 미소 지어 보였다.

"나는 남의 손으로 끌어올려진 순진한 사람이 아닙니다. 직접 혁명을 지휘하며 이 자리에 올랐지요. 위험이야 늘 겪어 왔던 일이고 성과는 항상 모험 뒤에 있었어요. 그러니 사실 일을 벌인 뒤 어떤 상황이 와도 크게 겁나지는 않아요."

"하지만 여왕님. 이건 너무 성급한 계획입니다."

에드윈이 심각한 표정으로 여왕에게 말했다. 여왕은 고개를 끄덕였다.

"알아요. 성공할 확률도 낮고요. 그래서 두 사람의 의견을 좀 절충하면 어떨까 생각하는데."

"예?"

"……?"

여왕은 루이와 에드윈을 번갈아 보며 부드럽게 웃었다.

"시간을 좀 들여서 확실하게 하자는 거예요. 계획은 내가 다시 짤게요."

"나는 그럴 시간이……"

그는 데본에게 빨리 돌아가고 싶었다. 적어도 2주를 넘길 생각이 없었던 것이다. 루이가 이를 악물고 하는 말을 여왕이 웃으며 끊었다.

"어머나. 그건 당신 사정이죠. 싫으면 혼자 하세요."

"……."

루이가 입을 다물고 여왕을 노려보았다. 여왕은 칼이 스민 듯한 루이의 시선에도 꿈쩍하지 않았다.

자정을 알리는 괘종 소리가 응접실 바깥으로 들려왔다.

정리 3일 차.

여왕과 실랑이를 해 봤지만 결국 루이는 그녀를 이길 수 없었다. 어쩔 수 없이 수긍하고 몸을 일으킨 루이는 돌아서기 전에 에드윈에게 물었다.

"근데, 데본의 무기는 어쨌습니까?"

"아, 그건 내가 보관하고 있어요."

여왕이 답했다. 아마 백작저 창고에 있을 거라고 말하자 루이는 그것을 자신에게 달라고 요구했다. 여왕은 별 고민 없이 허락했다.

루이는 자리를 뜨기 전 에드윈에게 데본과 테일러 박사 사이에 다리가 되어 달라고 했다. 에드윈은 알았다고 했다.

정리 1주 차.

루이는 로암을 찾아가 자신의 소검과 데본의 라이플을 손보았다. 라이플은 채드가 제 짐을 정리해 둔 곳으로 보내고 루이는 자신의 소검만 챙겼다.

정리 2주 차.

여왕이 다시 짠 계획을 루이에게 알려 왔다. 루이는 그녀의 말에 따라 국경을 넘어 네트란으로 향했다.

정리 1개월 차.

루이는 가짜 신분으로 네트란 국경군에 잠입했다. 이미 여왕이 심어 둔 자가 요직에 있어서 도움을 받을 수 있었다.

정리 5개월 차.

루이는 여섯 명으로 이루어진 네트란군 소대의 일원이 되어 이아쿠안으로 역잠입을 했다.

정리 6개월 차.

계획 변경. 쥬페도라의 일정이 바뀌었다.

정리 7개월 차.

계획 변경. 쥬페도라의 일정이 바뀌었다.

정리 8개월 차.

암살 실패. 다행히 얼굴을 들키진 않았지만, 경계가 강화되어 계획했던 방법으론 어려울 것 같았다.

정리 10개월 차.

루이는 네트란 소대장에게 의심을 받기 시작했고 결국 진짜 신분이 발각되었다. 루이는 소대장을 비롯한 소대원 전원을 죽였다. 여왕에게 사실을 알리자 여왕은 곤란해하는 대신 오히려 상황을 이용해 네트란 간첩이 침범해 나라의 중요 인물을 암살하려 했다는 내용을 세상에 밝혔다.

네트란과의 국경 전투가 더욱 심화되었다. 루이는 동료를 모두 잃고 임무까지 실패했다는 타이틀을 지고 다시 네트란으로 향했다.

정리 1년 차.

쥬페도라가 여왕과의 힘겨루기에서 밀리기 시작했다. 그는 책임을 이유로 국경 전투를 직접 지휘하기 시작했다. 아마 엄청나게 자존심이 상했을 것이다. 슬슬 데본에게 직접적으로 손을 뻗을 가능성이 다분해 루이는 에드윈에게 만약의 상황에 대한 언질을 주었다.

정리 1년 2개월 차.

기회가 왔다. 루이가 잠입해 있는 부대와 쥬페도라가 지휘하는 부대의 전투가 이루어졌다. 미리 에드윈에게 연락을 받았던 루이는 숨을 죽이고 전투 현장을 벗어나 쥬페도라의 위치를 파악했다.

에드윈이 지원 오는 시간에 맞춰야 했다. 그렇지 않으면 사령관을 잃은 국군의 사기가 엄청나게 떨어져 자칫 전투에서 질 수도 있었다.

한밤중, 에드윈의 부대원들을 실은 차들이 줄줄이 이어지는 것을 확인한 루이는 쥬페도라가 있는 막사를 습격해 순식간에 측근들을 모두 죽이고 쥬페도라에게 달려들었다. 그는 쥬페도라와 눈을 똑바로 마주한 채 그의 심장에 소검을 찔러 넣었다. 눈을 부릅뜨고 자신의 팔을 붙잡는 쥬페도라를 보며 루이는 데본을 떠나와 처음으로 환하게 웃을 수 있었다.

드디어.

돌아갈 수 있다.

잠시 혼란스러운 상황이 이어졌으나 다행히 에드윈이 차분하게 군을 지휘해 전투를 승리로 이끌었다. 루이는 역할을 끝내자마자 네트란 군복을 벗어 던지고 전선을 벗어났다.

다음 총사령관으론 센트리언 대장이 언급되었다. 그는 여왕파로서 에드윈과 비슷한 시기에 대장이 되긴 했지만, 군 경력만큼은 대장 중 가장 길었다. 하지만 센트리언은 정치적 입장에 끼이고 싶지 않다면서 후보에서 물러났다. 결국, 같은 여왕파인 에드윈에게 그 자리가 돌아왔다.

쥬페도라파의 반발이 있었지만 이미 쥬페도라가 죽은 시점이라 큰 힘을 쓰진 못했다. 에드윈은 그렇게 대장으로 오른 지 1년 반 만에 총사령관이 되었다.

루이는 대부분 제 공으로 이루어진 감투가 에드윈에게 넘어갔다는 게 무척이나 배알 꼴렸지만, 어차피 자신은 군인도 아니라 금방 떨쳐 낼 수 있었다. 무엇보다 그 자리는 애초에 에드윈 말고는 적임자가 없었다.

불만은 그저 개인적인 감정일 뿐이었다. 자신이 없는 사이에 데본과 괜히 가까워진 건 아닐지 하고. 안 그래도 데본은 에드윈에게 흔들린 적이 있으니까 말이다. 루이는 자신이 인격적으로 에드윈을 이길 수 없다는 것을 알고 있어서 더욱 경계했지만, 다르게 생각해 보면 이것도 나쁘지 않았다.

총사령관이 되어서 지금보다 훨씬 더 바빠지면 다른 생각도 못 하겠지.

에드윈이 일에 치일 동안 자신은 데본과 느긋하고 평화롭게 사는 것만 남은 것이다. 생각을 전환한 루이는 다시 기분이 좋아졌다.

상황 수습은 다른 이들에게 남겨 두고 떠날 준비를 하는 루이를 보며 에드윈이 물었다.

"어떻게 그렇게까지 할 수 있는 거지?"

"뭐가 말입니까?"

"사랑을 위해서 어떻게 거기까지 할 수 있는 거냐고."

"당신은 못 합니까?"

루이의 물음에 에드윈은 헛웃음을 보이며 고개를 저었다.

"나는 못 해."

에드윈은 단언할 수 있었다. 그건 그녀와 혈연인 여왕도 못 한다. 한 사람을 위해 그토록 맹목적이 되기엔 여왕도 에드윈도 지켜야 할 사람들이 너무나 많았다.

루이는 짐 가방을 어깨에 메며 에드윈에게 웃어 보였다.

"그럼 내가 이겼군요."

자조와 냉소가 대부분이었던 루이의 아름다운 얼굴이 드물게도 시원한 미소를 지었다.

6. 나의 아름다운 그대에게 (상)

　전사라니. 물론 쥬페도라가 군인이라곤 하지만 설마하니 정말 이런 식으로 군인답게 죽을 거란 생각은 해 본 적이 없었다. 그래서 겨우 현실감이 들고도 처음엔 허무맹랑한 가짜 기사라고 생각했다. 뭔가 오해가 있었겠지. 아니면 특정인을 겨냥한 함정이라던가. 분명 어디 선가 멀쩡히 살아 있을 거라고.

　하지만 며칠간 그 후속 처리에 관한 기사가 이어지더니 그 끝에 쥬 페도라의 뒤를 이어 에드윈이 총사령관이 되자 나는 어쩌면 쥬페도라 가 정치적인 문제로 자리에서 물러났을지도 모른다는 생각이 들었다. 그때까지도 그가 정말로 죽었을 가능성은 그다지 고려치 않았다. 그 저 어디에서 숨어 있거나 나처럼 신분을 바꿔 살아남았겠거니 여겼 다.

　며칠 후, 이제 내게 노우디로 돌아가도 좋다고 연락을 해 온 에드윈 에게 나는 정말로 쥬페도라가 죽었냐고 물었다. 아니라는 대답을 예상하면서. 하지만 에드윈은 그렇다고 답했다. 나는 여전히 믿을 수 없었다.

"시체는 확인했나요?"

— 그래. 내가 직접 확인하고 수습했어.

심장에 자창. 기사에 난 대로 암습한 적군 병사의 칼에 의해 숨을 거뒀다고.

진짜로? 나는 몇 번이나 더 확인하고 싶은 마음을 애써 내리누르며 대답했다.

"……그렇군요. 알겠습니다."

전화를 끊고 한동안 가만히 의자에 앉아 바닥을 내려다봤다. 바닥은 아무것도 없이 깨끗했으나 머리가 좀 무거운 기분에 절로 아래로 숙여졌다. 그 상태로 한동안 명확하지 못한 복잡한 기분에 사로잡혀 있었다.

정말로 죽었다고.

그래……. 그럴 수 있지. 하지만 내 마음은 쉬이 납득하지 못했다. 새삼 그에 대한 감정이 남아서가 아니다. 단지 내게서 쥬페도라란 줄곧 이길 수 없는, 또는 넘을 수 없는 하나의 벽 같은 존재였어서, 외부의 소식으로 닿아진 그의 죽음이란 너무나 간단하게 느껴져 한동안 또 현실감이 느껴지지 않았다. 쥬페도라 역시 한낱 인간임을 모르지 않으면서도 말이다.

한참이 지나서야 결국 그의 죽음을 인정할 수밖에 없음을 알고 나는 마음속에서 너무나 익숙한 나머지 무게를 느낄 수 없던 진득한 감정 하나가 아주 느리게 아래로 흘러내리고 있음을 느낄 수 있었다.

쥬페도라의 죽음으로 명백해진 한 가지.

나는 이제 자유다.

하지만 내 발목은 아직도 그가 던져 놓은 쇠사슬에 휘감겨 있는 듯해 아직 그럴듯한 해방감은 느낄 수 없었다.

언젠가는 괜찮아지는 날이 올까.

모르겠다.

"리체."

"네?"

샌드위치를 먹고 있던 리체가 고개를 들었다. 나는 상추와 당근이 찍힌 포크를 내려놓고 리체에게 말했다.

"우리 이사 갈까?"

"또요?"

여기로 이사 온 지 얼마 안 되지 않았냐며 리체가 눈을 둥글게 뜨고 물었다.

"여긴 이사 온 거 아니야. 잠깐 여행 온 거지."

"아, 이건 여행이었어요?"

"응. 이제 노우디로 돌아가야 하는데 나는 별로 가고 싶지가 않네."

어차피 루이도 없고 가 봤자 그리움에 빠져 괴롭기만 할 테지. 거기다 쥬페도라도 죽었으니 언니 쪽에서도 나를 향한 감시 경계가 다소 내려갈 거라 생각한다. 이참에 완전히 새로운 터전에서 다시 시작하는 것도 괜찮을 것 같았다.

리체는 잠시 말이 없었다.

"싫어?"

"싫은 건 아니에요."

"그럼 이번엔 좀 더 따뜻한 곳으로 가자."

남부는 쥬페도라의 세력권이었던 데다 우리에게 썩 좋은 기억을 남기지 않았지만, 어차피 쥬페도라는 죽었고 남부 지역은 넓었다. 그중 제인과 함께했던 그곳으로 갈 생각은 없었다.

남부 어디가 좋을지 머릿속으로 고민을 하고 있는데 리체가 조심스럽게 의견을 냈다.

"수도로 가면 안 돼요?"

"수도?"

생각을 멈추고 리체를 보자 리체는 내 눈치를 보고 있었다.

"병원도 가깝고……."

"음…… 그래, 그렇긴 하지."

병원뿐만 아니라 물자도 쉽게 돌고 살아가는 데 편하다는 건 사실이었다. 그래도 수도를 미처 고려하지 못했던 건 수도는 아무래도 언니의 주요 활동 무대라서 혹 있을지 모를 마주침을 피하기 위해서다. 물론 수도는 넓으니 마주칠 확률이란 일부러 찾아보려 하지 않는 한 극히 낮긴 할 것이다. 하지만 언니가 괜찮다고 할까?

눈치 보고 싶지 않지만 일단 내 안위는 언니의 안배로 이루어진 건 사실이라. 리체가 편안한 삶을 살게 하기 위해선 무시할 수 없었다.

"그래……. 생각해 볼게."

어쨌든 노우디를 뜬다는 의견은 맞춰졌으니 갈 곳만 정하면 된다. 일단 에드윈을 통해 언니한테 물어보고 대답 여하에 따라 장소를 결정해야겠다.

리체는 고개를 끄덕이며 샌드위치를 다시 입에 넣었다. 리체는 오랫동안 씹은 뒤 입 안의 내용물을 꿀떡 삼키곤 말했다.

"오늘도 하늘이 하얘요."

"응. 그렇더라. 요 며칠 계속 그러네."

하얗다기보단 약간 회색빛이라고 생각하지만 어쨌거나 구름이 틈없이 빽빽하게 하늘을 틀어막고 있는 건 사실이라 리체의 말에 수긍했다. 칼날 같은 바람은 다소 누그러졌으나 여전히 눈이 올 듯 말 듯한 날씨가 이어지고 있었다.

"이사는 겨울이 끝난 뒤에 할까?"

추운 날 이사하면 여러모로 고생이니까. 리체가 이번에도 고개를 크게 끄덕거렸다.

"네."

식사를 마친 뒤 리체를 모자와 장갑, 목도리 등으로 무장시켰다. 사교성 좋은 리체는 이곳에 와서도 근처 또래 아이들과 금세 친해졌고 오늘은 그중 한 아이의 생일 파티 초대를 받았다. 어느 정도 있는 집 아이인지라 그 집 부모가 아이 생일에 공을 많이 들이는 듯했다.

아이의 부모는 그날 아침부터 아이들끼리 함께 놀게 하고 저녁때 데려다주고 싶다는 의사를 밝혀 왔다. 그 집 고용인을 통해 편지를 전해 받고 리체의 의견을 묻자 리체는 정말로 기뻐하며 그렇게 하고 싶다고 했다. 나는 큰 고민 없이 허락했다.

털 부츠까지 꼼꼼하게 신긴 뒤에야 리체의 손을 잡고 별장을 나섰다.

"선물은 챙겼어?"

"챙겼어요."

리체가 등에 멘 가방을 살짝 들썩이며 대답했다.

"뭐 샀는데?"

지난번에 생일 선물을 고르러 함께 나갔지만, 리체가 쓸 다른 물건들도 같이 구매하느라 뭐가 생일 선물인지 정확히 알지 못했다.

"색종이요. 레레는 종이접기를 잘해요."

"그렇구나."

그제야 리체가 무늬가 다른 색종이 뭉치를 유심히 살펴보다가 그중 하나를 바구니에 담던 게 떠올랐다.

리체를 차에 태워 레레란 아이의 집에 데려다준 뒤 손을 흔들고 들어가는 모습을 확인했다. 그제야 차를 돌려 집으로 되돌아오다 문득 앞 유리 밖의 하늘에 시선이 갔다. 역시 눈이 오긴 할 것 같은데 말이지.

밤사이 눈이 너무 많이 오면 움직이기 쉽지 않으니 미리 먹을 거랑 생필품을 사다 놔야겠다는 생각이 들었다. 별장으로 향하던 차를 돌려 시내로 향했다.

식료품을 사서 차에 싣고 잡화점에 들러 티슈 등 필요한 것들을 고르고 있는데 문득 진열대 구석에 꽤 괜찮아 보이는 실 세트 세 상자가 쌓여 있는 게 보였다. 맨 위 상자에 먼지가 쌓인 것이 오랫동안 팔리지 않은 걸로 보였다. 미안한 생각이긴 하지만 이런 곳에서 팔기엔 꽤 고급품인 탓에 손님이 원하는 가격에 맞추기 힘들었을 것이다.

나는 실 세트를 전부 구매했다. 실 세트 상자는 딱 봐도 오래 묵혔던 상품인 게 티가 났기 때문인지 가게 주인은 종이로 붙여 놨던 가격보다 싸게 해 주었다. 잡화점을 나와 그길로 포목점에 들러 천을 사고 목공소에서 틀을 잡을 각목을 사서 차에 실었다.

충동적인 기분으로 재료들을 골라 사는 동안 어느새 시간이 예상보다 한참 지체되었다. 거기다 목공소에서 내가 원한 사이즈에 맞춰 각목을 다듬고 자르는 동안 눈이 내리기 시작했다. 눈은 내가 확인한 시점부터 이미 함박눈이었고 차의 속도는 자연스럽게 느려졌다. 결국, 점심시간을 한참 넘겨서야 도착할 수 있었다.

차를 세우기 전 별장 앞에 누군가 앉아 있는 것이 보였다. 노숙자? 나는 차를 주차한 뒤 물건을 옮기기 전 낯선 이에게 다가갔다.

눈 내리는 날씨 탓인지 모자를 쓴 채 두꺼운 코트로 몸을 감싸고 깃을 올려 귀를 감춘 남자는 얼굴은커녕 머리카락 한 올도 보이지 않았다. 정말로 노숙자라면 자치대에 신고해 하루 정도는 유치장에서 눈을 피하게 해 주는 게 나을 것이다. 나는 만약의 일을 대비해 경계를 늦추지 않은 채 조심스럽게 그에게 말을 걸었다.

"누구시죠?"

잠시 졸았던 모양인지 그제야 낯선 이가 몸을 꿈지럭대며 찌뿌드드한 한숨을 내뱉었다. 곧 그가 고개를 들며 드러난 얼굴과 마주쳤다. 수염도 제대로 다듬지 않은 거친 얼굴이었지만 누군지 알아보는 데는 별로 어렵지 않았다.

"루이 씨?"

"아…….. 오랜만이다."

루이는 잠긴 목소리로 인사하며 천천히 몸을 일으켰다. 남루한 차림의 그가 더욱 시선에 박혔다. 대체 그동안 어디서 뭘 하고 살았기에 저 모양인 걸까. 루이는 여전히 졸음에 취해 반쯤 감긴 눈을 끔벅거리며 턱 아래를 벅벅 긁었다.

"일단—"

이어 기지개를 켠 루이는 바닥에 있던 가방을 들어 어깨에 걸치며 말했다.

"배고파."

먹을 것 좀 달라며 하품을 하는 루이의 모습은 무척이나 거렁뱅이와 흡사해 나는 굉장히 복잡한 기분이 들었다.

맞은편에서 빠른 속도로 빵과 고기를 해치우는 루이를 바라보다가 내용물이 거의 빈 컵에 주스를 더 따라 주었다. 루이는 주스가 따라지는 컵에 눈길을 주면서도 계속 입을 움직여 음식을 씹었다. 내가 주스병을 거두자마자 루이는 컵을 들어 다시 반을 넘게 비웠다. 나는 한 번 더 컵에 주스를 따라 줬다. 루이는 마다하지 않았다.

이후로 두 번 더 채워 준 접시도 깨끗이 비운 루이는 그제야 의자 등받이에 나른하게 기대 늘어지며 한숨을 내쉬었다.

"아— 이제 살 것 같다."

배고파서 뒤지는 줄 알았다며 짧게 투덜댄 루이는 곧 자리에서 일어나 휘적휘적 걸어가 소파 옆에 아무렇게나 던져 놓은 가방을 뒤적거렸다. 그가 가방에서 꺼낸 건 작게 둘둘 말린 옷가지와 간단한 세면용품이었다. 루이가 말려 있던 옷가지를 탈탈 털어 펼쳤다. 계절과 어울리지 않는 가벼운 소재의 셔츠와 바지다. 구김이 가 있긴 했지만, 눈과 흙이 묻어 더러워진 가방에서 나온 것치고 꽤 깨끗한 편이었다.

그는 집 안을 둘러보며 말했다.

"욕실은 어디야? 좀 쓰자."

"네. 저쪽. 수건은 욕실 찬장에 있어요."

루이는 내가 손으로 가리킨 문을 열고 안으로 들어갔다. 나는 욕실을 멍하니 바라보다 뒤늦게 자리에서 일어나 현관 근처의 보일러 조작 버튼 앞에 섰다. 온수를 켜고 집 안 온도를 더 올린 뒤 욕실 앞으로 가 노크를 했다. 무슨 일이냐는 루이의 목소리가 들려오고 나는 문 안쪽에 대고 말했다.

"루이 씨."

"어—?"

"아직 물 찰 거예요. 막 데우기 시작했으니까 조금 이따가 씻어요."

"아, 괜찮아. 면도 먼저 할 거니까. 그사이 대충 미지근해지겠지."

"차가울 텐데……."

"괜찮으니 나는 신경 쓰지 말고 할 일 해."

"알았어요……."

마지못해 문 앞에서 물러났다. 식탁으로 가 식기들을 정리해 싱크대로 옮기며 그때까지도 얼떨떨한 기분이 가라앉지 않아 머릿속이 좀 이상해지는 것 같았다.

루이가 돌아왔다.

이건 과연 지금 내 현실이 맞는가.

루이가 너무 그리웠던 나머지 내가 지금 꿈을 꾸는 건 아닐까. 사실 이 모든 건 내 머릿속에서만 일어난 환상이 아닐까 해서.

설거지를 마친 뒤엔 밖으로 나가 차에 있던 물건들을 안으로 옮기면서도 현실감은 여전히 멀게 느껴졌다. 쥬페도라가 죽었다는 기사를 접했을 때보다 더. 마지막으로 각목들을 안고 집으로 들어와 현관문을 닫았을 때였다. 그사이 다 씻고 나온 루이가 물기가 남은 머리카락을 늘어뜨린 채 성큼 다가오더니 자기에게 달라는 손짓을 했다. 괜찮다고 했지만, 기어이 내게서 그것들을 가져간 루이가 여상히 물었다.

"어디다 둘 건데?"

"그냥 구석 아무 데나 두면 돼요."

루이는 각목들을 창가 구석에 가져다 뒀다. 나는 그의 등을 바라보다 그가 돌아서서 나를 보려고 하자 재빨리 눈을 돌리고 식탁 쪽으로 향했다. 식탁 위에 둔 식료품들을 정리하고 있는데 이내 가까이 다가온 기척에 고개를 돌렸다. 곁에 선 루이가 나를 물끄러미 바라보고 있었다.

"좀 야윈 것 같네요."

"그래?"

"네."

루이는 제 턱을 가볍게 쓸며 그런가 중얼거리곤 이내 상관없다는 듯 물었다.

"내가 도울 건 없어?"

"쉬고 있어도 돼요. 졸리면 제 방에서 주무셔도 되고요. 욕실 옆 침실이 제 방이에요."

루이는 내가 가리키는 침실 쪽을 확인한 뒤 고개를 끄덕이곤 다시 날 바라보았다. 나는 식료품 상자로 눈을 내렸다.

"그러고 보니 꼬맹이가 안 보이네."

"친구네 놀러 갔어요."

"네 친구?"

"리체 친구요. 생일 파티에 초대받았거든요."

"아아……."

루이가 목소리를 끌며 조금 더 가까이 붙어 왔다. 물건을 꺼내 놓는 내 손이 저절로 느려졌다. 루이는 천천히 내게 얼굴을 가까이 했고 그에게서 흐르는 호흡이 내 한쪽 볼을 따뜻하게 데웠다. 더불어 습기가 가득한 샤워 코롱 향이 후각을 건드렸다.

"그럼 언제 오는데?"

"저녁 식사까지 한 뒤에……."

"그럼— 그때까진 둘이서 오붓하게 보낼 수 있는 거네?"

루이의 손이 막 빵 봉투를 든 내 손을 잡아 도로 내렸다. 내 손에 잡혔던 종이봉투가 도로 상자 안으로 떨어졌다. 손등을 덮었던 루이의 손이 그대로 팔을 타고 올라와 내 목을 지나 턱과 볼을 동시에 감쌌다. 그가 힘을 주는 방향을 따라 고개가 돌아가 다시 눈이 마주쳤다. 나는 잠시 루이와 눈을 마주하고 있다가 분위기 잡으려는 그의 은근한 기색을 애써 담담한 척 넘겼다.

"피곤해 보이는데 좀 자는 편이 좋지 않겠어요?"

손끝으로 내 얼굴의 살결을 가볍게 누르고 있던 루이가 눈가를 약간 찌푸렸다.

"오랜만에 봤는데 왜 이렇게 딱딱해? 사람 서운하게."

"오랜만에 봐서 그래요."

"내가 너무 늦게 왔나? 그러니까 내 말은—"

루이가 이마를 툭 맞부딪혀 왔다. 미지근한 온기가 느껴졌다.

"애인 생겼어?"

"생겼으면 어쩔 건데요?"

천천히 눈을 깜박거리며 점점 오묘해지는 그의 표정을 관찰했다. 루이는 입가를 비틀며 낮게 속삭였다.

"다시 빼앗아 올 거야."

"다시?"

"왜?"

"제가— 루이 씨 애인이었던 적이 있었나요?"

루이는 잠시 입을 다물었다가 약간 불퉁하게 말했다.

"너 나한테 심술부리는 거지."

"아니요. 정말로 그러자 입 맞춘 기억이 없어서요."

루이가 그럴 리가 없다는 듯 인상을 찌푸렸다가 이내 곰곰이 생각에 잠겨 눈을 굴렸다. 얼마 뒤 그의 눈이 다시 나를 향했다.

"정말? 나는 네가 내 애인인 줄 알았는데."

"대체 그동안 뭘 하고 지냈길래 그런 기억들마저 다 날려 버리고 온 거죠? 당신 입으로 아직 뭐라 정의하기 힘든 사이라고 하면서, 긍정적으로 생각하고 있다고 했었어요. 이후 곧바로 당신은 떠났고요. 우린 애인이 아니었어요. 말해 두는데 우리가 진짜 애인이었으면 나는 당신을 진작에 차 버렸을 거예요."

"그 말인즉, 애인이 아니면 차인 것도 아니라는 거군."

루이는 곧바로 손을 내리더니 두 팔로 내 허리를 휘감아 번쩍 들었다.

"뭐 하는 거예요?"

루이는 날 안은 채 침실로 성큼성큼 향하며 대답했다.

"그럼 오늘부터 애인인 걸로 해."

하긴 재회하는 연인보다는 이제 막 시작하는 연인이 더 애틋하고 뜨겁지 않겠냐고 루이가 이죽거렸다. 나는 그의 어깨를 잡아 내게서 살짝 떨어뜨렸지만, 루이는 아랑곳없이 나와 함께 침대로 뛰어들었다. 자기 몸무게로 내 몸을 누르는 그를 한 번 더 밀었고 루이는 순순히 내 손길에 밀려 상체를 일으키고 앉아 나를 내려다보았다.

"전 아직 대답 안 했어요."

"아, 그렇지. 그래서? 지금 사귀는 애인은 있어?"

여전히 내 위에 올라타 있는 루이가 셔츠를 벗으며 심드렁하게 물었다. 하지만 그는 내 대답을 기다리는 일 없이 다시 몸을 숙여 내 머리카락을 쓸어 넘겨 주고 상의 단추를 풀어 벗기기 시작한다. 나는 그의 손을 잡아 멈추고 말했다.

"이런 짓을 하며 할 질문은 아니지 않나요?"

"무슨 상관이야. 어차피 넌 나한테 오게 될 텐데."

"무슨 자신감인지 모르겠네요. 내 마음을 그렇게 확신해요?"

"그럴 리가. 나는 네 마음을 확신한 적이 한 번도 없어. 설령 내게 향했다 한들 언제까지나 이어질 거라 신용하지도 않고."

잠시 손을 멈췄던 루이가 거칠지 않게 내 손을 떨쳐 내고 마저 단추를 풀어 내렸다. 결국, 다 풀어진 옷깃을 양옆으로 활짝 연 루이가 고개를 숙여 내 목에 입을 맞췄다.

"내가 계속 널 쫓아다닐 거니까. 네가 다른 곳을 보고 있다 한들 결국엔 날 돌아보게 될 거야. 왜냐하면, 나만큼 널 위해 살 수 있는 놈은 없거든."

내 목을 쪽쪽거리며 누르는 루이의 입술로 약간 뭉개지는 발음이 새 나왔다. 별로 인정하고 싶지 않아 대답을 하지 않자 루이가 문득 고개를 들며 나를 내려다봤다. 그는 표정 없이 말했다.

"나한테 와. 세상 무엇보다 널 우선으로 여길 테니까."

"갑자기 무슨……"

루이는 내 입술에 짧게 입술을 붙였다가 떨어뜨리며 말을 끊었다.

"갑자기가 아니야. 줄곧 생각해 왔어. 다만 한심한 불안감에 빠져 솔직히 말할 수 없었을 뿐이지."

"지금은 불안하지 않다는 뜻인가요?"

"불안해. 하지만 이젠 휘둘리지 않을 수 있어."

루이의 손이 치마를 끌어 올리고 내 다리를 쓰다듬었다. 허벅지 표면을 살금살금 노닐던 그의 손가락이 문득 둔부로 올라와 속옷에 손가락을 걸어 아래로 끌어 내렸다. 속옷은 얼마 안 가 내게서 완전히 떨어져 나가 침대 바깥으로 내던져졌다.

루이는 내 다리를 잡아 벌리더니 한쪽 무릎에 입술을 가볍게 붙였다가 뗐다. 그리고 키스한 자리에 얼굴을 살짝 비비며 말했다.

"그냥 네가 내 곁에 있는 게 가장 중요해."

"……그렇게 말하는 사람이 왜 이렇게 늦었어요? 당신만 마음 정리했답시고 갑자기 이렇게 멋대로 굴면 끝인가요? 그동안 기다린 나는……."

"날 기다렸어? 정말로?"

루이가 내 말을 끊고 화색을 띠며 물었다. 나는 잠시 할 말을 잃었다가 인상을 썼다.

"그게 중요해요?"

"중요하지, 그럼. 네 마음이 나한테 향하고 있었다는 뜻이잖아."

"초반에는 분명 그랬지만 나중엔 아니었어요. 나는 당신이 돌아오지 않을 거라고 생각했거든요."

"그렇게 생각했으면서 결국 기다렸다는 거지?"

"안 기다렸다고 하잖아요. 적어도 1년이 넘어간 시점부터는 아니에요."

"그래서 날 포기했어?"

말갛게 물어 오는 그의 얼굴에 대고 나는 잠시 망설이다가 조심스럽게 답했다.

"……그래요."

"괜찮아."

그리고 내 답이 떨어지자마자 루이가 한숨 쉬듯 웃으며 대꾸했다. 나는 살짝 어이가 없어졌다.

"괜찮다고요?"

어떻게 괜찮을 수가 있나. 진의야 어찌 됐든, 내 대답은 루이가 떠나기 전까지만 해도 내게서 가장 불만스러워하던 부분이었다. 그러니까 그를 쉽게 놔 버리는 것 말이다. 근데 이젠 괜찮다고.

"그래, 괜찮아."

대체 그동안 어디서 어떤 수행을 하고 온 건지 루이는 마치 자비로운 성자인 양 여유롭게 웃으며 고개를 끄덕였다.

"내가 포기 안 했어."

말을 마친 루이가 고개를 숙여 왔다. 속눈썹이 길게 빠져 내려 감긴 눈이 가까워지고 입술에 따뜻한 살갗이 맞닿았다. 그의 입술이 내 입술을 부드럽게 눌렀다가 떨어지고 다시 내려앉았다. 촉. 촉. 몇 번이나 더 맛을 보듯 또는 음미하듯 조급하게 굴지 않으며 루이는 조심스럽게 분위기를 만들어 갔다. 그러다 문득 슬쩍 혀끝을 내밀고 내 입술 사이를 가볍게 훑어 열어 달라는 신호를 보냈다. 퍽 정중한 태도였다.

나는 잠시 고민했다. 열어 줄까 말까. 조금 더 투정을 부려 볼까 말까. 사실 오랜만이라 한들 섹스라는 게 새삼 조심스럽고 어색한 행위처럼 느껴지진 않았다. 무엇보다 상대가 루이라면 더욱. 단지 지금의 나는 그와 대화라는 걸 좀 더 하고 싶었다. 그는 아직도 내게 답하지 않았다. 그동안 어디에 있었는지. 왜 늦었는지. 그는 뱀처럼 은근슬쩍 타고 넘어가면 그만이라는 듯 회피하고 있었다.

못 본 새에 능구렁이가 되어 버린 걸까. 이 사람은 본래 냉정함 아래에 끓고 있는 용암처럼 다혈질적인 면모가 매력인데 말이다. 물론 뭐…… 이렇게 매달려 오는 것도 싫진 않았다. 하지만 동시에 대화를 피하는 그에게 심술이 나기도 했다. 미주알고주알 그간 있었던 일들을 전부 다 고해바치라는 게 아니다. 그저 어떤 방식의 정리를 하고 왔는지 정도는 말해 줘도 괜찮지 않은가. 나는 약간 꼬인 기분이 그의 애교 같은 구강 접촉으로도 풀리지 않아 더욱 완고하게 버텼다. 그를 더 안달 나게 하고 싶었다.

루이는 내가 끝까지 입술을 열지 않자 혀끝에 조금 더 힘을 실어 별다른 힘 없이 다물고 있는 입술 사이를 찔렀다. 이번엔 앞니에 노크를 해 왔다. 여전히 입을 열어 주지 않았다.

몸을 타고 올라와 팔을 쓸던 그의 손이 내 어깨를 꽉 잡았다가 풀더니 이윽고 벌려진 셔츠를 조금 다급하게 끌어 내려 완전히 벗겨 냈다. 브래지어 컵 위로 그의 두 손이 떨어졌다. 브래지어째로 가슴을 강하게 주물러 오던 그의 손이 금세 만족 못 하고 그것을 위로 밀어 올려 가슴 둔덕을 드러냈다. 보일러를 틀었음에도 맨살갗이 공기에 닿자 약간 서늘함을 느끼며 가슴 정점이 절로 단단해지는 듯한 느낌을 받았다. 이내 그의 따뜻한 손이 가슴을 덮어 주무르다가 유두를 가볍게 비틀었다.

"아……."

루이는 내가 치아를 열어 목소리를 내는 순간을 놓치지 않고 혀를 깊게 밀어 넣었다. 약간 얄밉긴 했지만 그렇다고 혀를 깨물어 주고 싶을 정도는 아니라서 결국 휘저어 오는 그의 혀를 마지못해 살짝 감아 주었다. 루이는 곧바로 내 혀에 자신의 혀를 세게 문질렀다.

루이는 한 손으론 가슴을 주무르며 다른 손을 아래로 내려 제 바지를 열었다. 앞섶만 간신히 열고 속옷 밖으로 성기를 꺼내 붙잡은 그는 이내 하체를 맞붙여 선단으로 내 아래를 살살 문질렀다. 키스 중 느껴지는 호흡이 점점 더 거칠어짐에도 그는 내 아래가 젖을 때까지 절대 서둘지 않았다. 하지만 조급증이 들기는 하는지 루이는 키스하는 중간중간 약한 신음을 내뱉었다.

"흐으……."

"으음……."

성기 끝이 아래의 갈라진 틈을 위아래로 쓰다듬고 음핵을 빙글빙글 문지르다 질 입구를 쿡쿡 건드렸다. 이제 충분히 젖은 아래에서 접촉이 이루어질 때마다 물기가 달라붙는 소리가 작게 들려 왔다. 루이는 성기를 조금씩 안으로 집어넣기 시작했다.

"으응……."

"흐윽……."

가슴을 만지던 손이 시트에 닿은 내 머리 아래로 비집고 들어와 뒤통수를 감싸 붙잡았다. 루이는 고개를 비틀어 입술을 더욱 누르며 성기를 완전히 안으로 밀어 넣었다. 배 속이 찌릿했다.

"흐읍……!"

"하읍……!"

루이는 허리를 약간 뺐다가 다시 강하게 밀었다. 서로의 하체가 세게 부딪히며 절로 둔부에 힘이 들어갔다. 한 번. 두 번. 세 번. 천천히 움직이던 그가 점점 속도를 붙여 갔다. 거칠어지는 숨에 잠시 고개를 돌려 입술을 떨어뜨리자 곧바로 루이가 따라와 다시 붙였다. 키스에 먹힌 신음이 목 안에서 울렸다.

"읍……! 음! 헉! 아! ……읍!"

"흡……! 허흡……!"

기분 좋다. 그야 원하는 상대와 서로의 성기를 꼭 맞물려 흔들고 있는데 당연히 기분 좋을 수밖에 없는 행위다. 나는 두 손으로 그의 머리를 붙잡고 내게서 억지로 떨어뜨렸다. 루이가 숨을 거칠게 내쉬며 날 내려다보았다. 아래에서 치대는 하체는 여전히 빨랐다.

"아웃……! 날, 사랑, 해요?"

루이는 약간 빠르게 고개를 끄덕이며 고갯짓으로 내 손을 떨쳐 내고 다시 얼굴을 가까이 했다. 그가 내 목과 턱에 키스하며 헐떡거리는 호흡으로 목소리를 냈다.

"사랑해. 정말 사랑해."

정말로? 정말로 사랑해?

루이는 이번에도 약간 정신없이 고개를 끄덕거렸다. 나는 몇 번이고 더 물었다. 그는 꼬박꼬박 대답했지만, 몸을 부딪칠수록 점점 더 감각에 취한 듯 아무 말이나 내뱉는 듯했다. 그게 솔직한 감정인지 아니면 그저 되는대로 말하는 건지 잘 모르겠다. 한참 후 사랑해 사랑해 너만 사랑해 따위를 말하던 루이가 더는 참을 수 없다는 듯 흐느끼는 듯한 목소리로 말했다.

"네가 아니면 죽어 버릴 거야. 다른 놈한테 가지 마. 그럼 널 죽이고 나도 죽을 거야."

협박보다는 생떼에 가까운 어조였다. 나는 그 말에 무척이나 만족스러워졌다. 그제야 나는 더 확인하는 것을 그만두고 루이의 머리를 품 안에 꼭 끌어안았다. 루이는 품 안에서 머리를 움직여 내 가슴을 물고 입 안으로 빨아 당겼다.

"아웃……! 아! 앗! 갈 것 같아요……!"

"아직 아니야. 헉……! 헉!"

"빨리……! 아웅! 아!"

"조금만 더…… 아직 안 돼……! 아! 흑!"

루이가 성기를 깊이 박고 짧게 치기 시작했다. 진동하듯이 울려 오는 감각에 젖은 소리가 더 커졌다. 나는 더 참을 수 없게 되었다.

"아! 안아 줘! 안아 줘요!"

루이가 내 몸을 강하게 끌어안고 허리를 시트에서 띄웠다. 입술이 부딪히듯 닿으며 그의 입 안으로 혀를 밀어 넣고 휘저었다. 드디어 절정에 다다랐다.

"흐……읍……!"

"큿……!"

내가 몸을 굳히자 루이도 곧 허리를 멈추며 이미 끝까지 들어간 성기를 더욱 안쪽으로 밀려고 시도했다. 몸이 밀려 올라갈 정도로 하체가 꾹꾹 눌러 올 때마다 안쪽으로 뜨거운 것이 들어와 퍼졌다.

얼마 후 몸에서 힘이 빠지며 입술을 떨어뜨렸다. 루이가 약간 웃고 있었다.

"그동안…… 네 생각 하며 손으로 얼마나 뺐는지 몰라. 역시 진짜가 좋네."

그렇게 그리웠으면 진작 오지 그랬냐고 힘없이 투덜거렸다. 이번에도 루이는 웃으며 어물쩍 넘어갔다. 그는 웃는 얼굴로 내 다리를 부드럽게 쓸어내리더니 발을 잡아 몸 쪽으로 밀었다. 자연스럽게 무릎을 접으며 다리를 올리자 루이는 다시 천천히 허리를 움직이기 시작했다. 나는 고개를 돌려 시계를 확인했다.

"우리 시간 별로 없어요. 앗……! 오늘 눈이 와서 리체가 좀 일찍 올 수도…… 으응!"

"넌 꼭 중간에 산통을 깨더라. 뭐 어때. 우리가 나쁜 짓 해?"

루이가 허리를 돌리며 불만을 표시했다. 나는 약간 어이가 없어서 헛웃음이 났다.

"리체는 아직 어려요. 아니, 설령 어른이라도 대놓고 보여 줄 만한 건 아니잖아요."

알 만큼 아는 사람이 왜 고집이냐고 웃으며 말하니 루이는 내 한쪽 발을 입가로 가져가 발가락을 이로 꽉 깨물었다.

"아야."

"싫어. 적어도 한 번은 더 할 거야."

루이가 뚱한 얼굴로 날 흘겨보며 허리를 뒤로 크게 뺐다가 다시 세게 부딪혀 왔다. 앗! 곧바로 빠져나오는 내 목소리에 루이는 심술궂게 입가를 올렸다.

"너도 꽤 밝히는 주제에 점잖은 체를 잘한단 말야."

"아으……."

루이는 점점 빠르게 허리를 움직이며 말했다.

"물론 나도 진짜로 이 꼴을 보여 주고 싶은 건 아니니까. 빨리 끝낼 게."

"아. 아. 내가, 웃, 엎드릴까요?"

그럼 더 깊게 들어와 서로 좋지 않을까 싶어 제안했지만, 루이는 고개를 저었다.

"네 얼굴, 보면서 하고 싶어."

그는 내가 가는 모습이 사랑스럽다고 했다. 잘도 입에 꿀을 발랐다며 웃자 루이는 진심이라고 말했다.

"왜 안 믿어? 서운하게."

"안 그러던 사람이, 그러니까…… 응."

"언제 죽을지도, 모르는데, 우리 그냥 솔직하게 살자."

어디서 죽임당할 원한이라도 지고 왔냐고 묻자 루이는 이번에도 또 허리를 더 빠르게 흔들며 어물쩍 넘어갔다. 대체 뭘 숨기고 있는 건지 알 수 없었다. 숨길 생각도 없이 툭툭 힌트를 줘 가면서 왜 정작 중요한 부분에선 말을 그만두는 건지. 나 답답해 죽으라고 그러는 건가.

하지만 지금은 흥분감이 이성을 앞서서 나는 이 문제를 다음으로 미루기로 했다.

"읏. 읏. 아. 아……!"

"기분 좋아?"

"좋, 아요."

"나도. 좋아."

그러니까 우리 복잡한 것들은 머릿속에서 다 치워 버리고 그냥 이렇게 서로 몸이나 맞추고 있자면서 루이는 내 다리에 입을 맞췄다. 내 무릎에 입술을 댄 채 휘어지는 그의 눈꼬리를 바라보며 내 머릿속은 꽃밭에 있는 듯, 바보가 되는 기분을 막을 수가 없었다.

"아웃……!"

"아……!"

루이가 정염에 눈가를 일그러뜨린 채 계속해서 하체를 치대며 입가를 올렸다. 그대로 내게 엎어지는 루이와 상체를 틈 없이 붙이고 손으로 그의 등을 감쌌다. 귀를 무는 그의 치아 사이로 뜨거운 숨이 거침없이 내뿜어진다. 내 안을 허물어뜨릴 듯이 비비고 찔러 오는 그의 성기가 델 듯이 뜨거웠다.

"헉……! 아!"

다시금 점점 머릿속이 흐려져 아무래도 좋을 것 같은 기분이 든다. 그저 이 순간을 잘라 영원히 박제해 버리고 싶을 만큼 아쉽고 안타깝고 애달프기만 하다. 온몸에 힘을 주며 루이에게 매달려도 마음은 전혀 만족되지 않고, 속에 커다란 구멍이 뚫려 전부 흘러 나간 것처럼 텅 비어 버린 느낌이 외로워 미쳐 죽을 것만 같았다. 이 비어 버린 공간 안으로 루이를 통째로 욱여넣고 움직이지조차 못하게 묶어 버리고 싶었다.

루이의 손을 끌어다 입을 맞추고 그의 손가락을 입 안에 넣어 빨아당겼다. 금방 밖으로 빠져나간 손가락을 혀로 핥아 올리고 이로 살짝 깨물자 루이가 약한 탄성과 함께 작은 웃음소리를 흘렸다. 그리고 뜬금없이 자기 몸이 두 개면 좋겠다고 말했다. 그래서 성기 하나는 내입에 물리고 다른 하나는 이렇게 아래를 채워 주고 싶다고.

그는 빨리 끝내고 싶지 않은 듯 문득 허리 짓의 속도를 늦췄다. 나는 숨을 고르며 그에게 물었다.

"쓰리썸이, 하고 싶어요?"

나는 그런 난잡한 관계를 좋아하진 않지만 루이가 정 하고 싶다면 해 줄 수도 있을 것 같았다. 사실 지금 같은 기분이면 그가 SM플레이를 하자고 해도 허락할지도 모른다. 하지만 루이는 말 같지도 않은 개소리를 들은 양 얼굴을 찌푸리며 내 볼을 꽉 물었다가 놓았다.

"만약에 네가 다른 놈을 불러들여 그딴 걸 시도했다간 나는 그 새끼를 반드시 죽여 버릴 거야."

"내 아래를 차지하면서 내가 입에 문 것도 보고 싶었던 게…… 앗! 읏!"

"그게 다 나였으면, 좋겠다는 뜻이라고."

"욕심쟁이네요."

"너는 다 내 거야."

루이는 손가락 두 개를 붙여 내 아랫입술을 꾹 눌렀다가 미끄러뜨리듯 입 안으로 밀어 넣었다. 그는 짓궂게 웃으며 말했다.

"일단 아쉬우나마 이거라도 빨아 봐."

나는 전혀 아쉽지 않다. 먼저 말 꺼내길래 맞춰 주려 한 것뿐인데 왜 심술을 당해야 하지. 그를 살짝 흘겨보긴 했지만, 이내 순순히 혀를 움직여 손가락들을 건드렸다. 그러다 쭉 빨아 당기며 펠라를 해 주듯 머리를 움직이자 곧이어 루이가 상기된 표정을 하고 손을 거뒀다. 타액이 묻은 그의 손가락들이 빠져나가는 걸 가만히 지켜보았다. 이윽고 두 손으로 내 얼굴을 붙잡은 루이가 다급히 입을 맞춰 왔다.

"젠장. 네가 너무 좋아."

너무 좋고 좋아서 죽이고 싶을 정도로. 그리고 너무 좋고 좋아서 죽고 싶을 정도로.

루이가 다시 피스톤질에 속도를 붙였다. 살이 부딪히는 소리가 울릴수록 나는 배 속의 내장이 그대로 작게 우그러져 사라져 버릴 듯한 감각을 느꼈다. 그러다 심장이 저 혼자 뚝 떨어져 날아가 버릴 것만 같다. 내가 느끼는 성적 쾌감이란 늘 이렇게 몸의 기능 일부를 상실하는 듯한 느낌이었다. 그리고 그 상실감이 싫지 않은, 오히려 너무나 원하는 미친 감정에 사로잡힌다.

문득 참지 못하고 루이의 어깨를 이로 깨물었다. 루이는 내 목을 깨물었다. 그렇게 우리는 서로에게 매달려 깨물고 빨고 손톱으로 긁어 상처를 입히며 절정을 향해 갔다.

"아!"

"훗!"

루이가 내 목에서 입을 떼지 않은 채 몸을 굳혔다. 곧 내 안쪽 깊은 곳으로 그의 정액이 쏟아져 들어오는 게 느껴졌다.

한참 후 거친 해일과 같았던 감각이 서서히 가라앉자 피부가 따끔거려 오기 시작했다. 루이가 천천히 고개를 들고 자기가 물었던 자리를 손가락으로 더듬다가 내 몸 위로 축 늘어졌다. 그가 숨을 고르며 날 끌어안고 말했다.

"너랑 결혼하고 싶어."

"……."

대답을 기다리며 내 옆구리를 손끝으로 느리게 쓰다듬던 루이가 다시 고개를 들고 나와 눈을 마주했다. 그는 한 번 더 또박또박 말했다.

"결혼하고 싶어."

"……."

"결혼하자."

조르는 루이를 잠시 바라보다가 나는 대답했다.

"싫어요."

"다녀왔습니다!"

"어서 와."

저녁 7시 40분경. 리체는 레레네 집에서 저녁 식사까지 한 뒤에 집에 돌아왔다. 나는 리체를 데려다준 고용인에게 감사를 전했다. 차라도 한잔 내주고 싶었지만 다른 아이들도 데려다줘야 한다고 해서 그냥 돌려보낼 수밖에 없었다. 리체는 내가 목도리와 코트를 벗겨 주는 동안 생일 파티가 얼마나 근사했고, 음식은 얼마나 맛있었는지, 그리고 레레가 선물로 어떤 것들을 받았는지 쉬지 않고 조잘거렸다. 모처럼 즐거워 보이는 모습에 절로 웃음이 났다.

"말 많은 건 여전하네. 꼬맹이."

"……?!"

리체는 내 방에서 나오는 루이를 보며 눈을 휘둥그렇게 떴다. 잠시 할 말을 잊은 듯 입만 딱 벌리고 있던 리체는 한참이 지나서야 새된 목소리를 냈다.

"루이 씨?"

"그래. 오랜만이다."

"어……?"

리체는 나와 루이를 번갈아 보며 어버버했다. 나는 리체의 외투와 목도리를 문가의 옷걸이에 걸고 리체의 등을 살짝 밀었다.

"인사해야지."

"어……. 안녕하세요."

"그래."

리체의 큰 눈이 끔벅거리며 웃고 있는 루이를 빤히 올려다보았다. 여전히 현실감이 떨어지는 듯한 표정이었다. 나는 가볍게 리체의 어깨에 손을 올렸다가 떼며 정신을 차리게 했다.

"손이랑 발 씻고 나와. 세수도 하고."

"네에……."

리체는 여전히 놀란 눈을 하면서도 순순히 내 말에 따라 욕실로 들어갔다. 루이는 미소 띤 얼굴로 리체를 바라보다 욕실 문이 닫히며 보이지 않게 되자 내게로 눈을 돌렸다.

"꼬맹이 키가 좀 큰 것 같기도 하고."

"컸어요."

"아. 역시?"

"자랄 때니까요."

"하긴. 애들은 하루가 다르게 달라진다고들 하니까."

새삼스러워하는 그에게 살짝 웃어 주곤 리체의 방으로 향했다. 리체가 갈아입을 옷들을 침대 위로 꺼내 놓고 다시 거실로 나오자 루이는 식탁 앞에 앉아 턱을 괴고 있다가 내게 앉으라는 듯 자기 맞은편 쪽을 손가락으로 톡톡 두드렸다. 순순히 그 앞에 앉자 루이가 심드렁하게 물었다.

"여긴 언제까지 있을 거야? 아예 눌러앉을 생각은 아니지?"

"겨울이 끝날 때까진 있을 거예요."

"뭐 하러? 이제 그 인간은 없잖아."

"……."

가만히 바라보고 있자 루이가 이내 머쓱해하며 물었다.

"왜. 설마 아직 모르는 건 아니지? 쥬페도라 죽은 거."

"알아요."

"그럼 왜."

"생각해 보니 이상해서요."

"뭐가?"

"여긴 어떻게 알고 왔어요?"

이곳은 애초에 쥬페도라를 피해 온 곳이니만큼 내 정보가 드러나지 않도록 굉장히 신경 써서 마련한 별장이었다. 이곳까지 나와 리체를 데려다준 에드윈과 그의 측근 한두 명 말고는 아는 사람은 없다.

아무리 루이가 특수 훈련을 받았다지만, 그건 나 역시 마찬가지고, 쥬페도라 측근의 특수 훈련지 출신들 역시 염두에 두고 있었으므로 더욱 신경을 썼다. 덕분에 나는 이곳에 온 이후로 쥬페도라의 추적에 걸린 적이 없었다. 특수 인재를 팀 단위로 데리고 있던 쥬페도라도 날 찾지 못했는데 루이가 달랑 혼자서 나를 찾아왔다? 아깐 현실감이 떨어져서 무심코 넘겼었는데 지금 생각해 보니 역시 이상했다.

"에드윈 씨에게 물어봤어."

루이는 대수롭지 않게 답했다. 나는 다시 그를 말없이 응시했다. 루이는 미간을 좁히며 불편한 표정을 지었다.

"대체 왜 그렇게 봐."

"에드윈 씨가 저한테 물어보지도 않고 당신에게 제 위치를 흘렸다고요?"

"그야 너랑 나는 특별한 사이니까."

루이가 아무렇지 않게 말했지만, 나는 이번만큼은 그의 별거 아니라는 듯한 화법의 함정에 넘어가지 않았다.

"날 속이려면 좀 더 그럴듯하게 해요. 그런 성의 없는 변명으론 속아 주기도 힘드네요."

그가 떠나기 전 우리의 사이가 평범치 않았다는 것은 인정한다. 남들에게도 꽤 친밀해 보였겠지. 하지만 그렇다고 해서 타인의 정보를 함부로 발설해도 되는 건 아니다. 그것도 신변의 위협이 있어 몸을 숨기는 사람이라면 더욱 말이다. 에드윈이 민간인이었다면 이해해 볼 만도 했을 것이다. 혼자만의 판단으로 분별없이 타인의 사사로운 정보에 대해 입을 놀리는 사람을 나 역시 꽤 겪은 적이 있으니까.

하지만 에드윈은 군인이자 이젠 총사령관이다. 그쯤 되면 침묵이 얼마나 금인지, 아주 작은 정보로 얼마나 많은 사람이 이득을 보거나 피해를 입을 수 있는지 충분히 아는 입장이었다. 설령 루이와 내가 부부였더라도 에드윈은 내게 언질도 없이 루이에게 내 정보를 알려 줘선 안 된다는 걸 알고 있어야 했다.

정말이지. 믿어 줄래도 믿을 수가 없는 말뿐이라 점점 짜증이 나기 시작했다. 하지만 루이는 여전히 내뱉은 말을 꺾지 않았다. 예전의 치밀하고 날카로웠던 모습들은 대체 어디로 사라진 걸까. 그는 너무 지쳐서 마치 생각하는 것도 귀찮아진 오랜 전쟁터의 병사처럼 굴었다. 생사를 체념하고 이젠 머리에 돌격밖에 남지 않은 그런 병사 말이다.

루이는 귀찮다는 듯 귓가를 긁으며 말했다.

"진짜야."

"그럼 에드윈 씨에게 연락해 화를 내야겠군요."

"뭘 그렇게까지 하냐. 그 인간도 없는데 이제 뭐 큰 대수라고. 아니면 너 뭐 나한테서 잠적하려고 했어?"

되레 뻔뻔하게 따지려 드는 루이를 기가 막힌 심정으로 바라보았다. 나는 식탁 아래로 발을 휘둘러 루이의 정강이를 걷어찼다. 루이가 얼굴을 찌푸렸다.

"차라리 1년간 내 스토킹을 했다고 해요. 그편이 그나마 말이 되겠네요."

마침 리체가 욕실을 나왔고 나는 루이를 흘겨보다가 의자에서 일어났다.

"다 씻었어요."

나는 막 물기를 닦은 뽀얀 리체의 얼굴을 바라보며 물었다.

"양치질도 했어?"

"네."

리체가 루이를 흘긋대며 순하게 대답했다.

"그래. 그럼 이제 들어가서 잘 준비 하자."

"몇 시나 됐다고 벌써 재워?"

루이가 끼어들었다. 나는 소매를 걷어 손목시계를 확인하며 말했다.

"지금부터 20분 후엔 8시고 리체 일기 쓰는 거 봐주고 책 읽어 주고 나면 약 9시 즈음에 잠들게 될 거예요."

"너무 이르지 않아? 나도 꼬맹이 오랜만에 봤으니 좀 더 얘기하게 해 줘."

"얘기는 충분히 자고 내일 해도 되잖아요. 어차피 급할 것도 없어 보이는데. 그리고 애들은 늦게 자면 키 안 큰댔어요."

최근 신문 귀퉁이에 연재되는 에렌 박사의 육아 정보에서 그랬다고 신빙성 있는 뒷받침까지 제시하자 루이는 굉장히 이상한 음식을 먹은 듯한 표정을 지으며 입을 다물었다. 그리고 이내 그의 얼굴에 불만스러운 기색이 떠올랐지만 나는 모른 체했다. 물론 하루 정도야 괜찮을지도 모른다. 하지만 나는 지금 약간 기분이 상해 있었다. 리체를 곁에 두고 있는 상태라 티를 내진 않았지만 말이다. 나는 그저 이성적인 어른인 척 태도에 변화를 주지 않고 말했다.

"루이 씨는 제 침실을 쓰세요. 전 리체와 같이 잘 테니까."

"뭐?!"

루이가 약간 큰 목소리를 내며 자리에서 벌떡 일어났다.

루이가 곧바로 내 손목을 잡아채 자기 쪽으로 끌었지만 나는 발에 힘을 줘 버렸다. 그는 내가 순순히 끌려오지 않자 불만스러운 기색을 잔뜩 드러내며 말했다.

"너 진짜 너무한 거 아니냐?"

"너무하다니요?"

"우리 오랜만에 봤어. 근데 날 혼자 재우겠다고?"

혼자 자는 게 뭐 그리 큰 대수라고 이렇게까지 성을 낼 필요가 있나 되물으려는 그때, 리체가 끼어들었다. 리체는 멀뚱멀뚱한 얼굴로 루이에게 물었다.

"루이 씨는 어른이나 되어서 혼자 못 자요?"

그리고 자기는 혼자 잘 잔다며 으스댔다. 루이는 잘됐다며 리체에게 말했다.

"그럼 넌 잘 자니까 데본은 나한테 양보해."

"싫어요."

리체는 곧바로 내 다른 쪽 손을 잡으며 루이에게 혀를 베— 내밀었다. 루이가 눈가를 실룩였다.

"너 학교에서 양보에 대해 안 배웠어? 좀 더 절실한 사람한테 양보해야지."

"양보는 강요하는 거 아니랬어요."

"이 꼬맹이가…….."

"그만해요. 애랑 뭐 하는 거람. 리체도 이제 들어가서 잠옷으로 갈아입어."

"네에."

리체가 대답하며 내 손을 놓았을 때였다. 루이는 그 틈을 놓치지 않고 내게 바짝 다가왔다. 피하지 못할 속도는 아니었지만, 그가 날 공격할 것 같진 않아 가만히 있었다.

"뭐 하려…… 아!"

루이는 내 허리를 번쩍 들어 제 어깨에 둘러메고 성큼 침실 쪽으로 도망쳤다. 곧장 리체의 목소리가 높이 울렸다.

"앗! 치사해!"

루이의 어깨에 걸쳐진 채 고개를 들자 리체가 짧은 다리로 도도도 달려와 루이의 다리에 답싹 매달리는 걸 볼 수 있었다. 루이는 아랑곳 없이 리체를 매단 채로 발을 옮겼다.

"웃샤."

루이가 기어이 나를 침대 위에 앉혀 놓고 허리에 두 손을 올리며 이 겼다는 듯 콧방귀를 뀌었다. 그 의기양양한 얼굴을 어이없이 바라보는데 리체가 루이의 다리에서 떨어져 내게로 안겨 왔다. 그런 리체를 받아 주며 절로 한숨을 쉬었다.

"장난은 이쯤 해요."

침대에서 일어나 리체의 손을 잡고 다시 침실을 나섰다. 루이가 곧 바로 뒤를 따라 나오며 짜증 냈다.

"아, 그럼 셋이 같이 자던가."

"안 돼요."

"왜. 설마 내가 저 꼬맹이가 무서워 잠도 못 잘까."

리체의 방 문을 열고 루이를 돌아보았다. 불만스럽게 찌푸려진 그의 얼굴에 다른 쪽 손을 가져다 대며 얼굴을 가까이 했다. 루이는 피하지 않았다.

쪽.

그의 입에 가볍게 입술을 붙였다 떼고 멀어지며 약간 웃어 보였다. 상했던 기분은 이미 풀린 뒤였다. 하지만 그의 의견을 받아 주는 건 또 다른 문제라 거절을 말할 수밖에 없었다.

"당신 때문이 아니라, 내가 안 돼요."

"뭐?"

"오늘은 이미 얘길 꺼낸 뒤니까 리체랑 잘게요. 내뱉은 말을 자주 바꾸는 건 교육에 좋지 않대요. 대신 내일부터는 당신하고 잘 테니까 마음 풀어요."

"……"

"그럼 잘 자요."

루이를 두고 리체와 함께 방 안으로 들어갔다. 의아함이 가득한 루이의 얼굴이 닫히는 문틈으로 사라졌다. 그에게 미안한 마음이 들었지만 결국 그런 마음마저도 외면했다.

리체가 스케치북에 그림일기를 그리는 걸 봐주고 동화책을 한 권 읽어 주었다. 그리고 침대에 오르기 전 리체가 잠옷으로 갈아입는 걸 도왔다. 리체는 내가 붙잡은 잠옷 상의 위로 머리를 끼워 빼면서 말했다.

"데본."

"응?"

"나는 오늘만 같이 자요?"

리체는 약간 서운한 표정이었지만 나는 정전기가 일어난 리체의 머리카락을 손으로 쓸어 넘겨 주며 고개를 끄덕였다.

"응."

"왜요? 루이 씨는 어른이잖아요. 내가 더 어린데……."

그러니까 제 옆을 지켜 주는 게 더 타당하지 않으냐는 표정이다. 나는 리체와 함께 침대로 올라가 함께 누우며 말했다.

"어리니까 연습하는 거야. 어른이 되어서 혼자만의 시간을 두려워하지 않도록."

"하지만 데본이랑 루이 씨는 내일부터 같이 잘 거잖아요. 둘 다 어른이면서."

"그래. 우린 어른이니까 혼자 자는 연습은 이미 충분히 거쳤어. 그러니까 그건 선택에 의한 거야. 혼자 못 자서 같이 자는 게 아니라 서로를 원해서 같이 자는 거지."

"데본은 저를 원하지 않아요?"

"조금 다른 문제야. 나는 너와 루이 씨 둘 다 무겁게 사랑하지만, 그 감정의 모양이 같진 않아."

"저랑은 다른 거예요?"

"달라."

"어떻게 다른데요?"

"너는 내가 지켜 주고 보호해 주며 무사히 어른이 되도록 키워 내 언젠가는 네 삶을 살도록 도와야 하는 사랑이지."

"루이 씨는요?"

"그저 곁에 있음으로써 완성되는 사랑이야."

리체는 아직 이해하기 어려운 듯 고심하는 표정이었다. 떼쓰는 대신 날 어떻게든 이해해 보려는 그 마음이 참 예쁘고 귀엽다. 그리고 동시에 미안하기도 했다. 하지만 씁쓸함보다는 긍정적인 기운이 관계에 도움이 되리라 생각해 리체에게는 그저 웃어 보였다. 언젠가는 알게 될 거라며 이불을 좀 더 끌어 올려 주고 이불에 덮인 가슴 위로 손을 토닥거려 준다. 리체는 오래 지나지 않아 점차 수마에 빠져들며 살짝 좁히고 있던 미간을 다시 순하게 폈다. 리체가 잠든 것을 확인하고서야 나도 천천히 눈을 감았다.

아침이 되어 아직 자는 리체를 두고 먼저 방을 나섰다. 빈 거실을 지나 욕실에서 세수하고 막 나가려는데 그새 침실을 빠져나온 루이가 팔짱을 끼고 욕실 문 앞에 서 있는 걸 볼 수 있었다. 나는 욕실을 완전히 빠져나와 옆으로 비켜 주었다.

"욕실 쓰게요?"

하지만 루이는 욕실에 들어갈 생각이 없는 듯 내가 비켜서는 대로 눈길을 따라 움직였다. 그는 약간 뚱하게 말했다.

"한숨도 못 잤어."

"잠자리가 바뀌어서요?"

"그럴 리가 있겠어? 왜 모른 척이지?"

"뒤끝이 긴 남자는 귀찮은데……."

"뭐. 내 뒤끝 긴 게 어제오늘 일이야?"

하긴 그도 그렇다며 가볍게 웃고 그를 지나쳐 주방으로 향했다. 루이는 그런 내 뒤를 졸졸 따라왔다. 툴툴대는 것을 대충 무시하며 일단 물을 한 잔 마시고 그에게도 마시겠냐 물었다. 루이는 잠시 투덜거림을 멈추고 마시겠다고 했다. 그는 내가 마시던 컵에 그대로 따라 준 물을 마신 뒤 다시 뒤를 따라왔다. 그리고 거실 커튼을 열어 보는 내 허리를 뒤에서 세게 끌어안으며 짜증을 부렸다.

"너 냉정해졌어. 떨어져 있던 사이 나한테 마음이 옅어진 게 분명해."

"아니에요."

"아니, 맞아. 그렇지 않다면 네가 나한테 이럴 수는 없어."

열받는다며 내 어깨에 머리를 비비던 루이가 고개를 들더니 이내 내 목덜미를 꽉 물었다.

"앗……!"

리체가 깰까 큰 소리는 내지 못하고 손으로 물린 자리를 덮었다. 다른 손으로 그의 팔을 두드려 풀어내게 하고 돌아서자 약간 찌푸려진 루이의 얼굴이 시야에 들어왔다. 물린 자리를 잠시 문지르다 손을 아래로 떨어뜨리고 한숨을 쉬었다.

"심술부리지 마요."

리체 말마따나 다 큰 어른이면서 무슨 짓이람. 하지만 루이는 콧방귀를 뀌며 되레 나를 타박했다.

"네가 심술부리게 하잖아."

"그럴 리가요. 이보다 어떻게 더 다정하게 대해 준다고."

"다정? 이게 다정이냐? 무관심한 거지."

"무관심하지 않은데요."

"아니야. 무관심해."

루이는 단호하게 쏘아붙이며 나를 흘겨보았다. 마음을 꺼내서 보여 줄 수도 없고 답답한 노릇이다. 나는 루이를 지그시 바라보았고 루이는 여전히 뚱한 얼굴로 눈썹을 휙 올렸다.

"그렇게 보면 뭐. 나는 하나도 찔리는 거 없거든?"

"찔리라고 보는 거 아닌데요."

"그럼 뭔데."

"당신이 새삼 참…… 잘생겼다 싶어서요."

"……"

루이는 그대로 입을 다물더니 괜히 인상을 썼다. 쑥스러움이라도 타는 모양이라 귀엽기도 했다. 나는 고개를 이쪽저쪽 기울여 다각도에서 루이를 살펴보며 말했다.

"이렇게 봐도 잘생겼고 저렇게 봐도 잘생겼네요."

"뭐 하는 거야?"

루이가 눈을 더욱 날카로이 뜨며 미간을 구겼다. 나는 아랑곳없이 입가를 올렸다.

"이렇게 잘생긴 걸 그동안 왜 몰랐을까요? 아니 모르진 않았는데 예전엔 왜 신경 쓰이지 않았을까요."

"내가 네 취향이 아니니까 그랬겠지."

그가 이를 악물고 약간 뭉개진 목소리로 대꾸했다. 자기 입으로 말하면서도 분했나 보다.

"그럼 지금은 새삼 왜 신경 쓰이는 걸까요?"

"……"

"아마 당신을 다른 누군가에게 빼앗기고 싶지 않아서일 거예요."

"……"

"내 거라는 생각에."

"……"

"그래서 말인데, 당신이 어제 저한테 했던 고백은 받아 줄게요."

루이의 얼굴에 점차 놀람이 번져 갔다. 그는 곧 내 양어깨를 강하게 붙잡으며 진지하게 물었다.

"정말? 나랑 결혼하겠다고?"

"하?"

웬 잠꼬대인가. 나는 갑자기 앞서가는 그의 코를 손끝으로 살짝 눌렀다가 뗐다. 루이는 대번에 인상을 썼다가 내가 말을 바꿀까 봐 겁이 났는지 곧바로 표정을 풀었다. 나는 약간 웃었다.

"연애하자면서요."

"나는 결혼하자고 했는데."

"청혼 전에 말이에요."

"야, 누가 답을 그런 식으로 하냐? 연애하자 다음에 결혼하자 했으면 당연히 결혼하자에 대한 거로 대답하는 거 아냐?"

"싫으면 아예 없던 거로 할까요?"

나는 상관없다고 말하며 그의 손을 어깨에서 잡아 내렸다. 루이는 곧바로 내 손을 잡아채 제 쪽으로 바짝 끌어당겼다. 얼굴이 가까워졌다. 그는 약간 씩씩대며 내게 입을 맞췄다가 떨어뜨렸다.

"너 진짜, 열받는다."

"제가요?"

"그래."

"이런…… 열받게 할 생각은 없었는데요."

"아무리 생각해도 너 내가 늦게 찾아왔다고 이러는 거 같아. 그렇지?"

"제가 아무 말 안 했는데도 굳이 이유를 찾아낸다는 건 역시 찔리는 게 있긴 한가 봐요?"

"없어. 그런 거."

"있는 거 같은데?"

"없다니까."

"……그래요. 뭐…… 그렇다고 해요."

루이의 어깨를 밀어 좀 더 거리를 벌리며 마지못해 수긍한다는 듯 대꾸했다. 루이는 순순히 밀려나면서도 내 손목을 놓진 않았다. 나는 입술을 실룩거리며 짜증 내려는 그를 모른 척하며 어깨 아래로 내려온 머리카락을 손가락으로 빙빙 꼬았다.

"어쨌든 그럼, 우리 연애는 없던 거로 하는 건가요? 아, 청혼은 안 받아들일 거예요."

"야!"

"어머나. 저한테 지금 소리 지른 거예요?"

부러 놀란 척 눈을 크게 뜨며 루이를 빤히 바라보았다. 루이는 인상을 찡그렸다가 곧 순순히 사과했다.

"미안."

"전 얼굴보다는 성격 뜯어먹고 사는 사람이라…… 자상한 사람이 좋은데. 얼굴만 뜯어먹고 살기엔 우리가 그간 겪어 온 일들이 만만치 않잖아요?"

사실 인생에 굴곡이 없었더라도 자상한 사람이 좋았을 테지만. 나는 순간적으로 머릿속에 사이크가 스쳐 지나갔지만, 그 통증을 익숙하게 지나쳤다.

루이는 눈을 내리깔고 내 두 손을 만지작거리며 말했다.

"그 어떻게…… 좀 더 선심 써 줘 봐. 내가 진짜 잘할게."

"흐음……."

뭘 어떻게 잘할 거냐고 묻고 싶었지만 결국 묻지 않았다. 내가 루이를 사랑하는 건 사실이나 그것과는 별개로 나는 미래에 대한 약속을 믿지 않는다. 하지만 루이의 애처로운 척에는 살짝 넘어가 주었다.

"그럼 선심 써서 결혼을 전제로 사귀는 건?"

절대로 결혼해 줄 생각은 없지만, 그 정도 말이야 못 해 줄 것도 없다. 그러자 루이는 내 공수표 같은 말에도 대번에 입가를 올렸다.

"좋아."

기분이 풀린 루이는 나를 끌어당겨 품에 안았다. 우리는 서로의 어깨에 턱을 받치고 잠시 서 있다가 떨어졌고 이어 곧바로 입을 맞췄다. 혀를 섞지 않은 입맞춤은 꽤 길었다. 감각적 흥분보다는 친애의 의미가 짙어 그저 서로에게 닿는 호흡의 속도를 맞추고 안정을 찾는다. 한참 후 입술을 떨어뜨리며 눈을 떴다. 루이는 나보다 한 박자 늦게 눈을 뜨며 천천히 동공을 드러낸다. 그 색이 마치 깊은 동굴 같다고 생각했다.

"날 사랑해?"

루이가 물었다. 나는 그의 새삼스러운 질문에 약간 웃어 버렸다.

"그래요."

"그럼 말해 줘. 불안하지 않게."

그는 웃지 않고 진지하게 내게 요구했다. 나는 그런 루이의 행동이 그저 우스웠으나 어쨌든 그 요구를 들어주지 않을 이유는 없어서 기꺼이 내 마음을 그에게 전해 주었다.

"사랑해요."

"정말?"

"정말."

"그럼 결혼해 줘."

루이가 그 잠시간의 틈을 참지 못하고 또 청혼을 해 왔다. 나는 그가 왜 이리 결혼에 집착하는지 이해할 수가 없었다.

"우리 이제 막 사귀기로 한 것 같은데요."

"결혼을 전제로 사귀자며. 이제 사귀니까 결혼을 말해도 상관없잖아."

"전 이 교제를 결혼의 통과 관문 정도로 여기자는 게 아니었어요. 좀 더……."

"좀 더 뭐. 우리가 서로에 대해 더 알아야 할 게 남았어? 내 생각엔 이제 같이 살며 맞춰 가는 일만 남은 거 같은데."

"같이 사는 게 중요해요?"

"너한테서 떨어지고 싶지 않다는 거야. 그러는 넌 왜 싫은데?"

"으음……."

팔짱을 낀 루이는 난처하게 목소리를 끄는 나를 지그시 쳐다봤다. 이 도돌이표 같은 대화의 맥락에서 그만 빠져나가고 싶었다. 그리고 그때 마침 리체가 방문을 열고 비척비척 걸어 나왔다. 나는 재빨리 루이에게서 벗어나 리체에게 향했다.

"잘 잤어?"

"좋은 아침, 데본."

"그래, 좋은 아침."

눈을 비비며 내게 인사한 리체는 곧 내 뒤편에 있는 루이를 발견하곤 그에게도 아침 인사를 건넸다.

"좋은 아침, 루이 씨."

"그래. 좋은 아침, 꼬맹이."

루이에게선 약간의 한숨이 섞인 인사가 돌아왔다. 나는 괜히 속이 찔렸지만, 모르는 척했다.

"씻고 나와. 아침 먹자."

"네에……."

리체가 하품을 하며 욕실로 향했다. 나는 루이를 돌아보지 않고 주방으로 향했다. 루이는 그런 내 뒤를 따라와 찬장에서 그릇을 꺼내는 내 옆에 섰다. 그는 다행히 조금 전의 화제는 더 꺼내지 않았다.

"요리는 내가 할게. 아니면 그동안 요리 실력이 좀 늘었나?"

빙글거리며 놀리는 어조에 나는 약간 부끄러움을 느꼈다.

"아니요……."

"그 한결같은 면도 사랑스러워."

"……."

고개를 돌려 루이를 쳐다봤다. 상당히 간질거리는 말을 하면서도 그의 표정은 어떠한 변화도 없었다. 불현듯 상당히 허무맹랑한 판타지적 가설이 내 머릿속을 스쳐 지나갔다.

"당신……."

"응?"

"루이 씨가 아닌 거 같아요."

"뭐?"

"정확히는 어제부터."

"하?"

"사실 진짜 루이 씨는 어디선가 죽고 가짜가 찾아와 루이 씨 행세하는 거 아니에요? 내 감은 못 속여요. 그만 정체를 밝히는 게 어때요?"

이성은 농담이지만, 감정은 진심으로 물었다. 루이는 별 이상한 말을 다 듣는다며 얼굴을 찌푸렸다가 이내 상대하지 않겠다는 듯 고개를 저으며 냉장고 쪽으로 발을 옮겼다. 그는 냉장고 문짝을 열어 잡고 안을 들여다보며 말했다.

"바깥날이 저래서 그런가. 나는 좀 뜨겁고 걸쭉한 게 먹고 싶네. 그라탕 어때?"

"말 돌리기는."

"너야말로 치사하게 애를 핑계로 중요한 대화에서 도망쳤잖아. 남말 하기는."

루이가 코웃음을 치며 대꾸했다. 그 부분에선 나도 할 말이 없는 터라 조용히 입을 다물었다. 루이는 말없이 식기를 준비하는 내게 옅은 웃음소리를 들려주곤 재료들을 꺼냈다.

루이의 요리를 가장 환영한 건 누가 뭐래도 리체였다. 리체는 세수하고 나오자마자 뽀송뽀송한 얼굴로 코를 킁킁대며 주방으로 왔다.

"맛있는 냄새가 나요."

"냄새만 맛있는 건 아닐걸."

루이가 오븐에서 그릇을 꺼내며 말했다. 리체는 의자에 앉아 기대감에 눈을 반짝거리며 우리를 번갈아 쳐다봤다. 나는 리체에게 약간 웃어 준 뒤 각자의 자리마다 그라탕이 담긴 작은 그릇을 놓고 오븐 장갑을 벗는 루이에게 눈을 돌렸다.

"앉아요. 음료는 제가 꺼내 올게요."

"그래."

나는 와인과 주스를 꺼내 와 주스는 리체에게, 와인은 루이에게 따라 줬다. 그는 자기 앞에 놓인 와인 잔을 보며 눈을 동그랗게 뜨고 물었다.

"아침부터?"

"어차피 이런 날씨엔 아무 데도 못 가요. 딱히 할 것도 없을 거고요. 편안하게 마셔요."

아까 커튼을 열어 봤을 때 바깥은 어제부터 내린 눈으로 온통 하얗게 얼어붙어 있었다. 보일러를 돌렸다곤 해도 외풍은 어쩔 수가 없으니 약간의 술기운을 빌리는 것도 괜찮을 것이다. 내 잔에도 와인을 따르고 자리에 앉아 두 사람을 보며 잔을 들어 보였다.

"루이 씨의 환영회 겸."

루이는 이내 픽 웃고는 자기 잔을 들어 내 잔에 가볍게 부딪혔다. 그러자 리체가 곧바로 자기 주스 잔을 들어 내밀었다.

"나도, 나도요."

우리는 이내 소리 내 웃으며 리체의 주스 잔에도 술잔을 부딪쳤다. 비로소 와인을 한 모금 마시고 빵을 들어 그라탕에 푹 찍어 올렸다. 길게 늘어나는 치즈를 포크를 이용해 빵에 둘둘 감아 끊고 입에 가져간다. 소스와 어우러진 치즈가 맛이 좋다. 오랜만에 집에서 괜찮은 음식을 먹게 되어 절로 기분이 느슨해진다.

"맛있지?"

스푼으로 그라탕을 크게 한 번 떠먹은 리체는 루이의 물음에 수줍게 고개를 끄덕였다. 그 모습에 만족한 루이는 금세 우쭐해하며 나를 쳐다보았다.

"대체 그동안 둘이 뭐 먹고 산 거야?"

"외식을 자주 했어요."

나도 양심이 있지 성장기 어린이에게 내 음식만 먹이진 않았다고 작게 변명했다. 리체는 눈치를 보다가 내 음식도 맛있었다고 말했지만, 루이도 나도 그 말을 믿진 않았다. 루이가 한쪽 눈썹을 올리며 말했다.

"벌써부터 그런 거짓말 할 필요 없어. 어차피 크면 거짓말할 일 많을 테니 지금이나마 솔직하게 살아."

"진짠데……."

리체는 우물쭈물 말을 흐리고 조용히 음식을 먹다가 문득 다시 입을 열었다.

"근데 루이 씨는 언제까지 같이 있어요?"

"글쎄. 그건 데본의 마음에 달린 거겠지."

자기도 궁금하다며 루이는 나를 쳐다보았다. 나는 아무 말도 하지 않았다. 루이는 그런 내게 의미심장하게 웃어 보이며 말했다.

"나는 쫓겨나기 전까지 여기 들러붙을 생각인데."

"……."

"여기는 겨울까지만 있는댔어요."

리체가 말했다. 루이는 고개를 끄덕이며 이해했다는 표정을 지었다.

"그럼 그때 같이 돌아가도 좋고. 그 뒤에 어쩔지는 그때 생각하지 뭐."

그러자 리체가 고개를 갸웃거렸다.

"우린 안 돌아갈 건데?"

"뭐?"

그게 무슨 소리냐며 루이가 리체를 바라보다가 내게로 눈을 돌렸다. 나는 그제야 리체와 이사에 관해 얘기했었다는 사실을 기억해 낼 수 있었다. 나는 약간 얼떨떨한 기분으로 입을 열었다.

"아……. 루이 씨 오기 전에 나눴던 얘긴데요."

루이는 계속 말해 보라는 듯 나를 빤히 쳐다보았다.

"그냥 다른 데서 살아 보자고 생각했거든요. 수도나…… 남부도 괜찮다 싶어서."

"지금은?"

"네?"

"지금도 그 생각엔 변함없어?"

"아……. 그러게요. 이젠 루이 씨도 돌아왔고……. 어떻게 해야 할지……."

여러 가지 이유를 들며 합리화하긴 했지만 애초에 루이가 없어서 생각했던 문제였다. 루이가 있다면 노우디로 돌아가도 고통스러울 이유가 없으니 굳이 이사할 필요는 없었다. 하지만 이미 리체에겐 말해 버린 후라 나는 혹여 아이가 기대했을지도 모른다는 생각에 리체의 표정을 유심히 살피며 물었다.

"리체는 어때?"

"저요?"

"응."

"저는 상관없어요."

"그래? 수도로 가고 싶어 한 거 아니었어?"

리체는 고개를 도리도리 저어 보였다. 굳이 갈 거라면 수도가 좋다고 했지 꼭 가고 싶은 건 아니란다. 그럼, 가지 말까……? 약간 멍하게 생각하고 있는 와중 루이의 목소리가 끼어들었다.

"네가 가고 싶으면 가도 돼."

"네?"

"내가 따라가면 되지."

"하지만……."

"어차피 나도 거기에서 재산 다 처분한 뒤라 번거로울 건 없어. 그냥 날 떼 놓고 가지만 않으면 돼."

루이를 떼어 놓는다니 생각도 한 적 없다. 혹시 루이는 여전히 내게 있어 자기 자신의 가치를 박하게 여기는 건 아닐까. 설마 결혼 문제로 심술부리는 건 아니겠지. 나는 괜히 그의 뒷말을 깊게 생각하며 진지하게 말했다.

"그런 생각 한 적 없어요."

"그래? 그럼 다행이고."

루이는 아무렇지 않은 얼굴로 대꾸하곤 스푼으로 음식을 떠먹었다.

나는 그런 루이를 바라보다가 일단 이사에 대한 건 좀 더 생각해 보겠다고 하고 식사에 집중했다.

식사 후 뒷정리는 내가 했다. 루이는 요리할 때 손은 씻었지만, 세수는 아직이라 뒤늦은 세수와 식후 양치를 위해 욕실로 들어갔다. 나는 리체에게 방에 들어가 옷을 좀 더 꼼꼼히 입게 시켰고 루이가 욕실에서 나온 뒤엔 리체와 함께 들어가 나도 양치질을 했다.

한참 후 우리 셋은 거실에 모여 소파에 붙어 앉았다. 제일 먼저 소파에 눕듯이 기대 있던 루이는 뒤늦게 약간 취기가 도는지 문득 느릿한 어조로 중얼거렸다.

"나른하네."

"졸리면 침실에서 더 자요."

"안 졸려."

루이는 완전 릴랙스 상태인 것 같았다. 어쩐지 가볍게 마시라고 준 와인을 몇 번이나 더 따라 마신다 했다. 그대로 편히 쉬라고 더 말을 붙이진 않았다. 나는 루이에게 등을 보이고 리체 쪽으로 틀어 앉았다. 그리고 리체가 감기 걸리지 않도록 목에 손수건을 감아 묶어 주고 손엔 활동성이 좋은 면장갑을 끼워 준다. 발에는 당연히 이미 두껍고 가벼운 양말을 신겨 놓은 후였다. 리체는 집 안에서도 꽤 무장을 해야했다.

"다 했어요?"

"응."

리체는 내 대답이 떨어지자마자 소파에서 내려가 제 방으로 쏙 달려 들어갔다. 하지만 얼마 지나지 않아 다시 거실로 나왔는데 손엔 스케치북과 크레파스가 들려 있다. 리체는 내가 제 전용으로 소파 근처에 깔아 뒀던 두껍고 널찍한 러그 위에 앉아 그것들을 펼쳤다. 리체가 상체를 수그리고 스케치북에 그림을 그리는 걸 바라보고 있는데 문득 왼쪽 어깨가 무거워졌다. 고개를 돌리니 루이가 머리를 기대고 있었다. 금방이라도 잠들 듯 고른 숨을 내쉬는 루이가 조그맣게 말했다.

"꿈은 아니겠지……."

"무엇이?"

"네가……."

"전 여기에 있어요."

루이에게서 약한 웃음소리가 흘러나왔다.

"다행이네……."

그는 그 상태로 고개를 약간 움직여 나를 올려다보았다. 가만히 그 눈을 마주하고 있다가 문득 손을 들었다. 곧 그의 입술이 손바닥에 닿아 막혔다. 루이는 약간 불만스러운 눈빛으로 나를 바라보다가 혀를 내밀어 내 손바닥을 눌렀다. 나는 난처한 기분이 되었다.

"아이가 있어요."

들릴 듯 말 듯, 적어도 루이에게는 들릴 법한 목소리로 그를 달래 보았다. 루이는 별로 신경 쓰는 눈치가 아니었다. 완전히 취해 버리기라도 한 걸까. 나는 점점 더 노골적이 되어 가는 혀 놀림에 손을 거뒀다. 루이는 혀를 내민 채 나를 멍하니 바라본다.

"데본."

루이가 날 불렀지만 나는 대답 없이 그의 머리를 잡아 눌러 내 다리를 베고 눕게 했다. 그리고 그의 몸을 약간 힘주어 토닥거리며 자라고 종용했다. 루이의 볼멘 목소리가 들려왔다.

"안 졸려."

"자요."

"안 졸리다고."

"자라고요."

안 자면 패서라도 자게 해 주겠다. 그의 얼굴에 닿도록 크게 한숨을 쉬며 토닥거림을 이어 갔다. 나를 원망스레 노려보며 버티던 루이의 눈이 결국 시간이 지나자 스르르 감겼다. 밤에 잠을 자지 못했다는 말이 정말이었던 듯 루이는 그대로 꽤 깊이 잠들어 버렸다.

리체가 삐뚤빼뚤한 그림 하나를 완성하고 스케치북을 넘기는 소리가 들려도 그는 깨지 않았다. 그 루이가 말이다. 나는 너무나 많이 변한 루이가 낯설면서도 다행이라는 생각이 들었다.

루이가 깨어난 건 저녁이 다 되어 가는 오후였다. 나는 그때 이미 루이의 머리에 쿠션을 받쳐 주고 소파에서 벗어난 뒤였다. 점심은 리체와 과일을 먹었고 루이는 죽은 듯 자는 게 아무래도 굉장히 피곤한 것 같아 일부러 깨우지 않았다.

어쨌든 종일 푹 자고 깨어나 소파에서 상체를 일으킨 루이는 멍하니 눈을 끔벅이며 주위를 두리번거렸다. 나는 식탁에 앉아 수를 놓다가 그의 모습을 보고 물었다.

"잘 잤어요?"

루이의 시선이 목소리의 방향에 따라 내게로 틀어졌다.

"배는 안 고파요?"

"별로…… 큼."

작게 대답하던 루이가 이내 목을 울리며 잠겨 있는 목소리를 가다듬었다. 나는 수틀을 내려놓고 자리에서 일어났다. 컵에 물을 따라 가져다주자 루이는 물을 마신 뒤에야 평소의 목소리로 물었다.

"지금 몇 시야?"

나는 쟁반을 한 손에 잡고 손목시계를 확인했다.

"오후 4시 25분이 막 지났네요."

"진짜?"

"네."

"오지게도 잤네."

"그런 날도 있는 거죠. 많이 피곤했었나 봐요."

"그런가…… 흐암."

루이는 하품을 하며 두 팔을 올려 크게 기지개를 켰다. 곧 떨어뜨리듯 팔을 내린 그가 물었다.

"꼬맹이는?"

"지금은 방에서 놀고 있어요."

낮잠을 자고 일어난 리체는 루이와 놀고 싶어 했지만 나는 루이를 깨우지 못하게 하고 방에서 조용히 놀도록 했다. 리체는 약간 아쉬워했으나 순순히 방으로 들어갔다. 루이는 리체의 방 쪽을 바라보며 말했다.

"괜히 거실에서 자느라 눈치 보게 했나 보네. 그만 나오라고 해."

나는 리체의 방 문에 노크한 뒤 안을 들여다보았다. 침대에 인형 몇 개를 앉혀 놓고 소꿉놀이를 하던 리체가 나를 돌아보았다.

"루이 씨 일어났어, 리체. 미안, 조용히 있게 해서. 심심했지?"

리체는 고개를 좌우로 저으며 괜찮다고 말하곤 침대를 내려왔다. 품엔 토끼 인형을 안은 채였다. 루이도 리체가 거실로 나오자 눈치 보게 해서 미안하다고 사과했다. 리체는 루이를 빤히 쳐다보며 말했다.

"루이 씨는 잠꾸러기예요. 아침부터 지금까지 잤어요. 나는 낮잠 쪼끔만 잤는데."

"그러게 말이다."

루이는 웃으며 대꾸하곤 자리에서 일어났다. 그는 가볍게 스트레칭을 해서 몸을 풀고는 리체에게 방금까지 혼자 뭐 하고 놀았는지를 물었다. 리체는 숲속 티파티를 하고 있다고 답했다.

"숲속 티파티? 그게 뭔데."

"림이랑 베베랑 노아, 루리, 심이랑 다 같이 모여서 티파티를 하는 거예요."

'그러니까 그게 뭔데.' 하는 표정으로 루이가 나를 보았다. 나는 약간의 설명을 덧붙여 줬다.

"인형들이 전부 동물이라서요."

그래서 숲속 티파티다. 전부 숲 동물만 있는 건 아니지만 리체에게 동물이란 숲속에서 사는 존재라는 인식이 강해 그런 이름이 되었다.

"아…… 애들이란 알다가도 모르겠네."

"참고로 리체가 지금 안고 있는 인형이 루리예요."

내 말에 리체가 곧바로 토끼 인형을 높이 들어 올려 루이에게 인사하듯 인형의 뭉툭하고 짧은 팔을 꼼지락꼼지락 움직여 보였다. 루이는 약간 신음하며 내게 눈짓을 한다. 그런 사실은 아무래도 상관없다는 표정이었지만 앞으로도 계속 나와 지내려면 루이 역시 리체에 대해 소소하게나마 알아 두는 게 좋다고 생각했다.

"적어도 루리는 리체에게 루이 씨보다 소중한 존재니까 혹시라도 모르고 건드리지 않도록 주의하세요. 그리고 루리 인사도 받아 주시고요."

아직도 팔을 꼼지락대고 있지 않으냐 말하니 루이는 굉장히 이상한 표정으로 리체, 정확히는 토끼 인형 루리를 쳐다보았다. 그는 거의 씹어뱉듯이 낮게 끊어 말했다.

"……그래, 반갑다."

리체가 토끼 인형이 되어 가성으로 '저도 반가워요~' 라고 답했다.

루이는 결국 아이의 감성을 이해하는 데에 실패하고 두 손에 얼굴을 묻어 버렸다. 심란하게 마른세수하는 루이를 보며 나는 약간 크게 웃어 버렸다.

한밤중 루이와 나란히 침대에 누워 눈을 감고 있는데 문득 루이가 내게 슬금슬금 붙어 오며 말을 건넸다.

"꼬맹이 말이야."

눈을 뜨고 루이를 쳐다보았다.

"리체가 왜요?"

"진짜 어른스럽다고 생각했는데 애 같은 면이 있긴 있네."

"다행스러운 일이죠."

나는 약간 웃고는 다시 눈을 감았다. 이내 루이의 손이 내 잠옷 속으로 기어들어 왔다. 나는 눈을 뜨지 않은 채 말했다.

"루이 씨. 저 졸려요."

"나는 하나도 안 졸려."

그야 종일 잤으니. 당연히 지금 가장 힘이 넘치는 시간일 것이다.

"그렇다고 또 밤새우면 일상 패턴이 무너질 거예요. 자려고 노력해 봐요."

"노력할 테니 네가 조금만 도와줘."

조금 피곤해지면 잠이 올지도 모른다며 상의 속 가슴을 움켜쥐는 그의 의도는 뻔했다. 나는 그의 손을 거칠지 않게 잡아 빼고 등을 보이며 돌아누웠다.

"아이방이 멀지 않아요."

"뭔 말 같지도 않은 소리를. 그럼 쟤가 커서 독립할 때까지 너 나랑 안 할 거야? 야, 부부도 그렇게 건조하게 안 지내."

"리체가 없는 시간에 하면 되잖아요……."

친구네 놀러 가거나 학교 가거나……. 하지만 루이는 내 말을 묵살

했다.

"조용히 하면 되잖아."

미치게 갈 것 같아도 입 꾹 다물고 하겠다며 루이가 내 등 뒤로 바짝 붙어 다시 옷 속으로 손을 들였다.

"너도 못 참겠으면 이불이라도 물면 되고."

방법이야 찾기 나름이라며 루이가 귓가에 속살거렸다. 거기에 대꾸하지 않고 자는 체를 이어 갔다. 루이가 손끝으로 내 피부를 쓸다가 잠옷 바지를 천천히 벗기기 시작했다. 결국, 다시 눈을 뜰 수밖에 없었다.

"루이 씨……."

나도 그와 하고 싶긴 하지만 그래도 집에 리체가 있어 조심스러운 기분이 가시질 않는다. 신음이라도 들리면 어쩌라고. 난처하게 루이를 불렀지만, 루이는 그저 괜찮다면서 자기만 믿으라고 했다. 대체 뭘 믿으란 건지 알 수가 없었다.

"하아……."

여전히 그를 돌아보지 않고 한숨을 쉬는 사이, 루이는 내 바지와 속옷을 완전히 벗겨 내고 다리 사이로 손을 미끄러뜨렸다.

허벅지 안쪽 피부를 쓸며 자연스럽게 아래를 덮은 손이 손가락을 세워 천천히 질 주변을 더듬기 시작했다. 이내 음핵을 찾아 둥글게 문지르는 손끝에 나는 이불을 세게 붙잡으며 입술을 물었다. 루이가 곧 다른 손을 시트에 기댄 허리 아래로 밀어 넣으며 나를 좀 더 품으로 끌어당겨 안았다. 뒤에서 다가온 루이의 입술이 귓바퀴를 물었다.

"흐읏……."

흐트러지는 호흡 소리를 작게 죽이려고 애쓰며 눈을 꾹 감았다가 떴다. 하지만 노력에도 잘 되진 않아 이불을 쥔 손을 끌어 올려 이불 천에 얼굴을 묻었다. 조금이나마 숨소리가 작아졌길 바랐다.

내 귓불을 혀끝으로 굴려 입 안으로 빨아 당겼다가 놓은 루이가 문득 비부에 있던 손을 거뒀다. 그도 하의를 끌어 내리는 듯 이불 속에서 작게 부스럭거리길 잠시 곧 뒤에서부터 허벅지와 비부 사이로 그의 성기가 비집고 들어왔다. 그대로 성기를 천천히 비비는 루이에게서도 신음이 스러질 듯 자그마하게 빠져나왔다.

"아……."

루이의 것이 점점 단단해지는 게 느껴졌다. 루이는 성기에 어느 정도 열감이 올랐을 때 손으로 내 허벅지를 부드럽게 쓰다듬더니 그대로 한쪽 다리를 앞으로 접어 올리게 했다. 그가 귓가에 속삭였다.

"넣을게."

천천히 그의 것이 안으로 들어오기 시작했다. 점차 안을 빠듯이 채우는 감각에 숨을 삼킨다. 루이는 내 한쪽 다리를 더욱 위로 들어 올리며 반쯤 들어온 성기를 한 번에 푹 밀어 넣었다. 그 힘에 절로 몸을 들썩거렸다.

"웃……! 천천히……."

"알았어……."

루이는 내 목덜미에 키스하며 성기를 움직이기 시작했다. 축축하고 부드러운 혀로 목덜미를 핥았다가 입술로 빨아 당기고 이로 살짝 물기도 하는 애무가 간지러웠다. 아래에서 움직이는 성기는 빠르지 않지만 한 번에 깊게 안쪽을 찔러 왔다. 루이의 코에서 빠져나온 숨결이 흥분에 의해 점점 세지고 있었다. 허리에 감긴 그의 팔은 점점 더 힘이 들어가 배를 압박했다.

"흐웃……. 웃……."

"헉……. 헉……."

이불 속에서부터 서로의 살이 부딪치는 소리가 들려온다. 엄청나게 크진 않지만, 완전히 작은 소리도 아니다. 나는 이 소리가 제발 침실문 밖으로 빠져나가지 않길 빌었다.

"아으……. 웃, 응……."

"데본…… 아……."

"루이 씨…… 아……."

좀 더 세게 움직여 줬으면 하는 마음과 여기서 더 흥분시키지 말아 줬으면 하는 마음이 교차했다.

"아웃…… 으응……."

"헉…… 으아……."

섹스에 좀 더 몰두하고 싶다. 안 돼. 조금이라도 이성을 남겨 둬야……. 아, 몰라. 너무 기분 좋아. 소리 지르고 싶어. 아니야. 안 돼. 나중에 미칠 것 같은 수치심을 느끼게 될지도 몰라.

복잡한 감정을 우그려 버리듯 손에 꼭 부여잡은 이불을 결국 입에 물었다. 이불에 묻힌 신음은 다행히 공기 중에 흩어지는 일 없이 입 안에서 생성되는 동시에 사라졌다. 이젠 루이의 거친 숨소리만이 귓가를 건드렸다.

"웃……!"

루이가 문득 추삽질에 속도를 붙이더니 곧 안을 깊게 찌른 채로 멈췄다. 곧이어 안쪽으로 퍼지는 뜨거운 열감으로 인해 온몸이 타는 것 같았다. 심장이 불길에 휩싸인 듯 고통스러운 사랑을 느꼈다. 나로선 도저히 어찌할 수 없는 불길의 파도에 던져진 듯했다.

루이가 숨을 고르며 등 뒤로 꼭 닿은 그의 가슴 고동도 차츰 평소의 속도로 돌아왔다. 곧 아래에서도 성기가 빠졌고 루이는 더 할 생각이 없는 듯 그저 내 볼에 입을 맞추곤 나를 끌어안았다. 등이 다시 그의 품에 파묻혔다.

나를 끌어안은 그의 체온이 기껍다 못해 아늑함마저 느낀다.

"사랑해……."

거기다 그 와중에 귓가에 속삭이는 달짝지근한 고백에 나는 결국 의도치도 않게 눈물을 흘리고 말았다.

진짜로 그가 내 곁으로 돌아왔구나.

진실로 이게 꿈이 아니었다는 환희에.

"사랑해. 데본……."

나도요. 하지만 울음소리가 새어 나갈까 아무 말도 하지 못하고 이 불자락에 눈가를 몰래 훔쳤다.

며칠 후 날씨가 좀 풀려 오랜만에 창문을 열고 환기를 시켰다. 밝은 빛에 반사되는 곳곳의 눈 더미에 눈이 시린 걸 느꼈지만 그래도 간만의 햇빛은 무척 반가웠다. 나는 지난번 사 두었던 각목들을 바깥으로 가지고 나가 못으로 망치질을 했다. 약간의 크기 차이가 나는 사각 프레임 두 개를 만들어 안으로 가지고 들어왔다. 작은 프레임 위로 포목점에서 산 미색 천을 덮어씌우고 그 바깥으로 큰 프레임을 겹쳐 끼웠다. 망치로 겹쳐진 틀 부분을 두드려 완전히 맞물리도록 다듬고 뒤쪽이 보이도록 벽에 세워 놓았다. 그리고 액자처럼 뒤에서 틀을 받쳐 세울 것을 만들기 위해 다시 밖으로 나갔다.

"뭐 해?"

위쪽이 약간 사선으로 잘린 각목 사이로 다른 각목을 이어 H형 받침대를 만드는데 근처를 산책한다며 나갔던 루이가 돌아왔다. 나는 그에게 잘 다녀왔냐고 묻고는 다시 눈을 내려 마저 망치질을 했다. 루이가 코트 주머니에 손을 찔러 넣은 채 가까이 다가왔다.

"뭐 하는데. 내가 해 줄게."

"괜찮아요. 다 했어요."

나는 다 만든 받침대를 가지고 들어가 틀에 대고 못을 박았다. 그렇게 커다란 수틀이 완성되었다.

"이걸로 뭐 할 건데?"

루이가 당연한 걸 물었다.

"바느질이요."

"허어……."

루이는 상상이 잘 안 되는 듯 약간 맥없는 탄성을 내뱉었다. 나는 그에게 약간 웃어 주곤 공구들을 정리해 제자리에 가져다 놓았다. 이어 간단히 청소를 하고 열어 뒀던 집 안의 창문들을 닫았다. 마지막으로 리체 방 창문을 닫고 거실로 나오자 루이가 소파에 앉아 물었다.

"그러고 보니 공방 일은 어떻게 했어?"

"받은 주문은 다 처리했어요. 단지 점점 분위기가 심상치 않아지는 것 같아서 여기로 오기 한 달 전쯤부턴 주문을 더 받지 않았고요. 중개인에겐 잠시 공방을 닫는다고 했어요."

혹여 중개인에게도 쥬페도라의 손길이 뻗칠지도 몰라 애가 아파서 한동안 수도에 가야 할 것 같다고 핑계를 댔다. 다시 공방을 시작하게 되면 다시 연락할지 아니면 다른 중개인을 또 알아봐야 할지 생각해 보던 참이라고 했다.

"그 중개인 괜찮은 사람이야. 딱히 문제없이 끊어진 거면 다시 연락해 봐. 수익을 극적으로 남기진 못해도 꽤 안정적이거든. 굵직한 손님들도 많이 알고 있고 무엇보다 정직한 편이지."

"하긴. 그래서 당신이 나한테 연결해 줬겠네요."

처음에 연결해 주면서도 별말을 하지 않았으니 괜찮은 사람일 거란 짐작은 처음부터 했었다. 그 뒤로 중개인을 겪으면서 더 느끼기도 했고. 다만 너무 오랫동안 쉰 것 같아 연락을 약간 망설였다.

"알았어요. 부디 그가 제 연락을 반갑게 받았으면 좋겠네요."

"그거야 그간 네 실적과 현재의 실력에 달린 일이니 결과가 어떻든 받아들여야지."

"갑자기 부담이 확 오네요."

"걱정할 거 없어. 네가 아무것도 못 해도 내가 먹여 살려 줄게."

"흐음?"

"뭐지, 그 표정은?"

루이가 눈가를 살짝 찡그렸다가 펴며 내 표정을 타박했다. 지금 나

스스로 내 얼굴을 보지 못하니 정확히 어떤 표정인지는 알 길이 없으나 적어도 감동한 표정은 아닐 것이다. 그야 나는 그와 재회했던 날을 아직 잊지 않고 있었다. 순간 노숙자로 오해했을 만큼 남루하고 거렁뱅이 같았던 그 모습을 말이다.

"지금 루이 씨가 저한테 얹혀살고 있는데요."

"……."

루이는 그 사실을 이제야 깨달은 듯 입을 약간 벌렸다가 곧바로 얼굴을 굳히며 다물었다. 그는 그대로 잠시 나를 바라보다가 이내 무슨 생각을 했는지 얼굴을 풀고 입가를 씩 올렸다.

"그러네. 그럼 네가 날 먹여 살려 줄 거야?"

"음……."

어차피 나는 쥬페도라에게 받은 위자료가 상당히 많았다. 이 별장을 구하기 위해 건물과 땅을 모두 처분하긴 했지만 그래도 돈과 보석은 여전히 남아 있으니 루이를 먹여 살리는 거야 상관은 없다. 그래 상관없긴 하지만…… 그래도 나는 그에게 물어볼 수밖에 없었다.

"혹시 그동안 도박했어요?"

"뭐?"

"도박하고 그동안 모은 재산 다 잃은 거예요?"

"……."

만약 뒤늦게 루이가 도박에 재미를 붙인 거라면 나는 패서라도 반드시 그의 정신머리를 뜯어고쳐 줘야 했다. 그러니 솔직하게 말해 달라고 진지하게 말했다. 루이는 그런 나를 상당히 어이없는 눈길로 바라보았다.

"너는 진짜 나에 대해 사회적 기대치가 전혀 없구나."

그야 당연하지. 나는 루이가 얼마나 개인 지향적인지 잘 알고 있다. 그는 성실한 편이긴 하지만 사회적 위치를 높이고자 하는 욕구가 거의 없이 그저 제 마음이 가는 대로 살아가고 싶어 하는 사람이었다.

나는 루이에게 고개를 끄덕여 보였다.

"갑자기 사회적 기대치에 대해 논하는 저의는 모르겠지만, 그래도 일단 답하자면 저는 그런 걸 기대하고 루이 씨를 받아들인 게 아니에요."

"허이고. 그것참 황송한 말씀이군요. 레이디."

루이가 앉은 채로 한 손을 가슴에 얹고 상체를 약간 숙였다가 세웠다. 점잖고 능청스러운 신사인 체하는 그 모습이 의외로 퍽 그럴듯해 보이긴 했지만, 결국엔 날 놀리려는 의도임을 확실히 전해 받았다. 나는 그를 흘겨보았고 루이는 어깨를 으쓱이며 내 눈 흘김 따윈 아무렇지 않다는 듯한 표정을 지었다.

"그래서, 도박은 했다는 거예요, 안 했다는 거예요?"

루이는 허공을 향해 눈을 굴렸다.

"뭐어…… 도박이라면 도박이긴 했는데."

"어떤 거요? 포커? 마작?"

"어…… 조커 게임?"

"그런 것도 돈을 걸어요?"

"뭐 그렇지."

인간이 마음만 먹으면 무슨 게임인들 도박이 될 수 있지 않겠냐며 루이가 심드렁하니 대꾸했다.

"그래서 전부 잃었고요?"

"아니. 잃은 거 없는데."

"그래도 본전은 찾았나 보죠?"

"본전보다는 좀 더 찾았을걸."

갈수록 태산이군. 나는 팔짱을 끼고 루이를 가만히 바라보았다. 잠시 그렇게 아무 말도 하지 않자 허공을 향하고 있던 루이의 눈길이 다시 내게로 돌아온다. 그래도 찔리긴 하는지 그는 약간 애매하게 입가를 올렸다. 하지만 그걸로는 내 기분이 풀리지 않았다. 어딜 또 은근

슬쩍 넘어가려고. 이번엔 어림없다.

"그게 정리예요?"

"뭐 나름대로는 정리가 됐어."

"그냥 전부 잃고 막막해져서 마지못해 돌아온 게 아니라?"

"안 잃었다니까."

"그래요. 말이야 얼마든지 할 수 있죠. 그게 진실이든 거짓이든 상관없이."

"내가 거짓말을 하고 있다는 거야?"

"내가 그걸 어떻게 알아요? 당신이 마음만 먹으면 얼마든 그럴듯하게 지어낼 텐데."

"전혀 안 믿는군. 은행 예금 통장이라도 보여 줘?"

"보여 줘 봐요, 그럼."

"지금은 안 가지고 있으니까 다음에……."

"역시 다 잃은 거죠?"

"아니라니까. 좀 믿어라."

"당신이라면 믿겠어요?"

슬슬 인상을 쓰던 루이가 결국 발끈해 목소리를 높였다.

"못 믿을 건 또 뭔데? 그리고 넌 내가 빈털터리가 되는 게 그렇게 못 받아들일 일이야? 진짜 돈 한 푼 없다 하면 곧바로 헤어질 기세다? 나는 네가 빈털터리라도 무조건 사랑했을 거야! 이 속물덩어리 여자야!"

씩씩대는 루이의 얼굴에 서운함이 가득 들어찬 게 보였다. 그 모습에 살짝 마음이 약해질 것도 같았지만 나는 애써 마음을 굳건히 다잡았다.

"앞서 나가지 말아요. 제가 언제 당신과 헤어지겠다고 했어요? 그저 상황을 확실히 짚고 넘어가자는 거예요. 당신은 돌아온 뒤로 내게 그간의 공백에 대해 아무것도 말해 주지 않았어요. 제대로 얘기해 볼

라치면 늘 어물쩍 빠져나가기나 하고. 어딜 보나 뭔가 켕기는 게 있는 사람의 태도잖아요. 이제 좀 얘기가 나오나 싶더니 이렇게 화내기나 하고. 이래서 대화가 되겠어요?"

"이게 대화야? 취조지. 야. 네가 나에 대해 아무리 개똥만큼의 신뢰조차 없어도! ……나는 너한테 떳떳하지 못할 일은 아무것도 한 적 없어."

"도박했다면서요."

"그건……."

조금 전 조커 게임 도박을 했다 실토했던 주제에 나한테 떳떳하지 못할 일은 한 적 없다고? 이게 말이야 술이야.

뒤늦게 아차 한 표정을 지은 그가 곧바로 혀를 차며 다른 쪽으로 고개를 돌려 버렸다. 그래, 강경법은 소용없는 거군.

"루이 씨."

"……."

루이는 내 부름을 무시했다. 나는 한숨을 쉬며 소파로 다가가 루이의 옆자리에 털썩 앉았다. 그리고 여전히 다른 곳을 보고 있는 그의 손을 감싸 잡으며 이번엔 부드럽게 달랬다.

"알았어요. 이제 더 캐묻지 않을 테니 기분 풀어요. 그냥 걱정되었을 뿐이에요. 당신이 나 없는 곳에서 망가져 버렸을까 봐."

"……."

"망가지면 필요 없다 뭐 그런 게 아니에요. 헤어지지도 않을 거고요. 단지 나는 당신의 정확한 상태를 파악하고 싶었어요. 뭔가 변한 건 확실한데 그게 좋은 건지 나쁜 건지 구분이 되질 않아서. 기분 상하게 했다면 미안해요. 사과할게요. 제가 지나치게 몰아붙였어요. 인정해요."

그의 손등을 쓰다듬기도 하고 도닥도닥 두드리기도 하며 말을 붙였지만, 루이는 나를 돌아보지 않았다. 나는 그의 팔에 팔짱을 끼고 어깨에 기대 머리를 비비며 없는 애교도 부려 보았다.

"루이 씨⋯⋯. 미안해요."

그래, 결국 내가 졌다. 루이가 이렇게까지 감정 상한 기색을 보이니 나는 앞으로 더는 이 화제를 꺼낼 수 없을 게 분명했다.

루이는 나를 뿌리치지도 그렇다고 돌아보지도 않은 채 한참을 더 버텼다. 그 역시 아마 다시는 내가 이 화제를 꺼내지 못하도록 이참에 못을 박으려는 듯 보였다. 나는 알면서도 결국 따라 주기로 했다. 앞서 말했듯이 어떤 경우든 상관없었으니까. 설사 그가 정말 모든 걸 다 잃고 마지못해 돌아왔다 하더라도 상관없었다. 사실 나는 그마저도 감사했다.

"사랑해요. 루이 씨."

그제야 비로소 루이의 눈길이 내게로 향했다. 아직 못마땅한 기색이 남아 있었지만, 그가 나를 봐 준다는 것만으로도 안절부절못했던 마음이 약간 안정이 되었다.

"그런 말로 날 주무르려 드는 거라면⋯⋯."

"진심이에요."

"⋯⋯."

루이는 잠시 더 날 의심스럽게 바라보다가 천천히 인상을 풀었다. 그는 이제 어느 정도 기분이 풀렸는지 내 쪽으로 몸을 틀어 앉으며 말했다.

"나도 사랑해. 하지만 가끔은 너 열받아."

"미안해요."

"됐어. 그만 사과해."

루이는 두 손을 뻗어 날 붙잡고 품으로 끌어당겨 안았다. 그는 내 등을 손바닥으로 꾹 눌러 제게 완전히 밀착시키며 말했다.

"그냥 있는 그대로의 날 받아 줘."

"⋯⋯."

"네가 걱정하지 않아도 나는 절대 너한테 짐이 될 생각이 없어. 어떻게든 쓸모를 다할 거라고. 그러니까……."

"쓸모없어도 돼요."

"……."

"사실 아무것도 하지 못해도 상관없어요. 그러니까 그런 말 하지 말아요. 진짜 그런 날이 왔을 때 당신이 아무것도 못 한다고, 자기가 짐이 된다면서 나를 떠날까 봐 두려워요."

"정말?"

"정말."

"거짓말."

"정말."

루이가 포옹을 풀고 떨어져선 나와 눈을 맞췄다.

"결혼도 안 해 주면서 잘도 그렇게 입발림 소리를."

"그건 별개의 문제예요."

"내게 묶여 주지도 않을 거면서 놔주지도 않겠다는 거야? 치사하게."

"미안해요……."

루이의 두 손이 내 얼굴을 감쌌다. 그는 서서히 얼굴을 가까이 하다가 입술이 닿기 직전, 잠시 멈췄다.

"그렇게 못된 너도 사랑해."

입술이 부딪혔다. 비틀어지는 고갯짓에 맞춰 눌려 벌어지는 틈 사이로 축축한 살덩이가 밀고 들어와 내 혀와 부드럽게, 그리고 강하게 엉겨 붙는다. 호흡이 멈췄다가 빠져나와 서로에게 달라붙고 손은 자연스럽게 서로의 머리와 어깨, 허리 등을 더듬으며 욕망을 부추겼다. 루이가 나를 끌어당겼고 나는 다리를 벌리며 그의 다리 위에 올라탔다.

"벗기진 말아요."

이웃 친구네 집에 놀러 간 리체가 언제 돌아올지 몰랐다. 루이는 고개를 끄덕였다.

"알았어."

그는 바지 앞을 풀어 성기를 꺼냈고 나는 그가 잡아 세운 선단 위로 속옷을 비틀어 치우며 비부와 맞췄다. 구멍을 찾아 안으로 밀고 들어오는 감각을 느끼며 엉덩이를 내렸다가 다시 들며 거의 끝까지 뺐다. 몇 번을 천천히 그렇게 반복해 움직이다가 점점 속도를 붙여 간다. 루이가 소파 등받이에 머리를 기대 젖히며 신음했다.

"흐읏……!"

"아……. 아, 아……."

그의 어깨를 잡고 몸을 움직이는 내 허리를 잡아 받쳐 주고 있던 루이가 손을 옮겨 옷 위로 내 가슴을 덮어 주물렀다. 나는 고개를 숙여 그와 입을 맞췄다. 얼마 후 입술이 떨어지자 루이가 타액에 젖은 입술을 혀로 쓸어 닦으며 말했다.

"그거 알아?"

"뭐가요?"

"네트란에선 너처럼 날카롭고 섹시한 인상의 미인이 인기라는 거."

"하핫……!"

세상에나. 루이가 나더러 미인이라 칭하는 날이 오다니. 모처럼 립서비스를 해 주는 루이에게 기분이 좋아진 나도 기꺼이 말해 주었다.

"그럼 당신은 그거 알아요?"

"뭘?"

"당신은 어디서든 무척이나 아름답다는 거."

심혈을 기울여 탄생한 미술품처럼 고아하고 단단하며 성스럽다. 루이는 내 말에 약간 오묘한 표정을 지으며 허리를 살짝 올려 쳤다. 앗! 소리를 내자 루이가 두 손으로 내 척추를 쓸어내리다 엉덩이 살을 세게 붙잡았다.

"나는…… 섹시한 게 좋은데."

"완전, 섹시한 천사 같아요."

그제야 루이의 입가가 만족스럽게 호선을 그렸다. 나는 그의 머리를 끌어안아 내 가슴 사이에 깊이 파묻어 버렸다. 루이가 옷 위로 내 가슴살을 크게 깨물었다가 놓으며 성기를 세게 찔러 올렸다. 나는 깊이 들어온 그것에 더욱 꾹 눌러 앉으며 둔부를 돌렸다. 내벽에 달라붙어 비벼지는 뜨거운 기둥을 배 안쪽 창자까지 삼키고 싶었다.

"아, 앗. 아."

"읏, 아……!"

"아웃, 응, 응……!"

허리 돌림을 멈추고 엉덩이를 위로 올렸다. 곧바로 루이의 하체가 따라 올라와 거의 빠질 듯한 성기를 다시 안으로 찔러 넣는다. 허리로 옮겨 온 그의 손은 나를 힘주어 다시 내려앉혔다. 질 안은 그렇게 빠듯하게 올려 채워졌다가 아래로 빠져나가길 반복했다.

"앗! 아, 아!"

서로를 물고 리듬에 맞춰 피스톤질을 하는 하체가 점점 젖어 오며 부딪히는 소리가 좀 더 찐득하게 울려 퍼졌다. 절로 거칠어지는 숨소리를 허공에 내뱉으며 우리는 서로를 향해 입가를 올렸다.

"너무, 좋아요."

"나도, 너무 좋아."

루이가 내 목에 입술을 붙였다 떼며 안에다 해도 되겠냐고 물었다. 그간 잘도 안에 했으면서 새삼 왜 그런 질문을 하는지 알 수 없었지만 일단 기분 좋은 게 앞서 있던 탓에 더 묻지 않고 그렇게 하라고 했다. 아니, 그렇게 해 달라고 했던가.

"아웃! 윽! 흐읏……!"

"크읏……!"

이윽고 배 속으로 쏘아진 그의 온도가 넓게 퍼져 나갔다. 그리고 동시에 루이가 나를 안고 소파 아래로 내려와 바닥에 눕혔고 나는 삽입된 성기가 빠지지 않도록 그의 허리를 다리로 세게 감았다. 루이가 나를 내려다보며 웃었다.

"더 줘?"

그리고 마치 이게 주스라도 되는 양 말한다. 나는 그런 그가 왠지 귀엽고도 앙큼해 손으로 얼굴을 감싸 끌어당겨 이로 코를 물어 주었다.

6과 1/2. 루이

네트란으로 떠나기 하루 전, 루이는 아직 대장이었던 에드윈과 전화 통화를 했다. 수화기 속 에드윈이 루이에게 물었다.

─ 그녀에겐 정말 말하지 않을 생각이야?

"안 합니다. 그러니까 당신도 쓸데없는 말 마십시오."

─ 죽을까 봐?

그래서 남겨진 그녀가 혹 그대로 침잠해 버릴까 봐 두렵냐고 물었다. 루이는 깊게 터져 나오려는 한숨을 삼키며 공중전화 부스 밖의 밤하늘을 바라보았다.

"예."

혹시라도 제 죽음이 그녀의 안에서 또 하나의 빚으로 남아 버릴까봐.

시간이 지나 기어이 쥬페도라의 숨통을 끊고 비로소 제자리로 돌아가기 전, 루이는 에드윈과 술 한잔을 했다. 에드윈은 컵 속의 술을 홀짝이다 루이에게 물었다.

"이젠 그녀에게 말할 거야?"

루이는 고개를 저었다.

"아니요."

"분명 지난 공백을 궁금해할 텐데."

"그래도 말 안 합니다. 그러니 당신도 쓸데없는 말 마시죠."

"어째서? 이제 와 죽는 걸 걱정하는 것도 아닐 텐데."

루이는 약간 취기가 돈 눈으로 에드윈을 보며 작게 키득거렸다.

"걔가 그 사실을 퍽이나 좋다고 할 거 같습니까?"

"싫다고 할 건 뭐야. 지금도 그 사람을 피해 숨어 사는 상황인데."

"당신이 걔 입장이 되어서 생각해 보시죠. 현직에 종사하는 당신이 아닌, 이미 은퇴한 내가 그런 일을 하고 다녔다고 하면 어떤 기분이 들지."

"음……. 나는 그녀가 아니라서 말이야. 뭐 씁쓸함을 느끼긴 하겠지만 그렇다고 자네가 죽은 것도 아니잖아. 복잡한 기분이 든다 한들 결국 고마움이 더 깊게 남을 거 같은데."

"그러니까 걔가 나한테 고마워해서는 안 된다는 겁니다."

"왜?"

루이는 턱을 괴고 다른 손으로 빈 술잔을 채웠다.

"내가 걔 인생을 조져 버렸으니까."

"……."

"처음으로 여왕을 만났을 때…… 새삼 다시 느껴 버렸습니다. 내가, 내 심술로 얼마나 고상한 여자를 바닥까지 끌어내렸는지."

"음……. 저, 루이 군. 물론 두 사람이 자매긴 하지만 말이야. 그 둘은 성격이 완전히 달라. 미안한 말이지만 애초에 그녀가 여왕이 될 가능성은……."

"압니다. 그야 데본은 원래 공작가 습격 사건 때 그대로 죽을 운명이었거든요. 제가 거기 담당은 아니었지만, 어쨌든 전 그녀의 귀족으로서의 마지막을 봤었죠."

에드윈이 오묘한 표정으로 루이를 쳐다보았다. 루이는 눈가를 찡그리며 입가를 올렸다.

"내 말은 그저 걔가…… 아니, 데본이 더러운 꼴 안 보고 그때 품위 있게 죽을 수도 있었다는 얘깁니다."

"……"

"근데 내가 그렇게 못 하게 했습니다."

동정해서? 전혀. 그저 마음에 들지 않는 새끼에게 엿을 주고 싶었으므로.

루이는 술기운이 어린 숨을 훅 내뱉으며 시선을 내리깔았다.

"그녀의 인생이 엉망진창이 될 걸 알면서도."

목숨이 경각에 달린 인간에게 죽을래, 살래 선택하라고 하면 십중팔구는 당연히 산다는 선택지를 고른다. 어지간히 뚝심이 있지 않는 한 그게 가장 자연스러운 심리다. 그러니 산다를 고른 그녀에게 그간네가 겪은 모든 고통이 네 선택의 결과라고 말하는 게 얼마나 양심 없는 짓인지 모르지 않다.

그래서 루이는 그녀가 안보국에서 처분 결정이 내려졌을 당시, 자신에게 '선택하게 해 줘서 고맙다.'고 했을 때 깊은 수치심과 죄책감을 느꼈다. 손에 든 총으로 제 머리를 쏴 버리고 싶을 만큼.

아마 앞으로도 그 순간을 평생 잊지 못할 것이다.

어쩌면 그때라도 죽게 해 줬어야 했을지도 모르는데. 하지만 루이는 그때도 그녀를 죽일 수 없었다. 뒤늦은 동정이었냐고? 전혀. 스스로 견딜 수 없었을 뿐이다.

오로지 자신을 위해서였다.

루이는 이번 쥬페도라를 죽이는 일 역시 자신을 위해서였음을 안다. 그녀의 안위를 위해서라는 이유는 사실 부가적이고 결국 자신이 견딜 수가 없어서였다는 걸. 예전처럼 또다시 눈앞에서 코 베이듯 쥬페도라에게 그녀를 빼앗기는 걸 견딜 수가 없어서다. 성격이 지랄맞은 탓에 제 목숨을 내던지더라도 도저히 참을 수가 없었다.

루이는 눈을 들어 에드윈을 똑바로 바라보았다.

"그리고 죄책감과는 별개로 나는 그녀를 살린 걸 결코 후회하지 않습니다."

자신도 어떻게 그럴 수 있나 싶으면서도 진심으로 후회가 들지 않았다. 그야 귀족이 아니므로, 바닥에 떨어졌으므로 그녀를 제 곁에 붙잡아 놓을 수 있었으니까. 루이는 그런 자신이 최악이라고 생각했다. 그러니 고작 이 일로 그녀에게 공치사를 받을 생각이 없었다. 그녀가 이 일을 알게 되는 것조차 바라지 않았다.

루이는 그녀의 곁으로 돌아왔다. 하지만 행복감 속에서도 때때로 악몽이 그를 찾아왔다. 살아온 인생이 뭣 같은 탓에 악몽조차 패턴이 다양했다. 쥬페도라에게 고문을 당하던 상황, 훈련생 시절 모건 새끼로 인해 제 친구들이 죽어 가던 상황, 데본이 자신을 배신하던 순간 등등.

'마들로나 드 데본 제이. 당신에겐 지금 두 가지의 선택권이 있어. 첫째, 간단하게 죽는다. 둘째, 좀 복잡하게 산다. 어쩔래?'

그리고 이번엔 이거다.

'죽여 주세요.'

자신의 오만한 물음에 꿈속의 데본은 실제와 달리 죽여 달라고 했다. 그러자 꿈속의 자신이 총을 들어 그녀의 이마에 겨눴고 그녀는 순순히 죽음을 받아들이는 양 눈을 감았다.

방아쇠를 당기기 직전, 루이는 꿈에서 깼다.

"……!"

그제야 악몽을 꿨다는 자각을 한다.

익숙해진 천장이 눈에 보였지만 루이는 좀처럼 속이 진정되지 않았다. 옆을 보자 등을 보이고 누운 데본이 있었고 그는 다급히 그녀에게 손을 뻗었다.

"음……?"

손을 허리에 감아 품 안으로 바짝 끌어당기자 졸음에 취한 몽롱한 얼굴이 루이를 돌아보았다. 루이는 그녀의 등에 이마를 기대며 당장이라도 쪼그라들어 떨어질 것 같은 심장이 진정되길 기다렸다.

"왜 그래요?"

"짜증 나는 꿈 꿨어."

데본은 허리를 감고 있는 루이의 손등을 토닥거리며 달래 줬다.

"꿈일 뿐이에요. 다시 자요."

"잠 다 깼어."

"나는 졸려요."

"……."

협조성 없긴.

루이는 손을 옮겨 데본의 가슴을 잡아 주물렀다. 데본이 기력 없는 목소리로 투덜거렸다.

"졸리다고 했잖아요."

"자지 마."

"루이 씨……."

데본이 루이의 손을 떨쳐 내며 그를 향해 돌아누웠다. 그리고 루이의 머리를 품으로 끌어당겨 안는다. 데본은 루이의 머리를 부드럽게 쓰다듬고 등을 도닥거렸다.

"괜찮아요……."

괜찮다. 괜찮다. 작게 속삭이는 데본의 목소리가 점점 흐려졌다. 루이는 이 아기 같은 달램보다는 섹스를 하며 기분을 해소하고 싶었으

473

나 결국 다시 잠들어 버린 그녀를 깨우진 못했다. 루이는 데본의 가슴에 얼굴을 비비며 흐느낌과 비슷한 신음을 작게 흘렸다.

제발.

제발.

루이는 목적도 없이 믿지도 않는 신을 찾았다.

아무리 생각 없이 살려고 해도 저절로 눈치채지는 게 있다. 루이는 겨우내 데본의 별장에 함께 살면서, 그녀가 꼬맹이 리체와 자신을 별로 가까이 두고 싶어 하지 않는다는 걸 깨달았다. 노우디에 있을 때까지만 해도 안 그랬던 터라 긴가민가하다 확신하기까지 꽤 시간이 걸렸다. 안 그러다가 새삼 그런다는 건 자신이 없는 동안 안 그래도 새끼에 대해 예민한 데본에게 뭔가 그럴 만한 일이 있었다는 얘기다.

그냥 모르는 척하고 눈치껏 맞춰 지낼까도 했는데, 이게 웃기게도 자신에게만 적용된다는 걸 알고부턴 생각을 바꿨다. 당연히 이건 좀 아니지 않나 싶었다. 별로 친하지도 않은 이웃집에는 꼬맹이를 턱턱 맡기고, 꼬맹이가 친구들과 나가 노는 건 괜찮아하면서, 왜 오로지 그녀의 편인 자신에게만 이러는지 이해할 수가 없었다. 하지만 어떻게 이 이상한 상황을 해결해야 할지 아직은 감이 잡히지 않았다.

루이는 소파에 기댄 채 데본의 등을 물끄러미 바라보았다. 데본은 커다란 사각 수틀 앞에 서서 빠른 속도로 바느질을 하고 있었다. 처음엔 뭔지 몰랐는데, 반쯤 넘게 실이 채워지자 그게 어딘지 모를 풍광이란 걸 알 수 있었다. 색감을 보면 봄인 것 같기도 하고.

밑그림도 없이 놓는 거라 실수로 인해 실을 끊어 빼고 다시 고쳐 놓는 횟수가 적진 않았지만 그래도 이 정도면 꽤 거침이 없는 편이었다. 그녀의 머릿속에 이미 그 풍광이 틀어박혀 있는 듯했다. 캔버스 같은 수틀에 어울리게도 그 자수가 마치 정교한 그림처럼 세밀하고 아름다웠다. 루이는 어쩌면 데본은 예술가가 더 체질에 맞을지 모른다는 생각이 들었다.

겨울이 끝나고 봄이 왔다. 데본은 비로소 완성한 자수를 수틀에서 빼 천의 가장자리를 깔끔하게 다듬은 뒤 사이즈에 맞는 유리 액자에 끼워 넣었다. 루이는 그제야 자수 속 풍경을 기억해 낼 수 있었다.

안보국 시절에 임무로 가서 보게 되었던 꽃 축제. 꽃이 만발했던 그 평원이었다. 비록 그 끝은 테러리스트들로 인해 망쳐졌으나 데본은 당시에도 그곳이 예뻤다고 루이에게 말한 적이 있었다.

루이는 액자를 가만히 바라보고 있는 데본의 허리를 뒤에서 껴안으며 물었다.

"팔 거야?"

"네?"

루이를 본 데본은 전혀 생각도 안 해 봤다는 양 바보처럼 눈을 끔벅거렸다. 루이는 데본의 어깨에 턱을 기대며 액자를 향해 눈짓했다.

"엄청 공들였잖아. 팔려고 그런 줄 알았어."

"그냥……. 할 일도 없었고 집이 휑하니 뭔가 걸어 두면 좋을 것 같아서 만든 건데요."

루이는 그렇구나 수긍하다가 물었다.

"꽃 좋아해?"

"싫어하진 않죠?"

루이는 이번에도 그렇구나 하며 데본을 안은 채 몸을 살랑살랑 움직였다. 데본은 루이에게 몸을 맡긴 채 가만히 있다가 물었다.

"루이 씨는요? 꽃 좋아해요?"

"나? 싫어하진 않지?"

루이는 데본과 같은 대답을 했다. 데본은 그렇구나 고개를 작게 끄덕였고 그로부터 며칠 후, 루이는 외출했다가 돌아온 그녀로부터 장미를 한 송이 선물받았다.

루이는 얼떨떨하게 장미를 받았고 데본은 한 번쯤은 주고 싶었다면서 빙그레 웃었다. 루이는 그녀를 따라 입가를 올리면서도 묻지 않을 수 없었다.

"왜?"

데본은 외투를 벗으며 아무렇지 않게 답했다.

"당신하고 어울려서요."

어느 날, 아침 식사 자리였다. 입맛이 없다며 커피로 식사를 대신하고 있던 데본이 문득 입을 열었다.

"결정했어요."

접시를 내려다보며 식사를 하고 있던 루이와 리체가 그제야 눈을 들어 데본을 바라보았다. 데본은 반쯤 마신 커피를 앞에 두고 노란 햇살이 내리는 창을 바라보고 있었다. 루이는 입 안의 음식물을 재빨리 씹어 삼키고 물었다.

"뭘?"

그제야 데본의 시선이 루이에게 옮겨 왔다. 루이는 고요하게 빛나는 데본의 눈을 가만히 들여다보았다. 아직 이렇다 할 표정이 없어서 심중을 읽기가 어려웠다.

얼마 안 가 데본의 얼굴 위로 엷은 미소가 맺혔다. 일단 웃는 걸 보면 나쁜 얘기를 꺼낼 건 아닌 모양이라 루이도 데본을 따라 입가를 약간 올렸다.

"이사 말이에요."

"아……. 그래. 그랬지. 어떻게 하고 싶은데?"

얼마 전, 그녀는 에드윈에게서 어디로 가든 상관없다고 답을 받았다. 그럼 역시 수도로 가겠지? 꼬맹이가 원하기도 했고. 하지만 루이의 예상과는 달리 그녀의 결정은 수도가 아니었다.

"남부로 갈까 해요."

남부라. 남부 나쁘지 않지. 여름엔 오지게 덥지만, 겨울엔 그럭저럭 살 만하다. 적어도 얼어 죽을 걱정은 적다. 눈 보기가 어렵긴 하겠지만, 어차피 그에게 눈이란 하늘에서 내리는 쓰레기라는 인식이 더 강했던 터라 전혀 아쉽지 않았다.

"혹시 생각해 둔 동네라도 있어?"

"아니요. 이제부터 알아봐야죠."

"음……"

"루이 씨 정말 나랑 같이 갈 거예요?"

루이는 선선히 고개를 끄덕였다.

"응."

데본의 미소가 한층 더 밝아졌다. 약간 수줍어하는 것도 같아서 루이는 새삼 또 그녀가 사랑스럽다고 생각했다. 금방 표정을 가다듬은 데본이 말했다.

"그럼, 일단 대리인을 구해 봐야겠네요."

데본이 직접 리체를 데리고 남부로 내려가 발품 팔기란 어려웠다. 그래서 그녀는 이쪽에서 대리인을 구해 남부로 부동산을 보고 오게 하려고 했다. 대리인이 추천하는 매물 중 골라잡으면 될 것이다. 하지만 루이가 곧바로 그녀를 만류했다.

"뭘 대리인까지. 그냥 내가 다녀올게."

돈도 돈이지만, 대리인이 그쪽 중개인과 짜고 어떤 바가지를 씌울 줄 알고. 인간 불신이 심한 루이는 이런 일에는 절대 대리인을 쓰지 않는 주의였다. 루이의 말에 데본이 약간 머뭇거렸다.

"그건 좀……. 미안하잖아요."

"그럼 나한테 돈 줘. 내가 대리인 할 테니까."

루이는 농담처럼 말했지만 데본은 약간 혹하는 표정을 지었다.

"아, 그럼……"

"물론 그런다고 진짜 나한테 돈 주면 가만 안 둔다."

"아……."

데본의 어깨가 금방 시무룩하게 내려갔다.

루이는 다음 날 곧바로 열차를 타고 남부로 향했다. 그는 전날 데본과 지도를 보고 상의해서 남부의 '네리'라는 소도시를 먼저 둘러보기로 했다. 전반적인 지역 분위기와 물가, 지역 정책 등을 알아보고 괜찮다 싶으면 그곳에 집을 구하기로 한 것이다. 그때 루이는 처음엔 데본과 같이 살 큰 집을 생각했지만, 데본이 여전히 리체 때문인지 아니면 또 다른 이유 때문인지 완전한 동거를 꺼리는 기색을 보였다.

루이는 결국 데본 집 근처에 따로 집을 얻기로 했다. 루이가 그렇게 한 발짝 물러서자 데본은 미안한 표정을 감추지 못했지만, 그렇다고 그와 따로 사는 결정을 번복하거나 하다못해 이렇다 할 변명조차 하지 않았다. 루이는 그게 무척 서운했으나 일단은 참았다.

며칠 네리에 머물며 도시에 대해 알아본 루이는 이곳에 터를 잡아도 괜찮겠다는 생각이 들어 데본에게 전화를 걸어 알렸다. 데본은 노우디의 건물을 처분하며 이사 준비를 시작했고 봄이 끝나기 전, 리체와 함께 네리로 왔다.

네리에서의 시작은 순조로웠다. 이제 막 발전 중인 소도시는 사람들 간의 불필요한 참견도 적었고 부동산 재산을 키우기에도 적당했다. 무엇보다 집에서 멀지 않은 곳에 규모가 제법 큰 병원이 있어서 데본은 리체를 키우는 데에 한층 안심하는 기색을 보였다.

루이는 데본의 바로 옆집으로 들어갔다. 데본은 노우디에서처럼 루이의 집으로 자주 찾아왔지만 제 집으로 루이를 초대하진 않았다. 그러고 보니 노우디에서도 루이는 데본의 집, 그러니까 공방이 아닌 말 그대로의 살림집에 초대받아 본 적이 없었다. 루이는 그 사실을 뒤늦게 깨닫고 적지 않은 혼란과 당혹에 빠졌다. 데본의 이상한 태도는 새삼스러운 게 아닌 그저 연장선이었던 거다.

설마 자신과 거리를 두는 건가. 하지만 그렇다고 여기기엔 전에 없이 무척이나 다정하고 친밀한 태도를 보이는 데본이다. 그녀는 루이와 연인 관계를 이어 나가는 데에 무척이나 성실했다.

'그럼 역시 꼬맹이 때문에?'

루이는 자신에게 주어진 이 과제가 골치 아파지기 시작했다.

네리에서 정착한 지 8개월이 지났다. 루이는 그때까지도 데본에 관한 과제를 해결하지 못한 채였다.

"으음……?"

한밤중 루이는 옆자리로 손을 뻗어 더듬거리다 옆에 데본이 없음을 깨닫고 눈을 떴다. 뭐야. 벌써 갔나. 그는 몸을 일으켜 앉아 머리를 긁적이며 아직 졸린 정신을 깨우기 위해 하품을 크게 했다. 이제 진짜 민간인이 되긴 한 것인지 데본이 돌아가는 걸 전혀 알아차리지 못했다. 그는 정신이 좀 맑아지자 침대 옆의 협탁 조명을 켜고 시계를 확인했다.

새벽 1시. 잠든 게 대략 11시 반 정도니까…….

'그 녀석, 잠은 잔 건가? 설마 내가 잠들자마자 바로 돌아간 건 아니겠지. 지가 무슨 콜걸이야? 내가 손님이냐고.'

루이는 금세 기분이 나빠지며 짜증스레 이불을 걷어 내고 침대에서 내려왔다. 그는 물이라도 마시고 짜증을 가라앉히기 위해 대충 옷을 걸친 뒤 거실로 나왔다. 하지만 이내 발을 주춤 멈추며 미간을 찌푸렸다. 닫힌 주방 문 바깥으로 뭔가 치익치익 볶아지는 소리가 희미하게 들려왔다.

'식량 도둑?'

설마 싶긴 하지만, 루이는 슬리퍼를 벗고 발소리를 죽여 주방 쪽으로 향했다. 그리고 소리가 나지 않게 주방 문을 열고 안을 엿본다. 익숙한 데본의 뒷모습이 가스레인지 앞에 서 있는 것이 보였다. 루이는 짜증이 풀리는 것과 동시에 한숨을 푹 내쉬며 문을 활짝 열어젖혔다.

"너 뭐 해?"

정신없이 뭔가를 주워 먹고 있던 데본이 루이의 목소리에 놀란 듯 숨을 크게 삼키며 빠르게 뒤를 돌아보았다. 주방에 가득 찬 냄새로 봐선 쇠고기를 굽고 있었던 것 같았다. 대체 얼마나 욱여넣었는지 데본은 양 볼이 빵빵 부풀어 햄스터처럼 되어선 눈을 크게 뜨고 한 손으론 입가를 가리고 있다. 루이는 한심하게 데본을 바라보다 어느새 고기를 태워 연기를 내는 프라이팬을 보곤 성큼 다가가 가스 불을 껐다. 창문을 열고 조금 탄 고기들을 그릇에 쏟아 담으며 다시 한숨을 내쉰다. 오밤중에 이게 뭔 짓인지.

"씹어. 언제까지 그러고 있을 거야."

아직도 입 안의 걸 처리하지 못하고 있던 데본은 그제야 루이의 눈치를 보며 느리게 턱을 오물거렸다. 얼마 후 입 안을 가득 채우고 있던 고기를 삼킨 데본은 조금 얹히는 모양인지 가슴을 주먹으로 탁탁 두드렸다. 루이는 조용히 컵에 물을 따라 내밀었다. 데본은 물을 마시고 나자 그제야 편안한 숨을 내쉬었다.

"저녁 안 먹고 왔어?"

"먹었는데⋯⋯."

저도 민망하긴 한지 데본이 멋쩍게 웃었다. 살찌려고 그러나. 루이는 잠시 말을 고르다 손가락으로 눈썹을 가볍게 긁적였다.

"나는 네가 살쪄도 사랑하긴 할 건데 말이야. 네 키에 덩치까지 커지면 여러모로 꽤 위협적이 될 거라는 건 알아 둬."

서운한 표정을 짓는 그녀를 보며 루이는 곧바로 변명 같은 어조로 말을 이었다.

"물론 나는 괜찮지만 말이지."

데본은 이내 한숨을 내쉬며 식탁 의자에 털썩 앉았다. 그녀는 시무룩한 목소리로 말했다.

"실은……."

"……?"

"요즘 좀 컨디션이 안 좋은 거 같아요."

"……역시 너 좀 찐 거 같다."

금세 데본의 미간이 찡그려지며 매서운 눈빛이 루이를 쏘아본다. 루이는 그녀의 앞으로 그릇에 담은 고기를 놓아 주며 말했다.

"열받지 마. 뭐라고 하는 게 아니라 균형 깨지면서 살이 붙으면 원래 좀 나른하고 그래. 그럴 때는 괜히 기력도 부족한 것 같아서 식욕도 당기고. 그러니 진짜로 건강 상하기 전에 관리해라."

"네……."

한숨을 쉬며 다시 시무룩한 얼굴이 된 데본은 고기를 빤히 내려다보았다. 루이는 그릇 옆에 포크를 놓아 줬다.

"이건 먹어. 이미 만든 걸 어쩌겠어. 다음부턴 조심하고."

데본은 고개를 끄덕이며 포크를 들었다. 루이는 맞은편 의자에 앉아 데본이 먹는 걸 바라보다가 물었다.

"소스 부어 줄까?"

그러자 데본이 고개를 크게 끄덕였고 루이는 절로 웃음이 새 나왔다.

데본은 구워 놓은 고기를 전부 먹고 나서야 만족스러운 표정을 지었다. 루이는 조금 이상하다 여기긴 했지만, 가끔 그런 날도 있는 법이려니 생각하곤 대수롭지 않게 넘어갔다.

하지만 데본은 날이 갈수록 더욱 피곤해했다. 네리에서 다시 시작한 데본의 공방은 그녀의 집 바로 앞이었는데 가끔 루이가 찾아가 보면 꾸벅꾸벅 졸고 있는 모습을 보는 게 잦아지고, 리체에게서도 근래들어 꽤 피곤해한다는 말을 듣게 되었다. 루이는 그제야 슬슬 데본의 건강이 걱정되기 시작했다.

"데……."

루이는 공방 문을 열고 들어서며 입을 열었다가 다시 다물었다. 데본은 테이블에 엎져 양팔 위에 머리를 기대고 잠들어 있었다. 정말 깊게 잠들었는지 전직 군인이 인기척에 깨지도 않는다. 루이는 시선을 약간 옮겼다. 테이블 한편에는 먹다 만 쿠키가 있었다. 혹시 속이 허한가.

루이는 데본의 흘러내린 머리칼을 만지작거리다 문득 데본처럼 팔을 테이블에 대고 엎드렸다. 그는 데본의 잠든 모습을 가만히 들여다보았다. 데본의 말간 얼굴엔 그리 근심 같은 건 보이지 않는다. 하지만 겉모습만으로는 사람 속을 알 수가 없느니 불안했다.

"뭐가 문제야. 데본."

그녀는 루이의 나지막한 목소리도 들리지 않는 듯 눈을 뜨지 않았다.

"병원 가자."

며칠 후, 결국 지켜보다 못한 루이가 데본의 손을 잡아끌며 말했다. 같이 차 마시다 꾸벅꾸벅 졸던 데본이 그제야 비몽사몽 한 얼굴로 고개를 들었다.

"네……?"

"아무래도 너 요즘 이상해. 너무 많이 먹고 너무 많이 자."

"전 괜찮……."

"잔말 말고 일어나!"

루이는 손가락으로 눈을 옅게 비비는 데본을 끌고 밖으로 나와 차에 태웠다. 이동 중 데본은 난감한 표정으로 차창 밖을 보다가 문득 갑자기 차를 세워 달라고 했다. 루이가 왜 그러냐고 물으며 브레이크를 밟자 데본은 대꾸도 없이 차를 내려 바로 길가 앞에 있는 빵집으로 들어갔다. 잠시 후 빵을 한 아름 사 들고 돌아온 그녀는 차 안에서 병원으로 가는 내내 커다란 바게트를 통째로 뜯었다.

루이는 그 모습을 어이없이 흘긋거리며 어쩌면 그녀의 배 속에 엄청난 기생충이 있는지도 모르겠다고 생각했다.

데본은 병원에서 간단한 상담 후 검사를 받았다. 그리고 결과를 듣기 위해 다음 날 루이와 함께 다시 병원을 찾았다.

루이는 데본과 결혼을 하진 않았지만, 법적으로 그녀의 보호자 역할을 할 수 있었다. 데본이 예전에 여왕과 왕세자에게 했던 짓이 있어 당시 에드윈을 통해 루이가 감시자 겸 보호자 역할로 낙점되었다. 에드윈과 그 보좌관의 정신을 갈아 가며 엄청나게 많은 문서를 통과시킨 뒤 루이에게 주어진 그 효력은 여전히 이어지는 중이다. 그건 곧 루이가 데본의 일에 필요 이상 참견이 가능했다는 뜻이다. 그래도 루이는 그동안 그녀를 적당히 자유롭게 풀어 뒀었다. 하지만 이번만큼은 제게 주어진 그 특권을 아낌없이 이용했다.

그는 밖에서 기다리라는 데본의 말을 무시하고 그녀와 함께 진료실로 들어갔다. 데본은 불만을 내비쳤지만, 루이는 본인도 꽤 오랫동안 잊고 있었던 제 특권을 들먹이며 강경한 태도를 보였다. 덕분에 루이는 데본의 현 상태에 대해 어떠한 거짓도 없이 온전하게 전해 들을 수 있었다.

"임신이네요. 축하드립니다."

의사는 아마도 루이가 그녀의 배우자라고 여긴 것 같았다. 루이는 딱히 정정하지 않았다. 그런 오해야 언제나 기껍다. 그러니 문제는 그게 아니다.

임신이라니.

'불임인 줄 알았는데.'

루이는 놀란 속을 애써 티 내지 않고 옆자리의 데본을 흘긋거렸다. 데본의 표정은 약간 얼어 있었다. 루이는 그녀가 화가 났을지도 모른다는 생각에 덩달아 굳어 버렸다.

집으로 돌아오는 길, 두 사람은 아무 말도 하지 않았다. 루이는 무슨 말을 해야 할지 몰라서. 그리고 데본은…… 글쎄. 루이로선 그 속이 전혀 짐작도 되지 않았다.

루이는 그녀의 집 앞에 도착해 데본이 안전벨트를 풀자 비로소 어렵게 말을 붙였다.

"……뭐 먹고 싶은 건 없어?"

데본이 차 문을 열다 말고 루이를 쳐다보았다. 루이는 그 시선을 자기도 모르게 피했다. 예정에도 없이 임신시켰다는 생각에 미안한 감정이 들어 버린 것이다. 물론 진작 알았다면 그는 피임을 확실하게 했을 것이다. 무엇보다 데본 역시 스스로 불임인 줄 알고 질내 사정을 거리낌 없이 받아들였으니 온전히 루이의 잘못이라고 할 수는 없는 일이다. 하지만 루이는 임신한 그녀의 심기를 거스르고 싶지 않았으므로 그 사실을 조목조목 짚는 대신 괜히 더 눈치를 살폈다.

한동안 오갈 곳 없이 눈길을 방황하던 루이가 다시 데본을 쳐다보았다. 데본은 여전히 이렇다 할 표정이 없었다. 그녀의 대답은 약간 늦게 나왔다.

"없어요."

루이는 그녀의 말투가 약간 차갑다고 느꼈다. 역시 화가 났나. 루이는 약간 억울함을 느꼈지만, 조심스럽게 입을 열었다.

"그럼 지금은 쉬고 이따가 얘기 좀 하자."

"……."

"얘기해야 하잖아. 우리."

루이의 말에 데본은 잠시 마른침을 삼키곤 앞쪽으로 눈을 돌렸다. 그녀는 다시 차 문을 닫고 시트에 기대앉았다. 그녀는 루이에게 시선을 주지 않은 채 말했다.

"지금 하죠. 무슨 얘길 할까요?"

"……."

그러게. 무슨 말을 먼저 꺼내야 할까. 핸들을 잡고 잠시 생각에 잠겼던 루이는 일단 사과를 해야겠다고 생각했다. 그는 한 손을 뻗어 데본의 손등을 덮었다. 하지만 뭐라 말을 꺼내기도 전에 손이 거세게 뿌리쳐졌고 루이는 놀라 눈을 크게 떴다. 데본은 어느새 창백해진 얼굴로 루이보다 더 놀란 표정을 짓고 있었다. 루이는 이내 심각하게 미간을 좁혔다. 그는 비로소 알아챘다. 그녀는 화가 났던 게 아니다. 데본은 아까부터 줄곧 그를 경계하고 있었다.

데본은 루이를 뿌리치며 들었던 손을 주춤주춤 내리며 말했다.

"아, 음……. 미안한데, 지금은 저한테 손대지 말아 줘요."

"너……."

루이는 더불어 예전부터 리체와 관련해 느꼈던 의문도 풀려 가는 걸 느꼈다. 그는 어이가 없어 할 말을 잃었다.

지금 누구랑 누구를 겹쳐 보는 거야?

모욕도 이런 모욕이 없을 것이다. 루이는 더는 참는 게 힘들어 숨을 씨근덕거리기 시작했다.

'그 새끼 때문이야.'

루이는 떨리는 숨을 삼키며 마른세수를 했다.

"……그 새끼는 죽어서도 네 발목을 붙잡고 있구나."

루이는 너무 열 받아 울화통이 터질 것만 같았다. 금방이라도 터져 나올 것만 같은 고함을 애써 속으로 삼켜 낸다. 루이는 손을 아래로 떨어뜨리며 약간 핏줄이 선 눈을 드러냈다. 희번득하게 빛나는 눈을 하면서도 루이는 필사적으로 호흡을 골랐다. 한참이 지나서야 그는 겨우 진정하고 데본에게 말할 수 있었다.

"결혼하자."

자기와 쥬페도라가 다르다고 얘기한들 무슨 소용인가. 그딴 건 이미 그녀 본인도 알고 있을 터였다. 이건 그저 그녀의 트라우마다.

쥬페도라뿐만이 아니다. 모건 역시 마찬가지였다. 하물며 그 혁명군까지.

그녀는 사랑한다며 곁에 있던 놈들에게 너무나 크게 데였다. 또 그녀는 사랑한다며 곁에 있던 놈을 배신해야 했다. 그녀는 겪었던 모든 사랑이 상처가 되어 감정과는 별개로 연인을 경계하고 결혼을 불신할 수밖에 없어진 거다.

그러니 이 상황에서 루이가 자신은 괜찮다고 믿어 달라고 해 봤자였다. 그녀는 자기 자신조차 믿지 못하니까.

루이는 데본을 똑바로 바라보며 한 번 더 확실하게 말했다.

"결혼하자."

그리고 루이는 데본에게서 충분히 예상했던 대답을 들었다.

"싫어요."

그날 이후, 데본은 루이를 만나 주지 않았다. 루이는 그게 그녀가 제게서 배 속의 애를 지키려는 것임을 잘 알았지만, 그렇다고 그냥 둘 수는 없었다. 루이는 애가 생겼다고 그녀와 헤어질 생각은 절대 없었다.

루이는 보석상에게서 다이아 반지를 하나 샀다. 이왕이면 데본의 허락을 받은 뒤에 함께 와서 마음에 드는 거로 맞춰 주고 싶었지만 이젠 시간이 없었다. 이러다 그녀가 리체와 배 속 애를 데리고 잠적해 버리면 낭패였다.

루이는 반지를 주머니에 챙겨 넣고 데본의 집 문을 두드렸다. 얼마 후 리체가 문을 열지 않고 안쪽에서 목소리를 냈다.

"누구세요?"

"나다."

리체는 아는 사람이라도 문을 열어 주지 말라는 말을 들었는지 루이의 목소리를 확인하고서도 얼굴을 비치지 않았다.

"아……. 루이 씨? 데본 지금 없어요. 산책한다고 나갔어요."

루이는 그 말을 믿지 않았다. 하지만 그렇다고 당장 열라면서 애를 위협할 수도 없어서 그는 군말 없이 물러나 데본을 기다렸다. 안에서 나오든 밖에서 돌아오든 기다리다 보면 결국엔 만나게 될 터였다.

다행히 다음 날 아침까지 기다리는 일은 없었다. 산책 나갔다는 게 정말이었는지 데본은 약 한 시간 뒤에 집으로 돌아왔다. 터덜거리며 걸어오던 그녀는 집 앞에서 기다리고 있는 루이를 발견하곤 절로 발을 멈췄다. 루이는 억지로 그 거리를 좁히지 않았다. 루이는 주머니에서 상자를 꺼내 뚜껑을 열고 데본에게 반지를 보여 줬다.

"결혼하자."

지난번과 같은 실랑이를 해야 하는 게 지겨운지 데본의 표정이 별로 좋지 않았다. 하지만 루이는 꿋꿋하게 버티고 서서 말했다.

"내가 진짜 잘할게. 애도 내가 돌보고 너도 내가 먹여 살릴게. 너는 그냥 하고 싶은 거 하면서 지내."

"……."

"진짜야. 나 돈 많아."

데본보다는 적을지 몰라도 그래도 평균보다는 많이 가진 편이었다. 그동안 모은 돈도 있지만, 쥬페도라를 처리한 일로 여왕 쪽에서 사례금을 꽤 많이 넣어 줬기 때문이다. 말갛게 말하는 루이를 데본은 가만히 바라보았다.

"꼬맹이 뒷바라지도 내가 하고, 살면서 네가 나보다 애들을 더 우선해도 받아들일게."

"……."

"아, 혹시 지금 내가 백수라서 못 미더우면 내일부터라도 바로 일할 테니까."

"……."

"그러니까, 데본."

루이는 조심스럽게 한 발짝 앞으로 향했다. 데본은 아직 자리에 서 있었다. 루이는 서두르지 않고 천천히 거리를 좁혔다. 데본은 약 다섯 걸음 안으로 루이가 들어오자 뒤로 물러났다. 루이는 곧바로 걸음을 멈췄다.

"결혼하자, 우리."

"……"

"나도 너랑 가족이 되고 싶어."

루이는 살아오면서 단 한 번도 가족을 가져 본 적이 없었다. 그러니 가족을 만들면 분명 이해하지 못할 일이 많을 것이다. 하지만 그는 모든 불편함을 고려하더라도 데본과 가족이 되고 싶었다. 이미 오래전부터 연인으로는 만족할 수 없었다. 줄곧 더 단단한 관계가 되고 싶었다.

루이는 데본이 여전히 반응을 보이지 않자 의도적으로 슬픈 표정을 지었다. 그는 데본에게 처음으로 약자를 연기했다. 불쌍한 척을 해서라도 승낙을 받아 낼 생각이었다.

"나 외로워. 데본."

"……"

"그러니 제발 더는 혼자 두지 마."

동정이라도 좋으니 부디.

데본의 눈치를 살피던 루이가 한참 후 다시 발을 앞으로 뗐다. 데본은 눈가를 찌푸리면서도 결국 물러나지 못했다. 데본의 앞에 선 루이는 반지 상자를 데본의 손에 억지로 쥐여 주곤 그녀를 품으로 당겨 안았다.

데본은 그를 마주 안지 않았다. 하지만 밀쳐 내지도 않는다. 그래도 괜찮다.

'내가 두 배로 더 안아 주면 되지.'

루이는 그녀를 더욱 꼭 끌어안으며 한 번 더 그녀에게 청혼했다.

"결혼해 줘."

데본은 이번엔 선뜻 싫다고 하진 않았다. 그녀는 한참이 지나서야 쥐어짜는 듯한 목소리로 답했다.

"생각할 시간을 줘요."

말은 보류였지만 루이는 이미 그녀의 마음이 반쯤 꺾였다는 것을 알 수 있었다. 결국, 머지않아 제 청을 받아들이리란 것도 역시.

7. 나의 아름다운 그대에게 (하)

임신이라고 했다. 그리고 나는 그 순간을 기점으로 온 세상이 핏빛으로 느껴졌다. 사방을 둘러싼 적 앞에 맨몸으로 내던져진 것만 같았다. 세상 모든 것이 나를, 아니 내 배를 향해 총구를 겨누는 것 같았다.

그중 가장 두려웠던 건 루이였다. 가장 사랑하는 사람이 가장 두려운 적으로 상정되는 순간은 끔찍하기 짝이 없었다.

당연히 머리로는 알고 있다. 그가 내게 그럴 리가 없다는 것 정도는. 하지만 갑자기 내 감정을 전혀 다스릴 수 없게 되었다. 안 그래도 예전부터 이어지던 루이를 향한 경계치는 최고조를 찍고 말았다.

그가 상처받을 거라는 것도 잘 알고 있었다. 하지만 그의 마음까지 헤아려 줄 여유가 없었다.

슬픔과 두려움, 미안함 등이 마구 뒤섞여 머리가 터질 듯 혼란스러워진다. 결국, 루이의 손을 거세게 내쳐 버리는 순간, 나는 내가 미쳤다는 걸 실감했다.

멀쩡한 척해 왔을 뿐이다. 줄곧.

돌변한 나를 향한 루이의 인내심에는 찬사를 보내지 않을 수가 없다. 무서워서 밀어내고 또 밀어내도 그는 포기하지 않고 주변을 맴돌며 내 기분이 누그러지길 기다렸다. 나를 자극하지 않으려는 그의 노력이 내 눈에도 잘 보였다. 물론 미안했지만, 머리가 돌아 버릴 것만 같은 스트레스가 그보다 더 앞섰다.

그렇다고 배 속의 아이를 향한 감정이 무척이나 애틋했던 것도 아니다. 그저 버리지 못해 끌어안고 있어야만 하는 두려움에 가까웠다. 아이는, 겨우 안온해진 내 삶에 떨어진 폭탄이었다.

멍하니 침대에 누워 있다가 나도 모르게 울기를 반복했다.

이제 와 부모가 되고 싶지 않았다.

루이에게 다시금 청혼을 받았다. 단호하게 싫다고도 해 보고 어영부영 넘겨 보기도 했지만 결국 그는 반지까지 준비해 와 내게 떠넘겼다. 결혼하고 싶지 않았다. 늘 그랬듯 물러나려고 했지만, 이번만큼은 루이도 작정을 했는지 어울리지도 않는 불쌍한 연기까지 해 가면서 나를 압박했다. 마치 이번이 마지막이라는 것처럼. 나는 결국 그를 놓을 수 없었다. 이러지도 저러지도 못하는 마음에 자괴감이 들었다.

며칠 후 주말 아침. 현관 앞에 놓인 커다란 가방을 내려다보다가 고개를 들었다. 루이가 뻔뻔한 얼굴을 하고 서 있었다.

"뭐죠?"

"내 짐."

일단 간단하게 챙겨 왔다 말하는 루이는 내가 그를 집 안으로 들일 것이라 믿어 의심치 않는 표정이었다. 참으로 자신만만하구나. 어이없기도 하고 좀 얄밉기도 해서 한번 얘기나 들어 보자 했던 마음마저 순식간에 사라졌다. 나는 루이의 눈앞에서 문을 세게 닫아 버렸다.

"왜 그래요?"

쾅 닫히는 문소리에 놀랐는지 욕실에서 양치질을 하던 리체가 고개를 빼꼼 내밀었다.

"아무것도 아니야."

리체는 어리둥절한 표정으로 눈을 끔벅거리다 다시 안으로 들어갔다. 나는 소파로 가 앉아 심란한 기분으로 창밖을 바라보았다. 내 기분처럼 바깥 날씨도 먹구름이 잔뜩 껴 꾸물꾸물 흐렸다.

"다 했어요!"

얼마 후 욕실에서 나온 리체가 깨끗이 잘 닦았다는 의미로 이를 씨익 드러냈다. 그제야 소파에서 일어나 리체에게 다가갔다. 정말로 아무것도 끼인 거 없이 꼼꼼하게 잘 닦였나 확인을 해 본 다음 잘했다며 웃어 준다. 리체는 이내 으스대는 표정을 지었다. 그 모습이 귀여워 볼을 가볍게 쓰다듬어 주곤 외투를 가져와 입혔다. 그리고 전날 챙겨 놓은 가방을 등에 걸쳐 준다. 오늘은 리체가 학교의 계절 학습으로 1박 2일 캠핑을 하러 가는 날이었다.

"선생님 말씀 잘 듣고 위험한 짓 하면 안 된다?"

"네에!"

힘들다고 짜증 내거나 어리광 부리지 않고 씩씩하게 잘 다녀오겠다고 약속을 받은 뒤에야 함께 집을 나섰다. 그리고 현관문을 열자마자 보이는 루이의 모습에 리체가 놀란 얼굴을 했다.

"어? 루이 씨?"

아직도 안 가고 있었다니. 리체 몰래 그를 흘겨보았지만, 루이는 모르는 척하며 리체에게 인사했다.

"꼬맹이 아침부터 어디 가?"

"학교에서 캠핑 가요!"

"주말인데?"

"네!"

"평일엔 반드시 수업만 하겠다는 건가. 빡빡하네."

"네?"

"아니야."

루이는 잘 다녀오라며 리체에게 손을 흔들어 주었다. 리체도 루이에게 손을 흔들고 내가 열어 주는 차 문 안으로 쏙 들어간다. 나는 루이를 한번 흘긋 보곤 차 문을 닫았다.

리체를 학교에 데려다주고 집에 돌아오자 루이가 아직 현관 앞에 있었다. 그는 마치 집에서 짐과 함께 쫓겨난 사람처럼 가방을 곁에 두고 현관 앞에 멍하니 앉아 있었다. 왠지 처량맞은 모습에 절로 심기가 불편해진다. 바로 옆에 자기 집 놔두고 대체 왜 저러는 건지 알 수가 없었다.

가까이 다가가자 하늘에 흘러가는 구름 따위를 보고 있던 루이가 내게로 눈을 돌렸다.

"왔어?"

"일어나요."

루이는 그제야 다리를 세워 일어났다. 머쓱한 표정을 짓는 루이를 노려보자 그가 이번엔 한껏 불쌍한 눈을 한다.

"그 표정 하지 마요."

"무슨 표정?"

"그, 길 잃은 개 같은 표정이요."

"어감이 좀 그렇다?"

"강아지라고 하기엔 나이가 있잖아요?"

나름의 존중을 표해 봤다 말하는 나를 루이가 약간 흘겨봤다. 하지만 이내 아무래도 상관없다는 듯 그는 현관문을 눈짓하며 말했다.

"나 이제 들어가도 돼?"

"아니요."

"왜. 들여보내 줘."

"싫어요."

"나는 내 집 너한테 늘 오픈했는데."

"그럼 제가 루이 씨 집으로 갈 테니 거기서 얘기해요."

"오늘은 꼬맹이도 없잖아."

"리체가 있었어도 고집부릴 거면서 핑계 대지 말고요."

루이가 한숨을 내쉬었다.

"요즘 너무 차가워, 너."

"……."

"외롭고 슬프네."

"……."

"다시 혼자가 된 기분이야."

"그건……."

루이가 다시 예의 그 불쌍한 얼굴로 날 쳐다봤다. 차갑게 굴려던 게 아닌데……. 그를 상처 입힐 생각은 없었다. 나는 뒤늦게 또 미안함을 느끼고 그에게 사과했다.

"미안해요……."

나는 그저 스트레스를 받았을 뿐이다. 그리고 그 영향으로 루이에게 화풀이를 해 버렸다는 자각이 들자 더욱 머리가 아파진다. 감정을 조절할 수가 없었다. 나 자신을 어떻게 해야 할지 나도 알 수가 없었다.

"데본."

문득 루이가 내게 손을 뻗었다. 놀랐지만 재빨리 정신을 차렸다. 다행히 물러나지 않을 수 있었다. 루이의 손은 내 이마를 가볍게 쓸고 떨어졌다. 그는 손끝끼리 대고 문지르며 말했다.

"땀 나네."

그 말에 얼른 손을 올려 이마를 훔쳐 본다. 그의 말대로 식은땀이 약간 배어 나와 있었다. 소매를 당겨 얼굴을 말끔히 닦았다. 루이가 곧 내 손을 잡아 멈추며 말했다.

"어영부영 눌러앉으려는 게 아냐. 그냥 네가 불안해 보여서 그래. 내가 돌보게 해 줘."

"전 괜찮아요."

"정말? 하지만 며칠 사이 또 말랐어."

식사도 잘 안 하는 게 눈에 보인다면서 루이가 내 다른 손도 잡아 줘었다. 그에게 잡힌 두 손을 꼼지락거리며 눈을 바닥으로 내렸다. 심장이 불안하게 뛰면서도 따뜻한 온기에 금세 위로를 받는다.

"혹시 나쁜 생각 하는 건 아니지?"

문득 들려오는 물음에 다시 고개를 들어 루이를 바라보았다. 그는 걱정스러운 얼굴로 날 바라보고 있었다.

"나쁜 생각?"

"아니면 됐고. 그보다 이제 들어가자. 계속 서 있으면 힘들지 않아?"

"아직 그 정도는 아니에요."

"그래그래. 그럼 내가 힘들다고 하자."

루이는 나를 끌어 현관 앞에 세우고 얼른 문을 따라고 부드럽게 졸랐다. 그렇게 은근슬쩍 나와 함께 집으로 들어온 루이는 가져온 짐을 현관 한편에 두고 내게 손을 내밀었다. 아무 생각 없이 그 위에 내 손을 올리자 루이가 이내 고개를 저었다.

"열쇠."

"네?"

"열쇠 달라고. 내가 장이라도 보러 나갔을 때 네가 혹시라도 마음 바뀌어서 문 안 열어 주면 어떡해?"

물론 내가 아파서 움직이지 못하는 상황도 생각해 봐야 한다면서 루이는 열쇠를 달라고 했다. 결국, 나는 그에게 스페어 키까지 뜯겼다. 루이는 재빨리 열쇠를 챙겨 주머니에 넣고는 나를 소파에 앉혔다. 그리고 담요를 가져와 배에 덮어 주곤 뭐 필요한 건 없냐고 물었다.

나는 없다고 대답했으나 루이는 좋을 대로 집 안을 누비며 내게 이것저것 끌어다 안겼다. 멍하니 있지 않도록 소일거리 삼을 작은 수틀과 반짇고리, 그리고 과일을 잘라 탁자에 가져다 놓으며 간식으로 먹으라고 했다. 루이는 창문을 열어 환기를 시키고 집 안 청소를 하기 시작했다.

정신 차리고 보니 나는 그에게 좋을 대로 휘둘리고 있었다. 수를 놓다가 입가에 닿는 과일에 입을 벌렸다가 멈칫하고 고개를 돌렸다. 어느새 바싹 다가와 앉은 루이가 사과가 찍힌 포크를 들이밀며 나처럼 입을 벌리고 있었다.

"아."

"······."

"왜?"

부끄러운 상황을 깨닫고 입을 다물어 버리자 루이가 의아한 표정을 했다. 자각이 없는 건지 그저 뻔뻔해진 건지 루이는 아무렇지도 않은 기색이다.

"제가 먹을게요."

"손에 그거 들고 있잖아. 그냥 먹어."

자, 하고 루이가 다시 사과를 가까이 내밀었다. 나는 수틀을 내려놓고 루이에게서 포크를 받아 들었다. 루이가 서운한 기색을 보였지만 애써 모른 척하며 사과를 입에 가져갔다. 내가 사과를 먹는 동안 아무 말 없던 루이는 얼마 후 포크를 내려놓자 곧장 내 다리에 머리를 대고 드러누워 버렸다. 놀라 멈칫하며 그를 내려다보았다. 루이가 나를 올려다보며 한 손으로 내 허리 부근을 가볍게 두드렸다.

"긴장하지 마."

"······."

"날 믿어. 세상 모두가 적이래도 나만은 네 편이야."

"······알아요."

"정말?"

고개를 끄덕였다. 그러자 루이는 내가 모르는 것 같았다며 나지막한 웃음을 흘렸다. 편안한 웃음이었지만 나는 더욱 미안함을 느꼈다.

"당연히, 머리로는 알아요."

루이가 문득 내 배를 향해 돌아누웠다. 그리고 손을 옮겨 내 가슴을 짚었다가 이내 손을 떼며 말했다.

"심장이 튀어나올 것 같네. 불안해?"

"······네."

"음······ 나도 비슷한 기분을 느껴 본 적이 있으니 전혀 이해 못 할 일은 아니야."

"······."

"근데 그렇다고 계속 피할 수만도 없잖아. 그럴수록 더 붙어 있으면서 익숙해질 수밖에."

"무서워요."

"그래. 알아. 하지만 그래도 놔주진 않을 거야."

"······."

"배 만져 봐도 돼?"

루이의 시선이 내 배로 향하며 천천히 손을 움직였다. 나는 곧바로 루이의 손을 잡아채 위로 들어 올렸다. 루이는 저항 없이 순순히 손을 잡혀 주었다.

"루이 씨."

"응."

"미안한데······ 나한테 시간을 좀 줘요. 이렇게 당장은······."

"나는 지금도 너한테 시간을 주고 있어. 그저 노력과 시도를 곁들일 뿐이지. 네가 정 힘들면 지금처럼 막으면 돼."

"하지만······."

"괜찮아. 네가 멈추라고 하면 언제든 멈출 거니까."

루이가 몸을 일으키며 내게 잡힌 손을 되레 꽉 쥐고 잡아당겼다. 그는 내 손등에 입을 맞추더니 좀 더 나를 끌어당겼다. 주춤주춤 끌려가 안착한 곳은 그의 다리 위였다. 루이는 한쪽 팔로 내 등을 받치며 살짝 뒤로 뉘었다. 그리고 얼굴을 가까이 들이밀며 우리의 간격을 좁혔다.

"내가 싫지는 않지?"

"그런, 그런 의미가 아니에요."

"응. 알아. 쓸데없는 걸 물어서 미안. 나도 모르게 자신이 없어져서 그만."

여전히 아무렇지 않은 듯 말하는 루이의 모습에 불현듯 나는 슬픔이 솟아올랐다. 동시에 울컥 오르는 눈물을 막을 수 없어 그저 손으로 눈가를 가렸다. 루이가 곧장 나를 끌어안고 도닥거렸다.

"미안. 울릴 생각은 없었어. 내가 잘못했어."

하지만 이렇게 말하면서도 정작 뭘 잘못했는지 루이는 모를 것이다. 그야 루이는 잘못한 것이 없으니까. 잘못한 것은 나고 잘못되었다는 걸 알면서도 어쩌지 못하는 내가 나쁜 거다. 나약해 빠진 스스로가 한심하고 보잘것없이 느껴져 슬픈 거였다.

"당신을 사랑해요…… . 하지만 나는…… ."

울음기가 섞인 목소리를 내뱉는다. 하지만 말을 다 내뱉기도 전에 루이의 입술이 내 입술을 눌러 막았다. 달라붙은 살갗을 부드럽게 쓸며 넘어온 혀가 내 혀를 감아 당겼다. 얼마 후 그 끝에 딸려 나오는 타액을 빨아 삼키고 입술을 뗀 루이가 내게 속삭였다.

"됐어. 그 말이면 충분해."

그제야 눈가에서 손을 치우고 루이를 바라보았다. 루이는 속도 없이 미소 짓고 있었다.

"충분하지 않아요."

내 말에 루이가 입가를 올린 채 눈썹을 찌푸린다. '무엇이?' 라고 묻는 듯한 얼굴이었다.

안쓰럽고 바보 같은 내 사랑.

어쩌면 이리 한결같은지.

고마우면서도 마음이 찢길 것만 같은 아픔을 느꼈다. 루이는 나에게 이런 대접을 받는 게 당연한 사람이 아니다. 마음만큼 사랑한다는 게 나에게는 왜 이리 버겁기만 한 것인지 그 사실마저 고통스러웠다.

역시 이대로는 안 된다. 언제 끝날지 모르는 이 상태를 어영부영 이어 가며 이렇게 계속 그의 마음과 내 마음을 갉아먹을 수는 없었다. 아마 루이는 나를 자극하지 않고 천천히 고쳐 나갈 생각인 듯하지만…… 과연 언제까지? 그보다 이런 식으로 해서 나아지는 날이 오긴 올까?

루이의 볼을 두 손으로 감싸 내게 끌어당겼다.

"데본?"

루이는 새삼스럽다는 듯 나를 부르면서도 순순히 고개를 숙여 왔다.

"네가 키스해 줄 거야?"

'갑자기 웬일이지?' 라며 싱긋 웃는 그에게 눈을 감고 입을 맞췄다.

나는 이 순간 내 정신머리를 강제로 비틀어서라도 그를 온전히 받아들여야 함을 깨달았다. 예전 루이가 나를 받아들이기 위해 그랬듯이 말이다.

생각해 보면 나 역시 루이처럼 정신을 강제로 비트는 일에 익숙한 환경에서 한 시절을 보냈다. 그러니 평범한 사람들보다는 반동이 적지 않을까.

긴 키스 후 입술을 떨어뜨리는 루이의 얼굴을 다시금 붙잡아 코앞으로 끌어왔다.

"이대로 가만히 있어요."

"응……."

"절대로 먼저 움직이지 말고."

안 그러면 무심코 주먹이 나가 버릴 수도 있으니 단단히 당부했다. 나는 그를 절대로 때리고 싶지 않다. 루이는 알았다고 대답했다.

그제야 한 손을 옮겨 내 허벅지를 짚고 있는 루이의 손을 잡아끌었다. 천천히. 아주 천천히 내 배 위로 그의 손을 옮겨 놓는다.

루이가 호흡을 잠시 멈추며 긴장하는 게 절로 느껴졌다. 나 역시 당장이라도 암전될 것만 같은 정신을 애써 부여잡으며 호흡을 멈췄다.

"흐으······."

문득 악문 잇새로 신음이 빠져나왔다. 루이는 내가 잡아 이끄는 대로 제 손을 내줄 뿐 손끝 하나 까딱하지 않았다. 내 말을 아주 잘 지키고 있었다.

이윽고 내 배 위에 얹어 놓은 루이의 손 위로 내 손을 겹쳐 지그시 누른다. 언제 났는지도 모를 식은땀이 얼굴에 흐르는 것이 느껴졌다.

"으······ 후우으······."

숨을 가까스로 토해 내며 눈을 질끈 감았다가 뜬다. 얼굴 가득 걱정스러운 기색으로 나를 보고 있던 루이와 곧바로 눈이 마주쳤다.

"어때요······?"

"어? 어······."

루이는 뒤늦게 내 배 위에 올라간 자기 손을 바라보았다. 그는 금방 다시 내 얼굴로 시선을 돌리며 대답했다.

"별거 없네······?"

헛숨과 함께 나는 웃음을 약간 흘렸다. 루이도 그제야 약간 긴장을 풀고 투덜거렸다.

"그렇지만 진짜 별거 없는걸. 여전히 납작하고."

"그렇군요."

"귀 대 봐도 돼?"

"다음에요."

이제 그만 루이의 손을 배 위에서 치우고 일어나 그의 품에서도 벗어났다. 루이는 약간 아쉬운 표정을 지었지만, 더 요구하지는 않았다. 땀을 좀 흘린 탓에 세수를 하려고 욕실로 향하는데 아직 소파에 앉아 있던 루이가 말했다.

"고마워. 노력해 줘서."

약간 쑥스러운 듯 볼을 긁적였다가 손을 떨어뜨리는 루이를 돌아보며 나도 말했다.

"저야말로 고마워요. 루이 씨."

그날 이후 우리의 관계는 점점 다시 임신 이전과 흡사하게 돌아갈 수 있었다. 하지만 아직 남아 있는 문제가 좀 있었다.

그중 첫 번째는 리체에게는 임신 소식을 알리지 못했다는 것. 그 애가 이 사실에 어떤 감정을 느낄지 예상할 수 없었다. 그 때문에 기회가 꽤 여러 번 있었음에도 말을 하지 못했다. 출산하고 난 뒤 리체가 루이와 나, 그리고 아기를 보며 소외감을 느끼진 않을까.

어느 날 루이에게 그런 고민을 슬쩍 흘렸더니 그는 오렌지를 까 접시에 보기 좋게 놓으며 심드렁하게 말했다.

"그러니까 빨리 결혼을 해야 해. 형식적으로나마 관계 정립이 되면 마음도 어느 정도 안정되는 법이거든."

"네?"

갑자기 무슨 소리냐며 고개를 갸웃거리자 루이도 고개를 들며 덩달아 얼굴을 갸웃거렸다. 그는 당연한 사실을 새삼스럽게 설명하는 사람처럼 얼떨떨하게 말했다.

"그야 너랑 내가 결혼하면 네가 내 호적에 들어오게 되잖아. 그때 네 호적에 있던 꼬맹이도 덩달아 나한테 속하게 되는…… 왜 그래?"

"으음……."

일단 아직 청혼에 대해 명확한 답변을 하지 않았다는 건 제쳐 두고 먼저 그에게 물어야 할 게 있었다.

"루이 씨. 나에 대해서 어디까지 알고 있어요?"

"왜. 내가 뭔가 놓쳤어?"

"제 현재 인적 서류, 확인 안 해 봤죠?"

"어차피 이름 빼곤 전부 가짜로 기재된 서류일 텐데 뭐 하러 꼼꼼히 살펴?"

말하는 걸 보면 대충도 살펴보지 않은 것 같지만 굳이 따지지는 않았다. 나는 이걸 어디서부터 설명해야 하나 고민하며 손끝으로 테이블을 잠시 두드렸다.

"일단…… 현재 제 신분은 미혼이에요. 결혼한 전적이 없죠."

"근데?"

"우리 나라는 미혼의 여자가 아이를 입양할 수 없어요."

"……."

"그러니까 리체는 제 호적에 속해 있지 않다는 거죠."

얼굴을 찡그린 루이는 뭔가 잔뜩 말하고 싶은 듯했지만 일단 잠자코 있었다. 새삼 그의 불같은 성미가 많이 죽었다는 생각이 들었다.

"리체의 친부모가 전쟁 중 사망했고, 생전부터 전쟁 지역에 거주하고 있던 리체의 친부모가 친분이 있던 데본에게 만약의 사태에 아이의 보호 요청을 했던 것이 인정된다. 따라서 아이가 성인이 될 때까지 보호자의 자격이 주어진다……는 게 현재 리체와 저의 법적인 관계예요."

"그것참 얼토당토않은 구…… 아니, 거짓말을 잘도 법적으로 인정받았군."

"어쩔 수 없었어요. 아무리 새로운 신분이라지만 만약에라도 훗날 제 과거가 들통나 거기에 리체가 영향을 받게 할 수는 없었거든요. 당신과 저의 '섬' 출신이라는 이력은 군권 시대의 잔여물 같은 거예요. 현 시대에선 결코 좋지 않죠. 아무리 지우고 감춰도 과거는 언제든 밝혀질 수 있어요. 그때는 새로운 신분도 소용이 없죠. 따라서 제 호적에 들이면 저 때문에 리체가 나중에 하고 싶은 일이 생겨도 제약을 받을 수 있어요. 가령 고급 공무원이나 법조인, 정치인 같은 거. 그래서 리체는 언제든 저와 끊어질 수 있도록 동거인의 형태로만 지내고 있어요."

"그거…… 꼬맹이는 알고 있어?"

"아직 어린데 어떻게 다 설명해요. 하지만 학교에 처음 서류 제출 시 다른 애들과는 내야 할 게 좀 달라서 리체에게 미리 우리 관계에 대해 설명을 약간 하긴 해야 했어요."

"그 전쟁 중 보호 어쩌고 하는 거?"

"네……."

나는 절로 얼굴이 달아오르는 걸 느끼며 눈을 아래로 내렸다. 사실 그 당시만 해도 나름 타당한 이유가 있었지만, 언젠가부터 육아에 관한 칼럼을 읽기 시작한 뒤로 그게 섣부른 생각이었다는 걸 느끼고 있는 중이다. 과거의 나는 나이에 따라 정보 전달 방법이 다르다는 걸 깨닫지 못했다.

"하……."

루이가 깊은 한숨을 내쉬며 말했다.

"그러니 애가 그렇게 너한테 집착하며 아등바등하지."

"네?"

루이는 한 손에 턱을 괴며 오렌지 과육을 보기 좋게 담은 접시를 내게 밀어 주었다. 그리고 흘러가는 듯한 어조로 말했다.

"너는 참 차가워. 데본."

"……."

"어지간히 구른 나도 가끔은 너로 인해 극심한 외로움을 느끼는데, 하물며 그 꼬맹이야 말할 것도 없지."

"아……."

"그 애의 미래를 지켜 주려는 건 좋아. 하지만 그 언제 끊어져도 이상하지 않을 관계로 인해서 현재의 꼬맹이는 꽤 불안할지도 몰라."

"역시…… 그럴까요?"

"응."

다시금 죄책감이 들었다. 그동안 육아 칼럼을 읽을 때마다 '아, 이미 이건 저질러 버렸는데.' 하는 경우가 적잖이 나와서 나도 많이 당황스러웠다. 나로 인해 리체가 성격적으로 문제가 생겼다면 어쩌나 걱정이 되었다. 하지만 그렇다고 이미 지나간 일들을 주워 담을 수도 없는 노릇이라 그저 지금부터라도 잘하자고 나름 노력해 보지만, 이 노력이 정말 제대로 된 것인지 사실 나도 확신할 수 없었다. 야무지지 못한 보호자라 리체에게는 늘 면목이 없다.

"데본."

"네."

"고개 들고 나 좀 봐."

아래로 떨어져 있던 시선을 들어 올려 루이를 바라보았다. 루이는 테이블 위로 한 손을 내뻗으며 손끝을 까딱거렸다. 그의 신호에 나도 말없이 손을 내밀어 맞잡는다. 루이는 턱 괸 손을 풀어 내 손등을 가볍게 두드렸다.

"사실 앞선 이유 끝에는 부모라는 존재가 되고 싶지 않다는 것도 있었지?"

그런 막연하고 희박한 가정이 전제된 이유라면 뻔하다고 루이가 단언했다. 나는 그것을 순순히 인정했다.

"……네."

"하지만 배 속의 애를 포기하지 않는 이상은 넌 되어야 할 거야."

손바닥에 닿은 루이의 손을 더욱 꼭 쥐었다. 루이는 괜찮다는 듯 다른 손으로 내 손등을 부드럽게 쓰다듬었다. 그가 나직하게 물었다.

"포기할 거야?"

"포기할 수 없어요."

"그럼 부모가 될 거야?"

"되고 싶지 않아요……."

"그래. 알았어."

무엇을? 옅은 한숨과 함께 고개를 끄덕이며 할 수 없다는 듯한 표정을 짓는 루이를 의아하게 바라보았다. 그는 시선을 위로 해 뭔가를 잠시 생각하더니 곧 결심한 듯 말했다.

"우리, 결혼해서 리체 정식으로 입양하자."

혹시 결혼식이 싫다면 하지 않아도 된다. 그저 혼인 신고만이라도 하자고. 그래서 두 아이 모두에게 안정을 주자고 루이가 말했다.

"네가 되고 싶지 않다면 내가 할게. 내가 아빠도 하고 엄마도 하지 뭐. 넌 그냥 평소처럼 지내. 나도 네가 원하지 않는 한 절대 부모 노릇이란 걸 강요하지 않을 테니. 그러니까……."

"……."

"그러니까 그저 내 가족이 되어 줘."

결혼하자. 제발.

루이가 내 손을 자기 두 손으로 꼭 감싸 붙들며 이마를 기대고 소리 낮춰 애원했다. 마치 신에게 기도라도 드리는 듯 진지한 모습이었다. 나는 그런 루이에게서 손을 거둘 수가 없었다.

이 사람은, 이 사람에게 사랑이란.

대체 얼마나 깊은 울림인 걸까.

나아가던 인생의 레일을 버리고, 가치관을 버리고, 미래마저 아무렇지 않게 내게 던져 버리는 그의 사랑이란.

내 삶에 이런 사람이 또 있을까.

나는 루이 역시 사이크처럼 내 인생의 또 다른 유일한 이가 될 것이란 걸 예감했다. 아마 죽어서도 잊지 못할 거야.

만약 그가 없었다면 내가 어땠을지 상상해 본다. 막막한 어둠에 갇혀 이미 죽고 없지 않을까.

그는 목마른 여행자 앞에 나타난 사막의 선인장이었다. 자신을 지키던 가시를 전부 털어 내고 스스로 몸을 갈라 품고 있던 수분을 아낌없이 나눠 주는 생명의 은인이었다.

"데본……."

루이가 애처롭게 나와 눈을 맞춰 왔다. 검은 눈망울 속에 비친 나 역시 그와 비슷한 얼굴을 하고 있었다.

아아……. 나는 지금도 앞으로도 저 사람 없이는 의미 없이 말라 가겠구나. 그 사실에 만족스러우면서도 슬픈 기분을 느끼다 결국 고개를 끄덕였다. 그 고갯짓에 따라 시야 안에 고여 있던 눈물이 더 버티지 못하고 떨어져 내렸다.

루이가 자리에서 일어나 내게 다가왔다. 그는 배에 내 얼굴을 기대게 하고 잠시 어깨를 토닥거렸다. 잠시 후 눈물이 멎자 그는 허리를 숙여 내게 입을 맞춰 왔다. 입술을 입술로 부드럽게 물었다가 놓고 타액에 휘감긴 혀로 입 안을 문질렀다. 마지막으로 내 입술 표면을 훑고 가볍게 빨아들여 연결된 타액을 끊은 그가 바닥에 앉아 내 허벅지에 머리를 기댔다.

"리체 꼬맹이는 눈물이 참 없던데. 이 꼬맹이는 아무래도 울본가 봐. 벌써부터 네 눈에서 눈물 나게 하는 걸 보니."

아무렇지 않게 내 눈물의 원인을 태아에게 돌리며 루이가 작게 투덜거렸다. 아주 불효자식이라고. 나는 아직 눈물기가 마르지 않은 채 약간 웃어 버렸다.

"그렇게 말하면 애도 억울할 거 같은데요."

루이가 고개를 들어 나를 올려다보았다.

"슬펐어?"

"약간요."

"기뻤어?"

"당신이 있어서."

애정을 담아 그의 머리를 조심스럽게 쓰다듬었다. 루이는 다시 내

다리에 머리를 기댔다.

"그것참 영광이네. 내 여왕님."

"제 나이트라도 된 기분인가요?"

"아니. 옆에서 그저 지켜보며 손가락만 빠는 건 싫어."

"……."

"그럴 바엔 차라리 네게 좋을 대로 부려지는 노예가 좋아."

이왕이면 밤에 불러 주는 노예가 좋겠다고 루이가 헛소리를 했다.

"당신은 노예가 아니에요."

두 손으로 루이의 얼굴을 감싸 들어 올렸다. 많은 감정이 담긴 눈과 마주쳤다. 그중의 일부분은 불안이리라. 나는 이제 그에게 확신을 주기로 했다.

"제 남편이죠."

루이의 눈이 약간 커진 채 얼어붙었다가 금세 사르르 녹듯 가늘게 휘어졌다. 그의 미소가 나를 다시 웃게 했다.

"사랑해."

"정말요?"

"사랑해."

"알아요."

나도 당신을 사랑한다고 말해 주었다. 진심으로 사랑한다고. 이 마음이 지금 나를 지탱하는 진실이고 현실이라 고백한다.

당신으로 인해 내가 삶의 감정을 느끼고 있다는 것. 미움도 사랑도 전부 하나로 합쳐져 오롯한 강이 되어 당신에게로 향한다고.

나의 아름다운 그대에게.

내 마음에 만약 형태가 있다면 그건 오롯이 당신의 모습을 하고 있을 것입니다.

에필로그

"꼬맹이."

루이의 부름에 스케치북에 그림을 그리고 있던 리체가 고개를 들었다. 루이는 턱을 괸 채 리체의 난해한 그림을 응시하고 있다가 눈을 들었다. 그는 턱에서 손을 내리고 팔짱 끼며 테이블에 붙이고 물었다.

"너 나중에 혹시 나랏일 하고 싶어?"

"그게 뭔데요?"

"공무원 되고 싶냐고."

"시민 청사 언니?"

"내가 말하는 건 정치인 같은 거지만 뭐 그것도 될 수 있겠지. 그래서? 되고 싶어?"

"아니요?"

"판사나 검사, 변호사 되고 싶어?"

"아니요오?"

"그럼 군인은?"

"싫어요."

리체는 여행하는 화가가 될 거라면서 손에 든 크레파스를 번쩍 들어 올렸다. 데본의 사정에 맞춰 자주 이곳저곳을 옮겨 다닌 리체는 그 생활이 생각보다 꽤 괜찮았던 듯했다. 루이는 만족스럽게 고개를 끄덕거리곤 이번엔 좀 더 진지하게 물었다.

"너, 내 딸 할래?"

"넹?"

리체가 팔을 들어 올린 채 고개와 몸을 같이 기울여 갸웃했다. 루이는 아무렇지 않은 표정을 지으려고 했지만 이내 괜한 헛기침이 나오며 쑥스러운 감정을 감추는 걸 실패했다. 그는 손가락으로 볼을 긁적이며 설득의 서두를 뗐다.

"그러니까 말이지."

……

데본은 산책을 마치고 집에 돌아왔을 때 리체의 격한 인사를 받았다. 루이와 식탁에 마주 앉아 있던 리체는 데본이 집에 들어오자 곧바로 의자를 벗어나 달려왔다. 그리고 두 주먹을 꼭 쥔 채 소리쳤다.

"데본!"

"응?"

"아기 생겼어요?!"

데본은 미소를 지은 채 굳어 있다가 곧 눈을 굴려 루이를 쳐다보았다. 루이는 한 손으로 제 얼굴을 가리고 있었다. 그는 잠시 데본의 눈빛 공격을 피하고 있다가 한참이 지나서야 변명했다.

"그, 설득하다 보니 말하게 됐어……."

요즘 리체와 루이를 함께 두는 연습을 하던 데본은 이 일로 루이를 향한 신뢰감이 약간 하락하는 걸 느꼈다.

"그건 나중에 제가 얘기한다고 했잖아요."

"응. 그랬지. 미안."

자기도 면목 없다는 듯 사과하는 루이에게 더 화낼 마음이 사라진 데본은 다시 리체에게 눈을 돌렸다.

"미리 말 못 해서 미안. 생각 좀 하느라고 늦어졌네. 응. 아기 가졌어."

"루이 씨가, 루이 씨가 나보고 자기 딸 하라고……."

"응. 루이 씨랑 나 결혼할 생각이야. 그때 널 정식으로 입양할까 하는데…… 아, 그러니까 우리가 네 부모가 되는 거지. 그…… 네 생각은 어때?"

리체는 입을 삐죽거리긴 했지만 그래도 썩 나쁜 표정은 아니었다.

"피이……."

괜히 바닥에 슬쩍 발길질한 리체는 곧 데본에게 손을 뻗어 안겨 왔다. 데본은 허리를 숙여 리체를 안고 잠시 등을 토닥거렸다. 리체는 루이가 듣지 못하도록 손으로 입가를 가리고 데본의 귀에 속닥거렸다.

"좋아요."

데본은 부끄러워하는 리체가 더 부끄럽지 않도록 품에 꼭 안은 채 루이에게 손짓으로만 오케이 사인을 보냈다. 루이는 데본의 품에 틀어박힌 리체의 뒤통수를 보며 소리 없이 웃었다.

두 사람은 먼저 혼인 신고부터 한 뒤 결혼식을 하기로 했다. 결혼식을 하고 싶다고 한 건 데본이었고 그녀는 배가 나오기 전에 하고 싶다며 일정을 매우 급하게 잡았다. 식 날짜는 청혼을 받아들인 날로부터 불과 2주 뒤였다. 하객 명단 작성하는 일부터 얼른 해야겠다고 중얼거리는 루이에게 데본이 말했다.

"하객은 필요 없어요."

"왜? 그래도 올 사람 꽤 있을 텐데."

에드윈은 무조건 올 거고 아마 여왕도 최소한 비밀리에 대리인 정도는 보낼 것이다. 그리고 오랜만에 베어와 카이, 미미도 볼 수 있을 것이며, 또 두 사람이 민간인 생활을 하며 어울린 주변인들도 여럿 부를 수 있었다. 하지만 데본은 고개를 저으며 그들에겐 전부 식 이후 카드로만 소식을 알리고 싶다고 뜻을 밝혔다.

"결혼식 때 당신에게만 집중하고 싶어요."

'나, 나한테만?' 루이는 그 말에 순간적으로 약간 감격해 버린 자신을 느끼고 굉장히 부끄러워졌다. 그는 입을 꾹 다문 채 눈을 여러 번 끔벅거렸고 데본은 그런 루이의 얼굴을 손으로 가볍게 쓸었다가 거뒀다. 그녀가 잔잔히 웃으며 말했다.

"그거 알아요?"

"……뭘?"

"저 결혼식은 당신이 처음이에요."

밀라온은 약혼으로 끝났고 쥬페도라와는 결혼식 없이 그냥 같이 살았다. 그래서 당신과 같이 청사에 가서 혼인 신고를 하는 절차도 굉장히 낯설었다고 데본이 말했다. 그러니 결혼식도 여느 여자들처럼 많이 떨릴 거라고.

"너무 떨다가 사제님 앞에서 기절하면 어쩌죠?"

"걱정 마. 그럼 내가 번쩍 안아 들고 네 몫까지 서약할게."

루이는 꽤 진심으로 말했지만 데본은 재밌는 농담을 들은 양 키득키득 웃었다.

결혼식은 집에서 멀지 않은 주교회에서 사람들이 없는 저녁 시간에 하기로 했다. 그리고 당일 식이 시작되기 한 시간 전, 데본의 안색은 긴장으로 인해 무척이나 창백했다. 두 사람이 농담처럼 나눴던 말이 진짜가 될지도 모를 판이었다.

"괜찮아?"

머리를 말끔하게 넘겨 묶고 턱시도를 차려입은 루이가 데본에게 물을 건네며 물었다. 데본은 물을 거절하며 고개를 저었다.

"아니요."

"물이라도 마셔."

"입술 지워져요……."

"화장이 중요한 게 아니잖아."

"중요해요."

이 식에서 중요하지 않은 것은 아무것도 없었다. 소박하긴 해도 전부 다 정성을 쏟았다. 지금의 이 신부 화장조차 전문가에게 비싼 돈을 들여 완성한 거였다. 루이는 끝까지 물을 거부하는 데본의 고집을 꺾지 못하고 한숨을 쉬며 물병을 치웠다.

데본은 느리게 심호흡을 하며 기분을 다스렸다. 데본의 옆에서 화동 드레스를 걸친 채 꽃잎 바구니를 들고 다리를 동당거리던 리체가 데본을 걱정스럽게 바라보았다.

"오늘 결혼 못 해요?"

데본은 리체를 향해 쓰게 웃어 보였다.

"해야지."

이러나저러나 결국 시간이 다 되어 식이 시작되었다. 루이와 데본은 사제의 앞에 섰다. 나이 든 사제가 주교의 상징을 등 뒤로 둔 채 경건하게 결혼에 관련한 교리를 읊었다. 이어 서약서에 따른 약속을 이행하겠느냐고 두 사람에게 물었다.

"따르겠습니다."

"따르겠습니다."

"이로써 두 사람은 완전한 하나가 되었음을 신 앞에서 선언합니다."

사제는 두 사람의 사인이 들어간 서약서를 단에 올리고 반지를 나누도록 했다. 두 사람이 마주 보고 반지를 나누자 리체가 제 역할에 따라 두 사람을 향해 꽃잎을 높이 뿌렸다. 아이의 손에 움켜쥐어져 작은 뭉텅이가 된 꽃잎들이 루이의 어깨를 퍽퍽 때렸다. 루이는 리체를 약간 흘겨보며 눈썹을 휙 올렸고 리체는 실수했다는 표정으로 혀를 빼물었다.

결혼식 자체는 길지 않았다. 하객을 두지 않아 이어질 연회가 없었기 때문이다. 대신 세 사람은 옷을 갈아입고 호텔 레스토랑에서 마치 상류층의 격식 있는 가족인 양 분위기 있는 식사를 했다. 오늘 그들은 이 호텔의 가족 룸에서 머물 예정이었다.

방에 들어오자 데본이 방을 둘러보며 약간 감탄했다. 시간이 흐르긴 흘렀는지 이젠 호텔 룸도 꽤 다양화되었다고 데본이 감상하자 루이는 시대가 급변하고 있긴 하다며 데본의 늙은이 같은 말을 감싸 주었다.

한참 후 세 사람은 씻고 한 침대에 나란히 누웠다. 여느 가족과 조금 다른 점이라면 아이가 가운데가 아니라는 점이다. 데본이 가운데에 눕고 그 양옆에 루이와 리체가 각각 자리를 차지했다. 푹신한 베개에 머리를 기댄 루이가 천장을 보며 말했다.

"후……. 최대한 간소화했는데도 피곤하네."

"아고고~ 죽겠다."

"늙은이 같은 말 하지 마라. 꼬맹이가."

"피이……."

리체는 핏핏대며 몸을 일으키더니 이내 데본의 배에 귀를 가까이 댔다.

"아기는 언제 나와요?"

"몇 달 후에."

데본은 눈을 감은 채 대답했다.

"이름은 뭐로 할 거예요?"

"글쎄⋯⋯. 루이 씨, 혹시 생각해 둔 이름 있어요?"

"어? 아직 없는데. 어차피 한동안은 걔도 꼬맹이 신세일 텐데 뭘."

"출생 신고 하려면 이름이 필요하다는 걸 잊지 말아요."

데본이 평온에 젖은 얼굴로 단조롭게 말했다. 루이는 데본을 향해 돌아누웠다.

"넌 뭐 생각해 둔 이름 있어?"

"아직이요."

"꼬록이가 좋겠어요!"

이내 리체가 고개를 번쩍 들며 외쳤다. 그 말에 루이가 눈을 동그랗게 뜨고 데본도 눈꺼풀을 열며 리체를 바라본다.

"어⋯⋯?"

아무리 그래도 꼬록이는 너무하지 않을까⋯⋯? 데본의 이상한 표정에도 리체는 활기차게 말했다.

"배 속이 꼬록꼬록대요!"

"⋯⋯."

데본이 입을 다물고 루이는 데본에게로 눈을 굴렸다.

"혹시 배고파?"

조금 전에 먹었는데 진짜?

약간 웃음기를 띠고 묻는 그의 목소리에 데본은 말없이 두 손으로 제 얼굴을 덮었다. 한동안 우울감으로 가라앉아 있던 그녀의 식욕이 다시금 돌아온 순간이었다.

한참 웃은 루이가 결국 뭐라도 사 오겠다며 자리에서 벌떡 일어났다. 리체도 같이 가고 싶다고 루이를 따라 침대를 내려갔다.

"뭐 먹고 싶어?"

간단히 외투를 걸치고 리체와 손을 잡은 루이가 물었다. 데본은 상체를 일으켜 앉아 그를 미안하게 바라보다가 한숨 쉬듯 답했다.

"고기요."

"저는 사탕 사 주세요."

루이와 잡은 손을 흔들며 리체가 말했다. 루이는 데본의 눈치를 보며 자기는 힘이 없다고 답했다. 데본은 먹고 나서 양치를 다시 하겠다는 약속을 받고 오늘만 허락했다.

"사탕 두 개 먹어도 돼요?"

"이 썩는다."

"양치질할 거예요!"

"살쪄."

데본은 방을 나서며 말을 나누는 두 사람의 모습을 물끄러미 바라보다가 부드러이 미소 지었다. 그녀는 지금의 이 순간을 머릿속에 깊이 새겼다. 두 사람의 표정과 말투, 호흡 모조리 전부.

이 기억은 앞으로를 살아가며 다시 힘들게 되더라도 그녀를 버티게 해 줄 것이다. 데본은 그걸로 충분했다.

슬픔 끝에도 결국 웃을 수 있게 된다면 그것도 나름 성공한 인생일 테니까.

— *The end*

외전 1. 밀라온

데이카스트로데 드 밀라온 로헬. 약칭은 데이카스트로데 백작. 데이카스트로데가는 이아쿠안국에 존재하는 귀족 가문 중에서도 꽤 상위에 속했다. 비록 현시대에 귀족이 많이 줄어들어 비교할 대상이 적다곤 하지만 황권 시대에서도 데이카스트로데 가문은 꽤 힘이 있었다. 그 가문이 지방 출신이라는 건 조금도 약점이 되지 않는다. 그곳은 단지 그들의 영지였다가 황권 시대가 끝나며 정부에 빼앗긴 것뿐이었으므로. 그러니 혈통이라든지 관념적으로 따지자면 밀라온은 꽤 고귀하다고도 할 수 있었다. 그리고 그 고귀한 남자는 오래전부터 극심한 우울증에 시달리는 중이다.

그의 우울증은 첫사랑의 실패로부터 시작했다. 입에 담기도 두려운 부정한 의혹과, 눈앞에 두고도 지키지 못했던 스스로의 무능함과 죄책감이 그의 영혼을 오랫동안 좀먹어 갔다.

그 뒤 안정적인 가정을 꾸리고 아이가 생겨도 그의 마음은 거의 치유되지 않았다. 배우자인 로라는 좋은 여자였지만 그리 헌신적이고 끈기 있게 밀라온의 마음을 열려고 하진 않았다. 물론 처음엔 어느 정도 노력했지만 지금에 와선 거의 포기한 상태다. 그녀의 관심은 이 제 밀라온보다는 아이에게 쏠려 있었다. 밀라온은 그것에 서운함을 느끼지 않았다. 오히려 사랑해 주지 못해 미안함을 느끼고 있었다. 그들은 아들이자 후계자인 시온이 태어난 뒤로는 의무적인 부부 관계조차 가지지 않았다. 이쯤 되니 로라는 밀라온이 외도를 하는 중이라 의심하고 있었으며 밀라온은 로라가 차라리 외도라도 하길 바랐다.

아직 옛 그녀를 사랑하는가? 글쎄. 아마 그건 아닐 것이다. 총사령관 부인으로서 재회한 그녀에게서 밀라온은 과거의 편린을 느끼고 괴로워하긴 했지만 그렇다고 현재의 그녀를 욕망하진 않았다.

아니, 감히 그럴 수 없었다는 게 맞다.

원할 수도 없는 주제에 그녀의 그림자에서 벗어날 수도 없다. 대체 이 무슨 지옥이란 말인지. 밀라온은 날이 갈수록 조금씩 그리고 확실하게 무너지는 자신을 느꼈다.

어쩌면 이미 그의 영혼은 오래전 그녀를 잃는 순간에 죽어 버렸는지도 모른다. 영혼 없는 껍데기뿐이라 이리 맥없이 망가져 가는가. 밀라온은 제 상태에 대해 새삼 놀랍지도 않아 스스로의 이상을 두드러지게 느낄 때마다 그저 조소했다.

절실하게 죽고 싶은 것은 아니나 살아가는 의미를 알 수 없어지는 순간이 종종 찾아왔다. 그런 마음을 대변하듯 그의 서재 책상의 세 번째 서랍 속엔 오래전부터 권총이 한 정 들어가 자리 잡고 있었다. 그 서랍은 하루에도 몇 번씩 열렸다가 닫혔다. 밀라온이 서재에서 긴 시간을 보내는 날이면 특히 더 그랬다. 그나마 아직 아들이 어려서 어떻게든 억지로 삶에 의무를 부여하는 중이지만 시간이 지나 아들이 커서 제 몫을 하게 되면 아마도 밀라온은 권총을 꺼내 제 머리에 겨눌 것이다. 그가 헛소리를 하는 부친의 심장을 쏘았을 때처럼 아무런 망설임도 없이.

"후……."

밀라온은 손안에서 한참 만지작거리던 권총을 다시 서랍에 집어넣고 밀어 닫았다. 그리고 잠시 마른세수를 하다 눈가를 꾹 누르며 손을 멈춘다. 얼마 후 고개를 든 밀라온의 얼굴엔 짙은 피로가 깔려 있었다.

"티안, 이라고 합니다."

"반갑습니다."

밀라온은 자신을 티안이라 밝힌 군인과 악수를 한 뒤 마주 보고 앉았다. 그녀의 전언이 있다며 연락을 취해 온 그에게 밀라온은 의심조차 없이 선뜻 만남을 허락했다. 다행히 그게 진실이었기에 망정이지 상당히 위험한 행동이었다. 특히나 밀라온쯤 되는 사회적 위치를 구축하고 있다면 말이다. 어쩌면 함정이거나 테러를 받을 수도 있었다. 그러니 낯선 이와의 만남을 제대로 알아보지도 않고 곧장 허락한 그가 경솔하다 말할 수도 있겠지만 또 시각을 다르게 보자면 그만큼 밀라온에게 그녀라는 존재가 너무나도 무겁고 짙은 그림자라는 뜻이기도 했다.

"……그러니까, 제가 에드윈 중장의 눈을 돌리는 미끼가 되는 거군요."

"네. 그렇습니다."

용병 지원의 의향을 비치면서 중장과 함께 전선 시찰에 동행해 달라. 밀라온을 향한 그녀의 전언은 어떠한 이해적인 호소나 감정의 덧붙임도 없이 용건만 간결했다. 그녀가 무엇을 생각하는지는 알 수 없었다. 하긴 그녀가 어떤 생각이든 어차피 밀라온은 그녀의 부탁을 거절할 수 없었다. 그럴 의지조차 없다. 그간 나름 합리적인 결정을 내리며 살아왔지만 그녀가 관계된 일에선 도저히 그럴 수가 없었다. 이미 오래전에 그 빌어먹을 합리적인 결정으로 인해 밀라온은 그녀를 눈앞에서 사지로 보내야 했다. 그 끔찍한 기분을 두 번 다시 느끼느니 차라리 제 머리에 총을 쏘는 게 나았다.

"알겠습니다."

티안은 말라온이 순순히 그러겠다 답했음에도 어딘지 불안하고 불편한 기색을 보였다. 군인 특유의 절제된 분위기를 가지고 있어 그리 눈에 띄는 반응을 보인 건 아니었으나 왠지 그 순간 꿈틀대던 티안의 눈매가 밀라온의 눈에 포착된다. 티안은 아무래도 그녀가 꾸미는 일을 썩 찬성하는 것 같지 않았다. 밀라온은 그것을 모른 체했다. 굳이 캐물어 봤자라고 생각했기 때문이다.

하지만 그때 밀라온은 물었어야 했는지도 모른다. 설령 티안이 아무것도 모르고 있었더라도 그의 말을 듣다 보면 결국 무언가를 추측할 수 있었을지도 모른다. 그러니까 그녀의 목숨을 건 결단 같은 것을 말이다. 어쩌면 그 순간이 신이 제게 보내는 마지막 신호였을지도 모른다고 밀라온이 떠올린 건, 허무하게도 이미 모든 일이 끝난 뒤였다.

중장과의 동행 당일 갑자기 열차가 중간에 서며 약속이 취소되었다. 그녀에 관한 소식 역시 한동안 이상하리만치 차단되었다. 밀라온은 의아했지만 그 일에 나서서 알아볼 입장이 되지 못했다. 혹 문제가 생겨서 거기에 가문이 말려들어 가는 일은 없어야 했기 때문이다. 그녀를 위해서 뭐든 할 듯 굴었으면서도 그건 어디까지나 그 개인에 한해서고, 결국 선택의 기점에선 가문까지는 감정의 저울 위에 올리지 못한다. 그런 점은 옛날부터 변함없는 자신에게 밀라온은 치가 떨렸다.

밀라온이 그녀의 소식을 다시 듣게 된 건 꽤 오랜 시간이 지난 뒤였다. 그는 비로소 건너건너 소문을 통해 그녀가 백작 부인의 저택에서 죽었다는 소식을 전해 받았다. 입양했던 아들이 피살된 그 습격 사건을 백작 부인이 한 짓이라 오해한 그녀가 백작저로 쳐들어가 부인의 아들을 인질로 잡아 난동을 부렸다고.

입양아에게 애착이 있었던가. 밀라온은 총사령관의 전쟁고아 입양이 그저 쇼맨십이라는 걸 이미 눈치채고 있었다. 밀라온뿐만 아니라 정세에 대해 생각을 조금 하는 사람이라면 누구라도 그렇게 여기고 있을 것이다. 어쩌면 그녀는 총사령관과 조금 달랐을지도 모르나 밀라온은 백작저에서부터 나온 그 소문을 온전한 진실이라 믿지 않았다. 하지만 계기야 어쨌든 결과적으로 그녀가 그곳에서 난동을 부리다 사살당한 건 사실로 보였다.

때문에 밀라온은 그 소식을 들은 날, 아무것도 할 수가 없었다. 왠지 회색빛의 세상에 갇힌 듯한 기분이 들었다. 이미 잃을 것이 없었음에도 무언가 다시 잃은 듯했다.

새삼 미치도록 다시 그녀를 사랑하게 된 거라곤 생각지 않는다. 그렇다고 굳이 그녀를 여왕으로 만들어서 그 공로를 치하받아 권력을 쥐고 싶은 것도 아니었다. 단지 그녀가 자신을 필요로 한다면 힘이 되어 주고 싶다고 여겼다.

그조차 용서할 수 없었던 부친의 빚을, 그리고 자신의 빚을 갚고 싶었다.

'그게 무슨……! 데본 양이…… 어디 출신이라고?'

'그럴 리가……. 그럴 리가……!'

'어쩐지 외향이 공작가 식구들과 비교해 조금 남다르다 했지……. 하마터면 모른 채 가문을 망칠 뻔했구나. 왜 진작 말하지 않았던 것이냐? 아니, 그래 너도 마음이 복잡했을 테니 지난 일은 이제 됐다. ……차라리 그때 죽게 둔 것이 다행일지도 모른다. 너도 이참에 잘됐다고 생각하

고 잇어라. 어차피 처음부터 너희 둘은, 크윽……! 밀라온! 이 무슨……! 윽……!'

타─앙!

오래된 기억 속의 총성이 또 한 번 귓가에 크게 울리는 듯했다. 멍하니 허공을 보던 밀라온은 문득 고개를 돌려 벽에 걸린 거울을 바라보았다. 지독히 지친 얼굴의 남자가 거울 속에서 서늘하게 빛나는 눈으로 자신을 바라보고 있었다.

그로부터 며칠 후, 밀라온은 충동적으로 자살 기도를 했다. 욕실에서 면도를 하다가 불현듯 날이 잘 선 면도날이 눈에 들어온 탓이다. 고용인이 정성스럽게 갈아 놓은 면도칼이 시퍼렇게 빛났다. 밀라온은 충동적으로 그것으로 손목을 그었다. 다행히 고용인이 일찍 발견해 큰일은 없었지만, 다시는 스스로 면도를 할 수 없게 되었다. 밀라온은 그동안 자잘한 일은 굳이 고용인의 손을 빌리지 않았었는데 이번에 충격받은 로라가 면도만큼은 고용인이나 숍에 가서 해결하라고 예민하게 굴었기 때문이다. 밀라온은 걱정하는 로라에게 미안해서 그렇게 하겠다고 약속했다. 그는 그렇게 또다시 죽음과도 비슷한 우울한 안정 속에서 삶을 이어 갔다.

백작 부인은 결국 여왕이 되었다. 밀라온은 마들로나 드 헤븐 메이가 세상에 모습을 드러내고 군중 앞에서 연설하는 것을 물끄러미 바라보았다. 만약 저 자리에 그녀가 있었다면 어땠을까. 그런 의미 없는 상상을 하면서.

밀라온은 늘 그랬듯 여왕과 어느 정도 거리를 두고 교류하며 중립적인 위치를 고수했다. 가문을 위해서기도 하고 그녀가 떠올라서이기도 했다. 여왕은 마치 그런 그를 이해라도 한다는 듯 은은한 미소로써 그를 상대했다. 밀라온은 이제 여왕의 아름다운 외향 따윈 제게 아무런 영향을 미치지 않는다는 것을 느꼈다. 그는 그저, 그저……. 여왕이 싫었다.

당신이 아니었다면. 또는 당신이 없었더라면. 여왕을 볼 때마다 그런 생각이 떠나질 않았다.

"백작님."

"……? 아, 여왕 폐하. 초대해 주셔서 감사합니다."

몇 년 후, 여왕이 초청한 자선 파티에 참석한 밀라온은 제게 다가와 말을 건 여왕을 향해 정중하게 인사했다. 여왕을 향한 그의 마음은 늘 한결같이 미움을 품은 채였으나 대외적인 행동에선 한 치의 흐트러짐도 보이지 않는다. 여왕은 여전히 그림 같은 미소를 머금은 채 말했다.

"당연한 일인걸요. 백작님이 이 자리에 오시지 않으면 지금 이 자리에 있는 이들 중 반은 오지 못했을 테니까요."

밀라온은 뼈 있는 여왕의 말을 웃음으로 넘겼다. 그를 따라 웃은 여왕은 샴페인을 한 모금 마시며 한 걸음 더 그와 거리를 좁혔다. 밀라온은 물러날까 말까 고민하다가 결국 움직이지 않았다. 여왕이 조그만 목소리로 그에게 속삭였다.

"요즘 광산에 관심을 두고 계시다 들었어요."

"어쩌다 보니요. 한자리 필요하십니까?"

능청스러운 비꼼에 여왕이 다시 나직한 웃음을 흘렸다.

"전 이미 손대고 있는 사업이 많아서 거기까진 신경이 미치질 않네요. 그저 얼마 전에 좋은 소식을 들어 백작님께도 전해 드려야겠다 생각했답니다."

"……?"

"서쪽의 땅에 다이아가 묻혀 있다던데, 혹시 이미 들으셨나요?"

들은 적 없는 정보였다. 밀라온은 여왕을 지그시 바라보다가 입가를 올렸다. 무슨 속셈일까. 일단 그가 서쪽으로 발걸음을 하게 하려는 건 확실한데 그 빤한 수작에 넘어가 줘야 할지 말아야 할지 약간 고민되었다. 여왕은 웃음을 머금은 채 말했다.

"원하신다면 그쪽 정보에 밝은 이를 소개해 드리지요."

"……."

밀라온은 결국 며칠 후 여왕의 수작에 넘어가 주었다. 그 자신도 모르던 다이아 광산의 소문 때문이 아니라 여왕의 속내를 알아보기 위해서였다. 피한답시고 멍청하게 있다가 어느 날 갑자기 뒤통수 맞는 건 사양이니까. 다만 혹시 모를 사태를 대비해 경호원을 몇 명 더 대동하고 그 스스로도 서랍에서 잠자고 있던 권총을 꺼내 챙겨 최소한의 대비를 했다.

밀라온은 여왕이 소개해 준 인물과 전화로 약속을 잡은 뒤 서부로 향했다. 약속 장소는 한 호텔의 카페였고 밀라온은 번거롭지 않게 체류 기간 동안 그 호텔에 머물기로 결정했다. 그리고 약속 당일 시간에 맞춰 카페로 내려갔지만 왜인지 약속 상대는 나타나지 않았다. 약속 시각에서 10분이 넘어간 뒤부터 불쾌한 기분이 된 밀라온은 딱 30분까지만 채우고 자리에서 일어나기로 마음먹었다. 그리고 약 20분이 넘어갔을 때, 카페 안으로 들어오는 한 남자를 보게 되었다. 남자는 들어오자마자 곧장 카운터로 가 직원과 얘기를 나눴다. 주변 소음과 더불어 약간 거리가 있었던 탓에 그들이 무슨 말을 하는지는 잘 들리지 않았다. 하지만 밀라온이 그의 얼굴을 확인하는 데엔 전혀 문제가 없었다.

"전화로 ……을 주문해 두었다고……. ……지금 본인이 움직이기가 힘들어서 제가 대신…… 그보다 왜 여기만 룸서비스가 안……."

"……입니다. 손님과 예약자분의 신분증, 그리고 ……을 보여 주시겠어요?"

"여기."

남자가 지갑에서 신분증으로 보이는 카드 두 장을 꺼내 놓고 재킷

안주머니에서 잘 접힌 종이 한 장을 꺼내 펼친 뒤 직원에게 내밀었다. 직원은 그것들을 확인하고 나서야 고개를 끄덕이며 자리를 떴다. 잠시 후 돌아온 직원은 남자에게 종이 백을 내밀었다. 남자는 그것을 받자마자 다시 카페를 나갔다.

밀라온은 그 모습을 하나도 빠짐없이 바라보다가 문득 자리에서 벌떡 일어났다. 다급한 걸음으로 카페 문을 나서자 어느새 저 멀리 계단을 오르는 남자의 뒷모습이 보인다. 저 계단 끝엔 객실 이용자를 위한 승강기가 있다. 따라서 밀라온은 남자가 현재 이 호텔에 체류 중임을 예상할 수 있었다.

광산 쪽에 꽤 깊이 발을 들인 밀라온이 전혀 들은 적 없는 다이아몬드 정보, 여왕이 소개한 사업 중개인, 그 중개인이 정한 약속 장소와 약속 시각, 심지어 중개인은 입구와 카운터가 곧장 보이는 좌석마저 미리 예약해 뒀다. 그러고선 정작 그 본인은 결국 나타나지 않는다라. 거기에 마침 이 시간에 누군가 예약한 물건을 찾으러 온 저 남자까지.

밀라온은 비로소 저 남자가 여왕이 말하는 '다이아몬드 광산'이라고 판단했다.

'위험에 빠진 레이디를 구하고 싶어 하는 마음은 알겠지만 그로 인해 아버님께서 돌아가시면 되겠습니까. 귀족 도련님.'

밀라온은 지금껏 저 남자를 잊어 본 적이 없다. 그때와는 차림새가 다른 탓인가, 날카로워 보였던 분위기가 좀 순하게 변한 듯도 싶지만 그 생김새만큼은 남다른 데가 있었으니까. 잘못 보려야 잘못 볼 수가 없었다.

밀라온은 제 감정이 이렇게까지 황폐해진 데엔 당연히 스스로의 지분이 가장 크다는 사실을 인지하고 있다. 하지만 그렇다고 저 남자가 무죄라는 건 아니다. 그는 현재 밀라온의 상태에 확실히 일조했다.

'저희에겐 시체가 셋이나 하나나 손이 가는 건 매한가지입니다. 하지만 도련님은 조금만 현명하게 머릴 쓰신다면 두 명의 목숨은 건질 수가 있습니다. 아버님과 도련님 자신. ……시간이 별로 없는 관계로, 5초 드리지요.'

밀라온은 제게 그따위 선택을 하도록 몰아붙인 그를 죽이고 싶었다.

남자는 이제 계단 끝을 넘어가 완전히 모습을 감췄다. 어느새 밀라온은 저도 모르게 안주머니 속으로 손을 넣어 권총 손잡이를 붙잡고 있었다. 그는 뒤늦게 천천히 심호흡을 하며 권총을 놓고 빈손을 주머니 밖으로 꺼냈다.

그걸로 언뜻 진정한 듯 보이긴 했지만 사실 그건 겉모습뿐이었다. 밀라온은 남자를 발견한 뒤부터 이미 자신의 주변 상황 같은 건 아무래도 좋아졌다. 극단적인 결정을 내리기까진 그리 오래 걸리지 않았다.

"백작님, 괜찮으십니까?"

아까부터 경호원과 함께 밀라온의 곁을 지키고 있던 비서가 조심스럽게 말을 걸었다. 밀라온은 괜찮다는 대답 대신 비서에게 물었다.

"조금 전 여기서 나간 남자, 기억하고 있습니까?"

"예."

유심히 보고 계시기에 기억해 뒀다 말하는 비서에게 밀라온이 말했다.

"저자가 이곳에 얼마나 머무는지 좀 알아봐 주세요."

"예."

그날 저녁 비서는 그 남자 '루이' 가 열흘 동안 이 호텔에 머물기로 되어 있다고 알려 왔다. 또한 그가 머무는 방의 호수도 알아 왔지만 밀라온은 아직 거기까지 쳐들어갈 생각은 없었다. 무엇보다 그 남자는 고도의 신체 훈련을 받은 자였으므로 밀라온이 막무가내로 쳐들어 간다고 어떻게 할 수 있는 상대가 아니었다.

밀라온은 일단 남자를 지켜보기로 했다.

3일 후, 남자가 딸로 보이는 어린 소녀를 제 어깨 위로 목말을 태운 채 프런트에서 뭔가를 작성하고 있었다. 프런트 근처로 보냈던 경호원이 돌아와 밀라온에게 전하기를 호텔의 추가 서비스에 대한 부분을 재작성하는 것 같다고 했다. 그가 호텔 직원과 나누는 대화를 들어 보니 부인이 움직이기 여의치 않은 상태인 것 같다고.

'가족이라?'

그녀는 결국 절망 끝에 생이 멈춰 버렸는데 그녀의 삶을 망쳐 버린 관계자 중 하나는 버젓이 살아 가족까지 꾸린 모양이었다. 밀라온은 갑자기 가슴에서 천불이 이는 것 같았다. 도저히 화가 가라앉지 않아 주먹을 세게 쥐고 눈을 질끈 감는다. 분노에 심장이 터져 버릴 듯했다.

그동안 고용인에게 지켜보는 것을 맡겼지만 밀라온은 이후 직접 남자를 지켜보기 시작했다. 물론 그 전에 눈에 띄지 않도록 경호원들과 비서를 치워 두는 것도 잊지 않았다. 경호팀장은 그럴 수 없다고 했지만 결국엔 고용주인 밀라온의 말에 따를 수밖에 없었다. 그렇게 밀라온은 아무런 방해도 없이 식당의 구석 자리에 신문을 들고 앉아 남자를 지켜보았다. 남자는 룸서비스를 이용하지 않고 끼니때마다 식당에 내려와 소녀와 함께 식사를 했다. 밀라온은 남자를 주시하면 할수록 점점 더 증오감이 커져 감을 느꼈다.

7일째, 밀라온은 이제 한계에 다다라 더는 참을 수가 없어졌다. 그날도 미리 구석 자리에 앉아 남자를 기다리고 있던 밀라온은 가슴속에서 끓고 있는 새빨간 원한을 곱씹으며 시야마저 벌게지는 기분을 느꼈다. 문득 신문을 내려놓고 고개를 푹 숙인다. 버티는 마음이 너무 힘들었다. 덜덜 떨리는 손을 품 안으로 집어넣자 딱딱한 총신이 손바닥에 잡혔다.

오늘, 드디어 밀라온은 남자를 죽여 버리기로 결심했다.

'들어오자마자 쏴 버려야 해.'

기회를 놓치면 되레 당할 것이다. 밀라온은 총을 잡지 않은 손으로 얼굴을 길게 쓸어내리며 고개를 들었다. 가라앉은 시선이 식당 입구에 머문다.

얼마 후 입구에 들어서는 누군가의 발, 한눈에도 여성의 발이었다. 남자가 아니란 사실에 밀라온은 흥미 없이 그녀를 훑어 올리다 이내 눈을 커다랗게 떴다.

임신했는지 배가 부른 여성은 느린 걸음으로 창가 자리로 향했다. 그리고 곧 의자에 앉아 약간 지친 숨을 내쉬며 주변을 둘러본다. 밀라온은 얼굴을 감출 생각도 하지 못하고 이윽고 자신을 발견하며 멈추는 그녀의 시선을 오롯하게 마주했다. 그녀는 표정 없이 밀라온을 물끄러미 바라보다가 문득 입가를 미세하게 올렸다. 약간 머쓱해하는 것 같기도 했다.

얼마 후 그녀의 입술이 움직였다. 밀라온에게 소리 없이 건네는 첫마디는, '안녕'.

현실감 없이 그녀를 바라보던 밀라온은 그 순간 몸을 흠칫 떨며 자리에서 벌떡 일어났다. 그리고 도망치듯 식당을 빠져나가 버렸다. 그는 그대로 근처에 있던 공공 화장실로 직행했다. 세면대에서 다급히 수도를 틀고 두 손에 물을 받아 얼굴 전체에 찬물을 끼얹는다. 그래도 쉬이 제정신으로 돌아올 수가 없었다. 한참이 지나서야 고개를 든 밀라온은 거울 속의 제 얼굴이 얼마나 창백한지 확인할 수가 있었다. 몰골이 흡사 시체와도 같았다.

시간이 지나 겨우 진정한 밀라온은 뒤늦게 수도를 잠그고 손수건으로 얼굴을 닦았다. 그는 자신이 완전히 미쳐 버린 나머지 헛것을 보았다고 생각했지만, 한 번은 더 확인해 봐야만 했다. 만약에, 정말 만약이라도 그녀가 진짜라면.

밀라온은 완전히 핏기가 가신 얼굴을 하곤 다시 식당으로 발을 들여놓았다. 그녀는 아직 그 자리에 있었다. 진짜일까? 아니면 역시 자신이 미쳐 버린 걸까. 밀라온은 아직 확신할 수가 없었다. 곧 머뭇거리며 한 발짝 앞으로 떼어 본다. 동시에 내리깔고 있던 그녀의 눈이 들리며 또 한 번 밀라온을 발견한다. 그리고 그때, 언제부터 있었는지 그녀의 발치에 쭈그려 앉아 있던 그 남자가 그녀에게 물었다.

"어때?"

뒤늦게 남자의 존재를 인식한 밀라온은 그대로 정신이 확 들며 얼굴을 차갑게 굳혔다.

'왜 저자가?'

밀라온의 의문은 아랑곳없이 어느새 다시 시선을 내린 그녀가 부드러운 어조로 남자에게 답했다.

"편하네요. 번거롭게 해서 미안해요."

그녀는 아까 신고 있던 신발을 벗어 놓고 다른 신발을 신고 있었다.

"뭘. 당연히 내가 할 일인데. 정말 불편하지 않은 거지? 억지로 참지 말고 불편하면 바로 말해."

"편해요."

"다행이네. 근데 갑자기 발이 이렇게나 부을 수도 있는 건가? 역시 뭔가 이상 있는 거 아냐?"

"원래 이렇대요."

"대체 이 망할 꼬맹이는 왜 이렇게 널 고생시키는 거야."

"이 정도면 아주 순탄한 편이라고 하던데요?"

"하?"

남자는 말도 안 된다는 듯 목소리를 올렸다.

"입덧도 없었고 먹는 것에 비해 살이 잘 붙지도 않았잖아요. 보통은 별로 먹지 않아도 엄청 찐대요."

"그렇다고 고생스럽지 않은 것도 아니잖아. 나는 열받는다고. 후…… 역시 그냥 평소처럼 룸서비스 이용할 걸 그랬어."

남자는 그녀의 발목과 종아리를 주물러 주다가 일어났다. 그녀는 약간 쓰게 웃었다.

"혼자 먹기 싫어서 그래요."

"누가 들으면 무신경해서 혼자 둔 줄 알겠네. 너 충분히 자라고 그런 거거든? 그 와중에 꼬맹이 식사는 챙겨야 하고."

"알아요. 고맙게 생각하고 있고요. 오늘따라 그냥 저도 같이 먹고 싶어서 그래요."

"근데 이번엔 꼬맹이가 빠져서 어째?"

"자고 있으니 어쩔 수 없죠. 이렇게 둘이서 데이트하는 것도 좋아요."

"……말이나 못하면. 그보다 점점 더 힘들어하는 거 같은데 역시 오늘이라도 집으로 갈까? 여행은 나중에 또 오면 되잖아."

"음…… 생각해 볼게요."

"생각만 하지 말고 제발 그렇게 해 줘. 매일매일 살얼음판 걷는 심정이야."

"불안해요?"

"당연하지. 이러다 갑자기 진통 오면 어떡해?"

"그땐 병원으로 가면 되죠. 그래서 일부러 병원에 가까운 호텔로 잡지 않았나요?"

"그렇긴 하지만 심적으로 안정이 안 돼. 아무래도 여긴 타지잖아."

"당신은 집에서도 마찬가지잖아요."

그래서 분위기 전환도 할 겸 여행 온 게 아니냐 하는 그녀의 말에 남자가 크게 한숨을 쉬었다.

"그렇다고 이렇게까지 멀리 오자고 할 줄은 몰랐지."

"그렇게 안절부절못하면서 잘도 따라 줬네요."

"내가 네 말을 어떻게 거부해?"

남자가 퍽 진지한 어조로 말했지만 그녀는 엄청난 농담이라도 들은 양 순간적으로 큰 웃음을 터뜨렸다. 곧바로 주변을 의식하며 목소리를 죽인 그녀는 아직 웃음기가 남은 표정으로 남자에게 말했다.

"바보."

밀라온은 남자의 등을 바라보고 있었고 언제든 총을 빼 들어 그를 쏠 수 있었다. 하지만 지금은 남자를 향한 살의가 들지 않았다. 분노가 빠져나간 자리는 순식간에 허무함으로 가득 채워졌다.

밀라온은 화기애애한 두 사람을 바라보다 몸을 홱 돌려 식당을 빠져나갔다.

그 뒤에 객실로 돌아와 침대에 멍하니 앉아 있던 밀라온은 문득 전화벨이 울리는 소리에 정신을 차렸다. 전화를 받으니 곧장 여왕의 목소리가 들린다. 밀라온은 다이아몬드를 확인했느냐고 묻는 여왕에게 피곤한 기분으로 물었다.

"왜 저를 이곳으로 보낸 겁니까."

— 보험을 들어 두고 싶었어요. 만약 제게 무슨 일이 생겼을 때, 그 애를 권력적으로 보호하고 숨겨 줄 사람으로 당신이 가장 적합하다 여겼거든요.

"……어째서?"

— 세상 모두가 다 그 애에게서 등을 돌려도 당신만은 그리하지 못할 테니까요.

"그러니까 대체 뭘 봐서……!"

왜 자신을 믿는가! 자신은 이미 오래전에 그녀를 한 번 배신했다. 살려서 숨겨 두고 있었다면 끝까지 그렇게 할 것이지. 새삼 제게 드러내 혹시라도 그녀가 위험할 수도 있는 상황을 만든 여왕에게 밀라온은 분노를 느꼈다. 하지만 여왕은 아무렇지 않게 말했다.

— 죽으려고 했었잖아요? 그 애가 죽은 줄 알았을 때.

밀라온은 순간적으로 말문이 막히며 헛숨을 들이켰다. 잠시 침묵이 돌고 여왕이 물었다.

— 아직도 그 애를 사랑해요?

"그런…… 그런 게 아닙니다."

— 그래요. 저도 진심으로 물은 건 아니에요. 다만 당신 안의 죄책감과 부채감을 알고 있을 뿐이죠. 그러니 당신은 제 말을 들어줄 거예요. 그렇죠?

"……또한 정치적으로 제가 당신과 대립하지 않길 바라는 거군요. 인질이 될 거라고 생각한 겁니까?"

— 그건 부수적인 사항이에요. 인질이라고 여기지도 않고요. 오히려 저 나름대로의 성의를 보인 거예요. 당신이 현재에 발을 붙여도 된다는 면죄부가 되길 바랐거든요. 당신이 그 애에게 그렇듯, 저 역시 당신에게 부채감을 가지고 있어요. 사실 관계야 어떻든 간에 그 당시엔 제가 잘못한 게 맞으니까요.

"……."

— 줄곧 사과하고 싶었어요. 미안해요, 로헬.

밀라온은 아무 말도 하지 않았다. 아니, 하지 못했다. 그에게서 대꾸가 없자 여왕은 얼마 후 전화를 끊었고 밀라온은 끊어졌다는 신호음을 들으며 오랫동안 그렇게 굳어 있었다.

한참 후에야 밀라온은 수화기를 내려놓고 집으로 돌아가기 위해 사람을 불러 짐을 쌌다. 체크아웃을 하고 호텔을 나서던 그는 로비 입구 근처에서 그녀를 발견하고 발을 멈췄다. 벽에 등을 기대고 서 있던 그녀는 밀라온과 눈이 마주치자 당황하는 기색도 없이 등을 떼고 바르게 섰다. 마치 기다렸다는 모양새라 밀라온은 약간 의아하게 그녀를 바라보았다.

그녀는 약간 어색한 표정으로 밀라온에게 인사를 건넸다.

"안녕하세요?"

"……."

"음…… 잘 지냈어요?"

밀라온은 여전히 아무 말도 할 수가 없었다. 그녀와 똑바로 대면하자 속에서 알 수 없는 감정들이 휘몰아쳐서 그게 밖으로 끄집어내질까 봐 두려웠다.

그녀가 천천히 말을 꺼내 놓았다.

"오늘에서야 당신이 여기 있다는 걸 알았어요. 그— 수도에서 오늘 연락을 받았거든요. 이런 만남을 꾸몄으면 진작에 알려 줄 것이지, 저는 진짜로 그냥 여행이려니 했네요. 새삼 다시 봐서 뭐 하나 싶기도 하고 그냥 계속 방 안에 있을까 했는데요. 일 벌일 때 끌어들여 놓고 그러는 것도 좀 아닌 거 같아서 나왔어요."

수도의 연락은 아마도 여왕 측. 그리고 일 벌일 때 끌어들였다, 라는 건 오래전 티안을 통해 도움을 요청했던 그때를 말하는 것 같았다. 그녀는 잠시 뜸을 들이다 말을 이었다.

"혹시 그때 이후에 당신 입장이 곤란해졌었다면 미안해요."

"괜찮……습니다."

밀라온으로선 별로 문제 된 건 없었다. 설령 문제가 생겼다 해도 그녀로 인한 고통은 겸허히 받았을 것이다. 사과라니 당치도 않았다.

"그렇다면 다행이고요."

그녀는 미안한 표정으로 입가를 올렸다. 오래전에 밀라온이 그녀에게 준 상처 같은 건 아예 없었던 것처럼 순수해 보이기도 했다. 그에 대한 미련 역시 조금도 보이지 않았다.

그녀는 행복한 걸까. 적어도 자신보다는 그런 것 같다. 밀라온은 그 사실에 안도했고 조금은 위로받았으며 또 약간은 슬퍼졌다.

두 사람은 잠시 서로를 바라보았다. 그러다가 이번에도 먼저 입을 뗀 건 그녀였다. 그녀는 호흡을 한번 크게 쉬며 분위기를 살짝 바꿨다.

　"이제 돌아가는 건가요?"

　"⋯⋯예."

　"그렇군요. 조심히 가세요."

　"예, 그럼⋯⋯."

　"늘 행복하시고요."

　그녀가 뭘 말해도 반응을 별로 보이지 않던 밀라온이 마지막 말에는 눈에 띄게 멈칫했다. 밀라온은 결국 돌아서려다 말고 그녀에게 낮게 물었다.

　"그래도 되겠습니까?"

　"⋯⋯?"

　그녀는 입가를 올린 채 고개를 갸웃거렸다. 밀라온은 혀로 마른 입술을 쓸며 숨이 멎을 듯 작은 목소리로 물었다.

　"제가 정말, 그래도 되겠습니까?"

　그녀는 한동안 밀라온을 가만히 바라보다가 문득 부드럽게 웃었다.

　"네, 부디 그랬으면 좋겠어요."

　집으로 돌아가는 차 안, 밀라온은 권총을 연신 만지작거렸다. 누군가의 앞에서 이렇게 대놓고 만지는 건 처음이라 운전수가 불안한 듯 미러를 통해 흘긋흘긋 훔쳐봤지만 그는 별로 신경 쓰지 않았다. 지금 그의 정신은 추억에 깊이 잠겨 나른히 유영하는 중이었다.

　그녀를 처음 만났던 파티. 무심한 척하는 뚱한 얼굴로 차를 마시던 그녀가 왠지 귀여워 보여 데이트 신청을 했던 게 시작이었다. 거슬리는 것을 대면한 듯 실룩거리는 눈가, 그리고 거절.

　참으로 도도한 여인이다 여기며 처음엔 오기로, 그다음엔 흥미로,

결국엔 진심으로 그녀를 쫓았다.

돌처럼 굳어 있던 표정이 풀리기까지 얼마나 걸렸던가. 어색한 듯 눈만 굴리던 그녀가 자신을 향해 입가를 올리기까지 얼마나 걸렸던가. 그 날을 전부 헤아린 적은 없지만 짧은 시간은 아니었다. 밀라온은 추억 속의 그녀가 활짝 웃던 어느 날을 떠올리며 저도 모르게 맥없이 웃었다.

함께 행복하고 싶었는데.

하지만 그녀는 이미 오래전에 그의 곁을 떠나갔다. 의도치는 않았으나 먼저 놓았던 것은 밀라온이었다. 너무나 두려운 가능성을 엿본 탓에 여왕과의 오해를 해명할 엄두도 내지 못했다. 지금도 마찬가지다.

하지만 아무리 오해라고 한들 아무것도 모르는 그녀의 입장에선 상처가 덜하지도 않았을진대. 그럼에도 그녀는 결국 과거를 딛고 웃으며 못난 자신에게 행복하라고 말해 줬다.

부디.

그래, 부디.

문득 밀라온은 탄창을 열고 총신을 세웠다. 총알들이 우수수 발밑으로 쏟아지고 그는 빈 총을 옆자리에 아무렇게나 던져 놓았다. 밀라온은 비로소 고개를 들고 허공을 향해 긴 숨을 내뱉었다.

이제야 겨우, 제 목을 조르면서도 붙잡고 있던 그녀의 그림자를 놓아줄 수 있을 것 같았다.

외전 2. 봄날

데본은 밀라온의 차가 떠나는 걸 지켜보다가 문득 등 뒤로 느껴지는 기척에 미소를 띠며 뒤를 돌아보았다. 루이가 불만스러운 표정으로 그녀를 바라보고 있었다. 데본이 웃으며 물었다.

"미트파이는 사 왔어요?"

"사 왔어. 그보다 뭐야? 이번 여행, 네가 오고 싶었던 게 아니라 수도 쪽에서 꾸몄던 거야?"

"들었어요?"

"그래."

"말 안 해서 미안해요. 분명 반대할 거 같아서."

"당연하지. 그 여자 미친 거 아냐? 출산일이 임박한 임산부한테 장거리 여행을 시켜? 거기다 이런 시기에 굳이 저자에게 너를 왜 노출시킨 건데."

루이의 얼굴이 점점 분노를 보이기 시작했다. 데본은 가볍게 그의 팔을 잡았다가 진정하라는 듯 토닥거렸다.

"시킨 게 아니에요. 거기선 그저 제게 의사를 물었고 저는 괜찮다고 했던 거죠. 물론 저도 이면에 이런 만남이 기다리고 있을 줄은 몰랐지만…… 음, 거기 속은 저도 잘 모르겠네요. 그래도 어쨌든 제가 오고 싶어서 온 건 맞아요. 장소도 제가 골랐죠."

"굳이 왜?"

데본이 약간 부끄럽다는 듯 볼을 붉혔다.

"이 호텔에서만 파는 체리 케이크가 먹고 싶었거든요. 예전에 여기 한 번 와 본 적이 있었는데 그때 먹었던 케이크가 자꾸만 머릿속에 맴돌더라고요."

"저번에 내가 대신 받아다 준 그 케이크?"

"네. 그건 호텔 외부로 반출이 안 되거든요. 모든 비용은 그쪽에서 댈 테니 마음대로 장소를 고르라길래 저로선 잘됐다 싶었죠."

"그럼 케이크 먹은 시점에서 다시 집에 돌아가도 괜찮았잖아."

"온 김에 이것저것 서부 음식을 다 먹고 가고 싶었어요."

"후……. 너 진짜 식탐…… 아니지, 그냥 네 배 속의 꼬맹이가 문제인 거겠지."

루이가 비로소 화를 거두고 한숨을 푹 내쉬었다. 이어 곧 데본의 어깨를 감싸 안으며 말했다.

"어느 순간부터 누가 계속 날 주시하는 느낌이 들었어. 지금은 사라진 걸 보면 저 인간이었던 모양이네. 내내 아무렇지 않은 척하고 있긴 했지만 언제든 대응할 수 있도록 계속 긴장한 상태였거든. 그래서 계속 집으로 돌아가고 싶었던 거야."

"위험한 느낌을 받았으면서도 리체를 데리고 나갔었단 말이에요?"

"정확히 언제부터였는지 초기 시점을 놓친 데다 내가 갑자기 조심스러운 기색을 보이면 상대 쪽에서 어떻게 나올지 알 수가 없잖아. 그러니 최대한 평소처럼……. 미안해. 그렇게 보지 마. 내가 잘

못했어."

변명을 하던 루이가 데본의 뾰족한 눈길을 받자 재빠르게 사과했다. 데본은 루이를 한동안 더 노려보다가 표정을 가다듬었다.

"당신도 저도 꽤 무신경한 편이죠. 그래도 좀 더 신경 써서 아이의 안전을 우선할 필요가 있어요."

"알았어. 미안해."

루이는 데본의 기분이 풀리길 바라며 한 번 더 사과했다. 그리고 함께 객실로 돌아가면서 계속 말을 붙였지만 데본은 말로만 됐다고 하곤 쉬이 얼굴을 풀지 않았다. 루이는 더욱 안절부절못하며 데본의 허리를 조심스럽게 받쳐 부축했다. 그리고 반대 손에 들고 있던 종이봉투를 데본에게 내밀었다.

"미트파이 먹을래?"

"방에 돌아가서 리체랑 같이 먹기로 했잖아요."

"응…… 그래. 그랬지."

금세 시무룩하게 봉투를 내리는 루이를 흘긋 본 데본은 이내 할 수 없다는 듯 그의 손에서 봉투를 가져왔다.

"저 화 안 났어요. 괜찮으니 얼굴 풀어요."

"네가 얼굴을 안 푸는데 내가 어떻게 풀어."

"제가 찡그리고 있나요?"

"웃고 있지도 않지."

그제야 데본이 입가를 약간 올려 보였다. 루이는 더욱 우울해졌다.

"억지로 웃을 바엔 그냥 웃지 마."

"……"

어쩌라는 건지 모르겠다. 데본은 참 맞춰 주기 어렵다고 생각하며 고개를 설레설레 저었다.

이윽고 방에 다다라 문을 따고 들어가자 어느새 깨어나 침대에서 뒹굴거리고 있던 리체가 몸을 벌떡 일으켰다.

"어디 갔다 왔어요!"

리체의 외침에 데본과 루이가 눈을 동그랗게 떴다. 곧 침대에서 내려온 리체가 두 사람 앞으로 달려와 팔짝팔짝 뛰었다.

"저 여기 혼자 있었어요! 혼자 있었단 말이에요!"

"어…… 미안. 깨기 전에 오려고 했는데 늦어 버렸네. 오래 기다렸어?"

"네!"

데본의 물음에 리체가 원망스럽게 외쳤다. 데본이 루이에게 슬그머니 시선을 줬다. 루이는 일단 데본을 소파까지 부축해 앉혀 놓고 그 뒤를 졸졸 따라온 리체를 번쩍 안아 들었다. 그리고 둥기둥기 어르며 사과했다.

"미안. 진짜로 금방 오려고 했어."

"어쨌든 금방 안 왔잖아요!"

"음, 그랬지. 그래. 미안하다."

리체는 토라진 채 한참 동안 기분을 풀어 주지 않았다. 루이가 성심껏 어르고 달래 겨우 기분이 풀렸을 때, 데본이 물었다.

"혼자서 뭐 하고 있었어?"

리체는 루이의 품에서 내려와 데본의 옆자리에 털썩 앉았다.

"보물찾기 했어요."

"보물은 찾았고?"

리체가 고개를 크게 끄덕거렸다. 그리고 갑자기 자리에서 벌떡 일어나 침대로 가더니 자고 일어나 구겨지고 돌돌 말린 이불 뭉치를 뒤적거렸다. 얼마 후 거기서 무언가를 찾아 돌아온 리체가 에헴! 하고 어깨를 으쓱이며 데본에게 한 손을 내밀었다. 그 손엔 데본이 오래전에 루이에게 뺏겨 잃어버린 다이아 목걸이가 들려 있었다.

"……어?"

"데본이 예~전에 잃어버린 목걸이 찾았어요!"

리체가 히히대며 데본의 손에 목걸이를 꼭 쥐여 주었다. 데본은 얼떨떨하게 그것을 내려다보다가 문득 고개를 돌려 루이를 바라보았다. 루이는 쥐구멍을 원하는 사람처럼 두 손으로 제 얼굴을 감싸 가리고 있었다.

"대체 어떻게 찾은 거야……."

허무하게 중얼거린 루이는 그대로 얼굴을 문질러 마른세수를 하곤 두 손을 아래로 툭 늘어뜨렸다.

"루이 씨가 가지고 있었군요."

데본의 말에 리체도 루이를 바라보았다.

"루이가 숨겼어요? 왜요? 데본 건데 왜 안 돌려줬어요? 남의 물건을 가져가 돌려주지 않는 건 도둑질이에요!"

도둑질은 나쁜 거라고 의욕적으로 가르쳐 주는 리체의 머리를 루이가 손으로 마구 헝클였다. 그는 곧바로 왁왁거리는 리체에게 퉁하게 말했다.

"도둑질 아니거든. 그냥, 돌려줄 기회가 마땅치 않았던 거야."

"그게 바로 도둑질……!"

"아니라니까."

루이는 리체의 말을 끊고 데본의 눈치를 보았다.

"그, 끊어졌던 줄은 진작에 고쳤어. 돌려줘야지, 줘야지 하긴 했는데 이걸 보고 괜히 네가 나쁜 기억을 떠올리면 어쩌나 싶어서 못 주겠더라. 왜, 그때 우리 심하게 싸웠었잖아."

"……."

"……차일까 봐. 그래서 그냥 내가 부적 삼아 가지고 있었거든. 내 가방에 잘 넣어 놨는데 꼬맹이가 뒤져 찾을 줄은 몰랐네."

물끄러미 루이를 바라보던 데본이 문득 한숨을 쉬었다.

"결국 돌려줄 마음이 없었다는 거네요. 리체 말마따나 도둑질이네."

그리고 이어진 장난스러운 말투에 루이가 비로소 약간 안심한 기색을 보이며 대꾸했다.

"원래 내가 샀던 거거든?"

"그래도 제 거잖아요. 돌려줬어야죠. 제가 이걸 잃어버리고 얼마나 많이 슬펐는데."

"……."

"자, 당신이 직접 해 줘요."

루이는 데본이 내미는 목걸이를 약간 머뭇거리며 받았다. 데본은 곧 루이의 손에 의해 목걸이가 채워지자 웃으며 리체에게 물었다.

"예뻐?"

리체가 고개를 끄덕끄덕 빠르게 움직였다. 데본은 이번엔 루이를 돌아보았다.

"고마워요. 돌려줘서."

루이는 기쁘게 미소 짓는 데본을 바라보다 문득 그녀의 얼굴을 두 손으로 감쌌다. 그리고 그대로 고개 숙여 입을 맞춰 오는 루이에게 놀란 데본이 눈을 끔벅거리다 문득 리체에게 시선을 돌렸다. 리체는 어느새 두 손으로 제 두 눈을 꼭 가리고 있었다.

얼마 후 입술을 뗀 루이가 데본에게 말했다.

"빨리 꼬맹이 2가 태어났으면 좋겠다."

그래서 빨리 다시 부부 관계를 하고 싶다는 의미를 데본은 곧장 알아들었지만 모르는 척 눈을 피했다. 정말 애 앞에서 조심성이 없다고 속으로 투덜거린 그녀는 미트파이가 든 종이봉투를 주섬거리며 열었다.

"리체 배고프겠다. 미트파이 사 왔어. 같이 먹자."

하지만 리체는 여전히 두 손으로 눈을 꼭 가린 채 말했다.

"뽀뽀 더 하고 있어도 되는데!"

그 말에 루이가 경쾌하게 웃으며 대꾸했다.

"됐거든. 너 없을 때 할 거야."

"괜찮은데! 나 안 보고 있는데!"

데본은 능청스럽게 투닥대는 두 사람의 모습에 이내 웃음을 크게 터뜨렸다. 루이가 투닥임을 멈추고 데본에게 눈을 돌리며 입가를 올렸다.

"이제야 제대로 웃네."

"전 아까부터 웃고 있었어요."

"네, 그러시겠지요."

루이는 실랑이는 이제 됐다면서 데본의 손에서 봉투를 가져가 그 안에서 주먹만 한 미트파이를 하나 꺼내 건넸다. 데본이 머쓱하게 그것을 받자 루이는 이어 리체에게도 한 개 꺼내 주며 말했다.

"네가 내 곁에서 행복했으면 좋겠어."

데본은 피식 웃으며 파이를 한 입 먹고는 대꾸했다.

"당신도 그랬으면 좋겠어요."

루이는 이번엔 제 몫의 미트파이를 꺼내며 답했다.

"나야 늘 행복하지."

"저도 마찬가지예요."

세 사람은 오순도순 소파에 앉아 미트파이를 먹었다. 그리고 그 미트파이를 끝으로 서부에서 먹고 싶었던 음식들을 다 먹어 본 데본은 드디어 집으로 돌아가자고 했다.

그들은 다음 날 체크아웃을 한 뒤 남부로 돌아갔고 그로부터 3일 후, 데본은 병원에서 우량한 남자아이를 출산했다.

루이는 아이의 이름을 레오라고 지었다.

데본이 병원에서 퇴원하고 며칠 후, 젖을 잔뜩 먹고 잠든 레오를 빤히 내려다보던 루이가 말했다.

"기분이 이상해."

"어떻게 이상한데요?"

데본이 옷을 추스르고 레오의 옆에 누우며 물었다. 루이가 데본에게 눈을 돌렸다.

"뭔가…… 얄밉기도 하고 귀엽기도 하고…… 좋기도 하고 싫기도 하고 그러네."

"복잡하군요."

"복잡해."

"하루빨리 당신 감정이 하나로 정립되길 바랄게요."

피곤한 어조로 대꾸한 데본은 하품을 하며 눈을 감았다. 루이가 게슴츠레한 눈길로 데본을 흘겨보았다.

"되게 대충 상대한다, 너. 내가 귀찮냐?"

"그럴 리가요."

데본이 눈을 감은 채 두 손을 허공으로 뻗으며 손끝을 까딱거렸다. 침대 가에 서 있던 루이는 불만스러운 표정을 하면서도 그녀의 양손 사이로 제 머리를 숙여 잡혀 준다. 데본은 그대로 루이를 끌어당겨 입술만 길게 붙였다가 떼고는 손을 시트 위로 툭 떨어뜨렸다.

"저 조금만 잘게요. 이따가 리체 돌아오면 식사 좀 챙겨 주세요."

"알았어."

데본은 금세 잠이 들며 호흡이 살짝 느려졌다. 루이는 침대 곁의 바닥에 무릎을 꿇고 앉아 시트 위로 두 팔을 올려 교차시켰다. 그 위로 턱을 괴며 가만히 데본을 바라본다. 그는 눈을 느리게 깜빡거리며 지금 이 순간이 정말로 꿈이 아닌지를 몇 번이고 스스로에게 되물었다. 사실, 루이는 아직도 이 현실을 믿을 수 없을 때가 종종 있었다.

늘 지랄 같기만 했던 제 인생이 이토록 순조롭고 행복하게 흘러간다는 게 이상했다. 역시 이건 꿈이 아닐까?

'미쳐서 망상을 하고 있는 걸지도 몰라.'

루이는 갑자기 불안증이 들어 잠든 데본에게 말을 걸어 보았다.

"데본."

데본은 곧장 수면에서 반쯤 끌어 올려져 비몽사몽간에 답했다.

"네……."

"사랑해."

루이의 고백에 데본의 입가가 푸스스 풀리며 미소를 띠었다.

"저도요……."

그리고 이번에도 힘없이 대답하는 데본을 보며 무언가 가슴속이 울컥한 루이는 교차한 팔 위로 제 이마를 푹 박으며 자기도 모르게 약간 흐느끼고 말았다. 미칠 것만 같은 행복은 슬픔과 무척이나 흡사했다.

'계속 살아도 될까?'

차라리 이렇게 행복할 때 죽어 버리는 게 낫지 않을까? 하지만 두고 갈 수 없어. 얜 나 없으면 아무것도 못 하는 곰탱이니까.

루이는 다시 고개를 들었다. 물기가 남아 약간 일렁이는 눈동자로 그녀의 모습을 하염없이 퍼 담는다. 하지만 아무리 시야에 담아도 부족한 기분에 루이는 이미 제게 묶인 그녀를 또 한 번 갈망한다. 이 갈증이 풀리는 날이 과연 오긴 할까?

왠지 오지 않을 것만 같다.

루이는 문득 제 감정을 참지 못하고 침대 위로 기어 올라가 데본의 얼굴을 붙잡았다. 그대로 깊이 입을 맞추고 혀를 섞자 비몽사몽간에 봉변을 당한 그녀의 표정이 대번에 찡그려졌다. 얼마 후 입술을 뗀 루이가 키득거리며 물러나 방을 나섰다. 루이는 부엌에서 그녀가 이따가 깨어났을 때 먹일 음식을 만들며 내내 콧노래를 불렀다. 문득 열린 창문으로 들어온 따뜻한 바람이 근처 화단에 핀 들꽃의 꽃향기를 싣고 와 그의 주변을 부드럽게 휘감았다.

봄날이었다.

to my beautiful you

1판 1쇄 찍음 2019년 8월 27일
1판 1쇄 펴냄 2019년 9월 5일

지은이 펑크로드
펴낸이 정 필
펴낸곳 (주)뿔미디어

기획 · 편집 박경희, 권지영, 문지현
표지 디자인 우 물

출판등록 2002년 9월 11일 (제1081-1-132호)
주소 경기도 부천시 소향로 17, 303(두성프라자)
전화 032)651-6513   팩스 032)651-6094
E-mail bbulmedia@hanmail.net
비북스 http://b-books.co.kr

ISBN 979-11-315-9966-2 04810
ISBN 979-11-315-9969-3 04810 (SET)